BASTEI
LÜBBE
TASCHENBUCH

Weitere Titel des Autors:

2012 – Das Ende aller Zeiten

Titel auch als Hörbuch und E-Book erhältlich

Über den Autor:

Brian D'Amato ist ein bekannter Künstler, dessen Werke unter anderem im Whitney Museum of American Art in New York ausgestellt wurden. 1992 war er Mitorganisator einer Ausstellung in New York, die als erste das damals neue Medium der »Virtuellen Realität« erkundete. Er hat für verschiedene Zeitschriften geschrieben, darunter HARPER'S BAZAAR, INDEX, VOGUE, FLASH ART und ARTFORUM, und an der City University of New York, der Ohio State University und in Yale Kunst und Kunstgeschichte unterrichtet. Er ist gewöhnlich entweder in New York, Michigan oder Chicago anzutreffen.

Brian D'Amato

Tag der Prophezeiung

Thriller

Aus dem amerikanischen Englisch von Dietmar Schmidt

BASTEI
LÜBBE
TASCHENBUCH

BASTEI LÜBBE TASCHENBUCH
Band 16929

1. Auflage: Dezember 2013

Dieser Titel ist auch als Hörbuch und E-Book erschienen

MIX
Papier aus verantwortungsvollen Quellen
FSC® C014496

Vollständige Taschenbuchausgabe
der bei Lübbe Paperback erschienenen Paperbackausgabe

Titel der amerikanischen Originalausgabe: »The Sacrifice Game«

Für die deutschsprachige Ausgabe:

Textredaktion: Wolfgang Neuhaus, Oberhausen
Titelillustration: © akg-images / François Guénet; © akg-images / Rainer Hackenberg; © shutterstock/Catmando
Umschlaggestaltung: Rolf Hörner
Satz: Bosbach Kommunikation & Design GmbH, Köln
Gesetzt aus der Wess
Druck und Verarbeitung: GGP Media GmbH, Pößneck
Printed in Germany
ISBN 978-3-404-16929-0

Sie finden uns im Internet unter
www.luebbe.de
Bitte beachten Sie auch: www.lesejury.de

Manet alta mente repostum
Harold Steketee Sr.
1887–1984

Seltsame Dinge werden vollführt unter der Mitternachtssonne …

Ein Teil des Gewinns, den der Autor mit dieser Reihe erzielt,
geht an verschiedene Umweltschutz-, Bildungs- und
Ausgrabungsprojekte im Maya-Gebiet.

VORBEMERKUNG ZUR AUSSPRACHE

Die Schreibung der meisten Maya-Wörter in diesem Roman richtet sich nach der aktuellen Orthografie der Academia de Lenguas Mayas in Guatemala. Bei einigen Wörtern habe ich jedoch eine ältere Schreibung verwendet – zum Beispiel *uay* anstelle des heute bevorzugten *way*, um das Wort von dem englischen Wort für »Weg« abzugrenzen. Kenner der Materie werden vielleicht bemerken, dass einige Wörter in ihrer Schreibung die Aussprache in Ch'olti wiedergeben, wobei normalerweise ein *ch* die Stelle eines *k* einnimmt. Wörter aus den Maya-Sprachen und die meisten spanischen Vokabeln habe ich bei ihrem ersten Erscheinen kursiv gesetzt und später auf die Hervorhebung verzichtet.

In den Maya-Sprachen werden Vokale ähnlich geschrieben wie im Spanischen. *Ay* in Maya, *uay* usw. entspricht *ai*. *J* klingt wie das spanische *j*, also wie ein kehliges *ch* in *Dach*. *X* entspricht phonetisch dem deutschen *sch*. Das *ch* wird ebenfalls wie im Spanischen ausgesprochen, also wie *tsch* in *Matsch*. *Tz* bedeutet einen stimmlosen Zischlaut, bei dem die Zungenspitze an die Rückseite der Zähne stößt. Ein Apostroph bezeichnet einen glottalen Verschlusslaut, wie er im Deutschen vor anlautendem Vokal wie in *Anton* gebildet wird. Ebenso gibt es glottalisierte Vokale, nach deren Aussprache man kurz innehält.

Betont werden in den Maya-Sprachen alle Wörter auf der letzten Silbe, aber weniger deutlich als im Deutschen. Maya-Sprachen sind in mancher Hinsicht tonal, und ihre Prosodie neigt zur Bevorzugung kurzer Verspaare. Dies verleiht der Aussprache einen gewissen rhythmischen Schwung, den ich an einigen Stellen mit Daktylen zu vermitteln versucht habe; inwieweit das gelungen ist, muss der Leser selbst beurteilen.

Eine Bemerkung zu den Illustrationen

Leser des ersten Bandes haben mich gefragt, welche Illustrationstechniken ich benutze. Die meisten Bilder in diesem Roman sind auf einem Paar Monitoren vom Typ Wacom Cintiq mit Software von Adobe und Andromeda entstanden. Einige enthalten Scans aus Tuschezeichnungen und Scratchboard-Radierungen. Zahlreiche Hieroglyphen wurden von Prudence Rice in Bleistift vorskizziert.

MESOAMERIKA

▲ Berg ∴ Archäologische Stätte ● Moderne Städte und Ortschaften

Anmerkung: Diese Karte zeigt nur im Text erwähnte Stätten.

KERNLAND DER MAYA

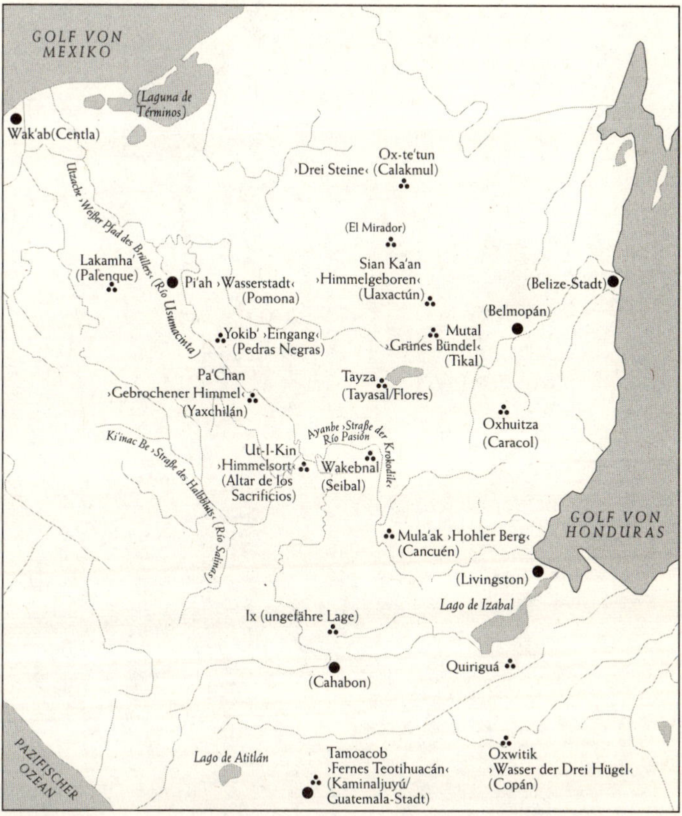

Archäologische Stätte

Moderne Städte und Ortschaften (heutige Namen in Klammern)

Anmerkung: Diese Karte zeigt nur im Text erwähnte Stätten.

NULL

EINFACHE EXPERIMENTE MIT HAUSHALTSARTIKELN

Konzeptskizze für NeoTeo – Zwillings-Mul OC-A
Marena Park, Warren Interactive Entertainment

(0)

Warum ich es getan habe
von Joachim (»Jed«) Carlos Xul Mixoc DeLanda

Zur allgemeinen Verbreitung
zu versenden um Mittag östlicher Standardzeit
am 19. Dezember 2012

Kontakt: keine

Indiantown, Florida, USA

4 Lamat, 11 Sac, 12.19.19.15.8 – 4 Sonnenhund, 12 Weiße, am achten K'in des fünfzehnten Uinals im neunzehnten und letzten Tun des neunzehnten und letzten K'atuns im zwölften und letzten B'ak'tun

Dienstag, 30. Oktober 2012

17.42.08 Uhr

An alle, die es betrifft:

… fünf …

… vier …

… drei …

… fast fertig …

… eins …

… null …

Klick.

Holla.

Das war's. Ich hab's getan.

Moment. Lassen Sie mich kurz zu Atem kommen.

Okay.

Ich hätte nicht damit gerechnet, aber gerade eben, in dem Augenblick, in dem ich auf das Icon klickte, spürte ich – *sogar* ich, sollte ich wohl sagen – einen Anflug von Entsetzen, wie bei einem ungebremsten Sturz. Es ist das Wissen, dass es wirklich passiert, und nichts mehr kann es rückgängig machen. Lag in diesem Anflug auch so etwas wie Schuldbewusstsein? Gute Frage. Bedauern auf jeden Fall. Ekel, weil es so weit gekommen ist? Auch. Aber Schuldbewusstsein? Wohl kaum. Ich muss dazusagen: Es wird nicht wehtun. Sie werden es gar nicht merken.

Ich habe soeben Optionen auf einhundert Standard-5000-Bushels Mais der Lieferung im Februar gekauft, wirksam mit Öffnung der CBT, der Chicagoer Terminbörse, morgen früh. Um 17.41.59 Uhr kostete ein Bushel 7 Dollar und 10 Cents, also brauchte ich »nur« 3 350 000 Dollar von meinem Hauptkonto bei Schwab. Ich weiß, diese Transaktion klingt nach nichts Großartigem. Auf jeden Fall nicht nach einem Ereignis, das zum Ende aller Zeiten führt. Zum Ende der Welt, meine ich. Nicht nur die Welt, wie wir sie kennen, sondern die *Welt* mit allem Drum und Dran.

Aber so wird es kommen. Nach den Berechnungen mit Warrens neuester Version der Opferspiel-Software (4.3 Beta) – einem unfassbar genauen proprietären Vorhersage-Tool, auf das ich gleich näher eingehen möchte – wird mein Kauf den Preis zum denkbar ungünstigsten Zeitpunkt in die Höhe treiben. Dadurch wird eine Ereigniskette in Gang gesetzt, die zu einem höchst unglücklichen Ende führt.

In achtzehn Minuten kippt der zweite Dominostein – so nenne ich das zweite Schlüsselereignis aus einer Sequenz, die ich mir als eine Reihe hintereinander aufgestellter Dominosteine vorstelle. Wenn der letzte Stein kippt, gibt es die Menschheit nicht mehr.

Jedenfalls, mit dem Umkippen des zweiten Steins wird die Software der CBT registieren, dass der nachbörsliche Handel mit geometrischem Zuwachs ansteigt. Wenn die Computer sich selbst abschalten, wird der Zuwachs bei 1244,02 Dollar pro Sekunde liegen. Der dritte Dominostein kippt in genau vier Stunden und 21,02 Minuten von jetzt an, wenn der Hang-Seng-Index in Hongkong etwas Ähnliches registriert und den Handel mit Mais, Weizen, Gerste, Soja und Reis einstellt.

Und dann, morgen früh, wenn die CBT zu der unchristlichen Zeit von 6.00 Uhr öffnet, kippt der vierte Dominostein, weil jeder Hinterwäldler-Wertpapierhändler und sein adelphogamischer Bruder auf den Zug aufspringen und versuchen wird, so viel – so sehr? – nein, so viel Getreide zu kaufen, wie er in die Krallen bekommt.

Um 8.48 Uhr zentraler Standardzeit wird die CBT den Handel völlig einstellen – Dominostein Numero 5.

Am 2. November, drei Börsentage ab jetzt, beginnt der erste Hungeraufstand im Autonomen Bezirk Dêqên der Tibeter im chinesischen Yunnan – Stein sechs.

Am nächsten Morgen werden bei den Unruhen mehr als sechzehntausend Menschen ums Leben gekommen sein, vornehmlich in Shenzhen, Dongguan und Guangzhou. Dann schaukelt sich das Ganze zu einem weitaus größeren Aufruhr in Gurajat hoch … Aber ich möchte nicht zu sehr vorgreifen. Außerdem, wenn Stein Numero 7 kommt, kennen Sie das meiste schon aus den Nachrichten.

Rücken wir vor auf den Morgen des schicksalhaften Tages.

Von dem Datum haben Sie schon gehört. Das große Datum, das schon so viel Sturm und Stress hervorgerufen hat. Der letzte Dominostein – seine Nummer ist größer als neun, aber kleiner als, sagen wir, einunddreißig – kippt am 21. Dezember 2012, oder nach unserer Zeitrechnung:

also, 13.0.0.0.0, 4 Oberherr und 3 Goldene Sonne. Und dieser Tag – wie die Meute von Spinnern, New-Agern und Pantophobikern es schon seit gefühlten dreizehn B'ak'tuns faselt – wird der allerletzte sein, das EAZ, wie wir es bei der Warren-Familie Fürsorglicher Firmen so gern nennen. Das Ende aller Zeiten.

Sobald jemand hört, dass ich Maya bin, fragt er (oder sie) mich, was für ein übernatürliches Ereignis an diesem Tag stattfinden wird. Das geht schon seit Jahren so. Ich antworte meist: »Nichts, was Sie wissen müssten.« Oft auch nur mit: »Nichts.« Tja, jetzt wird *doch* etwas geschehen. Aber etwas Übernatürliches wird es nicht an sich haben. *Ich* habe es verursacht. Ich allein. Mit meinem kleinen Mauszeiger. Die Menschen, die jetzt auf Erden leben, einschließlich der Nachbarsfrau, des Papstes, Ihnen, des US-Präsidenten, meiner Wenigkeit und sogar der siebenköpfigen Besatzung an Bord der Internationalen Raumstation (die ein bisschen länger leben wird als die anderen, aber nicht viel), sind die letzten Menschen, die es jemals geben wird. Möglicherweise auch die letzten Bewusstseine, die jemals existieren werden. Hoffe ich jedenfalls.

Wieso?

Na, weil … Es spielt absolut keine Rolle, oder? Was ich hier mache – also diese Niederschrift –, muss Ihnen völlig sinnlos erscheinen. Wozu der Nachwelt eine Erklärung hinterlassen, wo es keine Nachwelt geben wird, wenn alles gut läuft? Es werden nicht einmal außerirdische Archäologen kommen, um den Zusammenbruch der Menschheit zu erforschen. Die meisten Menschen werden kaum Zeit haben, das hier zu lesen, ehe sie in die Nullheit eingehen. Trotzdem finde ich, dass wenigstens einige von Ihnen, ob kurzlebig oder nicht, eine Erklärung verdient haben.

Also, wie ist es dazu gekommen? Oder, um es zweckdienlicher auszudrücken: *Woher weiß ich, dass ich das Richtige tue?*

Kurz gesagt, ich weiß es einfach. Ich begreife die zugrunde liegenden Erwägungen – die Mathematik, könnte man es nennen. Denn im Unterschied zu fast allen anderen Menschen kann ich mir die

Zahlen *vorstellen*, um die es geht. Und anders als jeder andere begreife ich, wohin diese Zahlen führen. Könnten Sie das auch, wären Sie der gleichen Meinung wie ich. Und würden genau das Gleiche tun.

Noch deutlicher ausgedrückt: Ich kann sehen, wie viel menschliches Leben existiert und wie viel noch kommt. Und ich sehe – und akzeptiere –, dass mehr als 99,8 Prozent dieses Lebens jetzt, in Zukunft und immerdar aus purem, ungemildertem Leid bestehen und bestehen werden. Aus *Qual*. Und ganz egal, wie viele Ablenkungen und Ausreden die Menschen sich einfallen lassen, ganz egal, wie viel für die Ableugnungsindustrie ausgegeben wird – jeder ehrliche Mensch mit einem IQ oberhalb der Raumtemperatur in Grad Fahrenheit wird zugeben müssen, dass das Leben Scheiße ist, um es ordinär auszudrücken. Ich erweise uns allen eine Gnade. Und das ist der Anfang und das Ende, die Summe und die Substanz.

Ich weiß, ich weiß. Sie wollen gar nicht, dass ich Ihnen diesen Gefallen erweise. Aber ich habe mich nicht darum gerissen, derjenige zu sein, der es tun muss. Nein, das bilde ich mir nicht bloß ein. Und die Fähigkeit zu begreifen kam nicht von selbst zu mir, wie es bei den Verrückten ist. In gewisser Weise hat das Ganze über dreizehnhundert Jahre gedauert. Und ich habe diese Entscheidung gar nicht so sehr für Sie und mich gefällt. Ich tue es eher für die Kinder. Die kommenden Generationen. Ja, Sie und ich, wir sind bereits gründlich am Arsch, aber wir können wenigstens darauf verzichten, noch mehr Bewusstseine hervorzubringen. Und das ist das Richtige. Tatsächlich gibt es viele Menschen – nicht nur schopenhauerische Philosophen und ihre Nachahmer –, die genau wissen, dass es das Richtige ist. Sie haben nur nichts unternommen. Ich dagegen habe den Willen, etwas zu unternehmen, und das Mittel, weil ich mit eigenen Augen gesehen habe, was Sache ist. Zumindest habe ich es mit meinem inneren Auge durch die Kameralinse des Spieles gesehen.

Nennen wir es zutreffender das *Opferspiel*. Anthropologen würden es als Wahrsagespiel bezeichnen, das mithilfe gezählter Steinchen oder Saatkörner die Zukunft erforscht, oder auch, allerdings seltener, die Vergangenheit. Wenn man es gut spielt, ist es so, als würde man Pachisi gegen Gott spielen und gewinnen. Auch wenn sich das Opferspiel, verglichen mit Pachisi, so verhält wie das Zubereiten einer Pekingente gegenüber dem Ziehen einer Tüte Erdnüsse aus einem Automaten.

Ich habe das Opferspiel schon als kleiner Junge gespielt und nie damit aufgehört. Wie einige von Ihnen aus meinen mittleren Vornamen (siehe oben) geschlossen haben werden, bin ich mayastämmig, ein Nachkomme jener Menschen, die in Mexiko und Guatemala die vielen Paläste und die großen verrückten Pyramiden mit den Furcht einflößenden Treppen errichtet und dann vermutlich aufgegeben haben. Man verwechselt uns gern mit den Azteken, den Tolteken und den Venusmenschen. Als ich fünf war, hat mir meine Mutter – eine *na b'me*, eine »Sonnenaddiererin«, also eine Art niedere Schamanin – eine Version des Opferspiels beigebracht, die sie von ihrer Mutter kannte und die, in zunehmend vereinfachter Form, jahrhundertelang überliefert worden war. Wir wohnten damals in einem Dorf namens T'ozal im guatemaltekischen Alta Verapaz. Zwei Jahre später, 1982, ließ eine Todesschwadron des guatemaltekischen Staates meine Eltern zusammen mit einem Viertel der Bevölkerung unseres Dorfes verschwinden. Angeblich ist meine Mutter gestorben, als man sie zwang, Benzin zu trinken. Ich war zu der Zeit wegen meiner Hämophilie im Krankenhaus und wurde später von einer Mormonenfamilie in Utah adoptiert.

Ich blieb dem Spiel verbunden. Während meiner schrecklichen Teenagerzeit und später, als ich das College besuchte, erarbeitete ich zusammen mit Taro Mora, einem meiner Professoren, einen Teil der zugrunde liegenden Theorie. Im Gegensatz zum spieltheoretischen Wirtschaftssimulations-Hokuspokus bewirkte das Opferspiel *wirklich* etwas. Ich lernte es zu benutzen und verdiente mir mit Maisoptionen eine goldene Nase. Taro kam allerdings zu keiner rein mathematischen Beschreibung; deshalb funktionierte das Opferspiel auf Computern nie besonders gut. Ich kehrte mehrmals nach Guatemala zurück und versuchte, die Verbrecher aus der alten Regierung wenigstens ansatzweise der Gerechtigkeit zuzuführen, doch es erwies sich als frustrierendes Unterfangen. Außerdem hätte ich nie gedacht, dass ich einmal etwas Spektakuläres tun würde. Aber dann, vor dreihundertdreizehn Tagen, an 4 Eule, 4 Gelbe, 12.19.18.17.16, oder nennen wir es den 23. Dezember 2011, wandte sich eine Frau namens Marena Park an mich.

Genauer gesagt dachte ich, *ich* würde mich an *sie* wenden, aber das ist nur noch so ein Kessel voller Verrucomicrobia, in dem wir jetzt nicht herumrühren müssen. Sie war – und ist – leitende Angestellte im Unterhaltungszweig der Warren Group (oder, wie sie es da gern ausdrücken, der Warren-Firmenfamilie). Wie sich herausstellte, war sie außerdem eine ziemlich bekannte Computerspieleentwicklerin, die nun, was ich ein wenig merkwürdig fand, ein Forschungsprojekt meines alten Mentors Taro koordinierte. Und sie wollte, dass ich mit der Warren Group über eine Software-Version des Opferspiels sprach. Ich hätte es abgelehnt, doch sie hatten einige neue Daten in den Händen: die Beschreibung eines Spieles, das zur Blütezeit der Maya gespielt worden war, vor 1348 Jahren.

Die Beschreibung befand sich in einem Maya-Codex, ein wie ein Plissee gefaltetes Buch, das gerade erst fotografiert worden war, und es stand mehr darin als nur eine vollständigere Version des Opferspiels. Dort waren »Ziele« – die man mit ein wenig regenbogenpressenhafter Übertreibung als Vorhersagen bezeichnen könnte – angegeben, die bis ins letzte B'ak'tun reichten – das heißt, bis zum sogenannten Zeitenende im Jahr 2012. Wie viele Entertainment-Firmen war man natürlich besonders an der ganzen 2012-Geschichte interessiert. Es heißt ja, Maya-Kalender verkaufen sich, als gäbe es kein Morgen. Fast überflüssig anzumerken, dass ich darauf nie angesprungen bin. Für mich war das Ende des Maya-Kalenders immer ein Thema für all die New-Age-Loser und Y2K-enttäuschten Verschwörungsspinner gewesen, die in notwendigerweise extraweiten Jedi-Kostümen herumsitzen und sich Katastrophenszenarien einfallen lassen, die auch aus *Captain Future* stammen könnten. Aber als ich den Codex Norenbergae sah... Na ja, im Grunde sagte er den Anschlag auf Disney World voraus, der fünf Tage später geschah, am 28. Dezember. Und das ist trotz einiger jüngerer Konkurrenten mit 124 030 dokumentierten Todesopfern und einer halben Million Verletzten der bislang tödlichste Terroranschlag, den es je gab. Der, den ich jetzt ausführe, natürlich nicht berücksichtigt.

Also, um eine lange Geschichte kurz zu machen – nein, hoppla, das ist jetzt schon zu spät. Also, um die Geschichte wenigstens zu Ende zu bringen: Nach dem DWH, dem Disney-World-Horror, ließ ich mich enger auf Marenas Leute ein und lernte schließlich sogar den Kopf des Firmen-Konglomerats kennen, Lindsay Warren. Entmutigend daran war, dass Taros Team und ich nicht so recht vorankamen bei der Beantwortung der Frage, wie die Version des Opferspiels, die wir dem Codex entnommen hatten, funktionieren sollte. Ich fand heraus, dass die Warren-Leute einen ganz anderen Ansatz verfolgten, etwas ziemlich Bizarres oder zumindest recht Futuristisches, aber im Grunde auch nicht fantastischer als die Mars-Expedition, im Dunkeln leuchtende Pudel oder das neueste Flexscreen-Netphone. Sie versuchten, Daten direkt aus ferner Vergangenheit zu bekommen, und jemand aus unserer Zeit musste hingehen und sie sammeln. Eine richtige Zeitreise war das nicht. Es gibt gute Gründe, weshalb eine echte Zeitreise, wo man jemanden körperlich durch die Zeit zurückschickt, physikalisch unmöglich ist und immer bleiben wird, ganz egal, wie weit die technische Entwicklung voranschreitet. Aber es besteht die Möglichkeit, Energie durch die Zeit zu schicken. Im Grunde stellt man einen Hochqualitätsabzug aller Verbindungen im Gehirn von Person A her und prägt dieses Muster dem Gehirn von Person B auf. Person B – deren Erinnerungen dabei so gründlich ausgelöscht werden, dass sie nichts mehr durcheinanderbringen können – hält sich dann für Person A. Natürlich könnte man diesen Vorgang nutzen, um Bewusstseine im Hier und Jetzt herumzuschicken – ich nehme an, das hatten Warren Labs ursprünglich auch vor –, aber in unserem Fall sollte sich Person B in der Vergangenheit befinden. Genauer gesagt, sollte er ein *ahau* der Maya sein, ein Gottkönig, der die Vollversion des Opferspiels – technisch ausdrückt, die Neun-Steine-Version – entweder selbst beherrschte oder jemanden an der Hand hatte, der sie spielen konnte und der die Mittel besaß, dieses Wissen zu konservieren, damit wir es dreizehn Jahrhunderte später ausgraben konnten. Mithilfe dieses Wissens hofften wir uns retten zu können vor dem, was uns gegen Ende 2012 erwartete.

Zuerst – zumindest kam es mir damals so vor – hatte das Team mich als Kandidaten für eine Projektion in die Vergangenheit gar nicht in Erwägung gezogen. Die erste Wahl war auf einen jüngeren Studenten Taros gefallen, einen Typen namens Tony Sic, der aus Mérida in Yukatan stammte. Er sprach Yukateko, einen Dialekt des Maya, arbeitete bei den *Comunidad de Población en Resistencia*, den »Dörfern in Widerstand« in Ixcán und verstand sich recht gut auf das Opferspiel, ohne mir allerdings das Wasser reichen zu können. Ich konnte das Team überzeugen, lieber auf mich zu setzen. Entweder das, oder man hatte von vornherein mich schicken wollen, was ich immer stärker vermute. Wie auch immer, entscheidend ist, dass mein Bewusstsein erfolgreich transferiert wurde: Man schickte es durch ein sogenanntes Schreibtisch-Wurmloch ins Jahr 664 n. Chr.

Doch weil es kommt, wie es kommen muss, schlichen sich Fehler ein, ehe mein dupliziertes Ich – das wir wohl am besten Jed_2 nennen – überhaupt angekommen war. Er sollte im Gehirn eines Ahaus namens 9-Reißzahn-Kolibri auftauchen, dem Herrscher über die Stadt Ixnichi Sotz, kurz Ix, in der Sierra de Chamá des heutigen Zentralguatemala. Er sollte 9RK übernehmen, ein paar Experten beim Opferspiel zuschauen und alles aufschreiben. Kaum der Rede wert. Stattdessen – so ging es aus Jed_2s Briefen hervor – hatte er sich im Kopf eines Muskelprotzes namens Schakal wiedergefunden, einem Meister im großen Sport seiner Zeit, dem Hüftball. Hüftball kann man sich so vorstellen, dass man Fußball mit Fünfzehnkilobällen spielt, die mit Rasierklingen gespickt sind. Schakal wollte sich gerade in einer besonders demütigenden Selbstopferung die Stufen der örtlichen Pyramide hinunterstürzen, als eine Art Stellvertreter, damit 9-Reißzahn-Kolibri an der Macht bleiben konnte.

Aber vielleicht gehe ich hier ein bisschen mehr ins Detail als unbedingt nötig. Grundsätzlich erwies sich Jed_2 als so – untypisch – einfallsreich, dass er sich aus seiner Opferungszwangslage herauswinden, etwas über das Spiel in Erfahrung bringen und den langen Weg nach Teotihuacán zurücklegen konnte, der damaligen Hauptstadt des mexikanischen Hochlands, um dort ein paar Drogen zu erbeuten.

(1)

Die Sache ist die, dass ein Opferspiel auf hohem Niveau Anforderungen an das menschliche Gehirn stellt, die dieses ohne spezielle Wirkstoffe nicht erfüllen kann. Und im Jahre 664 – der Zeit also, in der Jed$_2$ im Alten Mayaland sein würde – besaßen die beiden herrschenden Sippen von Teotihuacán ein Monopol auf die wichtigsten Quellen dieser Drogen. Dieses Monopol war einer der Gründe dafür, weshalb Teotihuacán überhaupt achthundert Jahre lang als Hauptstadt überdauern konnte. Jedenfalls, Jed$_2$ drang nach Teotihuacán vor und traf dort eine Persönlichkeit, von der er aus dem Codex wusste, eine Art Nonne namens Ahau-na Koh oder schlicht Frau Koh. Durch sie fielen ihm einige für das Opferspiel erforderliche Drogen in die Hände; allerdings scheint er dabei den Großbrand verursacht zu haben, der letztlich den Untergang der Stadt herbeiführte – was das angeht, bleibt er in seinem Brief ein bisschen vage. Seine Briefe sind ganz allgemein frustrierend, und ich verdächtige ihn – oder mich selbst –, einiges zu verschweigen.

Jedenfalls, Jed$_2$ und Frau Kohs Gefolge erreichten eine unserer vorher vereinbarten Suchzonen in Oaxaca, 450 Kilometer von Teotihuacán entfernt. Dort vergrub er die ersten Aufzeichnungen und die Opferspieldrogen und kennzeichnete die Stelle wie abgesprochen mit ein paar Klumpen Magnetit. Wir hatten einen Plan, dass er einen zweiten Satz zusammen mit seinem Körper und seinem möglicherweise auslesbaren, in einem Polymer konservierten Gehirn in einem ixianischen Königsgrab deponieren sollte, doch wie es aussieht, ist es nie dazu gekommen, und jetzt werden wir es wohl nie erfahren. Dennoch, hier bei uns, im Jahr 2012, konnten wir das erste Depot ohne Schwierigkeiten ausgraben. Taro entwickelte eine Software-Version des kompletten Neun-Steine-Spieles, und den Lotus Labs, Warrens pharmakologischer Zweig, gelang die Synthese der beiden erforderlichen Wirkstoffe. Und als ich lernte, unter dem Einfluss dieser Substanzen das Opferspiel zu spielen, gelangte ich – zusammen mit Tony Sic und einigen anderen Studenten Taros im Warren-Programm – zu dem Schluss, dass Jed_2 recht gehabt hatte.

Die Tzam-lic-Wirkstoffe könnte man wohl als »intelligente Drogen« bezeichnen, wenn man dabei nicht gleich an Gatorade denken müsste. Sie ermöglichten dem Gehirn, sich weniger wie ein Gehirn zu benehmen und mehr wie… Hm, ich möchte nicht sagen, wie ein Computer, zumindest nicht wie die Art von Computer, die von Menschen erfunden wurden, denn unter dem Einfluss der Drogen hat man ein eher analoges als digitales Gefühl, ein Gefühl der Eingebung, aber wie bei einer Kreuzung zwischen einer Superuhr, einer Superkamera und einem Superrechenschieber. Wir haben es benutzt, um das 2012-Problem abzuwenden (zumindest *glaubten* wir das). Nach zahllosen Spielstunden, in denen ich Informationen siebte – sowohl aus dem allgemein zugänglichen Netz als auch aus den Beständen der NSA und anderen schwarzen Datenbanken –, konnte ich einen kanadischen Kellerbioterroristen namens Madison Czerwick aufspüren, der kurz davorstand, eine extrem aufgemotzte Abart eines früher militärisch verwendeten Stammes von *Brucella abortus* freizusetzen.

Die Warren-Leute informierten das FBI. Madison wurde von einem grenzübergreifenden Einsatzkommando festgenommen und seine Bazillenbruttanks unschädlich gemacht. Alles lief ab wie in einem Roman von Tom Clancy, nur ohne die farbenfrohen Figuren und die vielen erklärenden Dialoge. Als die US-Seuchenschutzbehörde das Zeug analysierte, stellte sich heraus, dass Madisons Brucellen tatsächlich fast sämtliche Menschen auf Erden ausgerottet hätten, ebenso die höheren und einen Gutteil der niederen Primaten, der Hunde, Bären, Schweine und – aufgrund von Ähnlichkeiten in der DNA – der Kröten, und zwar genau zum passenden Datum im Jahre 2012. Jeder von uns bekam einen Orden, über den wir aber nichts sagen dürfen, was in der Konsequenz so viel bedeutet, als hätte man unsichtbare Brillanten geschenkt bekommen.

Trotzdem, das Spiel kann die Zukunft nicht im Sinne des Wortes vorhersagen, denn das ist unmöglich. Das Opferspiel ist eher eine Art Objektiv, das die Wahrnehmung des Spielers auf Ereignisketten richtet, die sich aus den eigenen möglichen Aktionen ergeben. Es ist ein Optimierer, der hilft, ein erfolgreiches Ergebnis herbeizuführen, ganz gleich, welche Zufallsereignisse eintreten. Es ermöglicht einen Sprung in der Schlussfolgerungsfähigkeit.

Am 8. April – dem Tag, an dem ich Madison auf die Schliche kam – beherrschte ich das Opferspiel noch nicht vollständig. Aber vor einhundertvierundachtzig Tagen, am 28. April, da habe ich es geschafft. Ich habe das Spiel weiter gespielt als irgendjemand sonst zu irgendeiner Zeit, da bin ich mir sicher – sogar weiter als 1-Ozelot, wer immer das war. Und im extremen Kern der Bedeutung von »Heute« kam ich an eine Art Berg mit einer Höhle am Gipfel. Und in dieser Höhle – die viel größer war als der Berg, sogar größer als die gesamte Umgebung – sah ich, oder hörte ich, oder spürte ich die Menschen der Zukunft, und alle schrien sich aus Angst vor dem Geborenwerden die Seele aus dem nichtvorhandenen Leib und bettelten darum, nicht auf die Welt kommen zu müssen. Zumindest habe ich das auf bildlicher, vielleicht auch symbolischer Ebene gesehen. Um es abstrakter auszudrücken, habe ich ein massives Wachstum in der Fähigkeit zur Empathie erlebt, wobei es sich um einen geistigen Akt handelt, der Einsicht und Vorstellungskraft verlangt. Ich begriff – *begriff* zum ersten Mal *wirklich* –, dass jemand beliebig viele glückliche oder schöne Erlebnisse haben kann, die schlechten Erfahrungen in seinem Leben aber dennoch überwiegen. Das gilt nicht nur für die Mehrheit; es trifft auf jeden zu. Und wenn man von Menschen spricht, die noch nicht geboren sind, nützen die guten Zeiten, die sie angeblich haben können, niemandem – denn sie existieren ja noch nicht –, aber sie profitieren auf jeden Fall, wenn sie die schlechten Erfahrungen verpassen, die sie definitiv haben würden. Und sosehr ich mich bemühte, die kristalline Logik dieser Überlegung ließ sich nicht ankratzen: Für ein Bewusstsein war es und wird es immer ein Verlustgeschäft sein, in Existenz zu treten.

Ich weiß, das hört sich an, als hätte ich einen schlechten Trip hinter mir und würde mich mit Timothy Leary um das letzte Hühnerkostüm streiten. Aber sogar die zugeknöpften Konzernleute – selbst die FBI-Beamten, so ziemlich die fantasielosesten Bürokraten auf diesem Planeten – sind sich einig, dass das Spiel funktioniert, und zwar gut. Aber ich brauche mich hier überhaupt nicht zu verteidigen. Ich schreibe das nicht, um mich zu rechtfertigen oder um Vergebung zu bitten. Ich schreibe es wie der Kommandant eines Panzerkreuzers, der die Pflicht hat, seine Besatzung über den Zustand des Schiffes zu informieren. Und selbst wenn kein Einziger unter den ≈ sieben Milliarden von Ihnen meine Überlegung begreift, ist es unerheblich. Wenn Sie mir folgen und diesen Erkenntnissprung nachvollziehen könnten, würden Sie mir zustimmen. Sie würden mir sogar danken. Und wenn Sie an meiner Stelle wären, würden Sie genauso handeln.

Selbstverständlich würden Sie niemandem wehtun wollen. Schmerzlosigkeit stände ganz oben. Und gleich danach käme der Umstand, dass Sie auch mit viel Geld keine eigene Sammlung von, sagen wir, Atombomben kaufen könnten. Sie müssten eine Möglichkeit finden, bei der eine kleine Katalysatormenge eine große Wirkung erzielt, etwas so Einfaches und Natürliches wie ... wie ...

Nein, drücken wir es so aus: An 6 Erde, 19 Flut, 12.19.8.10.1 starrte ich wie alle anderen mit aufgerissenen Augen auf die Verwüstung. Als der erste Schock nachgelassen hatte, fragte ich mich, was außer dem Offensichtlichen – dass es sehr viele Menschen getroffen hatte und dass es ein Anschlag auf vermeintlich sicherem Boden gewesen war – dieses Massaker an sich hatte, dass es noch entsetzlicher wirkte, als die Summe aller Teile vorgab. Lag es daran, dass ich lange nicht begriff, keinen Trailer für den neuen Jerry-Bruckheimer-Film zu sehen, sondern die Realität? Lag es daran, dass man tatsächlich eine Art satanischer Präsenz spürte, ein diabolisches Lächeln in den grauen Wolken bemerkte? Oder war der Grund der, dass es gar keine Präsenz gab, dass hinter dem Rauch nur Leere herrschte – Leere und noch mehr Leere? Eine Zeit lang hatte ich geglaubt, der Eindruck entstehe aus der Schönheit; das spektakulärste Ereignis, an das irgendjemand auf der Welt sich erinnern kann, spektakulärer als die Landung der Alliierten in der Normandie oder die Anschläge vom 11. September 2001 – wie die Flugzeuge einfach verschwanden, und diese Beardsley'schen Staubwolken, als die Sandburgen zusammenstürzten. Als es vorüber war, empfand man nicht den Tod zahlloser Menschen, nur dieses billige Gefühl wie nach einem Feuerwerk, oder wie wenn man ein großes Dessert heruntergeschlungen hat und schuldbewusst auf den leeren Teller blickt. Ich war enttäuscht von mir, so gedacht zu haben. Aber irgendwann ging mir auf, dass es in Wirklichkeit jeden getroffen hatte, und ich sah, wie leicht es gewesen war, beinahe mühelos, als wären diese Säulen des Dagon ausdrücklich für die Größe dieses Möchtegern-Samsons errichtet worden, sodass er sich nur dazwischenstellen und ihnen einen leichten Stoß geben musste. Fast könnte man auch sagen, es lag daran, wie kostengünstig es war. Man brauchte nur zum Halal White Castle zu gehen – oder wo junge Hadschis mit geschwollenen Testikeln sonst herumhingen –, ein gutes Dutzend anwerben, ein paar tausend Dollar für Flugstunden und Spesen und ein paar Bastelmesser springen lassen, und plötzlich haben wir den Untergang des Westens. Trotz all der Zeit und Mühe, die die Leute aufwenden, um sich weiszumachen, alles sei bestens – und obwohl die Verleugnung schon immer die größte Industrie der Welt gewesen ist –, hätten einige Menschen beinahe begriffen, dass sie in einem Kartenhaus leben und dass eine Flasche mit geschmolzenem Trinitrotoluol an der Kante ihres Couchtisches steht, während sie ihren Kindern erlauben, mit den Hunden im Wohnzimmer herumzutollen. Wenn Sie andererseits ein angehender Weltzerstörer wären – ein »Doomster«, wie wir sie bei der Warren-Familie Fürsorglicher Firmen nennen –, hätte dieses Ereignis Ihnen die Augen dafür geöffnet, wie unbegrenzt Ihre Möglichkeiten sind. Es hätte Sie inspiriert, es noch zu übertreffen.

Zufälligerweise ist das einer der Gründe, weshalb ich tun muss, was ich tue. 9-11 hat viele inspiriert, nicht nur Madison und mich. Der Opferspiel-Engine zufolge, die wir jetzt auf LEON laufen lassen, der Haupt-KI von Warren Labs, gibt es weltweit wenigstens sechzig aufstrebende Doomster, die eine gute Chance hätten, zehn Millionen oder mehr Menschen zu töten. Ich sehe sie geradezu vor mir, wie sie in ihren feuchten Kellern über hausgemachten Viren hocken, die Überreste weggeworfener Rauchdetektoren in schmutzige Sprengsätze packen, Rizin im Hundertkilomaßstab umkristallisieren, und so weiter. Madison war außergewöhnlich begabt, aber keineswegs einzigartig. Wenn ich es also nicht gründlich mache, macht es jemand anders schlecht, und zwar bald. Jeder dieser Loser könnte seinen Mist jederzeit loslassen, und genau das wird auch geschehen. Was ich anhand des Spiels beobachten konnte, macht einem nicht gerade Mut. Die Wahrscheinlichkeit ist hoch, dass die nächsten paar Jahrzehnte – wenn nicht sogar Jahrhunderte – von Kriegen, Hungersnöten, Wirtschaftskrisen, staatlicher Unterdrückung, Foltertod und Epidemien geprägt sein werden, von Eltern, die ihre Kinder fressen, und umgekehrt. Die Dinge wenden sich zum Schlechten, und schlecht ist erheblich schlimmer, als die Menschen sich bewusst machen.

Wie ich schon sagte, das Opferspiel lässt einen vorauslesen und genau ergründen, was man programmieren muss. Mit »vorauslesen« meine ich vorausahnen in dem Sinne, wie ein genialer Go-Spieler einhundert Züge »vorausliest«. Doch mit dem Opferspiel lese ich Hunderttausende von Zügen in Hunderttausenden weitaus komplizierterer »Spiele« überall auf der Welt voraus, folge einer einzelnen Kette durch das Flechtwerk der Eventualitäten, die schließlich ... sagen wir einfach, sie führen letztendlich dahin, was ich für die beste verfügbare Methode halte, es zu bewerkstelligen. Endgültig, schmerzlos und, einmal in Gang gesetzt, unerbittlich. *Das* nenne ich Fortschritt. Elf Jahre, einen Monat und neunzehn Tage später erforderte es nur einen Klick auf einem Bildschirm, um ein Ereignis auszulösen, neben dem sich der Anschlag auf das World Trade Center arg bescheiden ausnähme, wenn jemand es beobachten könnte. Das ist doch ein Fortschritt.

Tatsächlich wird es einen Augenzeugen geben: mich. In 4,564 Stunden von nun an – also ab dem Zeitpunkt, an dem dieses Schreiben versendet wird, dem Moment der Freisetzung plus den vier Minuten, die Sie brauchen, um bis an diese Stelle zu lesen, während ich auf der Atomuhr die Sekunden herunterzähle – wird es einen Augenblick geben, in dem ich mich frage, ob ich mich verrechnet haben könnte und gar nichts geschieht. Und in einer noch kürzeren Zeitspanne, vielleicht nur 700 000 Mikrosekunden – ungefähr zwei *p'ip'ilob,* zweimal Blinzeln, wie wir Maya sagen –, sehe und spüre ich, wie die Dinge sich um mich verändern, und mir ist klar, dass etwas Großes, Fremdartiges geschieht. Und eine weitere Viertelsekunde lang, unmittelbar bevor ich zu existieren aufhöre, werde ich mir bewusst sein, keinen Fehler begangen, sondern alles richtig gemacht zu haben.

So, das ist meine ganze Geschichte.

Jetzt bleibt mir nur noch, auf das Nichts zu warten.

Wahrscheinlich sind Sie immer noch anderer Meinung. Aber das wären Sie nicht, wenn Sie … hm, jetzt hätte ich beinahe gesagt: »Wenn Sie ehrlich zu sich selbst wären.« Also, ich möchte Sie wirklich nicht deprimieren, aber es stimmt nun mal. Schauen Sie sich um, betrachten Sie die Welt genau, und es wird so offensichtlich für Sie sein, wie *a* = *a* ist. Der Durchschnittsmensch möchte nur …

Hm. So ein Zufall. Noch während ich das hier tippe, das über den Durchschnittsmenschen, entdecke ich eine Schlagzeile auf meinem Nachrichtenbildschirm:

Brückenabriss in Akron bewirkt Nabelschau

AKRON, Ohio – Ihr offizieller Name, der auf den Landkarten und Schildern steht, ist All-America Bridge. Doch seit sie vor 28 Jahren erbaut wurde, sind von dieser Brücke so viele Menschen in den Tod gesprungen, dass sie fast nur noch unter ihrem Spitznamen bekannt ist: Selbstmordbrücke.

Die Stadt Akron hat nun beschlossen, Schritte einzuleiten, und will Bundeshilfen von mehr als fünfzehn Millionen Dollar dazu verwenden, die Brücke abzureißen.

Seit 1997, als die All-America Bridge über den Little Cuyahoga River gebaut wurde, haben sich 468 Menschen mit einem Sprung in das Tal, das sie überspannt, das Leben genommen. Ungefähr zweimal die Woche wird die Polizei gerufen, um Lebensmüde in letzter Sekunde von ihren Selbstmordplänen abzubringen. Anwohner im Tal unterhalb der Brücke beschweren sich, dass die fallenden Körper schon Dächer beschädigt hätten. Vor vier Jahren hat die Stadt für über eine Million Dollar einen Sperrzaun errichtet, der jedoch schon von sechzig Springern umgangen worden ist. Der Psychiatrische Dienst gibt an, dass die All-America Bridge zu einem »Magneten« geworden sei: Sie sei bekannt für die Selbstmorde, die auf ihr schon verübt wurden, und ziehe daher noch mehr Menschen mit Schwierigkeiten an, die versuchen würden, ebenfalls hinunterzuspringen.

Durch ihre Zustimmung zu der Maßnahme hat die Stadt eine mitunter emotionale Diskussion über Selbstmord und geistige Gesundheit, Staatsausgaben und Akrons Image und Zukunft ausgelöst, während sie sich neu zu erschaffen und an eine neue Wirtschaftslage anzupassen versucht, in der sie ohne die Tausende Arbeitsplätze in der Reifenherstellung auskommen muss, eine Industrie, die Akron einst den Beinamen »Weltgummihauptstadt« eingetragen hatte.

Den Rest können Sie googeln, aber Sie sehen auch so, worum es mir geht. Wer könnte durchschnittlicher sein als jemand aus Akron, Ohio? Allerdings muss ich zugeben, dass vierhundertachtundsechzig Menschen eine fast unglaubliche Statistik ist. Ich meine, da glaubt man doch, so ein Selbstmord passiert da jeden zweiten Tag. Man sollte meinen, dass mittlerweile die gesamte Einwohnerschaft von Akron – und dazu ein großer Prozentsatz der Bewohner von Nachbarorten wie Cottage Grove, Barberton und Cuyahoga Falls – die Gelegenheit zu springen ergriffen hätte. Ich brauche das Wort »Akron« nur ein paar Mal zu tippen, schon bin ich dermaßen deprimiert, dass ich kurz davorstehe, mich hier und jetzt an meinem Mauskabel aufzuhängen, statt auf den 21. Dezember zu warten. Warum also die Brücke abreißen? Man sollte doch eher annehmen, dass die Stadtväter dort ein ausdrücklich für den Selbstmord bestimmtes Gewerbegebiet aus dem Boden stampfen, wo sie Tribünen und Erfrischungsstände errichten und Eintrittskarten verkaufen, um wenigstens ein bisschen das Defizit zu senken. Oder wenn die Stadtväter absolut darauf bestehen, ihre Steuerzahler am Leben zu erhalten, warum geben sie sich dann keine Mühe, Akron ein bisschen weniger deprimierend zu gestalten? Allerdings würde das wahrscheinlich mehr als eine Million Dollar kosten. Eine Billion? Unendlich viel? Wer weiß.

Jedenfalls, grundsätzlich wollen die Leute, was ich für sie tue, auch wenn sie nicht darum bitten können. Und ich habe die Verantwortung auf mich genommen, es ihnen zu geben. Ich möchte nicht der Schurke der Geschichte sein (*aber du bist es, Jed! Du bist es!*), doch ohne Schurken passiert nun mal nichts.

Und das ist der ganze Grund. Ich tue es nicht, weil ich frustriert wäre, unter meinen Arbeitskollegen litte oder der Post wegen irgendeiner Geschichte etwas nachtrüge – auch wenn ich genauso wütend darüber bin wie jeder andere Trottel. Es geht nicht darum, dass die Menschen zu nichts gut wären – auch wenn ich immer von ihrer Schrecklichkeit überzeugt war, sogar, bevor ich auf Rotten Video den Clip mit dem Kleinkind in der Mikrowelle gesehen habe. Es liegt auch nicht daran, dass ich die wirkliche Welt für eine kollektive Halluzination, eine holografische Projektion von Außerirdischen oder für den Schleier der Maya (der indischen Göttin diesmal) hielte oder so etwas. Wenn es doch so wäre. Aber nein. Der Grund, der einzige Grund ist der, dass ich mit den Kindern gesprochen habe. Das soll heißen, ich bin den Ungeborenen begegnet. Ihnen allen. Ich habe ihnen zugehört. Sie wollen nicht hierher. Und ich bin in der Lage, ihnen diesen Wunsch zu erfüllen.

Also habe ich Grund und Gelegenheit.

Habe ich auch das Recht?

Das weiß ich nicht. Ich neige aber zu der Auffassung, dass die Frage bedeutungslos ist. Wie schon gesagt, geht es nur darum, dass ich dazu in der Lage bin, und deshalb habe ich auch die *Pflicht*. Ich will nicht der Schurke sein. Wer will das schon? Aber manche sind berufen ...

PING. Aha. Mein imaginärer interner Wecker sagt mir, es ist Zeit, nach dem zweiten Dominostein zu sehen.

Beinahe habe ich Angst hinzuschauen.

Nein, nicht beinahe. Ich *habe* Angst.

Eine Scheißangst.

Aber wenn ich nicht hinschaue, ist es vielleicht gar nicht passiert. Vielleicht ist alles nur ein Hirngespinst ... vielleicht kann es gar nicht funktionieren. So etwas geschieht einfach nicht. Es ist unmöglich. Die Dinge bleiben, wie sie sind. Es wird immer Kaffee und Japan und den Morgen geben und noch eine Staffel *Battlestar Galactica*; es wird

Papageifische geben, Meeresschnecken, Fluffernutter-Sandwiches, Schnee ...

Jed! Du wirst rührselig. Hör auf. Reiß dich zusammen.

Ich rief den Preisticker auf und scrollte nach unten ... langsamer ...

Da ist es ...

...

Chix, chix, chix. Xkimik, xkimik. Ay dios. O Gott, ogottogott! Das ist nicht wahr, das ist nicht wahr ...

Aber es ist wahr. Es ist passiert. Ich habe es getan. Es passiert, es passiert. *Todo por mi culpa.* Alles meine Schuld. O mein Gott, omeingottomeingott, OMG, O, O, O. *Ya estuvo.* Es ist getan. Wieder spürte ich das betäubende Hochgefühl, als hätte ich gekühltes Helium eingeatmet. Und auch Wald- und Wiesen-Entsetzen, natürlich, und sogar einen Hauch von ... ich weiß nicht genau, wie ich es nennen soll. Soll ich Schuld dazu sagen? Abbruch, Abbruch! Es ist getan, Jed, es ist getan, auch wenn ich, selbst ich, nicht glauben kann, dass es wirklich passiert, es ist, es ist, es ist ...

Tief durchatmen!

Puh. Tja, daran ist nichts zu ändern.

Okay. Es wird spät, also beantworte ich noch eine Frage aus dem Publikum. Wenn das Opferspiel so großartig funktioniert, warum benutzt du es dann nicht, um zu sehen, wie man all diese schrecklichen Möglichkeiten vermeidet und die Zukunft für jeden hell und strahlend macht? Beantworte mir das.

Habe ich schon. Das war's.

Also, das war es wirklich. Und wie ich schon sagte ...

Warte mal.

Okay. Ich bemerkte, dass es mir ein bisschen hochgekommen war, und ich musste den Klumpen aus saurem Mus wieder in die richtige Röhre zurückwürgen. Okay.

Und wie ich schon sagte: Sie wollen es selbst. Gehen Sie mal in sich, dann erkennen Sie, wie sehr Sie sich nach Erlösung sehnen. Genau wie der verstümmelte Hund, den ich früher kannte, wollen Sie erlöst werden, auch wenn Sie nicht darum bitten können. Wenn Sie könnten, würden Sie mir danken, dass ich für alle eine Brücke baue, die aus Akron hinausführt. Und wenigstens wissen Sie jetzt Bescheid. Das heißt, Sie wissen alles Wissenswerte: dass die Welt nicht in Feuer oder Eis endet, nicht mit einem großen Knall und nicht mit einem Wimmern, nicht mal mit einem Achselzucken. Nur mit einem Mausklick.

Mit sehr, sehr freundlichen Grüßen

Joachim Carlos Xul Mixoc DeLanda

(2)

Marena hatte mir eine SMS geschickt, als ich mitten beim Verfassen meines Briefes an die Liebe Todgeweihte Welt war. Sie schrieb, sie sei aus Belize zurückgekehrt, und ich solle sie zu Hause besuchen. Wow, und jetzt?, dachte ich. Was sollte ich ihr sagen, außer nichts? Ich wusste genau, dass ich nicht widerstehen konnte. Ich hing noch immer an ihrem Haken. Oder an ihrer Harpune. Und sie wusste es. Hölle. Andererseits war ich noch nie bei ihr zu Hause gewesen, und sie zu besuchen stand auf meiner Liste der Dinge, die ich vor meinem und unser aller Tod noch tun wollte, ganz oben.

Okay. Ich schaltete die Aquarien auf Selbstwartung, aß ein bisschen Fluffernutter und nahm, nur um klar im Kopf zu bleiben, eine Dosis Tzam lic. Im Grunde handelte es sich dabei um eine Kombination der gleichen beiden Wirkstoffe in ähnlichem Verhältnis wie in den Drogen, die Jed_2 in Oaxaca vergraben hatte, nur dass sie heutzutage synthetisch hergestellt und leicht modifiziert waren, damit sie müheloser aufgenommen werden konnten. Ein geiles Zeug.

Ich machte mich zurecht und suchte mir sogar ein hübsches, leichtes graues Dormeuil-Sakko heraus. Moment, ist das ein Mottenloch? Schei... oh. Doch nicht. Nur ein Fleck. Wahrscheinlich Polonium-210. Egal. Ich zog mir das Sakko über. Aaah. Jetzt bin ich ein Mann. Seit den unerfreulichen Ereignissen in Disney World hatte ich immer alles dabei: Brieftasche, Ersatzbrieftasche, Brille, Purell-Wischtücher, Brillenputztücher, Q-tips, Kabelbinder, Therapieknete, Sekundenkleber, meine Grandessa, Medikamente, die ich nehmen musste, Medikamente, die ich nehmen konnte, Adderall, Oxycodon, Klonopin, Verbandpäckchen, einen blauen Pilot-Rollerball, Post-its, Tooth Towels, Gerinnungsspray, Jordan-Zahnbürsten, eine rote Astronomentaschenlampe, zwei Netphones mit SIM-Karten konkurrierender Provider, ein Gerber Suspension Multi-Tool (das ich sehr empfehle), meinen echten Pass, meinen von Warren zur Verfügung gestellten falschen Pass, neun Blankoschecks von drei verschiedenen Banken, ungefähr fünfzehntausend US-Dollar in alten Zwanzigern ohne Magnetstreifen und eine kleine Münztasche aus Nylon mit fünfundzwanzig Krügerrand, die im Augenblick 75 102 Dollar wert waren. Und noch ein paar Kleinigkeiten, denn man weiß ja nie. Ich überprüfte noch einmal die drei Aquarien – nach dem Großen Sterben am Disney-Tag hatte ich von Lenny alles ersetzen lassen – und die Apps auf meinem Netphone, die mit den Aquarien und den Aquarienkameras verbunden waren; dann benutzte ich die andere neue App und aktivierte die Alarmanlagen und die Hauskameras. Ich schob die Füße in ein voll aufgeladenes Paar Sleekers – nur um zu zeigen, dass ich den Konzern unterstützte, versicherte ich mir – und suchte mir einen Hut aus, den man gut im Haus tragen konnte. Brieftasche, Schlüssel, Ersatzbrieftasche, Ersatzschlüssel. Check, check …

Verdammt. Ich empfand ein Infraschallpochen, das klang wie eine Coverversion der ersten beiden Takte von *Transfusion*: Der Alarm an Netphone 1. Zeit für einen neuen Schuss. Genau.

Ich rollte das weibliche Hosenbein auf – das linke, meine ich – und suchte mir ein jungfräuliches Ziel an der Innenseite meines Oberschenkels. Dr. Lisuarte von der Warren Group hatte mir ein PowderJect-System gegeben, das unwiderstehlich aussah, wie eine besser gefertigte Version der Daisy-Buck-Rogers-U-238-Atomdesintegratorpistole von 1946, und ich verpasste mir eine Injektion mit rekombinantem Gerinnungsfaktor VIII. *Pfiuuuh!* Au! Scheiße, dachte ich. Na ja, nicht mehr lange. In letzter Zeit betrug meine Gerinnung ohnehin fast immer beinahe siebzig Prozent des Normalwerts, und selbst wenn ich mit den Sleekers ausrutschte, würde ich lange genug leben, um die große Viertelsekunde zu sehen. Tatsächlich machte ich mir kaum noch bewusst Sorgen ums Verbluten, doch für jeden, der unter Hämophilie gelitten hat, gleich welcher Art, sieht die Welt immer ein bisschen anders aus. Zum Beispiel hält man stets die Augen auf nach scharfen Gegenständen. Es ist wie das Gefühl, das man bekommt, wenn man beim Arzt mit nacktem Oberkörper auf dem

Papiersitz hockt und wartet, und der Blick fällt auf den Behälter, in den gebrauchte scharfe und spitze Materialien geworfen werden. Wenn man Bluter ist, hat man so ein Gefühl andauernd.

Ich ging hinaus, ließ die Tür sich selbst schließen und horchte auf das Piepen, mit dem die Bewegungsmelder ihre Funktionstüchtigkeit bekundeten. Es war bedeckt und fast vierzig Grad heiß, und neunundsiebzig Prozent relative Luftfeuchtigkeit ohne Wind gaben einem das Gefühl, man wäre mit einer halben Tonne Styroporgranulat in eine Kiste gepackt und auf einer Veranda stehen gelassen worden, ohne dass einen jemand abholte. In der Luft lag ein Hauch von Brandgeruch über dem Gestank nach Schimmel und gegrillter Blutroter Fingerhirse. Halloween kommt dieses Jahr aber früh, ging es mir durch den Kopf.

Erstaunlicherweise dachte ich daran, das Sakko abzustreifen, ehe ich mich in das knapp fünfzig Grad heiße Innere des Barracuda Thermadors senkte. Der Wagen war ein MetalFlake-mango-orangefarbener 1970er Plymouth-Hardtop, den ich vor zehn Monaten gekauft hatte. Er besaß noch die Originalkarosserie, den Originalmotor und das Originalgetriebe, und ich nannte ihn so, weil das gesamte Innenleben herausgekratzt und durch die allerneueste Elektronik ersetzt worden war.

»Bitte nennen Sie mir Ihr Ziel«, schnurrte der Wagen. Die Stimme klang wie die Stiefmutter aus Disneys *Aschenputtel*.

»Wie stelle ich dich ab?«, fragte ich.

Ich bekam keine Antwort. Hölle und Korruption. Es war nicht einmal die richtige Stimme. Wenn dieses Auto wirklich sprechen könnte, würde es sich anhören wie Amy Winehouse. Die App musste ich mir unbedingt besorgen. Wohin ich wolle, fragte der Wagen wieder. Diesmal sagte ich es ihm aus purer Schwäche. Er schlug vor, ich solle die Magnolia Street Richtung Westen nehmen. Ich gehorchte.

Indiantown sieht aus wie ein Stadtviertel aus *The Sims*, gäbe es dort eine Einstellung für »Verkommenheit« und würde man den Regler halb nach oben schieben. Und heute wirkte es völlig verlassen. Alles versteckt sich, dachte ich. Hat Angst, von Hinterwäldlern gelyncht zu werden. Neulich war das Gerücht aufgekommen, der Disney-World-Horror wäre in Wirklichkeit von indianischer Magie verursacht worden, und in ganz Florida hatte es Übergriffe gegen amerikanische Ureinwohner gegeben. Manchmal überlegte ich schon, ob sich die Zeile im Codex Norenbergae, wo vom »Schultern der Schuld« die Rede ist, darauf bezieht. Nur dass es einem eigentlich nicht einleuchten will. Ich meine, das ist so spezifisch, dass sogar ich es nicht glaube. Aber man kann natürlich nie wissen. Dieser 1-Ozelot war ein reichlich verschlagener Kater.

»Bitte biegen Sie nach ... *rechts* auf den Martin Luther King Boulevard ab«, sagte die Autostimme. Ich tat es, obwohl ich einen anderen Weg kannte, den ich sogar lieber mochte. Verdammt. Ich wurde servil und reihte mich bei den Schafsmenschen ein. Ich hätte das alte Armaturenbrett behalten sollen. Im Radio, das natürlich schon seit 2003 kein echtes Radio mehr war, erzählte eine Frau, die immer wieder betonte, sie hieße Anne-Marie Garcia-McCarthy, ein Mob habe den Heeresstützpunkt Fort Polk in Louisiana gestürmt und sei dabei möglcherweise beschossen worden. Die Nation of Islam hatte ein Statement herausgegeben, demzufolge die US-Regierung der schwarzen Bevölkerung den Krieg erklärt habe, sodass die Schwarzen sich mit allen Mitteln verteidigen müssten. Zeit für ein neues Motto, dachte ich. Die Frau fuhr fort, Dick Cheney, der Kopf hinter DWH, sei noch immer verschwunden und verstecke sich vermutlich in Pakistan. Der Goldpreis habe heute Morgen einen neuen Höchststand von 3004 US-Dollar erreicht, und Mais sei – wie wir bereits wissen – der Renner im nachbörslichen Handel. Wieder erklärte sie, ihr Name sei Anne-Marie Garcia-McCarthy.

Auf die 710. Die Staatsstraße war ziemlich leer. Hier entsteht Rockingham Vistas, verkündete die erste große Video-Werbetafel. Genau das, was wir brauchen, dachte ich, noch mehr GWs. Damit meinen wir Immobilienspezialisten geschlossene Wohnanlagen. Windsor Forest – nach den Meisterwerken von Thomas Kinkade, Painter of Light®. Coke™ ... das Leben schmeckt gut®. Holt euch Florida zurück – wählt George Prescott Bush, Republikaner, zum Gouverneur. Ein alter Ford Mustang mit einem scrollenden LED-Stoßstangenaufkleber: IN EINEM ANDEREN UNIVERSUM IST MEIN SOHN EINSERSTUDENT. Ein Anti-Abtreibungs-Schild mit einem wütend dreinblickenden Fötus zog vorbei. Keine Sorge, kleiner Kerl, du verpasst nichts. Anne-Marie erzählte weiter, Analysten hätten erwartet, dass bei einer landesweiten Arbeitslosenquote von dreißig Prozent mehr Menschen den Wunsch hätten, Polizeibeamte zu werden, doch das Gegenteil sei der Fall. Am Baja Fresh und an Frans Anemonen vorbei. Beide Läden sahen geschlossen aus. Verdammt. Fran war eine Konkurrentin Lennys, aber manchmal holte ich mir bei ihr Artemia. Federation Forest™. Enterprise Estates™. Beides Wohnanlagen für alternde Trekkies. Ich wusste von ihnen nur, weil sie von Warren Intentional Communities Family entwickelt worden waren. Sie waren groß, aber die größten Hits von WICF waren nach wie vor die Golden Year Gothams, die wie ganze Städte erschienen, die nur aus Pflegeheimen bestanden, und die Special Youth Plantations, wahrscheinlich eine Kreuzung zwischen riesiger Kindertagesstätte und Erziehungsanstalt. Colonia Años Dorados™. Long John Silver's. Hier entsteht Pandora®. Ich nahm an, Letzteres hatte *Avatar*™ zur Grundlage. Ranho Pasa de Uva™. Oder hatte ich mir das nur ausgedacht? Ich schaute nach hinten, konnte es aber nicht mehr erkennen. Gott, man verdummt beim Lesen, dachte ich. Na ja, es könnte sein, dass du heute zum letzten Mal mit der 710 zu tun hast. Vielleicht fährst du sogar zum letzten Mal irgendwohin. Über meinem linken Arm berührte die große, schmutzig-orange Sonne die Reihe der Sträucher hinter toten Orangenbäumen. 18.40 Uhr, dachte ich. Pünktlich wie die Maurer. Nur einen Hauch westlich von Westsüdwest. Im Kriechgang zur Wintersonnenwende an 4 Ahau. Der allerletzten. Für immer. Immer, immerer, noch immerer, am immersten. O mein Gott, OMG, OM...

Hör auf, sagte meine andere Seite. Ich nenne sie aus Bequemlichkeit »meine andere Seite«, aber natürlich kann es jede Seite sein, deren Stimme in meinem inneren Dialog als Zweites spricht. Hör auf, sagte meine andere Seite. Denk positiv.

Okay. Ich passierte das Einkaufszentrum mit Reefer's Madness. Der Laden schien ebenfalls dicht zu sein. Das ganze Einkaufszentrum sah geschlossen aus. Himmel, das ist, als wäre ich der Omega-Mann, ohne dass ich irgendwas gemacht habe. Ich wiederholte immer wieder die Gedanken an das glückliche Ende; dennoch lastete die Langeweile so schwer auf mir, dass ich am vierblättrigen Kleeblatt der Auffahrt zum Turnpike kurz davorstand, auf 170 Meilen pro Stunde zu beschleunigen und die Mühle gegen den Pfeiler zu setzen. Stattdessen hielt ich an der Mautstelle. Es hätte eine ganz gewöhnliche Mautplaza sein können wie vor dreißig Jahren, nur dass sie helleres Licht hatte, mehr Kameras und ein Trio von Rolly PoPos, die sich zwischen den wartenden Autos hindurchquetschten. Einer kam zu mir.

(3)

»Hallo, willkommen auf Floridas schönem Ronald-Reagan-Turnpike«, sagte er – oder sie – mit der Stimme von Will Ferrell. Das breite schwarze Grinsen verengte und weitete sich halbwegs passend zu den Konsonanten, und die senkrecht stehenden schwarzen Ovale, die seine Augen waren, drehten die Spitzen um dreißig Grad gegeneinander, um kindliche Freude auszudrücken. »Könnte ich mir mal grad schnell Ihren Händeabdruck ansehen?« Er streckte die rechte »Hand« vor, einen dicken vierfingrigen weißen Handschuh mit einem runden Glasscanner in der Fläche wie ein jainistisches Dharmatschakra.

Das sind nicht die Droiden, die ihr sucht, wollte ich schon sagen; aber dann überlegte ich mir, dass sie das wahrscheinlich tausend Mal am Tag zu hören bekamen. Ich streckte wortlos meine Hand vor, mit der Fläche nach unten. Grünes Laserlicht blitzte darüber. Dem Kindermädchen fehlen nur noch Reithosen und Schaftstiefel, dachte ich. Trotzdem sollte ich froh sein, dass ich jetzt Anteile an der Firma besitze. Denn Teile der Ausrüstung, die er trug, und das gesamte Design des Rolly-PoPo-Programms waren Produkte der Warren Group. Marena hatte mir eine Broschüre gezeigt. Sie stammte aus der Zerothruster-Abteilung, bei der es nur um massenpsychologische Wirkung ging. Im Augenblick nannte sie sich die »Spaßige, flauschige und familienfreundliche Speerspitze des unkonfrontativen Gesetzesvollzugs«. Bei der Ausrüstung handelte es sich um wassergekühlte Splitterschutzanzüge für Bombenräumkommandos, die von der Westminster Group hergestellt wurden, aber seit dem 11. September begann man, sie als Kostüme in Vergnügungsparks wie Disney World und Six Flags und andere auszuliefern. Zerothruster hatte das Nomex-Kevlar-Gewebe mit pudelfellartiger Beflockung in »verschiedenen fröhlichen Designerfarben« versehen und große runde Köpfe hinzugefügt, die über den hohen Kragen und den Splitterschutzhelm kamen und »eine große Bandbreite an Designs« mitbrachten, die sich »frei an jeweilige kulturelle Gegebenheiten und Maßregeln unkonfrontativer Verhaltensweisen anpassen« ließen. Der Anzug, den ich vor mir hatte, war eine schwarz-orangefarbene neoteoisierte Katze mit einem krickentenblauen T-Shirt, die, soweit ich wusste, das Maskottchen der Jacksonville Jaguars war, und trug ein übergroßes rundes Dienstabzeichen mit der Aufschrift Florida Highway Patrol.

»Guti, Junge, dann lass mich mal kurz gucken«, sagte der nächste aufgezeichnete Sprachclip des Dings. Die linke »Hand« hielt einen langen gewinkelten Stab mit einer Kamera am Ende; damit suchte es unter dem Barracuda herum. Betrachtete der Polizist das Video mit einem Auge, oder tat das jemand anderes für ihn?

»Hey, Sie können fahren, schönen Tag noch«, sagte das Ding. $14.50 RTT-MAUT erschien auf meinem funkelnagelneuen Armaturenbildschirm. Danke, dachte ich. Und noch viel Spaß beim Mikrohitlerspielen. Noch zweiundfünfzig Tage.

Gesetzestreu fädelte ich mich in den Turnpike ein. Ein Schwall Tianguiscore dopplerte mit fünfundachtzig Meilen rechts an mir vorbei. Die Musik kam aus einem tiefergelegten Cutlass mit Stoßstangensensoren, die aussahen wie die Barteln eines Katzenfischs. Ein junger, fettleibiger Tejano hockte hinter dem winzigen Lenkrad. Ich wette, der Typ hätte bei Tempo 100 auf einem Peso wenden können. Na, ich bin nur ein alter engstirniger Bourgie-Arsch. Aber weshalb sollte ich mich beeilen? Von allen Menschen, die je auf Erden lebten, ich doch am wenigsten. Die Entrückung kommt, und sie ist *todo por mi culpa*. Der dicke Tejano überholte blitzartig einen orangefarbenen Lkw von Yellow Van Lines und scherte wieder auf die rechte Spur. Wahrscheinlich will er in die No-Go-Zone, dachte ich. Ein Monster-Delirio. Schließlich war es keine richtige Party, wenn hinterher nicht das Haus abbrennt. Na, das sehe ich auch so. Viel Spaß, Hermano. Vielleicht schau ich auf dem Rückweg von Marena vorbei.

Zu den seltsameren Dingen an der No-Go-Zone gehörte, dass man dort zwar an vielen Stellen noch immer mehr als 40 Curie pro Quadratkilometer Radioaktivität maß, sie aber 10 060 Quadratkilometer Fläche bedeckte und ungefähr vierhundert verschiedene Straßen hineinführten, und weil Squatter sich sowieso keine Gedanken über langfristige Gesundheitsfolgen machen, spekulierte die Polizei, dass die Bevölkerung der NGZ seit dem Horror sogar zugenommen hätte. Ich war ein paar Mal dort gewesen, um gefälschte Papiere zu kaufen, und es war tatsächlich irgendwie toll, eine Art gesetzloses Piratennest wie Nassau mit einem wüsten Gemisch aus Heroin, Crystal, Crack, Hundekämpfen und Blowjobs von Minderjährigen, aber im Grunde nicht ganz so gefährlich, weil die M13 und ein paar kleinere Banden die zahlungskräftigen Besucher nicht verlieren wollten und deshalb selbst für eine gewisse Sicherheit sorgten.

Weil es sich um einen persönlich zugeschnittenen Stream handelte, erhielt ich als Nächstes Neuigkeiten aus der Malakologie: Sun-Hin Hsu und Tobi Ramadan beschrieben eine Nacktkiemerspezies von den Linieninseln, die eventuell eusozial waren, das heißt, in Kasten unterteilt wie Ameisen und Bienen, auch wenn ich mir nicht vorstellen konnte, wie das möglich sein sollte, und ich verstehe ein bisschen von Opisthobranchia. Einige Menschen halten die Nacktkiemer mit ihren offen liegenden Kiemen und Polypen in Fantasia-Phiokol-Farben für die schönsten Lebewesen auf Erden. Andere halten sie für die allerhässlichsten, und die meisten haben noch nie von ihnen gehört. Einem anderen Meerestier – sagen wir, einem Hummer – erscheinen sie wahrscheinlich relativ langweilig. Wie auch immer, sie haben ein paar ungewöhnliche Eigenschaften, zum Beispiel die fast einzigartige Fähigkeit, ihre Beute nicht vollständig zu verdauen, sondern nützliche Zellen – die Nesselkapseln von Nesseltieren etwa – in ihren Körpern zu speichern. Ich werde sie vermissen. Das heißt, ich *würde* sie vermissen, weil ich nicht mehr existieren werde. Und nicht zu existieren läuft so ziemlich auf das Gleiche hinaus, wie niemals existiert zu haben. Also haben wir eigentlich gar kein Problem.

Nach den Nachrichten beschloss der Wagen aus irgendeinem Grund, ich hätte alles Hörenswerte gehört und müsste jetzt einen Feed namens *Last Age of Heroes* hören, auf dem es ein Festival mit den Stones, Byrds und Doors gab.

Ab Markierung 31 hatte die Gewerkschaft der Eisenarbeiter auf der rechten Spur ein weiteres Jahrzehnt der Postdekonstruktion eingeläutet – VERLETZUNG/TÖTUNG EINES ARBEITERS – $ 7500 + 15 JAHRE, stand auf einem Schild, so verlockend, dass ich mir kaum vorstellen konnte, wie sich jemand dieses Angebot entgehen ließ. An der Ausfahrt Kissimmee sandte ich Marena eine Sprachnachricht, ich sei in zehn Minuten bei ihr. Warum sollte ich ihr mehr Zeit lassen, alles vorzubereiten? Ich wollte sehen, was sie wirklich trug, machte, las, rauchte, fickte, fistete *et ceteris paribus ad foetidus hepaticum*.

Marenas Haus stand unmittelbar hinter der südlichen Stadtgrenze von Orlando auf Orchid Island, eines der wenigen Wohngebiete, die auf gutnachbarschaftliche Art versuchten, sich durchzuwursteln, als wäre alles ganz normal. Der Zaun aus nachgemachtem Schmiedeeisen stand offen, aber aus dem Wachhäuschen kam jemand und überzeugte sich, dass ich wirklich ich war, und blieb dabei richtig höflich. Hatte Klasse. Ich tastete mich durch die beiden S-Kurven der langen Auffahrt aus rosarotem Beton, die von dicht stehenden Peruanischen Pfefferbäumen gesäumt wurde. Vor mir sah ich eine Garage für drei Autos, aber Marenas Cherokee parkte am Rand des großen Wendekreises. Hinter ihm standen zwei andere dunkle Geländewagen, und ich hielt ganz vorn in der Reihe.

Irgendwann einmal – wann, habe ich vergessen – hat Marena mir erzählt, Walt Disney habe ihr Haus während der frühen utopistischen Phase von Epcot errichten lassen. Ich dachte, sie hätte übertrieben, doch es erwies sich als wahr: Das Gebäude war eine fast exakte Kopie von irgendeinem Haus Frank Lloyd Wrights. Von dieser Seite erinnerte es stark an die Paläste von Uxmal, einer Maya-Stadt in Yukatan, die im 10. Jahrhundert n. Chr. eine wichtige Metropole war und zufällig von meinen Vorfahren regiert wurde, den Xiws.

Ich wand mich aus dem Wagen. Knack. Au. Steif. Werde alt. Verdammt, war das stickig. Ich steckte meine Brieftasche und mein Handy in mein Hemd und ließ mein Sakko auf dem Beifahrersitz liegen. Okay. Nur aus Gewohnheit schloss ich den Wagen ab. Ich blickte auf +30° NNO, um zu sehen, ob ich den Kometen Ixchel entdeckte, aber der Dunst war zu dicht. Okay, los geht's. Mit dem Zeh schaltete ich die Mikrovibration ein, schob mich vom Wagen weg und skatete – 'tschuldigung, *sleekte*™ – über den Beton. Sleeken™ kam einem vor wie irgendwas zwischen Schlittschuhlaufen und altmodischem Rollerskatefahren mit vier Rädern, aber da die Füße flach auf dem Boden auflagen, bekam man das Gefühl, über ein mit Butter ausgestrichenes Teflontablett zu schlittern. Im Prinzip war es so, dass die Laufflächen mit sehr hoher Frequenz vibrierten, sodass sie sogar auf einer gewöhnlichen Straße dahinglitten. Sobald man bei abgestellter Vibration auf diesen Sohlen ging, erzeugte man Elektrizität, die für später gespeichert wurde; deshalb gab es keine großen Akkupacks. Wären die Dinger auf den Markt gekommen, als ich sieben war, wäre ich verrückt auf sie gewesen, aber jetzt konnten sie meine Wunde nicht schließen. Instinktiv – schon jetzt – schaltete ich die Vibration mit den großen Zehen ab und hielt abrupt vor der einzelnen Türstufe. Der Wagen musste einen Alarm ausgelöst haben, denn ehe ich die Tür erreichte, öffnete mir ein mittelgroßer Latino.

»Äh, Jed«, sagte er. »Hi.«

»Hi«, sagte ich. Es war Tony Sic.

(4)

»Hi«, murmelte ich noch einmal. »Tony. Hi.« Zuerst hatte ich ihn gar nicht erkannt, weil er die Haare jetzt ultrakurz trug. Eigentlich trug er gar keine Haare. Er steckte in Shorts und einem blau-weißgestreiften Trikothemd des Mérida-Fútbol-Clubs mit der Nummer 28. Hm, dachte ich. Hm. Was ist hier denn los? Er blickte mich ganz seltsam an. Das alte Konkurrenzdenken überkam mich.

Er fragte mich, wie es mir gehe. Besser, antwortete ich und fragte ihn, wie es ihm denn so gehe. Er antwortete, aber ich hörte nicht hin. Er wirkte nervöser als sonst. Hatte er was mit Marena? Sie hatte gesagt, sie würde jemanden heiraten, aber ... nein, auf keinen Fall, das würde sie nicht bringen. Sie kann unmöglich gemeint haben, dass sie *Tony Sic* heiratet! Der Gedanke war mir zu entsetzlich, um ihn weiter zu verfolgen; ich hatte in letzter Zeit genug Scheußliches im Kopf gewälzt. Aber wieso eigentlich scheußlich? Im Grunde hatte ich gar nichts gegen den Burschen. Wir waren so etwas wie Kollegen, die in Konkurrenz standen, was das Opferspiel anging, und ich war schrecklich eifersüchtig auf Tony gewesen, als ich glaubte, er würde an meiner Stelle in 9-Reißzahn-Kolibri übertragen werden, den Ahau der Maya. Als dann ich ausgesucht wurde, hatte ich natürlich ein schlechtes Gewissen.

Tonys Geschichte war der meinen gar nicht so unähnlich. Auch seine Muttersprache war Maya. Auch er war über Professor Taro in die akademische Welt gelangt, und er hatte in Ixcán sogar einige Zeit für die »Dörfer in Widerstand« gearbeitet. Sei nett zu ihm, sagte ich mir. Vergiss nicht, du wirst ihn umbringen. Und mit ihm alle anderen.

Ach, *pues* ... Ich trat in die trockene Kälte. An die benthonische Tiefe der Klimatisierung in El Norte habe ich mich nie richtig gewöhnt. Und würde es auch nicht mehr.

Sicgesicht forderte mich mit einer Armbewegung auf, mich in dem engen Flur an ihm vorbeizudrängen, doch dann stieß er gegen eine Art abstrakten Garderobenständer, und ich sagte, ich hätte meine Jacke im Auto gelassen. Ein peinlicher Augenblick folgte; dann komplimentierten wir uns in eine Art Vestibül. Dort lag ein Geigerzähler auf einem Radiatorgehäuse und wurde mit einem dicken, gefährlich aussehenden Verlängerungskabel aufgeladen, über das ich hinwegsteigen musste. Ich sah ein orangefarbenes SleekerBoard, das vermutlich Max gehörte. Auf der Unterseite hatte es eine Art Kufenpaar wie ein Schlitten; dazwischen befand sich ein offenbar ziemlich schwerer Akkupack, den Warren, da war ich mir sicher, in den nächsten Entwicklungsphasen kleiner hinbekam (hinbekommen *hätte*, muss es richtig heißen). Das Board lehnte wacklig am Türrahmen, und ich machte einen Bogen darum. Dann kamen wir zu den Schuhen, um die ich ebenfalls einen Bogen schlug. Danach tat ich noch drei Schritte, ehe mir einfiel, dass es ein Haus in asiatischem Stil war. Also ging ich die Schritte zurück. Sleekers hatten keine Schnürsenkel, sondern eine Sprungfeder, die intelligent den Fuß freigab, sobald man mit dem Zeh auf ein Ding an der Seite drückte. Ich parkte sie neben einem Sextett von Sics großen Diadora-Fußballschuhen. Sic schien es für unhöflich zu halten, mich zu beobachten, aber er wollte mir auch nicht den Rücken zukehren, und so wich er rückwärts in die hintere Hälfte des Hauses zurück. Das sah ihm gar nicht ähnlich. Mein Spinnensinn klingelte und meldete mir, dass weitere Personen in der Nähe waren, $Ashley_3$ vielleicht – Marenas Haushälterin –, oder Marenas gruseliger Bodyguard mit dem lächerlichen Möchtegernmonsternamen, Grgur.

»Ich bin im Loch«, hörte ich Marenas Stimme. Vielleicht hatte sie vergessen, dass ich noch nie hier gewesen war. Allerdings sah ihr das gar nicht ähnlich. Ich blickte wieder Sic an. Er deutete nach rechts. Ich ging in die gewiesene Richtung und schritt über pseudohieroglyphische Fliesen durch ein Wohnzimmer mit einer Art zusammengedrücktem Kathedralendach – nennt man das Hüttendach?, fragte ich mich – und durch eine hohe trapezoide Tür in einen matt beleuchteten Raum, in dem ein großer Tisch voller Monitore und externer

Festplatten stand. Gegenüber dem Eingang führte eine hohe Terrassentür in einen dunklen Garten mit einem kleinen Schwimmbecken, das phthalocyaninblau strahlte. Etwas reckte sich hoch und …

Holla.

(5)

Das Etwas hatte mich auf die Unterlippe geküsst. Es war Marena. Sie trug eine Art anthrazitgraues Top, wahrscheinlich aus Pashima-Wolle, ein dazu passendes Bottom und eine Art Haarband sowie eine Halskette mit einhundertacht Granatperlen. Ihr kantiges, flaches Gesicht – vielleicht zu asiatisch für eine Menge Bleichgesichter, aber genau richtig, wenn man solche Gesichter mag – war stärker gebräunt, ganz wie erwartet. Die Wirkung wurde durch die großen, traubenartigen Silberohrringe von Buccellati betont, die an ihr klobig wirkten. Sie trat zurück und senkte sich auf ihre normale Größe ab. Sie wirkte ein wenig verlegen.

»Hi, das war nett«, sagte ich.

Sie sagte: »Hi.«

Ich schaute sie an. Sie schaute mich an. Ich sah zuerst weg.

»Du siehst wirklich gut aus«, sagte sie.

»Danke.« Verdammt, dachte ich, wenn ich ihr jetzt sage, dass sie gut aussieht, klinge ich unaufrichtig. Stattdessen sagte ich ihr, dass sie gebräunt aussehe.

»Und du siehst gesund und glücklich aus«, erwiderte sie.

Wirklich?, fragte ich mich. Ich hatte gedacht, ich sähe aus, als würde ich schmollen, wegen der Sic-Geschichte und so.

»Was ist los?«, fragte sie.

»Los? Nichts.«

»Ehrlich?«

»Nichts«, sagte ich.

»Du hast trainiert, oder?«

»Na ja, ich hab die Flüssigbettfilter der Schwammaquarien gewechselt.«

»Nein, wirklich, dir geht es gut, oder?«

»Besser nie. Ich meine, nie besser.«

Wir schwiegen. Kennen Sie den guten Rat, man solle über etwas reden, das sich im Zimmer befindet, wenn man um Worte verlegen ist? Also blickte ich mich im Zimmer um. Auf einer großen hölzernen Staffelei stand ein riesiger Monitor, als wäre er ein Ölgemälde, und auf dem Monitor war die Skizze einer mayamäßigen Stadt. Ich zeigte darauf.

»Hast du das mit freier Hand gemalt?«, fragte ich. Sie antwortete mit Ja. Ich sagte, dass ich es toll fände. Das stimmte wirklich. Die Frau konnte richtig gut zeichnen.

»So wird es vom Platz aus aussehen«, sagte sie.

»Was denn?«

»Du weißt schon, Neo-Teo™.« Sie sprach das kleine ™-Symbol natürlich nicht aus, aber ich hörte es trotzdem. »Die analoge Version.«

»Mit ›analog‹ meinst du echt, oder?«, fragte ich.

»Oh. Ja, *real life,* in vollem Maßstab, bewohnbar und alles. Ich bin die Erste, die eine Stadt dieser Ausdehnung allein entwirft, seit Peter dem Großen oder so.«

»Cool«, sagte ich undeutlich. Marena sprach manchmal superschnell, wie in einer Radiosendung aus den Vierzigerjahren, und es konnte schon mal eine Sekunde dauern, bis man verdaut hatte, was sie von sich gab. Aber das mochte ich an ihr. Wenn man heutzutage einen Kurs in Business-Präsentation belegt, erzählen sie einem immer, man soll so langsam reden wie Faultierscheiße – nicht nur, damit die Beschränkten einem folgen können, sondern auch, weil sie Studien gemacht haben, denen zufolge die Leute die exakt gleiche Ansprache für gewichtiger halten, wenn sie zwei Minuten dauert und nicht nur eine. Andererseits, wenn Sie je in einer … sagen wir, in einer Software-Entwickler-Konferenz gewesen sind, an der mehr als drei Personen teilgenommen haben, dann haben Sie vielleicht beobachtet, dass immer ein paar Leute dabei sind, die das Problem sofort erfassen. Sie finden zusammen eine Lösung, indem sie sich sehr schnell unterhalten und diesen ganzen Jargon verwenden, und wenn sie das Problem gelöst haben, machen sie Pause, und einer von ihnen erklärt den kleineren Geistern die Lösung. Marena gehörte zu diesen zwei oder drei Personen. Es ist wie, wow, Hirn an Bord.

»Guck dir das an«, forderte sie mich auf. Sie zog mich um den Schreibtisch zu zwei niedrigen Beistelltischen. Auf einem stand eine kleine Gruppe Puppen aus PVC – man muss sie heute wohl Actionfiguren nennen. Aus der Nähe sah ich, dass sie mythische Charaktere der Maya im Barbie-Maßstab waren, alle in einer Art urbanem Jesse-Hernandez-Ocēlōmeh-Stil. Mit erhöhten Goldbuchstaben stand der Name jeder Figur auf dem Kunststoffsockel. Aber auch ohne diese Etiketten wäre »Jun Raqan«, also Hurrikan, leicht an seinem einen Bein zu erkennen gewesen, und es war auch nicht besonders schwer, »1-Ozelot«, »1-Türkiser-Ozelot«, »Mam« (der über der klassischen Maya-Tracht einen Hut im Stil des 19. Jahrhunderts und eine Krawatte trug, weil er selbst heute noch hin und wieder unter dem Namen Maximón auftauchte), »Wasserlilien-Jaguar«, »Ix-Chel« und »Sternenrassler« zu identifizieren, der eine lange federbesetzte Schlange mit Glotzaugen und jeder Menge Tausendfüßerbeinchen war. Dazu kam ein Quartett von buckligen Zwergen in verschiedenen Farben, die sie »Nordost-Chak«, »Nordwest-Chak«, »Südwest-Chak« und »Südost-Chak« genannt hatten, sowie eine ganze Gang trendig-gruseliger Typen, die neun Herren von Xib'alb'a, der Unterwelt der Maya. Der Größte, der Anführer, hatte seinen Namen »4-Jaguar-Nacht« behalten dürfen, aber seine acht Gefolgsleute hatte Warren Entertainment umgetauft. Ihre Namen begannen alle mit S: Scab, Skitters, Spine (ein mastiffgroßes Kaninchen mit Reißzähnen), Scald, Snatchbat, Scurf (ein großer körperloser Kopf), Sarcoma und Serpigo, der – für mich wenigstens – mehr nach Cthulhu-Mythos als Maya aussah, aber was wusste ich schon? In Wirklichkeit hießen sie Krätze, Schrumpel, Rochenstachel, Blutige-Klauen, Blutige-Zähne, Fistel, Pustel, Eiterbeule und Reißzahn-Kaninchen.

»Nicht die, das hier«, sagte Marena. Sie schob sich hinter den anderen Tisch. Er war mit etwas bedeckt, das wie ein Stapel aus Aerogel-Bausteinen aussah. Sie nahm eine Fernbedienung und drückte einen Knopf. Die Bausteine füllten sich mit Licht und Schatten.

Wow, sagte ich, oder versuchte es zumindest. Wie auch immer, ich habe die Anführungszeichen weggelassen, weil ich stark annehme, dass der Laut nicht ganz aus meiner Kehle herausfand.

Ich sah das Architektenmodell einer futuristischen mayaesken Stadt vor mir, mit Pyramiden, Plätzen, Palästen, Türmen, Bastionen, Vorwerken, Brüstungen, Gittern, Verliesen, Sturzsteinen, Lichtgaden, Labyrinthen, Minatouretten und Zickzackurrats, alles in Spätnachmittagslicht getaucht und von der unmenschlichen Klarheit einer … sagen wir, einer Daguerreotypie oder, um blumig zu werden, von etwas, das von einem Heer kleiner, an der *École Hôtelière Gastronomique* ausgebildeter Elfen aus Zucker gesponnen worden war. Der Tisch maß nur etwas über einen Meter im Geviert, und das Modell nahm nicht einmal die ganze Fläche in Anspruch, aber jeder gehauene Stein, jede Lackfliese und jedes elektroverkupferte Fenster stach wirklicher als wirklich hervor, und überall schien es mehr Details zu geben, als man in einer echten Stadt von einem guten Beobachtungspunkt an einem klaren Tag mit Fernglas und den Augen eines Zehnjährigen sehen konnte. Die Stadt wirkte tatsächlich, als stamme sie aus der Zukunft. Nun leben wir jetzt natürlich schon eine Zeit lang in der Zukunft, aber trotzdem. Und es war keine Holografie – ganz offensichtlich, wegen der Farben – und es war auch kein Video. Es musste das neuartige 3-D-System sein, von dem sie gesprochen hatten. Mit »sie« meine ich Marena und ihr Entwicklungsteam bei Warren Entertainment. Das Barbie-Irgendwas.

»Hast du es schon mal gesehen?«, fragte Marena.

Ich glaube, ich sagte noch immer nichts.

»Das DHI, meine ich.«

»Tut mir leid«, erwiderte ich. »Ich weiß nicht, was das ist.«

»Das Doll House Interface. Wir haben ihm diesen Namen gegeben, weil es einem so vorkommt, als gucke man in ein riesiges Puppenhaus, wo es an jeder Ecke etwas Neues zu entdecken gibt.« Sie sprach mal wieder im Vierzigerjahre-Modus.

»Ach ja.«

»Das sind diese Steine aus Aerogel, die von den Schichten aus Plasmadisplays eingeschlossen sind wie in einem Sandwich«, sagte sie. »Ohne Input ist es fast durchsichtig. Die Consumer-Version kommt erst in ein paar Jahren.«

»Klar.«

»Zwischen den Displays sind Polarisatorschichten. Sie erzeugen die Schatten. Die Transparenz ist riesig, daher die super Farbtiefe. Und jede einzelne dünne Schicht hat 2400 dpi.«

Ich murmelte, wie toll das alles sei. In dem Ding bewegte sich irgendetwas. Als ich mich näher beugte, die Augen zusammengekniffen, sah ich, dass die Treppen an den Pyramiden Rolltreppen waren. Das Ganze wirkte so sehr aus einem Guss, dass diese Rolltreppen, die neonischen Pseudo-Maya-Gargylen, die animatronischen Karyatiden und alles andere passend erschienen.

»Siehst du, das ist die Hyperbowl«, sagte Marena. Sie nahm einen ovalen Block weg, der eine Pyramidenschale aus Glas und Titan zeigte, und legte ein Spielfeld mit Sitzreihen frei.

»Moment mal, willst du das alles auf dem Stake bauen?«, fragte ich. Damit meinte ich das Gelände, bei dem es sich offiziell um den Olympiakomplex von Belize handelte. Ein Stake ist eine mormonische Missionsstation, und das war es auch ursprünglich; jeder in der Warren-Familie Fürsorglicher Firmen nannte es so.

»Na ja, am Ende schon, das ist die Idee«, sagte Marena und reichte mir den ovalen Stein. Als ich ihn genau betrachtete, konnte ich Netze aus Golddraht und einen schwarzen Chip von der Größe des Buchstabens M in 6-Punkt-Pica ausmachen. »Die Mondkälber wollen dort nach den Olympischen Spielen ihr eigenes Selbstbedienungsland aufmachen. Im Grunde wollen sie nur der Steuer entkommen.«

»Trotzdem, es ist immer toll, Pläne für die Zukunft zu haben.«

Das Ende aller Zeiten, dachte ich. Heilige Scheiße. Denk jetzt nicht dran!

»Ja. Jetzt, wo Warren das Ende der Welt verhindert hat, versucht der Konzern, sie ganz in ihren Besitz zu bringen.«

»Genau.« *EAZ,* dachte ich wieder. *Ende aller Zeiten.* Verdammt. Es kam mir so vor, als würde ich es in dieser Echo-Effekt-Schreibung à la Stephen King denken. Sie wissen schon, so wie:

> Okay, dawarichalsoundlatschte, doo-dee-doo-dee-doo,
> und ich

(Ende aller Zeiten)
ging in das Postamt von East Innsmouth und
(EAZ)
die Frau am Schalter, über die gleich sehr viel mehr berichtet wird, reichte mir einen zerknitterten, eigenartig schweren braunen Briefumschlag, der mit ausgefranster Kordel umwickelt war, und ich
(todo por mi culpabilidad)
öffnete ihn und …

Sie kennen das.

»Du hörst dich an, als hättest du Zweifel«, sagte Marena.

»Nein, ich … ich habe keine … äh … «

»Doch, du hast Zweifel. Was hast du denn für Zwi-zwa-zweifel?«

»Ich hab keine, ich … «

»Hi, Boss«, sagte Marena.

»Hi«, sagte ein zehn Jahre alter Junge hinter mir. Es war ihr Sohn Max. »Hallo, Onkel Jed.«

Ich sagte Hi. Er kam näher und umarmte mich. Ich umarmte ihn auch, fühlte mich dabei aber unbehaglich, aus offensichtlichen Gründen, denn … na ja, Sie wissen schon. Okay, ich will es aussprechen. Weil ich ihn sehr bald umbringen würde, so wie Sie und alle anderen. Fuck. Ich fühlte mich plötzlich nicht mehr so gut. Hierherzukommen war keine gute Idee gewesen.

Max löste sich von mir und schaute auf das Neo-Teo-Modell. Der Nachmittagslicht-Effekt hatte sich zum Kirschrot des Sonnenuntergangs vertieft, und der Stein und die Fliesen auf der »Ost«-Seite – die in Wahrheit nach Norden zeigte – hatten die Blaus und Graus des Zwielichts angenommen. Lichtschein aus Fenstern und nachgemachte Neonreklamen mit mayaesken Hieroglyphen in neuen décoesken Schriftarten schalteten sich flackernd ein. Die Stadt erinnerte dadurch ein wenig an Syd Meads Bühnenbilder für *Blade Runner,* nur ohne die grungemäßige gewollte Schmuddligkeit.

»Ziemlich gottlos, was?«, fragte Max.

»Deine Mom ist sehr begabt«, sagte ich.

»Tony sagt, ihm ist egal, was wir fürs Abendessen bestellen«, sagte er. Er hatte sich die Figur des Sternenrasslers genommen, löste die Segmente voneinander und setzte sie in neuer Reihenfolge wieder zusammen.

»Alles, solange es nichts Indisches ist«, sagte Marena.

»Was hast du auf deinen Sleekers schon gemacht?«, fragte Max. Er musste sie im Flur gesehen haben. Nicht viel bisher, antwortete ich. »Guck dir das an«, sagte er. Er kehrte in den Flur zurück, rannte durch die Tür herein, setzte in einer eingeübten Bewegung auf einer Hand über den Tisch hinweg und wich dabei dem Dickicht der Monitore aus. Offenbar hatte er seine Sleekers mitten in der Luft aktiviert, denn er kam gleitend zu Boden. Als er gerade durch die Terrassentür zu krachen drohte, lenkte er seine Bewegung in eine Pirouette um, zog die Arme an den Körper und sah mir immer wieder ins Gesicht. Wir sagten: »Wow!«

»Nee, das war nicht gut«, sagte er. »Ich mach es gleich noch mal.« Er machte es noch mal. Wir versicherten ihm, wie toll er es machte und dass es unsere Freude an seiner erstaunlichen, unschlagbaren Größe schmälern würde, es ein drittes Mal zu sehen. Marena fragte mich, was ich als »eine Art Abendessen« haben wollte. Ich erwiderte, ich hätte nicht vorgehabt, mich von ihr zum Essen einladen zu lassen, aber sie wollte nichts davon hören. Sie sagte, sie habe Max bereits auf eine »vegetarische Auswahl« koreanischer Gerichte heruntergehandelt und er gehe jetzt bestellen.

Fuckez moi, dachte ich. Ich war mir schon oft wie eine Flasche vorgekommen, aber es war viel schlimmer, der schlechteste Mensch zu sein, der je gelebt hat, und dann sogar noch schlechter zu werden. Ich bin der Schurke in der Geschichte, dachte ich. Na schön. Max ist noch in dem Alter, wo die Dinge interessant wirken. Für ihn ist es besser, wenn er nicht mehr da ist, ehe er herausfinden kann, wie die Welt wirklich ist.

»He, und lass die Finger von den Krispy Kremes«, rief Marena ihm nach.

»Max ist wirklich prima«, sagte ich.

»Oh, *definitivement*«, sagte sie. »Als Mutter setzt man sich von allein ganz andere Prioritäten, was wirklich wichtig ist. Rate mal, als was er morgen geht!«

»Morgen?«

»Halloween.«

»Oh.«

»Er geht als Dick Cheney. Er hat in der Schule ein Referat über ihn gehalten.«

»Meine Güte.«

»Wo wir vom Datum reden ... mir fällt ein, ich hab was für dich.«

Ach ja, richtig, dachte ich. Ich habe Geburtstag. Für uns Maya ist der Tag der Taufe – meiner kam drei Tage später – viel wichtiger, aber das wusste Marena wahrscheinlich nicht. Sie reichte mir etwas, bei dem es sich eindeutig um ein Buch im Elefantenfolioformat handelte, geschickt eingeschlagen in blaues, mit Genji-Wolken bedrucktes *kozo gami*. Ich öffnete es vorsichtig, ohne es zu zerreißen, und brachte eine Ausgabe von Stepanwalds *Curious Antiquities of British Honduras* aus dem Jahre 1831 zum Vorschein. Ich musste ihr erzählt haben, dass mir mein Exemplar abhandengekommen war und ABE kein anderes finden konnte.

»Wow«, sagte ich, dankte ihr begeistert und blätterte durch das Buch. Die Kupferstiche – und ein paar Radierungen – waren so scharf, als wären sie erst gestern gedruckt worden.

»Das ist toll«, sagte ich. »Dort ...«

Moment.

Hmm.

Hölle.

Die Zitadelle der Ozelot-Dynastie von Ixnichi-Sotz in alter Zeit
wie beschrieben von Señor Santo Niño de Atocha Xotz

Denkwürdige Antiquitäten aus British-Honduras
Subskriptionsdruck • Lambeth • 1831

(6)

Man sollte eigentlich meinen, dass ich zu diesem Zeitpunkt bereits darüber hinweg gewesen wäre, aber ich spürte, wie ein gutes Gefühl in mir aufwallte, gemischt mit einem schlechten Gefühl. Ich konnte diese Emotionen nur nicht so richtig benennen. Ich glaube, das gute Gefühl war so was wie Behaglichkeit oder lauschige Wärme, und das schlechte war … Schuldbewusstsein? Nein. Auf keinen Fall. Na ja, vielleicht. Mann, es entgleitet dir. Widerruf, Widerruf! Du hast das Richtige getan. Und du wusstest vorher, dass es solche Augenblicke wie den hier geben würde. Du musst einfach nur die nächsten zweiundfünfzig Tage hinter dich bringen. Und das schaffst du nur auf eine Weise: durch Ableugnung. Stimmt's? Stimmt.

»Okay, wie auch immer«, sagte Marena, als die kleine Szene vorbei war, »dadurch haben wir zwanzig Minuten, um das Spiel zu Ende zu spielen.«

»Okay«, sagte ich. Es gelang mir sogar, das einleitende »Äh« wegzulassen.

Sie führte mich durchs Zimmer an eine Stelle, wo zwei vierfarbige koreanische Kissen zu beiden Seiten eines alten und sehr dicken Go-Tisches aus parallel gemasertem Katsuraholz lagen, der in ihrem nunmehr geschlossenen Büro in der Innenstadt gestanden hatte und dessen Wert ich auf über fünfzigtausend Dollar schätzte. In den dunklen Bodenfliesen spiegelte sich die versenkte Pyramide an seiner Unterseite. Marena nahm die Schalen vom Brett, stellte sie ab, öffnete sie und legte die Steine aus.

»Du magst indisches Essen nicht?«, fragte ich.

»Ich hasse das Zeug. Es ist *Dreck.*«

»Das wusste ich gar nicht von dir.«

»Es ist bestimmt nicht das Einzige, was du nicht über mich weißt.«

Von irgendwoher nahm sie eine alte analoge Insa-Schachuhr, zog beide Seiten auf und stellte sie neben das Brett.

»Stimmt. Du bist eine Frau voller Geheimnisse …«

»*Du* bist hier der Geheimnisvolle«, entgegnete sie. »Du hast doch irgendwas am Laufen.« Marena baute das Spiel auf, wie wir es vor drei Monaten im siebzigsten Zug unterbrochen hatten. Wir hatten es am Stake begonnen, während der Madison-Affäre, und seitdem war viel passiert, aber – was ich vielleicht für die Nicht-Go-Spieler unter den Lesern anmerken sollte – es bedeutete keine besondere Geistesakrobatik, es heute wieder aufzunehmen. Alle Go-Spieler oberhalb eines bestimmten Niveaus erinnern sich an alle ihre Spiele und könnten jedes an jeder beliebigen Stelle fortsetzen. Und da wir schon mit den Erklärungen angefangen haben, sollte ich vielleicht auch erwähnen, dass es womöglich seltsam erscheint, wenn wir jetzt unser Spiel fortsetzten – aber nur für Leute, die nicht spielen. Kein Go-Spieler mag es, wenn ein unbeendetes Spiel in der Luft hängt wie ein hungriges Gespenst.

»Wie bitte?«, fragte ich.

»Du planst doch nicht irgendeinen Unsinn für meinen Geburtstag? Denn der nächste erscheint sowieso nicht mehr in meinem Lebenslauf.« Sie schob sich den rechten Mittelfinger in den Mund und biss diskret darauf.

»Oh … äh, sorry, nein.« *Mierditas*, dachte ich. Ich hasse Gedankenleser.

»Also, was steht an? Ich wette, du hast schon wieder einen riesigen und törichterweise Aufmerksamkeit auf dich ziehenden Investment-Coup eingefädelt.«

»Nein, nein … du hast mich halt nur eine Weile nicht mehr gesehen, das ist alles …«

»Soso.« Ihr waren Zweifel anzumerken. Jede Menge. Hölle, dachte ich. *(EAZ)* Sie schaut, und ich bin durchschaut. Hau lieber ab. Nein, warte. Das macht sie noch misstrauischer. Ich schaute zur nächsten der ungefähr neun Uhren auf ihrem Schreibtisch. Es musste irgendeine Freimaurerantiquität sein, denn sie zeigte an, dass es vor  war. Als Nächste stand eine unmöglich abzulesende Skelettuhr in der Reihe – vielleicht zeigte sie die Zeit in Xib'alb'a an –, aber die dritte Uhr war überaus deutlich: 6:41 ließ sich dort ablesen. Smartlite Sweeper™ / Quartz USA. Verdammt. Die Nacht ist noch verflucht jung. Verdammt. Okay, sitz es aus. Keine große Sache. Werd bloß nicht para. Alle Mäuschen haben empathische Kräfte, stimmt's? Trotzdem kann sie deine Gedanken nicht lesen. Jedenfalls nicht ohne eine Menge technischen Krimskrams.

»Nein, ich hab nichts am Laufen«, sagte ich. (*EAZ! EAZ!*)

»Bist du sicher? Warte mal kurz.« Sie hielt acht Sekunden lang inne. Ich legte den Rest der Steine aus. »Gut, dann benutzen Sie die Amex-Nummer«, sagte sie und wandte sich dann wieder mir zu. »Entschuldige.«

Ach, deshalb trug sie diese großen Ohrringe. Es waren Mini-Handys. Oder einer davon war ein Netphone. In dem anderen steckte wahrscheinlich ein Notkondom oder so was.

»Okay«, sagte ich und nickte. Marena nickte ebenfalls. Ich drückte auf meine Uhr. Wie das so ist, schien die Zeit sich leicht zu verlangsamen. Meinen Zug hatte ich mir schon vor Wochen überlegt, also führte ich ihn einfach aus. Marena hatte ihn erwartet und reagierte augenblicklich. Die Welt verlangsamte sich um weitere fünf Stufen. Trotz allem, was sonst so geschah, trotz der kleinen Geheimnisse, die sie bewahrte, und trotz meines megagroßen Supergeheimnisses waren wir in Spielzeit.

Und so kam es, dass nun zwölfeinfünftel Minuten in Schweigen verstrichen, interpunktiert von sechs Klackern der Steine auf dem dicken Holz. Ich fand schon immer, dass es zu den verstörendsten Dingen im Leben gehört, wenn es zum falschen Zeitpunkt innehält, und diesmal fühlte es sich außerordentlich falsch an, ein fremdartiges Zwischenspiel, bei dem nichts passiert, obwohl man mitten im ... Na ja, vielleicht kommt es auch nur mir falsch vor.

Verdammt, wo blieb Max? Wie konnte es so lange dauern, bis koreanisches Essen geliefert wird? Als würde es Zeit kosten, zehn Töpfe mit diversem Gimchi zu öffnen!

Ich konzentrierte mich wieder auf das Spielbrett. In den ersten Stadien eines Go-Spiels kommt es einem vor, als würde man entlang einer weiten, menschenleeren Grenze Festungen errichten. Jetzt aber, nachdem es fast halb vorbei war, rückten die Steinbilder in den Blickpunkt – Kreuze, Blumen, ein Pudel, eine lange schwarze Treppe, die aus Marenas zweiter Ecke aufstieg und sich unweit der Mitte zu einem aufgerissenen Maul spaltete, wie die Sternenrasslerpfosten in Chichen. Ich schob mich durch eine Lücke in der Treppe und schlug auf die Uhr, vielleicht ein bisschen zu gut gelaunt.

Marena zog nicht. Eine Minute. Sie biss sich erneut auf ihren offenbar lästigen Fingernagel, bemerkte, was sie tat, zog die Hand weg und klemmte sie unter ihrem Bein fest. Zwei Minuten.

»Verdammt«, sagte sie bei zwei Minuten und achtzehn Sekunden. Ihre größte Gruppe war in echten Schwierigkeiten. »Das ist nicht gut.«

»Tut mir leid«, sagte ich.

»Gar nicht gut. Vielleicht solltest du mir nächstes Mal drei Steine vorgeben.«

»Dir sollte ich nicht mal zwei Steine vorgeben.«

»Ich bin eingerostet. Ich habe ein Imperium regiert und den Planeten gerettet und Max' Zimmer aufgeräumt und so. Du solltest mir vier Steine vorgeben.«

»Nichts zu machen. Mit vier Steinen kannst du jeden schlagen. Theoretisch.«

»Echt? Wie viele braucht man, um Gott zu schlagen?«

»Der Weltmeister wäre mit einem Stein gegen Gott beim fünfzigsten Zug im Nachteil.«

»Aha.«

»Ernsthaft.«

»He, weißt du, bei welchem Spiel ich Gott jedes Mal schlagen könnte?«, fragte sie. »Ohne Handicap?«

»Nein, bei welchem?«

»*Feige!*«

»Was meinst du?«

»Na, wenn man mit zwei Autos aufeinander zufährt, du weißt schon. Dieser Junge ist doch in der Einkaufszeile in der Wüste dabei umgekommen, Colonial Gardens. Es war letzten …«

»Ich weiß. Aber was meinst du, wenn du sagst, du kannst Gott dabei schlagen?«

»Wenn einer der Spieler allwissend ist, wie Gott, dann verliert er. Du musst nur fest entschlossen sein, nicht auszuweichen.«

»Warte mal … Gott weiß also genau, dass du nicht ausweichen wirst, also muss er es tun?«

»Genau«, sagte sie.

»Aber Gott ist unverwundbar.«

»Vielleicht. Trotzdem verliert er.«

»Bist du dir sicher?«

»O ja. Das hat man Max beim Logikkurs im Ferienlager beigebracht.«

»Na, dann wird es wohl stimmen«, lenkte ich ein.

»Wir haben früher eine Abart von *Feige!* gespielt. Wir standen auf einer Mauer und warfen mit Glühbirnen aufeinander, und jedes Mal traten wir einen Schritt zurück. Hast du das je gespielt?«

»Weiß du, ich hatte da gesundheit… äh, nein. Wir spielten immer *Escondidas* … «

»Was ist das?«

»So was wie Verstecken.«

»Ach so.« Sie blickte auf das Brett und sah dann wieder zu mir hoch. »Hast du je *Zeitmaschine* gespielt?«

(7)

»*Zeitmaschine?*«, fragte ich. »Nein, ich glaube nicht …«

»Also, das geht so: Ich sitze an dieser Stelle in meinem Zimmer … so.« Sie schloss die Augen und verschränkte die Arme. »Und ich markiere den genauen … nein, warte, zuerst lege ich die zweite Seite von *Taking Tiger Mountain (By Strategy)* auf, dann präge ich mir das Datum und die genaue Uhrzeit ein, und dann sitze ich so ruhig, dass die Zeit stehen bleibt. Dann beschließe ich, dass ich in genau zwanzig Jahren, auf die Sekunde genau, an der gleichen Stelle in der gleichen Haltung mit der gleichen Musik sitzen und genau das Gleiche denken werde, und dann ist es, als wäre alles, was dazwischenliegt, nie geschehen.«

»Oh.« Ich hatte geglaubt, sie meinte irgendein Brettspiel aus Plastik von Ideal oder dergleichen. »Ja, ich glaube schon, dass ich so was mal gespielt habe.«

»Echt?« Marena hielt einen Stein in der Hand, setzte ihn aber nicht.

»Ja. Im Prinzip. Ich habe aber schon lange nicht mehr daran gedacht. Dabei glaubte ich immer, ich wäre auf die Idee gekommen.«

»Vielleicht haben wir es uns beide ausgedacht«, erwiderte Marena. Sie setzte den Stein auf einen seitlichen Stern. Es war ein hübscher Zug, aber aus dem Buch. Das heißt, er zeugte nicht von Einblick. Sie drückte auf ihre Uhr.

»Wahrscheinlich«, sagte ich.

»Das ist unsere geistige Verbindung.« Sie lächelte. Es war kein ironisches Lächeln, kein schiefes, wissendes, sardonisches Nonkonformistenlächeln, nicht einmal ein humorvolles Lächlen. Es war einfach eine aufrichtige Freundschaftsbekundung. Etwas Seltenes heutzutage. Es war ein Lächeln, als wollte sie sagen: Wir hängen zusammen ab und sind miteinander vertraut, ist das nicht toll? Ich spürte, wie meine Augen feucht wurden. Stopp. Bleib hart. Vergiss nicht, dass sie dich verarscht hat. Sie hat dich an der Nase herumgeführt, als wäre sie Fa'pua'a Fa'amu und du Margaret Mead …

»Ach, ich weiß nicht«, sagte ich. »Vielleicht spielen das alle Kinder.«

»Nein, das glaube ich nicht. Nur ein paar traurige, introvertierte Außenseiter.«

»Ja, vielleicht.« Ich neigte den Kopf, schloss das rechte Auge und musterte das Brett mit dem linken, um den Spielstand aus einer neuen Perspektive zu betrachten.

»Es ist gut, wenn man die verschiedenen Stadien seines Lebens miteinander verbunden hält«, sagte sie. »Die ganzen Jahre zischen einfach vorbei.«

»Stimmt.«

»Hast du noch welche übrig?«

»Was übrig?«

»Irgendwelche zweiten Teile bei *Zeitmaschine*, du weißt schon, wo du wieder in dieser Haltung sitzen willst und so.«

»Ja«, sagte ich. »Einen habe ich übrig.«

»Und wann ist er fällig?«

»Am 12. Januar. Mittags. In vier Jahren.«

»Das ist toll. Vielleicht sollten wir dann zusammen was unternehmen.«

»Ich weiß nicht … na ja, okay.« Bei dem Thema wurden meine Bewegungen fahrig. Ich nahm einen Stein und setzte ihn, ein Hane unter ihrem letzten Stern. Nichts Bretterschütterndes. Ich drückte auf meine Uhr. Vielleicht muss ich gar nicht herausfinden, überlegte ich, was zwischen ihr und Tony läuft. Vielleicht sollte ich jetzt einfach verschwinden. Nein, bleib. Wenn du jetzt gehst, verrätst du ihr, dass etwas im Busch ist. Wahrscheinlich wird sie sowieso dafür sorgen, dass sie dich noch mehr überwachen. Obwohl das eigentlich merkwürdig ist. Sie ist das Objekt deiner romantischen – oder nicht so romantischen – Begierden, und gleichzeitig dein Stasi-IM. Die ganze Sache ist seltsam. Na ja, NMSL. Nicht Mehr Sehr Lange. Mach sie einfach platt in diesem Spiel, nimm zwei Happen Bibimbap und verschwinde. Bloß die Ruhe bewahren.

»Okay, abgemacht. Selbst wenn wir beide bis dahin mit jemand anderem verheiratet sind. Okay?«

»Ja«, erwiderte ich. »Heiratest du denn jemanden?« Verdammt, Jedface, man stellt Frauen solche Fragen nicht. Mal 'n Tropfen Kaltblütigkeit, ja? Vergiss Tony Sickosic, du hast verloren, komm darüber hinweg. Außerdem, was kratzt es dich? Nichts kratzt mehr. Wir alle sind tot in … nein, nicht tot. *Nichtexistent.*

»Nein, ich heirate niemanden«, sagte Marena.

Ich sagte okay oder so was und versuchte wieder auf das Brett zu starren, doch das Spiel war an dem Punkt angelangt, an dem die Steine wie Pusteln aussehen, die einem aus der Haut brechen, und sich sogar so anfühlen, und man will nur noch, dass es zu Ende geht.

»Hast du was dagegen, dass Tony hier ist?«, fragte sie. Sie klang ein wenig gedämpft, weil sie wieder am Fingernagel knabberte.

»Nein, ich meine, er … du weißt schon.«

»Ich habe ihn nicht angerührt.«

Aha.

»Schon okay«, sagte ich. »Du kannst anrühren, was und wen du willst.«

»Es ist nichts Persönliches. Er ist nur hier, damit er irgendwo bleiben kann.«

»Was ist denn aus deinen Heiratsplänen geworden?«

»Das war ein anderer.«

»Oh.«

»Und da bin ich mir in letzter Zeit gar nicht mehr so sicher.«

»Verstehe.«

»Ich meine … das hat jetzt alles mit Gefühlen zu tun, und Empfindungen.«

»Ja. Damit habe ich so meine Schwierigkeiten.«

»Hmm«, machte sie. Sie schien geradezu in ihr Kissen aus Memoryschaum hineinzuschmelzen und streckte alle viere von sich.

»Vielleicht ist es okay, egal, was geschieht«, sagte sie, »vielleicht gibt es eine vollständige andere Welt da draußen, so wie bei diesem Mr.-Bubble-Zeug.«

»Was? Ich weiß nicht, was du meinst.«

»Dieser Crazy Foam. Die beiden Typen vom Layton-Institut mit den Bubble-Versen.«

»Ach, das Bubbleverse«, sagte ich.

»Genau.« Sie meinte die Geschichte von 1998, als zwei von Warren finanzierte Physiker berichteten, sie hätten eine Blase im Quantenschaum erzeugt und damit ein anderes Universum erschaffen, das im ersten Augenblick ein genauer Zwilling unseres eigenen war, aber durch zufällige Fluktuationen später andere Entwicklungen zeigte. Blödsinn reinsten Wassers.

»Das habe ich gemeint.«

»Aha.«

»Hältst du das für möglich?«

»Was? Dass sie in ihrem Labor ein anderes Universum erschaffen haben?«

»Ja.«

»Na ja, du weißt ja, was Taro sagt. Multiple Universen sind theoretisch billig, kosten aber eine Menge Universen. Also, nein, ich glaube es eigentlich nicht. So was sagen die Leute immer gern, wenn ihre Gleichungen nicht richtig aufgehen. Was übrig ist, lassen sie dann einfach in ein anderes Universum gleiten, das bequemerweise gerade zur Hand ist.«

»Aber sie sagen, sie hätten es gesehen.«

»Wie sollten sie es denn beobachten? Es ist ja nicht im gleichen Universum.«

»Wie auch immer, wir wären da drin«, sagte Marena. »Und diese Forscher behaupten, dass es keine unendliche Anzahl an Universen gibt. Nicht mal sehr viele.«

»Wie viele gibt es denn? Eine Handvoll?«, fragte ich.

»Genau. Ein paar mehr als ein Pärchen.«

»Fünf oder sechs?«

»So ungefähr.«

»Hm.«

»Und immer wieder teilt sich eins davon und erzeugt ein zweites.«

»Der Weg gabelt sich.«

»Genau«, sagte sie. »Und wenn in einem Universum etwas Schlimmes geschieht, muss es nicht unbedingt in allen anderen auch passieren.«

»Ein sehr beruhigender Gedanke.«

»Komm schon.«

»Tut mir leid«, sagte ich. »Ich weiß es nicht, vielleicht ist es möglich.«

»Schon gut. Mann. Vielleicht sind es auch Alien-Sonden«, sagte sie. »Sie fliegen durchs Universum und pusten aus purem Mitleid bewohnte Planeten in Stücke.«

»Humanitaliens.«

»Ja, genau. Verdammt, verdammt, verdammt, verdammt«, sagte sie, insgesamt fünf Mal: »Verdammt. Fast wären wir alle gestorben.«

»Meinst da damit jetzt die Madison-Affäre oder nur den Hippogriff-Zwischenfall?«

»Oh ... ich dachte schon an Madison, aber wegen der Piloten hab ich manchmal wirklich ein ganz mieses Gewissen.«

»Hätte ich nicht«, entgegnete ich. »Diese Typen träumen doch immer davon, mal solche Action zu erleben. Die hätten lieber eine Minute echten Luftkampf, als dass sie tausend Jahre alt werden.«

»Ja. Ich schätze, du bist auch so jemand«, sagte sie. »Du verstehst so was.«

»Eine Stunde ruhmvollen Lebens.«

»Ja, wenn du meinst.«

Ich glaube, in der Presseverlautbarung habe ich den Hippogriff-Zwischenfall erwähnt, aber falls nicht: Angeblich waren wir – oder vielmehr die Warren Labs – verantwortlich für den Feuertod zweier Piloten der Fuerza Aérea Guatemalteca am 20. März. Der Abschuss der Kampfhubschrauber, angeblich durch Flugabwehrraketen vom Typ AIM-9 Sidewinder, tatsächlich aber durch moderne MD4, galt als mittelgroßer internationaler Zwischenfall und hatte die Spannungen zwischen Guatemala und Belize verschärft, sogar zwischen Guatemala und den USA. Mittlerweile waren Marena, das Team und ich dank sechzehn Millionen Dollar Anwaltskosten sauber vom Haken, und selbst Executive Solutions war nicht angeklagt worden. Trotzdem durfte sich die Warren Group wegen dieser Sache in Lateinamerika in nächster Zeit nicht aus dem Fenster lehnen.

»Hör mal«, sagte ich, »sterben ist nicht ... Ich meine, die Piloten haben es wahrscheinlich gar nicht gemerkt.«

»Woher willst du wissen, wie das ist?«

»Zu sterben?«

»Ja.«

»Ich bin mir ziemlich sicher, dass es halb so wild ist. Die Sache ist doch die: Jedes Mal, wenn man einschläft, stirbt man. Ja, jedes Mal, wenn man den Faden verliert, stirbt man beinahe. Und wenn man zum letzten Mal stirbt, ist es für einen genauso wie immer. Man vergisst nur, woran man gerade gedacht hat, und fängt nicht wieder an. Man merkt es nicht. Die Illusion von Beständigkeit ist purer Unsinn.«

»Vielleicht ist das Ende der Welt gekommen, wir haben es nur nicht gemerkt«, sagte Marena.

»Also, das ist nicht ganz das ...«

»Oder die Bush-Regierung hat es vertuscht.«

»Dann würden wir jetzt nicht darüber spekulieren.«

Sie antwortete nicht, blickte mich aber an, als interessierte sie das Thema.

»Es gibt sogar sehr viele Möglichkeiten, wie die Welt enden könnte, ohne dass jemand etwas merkt.«

»Du meinst, wenn es nur schnell genug geht?«

»Ja.«

»Und wie sollte das gehen?«, fragte Marena.

»Strangelets, Erdkernumwälzungen, nukleare Ereignisse, nackte Singularitäten ...«

»Keine schöne Vorstellung.«

»Ich glaube, den meisten Menschen wäre es egal.«

»Du meinst, wenn sie nicht begreifen, was passiert?«

»Nein, ich meine, selbst wenn sie es vorher wüssten, würden die Leute nicht ... überleg doch mal. Wenigstens die Hälfte spielt sowieso mit Selbstmordgedanken. Sie wollen sich nur nicht auf Schlingen,

Rasiermesser, Pistolen, Autounfälle, Feuer, Verhungern oder Seuchen und so was einlassen.« Ich bemerkte am Rande, dass wir uns auf ein gefährliches Territorium begeben hatten, gesprächsmäßig, aber wie so oft hielt ich trotzdem nicht die Klappe. »Sie wollen aber nicht dieses Bild sehen, wo vom Empire State Building nur noch die Spitze aus dem Wasser guckt.«

»Vielleicht. Trotzdem ist das nur die eine Hälfte.«

»Die andere Hälfte ist zu blöd, um an Selbstmord zu denken.«

»Okay, aber wenn *jeder* stirbt, ist das was anderes, denn dann bedeutet nichts mehr irgendetwas.«

»Also, so weit würde ich nicht gehen.«

»Aber du meinst, die Piloten sind glücklich gestorben.«

»Da bin ich mir sicher.«

»Mann, bist du maskulin.«

»Wow. Danke«, sagte ich. »Wenn ich das schon auf der Highschool gewusst hätte.«

»Und es kommt einem so vor, als wüsstest du es gar nicht. Das macht es noch viel erotischer.«

Ich murmelte etwas so Unzusammenhängendes, dass ich es selbst nicht verstand.

»Und wie gesund du aussiehst«, sagte sie. »Du hast richtig Farbe bekommen.«

Wahrscheinlich hatte sie recht. Seit ich am Nachmittag den ersten Dominostein umgestoßen hatte – trotz des gelegentlichen Zwickens von Schuld und Beklommenheit, oder sagen wir ruhig Angst –, empfand ich diese ... *Wärme*. Hmm. Tja, Jed, das ist der evolutionspsychologische Aspekt. Die Mädels waren schon immer hinter Typen her, die ein paar Leute auf dem Gewissen haben. Offenbar auch hinter Kerlen, die bald eine Menge Leute umbringen *würden*. Man strahlt das irgendwie aus, man leuchtet von innen, als wäre man im dritten Monat schwanger.

Marena drehte sich wie ein Wiesel auf die Seite. »Was, wenn ich es jetzt sofort mit dir treiben wollte?«

»Ich würde sicherlich einwilligen, ganz bestimmt.«

»Du musst das nicht mir zuliebe tun ...«

»Nein, ich fühle mich geschmeichelt.«

»Vielleicht sollte ich meine Spielzeugkiste holen. Du solltest mal sehen, was ich gerade bekommen habe.«

»Ein Orgasmatron?«

»So was in der Art. Es hält dich eine ganze Weile da.«

»Wo?«

»Kurz vor dem Höhepunkt.«

»Mannomann.«

»In der Zukunft wird jeder fünfzehnminütige Orgasmen haben.«

»Wow.«

»Ja. In unmittelbarer Zukunft. Also mach dich fertig.« Sie erhob sich in eine Art Hündchenhaltung, streckte den Kopf am langen Hals hoch und küsste mich. Ich erwiderte den Kuss. Was, wenn Max jetzt reinsleekt?, fragte ich mich. Du solltest die Tür verrammeln. Aber vielleicht ist er so was ja gewöhnt. Bei einer so heißen Mama.

»Rufe A_3«, sagte Marena. Schweigen. Dann: »Hi. Lassen Sie mir eine halbe Stunde Zeit, okay? Ja, happy Halloween. Bye. Sorry.« Sie nahm mein Gesicht zwischen die Hände. Holla. Mit anscheinend hundertacht Fingernägeln fuhr sie über meine doppelt nackte Kopfhaut, und ich sah und spürte Schwärme von diesem silbrigen Glitzer, den Feuerwerkshersteller als Sprüheffekt bezeichnen. Ich versuche immer, den Hut abzunehmen, wenn ich in einem Haus bin, aber es ist ein Kampf, besonders nachdem mein Kopf wegen der Downloadings rasiert worden war, und es war ungefähr das Intimste, was Marena tun konnte, außer mir die Hose mit einer Verbandschere runterzuschneiden. Wow, wir tun es, dachte ich, als wäre ich wieder in der elften Klasse. Eine ihrer anderen Hände fummelte in meinem Schritt herum.

»Wie wär's, wenn du mich durchfickst, als stände noch immer das Ende der Welt bevor?«

»Äh, hmmm …« Okay, sagte ich mir, ein letztes Mal, das ist wahrscheinlich eine gute Idee – doch im gleichen Augenblick überlegte ich mir, dass ich damit vielleicht nicht umgehen konnte, und/oder dass Jed junior vielleicht nicht damit zurechtkam. *Nur die Ruhe,* dachte ich. *Bloß keine Angst. Angst killt Ständer. Angst ist der kleine Tod, der vollkommene erektile Verödung bringt. Ich werde meiner Angst begegnen. Ich werde ihr gestatten, mich zu überrollen und mich zu durchdringen. Und wenn sie dann vorbei ist, richte ich das innere Auge auf ihren Weg. Und ich werde sehen, dass dort, wo die Angst gewichen ist, nur winzige Abdrücke von Furcht im Sand des Erg geblieben sind. Und nur ich bleibe zurück, lese Körner aus Ergsand aus meinem inneren Auge, wie jemand, dessen Wasser schäumt vom* liban *und der den* ilm *seiner Axolotls vergessen hat, jemand, der …*

Hör auf, Jedface. Krieg dich in den Griff.

Ich bekam aber nur Marenas Kopf in den Griff, und das half nicht. Marena kam hoch, um nach Luft zu schnappen.

»Du bist abgelenkt«, sagte sie.

»Nein, ich … ich … ich …«

»Dein sakrales Chakra ist offline. Du hast etwas vor.«

»Nee, ich bin nur mit den Gedanken …«

»Du vertraust mir nicht, stimmt's?«

»Doch, aber …«

»Okay«, sagte sie. Sie drückte beide Knöpfe halb hinein, sodass beide Uhren anhielten, und nahm eine Lotushaltung ein. »Pass auf, ich sag dir was: Ich gebe dir dreimal Wahrheit oder Tod.«

(8)

»Was?«

»Du fragst mich etwas, egal was, und ich sage dir die Wahrheit darüber, die absolute Wahrheit. Dann bin ich an der Reihe und frage dich *et sequels*.«

»*Sequentes*«, sagte ich.

»Richtig. Mann, du bist wirklich ein Latein-Fanatiker.«

»Lateinamerikaner.«

»Ja, stimmt.«

»Und was ist das mit dem Tod?«, fragte ich.

»Du musst die Wahrheit sagen, die ganze Wahrheit und nichts als die Wahrheit. Sonst leerst du den Schierlingsbecher.«

»Gibt es so ein Spiel wirklich?«

»Ich bin vollkommen ehrlich zu dir, wenn du ehrlich zu mir bist. Okay? Kleiner-Finger-Schwur.«

»Okay.« Wir schworen. Ihr kleiner Finger riss meinen fast aus dem Mittelhandknochen.

»Du fängst an. Frag mich, was du willst.«

»Okay. Du hast mich reingelegt, stimmt's?«

»In welcher Hinsicht?«, fragte sie, ohne zu zögern. Sie war ein cooles Mädchen.

»Als ich dir die Farben der Himmelsrichtungen erklärt habe und alles andere über das Opferspiel, hast du das alles schon gewusst.«

»Nein. Ich wusste längst nicht alles, und ehrlich gesagt, verstehe ich es immer noch nicht.«

»Aber als ich zum ersten Mal dein Büro betreten habe, da hattet ihr längst schon abgemacht, mich zu ködern, oder? Taro sagte, dass ich den Codex sehen will, und du hast ihn mir genüsslich unter die Nase gehalten. Stimmt's?«

»Na ja, das ist nicht ganz verkehrt, aber du warst nicht der Einzige. Wir hatten noch wenigstens vier andere ehemalige Studenten Taros aus seiner New-Haven-Zeit zu uns geholt und mit ihnen gesprochen.«

»Aber als ich dich angefleht habe, mich zu schicken, hattest du es schon entschieden.«

»Nicht endgültig.«

»Aber du hast es für besser gehalten, wenn ich anstelle von Tony Sic nach Mayaland flitze.«

»Wir hatten uns noch nicht zwischen dir und Tony entschieden.«

»*Du* schon. Du warst wirklich ganz schön verschlagen.«

»Okay, ich geb's zu … Aber ich meine, komm schon! Würdest du dich als vertrauensselig bezeichnen?«

»Nein.«

»Hättest du den Verdacht gehabt, wir hätten irgendetwas vor, wärst du nicht mal in unsere Nähe gekommen. Stimmt's?«

»Ja, wahrscheinlich.«

»Aber jetzt bist du trotzdem froh darüber, oder?« Endlich gelang es ihr, den letzten Anhang ihres Zeigefingernagels mit dem linken Eckzahn abzutrennen. Sie brachte das abgebissene Nagelstück mit der Zunge in Position und kaute mit der gleichen unbewussten Zielstrebigkeit darauf herum, die meine Jasus-Langusten an den Tag legen, wenn sie ihre abgeworfenen Exoskelette vertilgen. »Na gut«, murmelte sie. »Ich bin dran.«

»Okay«, sagte ich. Jetzt nicht verkrampfen. Aber auch nicht zappeln. Denk an die Körpersprache. Mach normale Armbewegungen. Nicht den Kopf einziehen. Und wenn du lügen musst, dann ist es wie beim Polygrafen: Du musst dir selbst einreden, dass du die Wahrheit sagst. Wie bin ich da nur reingeraten? Ich bräuchte gar nicht mitzumachen … Aber ich wollte nach wie vor wissen, was in Guatemala passiert war. Wenigstens das. Immerhin war sie monatelang dort gewesen. Als Letztes hatte ich gehört, sie sei immer noch am Stake und versuche, die offizielle Erlaubnis der Guates zu bekommen, an den Ix Ruinas zu graben. Aber vielleicht war noch mehr geschehen. Oder würde geschehen. Vielleicht hatten sie das Grab gefunden, und es gab dort noch mehr Material. Und wenn tatsächlich auch einige von Jed$_2$s Erinnerungen geborgen werden, wäre das großartig.

»Ich glaube«, sagte sie, »irgendetwas Großes ist im Schwange, und du fühlst dich dadurch froh und mächtig, aber du machst dir auch ein bisschen Sorgen, ob es wirklich so weit kommt. Habe ich recht?«

Verdammt. Jetzt kein Achselzucken andeuten. Keine raschen Veränderungen der Mimik. Ich blickte auf meine Hände – das heißt, ich dachte an sie, ohne sie anzuschauen. Sie waren geöffnet, die Finger ausgestreckt. Gut. Okay. Ich konzentrierte mich auf Marenas Nasenrücken, senkte meine Stimme ein bisschen und antwortete: »Ja.«

»Prima. Das ist ein Fortschritt. Also, was ist es?«

»Das war schon die zweite Frage«, entgegnete ich.

»Na schön. Du bist dran.«

»Okay. Ihr beobachtet mich, stimmt's?«

»Wen meinst du mit ›ihr‹?«

»Die Spionageabteilung der Warren Group.«

»Natürlich beobachten sie dich. Was glaubst du denn? Du bist Opferspiel-Spezialist. Das ist so, als würdest du mit einem Kofferraum voller Wasserstoffbomben durch die Gegend fahren. Mich überwachen sie übrigens auch. Und weißt du, was ich finde? Die Firma hält sich da noch sehr zurück.«

Da hatte sie nicht unrecht. »Da hast du nicht unrecht.«

»Okay, ich bin dran«, sagte sie. »Was hast du gemacht, dass du so aufgekratzt bist?«

»Ich würde nicht sagen, dass ich aufgekratzt bin.«

»Du bist froh über irgendwas. Oder erleichtert.«

»Ja. Ich bin erleichtert wegen des EAZ.«

»Wofür stand das noch mal?«

»Das Ende aller Zeiten.«

»Ach ja, stimmt. Du bist erleichtert, dass es nicht eintritt?«

»Äh … ja.«

»Aber das ist nichts Neues. Du hast gesagt, dass sich was Neues tut.«

»Habe ich das?« Hatte ich das gesagt? Wann? Oder trieb sie irgend so ein Psychospiel mit mir? Miststück. Sei ganz cool.

»Okay«, sagte ich. »Ich bin vor Kurzem ein hohes Risiko mit ein paar Warenterminen eingegangen, und jetzt zahlt es sich aus. Ich bin absolut auf der Siegerstraße.«

Sie sah mich an. Ich versuchte, den Blick zu erwidern. Ihre Augen wirkten bodenlos. Es kam mir vor, als blickte ich in einen Sturmwind. Gut, lass sie den Anstarr-Wettbewerb gewinnen. Ich schaute zum Neo-Teo-Modell hinüber. Die meisten Lichter in den Fenstern und die Schilder waren erloschen; die Wände bildeten eine überzeugende nächtliche Gebirgskette aus Schwarz und Blau.

»Das ist ja großartig«, sagte sie schließlich. »Okay, frag mich nach Tony.«

Hm. Na, vielleicht hab ich bestanden, überlegte ich. »In Ordnung. Also, du und Tony, ihr seid...«

Hölle.

(9)

Netphone 1, das in meiner Schlüsseltasche, hatte pulsiert – stumm zwar, aber es fühlte sich so laut an, als ständen wir in einem Nebelhorn.

Ich sagte: »Augenblick. Ich muss gerade einen Anruf abweisen«, oder so ähnlich und zog das Ding heraus. Die Seite der Chicagoer Terminbörse war automatisch auf dem Display erschienen. Ich zögerte. Dann schaute ich genauer hin.

Oh, Dios!

Der nachbörsliche Handel war eingestellt. Der dritte Dominostein war gekippt. O Gott, o Gott! Ich – *sogar* ich, sollte ich wohl sagen – empfand den Stich eines grauen, bodenlosen Entsetzens, eine weitere Stufe der Erkenntnis, dass es wirklich passierte und nicht abzuwenden war. Mein schändlicher Plan funktionierte perfekt. *Todo mi culpabilidad.*

In gewisser Weise konnte ich es noch immer nicht fassen. Ich weiß, ich habe schon gesagt, dass ich durch das Opferspiel auf einzigartige Weise die Fähigkeit erlangt habe, mit astronomisch hohen Zahlen umzugehen, mit hypermenschlichen Mengen an Geld oder Maiskörnern oder Leid, und dennoch: Was in ungefähr viereinhalb Millionen Sekunden passieren würde, überstieg alles, was ein Mensch, vielleicht sogar ein Intellekt jeden denkbaren Typs, je begreifen konnte – es sei denn, man hatte ein Gehirn von der Größe der Hyperbowl, das seit Millionen von Jahren existierte und die Fähigkeit besaß, Myriaden erlebter Erfahrungen menschlicher, tierischer und jetzt wahrscheinlich auch noch künstlicher Wesen aufzuwiegen gegen die mit unendlich multiplizierte Unendlichkeit, die man eine Milliarde mal durchleben, durchlieben und verlieren müsste, um auch nur einen kurzen Blick darauf zu erhaschen, wie …

»Alles in Ordnung mit dir?«, fragte Marena.

»Mir geht's prima.«

»Du wolltest mich nach Tony fragen.«

»Okay, was ist mit Tony?«

»Was soll mit ihm sein?«

»Habt ihr was zusammen?«

»Nein.«

»Hast du was mit jemand anderem?«

»Das ist eine neue Frage.«

»Ach, komm schon.«

»Für wen hältst du dich, für meine Mutter?«

»Hör mal ...«

»Na schön. Nein. Mit niemandem.«

Natürlich hielt ich nach verräterischen Anzeichen Ausschau, aber ich konnte nichts sehen, weder in die eine, noch in die andere Richtung. Verdammt, dachte ich. Ich bin hier ganz schön im Nachteil. Ich hatte immer schon Schwierigkeiten gehabt, in Gesichtern zu lesen. Als ich sechs war, fand ich in meiner Akte an der Nephi K-12 – sie lag in einem Aktenschrank, den ein Kombinationsschloss mit vier Stellen sicherte, das mich weniger als zwei Minuten aufhielt – ein Blatt, auf dem stand, ich litte an einer »posttraumatischen Belastungsstörung, die sich als alles durchdringende Entwicklungsstörung äußert«. Das bedeutete Inselbegabung ohne IQ-Einbuße, aber mit Defekten, die meine Emotionalität beeinträchtigen. Das ist kein Autismus, äußert sich aber so. Sie kennen doch diese Illustrationstafeln, die man Schülern ganz kurz zeigt? Bei den meisten sind Wörter oder Zahlen darauf. Mir wurden Tafeln gezeigt, auf denen Gesichter zu sehen waren, die lächelten oder düster dreinschauten oder was auch immer, damit ich lernte, Gefühle einzuordnen. Jetzt schaute ich Marena an und wusste nicht einmal, ob sie froh oder traurig war. Zu sagen, ob sie log oder nicht, wäre so, als würde man die Seite 100 eines Buches lesen, das im Buchladen auf dem Regal steht, noch in Plastikfolie, und auf Arabisch ist.

»Du hast gesagt, du wolltest irgend so einen Heini heiraten«, sagte ich.

»Nee. Mittlerweile steht Octy nicht mehr zur Debatte.«

Octy?, staunte ich. Wer zum Teufel war Octy? Kaiser Octavian? Oder Dr. Octopus? Nein, frag nicht, damit verbrauchst du nur eine Frage.

»Okay, ich bin dran«, sagte Marena.

»Ja.«

»Was hast du gemacht, dass du dich jetzt so anders fühlst?«, fragte sie.

»Na ja, das liegt an dem langfristigen Plan mit den ... den ...«

»Wieso jetzt das Zögern?«

»Das ist eine neue Frage.«

»Verdammt noch mal, nein! Du musst die ganze Frage beantworten, die ganze Wahrheit sagen, nicht nur hier und da ein paar Bruchstücke.«

»Ist ja gut. Ich habe mich ziemlich tief in Maistermingeschäfte reingekniet, und ich ... ich rede nicht gern darüber, weil ich mich ein bisschen schuldig fühle.«

»Du fühlst dich schuldig?«

»Ja.«

»Trotzdem bist du erleichtert.«

»Hmm ... ja.«

»Ts-ts-ts. Das ist paradox.«

»Ich scheffle damit eine Menge Geld. Gleichzeitig sorge ich dafür, dass es mehr Hungertote geben wird, als ohnehin schon. Obwohl ich nur auf den fahrenden Zug aufspringe, habe ich deswegen verdammte Schuldgefühle.«

»Na ja, dafür kann ich dich schlecht zur Schnecke machen. Ich arbeite schließlich für Lindsay Warren. Um Gottes willen, ich fahre mit einem Geländewagen in die Hölle.«

»Was wird aus Ix Ruinas?«

»Tut mir leid«, sagte sie, »das ist eine vierte Frage.«

»Ach, komm schon, wir sind erwachsene Menschen und reden auf Augenhöhe.«

»Tut mir leid.«

»Okay, dann einigen wir uns darauf, eine Frage zusätzlich zu erlauben.«

»Ich sag dir was. Ich beantworte dir deine Frage, wenn du zurückkommst und wieder für uns arbeitest.«

»Woran?«

»An Neo-Teo. Das wird *das* Werk des Jahrhunderts, Kunst und Leben und alles. Das wird wie *Rom*.«

»Toll«, sagte ich, denn ich wollte nicht entgegnen: »Ja, aber neben der Warren Group wirkt Caligula wie Heidi« oder etwas anderes bemüht Schnippisches.

»Deshalb wollen wir dich im Team haben.«

»Und was soll ich da machen?«

»Zum Beispiel das Imagineering und die Architektur in Einklang mit dem Spiel bringen und auf den neuen Kalender abstimmen ...«

»Was für einen neuen Kalender? Hast du es dir angesehen?« Damit meinte ich das Opferspiel.

»Ja.«

»Geil.«

»Aber uns fehlt dein Wissen. Und es würde mir Spaß machen, mit dir zusammenzuarbeiten. Ich mag dich.«

»Oh, danke. Ich mag dich auch.«

»Vielleicht kommen wir ja doch noch auf emotionales Territorium. Wie gesagt, ich fühle mich sehr zu dir hingezogen.«

»Das ist stark«, sagte ich, »denn mir geht es genauso.«

Hölle, jetzt fiel ich aus der Rolle. Daraus lernt man wohl, dass es keine so gute Idee ist, eine Bindung aufzubauen, wenn man vorhat, einen Menschen mitsamt seinem Kind zu verraten, zu vernichten, zu ermorden. Verdammt. Ich fühlte mich düster und böse, und plötzlich kam mir alles längst nicht mehr so unausweichlich vor, wie ich ...

»Okay, dann tun wir uns bei diesem Projekt zusammen, ja?«

»Tut mir leid, ich hab keine Zeit. Ich meine, es wird sehr lange dauern.«

»Nur eine Stunde am Tag. Wo liegt das Problem?«

»Mir ist einfach nicht danach«, antwortete ich, aber das stimmte nicht. Ich hätte es gern getan. Jedenfalls stellte ich fest, dass es mir guttat, hier zu sein. Nein, es war noch schlimmer. Ich wollte wissen, wie der nächste Bond-Film war; ich wollte wissen, ob Marena mit diesem Orgasmus-Gerät richtig lag; ich wollte mich in irgendeiner bewachten Wohnanlage niederlassen und jeden Morgen neben Marena aufwachen und mit ihr die Truthähne füttern und die Sojabohnen gießen und die Leichen aus dem Hochspannungszaun pflücken. Heilige Scheiße, vielleicht waren diese Menschen doch nicht so übel, überlegte ich. Vielleicht war sogar ein nichttrivialer Bruchteil der Menschheit gar nicht so übel, und vielleicht würden die Menschen der Zukunft sich so entwickeln, dass sie wirklich nicht mehr schlecht waren. Vielleicht hatte ich die Anzahl der Anständigen nicht hoch genug angesetzt, nicht schwer genug gewichtet. Vielleicht lag ich auf fürchterliche Weise falsch. Vielleicht hatte ich einen Fehler begangen mit dem EAZ, vielleicht musste ich es stoppen …

»Jed, erst sagst du, du hättest keine Zeit, dann wieder heißt es, du willst es nicht tun. Was denn nun?«

»Äh … Letzteres.«

»Dämliches abgefucktes Drecksgewichse!«

Ach du Scheiße!!!, dachte ich. Ich war mir sicher, dass ich mich nicht an der Nase berührt oder meine Ohren gerieben hatte oder so was. Hatte ich zur Tür geschaut? Vielleicht konnte Marena das winzigste Mienenspiel lesen. Vielleicht war sie dadurch ein so hohes Tier in der internationalen Unterhaltungsindustrie mit ihrem brutalen Konkurrenzdruck und ihren gigantischen Investitionen geworden.

»Warum hast du keine Zeit?«, fragte sie. »Was wird passieren?«

»Tut mir leid, aber du hast keine Fragen mehr.«

»Scheiß auf drei Fragen!«

»Das mit den drei Fragen war deine Idee.«

»Leck mich! Ich frage dich, von einem betroffenen Erwachsenen zum anderen.« Sie sprang auf, ging zu einem Bücherregal in der Südwand und grub ein Päckchen Camels aus ihrem Versteck hinter einer Ausgabe von *Autodesk 9 Maya Grundlagen*.

»Okay. Nichts wird passieren.« Wow, dachte ich, sie hat Angst.

»Nichts? Du redest Scheißdreck.« Sie zündete sich mit einem blau emaillierten, décoesken Tischfeuerzeug die Zigarette an, setzte sich, schob das Go-Brett zur Seite und stellte einen schweren gläsernen Zigarrenaschenbecher an seine Stelle.

Schweigen. Sie nahm einen langen, genießerischen Zug und verbrannte volle zwei Zentimeter Tabak. Trotz allem spürte man die Befriedigung einer lange unterdrückten Sucht.

Verdammt. Ich hatte geglaubt, die Fragestunde sei zu Ende, und hatte schon über etwas anderes nachgedacht – ehrlich gesagt hatte ich überlegt, was für ein Name Octy sein könnte –, und dann war sie ausgerastet.

»Etwas wird …«, setzte sie an und verstummte.

»Was?«, fragte ich.

»O Gott …«

(10)

»Du hast keine Zeit zu verlieren. Du bist krank, stimmt's?«

»Nein.«

»Doch, du bist krank. Du bist unheilbar pythisch oder so was.«

»Was ist das denn?«

»Wir müssen das in Ordnung bringen. Lindsay wird die Rechnung zahlen, ob du gekündigt hast oder nicht«, sprudelte sie hervor.

»Komm schon, Marena, hör auf. Ich bin nicht krank.«

»Nein? Irgendwas stimmt aber nicht mit dir.«

»Ich bin nicht ganz fit, das ist alles.«

»Du hast *gesehen*, dass du krank wirst, nicht wahr? Im Opferspiel hast du's gesehen.«

»Äh …«

»Scheiße, ich habe es *gewusst!*« Sie sprang auf, kam um den Aschenbecher herum zu mir und befühlte mit dem Handrücken meine Stirn. »Du fühlst dich ein bisschen warm an. Und deine Pupillen sind erweitert. Sie sehen aus wie reife Oliven. Wie viel von dem Zeug hast du im Moment intus?«

»Nicht allzu viel, nur die normale Dosis. Das ist wie ein Espresso … na ja, wie neun Espressos.«

»Ich werde Dr. Lisuarte hinzuziehen.«

»Nein, ich …«

»Warum nicht? Warren hat die Bescherung angerichtet, jetzt sollen sie es auch in Ordnung bringen.«

»Hör zu, Süße, ich will nicht, dass sie noch mehr an mir rumdoktern.«

»Wer wird sich dann darum kümmern?«

»Mach dir keine Gedanken. Ich selbst kümmere mich darum.«

»Und um was? Was hast du? Einen Hirntumor?«

»Nein …«

»Lungenfibrose? Hohen Blutdr… Ach du lieber Gott, du bist Bluter. Wenn du einen leichten Schlaganfall bekommst, dann war's das, stimmt's? Scheiße!«

»Hör mal, was immer du dir zusammenreimst, ich bin nicht krank. Frag mich, ob ich krank bin.«

»Bist du krank?«

»Nein.«

Sie musterte mich ein paar Sekunden lang. Ich weiß, ich habe gesagt, dass ihr Gesicht nichts preisgab, aber jetzt änderte sich ihre Miene, langsam, aber sehr deutlich, sogar für mich. Ihr Gesicht zeigte unverkennbar Angst.

»Es ist wegen mir, stimmt's?«, fragte sie.

»Nein, es ist …«

»*Ich* bin krank. Das Laurin-Sandrow-Syndrom. Wie lange bleibt mir noch?«

»Es geht wirklich nicht um dich. Großes Indianerehrenwort.«

Sie schaute mich an, nahm wieder einen Zug an der Zigarette und blickte mich intensiver an – etwas, was wir Auties und Pseudo-Auties kaum je tun, die Normalen für unseren Geschmack aber viel zu oft: Normalos *starren einen an*.

»Okay, gut. Was also ist es? Hast du im Spiel etwas entdeckt?«

»Nichts Ungewöhnliches, sonst wüsstest du davon.«

Schweigen. Wieder betrachtete sie mich, und ich erwiderte ihren Blick.

»Du weißt, wie du sterben wirst, stimmt's?« Sie nahm wieder einen Zug.

»So ähnlich. Aber das ist ein blödes Thema, reden wir von etwas …«

»Wie wirst du sterben?«

»Das sage ich dir nicht. Ich bin fertig.«

»Okay. *Wann* wirst du sterben?«

»Ich möchte nicht darüber reden, weil ich es noch nicht genau weiß. Ich muss noch einige Partien spielen. Aber in zwei Jahren gibt es einen Bürgerkrieg, und wir müssen alle fliehen, nach … Island.«

Wieder starrte sie mich an. Wieder starrte ich zurück.

»Komm schon, was wird passieren? Ich weiß, dass du in die Zukunft geblickt hast, und du hast etwas Großes entdeckt.«

»Nun ja …«

»O verdammt. Du hast noch einen Doomster gefunden, richtig?«

Gib besser keine Antwort darauf, sagte ich mir. Gib auf *nichts* eine Antwort, Jeddiot. Bleib stumm, und du kommst hier weg.

»Deshalb stirbst du nicht vor allen anderen. Wir sterben alle gleichzeitig. Du hast gesagt, dass es eines Tages noch mehr Doomster geben würde. Und du bist einem davon auf die Spur gekommen und glaubst nicht, dass du ihn aufhalten kannst.«

Ich schüttelte den Kopf.

»Oder gibt es eine Naturkatastrophe?«

»Nein«, sagte ich. »Keine Asteroiden, keine Flutwellen, keine Invasion der Zombies, keine Lava …«

»Ein Atomkrieg.«

»Nein.«

»Was dann? Du hast gerade Schuldbewusstsein angedeutet.«

»Es ist diese … die Investition.«

»Wie viele Menschen werden darunter leiden müssen?«

»Das weiß ich nicht.«

»Wird sie mehr als hundert Menschen töten?«

»Ich glaub schon.«

»Mehr als zehntausend?«

»Darauf antworte ich nicht.«

»Fünfzigtausend!«

»Ich gebe keine Antworten mehr. Ich bin fertig damit. Ich bin ein Mistkerl, das ist alles.«

»Ein wie großer Mistkerl?«

Ich ließ den Blick durchs Zimmer schweifen. Die Uhr sagte, es sei  vor . Draußen im Garten war die Beleuchtung des Pools erloschen, sodass ich eine Hecke hinter dem Schwimmbecken ausmachen konnte, die offenbar aus Pfefferbäumen bestand. In Neo-Teo streifte *Eos Aimatiródactylos* – die Dämmerung mit den blutigen Fingernägeln – die »Ost«-Facetten der Dachfirste. Doch aus irgendeinem Grund wurde meine Aufmerksamkeit unerbittlich wieder zu Marenas Gesicht gezogen. Unsere Blicke trafen sich.

Sie errät es, dachte ich.

Sie legte den Stummel ihrer Zigarette in den Aschenbecher, drückte ihn aber nicht aus.

Nein. Nein, sie tut es nicht. Cool bleiben. Sitz ganz ruhig, sitz es einfach aus.

Eine Sekunde. Zwei Sekunden. Hat sich ihre Miene verändert? Ich konnte nicht wegsehen. Ja, sie verändert sich.

Gestern war ich 38 Jahre alt geworden, und ich hatte während meines Exils hier auf dem Planeten Retardia mehr als genug Schlimmes gesehen, und nicht nur auf YouTube. Ich hatte Dinge gesehen, bei denen man dafür zahlen würde, sie *nicht* sehen zu müssen: wie Rennmäuse ihre eigenen Jungen fressen (da war ich in der zweiten Klasse), einen Maulwurf mit sternförmiger Nase und Tentakeln im Gesicht, dieses Foto von dem sechsjährigen Mädchen, das zwei Schritte hinter ihrer Großmutter auf die Gaskammern von Treblinka zugeht, acht eng zusammengestopfte nackte Kinderleichen in einem sechs Monate alten Massengrab, das No Way und ich in La Sierra fanden, als wir für das Hilfskorps der Dörfer in Widerstand arbeiteten, die ungemilderte Bosheit im grotesken Gesicht Papst Benedikts XVI., das gigantische zahnbewehrte Neunaugengesicht des Eurotunnelbohrers, eine Frau in Mexiko-Stadt mit einem riesigen Gesichtstumor, durch den ihr Kopf aussah wie ein großer geschälter Granatapfel – aber was ich jetzt sah, übertraf mühelos alles Schreckliche, das ich je erblickt hatte. Es war kein fleischiges Ekelbild oder ein Inbegriff der Grausamkeit oder ein glupschäugiges Monster, sondern das langsame, dunkle Dämmern der Erkenntnis in Marenas Augen. Sie begriff: Ich merkte, dass sie begriff, und sie wusste, ich hatte bemerkt, dass sie begriff. Und ich merkte, dass sie merkte, dass ich gemerkt hatte, dass sie begriff. Es war, als ob zwischen unseren Augenpaaren eine Art Pneuma fließe; es fühlte sich an, wie wenn zwei Liebende in hellem Lichtschein gemeinsam zum Höhepunkt kommen … nur war es das furchtbar anzuschauende Negativ von allem Liebevollen: Marena blickte in mich und sah ein Ödland aus Scheiße, einen Planeten, größer als der Erdball, mit Ozeanen aus Durchfall, aus dem Inseln aus gestapeltem trockenem Kot ragten, und in meiner Rückschau stimmte ich ihrer Einschätzung zu. In ihrer Kehle stieg ein Laut auf, ein Grollen tief in der Brust, das sich zu etwas Stimmähnlichem metastasierte, ein Geräusch, das aus einem riesigen, frischen Tierkadaver drang, der in gefrorenem Boden lag.

»WAS HAST DU GETAN?«

Ich bemerkte, dass meine Knie knackten, als ich mich langsam erhob. Ich wich von ihr zurück, bis ich gegen den großen Schreibtisch stieß.

»Ni-nichts«, stammelte ich. »Ich meine … es ist nichts, es ist das Richtig…«

»WAS HAST DU GETAN?«

Sie kam auf mich zu, verstellte mir den Weg und duckte sich vor mir wie ein Boxer im Ring, so wie kleine, agile Menschen es können. Ich wich nach links aus und brachte den Schreibtisch zwischen uns. Ihre Augen zeigten einen unbeschreiblichen Ausdruck, den ich auch schon bei anderen gesehen hatte. Ich kannte ihn von den sterbenden Patienten in den Feldlazaretten der Dörfer in Widerstand: ein Ausdruck von Entsetzen, Hass und Angst. Ich glaube, bei Marena ging es nicht nur um die Angst um sich selbst, sondern auch – vielleicht ausschließlich – um ihr Kind, und das ist eine noch urtümlichere, primitivere Empfindung.

»Ich … will … sehen … wie … Max … *aufwächst*«, kreischte sie.

»Marena, hör mir zu …«

»*Wie … kannst … du …* ***MAX*** *… umbringen?*«

Die vergessene Go-Uhr tickte einmal. Und noch einmal. Tick, tack …

»Max ist der Wüstenhund«, wandte ich ein.

»Was soll jetzt diese Scheiße?«

»Nichts, nur …«

»Ruf alle … ruf alle … so … alle … Menschen … die du …«

»Es wird nicht wehtun, Marena. Man kann es überhaupt nicht spü…«

»Sei still, du Dreckschwein! Du glaubst, du kannst diese Entscheidung fällen? Das kannst du nicht! Du bist nicht … du bist kein höheres

Wesen, du bist bloß ein Loser, ein aufgeblasener Geek, der nichts zustande bringt. Glaubst du, du bedeutest jemandem etwas? Du kennst keinen, den zu kennen sich lohnt! Niemand hat je von dir gehört! Du hast nie etwas geleistet, das auch nur entfernt von Bedeutung ist! Du bist ...«

Bei der letzten Silbe von »Bedeutung« flitzte sie nach rechts. Ich zirkelte im Uhrzeigersinn von ihr weg. Sie blieb stehen, fintierte wieder, als wären wir beim Texas-Tango, und hechtete gegen den Uhrzeigersinn. Fast hätte sie mich erwischt, aber ich schaffte es zur gegenüberliegenden Seite und brachte die Terrassentür in meinen Rücken. Irgendwo in meinen aufgewühlten grauen Zellen bemerkte ich, dass etwas nicht stimmte, dass sie sich nicht ganz so benahm, wie sie es angesichts dieser Offenbarung normalerweise hätte tun müssen – setzen wir »normalerweise« ruhig in Anführungszeichen –, dass ihr zwar die Tränen herunterliefen, dass sie aber nicht so laut schrie, wie man es erwartet hätte. Ich wusste nicht, was das bedeutete.

Verdammt, dachte ich, ich sollte sie erwürgen oder ihr den Schädel einschlagen. Nur war mir gar nicht danach. Ich wette, in meinem ganzen Leben ist mir noch nie weniger danach gewesen, irgendetwas zu tun. Mir war vielmehr danach, Marena festzuhalten und zu beschirmen, während die Welt verschwand, damit sie und ich wie die Schatten von Paolo und Francesca vereint davontreiben konnten ins erdfreie All. Gottverdammt noch mal, sagte meine andere Seite, du bist also doch ein Weichei. Man sollte doch annehmen, dass jemand, der jedes Lebewesen auf Erden umbringen will, keine Skrupel hat, einen einzelnen Menschen zu töten, aber es besteht ein Unterschied zwischen einem, der aus Spaß mordet, und jemandem, der aus Mitgefühl tötet, wie zum Beispiel ein Tierarzt ...

»Du Stück *Scheiße!*«, keifte Marena. »Ich ... ich hab mich in dich verknallt, und du bist nur *Scheiße.* Du bist schlimmer als Scheiße! Du bist das, was Scheiße ausscheißen würde, wenn sie scheißen könnte!«

»Ja, mir kam gerade der gleiche Gedanke.« Das war eine ziemlich idiotische Antwort, aber ich konnte nicht mehr klar denken. Außerdem hatte ich mir gerade vorgestellt, wie man mich in einem Atemzug mit Tamerlan, Hitler, Stalin und Mao nannte. Ich fand, dass sie recht hatte, dass ich nicht einmal ein vollendeter Was-auch-immer-sie-gewesen-sind war, kein Eroberer oder Dynastiengründer oder auch nur guter freier Redner. Ich war der Schlimmste von allen, ohne ihnen das Wasser reichen zu können – nur ein Loser, der es irgendwie bewerkstelligt hatte, dass auch alle anderen Verlierer waren, nur dass ich mir noch immer zu viel Ehre antat, weil ich damit vorgab, ein menschliches Wesen zu sein … was ich nicht war. Ich war das Gegenteil eines menschlichen Wesens. Ich war ein Schmier aus zappelndem kleinem Ungeziefer, das vom Hintern des Universums gewischt werden musste.

»*Wie halte ich es auf?*«

»Vertrau mir, ich habe die Situation unter …«

Das Klicken eines Türknaufs gehört zu jenen Geräuschen, die man unter keinen Umständen verkennen kann, und als ich es nun hinter mir hörte, bemerkte ich sofort, weshalb Marena mich nicht angeschrien, sondern beinahe leise gesprochen hatte: Sie musste etwas gesagt haben, das ihr Ohrring-Netphone aktivierte und – oh, richtig, ich wusste sogar, was es war: ihr merkwürdiger Gebrauch der Formulierung »ruf alle«. Wahrscheinlich hatten im ganzen Haus die Telefone geklingelt und …

»He, was ist los?«, hörte ich Tony Sics Stimme.

Ich warf einen Blick über meine linke Schulter. Er stand in der Tür, zwei, drei Meter entfernt.

»Hi, Tony. Nichts ist los«, wollte ich sagen, aber ehe ich »nichts« ausgesprochen hatte, verdunkelte Grgur hinter ihm den Durchgang. Ich habe vielleicht schon gesagt, dass er aussah wie Leonid Breschnews hässlicher Bruder, aber jetzt wirkte er wie Leonid Breschnew persönlich, nachdem er die gleiche gammastrahlengenetische Mutation hinter sich hatte, die Ben Grimm zu dem *Ding* gemacht hatte. Er trug sein Schlägerkostüm, bei dem sich die Spitzen des Hemdkragens über das Revers des schlecht sitzenden grauen Sportsakkos legten. Er war groß. Er schob Tony beiseite. Ich hatte den Eindruck, dass sich rechts von mir etwas bewegte, und Schmerz schoss meinen rechten Oberschenkel hoch. Als mein Bein einknickte, begriff ich, dass Marena mir mit dem rechten Fuß gegen das Knie getreten hatte – einer der miesen Tricks, die sie von Ana Vergara kannte. Ich dachte schon, ich müsste vom Boden aus weitermachen, überraschte mich aber selbst, als ich den Rand des Schreibtischs zu fassen bekam und mich dank jener Kraft auf den Beinen halten konnte, die vom Epinephrin stammte, das unser Amphibiengehirn ins Blut entlässt, sobald es zu der Ansicht gelangt, dass uns eine Gefahr droht. Als Marena näher kam, hob ich mit der Rechten einen großen alten LCD-Monitor vom Tisch und warf ihn nach ihr. Sie versuchte ihn zur Seite zu schlagen, verletzte sich dabei aber an der Hand. Sie grunzte. Als der Monitor auf den Boden krachte, wobei er die Kabel hinter sich herzog, schlug ihr die Kante gegen das Knie, und ihr zweiter Tritt war beendet, ehe er richtig ausgeführt war.

Lauf!, schoss es mir durch den Kopf. Heilige Scheiße, heiliger Scheiß Schass Schuss – renn, renn, renn, Buddy, renn! Ich packte den Griff der Terrassentür und riss ihn hoch. Sie hatte eins von diesen Schlössern, die sich öffnen, sobald man die Tür von innen aufzieht, und ich glitt hinaus in den dunklen Garten. Grgur war direkt hinter mir, aber ich nahm mir die Zeit, die Tür hinter mir zuzuziehen, denn ich sagte mir, dass ich mir damit gut zwei Sekunden erkaufte. Dann drehte ich mich herum und rannte los. Die teuren kleinen schwarzen glänzenden Steine auf dem Weg drückten sich mir schmerzhaft in die nur bestrumpften Füße. Grelles Licht strahlte von überall her wie Kamerascheinwerfer. Ich bin im Bild, dachte ich. Na ja, meinetwegen.

»Jed hat den Verstand verloren«, gellte Marenas Stimme mir hinterher. Mitten im Wort »Verstand« wechselte sie von normalem Schreien zu blechernem Kreischen, das aus jedem Lautsprecher jedes einzelnen Telefons der Anlage drang, und davon gab es wahrscheinlich mindestens zehn im Haus und vier draußen. Zwischen den Lautsprechern bestand eine winzige Zeitverzögerung, sodass es klang, als hallte der Schrei von den Wänden eines riesigen Cañons wider. ***»SCHNAPPT IHN EUCH, SOFORT, NA LOS, LOS, LOS!!!«***

Ich schwenkte nach rechts. Zwischen dem Garten und der Zufahrt war ein trapezoider Torbogen; dahinter blitzte es orangefarben auf: mein Auto. Als ich den Wagen sah, muss ich reflexartig auf die

Schlüsselkarte gedrückt haben, denn ich hörte das köstliche *Bwiep!*, mit dem die Tür sich öffnete. Die Lautsprecher dröhnten los. »*Ride the snake*«, stöhnte Jim Morrison, als hauchte er mir in den Nacken. Marenas Stimme wurde trotzdem immer lauter und übertönte sogar die Musik: ***»LOS, LOS, LOS, LOS ...«***

(11)

»LOS, LOS, LOS, LOS, LOS, LOS, LOS, LOS, LOS, LOS, LOS ...«

Hinter mir knirschte der Kies unter Grgurs schweren Schritten; dann stampften seine Schuhe über Beton: Er war im Torbogen. Ich bin verloren, dachte ich, er ist nur fünf Schritte hinter mir, ich bekomme die Tür nie schnell genug auf... dann aber hörte ich ein Knacken und einen Schlag, und Grgur knurrte: »*Sranje!*«, vermutlich ein Fluch auf Urethrafuckistani. Ich zog die Autotür das letzte Stück auf, glitt in den Wagen und knallte die Tür hinter mir zu. Reflexartig drückte ich ALLES VERRIEGELN auf der Schlüsselkarte, und die Bolzen in der Tür schoben sich klickend in ZU-Stellung. Ich drückte START und warf einen raschen Blick auf Grgur. Er rappelte sich auf. Was war geschehen? Ich brauchte ein paar Sekunden, um darauf zu kommen, dass es wahrscheinlich an den niedrigen Dächern von Marenas Frank-Lloyd-Wright-Haus lag: Da Grgur mindestens zwei Meter groß war, musste er sich den hässlichen Schädel gerammt haben, als er durch den Torbogen gestürmt war. Sehr gut!

Der kräftige V12-Motor sprang beim zweiten Versuch an. Ha!

Krack.

In dem angeblich kugelfesten Fenster der Beifahrertür war plötzlich ein Sprung, der sich von einer Seite zur anderen hinzog. Das Geräusch war leise, was wohl bedeutete, dass Grgur sich genähert und besagtes Fenster mit dem Ellbogen bearbeitet hatte. Ich setzte zurück, jagte an ihm vorbei und lenkte über den Spiegel, was ich früher oft geübt hatte. Ich rammte den Vorwärtsgang rein, riss das Steuer herum und ließ den Wagen um Marenas Cherokee, Ashley$_3$s purpurroten Kleinwagen und die beiden anderen Geländewagen im Wendekreis schwenken. Einen Augenblick glaubte ich, Grgur würde auf meine

Heckstoßstange springen und versuchen, sich am Wagen festzuhalten, aber er war wohl zu gut ausgebildet für einen so dämlichen, zum Scheitern verurteilten Versuch, denn im nächsten Moment sah ich, wie er die Tür von Marenas Cherokee aufriss.

Ich trat das Gaspedal durch. Holla. Zu viel Schub. Fast machte ich einen Tiger Woods. Das große Baby stellte sich auf zwei Reifen, als es die beiden kiesbedeckten S-Kurven durchschnitt, und vermittelte mir das üble Gefühl, ich säße in einem Kanu, das gerade in reißende Stromschnellen gezogen wird. Wenn der Bastard meint, er kann mich in diesem Fußballmamimobil einholen, ist er gar nicht so sehr Profi, wie du gedacht hast, schoss es mir durch den Kopf. Nur konnte ich natürlich gegen ein Hindernis prallen oder ins Schlittern geraten oder so etwas. Das Tor stand noch offen. Satan sei Dank. Als ich an dem kleinen Schilderhäuschen vorbeischoss, sah ich, dass der Wächter darin telefonierte. Wahrscheinlich sprach er mit Marena. Zu spät, Sackgesicht! Ich raste binnen dreißig Sekunden durch das Wohnviertel, überfuhr die Stoppschilder und war nach vierzig Sekunden auf dem Zubringer von Route 400. Alles beruhigte sich ein wenig und wurde klarer, wie immer, wenn das Adrenalin so richtig ins Blut schießt. Andererseits werden dadurch die Bewegungen fahrig und steif, und man muss die Augen offenhalten, weil man schnell gegen irgendein Hindernis knallt …

Jim Morrison verstummte, und das Autotelefon klingelte. »Annehmen«, sagte ich. Das Telefon gehorchte. »Hi«, fuhr ich fort. »Tut mir leid, die ganze Sache.«

»Jed«, hörte ich Marenas Stimme. »Wenn wir dich nicht fangen, überleg es dir bitte noch mal. Bring mein Kind nicht um. Bitte, bitte, bitte, bitte, bitte, bitte …« Ich hörte etwas, das entweder statisches Rauschen oder ein Schniefen war, und fragte mich, ob sie weinte. Ich hätte ihr gern gesagt, dass meine Motivation ganz einfach sei: Ich war auf eine Wahrheit gestoßen, die so entsetzlich war, dass selbst der größte Schriftsteller aller Zeiten sie nicht hätte vermitteln können … obwohl H. P. Lovecraft mit seinen Geschichten um die Anderen Götter, die an der Kruste des Universums nagen, dem Ganzen noch am nächsten gekommen ist, nur dass auch seine Prosa im Vergleich zu der Ödnis, die ich gesehen hatte, geradezu hoffnungsfroh erschienen wäre. Nur war jetzt nicht der geeignete Zeitpunkt für so eine Diskussion, selbst wenn Marena mir zugehört hätte.

Ich erreichte die Auffahrt in Rekordzeit, überwand die Temposchwellen wie Adrián Fernández und bretterte über den teflonglatten Highway nach Norden zum orangeroten Leuchten der brennenden Häuser in Orlando.

»Magst du Max?«, fragte Marenas Stimme.

»Sicher«, sagte ich.

»Hast du Max lieb?«

»Hör mal, dieses Thema ist …«

»Ich weiß, dass du Max lieb hast. Warum tust du dann so was? Warum, warum, *warum?*«

»Ich weiß, was ich tue«, sagte ich. Aus irgendeinem Grund merkte ich in diesem Moment, dass ich das Buch über Honduras liegen gelassen hatte. Verdammt, dachte ich, meine Entschlossenheit wankt. Marena und Max und all die anderen waren normale Menschen, Menschen mit Familie, Menschen, denen aneinander gelegen war. Ich aber war nur das Imitat einer Person, die keinem wichtig war, nicht einmal mir selbst. Ich war bloß einer dieser Loser, die nirgendwohin gehören und die es am Ende schaffen, ein paar andere arme Schweine mit in den Untergang zu reißen – oder, in meinem Fall, jedes arme Schwein. Verdammt, ich brauchte Zeit zum Nachdenken. Vielleicht hatte ich mich geirrt, vielleicht hatte ich einen Fehler begangen, vielleicht …

Marena senkte die Stimme. »Ich wusste, dass dieser Samlet-Scheiß dein Hirn auffrisst.«

»Es heißt *Tzam lic*«, erwiderte ich. »Man könnte es mit ›Blutblitz‹ übersetzen. Ein Samlet ist ein junger Lachs oder so was …«

»Du bist ein Junkie, und ganz wie es sich für einen Junkie gehört, hast du …«

»Das hat mit dem Tzam lic nichts zu tun.«

»Klar. Du redest genau wie jeder andere Psycho, der sich eine Überdosis reingezogen hat.«

»Ah-hah.« Die Tachonadel zitterte an der Hundertfünfzig vorbei. Vor mir fuhr ein Chevy genauso schnell. Die Polizei hatte offenbar die Überwachung dieser Gegend aufgegeben. Reklametafeln zogen an mir vorbei wie Seiten, wenn man eine Zeitschrift durchblättert: Orlando – Die Auswahl gibt den Ausschlag. Spartacus Jones – ab 19. Dezember in Ihrem Kino. Legoland Orlando.

Ich verspürte einen aufregenden Mangel an Selbsterhaltungs-Neuromodulatoren. Wenn man sicher ist, dass hinter der nächsten Ecke der Tod lauert, kommt man plötzlich mit allem klar. Ich nahm allerdings an, dass sie mich mit Lo-Jacks und jeder Menge anderer Peilsender gespickt hatten, und das war schade, denn deswegen musste ich mich bald vom Barracuda verabschieden und den Wagen wechseln. Und wo ich schon daran dachte – ich spürte fast ein Jucken auf der Kopfhaut, wo mich der Ortungsstrahl des Warren-eigenen »Kommunikations«-Satelliten aus 224 Kilometern Höhe erfasste. Und war Grgur mir wirklich auf den Fersen? Auf dem GPS sah ich keinen einzigen schnell fahrenden Wagen hinter mir. Merkwürdig. Vielleicht war Grgur zu dem Schluss gelangt, der Geländewagen sei zu langsam, und hatte die Verfolgung aufgegeben. Komm erst mal in die Innenstadt, dachte ich. Die haben dort alles. Ich klickte eine Seite der State Police an, die ich als Lesezeichen markiert hatte und die zeigte, wo es bemannte Kontrollpunkte gab und wo nicht. Wie es aussah, brauchte ich nur auf die 27 abzufahren und ihr bis zur Revolutionary Road zu folgen. Dann käme ich in die Innenstadt von Orlando, ohne es mit irgendwelchen Rolly PoPos zu tun zu bekommen. Kein Problem.

Die 27 führte durch eine Obstplantage, die einst ein Sumpf gewesen war und in einen Industriepark hatte umgewandelt werden sollen, sich jetzt aber langsam wieder zu einem Sumpf zurückentwickelte. Ich fuhr an sechs Pkws und einem Sattelschlepper vorbei. Der Verkehr war nicht besonders dicht. Obwohl der Park-Distrikt schon fast ein Jahr geschlossen war, machte eine Reklametafel Werbung für Das Regenwald-Café und der Baum des Lebens und zeigte eine Videoschleife aus riesigen raketengetriebenen Hundertfüßern. Brumm, brumm, brumm.

»Mr. DeLanda?«, erklang plötzlich Grgurs akzenttriefende Stimme. »Wir bitten Sie nur einmal darum, und wir werden Sie nicht erneut auffordern. Halten Sie an, und warten Sie auf uns. Wir wissen, wohin Sie fahren. Verstanden?«

»Tut mir leid«, sagte ich.

Entweder er bluffte, oder ich war geliefert. Vielleicht sollte ich einfach frontal gegen den nächsten Brückenpfeiler rasen. Dann hätte ich einen schnellen Abgang, und nach meinem Tod würde alles nach Plan verlaufen. Aber wie Donald Pleasance in *Telefon* wollte ich natürlich jedes einzelne noch so kleine Detail mit eigenen Augen sehen, ich Idiot.

»Wenn Sie nicht anhalten, schalten wir Ihre Systeme ab. Haben Sie verstanden?«

»Geben Sie mir Marena, ich rede mit ihr«, sagte ich.

Ich passierte einen sechzehnachsigen Autotransporter, in dem Aerostar-Lieferwagen so dicht gepackt saßen wie Zecken an einer Wunde. AUSFAHRT 29, kündigte ein Schild an. TANKSTELLE, RESTAURANT, MOTEL.

»Mr. DeLanda?« Wieder Grgur. »Hören Sie gut zu. Halten Sie ab sofort Abstand zu anderen Fahrzeugen. Verstanden?«

»Nein«, erwiderte ich. »Wie war das?«

Ein variables Sternbild aus Leuchtschildern schob sich vor den Hintergrund des dunkelorangen Himmels. Taco Bell, Quiznos, Gulf, Texacoco, Burger King, Jamba Juice, Chicken Itza, McDonald's, Arby's, ein wahres Füllhorn billiger Gaumenfreuden.

»Wir schalten Ihre Systeme jetzt ab«, sagte Grgur.

»Ich verstehe Sie nicht«, behauptete ich. Der Typ redet Blödsinn, machte ich mir Hoffnung. Trotzdem wechselte ich auf die rechte Spur und fuhr etwas langsamer. Wenn sie mich beobachteten, sollten sie nicht denken, dass ich die Drohung ernst nahm, aber wenn Grgur die Wahrheit sagte, wollte ich nicht …

Schmerz schoss mir durch die Nase und in den Kiefer, und vor meinen Augen war nur noch Grau. Alles ging ganz schnell und auf sehr verwirrende Weise. Ich konnte nichts sehen, nur diese Nebelwand …

(12)

... nur war es gar kein Nebel, es war halbfest, und ich konnte es nicht mit den Armen umfassen, um ans Lenkrad zu kommen. Instinktiv trat ich auf die Bremse – ich bremse mit dem linken Fuß –, und die Bremswirkung setzte ein, aber ich merkte deutlich, der Wagen kam nicht zum Halten – und endlich begriff ich, dass das Graue vor mir der Fahrer-Airbag war.

Unter mir hörte ich ein Rumpeln und mehrere metallische Schläge, als wir über die Reihe aus flexiblen Leitpfosten holperten.

Ich spürte, wie meine Hoden sich zurückzogen, die Feiglinge. Der leiseste Hauch von Ärger, und sie huschen hoch in den Leistenkanal. Der Airbag sackte schon in sich zusammen, aber der Wagen legte sich beunruhigend weit nach rechts. Ich hatte geglaubt, hier wäre es flach, ungefähr ein Zoll über dem Meeresspiegel, aber der Barracuda schwankte hin und her. Dann hörte ich ein Scharren, als würde er durch Gebüsch fahren, und dann hieß es nur noch STOPP, augenblicklicher, absoluter Stopp. Meine rechte Hand krachte gegen die Konsole. Mit der Stirn knallte ich durch den erschlaffenden PVC-Sack gegen die Oberkante des Armaturenbretts, und ich sah den blauen Blitz, den man wahrnimmt, wenn eine Netzhaut sich ablöst.

»*Your ballroom days are over*«, sang Jim.

»Ihr Airbag wurde ausgelöst, Sie hatten einen Aufprall«, schnurrte des Barracudas Stimme – aus einem unerfindlichen Grund, ohne die Musik abzuschalten. »Verlassen Sie auf der Stelle Ihr Fahrzeug, und fordern Sie einen Rettungswagen an.« Ein Alarm priepte: *PRIEP, PRIEP, PRIEP, PRIEP.*

»Mr. DeLanda, sind Sie verletzt?«, fragte Grgur schnarrend. Ich gab keine Antwort. Am beunruhigendsten war, dachte ich mit jener pedantischen Klarheit, die sich unter hohem Stress manchmal einstellt, dass sie den Airbag ausgelöst hatten, statt einfach die Gangschaltung zu überbrücken und den Wagen in den Leerlauf zu setzen, sodass er ausrollte, bis er stehen blieb. Vielleicht hatten sie nicht genügend Zeit gehabt, um entsprechende Maßnahmen zu ergreifen. Oder die Software, die sie benutzt hatten, um die Kontrolle über den Wagen zu übernehmen, hatte Mist gebaut. Das aber sah ihnen gar nicht ähnlich. Mit »sie« und »ihnen« meine ich ES, Executive Solutions. ES gehörte zu den größten Militärdienstleistern der Welt und zu den zwei oder drei stilvollsten; auf jeden Fall legten sie normalerweise großen Wert auf Details. Aber wenn Grgur allein dahintersteckte ... Vielleicht ist er nicht so intelligent wie die anderen, dachte ich. Wie auch immer, du musst jetzt nicht alles sofort begreifen ...

»Mr. DeLanda?«

Beinahe hätte ich gesagt: »Pech gehabt, mir geht's großartig«, aber ich widerstand dem Impuls. Sobald du verschwindest, sagte ich mir, ist es besser, wenn sie denken, du würdest tot im Wagen liegen. Nur ... wenn sie mich hätten töten wollen, hätten sie es gleich tun können, stimmt's? Also sind sie vielleicht schon in der Nähe und wollen mich so weit schachmatt setzen, dass ich nicht mehr wegkomme. Deshalb haben sie den Wagen auf eine Art und Weise zu Schrott gefahren, dass ich nicht dabei draufgehe, mich aber auch nicht mehr bewegen kann. Und weil das so ist, werden sie sich bald auf mich stürzen, und ich kann nicht viel daran ändern. Und wenn Executive Solutions mich erst mal in der Hand hat ... heilige Scheiße.

Selbst wenn die Cops mich ins Staatsgefängnis brachten, würde Laurence Boyle – den wir Lance Boil nannten, was »einen Furunkel aufstechen« bedeutet –, einer von Lindsay Warrens jüngeren Kardinalnepoten, eine Möglichkeit finden, seine Leute in den Knast zu schleusen und mit mir abzurechnen. Lange dauern würde es nicht. In letzter Zeit lief in den Medien eine Desinformationskampagne über Folter, mit der die Öffentlichkeit davon überzeugt werden sollte, dass Folter nicht wirkt und dass man damit falsche Ergebnisse provoziert, aber Tatsache ist, dass Folter großartig funktioniert. Selbst wenn man nur ein, zwei Handbücher zum Thema gelesen hat, weiß man, dass man mit einem Rekorder, ein wenig Leitmittel und einem modifizierten Elektroschocker in ein paar Stunden so gut wie alles aus so gut wie jedem herausbekommt.

Allerdings habe ich mittlerweile Lindsay Warrens schmutzige Wäsche, dachte ich. Das heißt, es war nicht *seine* schmutzige Wäsche, sondern Schmutz, den er und die anderen achtzig Kirchenältesten seit über hundertfünfzig Jahren unter Verschluss hielten – Scans von alten Briefen, die ein gewisser Sampson Avard geschrieben hatte, ein Gründungsältester der Kirche Jesu Christi der Heiligen der Letzten Tage. No Way hatte sie vor ein paar Monaten ausgegraben, ehe meine Bewusstseinskopie durch die Zeit geschickt wurde. Er hatte mir die Unterlagen zugesandt, an eine FedEx-Filiale in Tampa, die ich alle Jubeljahre aufsuchte; deshalb hatte ich die Akte erst vor einer Woche erhalten und eingescannt. Schon auf den ersten Blick sah das Material wie Dynamit aus, aber es konnte eine Weile dauern, bis ich Warren mit den belastenden Enthüllungen unter Druck zu setzen vermochte. Und ich hatte noch kein automatisches Posting eingerichtet. Ich konnte das Material also nicht benutzen, um dem Verhör zu entgehen. Wenn ich davon anfing, würden sie mich nur zwingen, es ihnen zu übergeben. Hölle, Hölle.

Hölle.

Ich konnte mich genauso gut zurücklehnen und warten. Auf den Großen Schlaf. Mir wird dann kühler und schummriger, meine Gedanken schweifen ab, und sogar ohne ein Zungenschnalzen, das den Augenblick markiert, verliere ich den Faden und bekomme ihn nicht mehr wieder, und das ist dann das Ende von allem, was mich betrifft, o Gott, das Ende, das Ende …

Nein, sagte meine andere Seite. Nein, nein, nein. Konzentrier dich. »Türen öffnen«, sagte ich langsam und deutlich, aber entweder hatte der Wagen keine gute Spracherkennung, oder es zeichnete sich eine Art Muster ab. Das kommt davon, wenn man sein Spielzeug zu schlau werden lässt, dachte ich. Dann können andere Leute deinen Sachen sagen, was sie tun und lassen sollen. Ich zog am Türgriff, aber die Tür war entschlossen zuzubleiben, und der kleine Stift ließ sich nicht hochziehen. Mein Gesicht war heiß.

Ich drückte sämtliche Fensterheberknöpfe, aber natürlich funktionierten sie nicht, ebenso wenig der Knopf für das Monddach, obwohl alles andere im Wagen munter weiterlief. Ich wischte mir das Haar aus der Stirn und spürte, dass mir über dem Auge das Blut heraussprudelte, als säße dort ein kleiner Junge mit einer alten Spritzpistole aus Plastik voll warmem Wasser. Ich schaute auf meine Hand. Blut. DIE ANGST sprang aus dem Reservoir des Schreckens hervor, das alle Bluter ständig mit sich herumtragen, und fiel mich an. Ich hatte tatsächlich Schiss, obwohl es eigentlich keinen Grund dafür gab, denn in zweiundfünfzig Tagen war es mit mir und allen anderen ja sowieso aus und vorbei. Ich hob wieder die Hand. Der Junge bespritzte mich erneut. Und noch einmal. Eine äußere seitliche Stirnarterie. Mist, verdammter. Eine Zeile aus *Transfusion* kam mir in den Sinn: *Slip the juice to me, Bruce.* Trotzdem, sagte ich mir, ich habe Faktor VIII bis unter die Halskrause bekommen. Mein Gerinnungsvermögen lag zuletzt bei zweieinhalb. Stimmt's? Dann ist es auch nicht lebensbedrohlich.

Ich fand den Knopf für das Deckenlicht und haute drauf, und wenigstens wurde es hell. Das Armaturenbrett und die Sitze und die Türbezüge – alles aus neuem, hellbraunem echtem Nappaleder in Topqualität und sündhaft teuer – waren mit roten Flecken übersät, die so glänzend und undurchsichtig aussahen wie Emaille. Ich befühlte mein Gesicht und merkte, dass mir das Blut in Strömen aus der Nase lief wie Wasserschnupfen. Ich rieb es zwischen den Fingern. Es ließ sich nur schwer sagen, aber ich glaubte, es fühlte sich nicht klebrig genug an. Vielleicht war meine letzte Dosis Faktor VIII nicht ganz in Ordnung gewesen. Nur dass so etwas heutzutage niemals vorkommt. Oder doch? Ich erlebte einen größeren, feuchteren Anfall von DER ANGST. Kopfverletzungen sind ein großes Problem, wenn man Bluter ist. Man kann nie viel daran machen, besonders, wenn es innere Wunden sind, zum Beispiel in der Nase. Eine Aderpresse um den Hals ist ziemlich kontraproduktiv.

Erste-Hilfe-Kasten, dachte ich. In der Ablage zwischen den Sitzen.

Uuf. Nnnnk. Aaah. Endlich bekam ich den gepolsterten Deckel auf. *PRIEP, PRIEP, PRIEP ...*

Hölle. Was ist das für ein Müll hier drin? Ich schaufelte Hände voller zusammengeknüllter Post-its heraus, Kassenzettel über Winzbeträge, benutzte und frische Purell-Wischtücher, Münzen, gebrauchte und frische Papiertaschentücher, Faserstifte, Faserstiftkappen, Gummibänder, Klumpen aus Fast-Food-Bons. Raus damit, raus, raus.

Kein Erste-Hilfe-Kasten. Nicht einmal lose Mullbinden. Wenigstens wusste ich, dass das Thrombostat-Spray und die Surgicel-Pflaster in meinem Sakko waren. Linke Innentasche. Richtig. Ha. Meine Hand schloss sich um die kleine Sprühflasche aus Plastik. Ich zog sie heraus. Medique-Blutgerinnungs-Spray, stand auf dem Etikett. Benzethoniumchlorid 0,2 %. Okay. Pflaster. Die neue Sorte aus Garnelenknorpel. Sie konnten Wunden ganz von allein schließen, auch wenn man Probleme mit der Gerinnung hatte. Sie mussten da sein.

Linke Brusttasche. Nein, sind nicht da.

Okay, warte. Geh systematisch vor.

Linke Außentasche. Nein.

Rechte Außentasche. Nein.

Sondergefertigte Innentasche. Nein.

Zweite sondergefertigte Innentasche. Nein.

Schlüsseltasche. Nein.

Taschentuchtasche. Nein.

Linke Außentasche. Nein.

Rechte Außentasche. Nein.

Seidenes taschenähnliches Ding in der rechten Außentasche.

Nein.

PRIEP, PRIEP, PRIEP, PRIEP.

Hölle.

Auf dem Sitz. Nein. In der Sitzspalte. Nein.

Unter dem Sitz. Ich griff mir meine kleine Taschenlampe und suchte herum. Ich fand nur den sandfarbenen Teppich und Gummimatten und zusammengeknüllte Papiertaschenbücher und stählerne Sitzhalterungen wie Höhlenformationen in dem roten Licht. Nein. Nicht da. Sie haben sie weggenommen. Nicht da. Die wollen mich wirklich umbringen. Die Warren-Leute wollen mich tatsächlich töten. Ich war Der Mann, Der Nicht Zu Viel Wusste, Aber Mit Sicherheit Zu Viel Herausfinden Konnte, und sie … Nur, wenn sie das Sakko geplündert hatten, während mein Wagen in Marenas Auffahrt stand, wieso nehmen sie die Pflaster weg und lassen das Spray zurück? Oder …

Als Erstes mal verarzten. Dann überlegen.

Ich nahm ein paar saubere Kleenex heraus, sprühte das Medique auf zwei Tücher und stopfte mir eins davon in jedes Nasenloch. Woo-offf. Jetzt gerinn aber endlich, dachte ich. Ohne Gerinnung kann man eine Blutung nicht stoppen, und Papier würde das dünnflüssige Blut durch Kapillarwirkung heraussaugen, bis man aussah wie die Scharlachmumie. Okay. Ich besprühte noch ein Papiertaschentuch und drückte es mit dem Handballen auf die Wunde an meiner Stirn. Autsch. Eine hübsche Schwellung hast du da auch. Halt. Moment mal. Da stimmt was nicht.

Okay. Grgur wird jeden Augenblick auftauchen. Ich muss hier raus. Bestandsaufnahme: weitere Schnitte, Quetschungen oder Prellungen dritten Grades? Ich wand und bog mich und klopfte mich mit der rechten Hand ab. Nichts Offensichtliches. Scheinwerferlicht glitt durch das Fahrzeuginnere herein, und ein Auto schoss vorbei, gefolgt von einem zweiten. Sie hielten nicht an, um zu helfen. Aber sie sollten auch gar nicht helfen, weil zu viele Autofahrer von falschen Unfallopfern überfallen und entführt wurden. In Florida hatte es eine Kampagne gegeben, die den Leuten beibringen sollte, nur die Notrufnummer zu wählen und nach Möglichkeit nicht einmal langsamer zu werden. Doch jetzt, wo Polizei und Feuerwehr grenzenlos überlastet waren, brachte so ein Anruf natürlich gar nichts. Im Grunde war man in der Losen Union der Sozialistischen Bananenrepubliken von Amerika auf sich allein gestellt.

Autos fuhren vorbei. Keine Cops. Keine barmherzigen Samariter. Keine ES-Gorillas. Kein Grgur.

Druck aufrechterhalten. Mit der freien Hand nahm ich die Sprayflasche, sprühte mir etwas rückwärts in die Handfläche und verrieb das Zeug mit den Fingern. Medique hat einen ganz typischen Geruch nach Calone. Ich schnüffelte. Hmm. Ich schnüffelte noch einmal. Ein bisschen roch es danach, aber nicht genügend. Ein anderer Bestandteil war Alkohol, das merkte ich an der Verdunstungskälte, aber da war normalerweise noch etwas. Und wenn der Alkohol verflog, sah das echte Medique milchig aus. Aber das hier ... na ja, vielleicht doch, vielleicht aber auch nicht ... ich meine, ich verließ mich seit Jahren auf das Zeug.

Nein. Das ist kein Medique. Die Hurensöhne hatten es ausgetauscht, wahrscheinlich gegen Isopropylalkohol. Gemeine Schweine! Gemeinschweine! Mich überkam das Gefühl, auf dem Spielplatz schikaniert zu werden. Wut schoss in mir hoch wie ein würziger Rülpser von einer dreißig Jahre alten Mahlzeit. Gemein und grausam. Nur sollte ich nicht reden (*EAZ*), vermute ich mal. Ich nahm meine Hand weg. Das Kleenex war blutgetränkt und rutschte ab. Klebrig war es in keiner Weise. Da gerann etwas ganz und gar nicht so, wie es gerinnen sollte. Ach du große Scheiße. Ich war *normal,* verdammt. DIE ANGST kroch mir über den ganzen Körper und durch den Mund und in meine Eingeweide. Ich war *normal.* Ich leckte mir die Lippen, aber am Geschmack merkte man es nicht. Ich war *normal* ...

Dr. Lisuarte, dachte ich.

Sie musste mir schlechten Faktor VIII gegeben haben. Ich hatte sie erst vor ein paar Wochen besucht, und sie hatte mir den Gerinnungsfaktor verabreicht. Oder eben nicht. Vielleicht hatte sie mir stattdessen ...

Und was, wenn sie unschuldig war? Wenn ES dahintersteckte? Dann mussten sie mir einen Gerinnungshemmer oral verabreicht haben. Enoxaparin-Natrium vielleicht? Aber für diese Wirkung wären mehrere Dosen erforderlich, und das Zeug hat einen ziemlich intensiven kreidigen Geschmack, den ich bemerkt hätte ... Und überhaupt, wieso auch? War es der erste Teil eines Plans gewesen, mich zu ermorden und meinen Tod so aussehen zu lassen, als wäre ich von meinem alten Leiden dahingerafft worden? Oder hatten sie mich nur unauffällig in ein Krankenhaus bringen wollen, wo es ganz einfach wäre, mich im Auge zu behalten? Oder handelte es sich bei dem Gerinnungshemmer um einen exotischen Wirkstoff, für den nur ES ein Gegenmittel hatte, sodass ich von ihnen abhängig wäre? Nein, das war absurd. Vielleicht ...

Hör auf. Was immer sie getan haben, du hast keine Zeit, dir darüber den Kopf zu zerbrechen. Keine zehn Minuten mehr, und du bist verblutet. Wir haben es hier mit einem Notfall zu tun, bei dem professionelle Hilfe nötig ist. Ich brauchte Rettungssanitäter, eigentlich sogar die Notaufnahme. Nur würde ich dann in die Gewalt von ES geraten, und das wär's dann gewesen. Außerdem hätten die Rettungssanis selbst dann kaum Zeit genug, die Sache in den Griff zu bekommen, wenn sie bereits hier wären. Normalerweise haben sie kein Thrombogen dabei. Sie würden Druckverbände anlegen und Schockkompressen um die Beine legen, aber das würde vielleicht nicht ausreichen. Und ich konnte sowieso nicht in ein Krankenhaus. Denn Krankenhaus = Identifizierung = Hinzuziehung der Polizei. Und Polizei = Warren = Folter.

Okay, also zu Plan X. Ich hatte keine Streichhölzer gesehen, und ich konnte mich auch nicht erinnern, welche in den Wagen gepackt zu haben. So viel zum Überlebenssakko. Selbst Rambos Messergriff enthält Streichhölzer, du trübe Tasse.

Dann war's das also ...

Nein! Denk nach.

Der Zigarettenanzünder.

Ich tastete nach dem 12-V-Anschluss, fand ihn und drückte das Ding hinein, aber es blieb keine Sekunde unten, sondern sprang sofort wieder raus, wie es normalerweise erst dann hätte der Fall sein dürfen, wenn es heiß ist, aber ich drückte es trotzdem gegen die Stirnwunde. Wie sich herausstellte, war keine Spule in dem Anzünder; deshalb konnte er sich gar nicht aufheizen. Verdammt. Irgendwann ist diese Gesundheitsstasi noch mein Tod.

Okay. Ich muss hier raus. Muss hier raus muss raus muss raus raus raus raus raus raus.

»*Five to one, baby, one in five.*« Der Lizard King stöhnte noch immer; es hätte gut in *Christine* gepasst. Mir lief weiter das Blut aus der Nase, als wäre sie ein aufgedrehter Wasserhahn. Ich schluckte. Gluck. Spritz. Spritz. Raushierraushierraushier. Nein, nicht in Panik geraten. Ruhig, dachte ich. Mach weiter mit Plan Y. Ich zog mir das Sakko über. Au! Okay.

Hmm.

PRIEP, PRIEP, PRIEP, PRIEP, PRIEP, PRIEP, PRIEP, PRIEP.

Ich konnte mich in keinen günstigen Winkel zum Seitenfenster bringen; deshalb fuhr ich den Sitz ganz zurück – wenigstens das ging noch –, stemmte mich gegen die Rückenlehne und stieß beide Beine nach oben gegen die Scheibe des sogenannten Monddachs. Sie flog aus der Gummidichtung, ohne zu bersten – eine sehr willkommene kleine Gunst des Schicksals –, und ich stellte mich auf den Sitz, löste mich aus den Wir-schnallen-dich-an-ob-du-willst-oder-nicht-Schultergurten und wand mich zu dem Monddach hoch. Holla. Schwindlig. *Richtig* schwindlig. Ich war mit zu wenig Blut im Körper zu abrupt aufgestanden. Halt dich fest. Okay. Ich bekam die Beine heraus und saß einen Augenblick auf dem Autodach. Der Abend war kalt. Nein. Das war nicht die Luft. Ich verlor meinen Lebenssaft. Schließlich ließ ich mich über die Windschutzscheibe und die gewachste Motorhaube heruntergleiten. Ich bekam den Grapefruitbaum zu fassen, der den Wagen gestoppt hatte, stellte die Füße auf den Boden und floss über den Kühler auf das Gras.

PRIEP, PRIEP, PRIEP, PRIEP.

Autos zischten vorbei. Eine Sirene. Ich blickte mich um. Nichts. Nur Wunschdenken, das den Tinnitus in meinen Cochlae verstärkte. Okay. Halt dich an die Tatsachen.

Ich wuchtete mich hoch, watschelte zu dem niedergedrückten Drahtzaun und gelangte auf den kiesbedeckten Seitenstreifen. Okay. Bye-bye, Barracuda. Schritt, Schritt. Meine Füße spürten Asphalt.

Wo? Was?

Was jetzt? Soll ich mich vor einen Wagen stellen und winken und ihn anhalten? Nein, das wird nicht funktionieren. Die Leute sind zu misstrauisch. Wie sie es sein sollen. Sie werden die Türen geschlossen halten und mich über den Haufen fahren und mir dann sagen, sie hätten Officer Friendly angerufen; bis zu seinem Eintreffen könne es sich nur um Stunden handeln. Ich musste mich per pedes retten. Hmm. Vor vier Minuten war ich an einem Walgreens vorbeigekommen, aber das war jetzt zu weit entfernt. Okay, Plan Yuzz. Ich musste mich mit Fast Food begnügen.

Ich schlurfte auf die Ausfahrt zu. Runter zu McDonald's. Die Fressbude war weiter weg, als ich dachte. Vielleicht zweihundert Meter.

Ungefähr dreihundert Schritte. Wenn man befürchtet, innerhalb von fünfzehn Minuten zu verbluten, sind das … nein, rechne nicht. Tu es einfach. Schritt, Schritt. Au! Knöchel tun weh. Fühle mich schwindlig. Noch ein paar Minuten, und ich bin so matschig in der Birne, dass ich nicht mehr weiß, was ich vorhabe, und dann setze ich mich kurz hin, um durchzuschnaufen, und das war's dann. O Gott, o Gott! Meine Fingerspitzen wurden taub. Ach du Fuck, ich war am Arsch. Als ich unter die erste hohe Natriumdampflaterne des Rastplatzes kam, fiel mir auf, dass mein rechter Fuß einen blutigen Abdruck hinterließ. Ausnahmsweise wörtlich zu nehmen. Brrrr. Kalt. Ich hab genug. Das reicht. Mir langt's. Es ist vorbei, es ist alles …

Nein. Mach weiter, Lemmiwinks. Du kannst es schaffen. Es ist schon Seltsameres passiert. Frösche haben hundert Jahre in Beton eingeschlossen überlebt. Und nicht nur Michigan J. Frog. Neunzigjährige Omas haben Dinge überstanden, die ein wildes Yak umgebracht hätten. Ich schlurfte weiter auf die große, M-förmige Sonnenweg-Hieroglyphe zu, schleppte meine Osmiumfüße durch immer stärker koagulierende Luft. Schritt. Schritt. Na los.

Schritt.

Schritt. Ich fand den kleinen Ziplock-Beutel mit Oxycodon in meiner Uhrentasche, warf mir alle acht Pillen ein und zerkaute sie. Igitt.

Schritt. Schritt.

Am besten, du nimmst auch ein paar Adderalls, dachte ich. Amphetamin hilft in jeder Lebenslage. Ich tat es. Ich zerkaute vier Stück und schob mir die Paste unter die Zunge. Okay.

Schritt.

Kalt. Schritt. Ich schaffe es nicht, dachte ich. Auf keinen Fall. Weshalb auch die Mühe? Nur noch sieben Wochen. Das ist doch nichts. Da kannst du auch jetzt gleich den Abgang machen. Nur dass du ihnen die Genugtuung nicht gönnst. Du willst der Letzte sein, der das Haus verlässt, damit du das Licht ausmachen kannst. Was für eine blöde Idee. Schritt. Mit einem Schluck Blut spülte ich den Brei aus Oxy und Speed hinunter. Schritt. Schritt. O Jesus Christus am Kreuze, lass mich durchhalten, o wiederauferstandener Heiland, o

Herr des Streitflegels, Herr des Speeres, o Jesusbaby, o aufreißerischer Dreißigundeinpaarkaputte-Jesus, jetzt tu mir den Gefallen, o schwarzer Jesus, o weiblicher Jesus, o phosphoreszierender Polystyrol-Jesus für das Armaturenbrett, o jeder Jesus …

Schritt.

Schritt.

Schritt.

Bis zu McDonald's brauchte ich eine Ewigkeit, und dann fiel mir ein, dass ich eigentlich lieber zu Burger King wollte. Ich sah hoch. Da! BK war ein bisschen weiter weg – zu weit –, am anderen Ende des Rastplatzes. Trotzdem war es die Mühe wert. Bei McDonald's werden die Hamburger gebraten, bei Burger King über offener Flamme gegrillt.

(13)

Die Glastür öffnete sich selbsttätig und lud mich in den Sitzbereich des »Restaurants« mit seinem fröhlichen Gold und Rot ein. Dort war es hell und kalt wie zwölf Uhr mittags am Südpol. Ich zählte zehn Gäste in vier Gruppen, aber weil eine Gruppe aus fünf Personen bestand und niemand allein saß, musste ich mich irgendwie verrechnet haben. Ich beschloss, mich davon nicht beeindrucken zu lassen. Die Gäste waren unterschiedlichen Alters, aber ausnahmslos teigig blass, übergewichtig und für Halloween verkleidet – unter anderem als *Warcraft*-Orcs, Dormammu aus dem *Doctor-Strange*-Film, Kleine Fette Seejungfrauen, 7-Tod aus dem *Neo-Teo*-Spiel und wasserköpfige Vampire. Für meinen Auftritt als blutüberströmter Flüchtling hätte ich mir keinen besseren Abend aussuchen können.

Die meisten sahen auf, starrten mich kurz an und kauten dann ihren Fraß weiter. Die Macht ist mit mir, dachte ich. Auf dem Weg zur Theke versuchte ich mein Hinken zu kaschieren und wäre fast auf eine am Boden liegende Plastikgabel getreten. Pass auf, wo du hintrittst, Mann. Der junge Typ hinter der Theke war Kaspar Hauser, Tierjunge von Nürnberg und Rätsel seiner Zeit, wie aus dem Gesicht geschnitten. Er hatte träge dunkle Augen und tüchtig Akne, und aus einem Ohr ragte ein Sprechfunkstöpsel mit einem kaum zu erkennenden Mikrofondraht, der sich vor seinen Mund bog. Weiter hinten saß am Drive-by-Fenster eine stämmige Schwarze, die nicht einmal aufblickte.

»Willkomm' bei Burger King, wir ha'm heute klasse Vegatamales™ im Angebot«, begrüßte mich Kaspar, ohne weiter auf mein blutiges »Kostüm« zu achten. Er klang ein bisschen wie Butthead, nur ohne die spitze Zunge.

Es gelang mir, meinen Oberkörper auf die Theke zu wuchten und meine Beine hinterherzuzerren.

»Äh … tut mir leid, aber Sie könn' nich' hinter die Theke, Mann«, stammelte Kaspar.

»Ich hatte einen schweren Unfall«, erwiderte ich. »Rufen Sie die Polizei und einen Rettungswagen.« Ich ließ mich an der anderen Seite herunter und besprenkelte die Theke mit dicken roten Tropfen. Halb stolpernd, halb wankend schleppte ich mich in den Küchenbereich.

Die schwarze Brumme sah sich immer noch nicht um. »Möchten Sie Vegatamales™ dazu?«, fragte sie in ihr Mikrofon.

»Äh, Sir? Sir? Das geht nich'!«, rief Kaspar.

»Ich muss einen medizinischen Noteingriff vornehmen«, erklärte ich. Vergiss nicht, er ist wahrscheinlich Analphabet, sagte ich mir, als ich bemerkte, dass er an seiner Kasse eine piktoglyphische Tastatur hatte, ähnlich denen, wie man sie bei Laborschimpansen benutzt. Gebrauche kurze Wendungen und einfache Tu-Wörter. »Ich bin Arzt. Ich hatte einen Unfall.«

Er stierte mich dumpf an.

»Bitte rufen Sie 911«, sagte ich, nur damit er etwas zu tun bekam.

Ich sah mich um. Zwei Arbeitstische, Dampfgarer, Schneidstation, Kühlschrank, Gefrierschränke, Spülen, Kombiherd, Getränkestation. Hübsch angelegt. Reflexartig machte ich zwei blutig-klebrige Schritte zum Erste-Hilfe-Kasten, der an seiner zweifelsohne vom Ordnungsamt vorgeschriebenen Stelle an der Wand über dem vorderen Arbeitstisch hing, doch dann fiel mir ein, dass ich über den Punkt hinaus war, an dem er mir noch geholfen hätte. Auf zu Plan Fuum. Eilige Methoden für eilige Situationen. Ich zog ein paar Papierservietten aus einem Spender und schnaubte mir die Nase, so fest ich nur konnte. Aus dem Spritzmuster des Blutes folgerte ich, dass die Wunde auf der rechten Seite war. Gut. An der Getränkestation hing ein Strohhalmspender. Ich nahm mir einen. Zu meinem Glück war man hier von Plastikhalmen auf angeblich umweltfreundlichere aus Papier umgestiegen.

»Sir, wir dürfen keine Kunden hinter die Theke lassen«, sagte Kaspar. Er drückte einen Knopf, den zu drücken man ihn vermutlich angewiesen hatte, falls etwas geschah, das seine Entscheidungskraft überstieg. Ich taumelte vor zu der großen Fritteuse, nahm den Hut ab und legte ihn auf die Kontrolltafel. Das Gerät hatte vier breite Mulden;

in einer von ihnen bräunte eine gewaltige Düne aus Pommes frites unter einer Rotlichtlampe, über zwei anderen waren leere Frittierkörbe mit abnehmbaren Griffen eingehängt, und eine war mit einem rechteckigen Deckel verschlossen, der in der Mitte einen großen Knauf hatte. Ich hob ihn ab. Die Mulde war fünfzehn Zentimeter hoch mit mehrfach ungesättigtem Pflanzenöl gefüllt, das um die hundertsiebzig Grad heiß sein musste. Ein See des Schmerzes, so groß wie der Pazifik.

Veröden ist zu schwierig, als dass man es grundsätzlich empfehlen könnte, aber effizient ist es immer. Wenn Sie bloß einen glühenden Schürhaken in eine Pfeilwunde stecken wie in einem John-Wayne-Western, verbrennen Sie nur die gesunde Haut rings um das Loch und machen alles schlimmer. Veröden eignet sich mehr für innere Wunden, an Organen wie der Leber, die man nicht nähen kann. Oder man benutzt Flüssigkeiten; im Amerikanischen Bürgerkrieg wurde mit heißem Teer verödet. Heutzutage sind die Methoden subtiler geworden, und die Instrumente, die nach wie vor zum Besteck des Feldarztes gehören, sind weit fortschrittlicher. Selbst in der heutigen Zeit tragen in Pakistan viele Marines, vielleicht sogar die meisten, Streichholzheftchen in ihrem Sturmgepäck, mit Klebeband zu kleinen Packen von zehn und zwanzig Stück zusammengeklebt. Wenn das Schlimmste passiert, ohne dass ein Sanitäter in der Nähe ist, entzünden die Soldaten einen solchen Packen und drücken ihn in die Wunde – sogar in eine Kugeleintritts- oder -austrittswunde –, und falls sie nach dem Schmerz noch bei Bewusstsein sind, ziehen sie ihn wieder heraus, sobald die Hitze verflogen ist. Das stillt die Blutung und hat vielen Männern das Leben gerettet, die kein Sanitäter mehr rechtzeitig erreicht hätte. Oder die Gründe haben, nicht ins Krankenhaus zu gehen, so wie ich.

Okay. Auf in die Welt des Schmerzes. Sie ist immer nur ein Ångström entfernt, auf der anderen Seite des Carroll'schen Spiegels.

»Äh, tut mir leid«, sagte Kaspar. »Aber Kunden dürfen nich' hintern Tresen, auch nich' im Notfall.«

»Nur einen Augenblick«, sagte ich und drehte mir den Strohhalm ins rechte Nasenloch, so tief ich konnte. »Regen Sie sich nicht auf.«

»Sir? 'tschul'igung, ich kann Sie das nich' machen lassen!«

»Haben Sie 911 angerufen?«, fragte ich, atmete tief aus, beugte mich vor und saugte mir einen Schwall heißes Frittierfett in die Nebenhöhle. Es kam mir vor, als wäre in meinem Kopf ein Chinaböller explodiert. Ich sah die weißlichen Funken und hörte den hohlen Donner, während ich – eigentlich nicht so sehr ich selbst, sondern meine primitiveren Ichs, mein Amphibien- und Insektengehirn und das Plattwurmhirn irgendwo tief unten in den Eingeweiden, allesamt sicher waren, dass ich gestorben war. Manche Menschen glauben, es sei schmerzhaft, sich den Zeh anzustoßen oder sich einen Arm zu brechen oder von einer Schockpistole getroffen zu werden, aber das spielt nicht in der gleichen Liga, der gleichen Arena oder auf dem gleichen Kontinent. Denn man bleibt bei Verstand. Bei dem aber, was ich mir zugefügt hatte, war ich einige Zeit gar nicht mehr da, nur ein irrsinnig brüllendes, um sich dreschendes Tier, und als ich wieder ich war, gab es keinen Raum für irgendeinen Gedanken; es gab nur das Erstaunen, noch zu leben. Irgendwann merkte ich, dass ich immer noch schrie, und nachdem ich mich dazu gebracht hatte aufzuhören, stellte ich fest, dass ich mich am Boden wand. Ein paar Fetttropfen waren mir in die Kehle gespritzt, und mein Rachen schien derart anzuschwellen, dass ich nicht mehr atmen konnte. Bestell dir sofort einen Milchshake, dachte ich. Nein, später.

»Äh, 'tschul'igung, Sir, aber Sie dürfen nich hierbleim. Neben dem Waschraum is 'n öffentlicher Fernsprecher.« Kaspar hatte mir die Hand auf die Schulter gelegt. Ich ergriff sie, zog mich daran hoch und schaute ihn an. Offenbar hatte ich den Tunnelblick, denn ich musste den Kopf drehen, um sein Namensschild zu entdecken, auf dem »Herb« stand.

»Herb, ich weiß Ihre Besorgnis zu schätzen«, krächzte ich. Meine Stimme klang wie die von Karl Malden in der Rolle des Satans. »Und ich weiß auch, dass Sie bestimmte Management-Abläufe einhalten müssen, um dieses Restaurant effizient zu führen.«

Okay, nächster Punkt: Kopfwunde. Ich schob mich in den hinteren Bereich der Küche zurück. Der Gasgrill. »Aber wenn Sie sich mir in den Weg stellen, wird mein Sicherheitsteam, das in etwa zwei Minuten hier ist, Sie und Ihre Mitarbeiterin mit einem Akku-Exzenterschleifer von Makita zu Tode foltern. Danach gehen sie zu Ihren Familien und bringen sie ebenfalls um, falls sie hier in der Gegend wohnen.« Ich zog einen zentimeterdicken Stoß Papierservietten aus einem Spender und faltete sie in der rechten Hand zu einem Topflappen. »Also, Herb, machen Sie mir keine Schwierigkeiten. Wir tun es genau so, wie ich es sage, ja?«

Ich stand vor dem Gasgrill. Er hatte zwei große eiserne Roste; auf dem rechten brutzelten Hackfleischscheiben. Der linke wirkte nicht besonders heiß, deshalb wischte ich die Hamburger beiseite und versuchte, den Eisenrost hochzuheben. Er war zu schwer; man brauchte dazu beide Hände. Ich faltete einen zweiten Papiertopflappen, kauerte mich hin und schob den Rost nach oben. Ich richtete mich wieder auf und musterte die Schicht aus Vulkansteinen auf den Heizelementen. Je größer, desto besser. Ich packte den größten Lavastein, den ich sah, mit der linken Hand. Die Servietten qualmten, aber sie fingen nicht Feuer. Ich drückte die glattere Seite des Steins gegen die Wunde an meiner Stirn. Dieser Schmerz war von einer anderen Qualität, vergleichbar einem Tauchbad in Flüssigstickstoff. Leichter aushalten ließ er sich dadurch allerdings nicht. Mein Körper wusste, dass er fliehen musste. Der Impuls war so stark, dass ich dachte, ich würde in zwei Teile zerrissen, als wäre ich zwischen zwei Autos festgebunden, die mit Vollgas in verschiedene Richtungen losfuhren. Ich hörte, wie meine Stirn zischte, als wäre sie aus kanadischem Speck. Wieder brüllte ich auf, und ich glaube, diesmal war es lauter.

»Sir? Sin' Sie verletzt?«

Nein, dachte ich, alles prima, merkst du das denn nicht? Ich drehte mich zu ihm um. Ich konnte nur ein kleines Stück von ihm sehen, bloß sein Gesicht und die Mütze, als würde ich verkehrt herum durch ein Fernglas blicken. Ich schob mich an ihm vorbei und taumelte zum Seitenausgang neben dem Drive-in-Fenster. Herb war von einem grauen, wabernden Etwas umgeben und verströmte einen Geruch, der nicht da sein sollte. Oh – Haar, dachte ich. Richtig. Das Haar über meiner Stirn, so kurz es auch war, stand in Flammen. Offenbar war Fett darauf gespritzt, und der Stein hatte es in Brand gesetzt. Kein Problem. Ich schlug drauf, und es ging aus – glaube ich. Erneut brandeten die

Schmerzen auf, und ich brüllte wieder. Holla. Okay. Jetzt ist es raus. Verdammt, dachte ich, ich bin ein guter Burger.

Ich blickte über die Theke zum Essbereich und rechnete schon damit, dass Grgur zur Tür hereingewalzt kam. Er war nicht da. Genauso wenig wie andere neue Gäste. ES hatte offenbar Schwierigkeiten. Na ja, dachte ich, einem geschenkten Gaul fickt man nicht ins Maul, *et cetera*. Okay. Wie ich früher mal von No Way gelernt hatte, waren Drive-ins des Flüchtlings bester Freund.

Suchen wir uns ein schönes Auto.

Seitentür. AUSGANG. Genau.

Schritt, Schritt …

Hoppla. Wer bist du denn?

Ein Kerl – wahrscheinlich der Filialleiter vom Dienst, den der Panikknopf endlich herbeigerufen hatte – war von irgendwo weiter hinten hereingekommen und verstellte mir den Weg. Er war groß und blond, um die dreißig und leicht übergewichtig, was für seinen Job wahrscheinlich unerlässlich war. Ich bemerkte, dass ich noch immer den Lavastein in der Hand hielt. Der Filialleiter sagte irgendetwas, ich müsse bleiben, wo ich sei, und auf das Eintreffen der Polizei warten.

»Ich danke Ihnen, Sir«, sagte ich, hielt dabei seinen Blick fest und drückte ihm den Stein gegen den Schmerbauch. Es zischte. Er stieß einen hohen, schrillen Schrei aus, lauter als die Schreie, die ich selbst produziert hatte, und zuckte zurück, aber sein rechter Arm pfiff – reflexhaft, nehme ich an – in einem halbherzigen wilden Schwinger zu mir herum. Ich kauerte mich darunter weg – der Schlag kam nicht schnell genug, als dass ich behaupten könnte, ich hätte mich geduckt – und schob mich um ihn herum. An der vom Ordnungsamt vorgeschriebenen Stelle hing eine Taschenlampe mit drei AAA-Batterien neben dem Erste-Hilfe-Kasten. Ich nahm sie mit, als ich den Küchenbereich verließ. Verdammt, wenn ich gewusst hätte, dass es einen solchen Schmerz gibt, wäre ich zurück in den Mutterschoß gekrochen und hätte die nächsten achtzig Jahre dort verbracht. Aber immerhin ließ er mich die Kälte vergessen.

»Sir, bitte, entschul'igen Sie …«, sagte Herb irgendwo hinter mir.

Ich schaute mich um. Mein Sichtfeld hatte sich ein wenig geweitet, und ich sah ihn noch immer neben dem Grill.

»Sie waren großartig, Herb«, sagte ich und ging hinaus. Die Gäste hoben den Kopf und beobachteten, wie ich verschwand, aber nur einer oder zwei hielten beim Kauen inne.

(14)

Der Wagen am Kopf der Drive-in-Schlange – ein Equinox der ersten Baureihe in Navajo-Nectarine – hatte die Seitenscheibe unten. Der Fahrer wartete wahrscheinlich auf seine Bestellung, und ich schob mich vor, bis ich ihn sehen konnte.

Sie. Eine Frau. Jung. Unscheinbar. Weiß. Dick. Vom Leben verwirrt.

Ideal.

Okay. Plan Äh.

Ich hob die Taschenlampe nach Polizistenart, sodass sie am unteren Ende der Faust herausschaute, und knipste sie an.

Ich glaube, ich habe es noch gar nicht erwähnt, aber ich habe eine ganz schön tiefe Stimme. »Polizei! Ein Notfall!«, rief ich in einem Bass, der so herrisch war, wie man es hinkriegt, wenn man gleichzeitig sein Zähneklappern zu unterdrücken versucht. Ganz kurz ließ ich meine Mitgliedskarte der Amerikanischen Malakologischen Gesellschaft aufblitzen. »Führerschein und Zulassung bitte.«

Wie Normalos es üblicherweise tun, gehorchte die Frau. Dem Führerschein zufolge war sie Miss Kristin Dekey, 24, aus Winter Haven. Nicht dass es mich interessierte, aber ich musste mir den Führerschein lange genug anschauen, dass es offiziell aussah. Als ich ihn Kristin zurückgeben wollte, wühlte sie im Fach zwischen den Sitzen nach der Zulassung. Die Frau auf dem Beifahrersitz blinzelte mich an. Sie sah Kristin ähnlich genug, dass sie ihre Zwillingsschwester hätte sein können, aber für mich sehen auch alle Cracker gleich aus, also wer weiß. »Tut mir leid«, sagte Kristin, »ich kann die Zulassung im Moment nicht finden. Aber ich habe hier eine Versicherungskarte. Reicht die Ihnen? Tut mir leid …«

Ich nahm das Stück Papier. So zu tun, als würde ich es lesen, verschlang zwanzig Sekunden, aber wenn man sich für jemand anderen ausgibt, ist es gut, wenn man sein Opfer dazu bringt, sich an die Vorstellung zu gewöhnen, dass man ist, wer zu sein man vortäuscht, ehe man etwas Ungewöhnliches von ihm verlangt. Und dazu spielt man ihm am besten Rituale vor, die ihm vertraut sind. Wenn man es richtig macht, kann man ruhig ein anderthalb Meter großer chinesischer Teenager in einem Gothlita-Kostüm sein – oder blutüberströmt wie ich, mit qualmendem Haar und holzkohlefarbenem blutigem Schorf im Gesicht. Wenn das Opfer den Vorfall dann zu Protokoll gibt, beschwört es, dass man zwei Meter groß war, in der Montur eines Polizei-Captains auftrat und aussah wie Clint Eastwood.

Ich gab ihr die Papiere zurück und nahm das größere meiner noch immer funktionsuntüchtigen Netphones heraus. »Verfolge Verdächtigen in Zivil*fahr*zeug *weiter*. Ende.« Ich wandte mich der Frau zu. »Ma'am, ich muss Sie *und* Ihre Beifahrerin *bitten*, Ihr *Fahr*zeug zu verlassen.« Wie Normalos es üblicherweise tun, gehorchte sie. Ihre Beifahrerin brauchte ein bisschen länger, aber schließlich stieg auch sie aus. Anstatt nach hinten zu gehen, versuchten die beiden allerdings, sich vor dem Wagen zu treffen und dort herumzustehen, als wollten sie etwas besprechen. Ich stieg ein und beugte mich über die offene Tür.

»Ma'am, bitte treten Sie zu Ihrer eigenen Sicherheit von Ihrem Fahrzeug zurück.« Sie tat es. Zu ihrem Zwilling sagte ich das Gleiche. Ihr Zwilling tat das Gleiche. Dann fiel ihr etwas ein.

»Sind Sie verletzt?«, fragte sie.

»He, sind Sie wirklich Polizist?« Kristin stellte ihre Frage zu spät. Ich stieg ganz ein, zog die Tür zu, streckte die Hand aus, knallte auch die Beifahrertür zu, drückte den Knopf, der sämtliche Türen verriegelte, legte den Gang ein und fuhr los.

Aaah, süße Freiheit! Ich …

Scheiße. Ich hatte meinen Hut im Küchenbereich liegen gelassen. Ich überlegte, ihn zu holen, sah aber ein, dass es verrückt wäre. Besorgnis überkam mich, denn allein schon, dass ich es in Erwägung gezogen hatte, ließ erkennen, dass ich nicht klar dachte.

Konzentrier dich, Jedface.

Die Auffahrt hoch. An der Abfahrt, auf der anderen Seite des Highways, wurde mein zurückgelassener Barracuda von Halogenlicht angestrahlt. Über dem Wagen ließ ein Hubschrauber einen zweiten Lichtstrahl in einer sich weitenden Spirale kreisen. Ha, dachte ich. Sie sind weit hinter mir. Sehr weit.

Auf die 400. Vorwärts. Hoch. *Ad astra per atrocitas*. Ich verstellte Sitz und Lenkrad, damit sie auch für Nichtschweine bequem waren. Der Highway wurde gerade und leitete den Equinox zu dem schmutzig-orangefarbenen Leuchten über der No-Go-Zone. Meine Hände zitterten noch immer, meine Zähne klapperten, und ich war müde und fühlte mich schwindlig, aber ich war noch nicht in einem Schockzustand, und wenn ich die vier Liter Blut, die ich noch intus hatte, halbwegs bei mir hielt und immer schön weiter Adrenalin produzierte, konnte ich noch ein paar Stunden durchhalten. Ich musste nur supervorsichtig sein, bis ich einen Händler fand. Beim letzten Mal hatte ich gehört, dass sie hier Blutkonserven verkauften, also müsste sich auch ein bisschen Faktor VIII beschaffen lassen ... und vielleicht etwas Thrombogen, ein paar Brandkompressen ... dazu noch 0-negativ ... hmm, wo ich schon dabei bin, ein paar Oxys, vielleicht etwas Hydro, und ein Salzstreuer mit dem guten alten Ecgonylbenzoat. Und dann noch eine Glock 36, zwei Heizer-Double-Tap-Derringers und ein paar hundert Hydra-Shok-Hohlspitzgeschosse. Und einen fahrbaren Untersatz mit Papieren.

Ich musste den Leuten von ES eine Nasenlänge vorausbleiben. Und so, wie ich es eingefädelt hatte, musste es gehen. Endlich war meine Paranoia mal zu etwas gut. Ich hatte vier verschiedene Tarnidentitäten aufgebaut, mit unterschiedlichen Graden an Detailliertheit und Entfernung zu meinem wahren Ich. Wenn ich diese Tarnidentitäten in den nächsten Wochen abwechselnd benutzte, würde man mich niemals finden. ES war zwar spitze, aber niemand hat unbegrenzte Mittel. Natürlich würden sie das Opferspiel benutzen, um nach mir zu suchen, doch auch ich würde es einsetzen, um ihnen einen Schritt vorauszubleiben. Und ich spielte besser als sie.

Ich kam an einer Reihe verlassener Dekontaminationsanhänger und einem beiseitegeschleuderten Schild mit der Aufschrift DURCH-

FAHRT GESPERRT vorbei. Hier waren wieder mehr Autos, und alle fuhren in die rund um die Uhr polizeifreie Partyzone. Die erste Regel des Flüchtlings lautet, dass man umso schwerer zu finden ist, je mehr Leute man um sich hat.

Über hundertdreißig. Hm. Vor mir ein Kriecher. Ich schoss rechts vorbei. Per Stimmbefehl stellte ich das »Radio« des Equinox auf Börsennews. Dalian und Zhengzhou hatten beide den Handel eingestellt. Der vierte Dominostein war genau nach Plan gefallen. Tja, ich hatte es nicht mehr in der Hand. Ich konnte mich nur noch zurücklehnen und abwarten.

EAZ, dachte ich. Na, sie haben es verdient. Faktor VIII, von wegen. Sie hatten von langer Hand geplant, mich zu ermorden.

Und Marena hatte es gewusst.

Sie war kein guter Mensch.

Es gab keine guten Menschen. Es gab nicht einmal gute Hunde. Nicht mal gute Amöben. Ich tat das einzig Richtige. Ich genoss das Hochgefühl, entkommen zu sein und vor allem zu wissen, dass die Zukunft sicher ist. Als ich den aufgegebenen Kontrollpunkt passierte, wusste ich, dass ich es schaffen würde. Einsatzziel so gut wie erreicht. Noch zweiundfünfzig Tage oder, wenn man die Sekunden herunterzählt, vier Millionen vierhundertzweiundneunzigtausendachthundert …

… vier Millionen vierhundertzweiundneunzigtausendsiebenhundertneunundneunzig …

… vier Millionen vierhundertzweiundneunzigtausendsiebenhundertachtundneunzig …

… vier Millionen vierhundertzweiundneunzigtausendsiebenhundertsiebenundneunzig …

ERSTER TEIL

DIE WEGKREUZUNG DER SKORPIONE

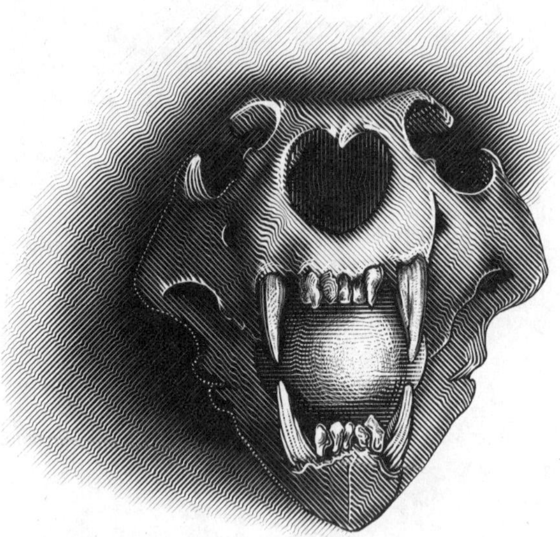

Jaguar-Schädel mit Jade-Kugel
ausgegraben in den Ruinen von Ixnichi-Sotz

Denkwürdige Antiquitäten aus British-Honduras
Subskriptionsdruck • Lambeth • 1831

(15)

Ganz wie von Frau Koh vorhergesagt, war die Welt vor acht Tagen an 6 Sturmwolke, 7 Vampirfledermaus, 9.11.11.12.17 – oder, nach gregorianischer Zeitrechnung, dem 1. Mai 664 n. Chr. – zu Ende gegangen. Zumindest glaubte das fast jeder hier – und damit meine ich wirklich so gut wie jeden, also die gesamte Bevölkerung Mesoamerikas und weiter Landstriche in Nord- und Südamerika. Heute war die Jüngste in der neuen Reihe von Sonnen gerade bei 289° in Westsüdwest gestorben; trotzdem hatte sich das Licht auf der Altiplanicie Mexicana, der zentralmexikanischen Hochebene, nicht verändert. Es war das gleiche beunruhigende, diffuse Kastanienbraun geblieben wie gestern und vorgestern. Auf der Venus, heißt es, sehe das Tageslicht genauso aus. Der nur schwach erkennbare Pfad führte um eine Gruppe Virginischer Kiefern herum und folgte einer leichten Steigung hinauf zu einer Reihe hügeliger Hochebenen. Seit wenigstens tausend Seillängen – etwas mehr als sechs Kilometer – waren wir keinem lebenden Menschen mehr begegnet, und seit mindestens dreihundert Seillängen hatten wir keinen Toten mehr gesehen. Jedenfalls keinen vollständigen Toten, nur hier und da ein paar Teile.

Allerdings rochen wir sie. Man gewöhnt sich niemals an den Gestank von Leichen, den unbeschreiblichen Foetor, den die Generation von 1945 aus den Lagern mitgebracht hatte, festgenietet in den engen Windungen ihrer Gehirne – ein Gestank, den sie lieber vergessen wollte als jede andere schlimme Erinnerung. Verwesendes Fleisch, brennendes Fleisch, brennendes verwesendes Fleisch … es ist nicht einfach nur der schlimmste Gestank, den es gibt, es ist das Schlimmste überhaupt. Und das in einer Welt, in der es von Widerwärtigkeiten wimmelt.

Tausende und Abertausende, dachte ich. Und Aberabertausende. Arme Schweine. Gesegnet sollen sie sein. Schon vor dieser jüngsten

Apokalypse hatte ich den Eindruck, Selbstmord sei hier die zweithäufigste Todesursache – nach dem Verhungern, wenn man den Tod bei Geburten nicht mit einrechnet –, aber jetzt war der Suizid eindeutig zur Todesart Nummer eins geworden, nach der lange nichts mehr kam. Und das würde wohl so bleiben für die vorherseh…

Hoppla, dachte ich. Wenn es eine Phrase gibt, die man wirklich drangeben sollte, dann die von der »vorhersehbaren Zukunft«. Sagen wir lieber, die Selbstverbrennungen gehen noch lange weiter. Tausende, Zehntausende, Hunderttausende. Im siebten Jahrhundert Anno Domini – also jetzt – besaß Zentralmexiko die höchste Bevölkerungsdichte der Welt. Es gab Tausende von Dörfern und Dutzende ausgewachsene Städte von mehr als hunderttausend Einwohnern. Mais ist eine ertragreiche, wenig arbeitsintensive Feldfrucht, sodass den Menschen in einer Maiswirtschaft genügend Zeit blieb, um rein zeremonielle Gebäude zu errichten, erlesene Luxusgüter zu schaffen, sich scharenweise Vollzeitsportler und Berufsentertainer zu halten, Nahrungsmittel bei wilden Partys und Orgien zu verschwenden und einander zu jagen und zu fangen, zu foltern und zu opfern – nicht aus Notwendigkeit, sondern weil es so viel Spaß machte. Michael Weiner zufolge, Lindsay Warrens Hausmayakundler, hatte sich die Bevölkerung im Laufe der letzten vierzig Jahre verdoppelt, und das würde innerhalb der nächsten vierzig Jahre noch einmal geschehen. Dennoch war der Landstrich nur spärlich besiedelt. Weite Streifen Beinahewüste trennten die dicht bevölkerten Flusstäler voneinander, und wir befanden uns in einem Hochland ohne grundwasserführende Schicht, einem Gebiet, das niemals kultiviert sein würde. Daher stand es auf Marenas kurzer Liste geeigneter Stellen, um Zeug zu vergraben. Die Meute wäre überrascht, dass ich so weit von Ix weggekommen bin. Sie …

Jeg jeg jeg jeg jegjedjwhzzeeew?

Es war das lang gezogene Gluckern eines Nachtkrugs.

Jeg jeg jeg jeg jegjegjegjedjwhzzzeeeew?

Fast jedem – sogar einem Mesoamerikaner, der nicht unserer zweiundsechzigköpfigen Marschkolonne angehörte – wäre das Geräusch natürlich vorgekommen. Es kam jedoch von einem unserer

Wegbereiter; ich glaube, wir können sie Späher nennen. Sie waren ungefähr vierzig Seillängen vor uns ausgeschwärmt, etwa zehn Minuten zu Fuß.

Jeg jeg jeg jeg jegjegjedjwbzzeew?

Jeg jeg jeg jeg jegjegjegjedjwbzzzeeeew?

Der Ruf bedeutete, dass vierhundert Schritt vor uns eine Kreuzung lag; die viermalige Wiederholung des Rufes besagte, dass die Kreuzung in allen vier Richtungen frei war. Gut.

Ein roter Hirsch flitzte über den Weg vor uns nach rotwärts, also nach Osten; er rannte vor dem Feuer davon. Einer der Geblüte hinter mir hatte offenbar einen Speer nach dem Tier schleudern wollen, denn ich hörte, wie Hun Xoc ihm mit einem Pfiff befahl, es bleiben zu lassen. Wir waren nicht zum Jagen hier. Vor den Flammen flohen so viele Tiere, dass man praktisch alles erlegen konnte: Ratten, Springmäuse, Hasen, Kaninchen, Gürteltiere, Pfauentruthähne, Wachteln und sogar Mexikanische Silbergrizzlys. Man hätte meinen sollen, die Dorfbewohner hätten das ganze Viehzeug bereits zur Strecke gebracht, aber ich nehme an, sie glaubten nach wie vor, sie bräuchten kein Essen mehr. Schließlich hatte die Welt geendet.

Es gab nur – gab es sie wirklich? – eine Handvoll Ausnahmen: Skeptiker, Meistermanipulatoren wie Frau Koh oder mein Adoptivstiefvater 2-Juwelenbesetzter-Schädel. Oder auch Hun Xoc, der nicht auf den Kopf gefallen war. Oder mich selbst, aber ich zähle nicht. Der Großteil der Bevölkerung jedoch war entweder wiedergeboren – wie die etwa achtzigtausend Personen, die Koh folgten – oder entrückt, wie die Millionen, die sich selbst getötet hatten, in den Feuersbrünsten umgekommen waren, derzeit verhungerten oder bei gegenseitigen Überfällen starben.

Schritt. Schritt. Schrittetyschritt. Die Kiefern wichen Ocotillos und Opuntien. Immer wieder kamen wir an riesigen Amerikanischen Agaven vorbei, von denen einige so groß waren wie ein einstöckiges Haus. Sie sahen aus wie eingefrorene Tretminenexplosionen. Ihre Blätter waren so dick und breit, dass man sich darauf stellen und auf und ab federn konnte wie auf einem Sprungbrett. Da …

Halt. Ich sah etwas.

Ich berührte Hun Xoc am Rücken und gab das Zeichen für »Halt«. Er berührte das Geblüt, das vor ihm ging, und der Befehl wanderte bis an die Spitze der Marschkolonne. Hier – in Mesoamerika, meine ich – kommt der Ranghöchste normalerweise ganz hinten. In dieser Situation brach das befehlshabende Geblüt – eben Hun Xoc – das Protokoll, indem er in der Nähe der Vorhut ging und mich hinter sich laufen ließ. Ach, übrigens, »Geblüt« ist wörtlich übertragen »Blut«, wie in »junges Blut« oder »nicht minder edles Blut«, wie König Philipp es formuliert hat, wenn ich mich nicht irre. Im Ixianischen bezeichnet das Wort den männlichen Angehörigen eines Großhauses im waffenfähigen Alter, ein Mitglied der herrschenden Klasse.

Das Haltesignal verbreitete sich nun auch die Kolonne entlang nach hinten, über siebenundfünfzig Männer bis zum hintersten, dem letzten der vier Spurenverwischer. Ich signalisierte Hun Xoc, dass ich allein weitergehen würde. Widerstrebend wich er zur Seite und neigte den Kopf zum Zeichen der Bitte, ich möge vorsichtig sein. Die Geblüte der Vorhut schlossen sich um mich, doch ich drängte mich zwischen ihnen hindurch. Sahen sie denn nichts?

Ich riss die Augen auf und spähte in die unnatürliche Dunkelheit.

An der Kreuzung saß eine Gestalt, hundert Schritt vor uns. Ein Mann mit einer Zigarre. Er war wie aus dem Nichts erschienen, denn als ich vor ein paar Schlägen dorthin geblickt hatte – beim Marschieren entwickelt man einen Rhythmus, bei dem man auf die Füße schaut, dann um sich blickt, dann vor sich, dann wieder auf die Füße –, hatte ich den Mann nicht gesehen. Und auch keiner unserer Wegbereiter, sonst hätten wir einen Eulenschrei gehört.

Ich drehte mich um und winkte dem *sitz'*, dem vierzehn Jahre alten Jungen, der hinter mir ging. Sein vorläufiger Jungenname lautete Gürteltierschiss; er war mein *k'ur chu'*, mein »Fellator« – aber wenn wir feinsinnig sein wollen, kann ich ihn auch Knappe nennen. Wenn wir grob werden wollen, könnte ich ihn als meine Schlampe bezeichnen. Jedes Geblüt hatte wenigstens einen *sitz'*. Es war eine Art spartanisches *erastés-erómenos*-System. Ein *k'ur chu'*, der sämtliche Schikanen überlebte – das waren ungefähr vierzig Prozent –, wurde zum Schluss in die Kriegergemeinschaft aufgenommen, in diesem Fall in die Harpyien-Ball-Bruderschaft. Wie die *jonokuchi* bei den Sumo-Ringern taten sie alles für uns, einschließlich, na ja, Abwischen.

Gürteltierschiss rannte zu mir und spie mir Trinkwasser in die Augen. Ich rieb mein Gesicht an seiner Manta trocken und schaute wieder zur Kreuzung. Die Gestalt war noch da. Der Mann trug eine lange, orange-schwarz gestreifte Manta und einen breitkrempigen Hut aus Stroh, wie fahrende Händler ihn trugen, einem Sombrero nicht unähnlich, der ihm das mit der Umgebung unvereinbare Aussehen eines europäischen Bauern aus dem 19. Jahrhundert verlieh.

Ich ging alleine weiter. Der Gentleman rückte seinen Allerwertesten auf dem toten, zahnlosen Kugelkaktus zurecht, auf dem er saß, nahm einen tiefen Zug an der Zigarre – ein grüner Stumpen im Stil von Palenque, so dick wie eine Churchill – und musterte mich.

Er kam mir bekannt vor.

Ich wechselte in den unterwürfigen ixianischen Trippelschritt und blieb vier Schritt vor ihm stehen.

Er ließ einen blauen Rauchkringel aufsteigen. Ich hockte mich hin und berührte den aschigen Boden. Er sprach nicht, also ergriff ich das Wort.

»*Salud, Caballero Maximón*«, sagte ich; dann erst erinnerte ich mich, in welcher Zeit wir uns befanden, und grüßte ihn erneut mit seinem älteren Namen: »*X'taca, halach ahau Mam.*«

Er antwortete auf Spanisch. »*Hola, Cábron. Estás que Ch'olano gringo de San C.* Du bist dieser zum Gringo gewordene Ch'olano aus San C.«

Ich schnalzte zur Bejahung. Sein Spanisch war bäuerlich derb, aber erstaunlich gut für jemanden, der es, technisch gesehen, wahrscheinlich erst in zwölfhundert Jahren sprechen würde.

»*Están buenos Pirámides.*«

»*¿Perdón?*«, fragte ich. Ach ja, richtig, die Zigarren, die ich ihm in San Cristóbal Verapaz geopfert hatte. Im 21. Jahrhundert. »*Ah, cierto. Claro, yo soy …*«

»Vielleicht kannst du mir einmal noch ein paar davon mitbringen.«

»Oh, *seguramente*. Ich komme am Großhaus-Humidor in B. C. vorbei.«

»*Buen reparto*«, schnarrte er, nachdem er sich weitgehend verfestigt hatte. Wie er davon sprach, hörte es sich an, als wäre es gestern geschehen und nicht 1348 Jahre in der Zukunft. Aber so ist es eben mit diesen Typen. Zeit bedeutet für sie wenig. Ich glaube, man könnte ihn eine Gottheit nennen, auch wenn dieses Wort das Flair nicht richtig einfängt. In alter Zeit nannten wir sie der Höflichkeit halber einfach nur die »Raucher«. Wie auch immer, von Wesen wie ihm perlt die Zeit ab wie seinerzeit ein Skandal von Ronald Reagan. Er nahm einen langen Zug und blies eine Rauchwolke aus, die sich so langsam ausbreitete, wie ein kalter, satter Python sich entringelt.

Verdammt, dachte ich, das nennt man wohl eine starke Halluzination. Kaum war mir dieser Gedanke gekommen, als Maximón ein wenig undeutlicher zu werden schien, und ich schob ihn aus meinen Gedanken. Vielleicht sagte er mir doch noch etwas Wertvolles. Die Sache ist die: In einem Gehirn geht mehr vor, als man weiß. Und wenn man im Gehirn eines anderen herumgeistert, so wie ich, hört man ständig irgendein Flüstern. Manchmal steigert es sich zu Stimmen, und einige davon verfestigen sich zu ... na ja, zu etwas wie dem, was ich gerade gesehen habe. Und bei einigen lohnt es sich hinzuhören. Manchmal entdeckten die Raucher etwas im Kopf von einem selbst, das man längst vergessen oder nie bemerkt hatte, was aber trotzdem real war.

»Wie hast du den Weg in dieses funkelnde B'ak'tun gefunden?«, fragte Maximón.

»Ich habe mich selbst hergeschickt, in der Haut dieses Hüftballspielers, wie du siehst.«

»Welches Ich ist das?«, fragte er.

»Es ist nicht mein eigenes Ich, es sind meine Erinnerungen. Sie wurden ...« Ich versuchte es mit dem Wort *pach'i*, »geprägt«, wie ein Siegel in feuchten Lehm. »Sie wurden geprägt und hierher zurückgeschickt.«

»Llllll«, machte er – das Maya-Gegenstück zu »Hmm«.

»Ich habe noch immer Schakals Gehirn«, fuhr ich stockend fort, »aber mit den höheren Erinnerungen aus dem zwölften B'ak'tun, Jeds Erinnerungen.« Sie umfassten alles, was mir passiert sei, erklärte ich, außerdem Englisch- und Spanischkenntnisse und emotionale Gewohnheiten; kurzum alles, was mich annehmen ließ, ich sei Jed DeLanda. Alles aus meinem Kopf ausgelesen, in eine Form codiert, die einem holografischen Filmbild nicht unähnlich war, und direkt in ein Zielgehirn übertragen, dessen höhere Erinnerungen dabei gelöscht wurden. Nach unserem gegenwärtigen Verständnis des Universums stellte diese Vorgehensweise die einzige Möglichkeit dar, einer Zeitreise wenigstens nahezukommen – ein Begriff übrigens, den wir um jeden Preis vermieden, ähnlich wie Geheimdienstprofis sich niemals als »Agenten« bezeichnen.

Er nahm wieder einen monstermäßig tiefen Zug. Hat er es begriffen?, fragte ich mich. Oder hat es wie Blödsinn geklungen? Oder wusste er das alles längst? Ewig kann ich nicht so weitermachen. Irgendwie – und Schakals Reflexe waren ein Phänomen, dem ich blind vertraute, ohne es zu verstehen – spürte ich, dass der Trupp unruhig wurde. Wartet, signalisierte ich ihnen. Das Gefühl der Bewegungen an den Härchen auf meinem Rücken wurde schwächer und verschwand. Die alte Zeit hatte auch ihre guten Seiten. Eine davon war, dass man in die leere Luft sprechen konnte, ohne dass die Leute einen für verrückt hielten; sie glaubten vielmehr, man hätte Verbindung zu einem Volk der unteren Ebenen, den Ungehörten, Ungerochenen und Ungesehen.

»Also«, fragte Maximón, »wer bist du, Jed oder Schakal?«

(16)

Die Wörter kamen als Rauch heraus. Oder eher schlang sich der Rauch seiner Zigarre zu einer aufsteigenden Säule aus ixianischen Hieroglyphen, und irgendwann bemerkte ich, dass ich ihn gar nicht reden hörte, sondern nur die Schriftzeichen las.

»Das weiß ich nicht«, sagte ich. Die Frage hatte ich mir in letzter Zeit selbst gestellt, wenn auch anders formuliert. Zuerst war es mir so vorgekommen, als wäre ich mehr oder weniger der Jed – um der Klarheit willen sollten wir uns an die Konvention halten und Jed$_1$ sagen –, der im Jahr 2012 geblieben war. Doch mir war manches widerfahren, und ich hatte vieles gesehen, vor allem Verstörendes, und anderes getan – nicht nur Gutes, nicht einmal vor allem Gutes. Und ich glaube, ich hatte mich verändert, denn wenn ich an den anderen Jed dachte – den Jed, den wir Jed$_1$ nennen –, betrachtete ich ihn nicht gerade als Volltrottel, aber doch als Naivling mit mehr Glück als Verstand, der Scheiße nicht von Schuhcreme unterscheiden konnte. Und diese Entfremdung würde weitergehen.

»Und welches Ansinnen führt dich in diese peinvolle Wildnis?«, fragte Maximón.

»Ich bin gekommen, um eine Botschaft in die Erdkrötin zu pflanzen«, sagte ich.

»Für deine *n'aax caan*« – der Ausdruck hieß in etwa »Lieblingsdomina« oder »Weicheier peitschende Prostituierte« – »im letzten B'ak'tun.«

Ich nickte. Sollte ich ihm etwas anbieten?, überlegte ich. Was hatten wir denn bei uns? Wir hatten Jadefaustkeile, die ungefähr sechshundert erwachsene männliche Sklaven wert waren, nur für den Fall, dass wir uns aus irgendeiner Klemme freikaufen mussten, aber ich bezweifelte, ob er sie haben wollte.

»Deine Marena, *tía buena*«, sagte er und schmatzte einmal mit den Lippen.

Ich nickte nur. Woher wusste er davon? Na ja, ich nahm an, er wusste vieles. Nicht alles, so wie Jehova, aber trotzdem eine Menge. Mit Frauen durfte man den Kerl jedenfalls nicht allein lassen. Ich erinnerte mich an eine Geschichte, die meine Mutter mir erzählt hatte, als ich ungefähr sechs Jahre alt war. Als ihr Großvater noch jung gewesen war, waren eines Tages alle Männer aus ihrer Heimatstadt in Honduras in den Krieg gezogen, um die Spanier zu vertreiben. Sie ließen Maximón zurück, damit er die Frauen beschützte, aber als die Männer wiederkamen, waren sämtliche Frauen schwanger. Die Männer häuteten Maximón bei lebendigem Leib und hängten seine Haut an einem Affenschwanzbaum auf. Die Frauen waren darüber so untröstlich, dass sie die Männer zwangen, sein Bildnis in der Kirche aufzustellen. Und er blieb sowieso nicht sehr lange tot.

»Du brauchst also ein stilles Plätzchen«, sagte Maximón.

»Ja.«

»Still für wie lange?«

»Ungefähr vier B'ak'tunob'«, antwortete ich. Gut vierzehnhundert Jahre.

Er hob den Kopf und blickte beiläufig über seine linke Schulter nach Westen, wo ganz schwach ein orangefarbener Schmierstreifen zu sehen war. Es war nicht die Sonne, sondern die Reflexion von Coixtlahuaca, die nächstgelegene der Hunderte von Städten, die aus Sympathie für die zerstörte Hauptstadt Teotihuacán in Flammen standen. Frau Kohs Karawane befand sich zwischen uns und der Stadt, fast ein halbes *k'intaak* zurück – eine Jornada, eine Tagesreise. Wir konnten nicht viel weiter ziehen, wenn wir zurückkehren und vor Sonnenaufgang wieder zu ihr stoßen wollten. Und wir konnten nicht offen im Tageslicht herumlaufen, auch wenn es so dunkel war wie in der Dämmerung. Irgendwo lebten noch immer irgendwelche Bauerntölpel, die uns entdecken würden, und die Nachricht gelangte dann rasch zu einem Kriegstrupp der Puma-Sippe. Wenn sie uns erwischten, machten sie sich Tangas aus unseren Eingeweiden. Andererseits, wenn die Sachen dreizehneinhalb Jahrhunderte überdauern sollten, bis Marena sie ausgrub, mussten sie irgendwo liegen, wo sich Fuchs und Hase gute Nacht sagten. Verdammt, verdimmt, verdummt.

»Lllll«, machte Maximón. Er zog wieder an der Zigarre und blies eine Rauchschlange aus, die ich in der förmlichen, archaischen Maya-Schrift las als: »So versuche es droben.« Er wies mit der Lippe nach Norden auf einen Zwillingstafelberg. »Niemand wagt sich dorthin.« Er benutzte eine unbestimmte Verlaufsform, die nicht jetzt, nicht früher und nicht jemals bedeutete. »Selbst unser Großer Vater Rucan-400-Wirbelnd« – das war der nach Osten ziehende Sturmwind – »mag dort nicht tanzen.«

»*Buen consejo.* Vielen Dank, Señor.«

»*No problemo*«, sagte er. Diesmal sprach er es aus, auf Spanisch. Die knappe Antwort bedeutete, dass er das Gespräch als beendet betrachtete, aber ich zögerte.

»Ja?«, fragte er ein wenig ungeduldig.

»Ich ... ich habe mich gefragt, ob dir weiter die Straße hinunter etwas aufgefallen ist.«

»Du meinst die Straße nach Ix?«

»Nun ...«, sagte ich.

Mich beschlich das Gefühl, dass er die Antwort genau kannte und mir die Frage nur stellte, um zu sehen, wie aufrichtig ich war oder wie ich mein Tun rechtfertigte.

»Ja.« Eigentlich sollte es ein Geheimnis bleiben – das heißt, dass wir die Menschen nach Ix führen würden, sobald wir das Tiefland erreichten, und nicht nach Palenque, wie Koh hatte verbreiten lassen.

»Du solltest die Augen nach den Pumas und den übrigen Rudeln offen halten«, sagte er.

Das weiß ich selbst, dachte ich. Aber ich schnalzte nur – was in Ix ein »Ja« bedeutet – und nickte widerstrebend.

Mit *Rudel* meinte er Katzenrudel, die Reste – zahlreiche Reste, sollte ich sagen – der Katzensippen von Teotihuacán und ihren Hunderten von Satellitenstädten. Nach dem Zusammenbruch hatten sie sich neu formiert und bedrohten Frau Koh und jeden, der mit ihr verbündet war.

»Das wird uns gelingen«, sagte ich. Sei zuversichtlich. Mäuschen und Götter stehen auf Zuversicht. Und es stimmte auch, denn im Moment hatte ich tatsächlich die Nase vorn. Besonders bei dieser Sache mit Frau Koh. Ich erkannte einen aufsteigenden Stern, wenn ich ihn sah. Koh hatte bereits mehr als achtzigtausend Menschen unter ihrem kleinen blaugrünen Daumen und stand erst am Anfang. Aus welchem Grund auch immer, Koh billigte meine Pläne, das Spiel zu überliefern und ins letzte B'ak'tun zurückzukehren. »Und ich werde zusehen, dass ich zurückgehe.«

Ich bin mir sicher, er verstand, dass ich »zurück ins 21. Jahrhundert« meinte. Wenn man in diesem Zusammenhang von verstehen sprechen kann.

»Du machst dir keine Sorgen wegen Abgetrennte Rechte Hand?«, fragte Maximón.

Zing! Vielleicht klang ich doch ein bisschen zu flippig. Pass auf.

Hmm. Der Name Abgetrennte Rechte Hand war an Kohs Ratsmatte gefallen, doch handelte es sich bei ihm um eine schattenhafte Gestalt. Angeblich war er ein untergeordnetes Mitglied der roten Synode von Teotihuacán gewesen, der Kriegssippen also, und er besaß nur zwei Bündel rosa Binsen, war also nur achtzehn Jahre alt. Gestern hatte er Frau Kohs G2 zufolge – natürlich nannten wir sie nicht G2, sondern *b'acanob'*, »Flüsterer«, was man mit »Nachrichtendienst« gleichsetzen könnte – die überlebenden Patriarchen der Schwalbenschwanz-Synode getötet, der er selbst angehörte, und die beiden rangnächsten Puma-Duarchen sowie die meisten überlebenden Synodenmitglieder gefangen genommen.

»Vielleicht sollte ich mir viel größere Sorgen machen«, sagte ich.

»Abgetrennte Rechte Hand ist resolut. Und er hat gerade weitere achtundzwanzigtausend Geblüte adoptiert.«

Ich schnalzte respektvoll dreimal, was bedeutete: »Bitte fahre fort.«

Maximón sagte, Abgetrennte Rechte Hand kommandiere mittlerweile wenigstens viertausend Züge zu je zwanzig Geblüten. Davon seien etwa vierzehntausend Mann vollwertige Geblüte aus den Puma-Sippen, Experten im Umgang mit der Speerschleuder, der typischen teotihuacánischen Waffe; sie ließen sich in offener Feldschlacht am schwierigsten zurückschlagen. Er hatte sein mobiles Hauptquartier in Tehuacán eingerichtet – das trotz der Namensähnlichkeit weder identisch war mit Teotihuacán noch eine Satellitenstadt. Der Ort lag zwei Jornadas weißwärts, also nördlich, von uns. Abgetrennte Rechte Hand hatte die Überlebenden aus dem teotihuacánischen Rat der Vierhundert mitgebracht. Außerdem hatte er geschworen, sämtliche Rasslerkinder zu fangen und ihre Köpfe und Häute der Grünen Hexe zu schenken, einer Art Süßwasserelementargeist, der alten Schutzherrin von Teotihuacán.

Abgetrennte Rechte Hand behauptete, dass Koh – die »Groß-Älteste aller Kinder des Sternenrasslers«, wie sie sich nun nannte – den Untergang Teotihuacáns nicht nur vorhergesagt, sondern auch herbeigeführt habe. Diese Behauptung besaß den Vorzug, im Grunde wahr zu sein. Kohs Ansehen bei ihren eigenen Gefolgsleuten hatte das jedoch keineswegs geschadet: Selbst unsere klügeren Sippenhäupter, denen die Gerüchte über ihre Umtriebe noch gegenwärtig waren, schienen ihr treuer ergeben zu sein denn je. Obwohl der offizielle Grund für den nunmehr unausweichlichen Bürgerkrieg wie immer Rache war, bestand das eigentliche Ziel darin, Kohs Uayob' einzufangen, ihre aktivsten Seelen.

Teotihuacán war das Lourdes, Jerusalem, Rom und Mekka von Mesoamerika gewesen, und wer immer es zerstören konnte, musste über gewaltige Macht gebieten. Wenn Abgetrennte Rechte Hand Koh gefangen nahm und sich durch Folter ihre Uayob' einverleibte, erlangte er ihre Kräfte der Prophezeiung und Dominanz. Kohs frühere Gefolgsleute wären verpflichtet, ihm zu gehorchen. Er würde die Vernichtung Teotihuacáns rächen und zugleich am meisten davon profitieren.

Doch ungeachtet all dessen waren sie vor allem aus wirtschaftlichen Motiven hinter uns her. Die versprengten Puma-Sippen hatten den Großteil ihres Reichtums verloren und benötigten Handelswaren, die sie gegen neue Ländereien eintauschen konnten. Jede Familie in unserer Karawane hatte von ihren kostbarsten Besitztümern so viel mitgebracht, wie sie schleppen konnte: Schmuck, Faustkeile und erstklassige Klingen, Obsidian, Stoffe, Federn, Pelze, Rohjade, Goldstaub und sogar Splitter und Klumpen aus Türkis, den wir *xiuh* nannten, ein Begriff aus dem Proto-Nahuatl, weil es dafür im Maya kein Wort gab. Jedenfalls war *xiuh* die neueste und beinahe unbezahlbare Sensation vom fernsten Rand des ausgebleichten Nordostens der Welt. Die Großhäuser-Abkömmlinge hatten außerdem Tausende von mit Gummi versiegelten Körben mit den verschiedensten Gewürzen und Drogen, dazu zahllose Gegenstände aus Jade, die wir im 21. Jahrhundert als Kunstwerke bezeichnen würden. Vor allem aber hatten sie Sklaven mitgenommen, die allerdings kaum mit den Sklaven der Alten Welt zu vergleichen waren. Dem Sinn des Wortes im Ch'olan käme es wahrscheinlich näher, sie »Leibeigene« zu nennen. Im Grunde gab es keine klare Trennlinie zwischen Sklave und Nichtsklave, da selbst reiche Klans der lokalen Herrscherfamilie wie Leibeigene unterstanden; die Herrscherfamilien wiederum waren Leibeigene des Ahaus, und dieser wiederum war Leibeigener seines am stärksten vergöttlichten Ahnen. Die Sklaven kamen aus jeder ethnischen Gruppe. Sie konnten herumgeschubst, verkauft und verspeist werden; so konnte es theoretisch jedem ergehen, bis hinauf zum Ahau. Und der wiederum war der Gnade der Raucher ausgeliefert.

Unter dem Strich waren wir – der lange Zug von Kohs Anhängern – trotz unseres erbärmlichen Aussehens ein verlockendes Ziel. Und wir konnten keinen erwähnenswerten Widerstand leisten. Kohs Sternenrassler-Gemeinschaft hatte vor allem aus der weißen Synode Teotihuacáns Unterstützung erhalten, den Friedenssippen, die mit der roten Kriegssynode durch zwangweise Exogamie verwandt waren, ihre Söhne üblicherweise aber nicht zu Kriegern ausbildeten. Kohs Karawane umfasste etwa achttausend Geblüte mit Kriegserfahrung aus anderen dem Rassler verpflichteten Sippen, doch sie waren nicht so gut organisiert wie die teotihuacánischen Fußtruppen, und auch nicht so erfahren in der Zusammenarbeit, um es vorsichtig auszudrücken.

Wir hatten ein paar tausend Maya-Geblüte aus der ixianischen Harpyien-Enklave in Teotihuacán und einige verbündete Maya-Händlerfamilien aus Tik'al und Kaminaljuyu dabei, doch sie waren mit den Teotihuacánern nie gut ausgekommen. Als Vertreter des unteren Endes der sozialen Pyramide schleppten wir ungefähr achtzehntausend

Leibeigenen-Familien mit, zu denen etwa zwölftausend Männer im kriegsfähigen Alter kamen, Kämpfer, die keine Geblüte waren, als Waffen nur Hacken führten und in der Schlacht lediglich als Puffer dienen konnten. Die Jugendlichen aus ihren Reihen kümmerten sich um die sexuellen Bedürfnisse der Männer aus den Großhäusern; sie waren kaum mehr als Fleisch, das auf zwei Beinen ging.

Kam es zum offenen Kampf, saßen wir in der Tinte. Frau Koh, ihr provisorischer Rat der Sippenpatriarchen und ich waren uns darin einig, dass es für uns strategisch am besten wäre, wenn wir uns weiterhin so schnell wie möglich bewegten und Abgetrennte Rechte Hand von seinen Nachschubquellen im Becken von Mexiko fortlockten.

»Abgetrennte Rechte Hand scheint sich gegen deine Frau Koh durchzusetzen«, sagte Maximón.

»Du meinst, im Opferspiel?« Sie hatte mir gesagt, sie spiele jede Nacht gegen ihn – auf große Entfernung natürlich, mithilfe des Gegenstücks zur Telepathie. Am Morgen gab sie dann entsprechende Befehle aus.

»Ja«, bedeutete Maximón mir irgendwie.

»Du hast recht.« Er schien zu verschwinden – visuell, meine ich –, und ich redete schneller. »Manchmal scheint er sogar zu wissen, wohin wir uns wenden, noch ehe wir es beschlossen haben.«

»Natürlich. Denn in Wahrheit spielen seine Ratgeber für ihn.«

»Ach?«, fragte ich. »Und wer sind sie?«

Maximón antwortete, sie seien fünf Neun-Schädel-Meister, die jahrelang für die Zwillingssynode von Teotihuacán gearbeitet hatten und einer derartigen Geheimhaltung unterlagen, dass niemand, nicht einmal die Mitglieder der Synoden, ihre Namen kannte. Angeblich hatten sie keine Zungen und beherrschten nur eine hausinterne Zeichensprache; sie hatten weiße Haut wie Vestalische Jungfrauen, und zwei von ihnen waren über hundertzwanzig Jahre alt.

»Das ist gut zu wissen«, sagte ich. Für mich klang es nach schierem Hokuspokus.

»Außerdem heißt es, er sei ein großer *bun sujri*«, fuhr er fort.

Jetzt will er mich aber wirklich auf den Arm nehmen, ging es mir durch den Kopf. Der Ausdruck bedeutete wörtlich »Haut-Abstreifer«, aber nennen wir ihn einfach »Häuter«. Abgetrennte Rechte Hand sollte also ein Hautwechsler oder Gestaltwandler sein, jemand, dessen Tier-Uay so ungewöhnlich stark war, dass es seinen Körper verändern konnte. Besonders häufig trat so etwas bei Menschen mit Großkatzen-Uay auf, Jaguars und Pumas. Sie waren dafür bekannt, sich in Raubkatzen zu verwandeln. Angeblich erschienen sie manchmal auch als Knaben, als Geblüte im waffenfähigen Alter oder als Greise – je nach Anlass. Die Mächtigsten von ihnen waren diejenigen, die ihren Bestand an Uayob', ob menschlich oder tierisch, ständig erweiterten.

»Welches seiner Uayob' schätzt er denn am höchsten?«, fragte ich. Das bedeutete: In was würde er sich wahrscheinlich verwandeln?

»Ich würde mich vor Schnappfledermäusen hüten«, sagte Maximón. Damit meinte er die Camazotz-Vampirfledermäuse, *Desmodus draculae,* die eine größere Flügelspannweite hatten als jede ihrer Verwandten, die sich bis in spätere Jahrhunderte retten konnten. Sie waren Furcht einflößende Mistviecher.

»Du weißt nicht zufällig, ob Abgetrennte Rechte Hand vorhat, uns jetzt anzugreifen?«, fragte ich.

»Er hat seine eigenen Schwierigkeiten«, antwortete Maximón – er oder seine Hieroglyphen. »Im Moment wartet er ab, um euch am Río Capalapa den Weg zu verlegen.« Seine Umrisse waren nun undeutlicher denn je.

Hmm. Wir waren vier Jornadas vom Capalapa entfernt. Sollte ich einen Boten zu Frau Koh schicken? Nur besaß ich keinerlei Beweis. Wir konnten nach Westen schwenken und dann den Mixteco entlang nach Süden marschieren. Aber das war ein ziemlich großer Umweg. Außerdem konnte Maximón sich irren. Lieber abwarten, zu Koh zurückkehren und dann ein paar Späher aussenden, die versuchen sollten, die Sache zu bestätigen.

»Danke«, sagte ich.

»Alles kommt in Ordnung, wenn du dich beeilst.« Er sagte noch etwas, aber ich konnte die letzten vier Hieroglyphen nicht lesen. Verdammt. Asche. Ich rieb mir die Augen, aber die Hieroglyphen – und Maximón – waren noch verschwommener als zuvor.

»Danke.«

»*Dominos vobisquick*«, sagte er.

Habe ich das richtig gehört?, fragte ich mich.

»Und auch mit dir«, sagte ich und zog mich rückwärts von ihm zurück, wie es sich bei den Maya für einen Untergebenen geziemte. Nach zehn Schritten sah ich nur noch die Spitze seiner Zigarre, die mit dem tiefroten Aschendunst verschmolz.

(17)

Wir wenden uns weißwärts, bedeutete ich Hun Xoc und hielt dabei die Hände unter der Manta, damit die Männer nicht sahen, wer wirklich das Kommando hatte. Er fragte nicht nach dem Grund, er gab einfach den Befehl weiter. Wir marschierten zur Kreuzung und nahmen den linken Weg.

Die Richtungsänderung kostete uns fünfzehnhundert Schläge – zwölf Minuten –, weil wir die Wegbereiter verständigen mussten. Sie signalisierten uns, dass sie zurückkämen. Dann zeigten sie uns den Weg in die richtige Richtung; nur konnte ich nichts erkennen, weder einen Weg noch einen Trampelpfad noch sonst etwas. Wir marschierten – oder besser, schleppten uns – auf den näheren Tafelberg zu. Wenn ich mich richtig erinnerte, waren wir jetzt gut zweieinhalbtausend Meter über Meereshöhe, und dort oben wären es knappe zweitausendsiebenhundertfünfzig.

Hatte ich die richtige Entscheidung getroffen? Was, wenn ich wirklich den Verstand verlor? Dass Maximón mir so realistisch erschienen war, sollte mich beunruhigen. Hatte ich psychoaktive Substanzen eingeatmet, als wir die Arzneikammer der Pumas überfallen hatten, und setzte ihre Wirkung erst jetzt ein? Oder waren es die Gehirntumore, die bei der Übertragung meines Bewusstseins entstanden waren? Sie mussten mittlerweile so groß sein, dass sie Probleme verursachen konnten. Ich hatte gut zwei Sievert Gammastrahlung aufgenommen, als vor zweiundfünfzig Tagen ein Abbild meiner Erinnerungen in Schakals Gehirn gebrannt worden war. Das Bewusstseinstransferprotokoll und die Abtastroutine und das alles waren eine großartige Technik, aber der Nachteil war der Schaden, den das Wirtshirn, das Wirtsrückenmark und andere lebenswichtige Körperteile erlitten. Ich nahm an, dass der Körper, den ich besetzte, noch für sieben Monate zu gebrauchen war. Irgendwann um das siebte Uinal in diesem Tun – nach dem gregorianischen Kalender Januar 665 – würde es mir gesundheitlich so schlecht gehen, dass ich nicht mehr normal agieren konnte. Lange vorher musste ich eingepackt, verschnürt, frankiert und vergraben sein. Und dann mussten wir abwarten, ob ich richtig zugestellt wurde.

Tja, bloß keinen Stress. Aber sollte ich Maximóns Rat wirklich annehmen? So gesehen handelte es sich ja um meinen eigenen Rat, aber das Ganze war schon recht verdreht.

Nun, wenn ich von den Jungs im Alten Mayaland eines gelernt habe, dann ist es das Wissen, dass ein Gehirn kein einheitliches Etwas ist. Wie die Maya es sehen, hat man einen ganzen Stall voll unterschiedlicher Seelen. Einige davon sind menschlich, einige sind tierisch, und andere, wie zum Beispiel der *ik'ar,* der »Wind«, oder sagen wir, der Atem, sind mineralisch. Und wer schlau war, ließ sie miteinander reden und sorgte dafür, dass sie einander zuhörten.

Die anderen und ich kämpften uns den Hang hoch, der von Geröll aus zerbröckeltem Sandstein bedeckt war. Irgendwann verzichteten wir auf unsere Würde und krochen auf allen vieren, die Füße auswärts gerichtet, um zusätzlichen Halt zu finden. Dennoch rutschte ich mehr als einmal ab und schrammte mir die Unterarme auf. Ich blickte mich um und sah mit leichtem Frösteln, wie klein unser Trupp vor der zyklopischen Landschaft wirkte. Wie gesagt, ich hatte nur zweiundzwanzig Träger mitgenommen, dazu vier Harpyien-Sippen-Geblüte einschließlich meines Adoptivbruders Hun Xoc, sechs ixianische Rassler-Geblüte, 7-Leguan – der Harpyien-Opferer –, unseren Oberwegbereiter, 4-Schrei, mit seinen neun Leuten und ein paar andere Erfüllungsgehilfen. Das reichte nicht, um auch nur eine einzige Veintena – einen Zwanzigertrupp – echter Soldaten abzuwehren. Wenn sie uns fanden.

Die Steigung flachte zu einem weiten ovalen Tafelland ab, das über dem Ascheschleier unter uns trieb wie ein Krater auf einem winzigen C-Asteroiden. Wir stellten Posten am Rand auf. Dann maß ich dreihundertfünfzig Schritte zum näheren Brennpunkt des Ovals ab und winkte Hun Xoc. Er gab den Befehl an die Träger weiter. Sie stellten ihre Lasten ab, setzten ihre Holzschaufeln zusammen und begannen zu graben. Hun Xoc, seine beiden Träger und ich nahmen eine Vermessungsschnur von vierzig Armlängen mit rechtem Winkel und markierten die vier kleineren Löcher, in die wir die Magnetsteine legen würden. Im 21. Jahrhundert wären sie auf jedem Microwave-Sounder-Satelliten von Warren Communications deutlich zu erkennen. Ehe die nötige Tiefe erreicht war, stießen die Graber auf Fels. Sie tauschten die hölzernen Schaufeln gegen Spitzhacken und machten weiter. Hun Xoc, die anderen Geblüte, 7-Leguan und ich setzten uns auf die Stapel aus gummierten Beuteln und sahen zu. Großhäusler rührten Erde nicht an.

Wir warteten. Maximón hatte recht gehabt, was den Wind anging. Herr Papayago hatte mit mächtigen Schritten die Ebene überquert, aber wenn man hier oben Staub aus der Hand fallen ließ, rieselte er senkrecht nach unten. Eigenartig.

Wir hatten sechs nahezu identische, jeweils zwanzig Fingerbreiten durchmessende Terrakottakrüge mitgebracht. Sie waren mit gummiertem Hirschleder umhüllt und sahen aus wie zusammengefallene gelbe Wasserbälle. In Innern jedes Krugs befanden sich zwei weitere Terrakottagefäße mit einer Wachsschicht dazwischen. Deshalb fasste jeder Krug nur etwas mehr als einen halben Liter. Dennoch enthielt jeder vier kopierte Bücher nach Art eines Leporello-Albums; sie enthielten meine Aufzeichnungen über das Opferspiel, zwei Jadeitfläschchen mit den gereinigten Tzam-lic-Komponenten, Kröten und andere kleine Tiere, die nach sechs verschiedenen Methoden mumifiziert worden waren, sowie zwei zusammengefaltete Miniaturspielbretter aus Federgewebe, alles in teures cholulanisches Steinsalz gepackt. Ich hoffte, Marena und Co. fanden genug Informationen darin, um das Armageddon abzuwenden. Dennoch konnte ich mich jetzt nicht einfach durchhängen lassen. Selbst wenn sie das Paket bekamen – und da war ich mir ziemlich sicher – bestand eine hohe Wahrscheinlichkeit, dass sie ohne die besonderen Fähigkeiten und Spezialkenntnisse, die ich von Koh aufschnappte, das Opferspiel nicht effizient genug spielen konnten, um alle potenziellen Doomster aufzuhalten. Wenn wir noch sicherergehen wollten, musste mein funktionstüchtiges Gehirn zurück – schon wieder »zurück« –, und zwar mit seiner gesamten kostbaren Fracht. Oder wenigstens dem größten Teil davon.

Die anderen fünf Krüge enthielten verschiedene gefälschte Versionen, die durchaus überzeugend wirkten. Sie sollten Schatzjäger zufriedenstellen, die etwas von dem Hort erfuhren.

Nach vierhundert mal vierhundert Schlägen ging ich hinüber und blickte in die Grube. Sie hatten weitere zwei Armlängen ausgehoben. Das reichte. Wir ließen sie mit dem zweiten Loch beginnen, eine Seillänge – gute sechs Meter – westlich vom ersten. Wieder setzten wir uns und sahen zu. Gürteltierschiss pflückte mir Flöhe aus dem Haar. Die Feuersteinhacken sprühten Funken am Fels. Hun Xoc trieb die Gräber zur Eile an.

Er hat recht, dachte ich. Sie arbeiten schwer, aber sie scheinen es nicht eilig zu haben, zum Ende zu kommen.

Sie wissen Bescheid.

Tja, anders geht es aber nicht.

Nach wieder hundert mal zwanzig Schlägen hatten sie fünfzehn Löcher ausgehoben. Genug, um die Albert Hall aufzufüllen, dachte ich. Also gut. Ich bedeutete 7-Leguan, sich fertigzumachen, und er öffnete seinen Beutel und nahm einen kurzen eingehüllten Streitkolben hervor, einem Schlosserhammer ähnlich, dessen Kopf man mit Gummistreifen umwickelt hat.

(18)

Wir vergruben den Rest, harkten über die Grabstellen und verstreuten Kiesel und Asche so realistisch über den Gruben, wie es uns im Halbdunkel möglich war. Ich verriet nicht einmal Hun Xoc, welches Gefäß das wichtige war, auch wenn er es möglicherweise aus der Anordnung der anderen neun Löcher schlussfolgern konnte. Jedes kleinere Loch erhielt einen gummierten Hirschledersack von der Größe einer Bowlingkugeltasche. Fünf dieser Säcke waren mit gewöhnlichen Steinen in einem großen Wachsklumpen gefüllt. Die anderen vier, die ein perfektes, fünfzehn Meter langes Kreuz mit der wichtigen Schale in der Mitte bildeten, waren mit Meteoritenmagnetit gefüllt, das ich auf dem Fetischmarkt in Teotihuacán zu einem Preis gekauft hatte, der dem Gegenwert von fünfzig gesunden, erwachsenen männlichen Leibeigenen entsprach. Natürlich befand sich auch der Magnetit in einem großen Wachsklumpen. Wahrscheinlich übertrieb ich es, aber warum sollte man ausgerechnet bei der wichtigsten Sache in seinem Leben schlampen? Während die Männer die Löcher füllten, wechselte ich sie immer wieder aus, um sie zu verwirren. Nicht dass es eine Rolle spielte, es sei denn, wir wurden unerwartet unterbrochen.

Bdrdrdrdroododoodoot.

Der Ruf eines Sperlingskauzes, so gut nachgeahmt, dass es kaum zu erkennen war. Der Ruf kam von den Wegbereitern. Siebzig Schläge später erschien eine Gestalt am Nordhang, die Hände über dem Kopf, die Handflächen nach unten, was bedeutete: »Keine Gefahr, aber warten.« Einhundertdreißig Schläge später – ein Maya-Schlag ist etwas kürzer als eine Sekunde, also sagen wir, es waren zwei Minuten – stand 4-Schrei, unser Chefwegbereiter, plötzlich neben uns. Seine Sandalen mit den Gummisohlen hatten auf dem Kies und den Ascheflocken nicht den winzigsten Laut verursacht. Zwar hieß er 4-Schrei, doch trotz seines Namens war er still und ständig auf der Hut. Wie alle Wegbereiter – tatsächlich hießen sie *k'antatalob'*, »Schnüffler«, weil man hierzulande seine Feinde zumeist roch, ehe man sie sehen konnte – hatte er lange Beine und war drahtig, und seine pockige Haut war mit Hirschkot beschmiert.

»Keine Pumas«, teilte er uns in Zeichensprache mit, »aber einen halben Tag nach Norden sind Spuren, und in Coixtlahuaca haben wir ungefähr zweimal vierhundert hautlose Leichen gezählt.« Die Pumas – die führende Kriegs-Stammlinie in Teotihuacán, deren Reste Abgetrennte Rechte Hand folgten – häuteten ihre Beute, egal ob Mensch oder Tier.

4-Schrei listete die Städte, Wege und Milpas auf, wo er die größten Anhäufungen von Leichen gesehen hatte. Ich schaute Hun Xoc an, der im Rang über mir stand und eigentlich befehlshabender Hauptmann war, aber nichts daran fand, als mein Stellvertreter zu fungieren. Dann ließ ich den Blick nach Nordosten schweifen. Hun Xoc bedeutete 4-Schrei, seinen Trupp fünf Neuntel einer Nacht lang – etwa vier Stunden – so weit wie möglich in diese Richtung zu führen und sich dann zurückzumelden.

4-Schrei erbat dreißig Schläge, um seinem Trupp Zeichen zu geben. Dann brachen alle wieder auf, ohne auch nur um Trinkwasser gebeten zu haben. Mein lieber Mann, dachte ich, diese Burschen sind hart wie Stahl. Sie *genießen* die schlimmsten Strapazen.

Na, gut für unsere Seite. Wir konnten weitergraben.

Gegen achtzig mal zwanzig Schläge vor Sonnenaufgang – oder was unter normalen atmosphärischen Bedingungen der Sonnenaufgang gewesen wäre – sah der Gipfel des Tafelbergs genauso aus wie bei unserer Ankunft. Wenigstens für mich. Für einen erfahrenen Fährtenleser jedoch … Trotzdem, sagte ich mir, verschwinden wir lieber von hier, auch wenn es nicht perfekt ist. Außerdem fiel noch immer Asche vom Himmel. Sie würde es ein wenig ausgleichen. Ich gab der Mannschaft das Zeichen, sich am Südostrand der Ebene zu sammeln. Ohne dazu aufgefordert zu sein, kauerten sich achtunddreißig Männer in zwei Reihen zu je neunzehn Mann nieder, das Gesicht nach Nordwesten gerichtet, zu ihren Geburtsorten. 2-Hand – ein anderer

Adoptivsohn von 2-Juwelenbesetzter-Schädel, der offiziell ebenfalls über mir stand, aber zunehmend als mein Zweiter Leutnant fungierte – ging die Reihen ab und sammelte die Opferbriefe ein. Wir würden sie am nächsten heiligen Tag dem Sternenrassler als Brandopfer darbringen. Der erste Mann signalisierte, dass er bereit sei, und der Nacom, unser unberührbarer Henker, hockte sich hinter ihn und hämmerte ihm – fast klopfte er nur – einmal gegen den Hinterkopf. Der Schlag trieb dem Mann das Hinterhauptbein ins Stammhirn. Das Geräusch war leise, als träfe er keinen Knochen, sondern Balsaholz.

Die Träger luden die Leichen auf die leeren Schlitten und zogen sie den Abhang hinunter. Sie würden vom Fleisch befreit werden, und ihre Knochen würden wir vermutlich mitnehmen nach … nun, wohin auch immer wir gehen würden, das war die Streitfrage. Die Knochen würden im Beinhaus des Sternenrasslers eingelagert werden. Es wäre schlecht, wenn ihre mies gelaunten Uayob' hierblieben; sie würden nur einen Hexenmeister oder ein gieriges Gespenst oder sonst etwas zu den Krügen locken.

Auf beiden Seiten des Pfades konnte man die Wegbereiter gerade eben noch ausmachen, wie sie sich durchs Buschwerk schoben und sicherstellten, dass niemand aus der nun stark zusammengeschmolzenen Truppe sich davonstahl. Aber danach sah es nicht aus. Heutzutage bekam man noch wirklich gutes Personal. Oder um es weniger flapsig auszudrücken: Die Burschen zählten sich zu den Glücklichen, denn in dieser Gegend erging es denen mit einem Nagetier-Uay – das heißt, einfachen Leuten – im Leben nach dem Tod nicht viel besser als hier auf der nullten Ebene. Die meisten ihrer zahlreichen Seelen würden umherwandern und schließlich verhungern, denn von den Lebenden machte niemand sich die Mühe, sie zu füttern, jedenfalls nicht sehr lange. Diese Burschen hingegen erhielten auf den nächsten Ebenen garantierte, wenn nicht sogar üppige Unterstützung. Sie müssten keinem der Neun als Leibeigene dienen, nicht einmal einem der Dreizehn. Sie konnten sich endlich ein bisschen entspannen und auf das hinarbeiten, wonach im Alten Mayaland jeder strebte: dem Vergessen anheimzufallen. Bis dahin dauerte es ungefähr zwanzig Jahre. Nur jemand mit einem Katzen-Uay blieb ewig; nicht weil die Unsterblichkeit so ein Spaß gewesen wäre – was sie keineswegs war, schon gar nicht, wenn die Leute auf der nullten Ebene vergaßen, einem Blut und Tabak zu opfern –, sondern weil Katzen die Pflicht hatten, über die anderen Mitglieder der Sippe zu wachen, ob sie nun lebten oder tot oder ungeboren waren.

Außerdem, dachte ich, hatte Koh darauf bestanden. Stimmt's? Ich konnte nichts dagegen machen. Von wegen. Schiebe die Verantwortung nicht von dir, Jedhead. *Du* hast die Zeugen kaltmachen lassen, so und nicht anders ist das. Und du hast noch eine ganze Menge armer Hunde mehr über die Klinge springen lassen. Und wenn du ehrlich bist, macht es dir auch gar nicht mehr so viel aus. Du bist auch nur so ein billiger Realpolitiker. Mieser Schweinehund.

Wir buckelten nach Südwesten den lang gezogenen Abhang hinunter. Die Träger bettelten um die Ehre, mich zu tragen oder wenigstens auf einem Schlitten ziehen zu dürfen, doch Schakals Körper drohte zu verweichlichen. Er war immerhin Spitzensportler gewesen, ehe die ganze Aufregung losging. Deshalb beharrte ich darauf, zu laufen. Auf dem Geröll nutzte ich ein weiteres Paar gummierter Sandalen ab. Bisher waren es fünf. 4-Schrei tauchte wieder auf, und er, 2-Hand und ich hielten eine kurze Besprechung ab. 4-Schrei berichtete, Frau Koh und ihr Gefolge seien bereits sechzig mal zwanzig Seillängen voraus.

Wir änderten unseren Weg, um sie zu treffen. Unsere neue Route führte im Zickzack vom Hochland in eine Gegend voller verkohlter Sträucher, dann in feuchtere Luft und schließlich in eine Gegend, die man mit viel Wohlwollen als welliges Grasland bezeichnen konnte. Auf jeder der jüngst aufgegebenen Milpas – das sind Mais- und Kürbisfelder – stand in der Mitte eine Art Vogelscheuche, zumeist ein Hundeschädel mit einem zerfetzten Cape an einem langen Stock, an dem Vogelknochen und Muschelschalen hingen, die im Wind klapperten und klirrten. Es war, als hätte jemand befohlen, alles müsse möglichst unheimlich und deprimierend wirken. Wie es aussah, war ein Teil des Maises geerntet worden, obwohl es noch zu früh dazu war, aber die meisten Ähren von der Größe eines kleinen Fingers waren versengt und an den Stängeln verdorrt, und ein paar aufgegangene Körner stachen heraus wie große weiße Köpfe. Selbst so weit südlich hielt die Dürre seit bisher sechsundvierzig Tagen an – seit dem Ausbruch des San Martín –, und alles hatte so schnell Feuer gefangen wie chinesisches Totengeld. Selbst die Steine schienen gebrannt zu haben. Wir hatten Dorfbewohner gesehen, die Feuer um ihre eigenen Häuser herum legten und die eigenen Kornspeicher und Hütten anzündeten, in denen ihre Frauen und Kinder saßen und vor Schmerzen und Angst schrien.

Logisch war es nicht, aber der durchschnittliche Mesoamerikaner schien nach wie vor der Meinung zu sein, dem Weltuntergang müsse nachgeholfen werden, und zwischen der Sonorawüste und dem späteren Costa Rica hatten sich wahre Orgien massenhafter Selbstverbrennung ereignet. Wir hatten ganze Familien gesehen, die lebendig an Pflöcke gebunden den Insekten und Vampirfledermäusen überlassen worden waren, Kinder, die Streifen loser Haut von den Armen ihrer erschöpften, aber nicht bewusstlosen Eltern schälten und sie aßen, als wären es Obstpasteten, Mütter, die ihre Kleinkinder töteten, indem sie ihnen rot glühende Kiesel in die Kehle schoben … tausend Dinge, bei denen man sich wünschte, man hätte sie nie zu Gesicht bekommen. Und jetzt war bis auf die fliehenden Tiere so gut wie nichts mehr übrig.

Zum Teufel mit Abgetrennte Rechte Hand, dachte ich. Er wird seine Truppen hier nicht ernähren können. Noch zehn Tage, und er verliert das Interesse. Warum war er so entschlossen? Wegen des Tzam lics wohl kaum. Kohs Informanten zufolge hatte er seine eigenen Sonnenaddierer, und sie bauten in Choula die Arzneikammer neu auf.

Es musste also etwas anderes dahinterstecken, wovon ich nichts wusste. Ich fragte mich, ob ich Koh darauf ansprechen sollte. Allerdings kam man hier im Allgemeinen mit direkten Fragen nicht sehr weit. Beobachte sie einfach, dachte ich. Beobachte und ziehe deine Schlüsse. Wenn Koh die Leute schließlich dahin führt, wohin sie will … hmm. Na, ich musste für meinen letzten Auftritt zurück nach Ix. Nein, für meinen Abtritt: mein Begräbnis. Aber die Flüchtlinge … Obwohl die Tieflandgebiete der Maya agrarisch noch nicht so erschöpft waren, wie sie es in zweihundert Jahren sein würden, gab es in Ix' Umkreis schlichtweg kein unbeanspruchtes Ackerland. Selbst wenn sie wüssten, wie man ein Sumpfgebiet wieder urbar machte, würden sie es nicht tun. Diese Menschen lernten nicht. Seit Neuestem behauptete Frau Koh, der Rassler habe ihr die Stätte für eine neue Stadt offenbart, auf den Küstenniederungen in den fernsten Marken des roten Territoriums der Harpyien-Sippe – das heißt, irgendwo an der Küste Quintana Roos. Im Augenblick hieß es, 2-Juwelenbesetzter-Schädel gewähre sicheres Geleit dorthin und überlasse das Gebiet dauerhaft Kohs Stammlinie. Mir klang das sehr vage. Und die meisten dieser Leute kämen nicht annähernd so weit. Wir hatten Nahrung für vielleicht vierzig Tage, aber sobald die Trockenzeit begann, war es …

Hölle. Denk nicht darüber nach. Außerdem hast du das Wichtigste richtig gemacht, oder? Vielleicht reicht schon, was du am Magnetkreuz hinterlassen hast. Vielleicht war ich schon jetzt der größte Held seit Herkules. Vielleicht sogar seit Jesus. Vielleicht hatte ich hier alles erledigt. Vielleicht konnte ich einfach entspannen …

Nein, konnte ich nicht. Ich musste mit dem Ersatzplan weitermachen. Ich musste nach Ix zurück. Meine Erinnerungen mussten Marena erreichen. Ich musste reinen Tisch machen.

Das Licht verdüsterte sich zu einem zarten Ton von Schorf. 4-Schreis Stellvertreter kam herbei und signalisierte, sie hätten eine große Gruppe von Fremden im Nordosten gewittert. Sie konnten nicht sagen, ob es teotihuacánische Geblüte waren, aber wir legten Geschwindigkeit zu. Erneut baten die Träger, mich tragen zu dürfen, und wieder lehnte ich ab. Eigenartigerweise fühlte ich mich trotz allem gut.

Am Ende der Jugend von Großer Vater Hitze – also gegen zehn Uhr morgens – nahm der Wind zu, und wir rochen unsere Karawane. Im Grunde war es das gleiche Odium, das ein verwahrloster Stadtstreicher verströmt, bei dem jeder in der U-Bahn lieber einen Strafzettel riskiert, weil er zwischen fahrenden Waggons gewechselt hat, als auch nur fünfzehn Schläge in dem unbeschreiblichen Höllengestank zuzubringen. Das Seltsame daran war nur, dass der bestialische Geruch beruhigend wirkte, sogar angenehm, heimelig, als er aus der Kälte zu mir drang. Es kommt eben immer auf den Kontext an.

Hun Xoc berührte mich am Arm und wies in die Zehnuhrrichtung. Zuerst sah ich gar nichts; dann machte ich eine menschliche Gestalt aus, die sich gegen den braunen Himmel abhob und zwei Seillängen hoch in der Luft schwebte. Als wir näher kamen, erkannte ich, dass es ein Ausguck war, oder, wie schon angemerkt, ein Ausschnüffler, einer unserer kleinsten, dürrsten und scharfäugigsten Geblüte, in einer Art Krähennest auf der Spitze eines schwankenden, aus Trauerbambus geflochtenen Turms. Er wirkte so zerbrechlich, dass man ihm nicht einmal zugetraut hätte, das Gewicht eines Eichhörnchens tragen zu können. Der Ausguck signalisierte uns, dass alles in Ordnung sei. Hinter ihm kam noch einer in Sicht, dann immer mehr, und als wir uns Kohs Marschkolonne weiter näherten, entdeckten wir einen ganzen Trupp von ihnen; sie wirkten wie ein dünnes Spiegelbild der in Staub gehüllten Karawane unter ihnen. Man konnte blinzeln und sich gut vorstellen, man sähe die Seidenstraße, über die eine Kamelkarawane auf dem Weg nach Samarkand zog. Nacht im Garten Allahs. Das Lied des Scheichs. Mitternacht in der Oase. Aha, die Engländerin ist ein Vollblut, das zu reiten noch niemand gewagt hat. Bring sie zu meinem Zelt, Hassan. Die Dienerinnen sollen sie salben mit den Essenzen von Oud und Ubar und sie in feinste Seide aus Murschidabad hüllen. Ich werde sie unterrichten in den Bräuchen des Rif. *Blue heaven, and you, and I, and sand, kissing the moonlit sky... the desert breeze, whisp'ring a lullaby...*

Ich war mittlerweile daran gewöhnt, aber ich nehme an, für das Auge des 21. Jahrhunderts gehört es zu den Eigentümlichkeiten dieser Gegend – ich meine Mesoamerika, im Grunde die ganze Neue Welt –, dass alles in Einzelreihe marschierte. Selbst wenn hunderttausend Menschen unterwegs waren, sah man nie zwei nebeneinandergehen. Die dünne Menschenschlange zog sich schier endlos hin, von Horizont zu Horizont. 2-Hand kam uns mit einer Veintena entgegen und sagte uns, die Zahl von Kohs Anhängern habe sich allein während unserer Abwesenheit schon wieder um ein Fünftel erhöht, und trotz unserer Änderungen kämen wir auf ungefähr sechzehntausend Marschierende hinter der großen Frau und ihrem Gefolge. 2-Hand nannte sie die »Älteste«, was für mich die Frage aufwarf, ob er ernsthaft an ihre Rolle glaubte. Es wäre ein schlechtes Zeichen gewesen.

Wir durchschnitten die Reihe und eilten an deren Südrand nach vorn. Rechts von uns verlief an der tiefsten Stelle des Nochixtlán-Tals ein trauriges gelbes Rinnsal, der Fluss Leguan. Es war jetzt so hell, dass man Gesichter erkennen konnte, auch wenn die Sonne sich nicht blicken ließ. Ich kam – um korrekt zu sein, sollte ich wohl schreiben: »Mein Träger, mein Fliegenscheucher, mein Waffendiener, mein treuer Fellator Gürteltierschiss und ich kamen« – an einem mageren Mädchen vorbei, das den schäbigen alten Travois ihrer Familie zog, und zwar mithilfe einer Schleife, die sie um den Kopf trug und die tief in ihre Stirn schnitt. Einen Zentimeter unter ihren von Hornissenstichen übersäten Lippen hatte sie ein Muttermal, genau wie diese Schauspielerin … Augenblick, wer war es gleich … ach ja, Claudine Auger, die in *Feuerball* die Domino gespielt hatte. Ihre Mutter und ihre Schwester gingen vor ihr her, während ihr Vater, ein Bruder und vier andere männliche Verwandte auf dem Schlitten saßen und es sich gut gehen ließen. Patriarchalische Arschlöcher, dachte ich. Allerdings sollte ich erwähnen, dass die vier männlichen Verwandten dahingeschieden waren – maskierte Mumienbündel, die steif und aufrecht dasaßen wie Quäker-Geistliche und vermutlich ziemlich leicht waren. Allerdings lagen auch drei große Herdsteine auf dem Schlitten, außerdem eine dieser großen hölzernen teotihuacánischen Wirtsstatuen, in denen all die kleinen Statuen steckten, sowie ein kleiner Berg anderer Bündel, in denen sich vermutlich noch mehr Müll befand. Ich stand kurz davor, den Paterfamilias zu packen, zu schütteln und ihn anzubrüllen: »Du Drecksack, heb deinen schmierigen Arsch, zieh den Schlitten selber, schmeiß die toten Heinis und den anderen Mist runter, und fülle jeden Wasserschlauch, den du hast. Dann erbettle, borge oder stehle so viel Steinsalz, wie du schleppen kannst. Vielleicht habt ihr dann eine kleine Chance, noch ein Tun länger durchzuhalten, du Saftsack!« Aber natürlich hätte man dann jedem das Gleiche befehlen müssen, und es war wichtig, nicht aufzufallen und sich und die Tzamlic-Viecher nach Ix zurückzuschaffen. Außerdem drang man sowieso nicht zu diesen Leuten durch.

Dann kamen drei Einzelgänger, die jeder einen frischen – oder sagen wir, »noch unbehandelten« – Leichnam schleppten. Es waren einfach nicht genügend Entfleischer vorhanden, aber sie schufteten Tag und Nacht, wurden mit Sonderrationen verwöhnt und saßen in ungewohntem Luxus auf speziellen Schlitten, während sie mit ihren zolllangen Fingernägeln die Skelette der Leichen säuberten. Und sie beeilten sich. Offensichtlich war es lausiges Mojo, wenn die Hunde auch nur einen Fetzen Fleisch von einem bekamen; dennoch schien ein riesiges zotteliges Rudel dieser Tiere sich ausschließlich davon zu ernähren, dass sie den Leichenwagen folgten. Wenn die Knochen schließlich trocken waren, ritzte ein Graveur die neuen Namen ihrer Eigentümer – das heißt, ihre von Koh nach dem Weltuntergang neu vergebenen Namen – in die Ellen und Schienbeine. Man sollte zwar meinen, dass für solche Nettigkeiten keine Zeit war, aber selbst bei Feuer, Hungersnot, Banditen, Seuchen und Reitertrupps der Apokalypse fand jeder Zeit, sich neue Namen, Brandzeichen, Tätowierungen, Zahnschmuck und sonst noch eine Menge zu gönnen. Irrsinn.

Die nächste große Gruppe, die wir passierten, war ein Sipplein aus wohlhabenden, den Schwalbenschwänzen verbundenen Händlern, ungefähr fünfzehn Familienmitglieder und zwei Zwanzigschaften Leibeigene, die sie auf acht extralangen Schlitten hinter sich herschleppten. Auf dem letzten Schlitten fächelten drei achtjährige Mädchen, die wie Drillinge aussahen, dem Patriarchen mit riesigen Palmwedeln, die erst kürzlich gebleicht und blaugrün eingefärbt worden waren, Luft zu. Damit gehe ich wohl mehr ins Detail als nötig, aber ich wollte es erwähnen, solange ich daran denke, weil es später wichtig wird: Alle Gefolgsleute Kohs, die es sich leisten konnten, trugen oder benutzten irgendetwas in dem Türkisblau, das ihre Farbe geworden war – auf besonderen Schlitten wurden Tröge voll Indigofärbemittel mitgeführt –, und aus der Ferne sah die Prozession aus, als wäre sie mit Immergrünblüten bestreut worden. Etwas Altes, etwas Neues, dachte ich. Etwas Geborgtes, etwas Schräges. Und etwas, das zu widerlich ist, um davon zu reden. Dennoch, sie alle hielten sich für Teile eines größeren Wesens. In gewisser Weise hatte es etwas von einem Abenteuer. Für die meisten war es das erste Mal, dass sie sich von ihrem Heimatboden entfernten. Ein paar Frauen waren wahrscheinlich noch nie weiter als zwei Seillängen von ihrem Dorf fort gewesen. Sie erlebten das wichtigste Ereignis in ihrem Leben und dem ihrer Familie, bis hin zum ersten Vorfahren, zur ersten Geburt dieser Sonne an 4 Oberherr, 8 Maiskorn, 0.0.0.0.0, oder anders gesagt am 11. August 3113 v. Chr., bis hin zu ihrem letzten Nachkommen, der am letzten 4 Ahau des letzten B'ak'tuns im Jahre 2012 n. Chr. sterben würde.

Im vornehmen Abschnitt der Kolonne gab es rund dreihundert Sänften. Sie unterschieden sich in Größe und Pracht, aber alle hatten viele Kissen und große, bogenförmige Dächer aus Weide, die mit besticktem Tuch bedeckt waren, sodass sie unpassenderweise wie psychedelische Planwagen aussahen. Auf der größten Sänfte hielt Frau Koh Hof. Die Sänfte war nur ungefähr acht Arme breit und damit breiter als alle anderen, aber über vierzig Arme lang. Im Augenblick saßen sechzehn Personen darauf, und vierzig trugen sie. Ein frischer Wind wehte, aber ein Trupp Leibeigene bediente einen tragbaren Windbrecher, und die Federn auf der Matte regten sich kaum. Auf beiden Seiten lief ein Trupp Wächter mit. In der Luft lag ein kräftiger Geruch nach Monarde – eine Art Rossminze, die höhergestellte Diener zermahlten und um ihre Herren herum ausstreuten –, der den entsetzlichen Gestank aber nicht zu überdecken vermochte; darunter lag ein Hauch dessen, was die Leute als »Atem von Kohs geheimstem Uay« bezeichneten und was moderne Menschen ihren Markengeruch genannt hätten. Als ich ihn zum ersten Mal wahrnahm, hatte ich ihn mir als das Gegenteil des Geruchs nach Zimt beschrieben; jetzt, nachdem Jahre vergangen zu sein schienen, hatte ich noch immer keine bessere Beschreibung. Ich wusste nun aber, dass der Hauptbestandteil aus einer Blume enfleuragiert wurde, die zur Gattung *Brassia* gehörte – jene Orchideensorte, die Spinnen nachahmt und deren Geruch kennzeichnend war für Koh und ihre engsten Vertrauten.

Jeder von Kohs Gardisten kannte Hun Xoc; trotzdem dauerte es lange, bis er ihre Kreise durchdrungen hatte, und ich wurde bereits ein bisschen sauer, als mein Träger mich schließlich am Rande der Plattform absetzte. Sie neigte sich ein wenig, während sie sich bewegte, und erinnerte auf angenehme Weise an ein Boot. Koh saß im türkisfarbenen Zentrum eines aus Federn geflochtenen Opferspielbretts von zwei Armlängen im Geviert. Ihre Augen waren geschlossen, und sie redete in irgendeiner Tiersprache mit einem ihrer Uayob'. Um sie her saßen acht Angehörige des *popol na* – des Mattenhauses, das heißt, des Rates. Sie grüßten mich und redeten dann weiter miteinander. Alle trugen teure Kleidung; trotzdem war es ein ziemlich zusammengewürfelter Haufen. Der Jüngste von ihnen, 14-Verwundeter, war acht Tuns älter als ich, also ein bisschen weniger als acht Sonnenjahre. Er war der Handelsvertreter in Teotihuacán für meine Adoptivsippe gewesen, die Harpyienadler oder kurz Harpyien, die reichste Familie von Ix nächst der herrschenden Ozelot-Sippe. Vielleicht waren die Harpyien mittlerweile schon reicher, denn die Ozelots hatten gewaltige Schulden, nur dass es hier schwieriger war, den Dingen einen Wert zuzuweisen, als im 21. Jahrhundert. Ach ja, und einer hier war doch jünger als ich: Kohs Verwalter der Unsichtbaren Dinge. Sein Titel bedeutete, dass er so etwas wie ein juristischer Berater war. Er hieß Coati, das ist ein Nasenbär. In Teotihuacán hatte ich ihn kaum zu Gesicht bekommen, aber jetzt hockte er ständig in Kohs Nähe.

Bei der Gruppe hatte es sich zunächst um eine sporadisch zusammentreffende Gesprächsrunde der Ahaus der wichtigsten Großen Häuser gehandelt; mittlerweile war eine Regierung daraus entstanden. Die anderen sieben Leute auf der Plattform waren Leibdiener. Sie fächelten uns Luft zu und verjagten die Schmeißfliegen. Keiner von ihnen schaute Koh auch nur eine Sekunde an. Wenn ein normaler Mensch ihr Gesicht erblickte, traf ihn am Ende noch der Blitz und verbrannte ihn.

Hun Xoc schob sich neben mich und kauerte sich nieder. Ich kniete am Rand des Spieltuchs, auf dem Kiesel aus Jade und Quarzit lagen. Nach kurzem Hinsehen ging mir auf, dass Koh die Matte als Lagekarte benutzte. Eine lange Reihe türkiser Steine, die sich diagonal vom Zentrum des weißen Quadranten zur oberen Ecke des schwarzen zog, stellte unsere Karawane dar. Die Ansammlungen von Rosenquarzen, die ihr von Norden entgegenzogen, waren das Heer von Abgetrennte Rechte Hand. Für mich sah es aus, als wären sie farbcodiert wie die Steine in einem alten Kriegsspiel; je hypothetischer ihre Position war, desto dunkler erschienen sie. Darüber hinaus durchschaute ich nicht, was Koh dort tat. Ich sah eine wenigstens genauso große Zahl anderer Steine, vor allem schwarze und gelbe, die in anderen Bereichen des Bretts verteilt lagen. Sie hatten mehr mit Zeit als mit Raum zu tun; mehr war mir darüber nicht bekannt. Nach allem, was ich wusste, lagen sie nur da, um die anderen Ratsmitglieder zu verwirren.

Wenn ich mit meiner Vermutung richtiglag, ging Kohs Plan auf. Die Ratsmitglieder waren allesamt eiskalte Killer und Patriarchen, deren Wort Gesetz war, aber jetzt saßen sie alle geduldig wartend vor ihr, sprachen gedämpft miteinander und warfen besorgte Blicke auf Koh. Entweder glaubten sie tatsächlich, dass Koh die Befehle einer höheren Macht ausführte, oder sie sagten sich, dass es besser sei, Koh nicht infrage zu stellen, weil so viele andere an sie glaubten.

Wenn ich ...

Autsch! Verdammt. Einer der Fliegenverscheucher hatte mir ein Haar ins Auge gewischt. Ich starrte ihn wütend an. Er bebte vor Angst, und ich fühlte mich ein bisschen schuldig, kam aber darüber hinweg. Ich sah Koh an. Sie bewegte zwei schwarze Steine. Sie war so gelassen, als wäre sie allein.

Wenn ich nur mehr von Taktik verstehen würde als eine Novizin im Kloster, dachte ich. Na ja, unsere Novizin hatte diese Katzen auf jeden Fall überzeugt, dass sie mehr wusste als sie. Erst vor zwei Uinalob' – »vor zwei *kurzen* Uinalob'«, hätte ich gesagt, wären sie mir nicht länger vorgekommen als Pythonköttel – war Koh nur eine der vielversprechenderen Jungmitglieder der Seidenweberinnengemeinschaft gewesen, einer elitären Gruppe epicöner Anbeterinnen des Sternrasslers, hochrangige Sonnenaddiererinnen, die normalerweise Männerkleidung trugen, damit sie im männlichen Raum agieren konnten. Im Moment allerdings trug Koh männliche *und* weibliche Kleidungsstücke. Soweit ich wusste, war das ihre eigene Idee. Sie wurde zu allem für jeden.

Geez Belize, dachte ich, ich habe ein Monstrum erschaffen. Schließlich hatte ich das Mädel in den Sattel gehoben. Ich hatte mich an sie gewandt, weil sie im Codex Norenbergae abgebildet war. Doch der Codex würde erst viel später geschrieben werden, im 12. Jahrhundert, und aus ihm ging nicht eindeutig hervor, ob Koh noch gelebt hatte, nachdem sie so bedeutsam geworden war. Ihr konnte es ergehen wie

Bruder Jesus, und sie wäre bereits hundert Jahre tot, wenn das Geschäft so richtig in Schwung kam. Und falls sie zur Märtyrerin wurde, würde sie mich höchstwahrscheinlich mitnehmen. Aber keine Bange. Ich war ihr noch immer nützlich. Oder? Ich meine, ich wusste Dinge, die sonst niemand hier wusste, nicht einmal Koh selbst. Ich konnte ihr sogar Schießpulver mischen, wenn sie es wünschte, aber ich wollte natürlich möglichst wenig Aufmerksamkeit auf mich ziehen. Am Ende würde noch jemand behaupten, ich wäre ein gefährlicher Räudewirker – eine Art Hexenmeister –, und dann würde jedes ehrgeizige Geblüt alles daransetzen, mir den Garaus zu machen.

Das Gemurmel verstummte. Frau Koh hob den Blick. Sie sah mir in die Augen, und ohne auch nur einen Muskel im Gesicht zu verziehen, gelang es ihr, mir zuzulächeln.

(19)

Danach nahm Frau Koh nacheinander mit jedem Angehörigen des Rates Blickkontakt auf. Statt zu sprechen, hielt sie die Hände über den Falten ihrer Manta und benutzte die ixianische Jagdsprache. Immer wieder fiel ein Name, der sich in dieser Sprache nicht übertragen ließ, und dann fügte sie eine oder zwei Silben als Ergänzung hinzu. »Er wird uns vorausmarschieren, wenigstens bis zum Altwasser«, signalisierte sie. »Dann wird er zurückmarschieren und bei Dämmerung auf Westwind warten.« Sie illustrierte das Manöver, indem sie den größten und hellsten Rosenquarz an eine Stelle südöstlich unserer Position und dann parallel zu uns zurück bewegte. Die Idee war, dass Abgetrennte Rechte Hand uns angreifen wollte, wenn er die aufgehende Sonne im Rücken seiner Leute und den Wind von vorn hatte, sodass wir ihn nicht riechen konnten. Es klang einleuchtend. »Also müssen wir *iik* und Kohle bereithalten.« Das bedeutete, im Fall des Angriffs würden wir Körbe voll brennender Chilischoten zur Windseite tragen, um den Feind mit dem Rauch zu blenden.

»Rauch ist etwas für zum ersten Mal menstruierende zweitgeborene Töchter aus Nicht-Großhäusern«, sagte 14-Verwundeter. Die Anmerkung ist zwar überflüssig, aber in Maya klang es besser. Er meinte damit, dass er Rauchvorhänge für eine feige Taktik halte.

Schweigen. Feige ist gut, dachte ich, aber ich wollte mich jetzt nicht verteidigen, daher ging ich einfach weiter. Biete ein gutes Beispiel, sagte ich mir. Ruhig, klaglos, schmerzunempfindlich, stoisch … *Autsch!* Ein Stöckchen in meiner linken Sandale. Verdammt. Warum ich? *Au, au, au, au.* Ich schüttelte es raus. Okay. Der Weg führte durch ein ausgetrocknetes Flussbett, und die Plattform schwankte wie ein Düsenjet in einem Luftloch. Man hörte Tausende schwieliger und/oder Sandalen tragender Füße über den Kies scharren.

Schließlich hob Coati eine Hand. Daumen, Zeige- und Mittelfinger berührten einander. Es hieß: So unbedeutend ich bin, darf ich sprechen? Die Angehörigen des Popols schnalzten bejahend mit den Zungen.

Sie blickten Koh an. Koh signalisierte ein Ja.

»Alle Groß-Bünde scheitern an Darmparasiten, nicht an Räubern«, sagte Coati. Der Ausspruch war wohlbekannt und stammte aus einem alten Maskenspiel, und er veranlasste 14-Verwundeter, die Klappe zu halten.

Koh und ihr Kronrat brauchten ein wenig Zeit, bis sie sich auf neue Signale verständigt hatten, mit denen Vorstöße und Rückzüge befohlen werden sollten. Koh verlangte, dass ihre Anhänger sich nach der Schlacht – der ausweichen zu können wohl niemand mehr hoffte – bei einem Dorf namens Stätte der Zecken sammeln sollten, auf einem leicht zu verteidigenden Felsen zwei Jornadas im Südwesten. Von dort würde die Karawane zwei Tage lang nach Süden marschieren und dann einem Fluss nach Osten folgen, der einmal Río Atoyac heißen würde, bis er südlich des späteren Veracruz die Küste erreichte. Sie würde sie dort ansiedeln, sagte Koh, und die *mul* – was, in sehr allgemeinem Sinn, »Pyramide« heißt – des Sternenrasslers neu errichten. Danach würden sie und ich auf dem Binnenwasserweg nach Ix weiterziehen, eskortiert von einem kleinen Aufgebot aus zweihundertundvierzig Seidenweberin-Geblüten und einhundertzehn unterstützenden Familien ohne Geblüte, sodass wir mit insgesamt etwa zweitausend Personen reisten.

Der Rat tagte noch zwei Dreizehntel des Tages, das sind ungefähr drei Stunden. Niemand durfte gehen, ehe alles sich geeinigt hatte, dass die Sache vorüber war. Und solange keiner von uns drastisch seinen Rang änderte, würden wir genau die gleichen relativen Positionen einnehmen und in die gleichen Himmelsrichtungen orientiert sein, sobald wir uns wieder zusammensetzten, in welcher Konstellation auch immer. Im Raum waren zwölf Personen zugelassen, die allerdings außerhalb des Kreises sitzen mussten: vier Diener, ein stiller Kerl in einem gestreiften Dress, der 0-Stachelschwein-Spaßmacher hieß und Kohs Hofnarr zu sein schien, 1-Gilas Buchhalter und zwei

Wächter, dazu zwei als Affen maskierte Kalligrafen. Und weil der heutige Abend Blutige-Zähne gehören würde, dem gefährlichsten der Herren der Sonnenuntergänge, gingen vier Räucherer unablässig im Uhrzeigersinn um den Kreis und ließen Wolken von Geranienweihrauch aus ihren Handbrennern aufsteigen.

Endlich wurde eine der Dieses-Treffen-muss-nun-enden-Abstimmungen angenommen. Die hohen Tiere krauchten rückwärts aus dem Kreis heraus und kehrten zu ihren Familien zurück. Hun Xoc blieb. Coati rollte das Spielbrett zusammen; die Diener falteten das Weidengerüst über uns hoch, und Koh und ich konnten nahezu unbelauscht miteinander reden.

Sie sagte, während meines Grabungsausflugs habe sie vier Boten zu 2-Juwelenbesetzter-Schädel geschickt, meinem Adoptivvater und Ahau der Harpyien-Sippe. Vielleicht sollte ich hier noch etwas zu 2-Juwelenbesetzter-Schädel anmerken – aber nennen wir ihn ruhig wieder 2JS. Als ich auf der Ozelot-Mul Jed$_1$' Bewusstsein empfing, war 2JS unerwarteterweise mit mir in der kleinen Kammer gewesen und hatte Streustrahlung abbekommen – genug von meinen Erinnerungen, dass er Englisch und Spanisch sprach und eine Menge über meine Absichten wusste. Allerdings hatte er nicht genug von mir empfangen, um zu begreifen, dass – um ein Beispiel zu nennen – die Bilder von Flugzeugen, die er sah, keine freundliche Kondorart zeigten, oder dass die Computer, die ich in seiner Erinnerung benutzte, keine lautlosen Marimbas mit darin gefangenen Seelen waren. Und er war noch immer sehr er selbst. In ihm steckte nicht genug von mir, um ihn unschlüssig werden zu lassen, wer er eigentlich war, so wie ich zunächst nicht genau gewusst hatte, ob ich ich selbst war oder Schakal, der Hüftballer, in dessen Gehirn ich Gastrecht beanspruchte, um es mal so auszudrücken. Zu meinem Glück war Schakals Ich-Bewusstsein ziemlich schnell verschwunden. 2-Juwelenbesetzter-Schädel hingegen war niemals ich geworden, und sein Wissen über mich hatte ihn nicht gerade für mich oder mein Anliegen eingenommen. Im Gegenteil, er war zornig gewesen. Und ich glaube, damit hatte er recht. Er hatte mich übel gefoltert, um mich zu zwingen, mich aus seinem Kopf zurückzuziehen. Nachdem ich ihn endlich überzeugen konnte, dass ich dazu nicht imstande war, hatte er allmählich begriffen, wie er sich die neuen Verhältnisse zunutze machen konnte. Er hatte mich nach Teotihuacán geschickt, um das dortige Monopol auf Tzam lic zu brechen, den Drogencocktail, der das Opferspiel erst ermöglichte, und hier stand ich jetzt.

Wie auch immer, Kohs Boten sollten vor 2-Juwelenbesetzter-Schädel die Nachricht wiederholen – in einer Codesprache des Harpyien-Hauses, die sie selbst nicht verstanden –, dass ich und die anderen Harpyien-Geblüte aus dem ausgesandten Trupp zusammen mit Frau Koh und einer kleinen Eskorte aus Rassler-Geblüten geehrt wären, uns das Hüftball-Großspiel anschauen zu dürfen, das in Ix an 12 Kan, 12 Xul veranstaltet wurde, also 4 Haus, 11 Weiße, oder am 25. Mai, in siebzehn Tagen. Sie würden allerdings kein Wort über die Große Wanderung verlieren. Davon werde 2JS mittlerweile ohnehin gehört haben, sagte Koh. Wenn wir ihn darauf aufmerksam machten, stände nur die Frage im Raum, was wir mit den Leuten anfangen wollten. Was, wenn es Koh nicht gelang, die strahlende Stadt auf dem Berg zu gründen, und wenn wir als hungrige Meute vor Ix' Toren standen?

Ich ging zu den langen, schmalen Toboggans der Ball-Bruderschaft – aus irgendeinem Grund wurden sie heute von vier Wachhunden gezogen und nicht von zwei Leibeigenen – und haute mich zwischen meinen Mannschaftskameraden aufs Ohr. Das war Männerkuscheln von einer Sorte, die mich als Jed$_1$ entsetzt hätte. Während der Nacht schleppte sich der Zug weiter. Was ich für niedrig stehende Sterne hinter dem Rauch gehalten hatte, erwies sich als Scheiterhaufen in den Hügeln, die sich unsichtbar zu beiden Seiten des Weges erhoben. Kurz vor dem nächsten Sonnenaufgang wurde Alarm geschlagen. Um uns waren ständig haarlose Hunde, die andauernd bellten, jaulten und jippten, aber wir hörten die Stimmen der echten Wachhunde heraus; wenn deren Tonlage schriller wurde, hieß das, wir wurden angegriffen. Die Teotihuacáner waren vor uns, genau wie Frau Koh es gesagt hatte, aber irgendwie war es ihnen gelungen, zwei Zwanzigschaften unserer Wegbereiter aus dem Hinterhalt zu überfallen, und nun waren sie uns näher, als wir es eingeplant hatten. Vor mir erteilte Koh erste codierte Befehle. Gürteltierschiss streifte meine Arm- und Beinmanschetten und andere Rangabzeichen ab und wickelte mich ein, als wäre ich ein Ältester aus einer niederen Sippe. Meine Manta wirkte normal, bestand jedoch aus gesteppter Baumwolle, die mit Sand gefüllt war, und hielt wirksam die meisten geschleuderten Geschosse auf. Natürlich hatte Koh mir das Kämpfen verboten, doch aus einem unerfindlichen Grund wollte ich unbedingt Blut an die Hände bekommen – vielleicht war es ein emotionales Überbleibsel von Schakal.

Widerstehe dem Drang, sagte ich mir. Spielt doch keine Rolle, stimmt's? Wieso denn auch? Besser, ich empfand nichts für diese Menschen. *Die ich bekämpfe, hass ich nicht,* dachte ich. *Die ich beschütze, lieb ich nicht.* Na, vielleicht doch.

Von weiter vorn waren bereits das Stöhnen langer Schwirrhölzer, Grunzen und gelegentliches Gebrüll zu hören. Dann ertönte ein weiterer schriller Laut, als würden Kinder durch Megafone schreien. Das Geräusch ist schwer zu beschreiben; es klang wie Katzen in einer Falle, oder wie ein Dudelsack, wobei ich mich fragte, ob Dudelsäcke nicht erst erfunden werden müssten, ehe man sie nachahmen konnte. Abgetrennte Rechte Hand folterte einige seiner jüngsten Gefangenen. Dann hörte man in der letzten Dunkelheit das Klirren von Feuersteinspitzen wie kleine Glocken aus Stein, das kaum vernehmliche Klicken, mit dem Geschosse die Speerschleudern verließen, und das Zischen und Fauchen, mit dem die ersten Brandspeere einschlugen. Die Linie roch immer mehr wie eine gewaltige Latrinengrube. Hinzu kam der Gestank nach Erbrochenem und nach Chili-Rauch. So ist es in jeder Schlacht. Jaguar-Skorpion-Schlachtrufe gellten auf, und die Rassler-Geblüte schrien einander codierte Anweisungen zu. Wir hatten eigene Schlachtrufe, aber ich habe nie etwas gehört, das auch nur in die Nähe des Geheuls kam, das die Präriestämme in den alten Westernfilmen ausstoßen.

Im nächsten Moment hob eines der Harpyien-Geblüte, die mich abschirmten, die Hand ans Gesicht und zog sich einen dünnen Blasrohrpfeil aus dem Auge. Der Pfeil sah aus wie ein langer geblümter Dorn, der sich in die Unendlichkeit streckte. Selbst in dem schwachen Feuerschein, der von dem Dach aus Rauch zurückgeworfen wurde, erkannte ich, dass um die Spitze ein Fetzen schwarz-gelb gestreifter Haut eines *Oophaga histrionicas* gewickelt war, eines Baumsteigerfrosches. Ich beherrschte mich und zuckte nicht zusammen. Vor diesen Leuten ließ man sich nichts anmerken.

Wir kauerten uns unter die erhobenen Schilde und wichen in die Masse der Rassler-Geblüte hinter uns zurück. Das Geblüt, das getroffen worden war, löste sich aus der Gruppe, blinzelte mit dem blutigen Auge und salutierte uns – unser Salut ähnelte allerdings eher einem lässigen »Hey, Alter« als einer militärischen Ehrenbezeigung. Dann lief er schwankend davon, um die Pumas anzugreifen, solange er noch lebte. Währenddessen kam ein Bote von Hun Xoc herbei und führte uns weiter weg in einen schmalen Pass. Kohs Gefolge war bereits mittendrin. An beiden Enden stellten sie Posten auf. Wenn die Gefahr bestand, dass wir am einen Ende abgeschnitten wurden, würden wir einen Ausbruch am anderen Ende versuchen.

Ich lauschte und versuchte, die Coderufe von den Schreien und dem Sirren der Speere zu unterscheiden, aber es gelang mir nicht. Es war noch immer zu düster, um irgendwelche Einzelheiten zu erkennen. Jemand kämpfte sich zu uns durch. Es war Hun Xoc. Er sagte, die Wegbereiter bezweifelten, dass Koh schon erkannt worden sei; bei mir sei es das Gleiche. Wir sollten uns einfach festsetzen. In der Zwischenzeit hatte 1-Gila eine Abteilung nach Süden geführt und würde bald lärmend von Osten wiederkommen, als wären dort erheblich mehr von uns im Anmarsch.

Na, der Plan klingt ja …

Moment mal, wer ist 1-Gila?, werden Sie sich fragen. Die größte teotihuacánische Kriegersippe, die mit Koh und ihrem Sternenrasslerkult am engsten verbunden war – und deshalb erklärter Todfeind von Abgetrennte Rechte Hand –, nannte sich »Geschlecht des Acaltepón«, das heißt, von *Heloderma horridum*, der Skorpion-Krustenechse. 1-Gila war nicht der Patriarch der Sippe – dieses Amt hatte sein viel älterer Onkel inne –, aber er war ihr Kriegshäuptling und wahrscheinlich Frau Kohs mächtigster Anhänger.

Okay.

Na, der Plan klingt ja prima, dachte ich, meinen Segen habt ihr. Ich fragte nach unserer zweitgrößten kampfbereiten Einheit, 3-Kralles Truppe und dem Rest seiner Sippe der Geierfalken. Oder seien wir korrekter und sagen »Karakara-Sippe«. Hun Xoc antwortete, sie hätten gegen andere Katzensippen gekämpft. Die Spione sagten, sie würden sich in einer befestigten Karakara-Stadt etwa vier Jornadas westlich vom Tal sammeln. Wahrscheinlich würden sie versuchen, einen Stadtstaat zu errichten, der Teotihuacán ähnelte und in dem sie selbst das Sagen hatten, aber aus den Geschichtsbüchern wussten wir natürlich schon, dass daraus nicht viel wurde. Wie auch immer, sie wollten uns nicht viel sagen oder Verpflichtungen eingehen. Aber da sie ebenso Zoff mit den Katzensippen hatten, wollten sie wenigstens Frieden mit den Rasslern, wenn schon kein Bündnis. Niemand lässt sich freiwillig auf einen Zweifrontenkrieg ein, nur Irre wie Hitler.

Eine ganze Weile sah es nicht gut aus. 1-Gilas Leute kannten die Gegend und wussten allein nach der Anzahl der an die Bäume gebundenen kopflosen Leichen zu sagen, welche unterschiedlichen Vendettarotten sich den Zusammenbruch des Staatswesens in der Region zunutze gemacht hatten und vor uns herzogen. Alle fünfzig mal zwanzig Schläge schien sich die Anzahl der weißen Bussarde über uns zu verdoppeln, und das ging mir langsam auf die Nerven. Immerzu musste ich daran denken, wie heiß und sauer es ihnen selbst dort hoch in der Luft sein musste, all diese fetten Mistviecher mit ihren kleinen Köpfen, die wie stachlige Penisse aussahen, während sie träge in quälend langsamen Spiralen kreisten, die geduldigsten Vögel der Welt. Doch als der Tag zu Ende ging – der Tag, den man bereits Erster Großer Vater Hitze in der fünften Familie der Sonnen nannte, den »Großen Vätern Hitze, die nach dem Ende des Paradieses auf Erden geboren werden sollten« –, wurde klar, dass in diesem Fall schlechte Nachrichten für andere gute Neuigkeiten für uns bedeuteten. Gegen Mittag trafen wir auf die Hauptkolonne von Kohs Neugeborenen Rasslern, oder Konvertiten, die offiziell vierzehntausend Köpfe zählten, aber eindeutig dreimal so stark waren, wenn man Frauen, Kinder und Leibeigene einrechnete. Ungefähr ein Drittel von Kohs Gefolgsleuten war auf dem *zócalo*, dem Platz vor der Mul, von den Jaguaren getötet worden oder in den Feuern umgekommen, aber alle, denen die Flucht gelungen war, priesen Koh als ihre Retterin. Die meisten von ihnen hatten ihre Großfamilien aus den Vorstädten geholt – ihnen war Kohs Prophezeiung bereits bekannt gewesen – und zusammengepackt, was sie mitnehmen konnten, um Koh ins Gelobte Land zu folgen. Natürlich ahnten sie nicht, dass Koh noch gar nicht entschieden hatte, wo das sein sollte.

Und Kohs *k'ab'eyob'* – Gerüchtemacher oder Gerüchteverbreiter, nennen wir sie einfach Herolde – hatten ihre Arbeit ebenfalls getan. Mit jedem Tag traten mehr und größere Städte zu uns über, und immer mehr Sippenhäupter schworen Koh den Treueeid. Kohs Boten rannten ständig umher, um Ordnung zu schaffen, das blaugrüne Band zu ihren Farben hinzuzufügen, sie aus dem Stegreif Eide schwören zu lassen, Marsch- und Verpflegungsreihenfolgen aufzustellen, und was sonst noch alles. Koh hatte Kästen mit Kosmetika dabei – wie immer, das Wichtigste an erster Stelle –, und ihre Kostümierer rackerten sich ab, bei Koh und bei uns anderen, damit wir wie ein echtes königliches Gefolge aussahen und nicht wie eine zerlumpte Schar Flüchtlinge.

Als der Erste Große Vater Hitze, die Sonne, ins Greisenalter kam und wir in das Gebiet eintraten, das später Puebla heißen würde, erstreckte sich unsere Kolonne so weit, dass jemand aus dem ersten Glied beiseitetreten und ein Nickerchen machen konnte, um sich nach achttausend Schlägen von den letzten Nachzüglern wecken zu lassen. Wenn er dann noch Träger besaß, konnte er sich von ihnen im Eiltempo wieder an die Spitze des Zuges bringen lassen. Kohs Narren rannten unter der Leitung ihres Favoriten 0-Stachelschwein-Spaßmacher neben der Kolonne auf und ab und unterhielten die Marschierenden mit Spottreden über die Pumas.

Schließlich, als der Große Vater Hitze starb, gingen weitere Nachrichten zwischen Koh, Hun Xoc, 1-Gila, 14-Verwundeter und mir die Kolonne hin und her. Ohne uns persönlich treffen zu müssen, einigten wir uns, dass wir – die Anführer der Großen Häuser und unsere wichtigsten Geblüte – es uns nicht leisten konnten, ein Lager aufzuschlagen. Wir hatten nicht genügend Leute, um einem massiven Sturmangriff der Pumas standzuhalten. Wir mussten in Bewegung bleiben, sonst hätten sie Zeit, uns an geeigneter Stelle einen Hinterhalt zu legen. Uns blieben bis zum Hüftball-Großspiel nur noch zweiundzwanzig Sonnen. Bis dahin mussten wir in Ix sein, und die Zeit reichte kaum für einen Botschafter mit einander abwechselnden Trägern, geschweige denn für einen Heerwurm wie unseren. Daher eilten die Vatermütter der Rassler und 14-Verwundeters Leute im Gewaltmarsch weiter. Die Harpyien-Geblüte, ich und die anderen Promis wurden Tag und Nacht von Trägern geschleppt, die am Ende ihrer Schicht erschöpft zusammenbrachen und in den Büschen am Wegrand schliefen, bis die Nachhut sie weckte. Die Herolde rannten voraus, um potenzielle Konvertiten aufzufordern, auf uns zu warten, damit sie helfen konnten, die Anführer zu tragen. Mao hatte den Langen Marsch; wenn jemals über unser Unterfangen berichtet wurde, müsste es als Schneller Marsch in die Geschichtsbücher eingehen.

Doch unser Marsch zeigte auch eine festliche Seite. Da Geheimhaltung ohnehin kein Thema war, ließ Koh Tänzerinnen mit königlich blau brennenden Wachsmyrtenbeerenfackeln in Schlangenlinien vor und hinter den drei Sänften gehen, sodass wir aus der Entfernung aussahen wie ein langer Zug aus Glühwürmern mit einem einzelnen, türkis leuchtenden Mutanten im Zentrum. Ich hielt es für dumm, dass sie auf diese Weise ihre Position preisgab, doch Koh umgab sich auch in anderer Hinsicht immer mehr mit den Insignien der Göttlichkeit. Sie verlangte, dass ihre eingeschworenen Gefolgsleute bessere Verpflegung und andere Vergünstigungen erhielten, und nach einigem Hin und Her willigte 14-Verwundeter ein. Den ganzen Zug hoch und runter war Koh bei Oben und Unten das wichtigste Gesprächsthema, und die Leute griffen Dinge auf, die sie in Umlauf gesetzt hatte. Koh bediente sich der alten Geschichten über 1-Ozelots Tochter, um sich als die Erfüllung einer Prophezeiung hinzustellen, so wie viel später die Nationen, die sich Cortez anschlossen und das Gerücht verbreiteten, er erfülle eine Prophezeiung, die vor seiner Ankunft nicht existiert habe.

Ich nehme an, in Kohs Lage würde es jeder damit versuchen. Nach allem, was ich wusste, verstand sie auch den Rest der Sternenrassler-Gemeinschaft klug einzusetzen. Jedes hochrangige Mitglied ihres Ordens – einschließlich der Neun-Schädel-Addiererinnen, von denen es mit Koh neun gab – beriet und kümmerte sich um eine Reihe von

Abhängigen, in der Regel niedere Sippen und Dörfer, die zum Sternenrassler übergetreten waren, aber auch Einzelpersonen und kleinere Familien. Koh sagte niemals offen etwas gegen irgendeinen davon. Sie kultivierte die Führungspersönlichkeiten der Seidenweberinnen-Gemeinschaft – von denen ohnehin nur zwei bei uns waren – und spielte deren Abgrenzungsbemühungen herunter. Sie musste ein Bündnis zusammenhalten und sich zumindest in den Augen der Öffentlichkeit zugleich als neue religiöse Instanz positionieren. Noch vor vierzig Tagen, vor der Letzten Vierten Sonne, waren die allermeisten Rasslerkinder nicht ausdrücklich Gefolgsleute Kohs gewesen; viele hatten sie nicht einmal gekannt. Jetzt aber, nachdem die Pumas unterschiedslos alle Rassler angriffen, konnte Koh es so aussehen lassen, als leitete sie den Widerstand, und Tausende waren zu uns übergetreten. Oder besser ausgedrückt: zu ihr.

Peinlicherweise hatte ich noch immer nicht viel über die Kinder des Sternenrasslers herausgefunden, denn sie waren ein geheimniskrämerischer Haufen, und obwohl ich als in ihren Kreis aufgenommen betrachtet wurde, hatte ich noch an keinem einzigen Ritual teilgenommen. Als sie während der Vigilie auf ihrer Mul erschienen, waren sie ebenfalls nur Zuschauer beim Ritual der Pumas gewesen, keine Teilnehmer. Doch ihr Glaube, wenn man es so nennen konnte, bedeutete einen Fortschritt gegenüber den althergebrachten Ahnenkulten. In mancher Hinsicht verherrlichte er Armut und Mäßigung, jedoch auf andere Weise als die blutigen Folterrituale der alten Herrscherklasse. Auch wenn er davon noch einiges beinhaltete, war er meditativer und Theravada-mäßiger angelegt – jenem New-Age-Blödsinn verwandt, den ich nicht ausstehen kann. Doch als ich mehr davon erlebte, begriff ich, dass es sich um eine Art menschlicher Technologie handelte, die den Fatalismus des Menschen auf eine neue Art und Weise ausnutzte, und das war vielleicht sogar nötig. In den alten Sippenhierarchien hätte sich jedes Mitglied einer abhängigen Sippe umgebracht, wenn sein Großer Muttervater es ihm befahl, sonst wären er und seine Kinder zu ewigem Schmerz verurteilt. Die Menschen unter dem Zeichen des Rasslers schienen stoischer zu sein, glücklicher mit der Strenge von Leben und Tod, vermutlich, weil ihnen so wenigstens ein Hauch von Respekt erwiesen und immerhin ein bisschen Ruhe verhießen wurde.

Nur sehr wenige untergeordnete Neubekehrte bekamen Koh persönlich zu Gesicht, aber etliche von ihren Anführern schon, und sie schienen beeindruckt. Sie erzählten, wie die Rasslerkinder erkannten, was anderen verborgen blieb, und wie der Geifer der großen Schlange ihnen den grauen Star aus den Augen spülte. Um das Blut ihrer Stammlinien in den kommenden Generationen am Leben zu erhalten, hatte jeder neue Apostel die besondere Pflicht, Frau Koh in das Reich der nächsten Sonnen zu folgen. Kohs Vertraute waren zu einem fanatisch treuen Kader geworden, und ganz egal, wie viele sie noch zu sich hinziehen wollte, sie nahm Lenins Ausspruch vorweg, dass eine Handvoll ergebener Seelen besser sei als eine Armee unmotivierter Söldner.

Koh besaß ein Händchen für die Staatskunst. Sie schickte Gesandte zu allen großen Seidenweberin- und Karakara-Familien aus, zu einigen ungebundenen Sippen und sogar zu mehreren unzufriedenen Katzenfamilien. Offenbar war es in Teotihuacán eine große Sache gewesen, dass sie lesen und schreiben konnte, und eine ihrer Einnahmequellen hatte darin bestanden, ihre Schreiber Aufzeichnungen und Protokolle für die weniger gebildeten herrschenden Familien Teotihuacáns führen zu lassen. Sie hatte sogar eine Bestrebung gefördert, die Geschichte der Stadt – deren Aufzeichnung bislang vor allem auf Bild- und Textildokumente, gekoppelt mit mündlicher Überlieferung beschränkt gewesen war – in der Sprache Teotihuacáns mit einem System aus Ch'olan-Schriftzeichen festzuhalten, und einige Manuskripte besaß sie noch. Andere Herrscher hatten bereits über Herolde um Abschriften gebeten, und Koh verfügte über ganze drei Affen-Sippen – Kalligrafen, die beeindruckenderweise mit einem winzigen Pinsel schreiben konnten, während sie in Tragekörben hin und her pendelten. Koh hielt sie den ganzen Tag lang beschäftigt. Tatsächlich waren die Geschichtswerke dahingehend umgeschrieben worden, dass Koh gut dastand; man kann wohl sagen, dass sie Propagandaschriften verbreitete.

Und vielleicht zeigt es ja Wirkung. Vielleicht war die Lage nicht so verzweifelt, wie es mir vorkam. Vielleicht würden uns genug Tieflandsippen unterstützen, sodass wir ... nur, wer sind *wir?* Wenn »wir« die Anführer der Rasslerkinder bedeutet, dann waren »wir« möglicherweise fein raus. Aber wenn »wir« die Ball-Brüder bedeutete und die anderen reisenden Kontingente der Harpyien-Sippe, dann wurden »wir« langsam von Kohs Rettern zu Kohs Gästen. Und in dieser Gegend war es nur ein kleiner Schritt vom Gast zur Geisel. Aber das würde sich ändern, sobald wir Ix erreichten, oder? Na, vielleicht. Wie auch immer, mir konnte es nicht schaden, ein bisschen Einfluss bei der Muhammadess von Mesoamerika zu gewinnen. Nur für den Fall, dass wir nach Hause zurückkehrten. Falls die ixianischen Ozelots uns nicht vorher erwischten. Falls Koh bis dahin nicht zu hochnäsig geworden war. Falls Gott der Herr es wollte. Falls, falls, falls.

Zur Geburt der nächsten Sonne wurde noch immer vor und hinter der relativ sicheren Kolonnenmitte gekämpft. Sie war für uns wichtige Leute und die gefangenen Skorpion-Sonnenaddierer reserviert, die auf gepolsterten Schlitten festgebunden waren. Wenigstens alle vierhundert Schläge überfiel ein Trupp aus irgendeiner drittklassigen Katzenfamilie eine der isolierten Gruppen unserer Kolonne, so wie ein Berglöwe sich den am kränksten aussehenden Bison in der Herde aussucht, und ein paar unserer Geblüte mussten nach vorn oder hinten eilen, um die Katzen zu vertreiben. Unbeirrt zogen wir auf der Hauptstraße der Karakaras nach Süden, durch das spätere Texcoco am Ostufer des großen Sees entlang. Dabei passierten wir Tausende anderer Flüchtlinge, während wir ins Hochland vordrangen, in Richtung auf das Gebiet, das heute »Zitadelle des Tals der Wolken und des Dampfes« hieß und später den Namen Ciudad Oaxaca tragen würde.

(20)

Was? Holla. Aus dem Gleichgewicht. Und wach. Ich war wach.

Meine Träger hatten Schwierigkeiten, mich gerade zu halten. Immer schön sanft wiegen, verdammt noch eins, dachte ich.

Ich blinzelte in den rostroten Himmel. Zwar konnte ich keinen einzigen Stern oder irgendeine offensichtliche Veränderung erkennen, aber irgendwie merkte ich trotzdem, dass der Morgen nicht mehr fern war.

Ich setzte mich auf, als sich ein Bote näherte.

»Du über mir, mein älterer Bruder Sechs mal Zwanzig plus Sechs«, sprach der Gardist neben mir mich mit meinem Codenummernamen an. »Fünf mal Zwanzig plus Zwei kommt, mein älterer Bruder.«

Ich rollte mich auf die Seite und hielt mich am Rand der Flechtpritsche fest. Beinahe hätte der Gardist mir in die Augen gesehen, doch er senkte rasch den Blick. VIPs durfte man nicht anstarren.

Es wurde wieder ein beigefarbener Morgen, und der Wind nahm zu. Wir befanden uns in einem weiten Tal zwischen den fünf Seillängen höheren Plateaus, auf denen große Laubbäume standen, die an Wassermangel eingegangen waren. Als der Wind hindurchwehte, fielen gelbe Blätter von den Ästen – so schnell wie die Spielkarten, wenn man eine Partie *Freecell Solitaire* beendet hat.

Hun Xocs Sänfte bewegte sich die Kolonne entlang und reihte sich neben mir ein. Seine Träger machten gekonnt auf der Stelle kehrt und gingen in die andere Richtung, sodass er neben mir blieb. Unter seiner Decke sah er fürstlich aus. Dum-didel-dum, dachte ich. Wie es den armen Leuten heute wohl geht?

»Die Pfeifer sind mit Nachricht von unserem sonnenäugigen Ehrwürdigen zurück, dem Herrn der Schnellen Rede, unserem Großen Vater 2-Juwelenbesetzter-Schädel«, sagte er in der Codesprache des

Harpyien-Hauses. Mit »Pfeifer« meinte er einen *Kaminaljuyob'*-Bergstamm mit einer melodischen Sprache, die man pfeifen, sogar auf Flöten spielen konnte; wir benutzten diese Sprache als Code. Die Pfeifer berichteten, dass 18-Sprung, 2-Juwelenbesetzter-Schädels Neffe, uns in einer der letzten Städte vor dem Schindanger des Volkes der Dritten Sonne treffen würde, wie sie die Salzpfannen von Tehuantepec nannten. Ich fragte, wie viele Sonnen der Schindanger entfernt sei. Drei oder vier, lautete die Antwort. Sechs mal Zwanzig plus Sechs werde bemalt und bereit sein, erwiderte ich. Ich fragte gar nicht erst, ob die Pumas oder ihre ixianischen Verwandten, die Ozelots, die Botschaft gefälscht haben könnten, denn das Harpyien-Haus verstand sich auf Kommunikation. Vor unserem Aufbruch aus Ix hatte Hun Xoc Kolonnen aus Wortersetzungen zu Tausenden auswendig gelernt, und er und 2JS benutzten jedes Paar nur ein einziges Mal, sodass ein gegebenes Wort nicht zweimal dasselbe bedeutete. Jede wichtige Nachricht von uns an 2JS und von 2JS an uns wurde von wenigstens vier Teams aus Kurieren getragen, die unterschiedliche Routen benutzten, und ein oder zwei davon wurden vermutlich abgefangen und verhört. Doch einer Reihung von Nonsenswörtern konnte niemand etwas entnehmen, nicht einmal ein Mainframe bei der NSA und ganz bestimmt nicht die Ozelots, mochten sie medial noch so begabt sein.

Weil die offizielle Besprechung zu Ende ging, erkundigte sich Hun Xoc, wie es mir gehe, und ich antwortete, es gehe mir großartig. Vielleicht, fügte ich hinzu, könnten wir heute noch einen Ball durch die Gegend treten. Er erwiderte, das würde ihm Spaß machen. Erst aber müsse er nach hinten und die Nachricht 14-Verwundeter überbringen, der die Nachhut führte. Er ließ seine Träger wieder umkehren und verschwand.

Na, das ist trotzdem eine schöne Tapirscheiße, dachte ich. Wenn diese Burschen auch nur annähernd wissen, was sie tun, setzen sie sich zusammen, legen die Feindseligkeiten bei und widmen sich weiter friedvoll der Ausbeutung ihrer Leibeigenen. Koh und ich hatten sogar über den Versuch gesprochen, zu einem Einvernehmen mit den Katzensippen zu gelangen – den ixianischen Ozelots, den Pumas von Abgetrennte Rechte Hand, den Jaguars von Caracol und all den anderen. Realistisch bestand kein Grund, weshalb das nicht möglich sein sollte.

Nur dass sie sich nicht darauf einlassen würden. In ganz Mesoamerika waren die Vogel- und Katzen-Stammlinien einander immer an die Kehle gegangen, und so würde es bleiben. Die anderen Sippen – die Rasslerkinder und die restlichen Familien mit Totemtieren, die weder Vögel noch Katzen waren – standen als Bundesgenossen mal auf der einen, mal auf der anderen Seite. Diese Leute waren wie Mafiosi – sie gediehen durch Vendetten. So etwas war ihr täglich Brot. Sie zählten auf frische Beute, um flüssig zu bleiben. Es war ähnlich wie bei Israel und den islamischen Staaten: Sogar ihre Götter hassten einander, obwohl es dieselben waren.

Und jetzt, nach dem Fall von Teotihuacán, hatten beide Seiten ihre Farben an die Masten genagelt. Sowohl die Vogel- als auch die Katzenseite betrachtete den Sternenrasslerkult als Bedrohung ihrer Hegemonie, aber die Rassler lagen seit mehr als einem K'atun mit den Harpyien in der Kiste, und jetzt gab es zu viel böses Blut, als dass man die Katzen auch nur ansprechen konnte. Koh musste die Harpyien bis zu dem Augenblick unterstützen, in dem sie – so die Götter wollten – Ix in ihre Gewalt bekamen. Und selbst dann würden die Harpyien die Ozelots nicht rausschmeißen. Stattdessen würden sie sich mit dem Sippenblut verbinden und selbst Ozelots werden. Das Ganze war einfach ballaballa.

Aber wenn ich ins Jahr 2012 zurückwollte, musste ich mitmachen. Ich musste ein Grabmal für mich errichten, den Sarkophag bauen, mein Gel mixen, noch einen Satz Magnetsteine auslegen und hundert andere Dinge erledigen, die selbst auf Harpyien-Territorium unmöglich waren, solange die Harpyien ständig angegriffen wurden. Dann musste ich hoffen, dass Team Chocula mein Grab in den Harpyien-Katakomben überhaupt fand.

Nein, nein, nein. Wir mussten die ganze Stadt in unsere Gewalt bringen, auch wenn es unmöglich erschien.

Im Augenblick sah ich nicht, wie wir das alles schaffen sollten, ehe mein Gehirn den Geist aufgab. Hölle, Hölle, Hölle und Korruption. Ich glaubte mittlerweile kaum noch, dass wir Ix erreichen würden. Die vielen Menschen um uns herum schenkten uns zwar ein trügerisches Gefühl von Sicherheit, aber Abgetrennte Rechte Hands Streitmacht war einfach zu groß und zu gut ausgebildet und bedrohte uns von drei Seiten. Selbst wenn wir uns irgendwo verschanzten, wohin es nicht so weit war wie nach Ix – solange es keine echte Stadt mit Palisadenzäunen, unbegrenzter Wasserversorgung und Maisvorräten war, hielten wir keinen Monat durch. Dann wäre Ix nur eine weitere feindliche Stadt, und meine Chancen, dort hineinzukommen und heimlich ein Grabmal zu errichten, lägen ungefähr in der Größenordnung von Mel Gibsons Aussichten auf den Friedensnobelpreis. Ich sollte unbeirrt darauf hinarbeiten, dass wir den Plan mit Ix nicht aufgaben. Er sah im Grundsatz vor, nach Ix zurückzukehren, mithilfe meiner unbegrenzten Kräfte 2-Juwelenbesetzter-Schädel an die Macht zu bringen oder wenigstens einen günstigen Friedensschluss mit den Ozelots zu erzielen, mein Grab errichten zu lassen, das Gel anzurühren, mich einzuigeln und auf das Beste zu hoffen. Schaffe, schaffe, Häusle baue. Kein Problem. Rein, runter, raus.

Der erste große Punkt auf der Tagesordnung lautete, Frau Koh mit 2-Juwelenbesetzter-Schädel zusammenzubringen. Sie ist der aufsteigende Stern, also tue ich ihm einen Gefallen, sagte ich mir. Trage ihm die Tasche und so weiter. Trotz des Ärgers, den die Ozelots machten, war und blieb die Harpyien-Sippe die wohl reichste Familie von Ix, und er war nach wie vor ihr Oberhaupt. Stimmt's? Vielleicht sollten wir sogar jeden wissen lassen, dass Ix unser Ziel war. Bisher wussten es nur die Anführer. Unser angeblicher Bestimmungsort war Kaminaljuyu, das dort stand, wo später Guatemala-Stadt errichtet werden sollte. Davon abgesehen hatten wir nur verlauten lassen, dass wir das Gebiet durchqueren wollten, das wir in meiner eigenen Zeit Oaxaca nannten und in dem sich heute dicht an dicht kleine Stadtstaaten drängten, die dem Reich Teotihuacáns unterworfen gewesen waren. Wenn wir jemandem unser wahres Ziel verrieten, konnten die Katzen davon erfahren und uns den Weg verlegen. Oder 9-Reißzahn-Kolibri erwartete uns schon, oder irgendetwas anderes geschah …

Ich döste langsam ein. Aber dann hörte ich etwas beklemmend Vertrautes:

»1-Stachelschwein-Arsch fing zwei der Käfer-Männer.«

Ohne ersichtlichen Grund bekam ich eine Gänsehaut und brauchte einen Schlag, bis ich begriffen hatte, dass ich nur ein paar Amateur-Rhythmushalter irgendwo vor uns hörte, die Verse sangen, um zu messen, wie lange jedes Geblüt beim Trinkwasserfassen seinen Mund unter dem Wasserschlauch halten konnte. Sie benutzten das gleiche zur Zeit populäre Lied, das die Ball-Brüder und ihre Gast-Geblüte aus anderen ixianischen Sippen benutzt hatten, um in jener Nacht die Zeit zu messen – der schlimmsten Nacht meines Lebens, trotz einer Menge Mitbewerber. Jener Nacht vor zweiundfünfzig Tagen, als sie mich als Hirsch verkleideten und jagten:

»(Trink) Er zermahlte sie in einem großen Topf, er warf
(Stopp),
(Trink) zwanzig blaue Maiskornschädel in den Topf
(Stopp) ...«

Na ja, dachte ich, inzwischen stehen die Dinge anders. Vielleicht geht die Welt zu Ende, aber wenigstens gehöre ich jetzt mit dazu.

(21)

Mein Kostümierer – nicht Gürteltierschiss, sondern ein Diener, der am Totempfahl noch weiter unten saß – brachte mir meinen Urinbeutel. Ach, *Redivivus.* Ich bekam einen Schluck kalten Kakao aus einer Hundehaut. Dann untersuchte er meine Füße, ölte sie ein und band mir ein frisches Paar Laufsandalen an. Schließlich rannte er fort, um meine Exkremente zu vergraben, damit niemand sie in die Hand bekam und aus der Ferne Flüche auf mich legen konnte. Na los, Junge, dachte ich. Tu, was du tun musst. Ich ließ mich absetzen und ging in einen leichten Trab über. Die dünne trockene Luft kam mir entgiftend vor. Ich verließ den Weg für kurze Zeit und sah ungefähr zwanzig Seillängen voraus Kohs drei Sänften. Sie waren identisch, damit der Feind nicht wusste, in welcher Sänfte sie saß, sollte er mit einem Angriff durchkommen. Die Schlucht öffnete sich auf eine Hochebene zwischen erloschenen Vulkanen, auf der sich noch das Raster einer alten Stadt zeigte, übersät mit toten Eichen, verdorrten Agaven, Ocotillos und Feuerbüschen, und auf allem wimmelten sich paarende schwarze Marienkäfer. Merkwürdigerweise folgten uns noch immer Holzascheflöckchen von den brennenden Häusern hinter uns; sie wehten über die überwucherten Plätze und wirbelten zu den Grashüpfer-Spaßmachern, flinken Staubteufeln, die wild wie Derwische vor uns zum alten Tempelbezirk hintanzten. Einige Geblüte hatten sich über die Ruinen verstreut und vernichteten sämtliche Tierornamente, die irgendwie mit Katzen zu tun hatten. Wir wollten keine deutliche Spur hinterlassen, aber die Wischer, die uns folgten, konnten auch nicht jeden Hinweis auf so viele Menschen vollständig beseitigen. Einige »geschichtslose Sippen« – Personen, die wir vom letzten B'ak'tun »die Obdachlosen« nennen –, hatten sich in den alten Palästen einquartiert, aber als wir kamen, watschelten sie davon wie verwirrte Mutanten nach dem atomaren Holocaust und behielten uns, hinter rußige Lehmsteinwände geduckt, im Auge.

Beim Tod der Sonne hatten wir die Messer-Minen erreicht, eine glänzend schwarze Felslandschaft aus rasch abgekühlten Lavaspritzern, die aussah wie das Hologramm einer winzigen Zeitspanne jenes geologisch brutalen Tages, an dem der Überlieferung zufolge der Kalender begann, nach gregorianischer Zeitrechnung der 11. August 3113 vor Christi Geburt. Der weiße Himmel färbte sich rot, was bedeutete, dass unser Ahnherr herauskam, der Große Östliche *bacab*, um uns zu beobachten. Als die Röte sich vertiefte, blies er einen anderen Wind zu uns, der überwältigend nach faulen Eiern stank. Ich spürte, wie das Magma im Boden pulsierte und wie eine riesige wachsame Präsenz vor uns eine beruhigende mütterliche Energie ausstrahlte. Jenseits der Steilhänge blitzte es am Himmelsrand. Eine frische Brise kam auf, und Hun Xoc entschied, die gesamte Kolonne von der Hauptstraße auf einen schmaleren Weg verlegen zu lassen, weil der Wind vielleicht unsere Spuren verwischte. Um dorthin zu kommen, mussten wir in der Dunkelheit ein Is̆htar-Terra-haftes Plateau überqueren, und das war gar nicht lustig. Man konnte nichts hören, und meist sah man die Hand vor Augen nicht. Orientierung fiel daher flach, und Hun Xocs Rasslerführer ging nach dem Buch vor. Blitze ringelten sich über uns in grellen Knoten, und einen Schlag lang sah man alles in einem pulverigen Licht wie von Industrie-Leuchtstoffröhren. Gegen Morgen durchquerten wir ein großes, von Norden nach Süden führendes Tal voller toter Bäume, die sich alle in die gleiche Richtung neigten, fort von dem Hirschen, dem Sternbild Jungfrau. Das einzig Gute daran war, dass die Dorfbewohner uns Schnee von den Bergspitzen verkauften. Wir bestanden darauf, dass unser eigener Koch ihn zu Wassereis mit eingelegten Guavenfrüchten verarbeitete.

Die Aschewolke hüllte uns nun völlig ein, als wären wir durch eine große Tür in eine Welt getreten, in der alles aus grauer Knetmasse modelliert war. Einmal glaubte ich, dass einige Ascheflöckchen lebten; dann erst begriff ich, dass es Wolken aus sich paarenden Weißen Fliegen waren. Jedes Dorf, durch das wir kamen, hatte die Leichen von Opfern auf den gammeligen kleinen Zócalos aufgespießt, gewöhnlich hübsche kleine Kinder, aber in unterschiedlichen Stadien der Verwesung. Nach einem verbreiteten Stil traten die Pflöcke an ihrem Anus ein und ragten aus den Mündern. Einige sahen aus, als wären ihre Hände oder Füße abgebrannt worden, während sie noch lebten, damit sie die feurige Stimmung der Erdkrötin nachempfanden. Offensichtlich hatten die Opfergaben nicht geholfen; viele Dörfer waren verlassen. Manchmal fanden wir Haufen von alten Opfern aus Bataten und Maniok und Hunden, die schon viel zu ausgetrocknet und madendurchsetzt waren, um sie zu essen, aber unser kleiner Zug aus Gefangenen raffte sie an sich und kaute dennoch auf ihnen herum. Als die zwölfte neue Sonne starb, waren wir im Asphaltsumpf rings um die Zigarren der Kröte, rissige Flächen mit speienden Schloten wie Pockennarben. Wenn eine Gasblase die klebrige Kruste aufriss, erklärten die Geblüte unvermeidlich, dass »sie wieder ein Mordsding ausbrütet« oder Ähnliches, so als sagten sie »Gesundheit«. Der große Kegel links von uns wuchs nicht wahrnehmbar. Er war nervtötend regelmäßig geformt, und seine Hänge stiegen im gleichen 49°-Winkel an wie die Rassler-Mul in Teotihuacán. Er hob sich gegen den eigenen Staub ab und war mit dünnen, leuchtend rosafarbenen Lavafäden belegt, die sich wanden und zu verschlackten Gletschern erstarrten. Die Führer hießen uns nach Westen abbiegen, um etwas zu umgehen, das Xib'alb'a-Chen genannt wurde, Totenland-Brunnen. Aus ihrer Beschreibung reimte ich mir zusammen, dass es ein Kratersee sein musste, der das Kohlendioxid tonnenweise in die Luft pustete. Angeblich hatte er schon viele Menschen und Tiere getötet. Wir suchten uns einen Weg über eine Ebene aus Fumarolen und dampfenden Mineralquellen bis hinunter zu einem Weg, der dem Río Atoyac folgte, südwestlich durch die Sierra Madre del Sur, vorbei an Etla und Mitla, Orten, von denen ich geglaubt hatte, sie aus dem 21. Jahrhundert gut zu kennen, die aber jetzt völlig unähnlich aussahen, obwohl wir sie weniger als eine Jornada von der Stadt entfernt passierten, die später Monte Albán heißen würde. Ich denke, das eine oder andere ist durchaus schön gewesen, aber ich erinnere mich hauptsächlich an Monotonie, an den Gestank, der von den abgezogenen Häuten der

Meldegänger aufstieg, die in der Sonne rösteten, und an die tödliche Einsamkeit der Jillion namenloser Dörfchen, die allesamt den Dominoeffekt der kontinentweiten Depression zu spüren begannen, die in Teotihuacán ihren Ausgang genommen hatte.

Tausende der langsameren Reisenden hatten wir zurückgelassen, als wir unser Tempo verdoppelten, aber die Herolde gingen uns noch immer voraus, bekehrten Dörfer und Wassergemeinschaften, machten private Besuche bei Lastenträgern in den Ansiedlungen, versprachen ihnen Machtstellungen, wenn sie dafür unsere Geblüte unterstützten, ließen Drohungen der alten Großen Häuser von sich abperlen und versuchten, die alte Hierarchie durch zahlenmäßige Überlegenheit zu bezwingen – die übliche Geschichte eben.

Die nächste Sonne lang hatten wir kaum etwas zu tun. Wir waren vor eine Stadt gekommen, und das Volk hörte die Rasslerflöten und den Tumult vor den Mauern; es sah, wie Eisenhut und Fransenenzian auf den Weg gestreut wurden, den Kohs Zug nahm. Die Menschen kauerten am Straßenrand, den Blick zu Boden gerichtet, und sangen Koh-Lieder, die ihnen die Herolde beigebracht hatten, während wir mitten durch dieses gespenstische Publikum hindurchgingen, das uns nicht sehen konnte. Danach marschierten die Menschen dicht geschlossen hinter uns her, und wir hörten, wie die Stiele ihrer Stangenschleifen mit niemals endendem Fauchen über den Kies scharrten. Ich spürte, wie der vermutlich fehlgeleitete Optimismus unserer Geblüte anwuchs; wenn sie von einer Audienz bei Koh zurückkehrten, war er immer am stärksten. Das Mädchen versprühte wenigstens Charisma. Ganz ungeachtet der Zahl unserer Verfolger, die unsere Späher meldeten, völlig egal, welche Rationierungs-, Logistik- und Gesundheitskrisen wir durchzustehen hatten, gleichgültig, in welche Panik Hun Xoc und ich bei dem Gedanken verfielen, nicht rechtzeitig zum Hüftball-Großspiel in Ix zu sein – praktisch jeder schien die ganze Reise als großartigen Ferienausflug zu betrachten. Jeder, der Koh nahe stand, war eine Berühmtheit. Die jüngeren Geblüte spielten darum, wer in meinen dritten Ring von »Schoßtieren« kam, Leibwächter-Dienern also. Sie kamen zu den zehn Rassler-Geblüten hinzu, die mich und meinen inneren »Schlafkreis« aus drei Harpyien-

Geblüten schützen sollten. Und ich war noch nicht einmal einer von den Megastars.

Ehe 24-Jaguar – die neue Inkarnation von Großer Vater Hitze – hinter den braunen Wolken aufstieg, sagten die Pfeifer, die Harpyien-Gesandten seien keine Sonne mehr entfernt und sie seien nur zweiundzwanzig. Ohne Boten ging hier gar nichts, so wie in einer griechischen Tragödie, wo auch die ganze Zeit Kuriere kommen und gehen und sagen: »Mein König, ich bringe schreckliche Neuigkeiten aus Pädophilopolis«, oder so was. Wahrscheinlich bedeutet das, dass diese Theaterstücke realistischer waren, als ich gedacht hatte: Der König und der Chor und noch ein paar Gestalten verkrochen sich schön sicher im Bunker, und alles Gefährliche passierte abseits der Bühne.

Jedenfalls traf uns, ehe die Sonne in die Midlife-Crisis kam, ein regenloser Sandsturm, den man den Rasiermesserwind nannte. Aschesand kroch uns in die Leggings, die gummierten Sandalen und in alle noch so fest gebundenen Bandagen und eingesalbten Augenlider. Die Hautbemaler bedeckten uns mit Creme und Balsam und Paste bis zu dem Punkt, wo meine Testikel in dem Schleimsee erfroren, aber entweder nahm man das hin, oder man erfuhr am eigenen Leib, was das Wort »Abschürfung« wirklich bedeutete. Niemand konnte nach vorn sehen; man konnte nur ab und an auf den Boden blicken, und die meisten von uns hielten sich an einem Seil oder Lappen fest, der oder das von der Person vor einem herunterbaumelte wie bei den Zirkuselefanten.

Nach einer Viertelsonne musste Hun Xoc aufgeben und befahl der Kolonne einen nicht kampfbedingten Halt. Wir befanden uns bei einer unwichtigen alten Stadt namens Coloa und stuften die verwundeten Geblüte ein. Viele von ihnen würden sich selbst töten müssen. Durch ihre Lage bot die Ortschaft nicht gerade einen großartigen Unterschlupf, aber 2-Hand breitete im kleinen Lehmstein-Mattenhaus unsere Gästematten aus und stellte unsere Rückenstützen auf. Im ganzen Ort gab es nur noch zwei andere anständige Gebäude. Wir bestimmten eines für die Gesandten, das andere für die gefangenen Pumas. Die Geblüte wandelten den Marktplatz in ein Militärlager um, und die Bekehrten überrannten die Stadt und suchten Schutz, feilschten mit den Einwohnern, suchten in den Abfallhaufen nach Kroppzeug, das sie essen konnten, Krähen oder Ratten oder irgendetwas, das man normalerweise wegscheuchte. Einige bekehrte Familien brachten erbärmliche kleine Opfer dar und begannen zu singen. Zuerst dachte ich, sie beteten für Koh, doch als ich genauer hinhörte, merkte ich, dass sie wie gewöhnlich einfach *zu* ihr beteten.

14-Verwundeter befahl den Trägern, die Sänften und Tragsessel zusammenzuziehen, denn alle Geblüte müssten ohne Ausnahme vor Frau Koh in die Stadt reiten. Wir müssen uns ein gewisses Flair verleihen, dachte ich, so wie jemand eine Limousine mietet, die ihn zu einer Veranstaltung drei Häuserblocks entfernt bringt, weil er etwas braucht, woraus er aussteigen kann. Doch ich erhob keinen Einwand, weil mir der Gedanke kam, dass die Idee womöglich von Ihrer Verehrungswürdigen stammte. Vielleicht empfand Koh doch eine gewisse Unsicherheit.

(22)

Bei der nächsten Geburt unseres Großen Vaters Hitze begegneten uns die Harpyien-Gesandten. Sie gehörten zu den Geblüten, die mich vor dem Aufbruch nach Teotihuacán in der Höhle adoptiert hatten. Wir tauschten Kuchen und zogen den ganzen Willkommen-meine-Brüder-Firlefanz ab. Sie hörten nicht auf, Witze darüber zu reißen, wie viel Gewicht 2-Hand während der Reise verloren hatte – dass seine Augen so tief in sein Babyspeckgesicht gesunken seien, dass sie aussähen wie zwei schwarze Kiesel in einer Schale Teig. Mir kam es wirklich vor wie eine Heimkehr, und ich empfand gegen meinen Willen leichte Rührung.

Dennoch hing Schwermut über uns wie … Ich weiß es nicht. Wie Schwermut eben. Und es war eine ganze Menge Schwermut. Wenn die Harpyien das Hüftball-Großspiel nicht gewannen, würden wir alles verlieren, sogar die Füllungen in unseren Zähnen. Zumindest die aus Jade. Die Holzzähne durften wir vielleicht behalten.

Und gewinnen würden wir nicht. Das Hüftballspiel wurde manipuliert. Und zwar gründlich. Wenn wir siegten, wäre es wie eine echte Überraschung in einem Kampf bei World Wrestling Entertainment: vollkommen undenkbar. Wenn die Harpyien dennoch auf Sieg spielten, würde gegen sie gewertet werden; die Harpyien würden Einwände erheben, und ein Kampf würde beginnen, den zu gewinnen die Ozelots zuversichtlich waren. Dann könnten sie rechtmäßig den gesamten Besitz der Harpyien-Sippe beschlagnahmen und vermutlich einen guten Teil von ihnen zu Geiseln machen. Infolgedessen würden die übrigen Raubvogelsippen in der Gegend sich zügeln und mit den Ozelots Abkommen schließen.

Im Audienzzelt war es dunkel, und der Sand über den mit Tierhaut abgedeckten Rauchabzügen klang wie ein Zimbal, das über ein

Floortom streicht. Mich ließ der Gedanke an die vielen Bekehrten im Freien nicht los, die sich in ihren kleinen Lagern zusammenkauerten und denen die bloße Haut vom Leib geschmirgelt wurde. Wir saßen in einer Sparausgabe unseres Kreises zusammen, die drei Anführer der Harpyien-Delegation auf ihrem angestammten Platz an der Ostspitze, dann Hun Xoc, 2-Hand, 1-Gila, 1-Gilas ältester Sohn, die beiden alten Großen Mütter aus dem Rasslerhaus, Koh, Coati und ich. Jeder von uns durfte einen Diener hinter sich hocken haben, und ich hatte mir Gürteltierschiss ausgesucht. Wie schon gesagt, wäre eine Frau normalerweise nicht mal in die Nähe unserer erlauchten Versammlung gekommen, aber so wie Alligator-Wurzel, Kohs Herold, einer Art drittem Geschlecht angehörte und in die Höfe der Frauen gehen konnte, so konnten Koh und ihre Großen Mütter zu uns kommen. Zwei der städtischen Lastenträger huschten herum und stellten uns Schalen mit Fischöl und große breitrandige Töpfe mit Wasser hin, das mit heißen Steinen erhitzt worden war. Wir waren das Größte, was sich in dieser Stadt jemals ereignet hatte, und alles hatte uns bereits unvergängliche Treue geschworen.

Die Delegation wurde von 2-Tote-Koralle geleitet, ein Weihekandidat mit Entenschnabelmaske von 3-Blaue-Schnecke, so etwas wie 2JS' Haushierophant, sein bester Opferspiel-Spieler, der Koh aber nicht das Wasser reichen konnte, und in letzter Zeit auch mir nicht. Obwohl 2TK durchaus freundlich war, überlief es mich ein wenig, als ich ihn sah. Er begrüßte uns, indem er als 2-Juwelenbesetzter-Schädel sprach, und weil es sich um eine Ritualform handelte, dauerte das eine Weile, so wie man eben abwarten muss, bis sie einem erklärt haben, wie die Stahllasche ins Sitzgurtschloss einzuführen ist und dass Gegenstände dazu neigen, während des Fluges hin und her zu rutschen und dergleichen. Als er endlich zu den Neuigkeiten aus Ix kam, hörte es sich gar nicht gut an. Wie ich vielleicht schon erwähnt habe, war 2-Juwelenbesetzter-Schädel von 9-Reißzahn-Kolibri, Ahau des Ix beherrschenden Ozelot-Hauses, zu einem Hüftball-Großspiel herausgefordert worden, einer Art Gottesurteil durch Kampf. In diesem Fall bestand der Einsatz aus den Vorräten und Handelsrechten der ixianischen Harpyien-Sippe gegen die Köpfe der Smaragd-Bruderschaft innerhalb der Ozelot-Sippe, ihren Hüftball-Champions. Im Grunde ging es darum, den Umfang eines Bürgerkriegs klein zu halten. Doch nach allem, was die Gesandten berichteten, war es nur nicht sehr wahrscheinlich, dass man diesen Krieg effizient eingrenzen konnte. Womöglich käme das Ballspiel nicht einmal in die zweite Halbzeit. Schon gut, es gab keine Halbzeiten in Mayaland, aber Sie wissen, was ich meine.

2JS bat uns eindringlich, ihn zu verstärken; er hoffte, mit unserer Hilfe die Schlacht zu gewinnen. 2-Tote-Koralle verglich ausgiebig die langen Listen von Geblüten und Gehilfen auf beiden Seiten, doch unter dem Strich hatten 2JS und seine eingeschworenen Verbündeten nur ungefähr vierzig Prozent der Stärke von 9-Reißzahn-Kolibri und den Ozelots. Wenn unsere Kolonne Ix rechtzeitig erreichte, konnten Kohs Kräfte das Gleichgewicht mühelos umkehren. Dann würden auch die anderen Raubvogelsippen sich erheben und 2JS beistehen, und die Ozelots wären Geschichte. 2JS würde zumindest de facto zum *k'alomte'* von Ix und behielte 9-Reißzahn-Kolibri vielleicht als Marionettenherrscher. Vielleicht würde er den Laden aber auch komplett übernehmen, doch weil der K'alomte' immer eine Katze zu sein hatte, müsste 2JS sich von einer Katzensippe adoptieren lassen. Wie auch immer, dem ixianischen Zweig des Sternenrassler-Kults stand dann eine Zukunft als mächtigste, an keine Sippe gebundene Gemeinschaft innerhalb von Ix bevor. Koh würde ihre Zelte unweit der Mul des Sternenrasslers aufschlagen – die in Ix gut positioniert war, in der »Innenstadt« sozusagen, aber nicht besonders groß und nicht besonders vermögend –, und 2JS müsste sie und ihre Anhänger bei Laune halten. Eine von Kohs Bedingungen bestände darin, dass die herrschende Koalition mein Grabmal nach meinen Vorgaben errichtete. Und wenn der Bau rechtzeitig abgeschlossen wurde, konnte ich das Gel mischen und mich nach den spezifizierten Regeln begraben lassen. Wenn ich danach wieder etwas wahrnahm, war ich im guten alten 21. Jahrhundert aufgewacht, den Kopf voller Opferspiel-Kenntnisse und mit einem wiederbelebten Willen zur Macht.

2-Tote-Koralle sagte, dass den Ozelots zwar die Gerüchte aus Teotihuacán über unsere Rolle bei der Verwüstung der Stadt zu Ohren gekommen seien, sie uns aber trotzdem nicht ausladen könnten. Wir wären als Sippengenossen der Harpyien willkommen. Aus allen wichtigen Städten des Hochlands und des Tieflands kämen Delegierte sowohl der Katzen- als auch der Raubvogelsippen. Sogar Abgetrennte Rechte Hand sei offiziell eingeladen, aber er befinde sich noch in Ka'an nahe der Küste, wäre also zu weit weg. Und für jeden offiziellen Gast kämen in den nächsten Tagen mindestens zehn Begleiter nach Ix, Händler, Kaufleute, gewitzte Buchmacher und verarmte Spielsüchtige, Prostituierte, Spaßmacher, umherziehende Familien und wer weiß was sonst noch.

Am Ende fügte 2-Tote-Koralle hinzu, jeder sei aufgeregt, weil Kohs Sternenrasslerkult »in vier Richtungen« wachse, also überall auf der Welt, und 2JS sei bemüht, dem Sternenrassler zu dienen. Koh blieb natürlich unbeeindruckt. Ich wusste nicht zu sagen, ob 2-Tote-Koralle ihr nur schmeichelte. Wie nebenbei erwähnte er, das Ballspiel sei um zwei Sonnen vorverlegt worden. Er sagte, dies habe irgendwelche astronomischen Gründe, doch zugleich steckten die Ozelots dahinter. Jedenfalls blieben uns dadurch nur vierzehn Tage, um Ix zu erreichen.

Völlig unmöglich, dachte ich. Die äußerste Marschgeschwindigkeit für das gesamte Heer – ohne die Alten, Frauen, Kinder, Kranken, Toten und das unwichtige Gepäck – lag auf keinen Fall über einer Jornada, das heißt, etwa dreißig Meilen am Tag, und wir hatten nun in vierzehn Tagen über fünfhundert Meilen zurückzulegen. Wir konnten es schaffen, wenn wir vier, vielleicht auch nur drei Sondermärsche erzwangen, aber die Kolonne würde sich auseinanderziehen, und selbst die Geblüte wären ausgelaugt, wenn wir Ix erreichten. Ich konnte Hun Xoc und Koh ansehen, dass sie die gleiche Berechnung anstellten. Soweit ich wusste, hatte sich keine Gruppe dieser Größe jemals so schnell bewegt. Wir müssten einen neuen Rekord aufstellen.

Hun Xoc bat den Kreis um Erlaubnis, mit 3BS im Hauscode zu sprechen.

Jeder machte ein Zeichen des Einverständnisses.

»Die vierhundert Sippen der Frau Koh werden es nicht schaffen«,
sagte Hun Xoc.
»Sie müssten woanders um Asyl bitten.«

Das sei nicht richtig, entgegnete 2-Tote-Koralle in der gleichen Sprache; Kohs Kinder könnten nicht mehr sehr lange Ausgestoßene bleiben.

Damit meinte er, dass Koh vor allem ihre Machtbasis stabilisieren musste. Eine Zeit lang konnte sie es sich vielleicht noch leisten, die Katzensippen zum Feind zu haben, aber ihr müsste eine irgendwie geartete Annäherung an so viele internationale (um das Wort sehr locker zu benutzen) Herrscherfamilien wie möglich gelingen. Im Moment konnte sie nur die Nebel-Stammlinien, die übrigen Klauen-Himmelssippen und möglicherweise die ixianischen Harpyien zu ihren Freunden zählen. Sich in Ix respektabel als Sippenführerin niederzulassen – und sei es nur vorübergehend – wäre noch Kohs beste Chance.

Ich schaute 2-Tote-Koralle an. Unter der Entenschnabelmaske war ihm nichts anzumerken. Ich musste immer wieder daran denken, wie sehr er einer der Tafeln in Stepanwalds Buch über die Maya aus dem 19. Jahrhundert ähnelte. Ich tat so, als lehnte ich mich gelassen zurück, und warf Koh dabei heimlich einen Blick zu. Ich hatte den Eindruck, dass sie begriff, was 2-Tote-Koralle sagte, und ihm recht gab.

Sie reichten die Sprecher-Schale an Frau Koh weiter.

Sie fragte, wann unser Treffen mit 2JS stattfinden sollte. Ich nehme an, sie wollte mit niemand anderem außer ihm zu tun haben, und das konnte man ihr kaum verdenken.

Er könne Ix nicht verlassen, um mit ihr zu sprechen, antwortete 2-Tote-Koralle. Die Art, wie er es sagte, vermittelte mir den Eindruck, 2JS stünde unter höflich kaschiertem Hausarrest. Wir könnten ohnehin nicht reden, wenn wir uns der Stadt näherten, weil wir dann in einer zeremoniellen Prozession gingen und unter ständiger Beobachtung ständen. Es wäre wohl wie bei einer Amtseinsetzung oder einem königlichen Ball, überlegte ich. Im Augenblick könnten wir nichts anderes tun, als die Einladung anzunehmen und nach Ix zu ziehen.

Dann bräuchten wir vor dem Hüftballspiel noch ein paar Schläge mit ihm allein, sagte Koh.

2-Tote-Koralle erwiderte, er werde versuchen, es einzurichten. Aber was, wenn ein Kampf ausbreche, fragte er.

Dann unterstützten die Rasslerkinder ihren Gastgeber, antwortete Koh.

Die Ozelots würden niemals alle ihre Anhänger in den Spieldistrikt lassen, wandte 2-Tote-Koralle ein. Allenfalls gestatteten sie zwei- bis vierhundert der höchstrangigen Geblüte den Zutritt. Der Rest müsse so nahe wie möglich draußen bleiben und auf unser Zeichen warten.

Koh signalisierte, das sei ausreichend. Wir stimmten »einverstanden«.

(23)

Beim »Rauch«, dem Nachspiel des Mattenkreises, konnte man Einzelgespräche führen. Alles war noch da, saß aber nicht mehr unbedingt an seinem Platz, und es wurde sogar als höflich angesehen, wenn jemand einnickte. Schlafen ist ein wichtiger Aspekt, wenn man sich näherkommt. Die Gemütlichkeit der riesigen Pflegefamilie ist nur schwer zu beschreiben. Die Sippe bestimmte so nachdrücklich und umfassend, wer und was man war – mit der Naturkraft von $F = m \cdot a$ –, dass man bereit war, binnen eines Schlages für sie zu sterben. *Sie* war es, was man war, und nicht man selbst. Wie auch immer, am südwestlichen Ende des Raumes bekamen Hun Xoc, 1-Gila und 2-Hand ihre Knieschwielen massiert und tranken mit langen Binsenhalmen aus dem B'alche'-Topf. Auf der weißen, nordöstlichen Seite, unweit der kleinen Tür, saßen die beiden Großen Mütter der Rassler stocksteif vor ihren Rückenlehnen, schwatzten, rauchten und woben kunstvolle Schleier. Coati schürte das Feuer. Die Gesandten hatten ihren großen Abschied bereits hinter sich, und 0-Stachelschwein-Narr hatte sie zu ihrem Sturmhaus geführt, dazu ein paar Sexarbeiter und Spieler der Rasslersippe, von denen einige ausgebildete Lauscher und Mnemoniker waren – nur für den Fall, dass die Gesandten noch etwas sagten. Koh hatte den Spielern befohlen, sie gewinnen zu lassen. Die meisten von ihnen würden mit uns nach Ix zurückkehren, aber ein paar Boten sollten bereits zu 2JS aufbrechen, sobald der Sturm nachließ. Ich ruhte mich auf meinen beiden Kostümierern und den Schoßtieren aus; der jüngere Bruder massierte mir Öl auf Füße und Fußgelenke, die noch immer schorfig waren von der Vulkanasche. Vielleicht klingt das ein wenig seltsam, aber es hatte nichts Sexuelles an sich. Keiner von uns sollte während der Reise irgendwelchen Sex haben, auch wenn die lokalen Miezen und Miezekater uns Halbgöttern gern zu Diensten gewesen wären. Die Addierer sagten, eine Samenspur mache es den Mordkommandos von Abgetrennte Rechte Hand sehr leicht, uns zu verfolgen. Ich ließ mich nur versorgen, weil wir froren und weil ich ein Recht auf den Dienst hatte. Allgemein berührte man sich hier mehr als in den USA des 21. Jahrhunderts, aber wenn man jemanden anfasste, von dem man die Finger lassen sollte, war es aus mit einem. Angeblich haben die Kaiser der Shang-Dynastie auf ganzen Menschen*bergen* geschlafen. Jedenfalls hatte ich mich gerade ausreichend beruhigt, um die Augen zu schließen, als Koh sich über mich kniete. Ihre große gesteppte blautürkise Manta war zugebunden wie ein steifer, riesiger Bademantel. Meine Kostümierer erhoben mich in eine etwas förmlichere Haltung. Koh nahm ihren Platz auf der Matte ein und entrollte eine Weltkartenvariante des Opferspielbretts, die ich noch nicht kannte, eine weniger komplizierte Reiseausführung. Auf ihr entsprach der Mittelkreis unserem Heer oder unserem Flüchtlingszug oder wie man es nennen wollte, und Koh hatte Steine darin aufgehäuft, die zeigten, aus wie vielen unterschiedlichen Leuten wir bestanden: 62 mal zwanzig Geblüte, neun mal zwanzig verletzte oder kranke Geblüte, 410 mal zwanzig Späher, Kostümierer und Kalligrafen, etwa 700 mal zwanzig bekehrte Männer und grob 1202 mal zwanzig bekehrte Frauen und Kinder, 812 mal zwanzig Träger, 2108 mal zwanzig Leibeigene und Gefangene und über 3500 mal zwanzig Mitläufer, die keinen triftigen Grund hatten, uns zu begleiten. Natürlich wurden die Sternenrassler-Gemeinschaften in anderen Städten durch Kohs Erfolge neu belebt und versprachen Zehntausende Neubekehrter, aber sie zählte ihre Hühner erst, wenn sie angekommen waren.

Koh subtrahierte, wie viele Personen aus jeder Kategorie wir wahrscheinlich durch Überfälle, Zermürbung und Entkräftung verlieren würden. Viele Menschen haben keinen Sinn für Logistik, beispielsweise für die Frage, wie viele Schalen Haferbrei jeder Soldat pro Woche isst und dergleichen. Sie wollen lieber hören, wie ein einsamer Held den Krieg ganz alleine gewinnt. Koh war das Gegenteil. Sie wollte die Unsicherheiten so weit wie möglich reduzieren, ehe sie mit wirklich ernsthaften Berechnungen begann.

Sie legte geschnitzte Scheiben aus, die die großen Städte darstellten; eine untertassenähnliche grüne Scheibe stand für Ix. Dann begann sie, Hieroglyphensteine einzusetzen. Ich erkannte die Steine, die für 2-Juwelenbesetzter-Schädel standen, für 9-Reißzahn-Kolibri, für Abgetrennte Rechte Hand, für 3-Kralle – dem Patriarchen der »internationalen« Allianz von Himmelssippen –, für unsere Soldaten und Gefolgsleute, für viele andere Sippen und für uns selbst. Im Großen und Ganzen begriff ich aber nur ein Zehntel ihrer Verbildlichung. Schon bald legte sie braune Saatkörner aus, oft zwei oder drei, die für Hypothetisches standen.

Die Mordkommandos, die uns jagten, setzte sie an vier verschiedene Stellen. Sie legte fest, wo auf dem Weg nach Ix sie Nahrungsquellen vermutete und welches Wetter sie wo postulierte. Und als sie am Ende ihres Wissens angelangt war, begann sie, mir Fragen zu stellen. Was hatten meiner Ansicht nach die anderen Karakara-Großhäuser vor? Um wie viel Hilfe hatte 2-Juwelenbesetzter-Schädel sie wohl gebeten? Worin bestand seine Beziehung zu der kleinen Rassler-Gemeinschaft von Ix wirklich? Warum hatte der ixianische Rasslerfütterer ihre Botschaften nicht beantwortet?

Weshalb sind deiner Meinung nach die Ozelots so selbstsicher?, fragte sie im Flüsterton.

Ich antwortete, das Ende Teotihuacáns habe viele von ihnen verängstigt. Doch einige von ihnen glaubten, sie könnten die entstandene Lücke füllen und die Geschäfte des Reiches weiterführen wie bisher, nur dass in Zukunft ein größerer Gewinn für sie abfiel. Dazu mussten sie vorher die Harpyien loswerden; deshalb versuchten sie, die angeblich unparteiischen Schiedsrichter zu bestechen, wobei sie wahrscheinlich mehr boten, als 2-Juwelenbesetzter-Schädel sich leisten konnte.

Aber 2-Tote-Koralle höre sich an, als sei 2-Juwelenbesetzter-Schädel zuversichtlich, erwiderte Koh.

Ich entgegnete, dass es vielleicht Aufgabe des Gesandten sei, es so darzustellen.

Koh erwiderte, sie halte 2JS für ziemlich clever. Er habe mit Sicherheit einen Plan, eine unangenehme Überraschung für die Ozelots, unabhängig von dem, was wir taten.

Ich schaute ihr in die Augen, was man normalerweise nicht tat, aber ich konnte nicht anders. Ich sah, dass ihre Augen wach und misstrauisch blickten; es war nicht zu übersehen, dass sie befürchtete, 2JS könne sie im Austausch gegen die Sicherheit seines Hauses an die Ozelots verschachern.

»2-Juwelenbesetzter-Schädel hat alles begonnen«, sagte ich.
»Deine Schuld ist die seine.«
»Das könnte er abstreiten«, erwiderte Koh. »Jetzt, wo mehr Katzensippengeblüte mein Haus hassen als das seine.«

Selbst wenn er Koh im Stich ließe, würden die Ozelots ihn fertigmachen, entgegnete ich. Koh erwiderte nichts darauf, doch ihr Gesicht verriet mir, dass sie das nur zu gut wusste. Die Ozelots würden ihr Wort in jedem Fall brechen. Sie wussten, dass 2JS von Anfang an die Fäden gezogen hatte, und das würden sie ihm niemals verzeihen.

»Und wenn er gewonnen hat, braucht er mich dann noch?«, fragte sie.
»Brauchen wird er das Tzam lic, und eine Neun-Schädel-Addiererin«, sagte ich.
»Ich bin nicht so sicher«, erwiderte sie. »Er wird sie von 9-Reißzahn-Kolibri bekommen, sobald er ihn gefangen nimmt, Wenn er das Spiel überhaupt zu brauchen glaubt.«

Koh legte zwei Unsicherheitssteine auf 2JS' Stapel. Ich spürte meine gespaltene Loyalität. Koh musste es mir angemerkt haben, denn plötzlich machte sie einen Rückzieher:

»Ich vertraue meinem Vater 2-Juwelenbesetzter-Schädel«, sagte sie.
»Ich würde keine Ränke gegen ihn schmieden, und ich
Erwäge es auch nicht; beschirmen nur möchte ich
Unsere Gefolgsleute, und ihnen einen Ausweg lassen,
Sollte noch eine Stadt über ihnen zerfallen.«

Ich erwiderte, das hielte ich für das Richtige. Manchmal erschien Kohs Vierzigerjahre-Picasso-Gesicht rein und durchsichtig, und ich fand sie richtig niedlich – nicht dass ich sie je angerührt hätte, aber ich fühlte mich zu Hause und gut aufgehoben. Dann aber verschlossen ihre Züge sich wieder, und es kam mir vor, als wäre ich allein im Zimmer.

Koh entrollte etwas, das ich zuerst für eine weitere kleine Spielmatte hielt, doch es entpuppte sich als detaillierte und ziemlich naturgetreue Karte von Ix. »Der Hüftballplatz ist hier, abgetrennt«, sagte sie und fuhr mit dem kleinen Finger den Graben entlang. Sie hatte recht. Der gesamte Tempelbezirk war ursprünglich auf einem Hügel errichtet worden, den auf drei Seiten ein seichter, unregelmäßiger See einschloss: eine Art San Francisco im Miniaturformat. Seither hatte man den Wasserspiegel immer mehr erhöht, und Teile des Palasts waren bis ins Wasser erweitert worden, sodass der Tempelbezirk von breiten Kanälen umgeben war wie das Rialto in Venedig. Zum Tempelbezirk gehörten die fünf größten der einhundertzehn Mulob'-Pyramiden – von Ix, außerdem sechs Hüftballplätze, das Smaragd-Großhaus des Ozelots, das Mattenhaus – eine Art Ratsgebäude – und der heilige alte Brunnen der Ozelots, der nun über Aquädukte aus den umliegenden Bergen gespeist wurde, aber noch immer von einem Garten umgeben war, in dem einige der alten himmlischen Giftbäume standen. Im Osten, Norden und Westen gab es keine festen Brücken, nur treibende Fußgängerbarken, die leicht fortzubewegen waren. Selbst wenn wir unsere Plätze auf den Tribünen bewaffnet und kampfbereit eingenommen hätten, wären wir dennoch im Zentrum des Ozelotviertels gewesen, vom Festland durch die Berge hinter der smaragdgrünen und scharlachroten Mul der Ozelots getrennt. Zweihundert von uns konnten in der Falle sitzen und ohne große Schwierigkeiten ausgeschaltet werden. Ich schätzte die Wahrscheinlichkeit, dass uns entweder während des Ballspiels oder gleich danach etwas Unangenehmes widerfuhr, auf wenigstens zehn zu eins.

Was könnten wir dagegen unternehmen?, fragte ich. Gar nicht erst hingehen? Uns woanders niederlassen?

Nein, erwiderte Koh, aber wir könnten andere Maßnahmen ergreifen. Wir seien vielleicht nicht in der Lage, ein zweites Teotihuacán zu errichten, aber wir könnten etwas Ähnliches erschaffen. Es sei allerdings möglich, dass ich einiges davon persönlich ausführen müsse.

Yo?, dachte ich. *Moi?* Ich Armer? Wieso wieder ich? Weil ich sowieso immer als Erster auf die Ersatzbank komme?

Immer ich, ich, ich.

Weil ich ein Genie mit dem Ball sei, beantwortete Koh meine Gedanken.

Schakal sei das Genie gewesen, sagte ich, und er sei fort. Koh saß nur da und blickte mich an, als wüsste sie, dass ich noch immer so gut spielen konnte wie früher. Ich hatte irgendwie das Gefühl, als habe sie recht. Trotz allem, was passiert war, fühlte ich mich noch immer großartig. Schließlich sagte ich, also gut, ich übernehme es, ich werde es schon irgendwie schaffen.

Sie erwiderte, als drittletzten Plan hielte sie es für angebracht, mich als einen weniger bekannten Ballspieler der Harpyien-Mannschaft zu verkleiden und zu versuchen, mich für ein paar Runden in das *halach pitzom* einzuwechseln, das Hüftball-Großspiel.

»Dann könntest du ein oder zwei Tore schießen und das Spiel
gewinnen«, sagte sie.
»Die Ozelots müssten für jeden ersichtlich betrügen
Und kämen damit vielleicht nicht durch.«

Holla, dachte ich, warte mal einen Schlag.

Ich sagte ihr, ich würde mich freuen, ihren Plan zu befolgen, und das stimmte: Schon bei dem Gedanken, wieder einen Ballplatz zu betreten, strömten die Schakal eigenen Neurotransmitter zu einem brodelnden Cocktail zusammen.

Ich solle mir mal die Reaktion vorstellen, sagte Koh. Die Fans würden durchdrehen. Vielleicht ehrte man mich als großen Helden, und ich könnte den Laden übernehmen. (Natürlich drückte sie das alles ein bisschen anders aus.)

Ich erwiderte, das höre sich ein wenig zu gut an, um wahr zu sein.

Nun, entgegnete sie, was immer geschähe, es würde die Ozelots wenigstens ablenken: Sie würden aus dem Tritt gebracht.

Für wie lange, fragte ich, und sie antwortete, sie wisse es nicht.

Was dann also, fragte ich.

Dann gingen wir zum vorvorletzten Plan über, sagte sie. Toll, dachte ich. Der letzte Plan bestand, wie immer, darin, dass wir uns so schnell wie möglich gegenseitig umbrachten.

Und worin besteht der *vorvor*letzte Plan?, fragte ich sie, so beiläufig ich konnte.

Koh streckte die dunkle Hand vor und drehte sie langsam, bis die Fläche nach unten wies. »Das will ich dir zeigen«, hieß es.

(24)

Noch gerade in Sichtweite der Hauptzitadelle des Wolkenvolkes, wo einst Ciudad Oaxaca entstehen würde, befand sich ein Ort, den ich gut kannte, mit einem Baum, einem recht berühmten Baum sogar, der am Ende des letzten B'ak'tuns noch immer leben würde. Ich führte Kohs Karawane eine halbe Jornada von der Route weg, um dort zu lagern, und sie und ich fasteten und bereiteten uns auf eine Partie des Neun-Steine-Opferspiels vor. Wir stimmten überein, dass ich der einzige Fragende sein sollte, und nur ihre Zwergin und Gürteltierschiss durften teilnehmen.

Die große Zypresse schien noch keine hundert Jahre alt zu sein und teilte sich dicht über den Wurzeln in drei Stämme. Sie bot einen Anblick, den man normalerweise nicht mit einem Hauptast des Baumes der Vierhundert mal Vierhundert Äste in Verbindung brachte, dem Baum in der *axis mundi,* der bis hinunter in die Hölle reichte und sich hoch durch die Löcher in den Zentren der dreizehn Himmel streckte, dem Baum, den die Teotihuacáner »Baum der Klingen« nannten, die Motulob' – die Einwohner von Tikal – »Baum mit den Spiegelblättern« und der im 21. Jahrhundert allgemein als »Weltenbaum der Maya« oder »Maya-Yggdrasil« bezeichnet werden sollte.

Zwanzig Armlängen westlich von dem Baum war ein alter Brunnen, den fünf niedrige Steinzisternen umgaben, von denen jede zwei Armlängen durchmaß. Die westlichste Zisterne war bis zum Rand mit frischem Wasser gefüllt gewesen, und Koh saß an ihrem Westrand und blickte nach Osten. Ich hockte auf dem Ostrand und schaute auf Kohs Hände, anstatt mich zu erdreisten, Blickkontakt herzustellen. Zwanzig Geblüte unter Hun Xocs Befehl saßen in einem weiten Kreis von fünfzig Armlängen Radius um uns herum. Es war Mittag, und die Sonne verschwand hinter einer Wolkenbank, die keinen Regen brachte. Die Zwergin reichte Koh ein Opferbecken aus Jade, in dem unter der Asche des Opferpapiers noch Kohle glomm, und hielt es ihr als Vertreter des Himmels vor die Stirn.

Ich blickte hinunter in das stille Wasser. Koh tat es mir gleich. Wir nickten unseren reflektierten Seelen zu. Sie erwiderten das Nicken augenblicklich. Koh setzte das Becken so hart auf dem Rand der Zisterne ab, dass es in Stücke zerbarst und Funken aus der Kohleasche stoben. Ohne sich anmerken zu lassen, dass die Glut ihr die Handflächen verbrannte, schob sie alles ins Wasser. Die Scherben versanken; die Kohle und die Asche trieben zischelnd auf der Oberfläche.

»  «, sagte sie. Das bedeutet in der alten Sprache:
»Teech Aj Chak-'Ik'al la' ulebmb'altaj 'uyax abal-kaab Ajaw K'iinal …
Du, Hurrikan, der du Herrn Hitzes erste Dämmerung beseeltest …«

Ich übernahm:

»  «, sagte ich, *»Teech kiwohk'olech la abobat-t'aantaj uxul kiimlal …*
Du über uns, der du sein letztes Sterben vorhersiehst …
Teech Aj k'inich-paatom ya'ax lak …
Du, sonnenäugige Ringlerin auf dem blaugrünen Becken …«

Ich hielt kurz inne. Wie lautete der nächste Teil noch mal? Ach ja, richtig. Ich wollte gerade fortfahren, als Koh übernahm und den Satz allein beendete:

»Teech uy ya'ax-'ot'el-pool ya'ax-tuun ch'e'e …
Du, jadehäutige Schnitzerin der türkisen Zisterne …«

Ich warf einen Blick zum Baum hinauf. In den Maya-Sprachen werden Gegenstände eher durch ihre Ähnlichkeiten in Form oder Funktion klassifiziert statt durch ihre Unterschiede, sodass zum Beispiel Insekten, Fledermäuse und Vögel derselben Klasse angehören. Das Maya-Skelett meines geborgten Gehirns tat nun das Gleiche, sodass der Baum, der wie gesagt eine Zypresse war und ist, in meinen Augen auch ein Kautschukbaum war, ein Flaschenkürbis und besonders ein Ceibabaum, *der* Ceibabaum, *ya'ax che, Ceiba pentandra,* der Kapokbaum, der Bombax, der Großzügige Baum. Er war dornig, mit *Cephalanthera austiniae* besetzt, die seinen roten schleimigen Saft saugten, und bewölkt mit *Cynopterus-sphinx*-Flughunden, die seinen unvergleichlichen Nektar ernteten, und seine Äste breiteten sich in einem Bogen aus, der so steil war wie die Zissoide des Diokles. Und dann, ohne dass sich etwas zu ändern schien, war er auch ein Steinbaum wie ein titanenhafter Stalaktit, und dann war er ein Stratovulkan, höher als der Citlaltépetl, dessen Strebewurzeln die dreizehn Himmelsschalen durchbohrten.

»*Teech te'ij acho'oh jul-che'o'ob*«, fuhr Koh fort, »*uchepiko'ob' noj k'ahk'o'ob* …
Du, dort, dessen zischende Speere treffen wie Feuer …
Meent utz anuhko'on wa'ye' ti' amosoon.
Neige dich herab, uns zu antworten, hier, aus deinem Sturmwind.«

Sie senkte den dunklen Ringfinger ins Wasser und rührte eine Wolke aus asphaltischem Dampf auf.

Sie könne ihn riechen, sagte sie.

Sie meinte 2-Juwelenbesetzter-Schädel.

Sie hielt inne. Er gleiche mir mehr, als ich ahnte, sagte sie.

Ich hätte beinahe gegen das Protokoll verstoßen und sie gefragt, was sie meine, doch sie ging weiter, den Stamm unseres nunmehr verinnerlichten Baumes hinauf, im Zickzack durch die sich gabelnden Äste. Sie setzte die Steine so rasch, dass sie mich manchmal einfach nur ihre Hand führen ließ, ohne dass sie auf das Brett schaute. Natürlich hatten wir einen gewaltigen Vorteil, denn ich nutzte mein – in aller Bescheidenheit – enzyklopädisches Wissen über Mesoamerika, die Welt und die Wirtschaftsgeschichte, um Koh zu leiten. Doch wie ich bereits ein paar Mal angedeutet habe, mussten wir mit der kosmischen Frustration fertigwerden, dass wir nicht in unsere eigenen Ereigniskegel blicken konnten. Das soll heißen, dass alles, was mir oder Koh oder den Personen widerfahren würde, auf die wir direkt einwirken konnten, noch im Fluss war. Aber je weiter wir in die Zukunft vorstießen, desto klarer wurde paradoxerweise alles. Zum Beispiel wussten wir, dass der Zeremoniendistrikt von Ix innerhalb des nächsten K'atuns – den nächsten zwanzig Jahren – aufgegeben würde, aber genauer konnten wir den Zeitpunkt nicht eingrenzen. Wann Motul – Tikal – aufgegeben wurde, ließ sich mit größerer Sicherheit sagen: um 949. Wir sahen und wussten beide, wie Chichén 1199 durch Verrat unterging und wie die nächste Maya-Hauptstadt, Mayapán, 1441 von den Xiu zerstört wurde. 1515 würde die ganze Welt beinahe an der Pest zugrunde gehen, um neun Jahre später, 1524, von Tonatiuh – »Sonnenhaar« – Pedro de Alvarado endgültig fertiggemacht zu werden. Die K'atunob' der Sklaverei und des Schmerzes in der Zeit danach waren gut dokumentiert, und wir krochen zusammen immer weiter hinaus zu dem dünnen grünen Zweig der letzten Möglichkeit, vorbei am Disney-World-Horror und an Marenas Fund des Magnetsteinkreuzes in Richtung eines wahrscheinlichen Endes von Allem, einem Doomster namens M-irgendwas, im Norden irgendwo … in Kanada … und dann … jawohl, sie, wir, wir stoppen ihn!, und dann …

Moment.

»Der Eine aus dem Norden ist nicht der Letzte«, sagte Koh. Ihre Stimme schwankte von der Anstrengung.

»Nicht der letzte Doomster?«, fragte ich.

»Nein.« Ihr gingen die Maiskörner aus. Sie verstreute sie wieder und wieder und kletterte an M vorbei. Und abermals konnte sie keine Einzelheiten des Letzten erkennen, des Einen, um den wir uns zu sorgen hatten. O Gott, dachte ich.

»Ich kann ihn nicht sehen«, sagte Koh. »Er ist dir zu nahe.« Übrigens, auch wenn ich es vielleicht schon erwähnt habe, sind Maya-Sprachen geschlechtsneutral, daher bedeutet »er« in Wirklichkeit »er oder sie«.

»Ist es jemand, den ich kenne?«, fragte ich. »Jemand, den ich noch kennenlerne?«

»*Erer k'ani*«, sagte sie. *Vielleicht*. Eine Schweißperle rollte ihr die helle Wange hinunter, rann über die Grenze auf die dunkle Seite ihres Kinns und fiel auf den weißen Rand des Spielbretts, wo sie die Zisterne berührte.

Wieder verstreute Koh die Körner und schauderte. Sie verzog das Gesicht, hob die dunkle Hand und rieb sich mit dem Handballen erst das eine, dann das andere Auge, als hätte sie in die Sonne geblickt.

»*Erer k'ani*«, sagte sie wieder.

Schweigen. Zehn Schläge. Zwanzig Schläge.

»Der Himmelsrassler hat sieben Häute abgeworfen«, sagte sie. »Doch es« – ich benutzte es als Pronomen, weil Maya, wie gesagt, geschlechtslos ist – »wird sich nicht wieder häuten, ehe 4 Ahau geboren wird. Und mit dieser Haut wirst du wissen, dass seinen zwei Köpfen geteilte Schicksale bestimmt sind.«

Törichterweise blickte ich auf. Es war nur knapp vierhundert Schläge nach Mittag, zudem war der Himmel noch immer vom Rauch des Waldbrands bedeckt; dennoch glaubte ich, den Körper des Rasslers sehen zu können, die Ekliptik, wie sie sich um die neunte Schale des Himmels schlängelte.

Jeder hat wahrscheinlich schon die Volksunweisheit gehört, man könne feststellen, wie alt eine Klapperschlange ist, indem man ihre Rasseln zählt. Und die meisten Leute wissen wahrscheinlich auch, dass das nicht stimmt, weil die Biester zwar bei jedem Häuten eine Rassel dazubekommen, sich aber nicht unbedingt nur einmal im Jahr häuten. Wie auch immer, die *tzab*, die Rasseln des Rasslers, waren die sieben Sterne der Plejaden. Koh meinte, dass der Sternhaufen vor dem Enddatum eine neue Rassel, einen neuen Stern erhalten würde.

Das klang unwahrscheinlich. Wenn ich mich richtig erinnerte, gab es zwar mehrere potenzielle Protosterne in den Nebeln rings um den Sternhaufen, aber keiner veranlasste die Astronomen zu der Ansicht, dass sich in nächster Zeit ein achter Plejadenstern bilden würde. Oder dass er sich um 1630 herum gebildet hatte, wenn das Licht, das Ende 2012 die Erde erreichen würde, den Sternhaufen verließ. Ich wusste überhaupt nicht, was Koh mit den »geteilten Schicksalen der beiden Köpfe« meinte. Manchmal wurde Sternenrassler mit zwei Köpfen dargestellt, aber nicht wie diese arme Lanzenotter, die sie im Hogle Zoo in Utah hatten, sondern mit jeweils einem Kopf an beiden Enden, wie bei dem doppelköpfigen Schlangenzepter, das 9-Reißzahn-Kolibri bei feierlichen Anlässen führte. Vielleicht hatte Koh nur darauf hinweisen können, dass es an diesem Tag einen großen Sattelpunkt gebe, eine Entscheidung, die getroffen werden müsse. Aber das wussten wir ja längst. Es musste also mehr dahinterstecken. Ich wollte sie bitten, es mir zu erklären, doch sie gebot mir mit einem Wink der Hand zu schweigen. »Das ist alles«, sagte sie. Sie streckte den bloßen hellen Arm aus und wischte die Steine vom Brett. *Game over.*

»Ich danke dir über mir«, sagte ich. »Und ...«

»Noch eines«, sagte sie. »Es ist jemand, den du kennst, dessen Gesicht du aber nie gesehen hast.«

(25)

Das war alles.

Na, prima. Was zur Hölle meinte sie?

Wir versuchten es noch mehrere Male, und dann, als die Wirkung des Tzam lics nachgelassen hatte, gingen wir das Spiel immer wieder durch. Die Nacht brach herein, oder vielleicht geschah sie auch einfach nur. Kohs Prätorianergarde strich mit wachsender Ungeduld und Besorgnis um uns herum und flehte uns schließlich an, wieder zum Heer zu stoßen. Am Ende brachte Koh mich dazu, dass ich die bittere Wahrheit akzeptierte: Was ich bisher getan hatte, war sinnlos. Die Aufzeichnungen und die Krüge mit Tzam lic und das Depot am Magnetsteinkreuz und alles, worauf ich so stolz gewesen war, würden den echten Doomster nicht aufhalten. Wenn wir herausfinden wollten, wer der Doomster war oder wie man ihn stoppen konnte, mussten wir das Opferspiel in einem erheblich größeren Maßstab spielen. Ein Menschenspiel, um genau zu sein. Und wenn auch das nicht funktionierte, musste mein Gehirn in relativ gut erhaltenem Zustand ins 21. Jahrhundert gelangen. In jedem Fall mussten wir nach Ix.

Manchmal – in Zeiten wie diesen ganz besonders – möchte man sich einfach mit dem Klischee begnügen: Ich war am Boden zerstört. Sicher, es wäre schön, wenn einem ein besserer Vergleich einfiele, aber wozu sich die Mühe machen. »Am Boden zerstört« trifft es sehr gut.

Erstaunlicherweise machte mir besonders zu schaffen, dass die Welt noch immer untergehen würde. Ich begriff, dass sie mir in einem allgemeinen Sinn am Herzen lag, nicht nur persönlich. Wenn ich hier an meinen Neuroblastomen oder bei einem Hüftballspiel oder durch einen Feuersteindolch oder ein Holzschwert oder weiß der Henker was den Tod fand, wollte ich trotzdem, dass die gute alte verrückte lausige widerliche absurde alte Welt weiterexistierte.

Okay. Pass auf. Wir schaffen das, sagte ich mir. Wir sind jung, wir sind noch ganz gesund, wir sind tüchtig, wir wissen mehr als sonst jemand auf der Welt. Wir setzen auf den Favoriten. Wir gehen nach Ix und helfen 2JS, den ganzen Laden zu übernehmen. Im Gegenzug hilft er uns, ein Menschenspiel aufzuziehen. Alles halb so wild, stimmt's?

Von wegen. O Gott, sind wir am Arsch! Wir sind so am Arsch ...

Hör auf. Reiß dich zusammen. Sei ein Mann. Gürte deine Lenden. Vorwärts, krauch.

Am Isthmus von Tehunatepec bogen wir von der Handelsstraße gelbwärts ab und nahmen einen Pfad, auf dem wir nur in Einzelreihe gehen konnten. Er führte durch ein Gebiet, das »Protektorat der Braunen Ameisen« genannt wurde. Es war der Boden eines devonischen Meeres, bedeckt von grobem weißem Kalziumsand, der aus Diatomeen, Haarsterngehäusen und den Skeletten vorzeitlicher Panzerfische bestand. Die Hügel kündeten von nächtlichen Streifzügen; man sah nach Moschus riechende Stränge aus Fuchslosung und Spuren von Sidewindern, die wie parallele Schnittwunden aussahen, aber bei Tageslicht erschien alles wie tot. Manchmal kamen wir an einem Rudel Gürteltiere vorbei, die wie riesige Asseln umherstreiften und Ameisen von einem flechtenbedeckten Hirnkorallenlappen leckten. Angeblich beschwerten sich einige bekehrte Geblüte weiter hinten, wir führten sie nach Kikilbaj, das die Azteken später Mictlantecuhtli nennen würden, den wüstenartigen Friedhof am gezackten Rand der nullten Welt. Sie faselten unablässig von himmlischen Pumas und Jaguaren und vollführten alle möglichen erbärmlichen kleinen Rituale, boten Bestechungen verschiedenster Art an, sogar Adoptionen, und flossen über vor Entschuldigungen und Drohungen. In der wenig beliebten Nachhut der mittlerweile endlos erscheinenden Prozession opferten Familien ihre kleineren Kinder den Herren ihrer Herdfeuer und zwangen sie, Asche zu schlucken, oder drückten ihnen heiße Steine in die Augen.

In der Nacht griff uns ein weiterer Trupp Pumas an, und wir verloren vier Geblüte, fünfzig Träger und drei- oder vierhundert Leibeigene. Es war der schlimmste in einer langen und wiederholten Abfolge von Überfällen. Die Dinge liefen gar nicht gut. Bei Nacht berief Hun Xoc in Frau Kohs Namen einen Kriegsrat ein. Viele gute Ideen kamen dabei nicht heraus. Schließlich schlug 1-Gila vor, uns in zwei Gruppen aufzuspalten. 1-Gila würde den Großteil der Kolonne führen, Kohs »Vierhundert Familien« von Bekehrten, und auf dem eingeschlagenen Weg weiter nach Südosten marschieren. Sie würden unsere Sänften und Standarten und einige unserer Kostümierer mitnehmen, sodass sie Doppelgänger von mir, Hun Xoc und anderen Promis an unsere Plätze setzen konnten. Der Rest von uns, die Harpyien-Geblüte, 14-Verwundeters Gruppe und Kohs Würdenträger, Große Mütter und »Häscher-Geblüte«, würden uns unsere Markierungen abwaschen, nach Südwesten abbiegen und als viel kleinere Eliteeinheit dem langen Weg die Küste hinunter folgen. 2-Tote-Koralle und sein Trupp sollten bei uns bleiben, um uns nach Ix zu eskortieren, während die anderen Gesandten und ihre Boten bei den »Vierhundert Familien« blieben. Die Leute von Abgetrennte Rechte Hand würden mit ziemlicher Sicherheit der größeren Gruppe folgen.

Taktisch klang es wie das Richtige, tatsächlich aber war es ein kaltblütiger Schachzug. Die nicht ausgebildeten Bekehrten würden völlig exponiert das Feuer auf sich ziehen. Koh würde dabei vielleicht die Hälfte ihrer Konvertiten opfern. Andererseits waren sie nun zu vierhundert mal vierhundert. Selbst wenn nur achtzigtausend von ihnen es nach Ix schafften, reichte das, um die Schlacht zu 2JS' Gunsten zu wenden.

Jedenfalls erklärte Koh sich schließlich einverstanden, und 1-Gilas Plan rettete den Tag. Einmal nahm Hun Xoc mich beiseite und sagte, ihm sei ein wenig unwohl bei dem Gedanken, dass 1-Gila einfach verschwinden könnte, ohne je nach Ix zu kommen, doch nachdem wir die Sache eine Zeit lang durchgekaut hatten, kamen wir zu dem Schluss, dass 1-Gila sich im Grunde nirgendwohin wenden konnte. Er und seine Leute waren als Ausgestoßene gebrandmarkt, die weit von zu Hause weg waren; sie konnten jetzt entweder eilends nach Ix fliehen, oder man würde sie fressen. Und einige von ihnen würden sogar durchkommen. Wir hatten Wege ausgearbeitet, die uns beide gleichzeitig nach Ix bringen würden: Der große Heerwurm würde im Tageslicht direkt auf Ix marschieren, und wir müssten den langen Weg nehmen und nachts weiterhetzen.

Ich saß im Strategieausschuss. Ich beriet Koh. Ich spielte im Vorbeigehen Hüftball, wann immer das Heer an einem brauchbaren Platz vorbeizog, und danach schlief ich, während die Träger mich eilends zum nächsten Platz transportierten. Ich bekam einige meiner Fähigkeiten zurück – zwar längst nicht in dem Maße, in dem ich sie als Schakal besessen hatte, aber schlecht war ich auch nicht. Doch all das geschah in einem Nebel der Verzweiflung, dem Gefühl, als hätte man plötzlich begriffen, dass die ganze Welt nur aus feuchter Wellpappe besteht und von keinem weiteren Interesse ist, weil feuchte Pappe nun mal feuchte Pappe bleibt, ganz gleich, wie kunstvoll man sie schneidet, faltet, bemalt und arrangiert. Nur fand es diesmal nicht in meinem Kopf statt, es war *wirklich* der Fall: Die Welt verabschiedete sich ausgerechnet in dem Moment, in dem es interessant wurde. Obwohl ich hier war, »hier« im Jahre 664, kam es mir vor, als würde das Ende schon morgen kommen, oder heute Abend, in einer Stunde, einer Minute, ehe ich diesen Satz zu Ende brachte – und in Begriffen historischer Zeit, geschweige denn geologischer Zeit, lag es tatsächlich nur einen Augenblick entfernt. O Hölle, Hölle, Hölle.

Gleich nach der Geburt der neuen Sonne schleppten wir uns am Südufer des Río Coatzacoalcos entlang. Ich lag auf meiner Sänfte und verfluchte den Tag meiner Geburt und alle anderen Tage und jeden geborenen Menschen. Koh wies meine Träger an, mich längsseits zu ihr zu bringen. Während wir weiterzogen, begann sie ein Gespräch – ein fast modernes Gespräch zwischen gleichgestellten, skeptischen Personen und keine altmayalandtypische förmliche Hofkonversation.

»Alles niederzuschreiben wäre ohnehin nicht gut genug gewesen«, sagte Koh. Soweit es sie betraf, war das Opferspiel eine solch subtile, körperliche Kunst, dass nur direkt übermittelte Ergebnisse etwas wert waren. »Du musst deinem Adler einen Weg in dein B'ak'tun weisen« – mit »Adler« meinte sie mein primäres Uay, mein Ich sozusagen, oder, wie wir es ausdrücken, mein Gehirn –, »und dort musst du selbst sein, um Sternenrassler zu bitten, weitere dreizehn Segmente seines Leibes zu opfern und so deiner Welt dreizehn neue B'ak'tunob' zu schenken.«

»Ich kann nicht behaupten, einen plausiblen Weg zu sehen«, erwiderte ich.

»Wir werden den Weg gemeinsam planen, beim Menschenspiel«, sagte sie. »*K'ek'wa'r.*« Das heißt: »Doppelte Kraft« oder grob: »Nur Mut.«

Ich signalisierte ein »Dank-dir-neben-mir«.

Ich muss dir etwas zeigen, signalisierte Koh zurück.

IX IM JAHRE 664 N. CHR.

(26)

Koh ließ uns von ihren Korbflechterinnen ein Schutzdach anfertigen, und wir setzten uns neben den Treidelpfad am Río Atoyac. Der Tag war dunstig, aber unter den Zypressen war es kühl, und man roch das Tannin und hörte das Rauschen des reißenden braunen Wassers. Vier von Kohs tauben Gardisten stellten Krüge und Töpfe mit Trinkwasser auf, umgaben uns mit vier breiten Binsenschirmen, kauerten sich mit dem Rücken zu uns hin und wachten. Hun Xoc und ein paar andere Geblüte saßen weiter entfernt zwischen uns und dem Fluss. Hinter mir kauerte Gürteltierschiss; auf Kohs Schulter saß ihre Zwergin. Weniger Menschen hatten Koh und ich nie um uns gehabt, seit wir Teotihuacán verlassen hatten, und es bestand keinerlei Gefahr, dass wir beobachtet oder belauscht wurden; dennoch sah sich Koh eine Weile um und horchte. Dann holte sie ein Bündel hervor und nahm einen kleinen, mit Leder umwickelten Tonkrug heraus. In seinem Deckel waren viele kleine Löcher wie bei einem Salzstreuer, und jedes Loch war mit einem Wachspfropfen verschlossen. Sie stellte den Krug neben einen Wassertopf, wartete eine Zeit lang, nahm dann einen langen dünnen Krähenfederkiel hervor und drückte ihn in eine der Wachsperlen, bis er sie durchdrang und in den Inhalt des Kruges tauchte. Sie befahl mir, den Atem anzuhalten, und zog den Kiel wieder heraus. An seiner Spitze klebte ein wenig gelber Staub. Sie ließ den Kiel in den Wassertopf fallen, nahm mit der Fingerspitze eine Eichelkappe auf und benutzte sie als Fingerhut, mit dem sie das Wachs wieder in das Löchlein drückte. Es habe zwanzigtausend »Erd-Hand-Fisch-Riesen-Babys« bedurft, um eine Kielladung davon herzustellen, sagte sie. Ich brauchte eine Weile, bis mir das Wort dafür einfiel, wovon sie sprach: Boviste. Riesige Erdstern-Boviste wahrscheinlich. Ich drehte meine geistige Festplatte an die Stelle, wo ich ein paar Botanikbücher abgespeichert hatte: *Lupi crepitus*. Bovistkugelschwamm. *Lycoperdales geastrum*. Neotropisch. Spezies unbekannt.

Koh holte wieder etwas aus ihrem Bündel. Diesmal war es der polierte Rippenknochen eines Hirsches. Sie tauchte ihn in den Wassertopf, zog ihn heraus und rührte die Tröpfchen, die an dem Knochen hängen geblieben waren, in einen zweiten Krug voll Wasser. In ihrem persönlichen Code sagte sie etwas zu ihrer Zwergin. Die Zwergin rutschte von Kohs Schulter herunter, hielt den Atem an, verschloss den ersten Topf, nahm ihn auf und trug ihn zehn Schritt weg zu einem kleinen Kanal, der in den Fluss mündete. Behutsam – denn für sie war das Wasser ein geachtetes Lebewesen – goss sie es in den Kanal und warf den Krug, den Deckel, alles andere achtlos hinterher, sodass sie zersprangen.

Ich schaute in den Trinkwasserkrug. Mannomann, dachte ich, das dürfte ein verdammt wirksames Scheißzeug sein. Koh holte eine getrocknete Prunkwinde aus ihrem Wundersack, trennte mit zwei Hornnadeln, die sie wie Essstäbchen hielt, ein einziges kleines Blütenblatt ab, tauchte es in den Krug, steckte die Pinzette wie einen Doppelmast mit einer feuchten Flagge an der Spitze in die Matte und verschloss das Gefäß. Dann hielt sie eine kleine Myrtenstrauchfackel nahe an das Blütenblatt, bis es trocken war, nahm es mit den Fingern von der Pinzette und riss es entzwei, als wäre es eine LSD-Pille. Eine der Hälften steckte sie sich in den Mund, die andere gab sie mir. Ich konnte die Musik der Grateful Dead geradezu hören, als ich mir das Blütenblatt auf die Zunge legte.

»Es zu kochen schadet seiner Kraft kaum«, sagte Koh.

»Sie müssten ihr Trinkwasser fortan destillieren.«

Das Wort, das sie benutzte, lautete »auf Stoff dampfen«, bedeutete aber »destillieren«. Was allerdings niemand getan hätte. Mit Ton, Holz oder Leder als einzigen Materialien war es schwierig, Wasser in großen Mengen zum Kochen zu bringen, und die Menschen waren es gewöhnt, sich mit Bergquellwasser zu begnügen, das in ihre Häuser geleitet oder gebracht wurde. In Ix war die Trinkwasserversorgung vom Bewässerungssystem für die Äcker getrennt. Letzteres wiederum kam nicht mit dem Wasser im künstlichen See und im Kanalnetz in Berührung, das zu reich an Gerbstoffen und Salz war. Angeblich kam alles »geheiligte ursprüngliche« Wasser – das reine Wasser – aus dem Nimmerleeren Quell des Wasserlilien-Ozelots, dem Zentralreservoir von Ix. Die riesige Zisterne wurde von zwei kalten unterirdischen Bächen gespeist, die aus der Bergflanke brachen. Sie war das Herz der Stadt und die Nabelschnur der Welt, des Baumes der 400^4 Äste, gewoben, als die Erdkrötin noch ein Ei mit weicher Schale war. Wasser war umso heiliger, je weiter stromaufwärts es geschöpft wurde, und frisch aus der Erde gekommen stand es unter der direkten Gewalt des Ahaus, des Herrn der Befruchtenden Wasser, und speiste die zwölf Trinkbrunnen der Stadt. Später strömte es, unreiner geworden, in die Kanäle, mit deren Schleusen die Ahauob' die Bewässerungszyklen der Stadt steuerten. Schon immer hatte alles Wasser der Ozelot-Sippe gehört, sowohl auf ihrer Halbinsel als auch auf dem umgebenden Festland. Seit den frühesten Tagen der Stadt als kleine Bewässerungsgemeinschaft vor drei B'ak'tunob' bildete es eine der Grundlagen ihrer Macht.

»Auf dem Hofe stehst du vor ihrem Garten«, sagte Koh und wies auf die Stelle.
»Ihr Tor ist dreihundert Schritt von dem Brunnen
Auf der weiblichen Seite ihrer großen Mul. Renne zum Festland,
Gebe vor, als wolltest du dich ersäufen, und öffne den Beutel.
Dann halte aus, bis Nebel vor der Ozelots Augen zieht.«

Klar, dachte ich. *Ein Scharlatan verkaufte mir ein Mittel*. Ich sagte ja schon, dass in meinen Ohren alles ganz schön irre klang, nur drückte ich mich Koh gegenüber natürlich nicht so aus, sondern bekundete in der Gleichgestellte-Hochgestellten-Sprache, die wir untereinander noch immer benutzten, dass ich ihren Plan für durchführbar hielte. Wieso er mir fragwürdig vorkam, sprach ich allerdings nicht aus: Selbst wenn alles genau nach Plan verlief, würden die Ozelots in dem Augenblick, in dem die Leute nach dem Genuss des gewohnten Wassers ausflippten, sofort zu irgendeiner anderen Quelle wechseln.

Wie lange mag es dauern, bis sie es merken?, fragte Koh. Spürst du schon etwas?

Nein, antwortete ich, eigentlich nicht. Vielleicht fühlte meine Zunge sich ein wenig taub und unruhig zugleich an, aber mir war nicht schwindlig oder so was. Wenn ich bedachte, was für einen langen Tag ich hinter mir hatte, kam es mir vor, als hätte ich mich vollkommen in der Gewalt.

»Nun, höre«, sagte sie, »wenn du ins Spiel gehst,
Kannst du dies für alle Fälle mitnehmen.«

Ich entgegnete irgendetwas, das so viel wie »Sicher, ist klar« bedeutete. Du machst dir Illusionen, Baby, dachte ich.

Ich glaube, wieder merkte sie mir an, was ich wirklich dachte, denn sie sagte (sinngemäß): »Nun, vielleicht brauchen wir es gar nicht«, entzündete zwei Zigarren und reichte mir eine. Nach ein paar Zügen tauschten wir die Zigarren aus. Das war eine Geste extremer Gastlichkeit.

Ich lehnte mich an Gürteltierschiss zurück und paffte. Wieder tauschten wir die Zigarren und vervollständigten das kleine Ritual.

»Gerade eben durchflog mich ein Bild«, erklärte Koh. »Was sagst du dazu?«

Ich wies auf mein Ohr, was bedeutete, dass ich zuhörte.

»Wenn du dein herrschendes Uay von einer Haut zur anderen bewegen kannst«, sagte sie, »könntest du auf ewig in dieser Ebene bleiben. Du bräuchtest nicht stromabwärts durch die Cañons paddeln.« Damit meinte sie, dass ich nicht sterben müsste.

Das ist richtig, entgegnete ich. Ich könnte von einem Jüngeren Besitz ergreifen.

Koh hatte recht. Über diese Implikation des Bewusstseinstransfers hatte ich noch kaum nachgedacht, aber ich wusste keinen Grund, weshalb es nicht funktionieren sollte. Man müsste keine gigantischen Netzwerke mit Zettabyte-Massenspeichern und all das andere erfinden, das man für eine künstliche Nachbildung des Gehirns bräuchte. Man könnte sich einfach kopieren und in irgendjemanden übertragen lassen. Und wenn man ein mieses Gefühl dabei hatte, jemanden auf diese Weise umzubringen, klonte man eben ein paar Babys von sich selbst und hielt sie bewusstlos und unter Drogen, bis ihr Gehirn auf eine brauchbare Größe angewachsen war, und nutzte sie dann als Gefäße für sich selbst. Das könnte eine tolle Wachstumsindustrie werden, dachte ich. Noch ein paar Milliarden mehr für die Warren Group.

Trotzdem, von hier aus konnte ich nichts machen. Bauen wir lieber mal keine Luftschlösser, dachte ich. Befassen wir uns hier und jetzt mit dem Hier und Jetzt. Und wenn du Zurück in die Zukunft kommst, kannst du dich um Marena und Lindsay und die Warren Group und die ganze unheilige Bande kümmern. Stimmt's?

Warren. Lindsay »Big Data« Warren. Christus, allweißer. Zurück auf Los.

Alles, was ich 2012 erlebt hatte, erschien mir ziemlich fern. Hin und wieder ertappte ich mich bei dem Gedanken, dass es gar nicht wirklich geschehen sei, und hielt mich für einen ganz gewöhnlichen Maya-Hüftballer mit Wahnvorstellungen und überschüssiger Fantasie. Dann musste ich mir ins Gedächtnis rufen, dass kein alter Maya-Heini, egal wie clever, sich die Geschichte der westlichen Welt hätte ausdenken können.

Und wie clever bin ich?, fragte ich mich. Vielleicht zerbrach Koh sich zu Recht den Kopf über 2-Juwelenbesetzter-Schädel. Vielleicht sollte ich auch ein bisschen Kopfzerbrechen betreiben. Vielleicht wälzte ich zu wenig Gedanken, was meine Anwesenheit hier an sich betraf. Vielleicht hatte ich der Warren Group insgesamt nicht genügend Aufmerksamkeit geschenkt.

Ich wusste es nicht. Ich hatte keine Ahnung. Ich war mir nur immer sicherer, dass Marena sich nicht mit mir abgegeben hätte, hätte sie nicht von Anfang an mit dem Gedanken gespielt, mich in die Vergangenheit zu schicken.

Tony Sic wollte den Trip nie wirklich selbst machen.

Je mehr ich darüber nachdachte, desto klarer erschien mir alles. Sie hatten jemanden gebraucht, den niemand vermissen würde, also hatten sie sich den kleinen *yo* ausgesucht. Fruck. Yuck. Wie stehe ich jetzt da.

HEISS! AUTSCH, *TA', TA', TA'!* Ach du Scheiße, heiße! Überall auf meinem Gesicht waren brühheiße Tropfen. Ich wischte sie weg. Verwirrung erfasste uns. Aus irgendeinem Grund lag ich am Boden, und Gürteltierschiss rollte sich auf mich. Er quiekte, als hätte er Schmerzen. Orangerote Fliegen. Zwei Geblüte zerrten an mir, und wir fielen nach hinten. Ich blinzelte in den dunklen Wald in Richtung Fluss. Hun Xoc und noch jemand wälzten sich zwischen Topfscherben und Pfützen aus dampfender Flüssigkeit. Wir hörten zwei dumpfe Schläge: Hun Xoc versetzte der anderen Person einen Kopfstoß ins Gesicht. Ich sah mich nach Koh um und konnte sie nicht finden, bemerkte dann aber, dass sie hinter mir war. Sie hatte eine seltsame Miene aufgesetzt. Zuerst dachte ich, sie hätte Schmerzen, doch dann sah ich, dass sie still in sich hineinlachte. Sie hatte ein paar Tropfen Heißes abbekommen, aber ihre Zwergin betupfte die verbrühten Stellen bereits mit Salbe wie einer der Maskenbildner beim Film – die Typen, die hereinstürzen und dein Aussehen innerhalb der Zweiminutenpause zwischen zwei Takes wieder in Ordnung bringen.

Ich schaute wieder zu Hun Xoc hinüber. Die anderen stützten ihn. Der Mann, dem er den Kopfstoß verpasst hatte, lag am Boden und stöhnte. Von seinem Gesicht war nicht mehr viel zu erkennen, aber seine fadenscheinige Manta war frisch mit Frau Kohs Türkisblau gesäumt; er musste also einer der Dorfältesten sein, die in unser Haus adoptiert worden waren und die uns eigentlich bedienen sollten.

Der Kerl hatte tatsächlich versucht, uns umzubringen. Trotzdem lachte ich so herzhaft, dass die anderen einige Zeit brauchten, bis sie mir erklärt hatten, dass es sich um einen Mordanschlag gehandelt und der Kerl versucht hatte, uns einen Topf mit kochendem Öl ins Gesicht zu kippen. Sie fügten hinzu, dass wir wieder angegriffen wurden. Obwohl ich nun die Alarmrufe und das Pfeifen der Schwirrhölzer hörte, erschien mir das alles noch immer unglaublich komisch, *no problemo*, kein Stress, Alter, *no brain, no pain,* und ich konnte nicht aufhören zu giggeln wie ein kleines Mädchen.

Sie banden mich auf einen Schlitten, und wir brachen auf. Ich spähte zum beigen Himmel hoch. Er wurde pink, dann grün, und dann verschwand er, was für einen Himmel ein ziemlich merkwürdiges Verhalten war. Junge, dachte ich, das Zeug wirkt langsam, aber dann geht richtig die Post ab. Wenn es ungefähr hundert mal zwanzig Schläge gedauert hatte, um mich schachmatt zu setzen, dauerte es in kaltem Wasser bestimmt dreimal so lange, also konnte man mit ungefähr einem halben Tag Verzögerung rechnen. Vielleicht hatte Koh mit diesem Stoff einen echten Trumpf im Ärmel.

Aus dem Großen Vater des Dorfes, der versucht hatte, mich oder Koh oder uns beide zu töten, bekam niemand etwas heraus. Die anderen Ältesten sagten, er wäre am Vortag auf Nahrungssuche gewesen und dabei wahrscheinlich von den Pumas vereinnahmt worden. Die Harpyien-Geblüte begannen, den anderen Ältesten mit Tritten zuzusetzen, aber ich war mir ziemlich sicher, dass keiner von ihnen etwas mit dem Anschlag zu tun hatte, und befahl den Geblüten, sie in Ruhe zu lassen. Meine gute Tat für diesen Monat. Fürs Jahr. Für das ganze Leben. Ich hatte Mühe, ihnen klarzumachen, was ich wollte, weil ich noch immer abgehackt kicherte wie ein Idiot. Hun Xoc fragte Koh, ob ich zu viel wilden Tabak geraucht hätte; das Zeug war stark genug, um schon in mittlerer Dosierung halluzinogen zu wirken. Koh erwiderte, wahrscheinlich sei es so.

Sie wollte der Harpyien-Sippe und auch den Rasslern erst im allerletzten Augenblick von dem Erdstern-Wirkstoff erzählen; nur für den Fall, dass jemand gefangen genommen und umgedreht wurde.

Wieder kicherte ich. Wie peinlich. Vielleicht sah unsere Lage doch nicht so übel aus.

(27)

Zur Jugend der zweiten Sonne, die darauf folgte, waren wir wieder in der Wüste, und im Schutz eines Sandsturms hatte uns ein Stoßtrupp aus sechzig Puma-Geblüten überholt. Eine Zeit lang hatten unsere Geblüte sich verschanzt und unsere Flanken verteidigt, doch bei Sonnenaufgang stand fest, dass die Pumas einen Kampf auf große Entfernung führten, weil sie uns aufzuhalten versuchten, bis die Hauptstreitmacht unter Abgetrennte Rechte Hand uns erreichte. Daher brachen wir auf, ohne die Pumas auch nur zu verfolgen. Es ist wie manchmal beim Go: Je weniger man den Gegner beachtet, je weniger man sich herablässt, auf das zu reagieren, was er tut, desto besser ist man dran. Wir brachten unsere Kolonne so weit wie möglich in eine defensive Marschordnung, aber an den Flanken mussten wir Verluste hinnehmen. Hun Xoc stieß immer wieder mit einem Trupp Speerkämpfer blitzartig vor und zog sich wieder zurück, um den Pumas in den Rücken zu fallen, aber dann stellten sie sich in ihren Hinterhaltverstecken tot und wurden nicht gefunden. Man konnte hier nicht viel erkennen; es war wie auf diesen überteuerten miesen Bildern vom Mars.

Während des Marsches an diesem Tag rannten wir – uns furchtlose Anführer meine ich – immer wieder nach vorn und nach hinten, zählten die Leute und teilten die Trupps ein. Im Schutz der Nacht trennten wir dreihundertzwanzig Teufelskerle uns von der Hauptkolonne. 1-Gilas kompletter Trupp und einunddreißig Zwanzigschaften Rassler-Geblüte blieben bei ihnen, sodass sie nicht wehrlos waren. Doch wir ließen kaum Harpyien bei der Kolonne, nur zwanzig von 14-Verwundeters Leuten und vier ixianische Harpyien-Geblüte. Viel Glück, Jungs, dachte ich. Viel Spaß als Kugelfang. Ihr armen Schweine.

Wir rieben uns Hirschkot auf die Waden – wie alle mesoamerikanischen Kriegstrupps schleppten wir das Zeug in riesigen Körben mit – und machten die ganze Nacht hindurch Schweigemarsch ohne hörbare Signale auf neuen gummibesohlten Sandalen. Bei Tagesanbruch kampierten wir unter den letzten Bäumen am Rand einer Ebene, die zu einem Fluss führte, der später der Río Mezcalapa sein würde. Wie es schien, waren wir nicht verfolgt worden. In der Dämmerung schlichen wir uns auf die Ebene und folgten einem langen Abhang hinunter in ein Sumpfland mit Zwergzypressen und Hyazinthen, das zu neunzig Prozent aus unpassierbarem Morast zu bestehen schien. Ich konnte nicht fassen, wie weit der lange, lange Umweg war, den man gehen musste. Man sah den Hügel, auf den man zuhielt, schon vor sich – und dann musste man im Zickzack in die andere Richtung gehen, sonst erreichte man ihn nie. Ich erinnere mich hauptsächlich an vergeudete Zeit und an Angst, weil alles, was man wollte, $\varpi \cdot r^2$-mal länger dauerte. Ich bekam das Gefühl, dass wir einige Stellen nur wegen ihres schlechten Mojos umgingen, auch wenn der Weg, den wir dazu nahmen, viel gefährlicher war. Ich marschierte oder joggte vielmehr fast die ganze Zeit und baute meine Lungenkapazität für eine mögliche Teilnahme am Spiel auf, doch ich hätte noch immer die Rikscha-Nummer abziehen können. Nur wäre ich dann von jedem für den jämmerlichsten aller Jammerlappen gehalten worden. Die Strapazen tränkten mein Hirn mit Dopamin, das mir den Verstand vernebelte; manchmal konnte ich mich nicht einmal erinnern, wer nun was plante, und hauchte die ganze Zeit: »Habe ich was übersehen? Habe ich was übersehen?« Das war mein Mantra beim Laufen. Hatten wir *alle* etwas übersehen? Schließlich änderte sich alles ständig. Was hatte uns 2-Tote-Koralle verschwiegen? Was hatte Koh wirklich vor? Sie und ich sprachen jeden Tag miteinander, aber irgendwie kamen wir nie so weit, dass ich erfuhr, was sie dachte, sondern nur dazu, was meiner Meinung nach alle anderen dachten. Den Großteil ihrer Zeit verbrachte sie damit, die gefangenen Pumas zu verhören.

Die Sonnen gingen wie im Nebel ineinander über, und gleich nach der Geburt des Großen Vaters Hitze, der auch der Großvater der Sonne des Hüftball-Großspiels war – das heißt, zwei Tage vor dem Spiel –, drangen wir auf die Hochwaldstraße am späteren Río Grijalva vor und machten Halt, um auf zwei von Kohs Boten zu warten, die Nachricht von ihren »Vierhundert Familien« bringen sollten.

Die Boten berichteten, dass die Vierhundert unter 1-Gilas Befehl nahezu ein Fünftel ihrer Männer und noch mehr Frauen verloren, dafür aber auch ohne Kohs Anwesenheit mehrere Dörfer hinzugewonnen hatten, und sie kamen pünktlich. Hun Xoc schickte zwei andere Boten mit der Anweisung zurück, durch den Pass der Aras in die Jagdgebiete des Harpyien-Hauses östlich von Ix zu ziehen. Von dort würden 2-Juwelenbesetzter-Schädels Männer sie so nahe an die Stadt heranführen wie möglich, auf weniger als einen Marsch von hundert mal zwanzig Schlägen ans rote Osttor hinan. Außerdem beschlossen wir, die beiden Skorpion-Addierer und die Schlitten mit der empfindlichen Ladung bei ihnen zu lassen, statt das Risiko einzugehen, dass die Ozelot-Inspektoren sich näher für sie interessierten. Das wirklich wichtige Zeug befand sich sowieso in den doppelten Böden der Kästen mit Kohs Klapperschlangen.

Und sobald wir die Bekehrten benachrichtigten, kämen sie herbei, fügte Koh hinzu. Die Boten brachen auf, und wir setzten unseren Weg fort. Wir marschierten nun bei Tageslicht, denn wir waren spät dran. Im mittleren Alter der nächsten Sonne kamen wir dem Ort nahe, der einmal Santa Cruz heißen würde. Wir zogen über die große westliche *sacbe*, eine lasergerade Dammstraße mit weiß getünchter Schotterdecke unter blauen Fata-Morgana-Pfützen und hitzeflirrender Luft. Wir hofften, dass wir furchterregend und drachenmäßig aussahen, als wir den breiten Gehweg herunterglitten wie eine stachlige Raupe vom Rand eines Hackbeils aus Porzellan. Ohne die Erdkrümmung hätten wir Ix am Fluchtpunkt weit im Osten gesehen, umgeben von gelben Maisfeldern und Obsthainen. Das Land meiner Ahnen während seiner Blütezeit zu sehen – trotz all der Dürre und Trockenheit wirkte es erheblich wohlhabender als im schlechten alten 21. Jahrhundert – flößte mir ein merkwürdiges Heimweh ein. Immer wieder fragte ich mich, was Marena dazu sagen würde. Wahrscheinlich würde sie mit Aperçus um sich werfen, was für ein Spaß das alles sei.

Am Abend kamen Boten von 1-Gila und meldeten, dass die Vierhundert Neugeborenen Sippen bei Zwei-Sorten-Jade seien, nahe

Palenque also, was bedeutete, dass sie sich verspäten würden. Hun Xoc schickte sie mit dem Befehl zurück, das Tempo erneut zu verdoppeln, selbst wenn sie alle, die nicht mehr weiterkonnten, in einem Behelfslager zurücklassen mussten. Uns würde es nichts nützen, wenn wir nach Ix kämen, ohne dass sie uns den Rücken stärkten. Wir legten die Nacht hindurch einen Sondermarsch ein und erhaschten, ehe der Tag des großen Ballspieles dämmerte, einen Blick auf das Leuchten des Festrauchs über Ix. Affen-Buchhalter eilten die Kolonne rauf und runter. Sie nahmen die letzte Zählung vor – wir waren nur noch ungefähr elftausend Geblüte und vierzigtausend Träger – und beschworen jeden, sich friedfertig zu geben. Obwohl die Straße selbst frei war, befanden wir uns über dem Territorium der Schwarzen Aras und mussten cool bleiben und so tun, als wären wir gar kein Heer, nur Bekannte von 2JS. Eine Viertelstunde nach dem Zenit, vor Ix' viertem und äußerstem Palisadenring, lief das Zeichen für »Waffen bereit, aber nicht sichtbar« die Kolonne entlang; wie eine Welle durchlief es unsere kollektive Raupe. 9-Reißzahn-Kolibris Boten erreichten uns. Ich ging nach vorn an das Ende der Vorhut und beobachtete das kleine Gespräch. Eine von Kohs Sänften war dabei, doch nach allem, was ich wusste, saß sie nicht darin. Die Ozelot-Botschafter fläzten sich in ihrem Smaragdgrün im Schatten tetraedrischer Sonnenschirme und unterhielten sich in ihrem hochmütigen singenden Tonfall, als wären sie Dandys aus der Hauptstadt, die die tiefste Provinz mit ihrem Besuch beehrten. Sie überbrachten eine förmliche Einladung zum Hüftball-Großspiel, das zum Einsetzen des Zweiten Zwillings beginnen sollte; uns blieben noch etwa sechshundert mal zwanzig Schläge. Sie stellten es so dar, als würden sie uns einen großen Gefallen tun und als machten wir ein Riesengeschäft – so, als bekämen wir kostenlose Eintrittskarten zum Super Bowl. Bevor Hun Xoc antworten konnte, fügten sie noch hinzu, dass der Platz für nur zweihundert Gäste des Rasslers reiche – dass sie nur Geblüte meinten, brauchten sie nicht auszusprechen – und sie die Übrigen nicht angemessen in der Stadt begrüßen könnten.

Gut, gut, dachte ich, dann kommen wir eben ungeladen zur Siegesfeier.

Hun Xoc stand vor ihnen und blickte direkt ins Sonnenlicht. Er ließ sich Zeit mit der Antwort und zuckte nicht mit der Wimper, als die Bremsen ihn stachen. Ich fragte mich, ob ihre Stiche bedeuteten, dass es Regen gab. Wenn dem so war, hatte sich Kohs Idee mit dem Erdstern-Wirkstoff erledigt.

Der Augenblick war ziemlich angespannt. Wenn wir die Einladung ausschlugen, beleidigten wir die Ozelots und lieferten ihnen einen Vorwand, auf der Stelle einen Kampf zu beginnen. Wir befanden uns in der schwächstmöglichen Position, hatten nicht gerastet und waren erschöpft. Da wir feindliches Gebiet durchquerten, hatten unsere Späher unsere Flanken nicht abschirmen können. Wenn die Ozelots uns jetzt angriffen, könnten sie sich leicht zurückziehen, während wir ungedeckt im Freien standen.

Hun Xoc hatte signalisiert, dass er bereit war zu antworten.

»Wir nehmen mit Dank an«, sagte er, »aber wie
Können wir unsere Kinder auf der Straße zurücklassen?«

Die Ozelots zogen sich zurück und beratschlagten. Offenbar wollten sie hier nicht warten, bis die Boten die Antwort an 9-Reißzahn-Kolibri übermittelt hatten und seine Reaktion darauf zurückbrachten. Schließlich einigten sie sich, dass wir alle nach Ix gehen würden; einhundertzwanzig unserer Geblüte aber müssten als »Gäste« – sprich als Geiseln – auf dem Ozelot-Gelände des Festlands bleiben, fern vom Tempelbezirk. Hun Xoc willigte ein und wählte die zweihundert besten Kämpfer unter unseren Geblüten aus; die Übrigen ließ er im Stich. Wir sagten »Große Väter, schützet uns« und vollführten ein paar außerordentlich salbungsvolle Rituale. Wir werden sie niemals wiedersehen, dachte ich.

Währenddessen hatten Boten von 1-Gila verstohlen das Ende unserer Reihe erreicht, und wir mussten warten, bis die verdammten Ozelots verschwunden waren, ehe wir mit ihnen sprechen konnten. 1-Gilas Neuigkeiten waren nicht gut. Er war durch einen schlimmen Überfall aufgehalten worden und hatte Schwierigkeiten bei der Teilung seiner Kolonne gehabt. Als die Boten aufbrachen, war 1-Gila immer noch erst bei *Ch'uuk sal* – »Süßwasser« – gewesen, das mehr als eine normale Tagesreise entfernt lag. Wir sandten eine Botschaft zurück, in der wir anfragten, wie viel von seiner Streitmacht er zum Ballspiel nach Ix bringen könne, vorausgesetzt, der erste Ball fiele pünktlich zum Tod von Großer Vater Hitze. Ich stellte dauernd dämliche Fragen. Wie lange würde der Ballspiel-Waffenstillstand uns schützen? Würden die Ozelots 2JS nach dem Fest, während des Festes oder sogar während des Spiels angreifen? Am Ende befahl mir sogar Hun Xoc, den Mund zu halten. Als die Sonne ganz aufgegangen war, hatten wir vierhundert ansässige Träger angeheuert, um uns nach Ix zu bringen, und zwar mit Tempo. Wir wollten, dass alle unsere Geblüte frisch und munter und zu allen Schandtaten bereit waren.

(28)

Wegen der vielen Drachen und Banner und dem Opferrauch war es schwierig, viel von der eigentlichen Stadt zu erkennen, doch ich erinnere mich, wie ich dachte: Wow, Ix ist *riesig!* Mir wurde klar, dass ich zuvor nicht viel von der Stadt gesehen hatte, denn mein erster Besuch hatte ein wenig übereilt geendet. Ix erschien nicht so endlos wie Teotihuacán, bestand aber aus erheblich mehr als nur ein paar Pyramiden mitten im Regenwald. Es schien, als diene die zentrale Ballung der neun Haupt-Mulob' nur dem Zweck, die Hunderte Hektar komfortabler Wohnhäuser und Tausende Hektar Slumbehausungen zusammenzuhalten. Die Mul der Harpyien-Sippe – die 1-Harpyie genannt wurde, Sitz und Personifizierung des Gründers der Stammlinie – war aus diesem Winkel am nächsten und stach heraus wie superheißer Rauch aus einer altmodischen Mondrakete. Ich hatte noch nie einen richtig guten Blick darauf werfen können. Sie war steiler als die anderen Mulob' – der Winkel betrug fast sechzig Grad – und auf jeder Seite rot; im Norden, Westen und Süden war sie mit den Richtungsfarben gebändert. Die Sacbe verzweigte sich nach Südwesten, und wir stiegen über vier Etagen zum ebenen Talgrund hinunter. Die terrassierten Hänge auf beiden Seiten waren mit Reihen aus Hunderten nahezu identisch aussehender Gebäude bebaut, und zumindest in diesem Bezirk hatte man die verschiedenen Seiten der meisten Häuser in den Farben der Richtungen gestrichen, in die sie zeigten. Die gestaffelten Blöcke erweckten einen geradezu kubistischen Eindruck, als würden sie mit gelbem Licht von Süden und schwarzem Licht von Westen beschienen, egal zu welcher Tageszeit. Sie glichen jedoch nicht Teotihuacáns brutalen Kristallen; sämtliche Gebäude waren weich und gerundet, und je näher man dem Stadtzentrum kam, desto mehr nahm alles das Bild eines üppigen, wenngleich grotesken Pflanzenzierrats an, dessen Wirkung auf mich ich kaum beschreiben kann: Es war einfach zu *viel.* Wälder aus bunten Stangen, Baum-Menschen, Maisstängel-Menschen, deren Köpfe in Ceiba-Zweige auffächerten, die wiederum in lange, schmale Drachen mit langen Schwänzen ausliefen, die unter den Messingwolken aufblitzten. Ich könnte mir vorstellen, dass man ähnlich überwältigt ist, wenn man auf Sri Lanka durch einen buddhistischen Tempel geht, aber der Stil war ein anderer. Alles war schattenhaft und konturiert; jede kleine Einzelheit war von dunklen Höfen umgeben, als wäre es in eine grenzenlos flexible Membran eingeschlossen. Mich schauderte, ohne dass ich einen Grund dafür hätte nennen können. Erst dann bemerkte ich, dass wir an einem Wandgemälde von mir selbst vorübergingen, von Schakal, wie er das *halach pitzom* des Tuns gegen 6-Hurrikan beim See der Schnappschildkröte gewann, komplett mit einer Inschrift à la »zum Gedenken an den Allergrößten« mit all meinen Siegen und ihren Daten. In mir stieg Stolz aus zweiter Hand auf, den ich nur mühsam unterdrücken konnte. Als wir die erste Brücke überquerten, sahen wir die Kanäle und den großen Altwasserarm um den Tempeldistrikt, auf dem sich die Zeremonienkanus drängten, alle mit Baumwollbannern und Ketten aus roten und rosa Geranien bedeckt. An ihnen festgemacht schwebten riesige Sonnenscheibendrachen.

Ein Kontingent Harpyien-Geblüte hatte uns in Empfang genommen. Sie gingen nun neben Hun Xoc her und beredeten flüsternd und in Codesprache, wie mit den Bekehrten zu verfahren sei. Sie müssten in das Tal kommen können, doch sie kämen nicht näher als bis an den zweiten Palisadenring, ohne dass ein Kampf entbrannte. Geblüte und Abhängige der verschiedenen Sippen und sogar einige Ozelots in ihren auffälligen Halbcapes aus smaragdgrünen Trogonfedern drängten sich auf den niedrigen Mauern der Straße und drückten gegen die Abschirmkette aus Geblüten, um einen Blick auf Frau Koh zu erhaschen. Sie brüllten immer wieder die gleichen Fragen; hauptsächlich wollten sie Vorhersagen für das große Hüftballspiel. Jemand flehte Koh an, einen Fluch auf jene Männer zu schleudern, die seine vier Töchter vergewaltigt und »versiegelt« hätten, doch er wurde niedergebrüllt. Es hatte sich das Gerücht verbreitet, Koh sei mächtig genug, um ohne Schaden für sich selbst den Rollenden Kopf zu beschwören. Allgemein galt ein Fluch, der den Kopf mit einbezog, als so wirksam, dass er nicht nur den Verfluchten, sondern auch den Verfluchenden tötete. Nur wenn man wirklich jemand ganz Großes war, konnte man ihn ausführen und überleben. Koh jedoch ignorierte das Ansinnen.

Wir bogen von der Sacbe ab und stiegen die Treppe zu den Ballplätzen hinunter. Die Stadt war von einer Atmosphäre erfüllt, wie sie zum Hüftball-Großspiel gehörte und die bloße Festtagsstimmung weit hinter sich ließ. Jede Fläche war mit flüchtigen Mustern in Himmelblau, Violett und Magenta gefärbt, geölt und poliert und wieder geölt, und alles funkelte im pfirsichfarbenen Licht. Ich wollte mir ständig wachsam über die Schulter blicken und musste mir immer wieder in Erinnerung rufen, wie töricht das war: Wenn sie uns jetzt angriffen, konnten wir es nicht ändern.

Wir überquerten die zweite Brücke und zogen unter dem Schwarzen Tor hindurch. Wir gelangten in eine Gasse zwischen den Reihen aus niedrigen steinernen Umkleidegebäuden, die den Spielplatzbezirk eingrenzten. Wir hatten nun Männerterritorium betreten, doch da Koh ein Grenzwesen war, bedeutete ihre Anwesenheit kein Problem. Außerdem ließ sie sich von ihren beiden männlichen Dienern durchscheinende Fächer aus blaugrünen Federn an beide Seiten des Kopfes halten, sodass sie symbolisch ihren heiligen Platz niemals verließ. Ich konnte die Spieler hören, wie sie sich in den sichtgeschützten und bewachten Umkleiden bereit machten; jenseits davon wuchs der Lärm der Menge auf den Tribünen an, dieses nervöse Raunen vor Beginn eines blutigen Spiels. Wir kamen an einigen Händlern vorbei, die warmes Trinkwasser zu Dürrepreisen verkauften. Gut, dachte ich, die Hauszisternen der Leute sind dann wahrscheinlich so gut wie leer. Wenn es einen Kampf gab, würden die Soldaten und die Feuer den Rest des Trinkwasservorrats binnen weniger tausend Schläge verbrauchen.

Die Harpyien-Geblüte führten uns – Koh und ihre Zwergin, die zwei Diener, dazu 2-Hand, 14-Verwundeter und mich sowie unsere

Diener – in den hinteren Teil eines Gebäudes, das man als Besucherzentrum bezeichnen könnte. Durch eine kleine Anustür gelangten wir in einen der wenigen kleinen Umkleideräume, die nicht benutzt wurden. Ich wünschte mir, Hun Xoc wäre bei uns gewesen, doch er musste eine besondere Reinigung durchlaufen. Als meine Augen sich an die Dunkelheit gewöhnt hatten, die in der Kabine herrschte, entdeckte ich eine Statue von mir im Maßstab 1:5 in einer Nische – das heißt, ich als Schakal, der Hüftballer. Die Statue war nichts Besonderes, ein simpler Abguss, Massenware, doch es war trotzdem beunruhigend. Neben ihr waren Figuren von Drei Eier, 1-Großes-Nabelschwein und all den anderen legendären Spielern. Zwei weitere Harpyien-Herolde standen zu beiden Seiten der verhängten Mundtür am anderen Ende des Raumes, die auf die Hüftballplätze der Ozelots führte. Davon gab es neun, aber das Großspielfeld übertraf sie alle bei weitem. Im Raum roch es nach Schweiß und schmerzlinderndem Ballöl.

Für die Wirkung solcher Gerüche müsste es ein stärkeres Wort geben als »Nostalgie«. In meinem Schakal-Ich kochte eine unglaubliche Euphorie hoch, grenzenloser Stolz, unendliches Selbstvertrauen und absolute Entschlossenheit, während der Mief bei meinem Jed-Ich die vielen schlimmen Erinnerungen an die Highschoolzeit aufwärmte, an den Umkleideraum und das Zimmer des Sportarztes mit den Pflasterrollen und dem Pamela-Anderson-Poster an der Wand, wo all die rüpelhaften Sportcracks hereinkamen, um sich noch ein bisschen verbinden zu lassen, ehe sie aufs Feld gingen, während ich dasaß und einen Eisbeutel auf einen blauen Fleck drückte, den ich mir beim Fördersportunterricht an einer Hantel geholt hatte. Ich konnte dann nur dasitzen und mich »eingeborene Schwuchtel-Missgeburt« nennen lassen, während ich Rachepläne schmiedete. Aber in dieser Umgebung war ich der dicke Hecht. Der dickste. Sie machen sich überhaupt keine Vorstellung. Es war, als hätten wir 1999 und ich wäre Michael Jordan, und jeder glaubte, ich wäre bei einer Space-Shuttle-Explosion umgekommen, doch in Wirklichkeit schlenderte ich am O'Hare Airport herum und schaute mir meine Korbwürfe in den Videogeschäften an – binnen zwei Minuten wären so viele Leute da, dass der Fußboden unter ihrem Gewicht zusammenbrechen würde. Wartet nur, dachte ich. Jetzt ist Comeback-Time.

Die Herolde von 2-Juwelenbesetzter-Schädel duckten sich herein und bauten sich neben der Tür auf.

(29)

»Und hier sind meine Söhne«, sagte 2-Juwelenbesetzter-
Schädel, »und Frau Koh
Von den Rasslern, und ihre Rückenstützen und Flöten.«

Damit meinte er ihre Unterstützer. Er fuhr eine Weile fort und geizte dabei nicht mit Lob. Hmm. 2-Juwelenbesetzter-Schädel sagte alles, was von ihm erwartet wurde, doch er wirkte anders – älter. Vielleicht sah er nicht mehr ganz so furchterregend aus wie damals, als ich der Neue in der Stadt war und er sich vor mir aufgebaut hatte, die Hände voller Folterinstrumente.

Er kam schwankend näher, umarmte mich auf jene steif-tänzerische Art und überreichte mir eine zeremonielle Kampfsäge. Sie hatte einen drei Arme langen Schaft mit einem Griff, auf dem in Perlen die Muster meiner Namen und Gefangennahmen geschrieben standen, wobei die letzten zwei Fuß sich zu einer flachen Holzklinge verbreiterten, die mit kreisrunden rosafarbenen Stachelausterschalen verziert und an der Kante mit einer Doppelreihe aus wunderbar zueinander passenden dreieckigen Klingen aus gelb schillerndem Obsidian besetzt waren wie die Nase eines goldenen Sägefischs.

Holla, dachte ich. Normalerweise nervte mich dieses ganze hyperschmeichelnde blumige Gerede, aber diesmal schienen es nicht nur hohle Floskeln zu sein; es schien wirklich etwas zu bedeuten. So abgedroschen es klingt: Ich war gerührt, und mir wurde ganz warm ums Herz.

»Du wendest dein Becken mit Blut mir zu«, gab ich die korrekte
Antwort. »Vielleicht
Hast du mich mit jemandem verwechselt,

Mich, der ich unzuverlässig bin, von Sünde, von Kot,
Der sich nicht als würdigen Empfänger deiner Gunst
zu sehen wagt.«

Mann, das hab ich gut gemacht, was?, dachte ich. Ich war ganz von einem Gefühl der Wärme erfüllt. Selbst der lang anhaltende Nachgeschmack der Folter, der er mich unterzogen hatte, ließ ihn nur umso väterlicher erscheinen – auf eine ziemlich kranke Weise allerdings, aber ich konnte von der Empfindung einfach nicht abrücken. Ich verstand gut, was in ihm vorging. Immerhin war er ein alter Mann. Er hatte über sechzig Sonnenjahre auf dem Buckel, was viel war für einen Maya, für jeden aus einer vorindustriellen Gesellschaft. Vielleicht war ich jetzt an der Reihe, mich um ihn zu kümmern.

In der korrekten Reihenfolge sprach er jedem seine Anerkennung aus, hielt den Austausch der Reden jedoch knapp. Dem Lärm der Trommler auf dem Spielplatz nach zu urteilen würde der erste Ball in acht Maßen zu viertausend Schlägen fallen, in etwa zwei Stunden, was Ihnen vielleicht ganz schön lange vorkommen mag, 2-Juwelenbesetzter-Schädel aber kaum genügend Zeit ließ, nach all dem Empfangen und Begrüßen noch pünktlich an seinen Platz zu kommen. Zwischen den Schlägen hörte man die Menge aufgeregt schnalzen wie ein Kind, das Geschenke öffnet.

Nimm hier Asyl, sagte 2-Juwelenbesetzter-Schädel zu Frau Koh. Er berührte eine Schale mit Kakao. Sein Herold reichte sie ihr.

»Des Sternenrasslers Brut möchte dein zu freundliches Angebot annehmen«, sagte Koh, ehe sie die Schale berührte.

»Aber unsere Kinder haben auch für dich ein Geschenk.«
Sie meinte das Tzam lic und die beiden gefangenen Addierer.
»Doch sie sind noch nicht hier, und wir erscheinen mit ungebeugtem Rücken.«

Auch wenn die Erklärung unnötig sein mag, »mit ungebeugtem Rücken« bedeutete so viel wie »mit leeren Händen«.

2JS konnte jetzt nicht einfach erwidern: »Ach ja? Wann zum Henker kreuzen sie denn auf?« Als Gastgeber durfte er nur sagen: »Ach, das ist schon in Ordnung, lasst euch Zeit, nur keine Eile.« Die Art, wie wir redeten, rückte das, was man nicht aussprach, unter Berücksichtigung dessen, was man sagte, in den Mittelpunkt. Es war wie in *Strange Interlude*; man stellte sich vor, wie jeder laut durch eine Maske sprach und dann wisperte, was er wirklich dachte.

»Unsere Boten sagen, deine Kinder haben erst heut Morgen
Unsere Felder erreicht«, sagte er, »doch wir alle hoffen,
Sie kommen zu unserem Siegesfest bei Mondaufgang.«

Nun war es an Koh, eine rasche Entscheidung zu fällen. Sie nahm die Schale mit dem Kakao, hielt sie in »Angenommen«-Stellung hoch, trank sie aus und reichte sie zurück.

»Und bitte nimm dies als unseren Schwur,
unserem Gastgeber zu dienen,
Mit unserer ganzen Zahl, ganzer Seele, ganzem Blut und Blick«,
sagte sie.

Sie reichte Coati vier lange blaue Schwanzfedern eines Kleinen Soldatenaras, und er gab sie dem Herold. 2JS nahm sie an. Alles seufzte zwar nicht gerade vor Erleichterung, aber jeder schien zu denken: Okay, und jetzt zur Sache. Wir schickten die Randfiguren hinaus, sodass unser Kreis gegen den Uhrzeigersinn nur noch aus 2-Juwelenbesetzter-Schädel, 2-Tote-Koralle, 2-Hand, mir, 14-Verwundeter, Frau Koh, Coati und Hun Xoc bestand.

Wir gingen in dem kleinen heißen Raum in die Hocke, denn wir wollten weder auf dem Steinfußboden sitzen noch uns die Zeit nehmen, unsere Matten auszubreiten. Coati stellte die Figur einer Gila-Krustenechse vor sich hin und zeigte damit an, dass er auch für die Gila-Sippe sprach.

Es war an 2-Juwelenbesetzter-Schädel, als Erster das Wort zu ergreifen.

Schweigen breitete sich aus.

Unsere Unterstützungstruppen, des Rasslers Neugeborene, waren verdammterweise noch nicht da.

Man konnte weder 1-Gila noch sonst jemandem die Verzögerung zum Vorwurf machen; dennoch war sie eine Krise, an der alles scheitern konnte. Die Stimmung wechselte von »Wenn wir kühlen Kopf bewahren, sind wir unschlagbar« zu »Vielleicht bekommen wir Ärger, egal, was wir tun.« 2JS und ich blickten uns an. Beide wollten wir bloß weg und uns austauschen, aber diesmal ging die Arbeit wirklich vor.

»Dann also«, sagte er, »könnten wir am Ende
Enge Grenzen auf allen vier Seiten haben.«

Das war das Understatement schlechthin, so als hätte er gesagt: »Das gibt eine unruhige Nacht.« Ich schaute Koh an. Sie erwiderte meinen Blick, und beide sahen wir zu Hun Xoc. Genauso gut hätten wir sagen können: Verflixt, wir sitzen ganz schön in der Tinte. Wir sind die Essensreste von morgen. So weit sind wir gekommen, und außer Spesen nichts gewesen. Ich fühlte mich schuldig, denn ich hatte sie in die denkbar schlimmste Lage gebracht, obwohl wir eigentlich nur im Bett hätten bleiben sollen.

Dass die Verstärkungen hinter ihrem Zeitplan zurückblieben, war keineswegs ein Schock. Aber man kennt das ja: Zuerst macht einen etwas nur ein bisschen unruhig, und es wird schlimmer und schlimmer, und während es schlimmer wird, begreift man immer mehr, wie bedeutsam es ist, bis man sich am bitteren Ende fragt, wieso man diese Situation nicht gleich im Keim erstickt hat.

Von der Menge draußen drang Gelächter zu uns, oder eher Wellen hysterischen Gekichers. Offenbar traten schon die Schlangenmenschen und Tierjongleure auf, und das hieß, dass es später war, als ich gedacht hatte. Nach den Jongleuren kamen die Spottredner, und dann fiel der erste Ball in dem Augenblick, in dem der Schatten der smaragdgrünen Ozelot-Mul das Ostende des Platzes berührte. Der Zeitpunkt war so gewählt, um zu verhindern, dass die eine Seite versuchte, mit der tief stehenden Sonne im Rücken Punkte zu machen, aber hauptsächlich deswegen, weil der Ball ein astrales Gebilde war, das man nur benutzen durfte, wenn es nicht mit der Sonne konkurrierte.

2-Tote-Koralle fragte, auf wie viele Geblüte wir wirklich zählen könnten, wenn sie hierherkämen. Er benutzte keinerlei Codesprache. Wahrscheinlich sind wir uns sicher, dachte ich, dass niemand uns belauschen kann. Immerhin sollte die gesamte Hälfte des Platzes für die Dauer des Festes als Harpyien-Territorium gelten.

Coati antwortete, es seien wenigstens dreißig mal zwanzig Zwanzigschaften im Anmarsch, aber man müsse bedenken, dass wenigstens fünfzehn davon kaum ausgebildet seien und aus noch nicht vollgültigen Geblüten beständen. Dazu kämen etwa neunzig mal zwanzig Zwanzigschaften nichtmännlicher Anhänger. Nach Maya-Maßstäben stellte das einen gewaltigen Heerbann dar, der selbst nach teotihuacánischen Standards respektabel war. Mehr als genug, um das Blatt zu wenden, wenn diese Streitmacht richtig eingesetzt wurde.

Coati fragte 2-Tote-Koralle, ob es irgendeinen Sinn hätte, den Ozelots bekannt zu geben, dass des Rasslers Brut in diese Richtung zog.

Offensichtlich nicht, antwortete 2-Tote-Koralle. Er sagte, die Harpyien besäßen im Haus der Ozelots nur noch eine Informantin, und sie war vielleicht nicht einmal eine präzise Quelle, doch zumindest heute Morgen hätten die Ozelots noch geglaubt, Kohs Bekehrte wären weiterhin in südwestlicher Richtung nach Kaminaljuyu unterwegs. Offenbar hatte 1-Gila ein paar Vorauskommandos nach Kaminaljuyu geschickt, um diesen Eindruck zu untermauern. Soweit es Kohs Anwesenheit bei diesem Fest betraf, schienen die Ozelots zu glauben, sie schaue hier vorbei, um ihrem Heerbann aus Bekehrten ein paar abtrünnige Harpyien mitsamt Familien hinzuzufügen, die beim Aufbau ihrer neuen Stadt im Süden helfen sollten.

Und wenn die Rassler gerade erst ins Jagdgebiet kämen, wie schnell könnten die Ersten von ihnen die Tore erreichen?, fragte 14-Verwundeter.

Coati erwiderte, 1-Gila und die Verwalter des Harpyien-Gebietes wüssten das besser als Frau Koh. Doch aufgrund der letzten Botenmeldungen vermute er, dass sie wenigstens eine Vierteltagesreise entfernt seien, also könnten sie zum Wega-Aufgang hier sein, gegen zwei Uhr morgens also. Und wenn wir wollten, dass sie nicht völlig erschöpft einträfen, sondern bewaffnet, instruiert und in einer Schlachtformation, dauere es noch länger. Selbst wenn wir Befehl gaben, nur die Geblüte zu schicken, und zwar im Eiltempo, müssten wir uns noch immer bis zum Jupiter-Aufgang gedulden, kurz vor Mitternacht.

2-Tote-Koralle wollte einen Scherz über Coatis Namen machen, aber 2JS schnitt ihm das Wort ab.

Leider, sagte 2-Juwelenbesetzter-Schädel, würde dieses Ballspiel nicht einmal halb so lange dauern.

(30)

Ich würde ja sagen, wir starrten einander an, doch da man hier niemanden anstarrte, war es eher so, als spürten wir jeden anderen ringsum.

2JS sagte, die Ozelots würden dafür sorgen, dass sie heute Abend siegten, ehe die Zuschauer das Höchstmaß an Erregung erreichten, damit noch genügend Zeit bliebe, um das Ergebnis anzufechten, falls nötig. Der für sie günstigste Moment, den Kampf zu beginnen, wäre gleich nach Ende des Hüftballspiels, wenn ihre Anhänger am stärksten aufgeputscht wären. Und sie würden noch schneller handeln, wenn sie auch nur ahnten, dass bewaffnete Rassler-Truppen sich Ix näherten. In dem Augenblick, in dem die Rassler sich zeigten, hätten wir, um das Spiel zu gewinnen, noch genau so viel Zeit, wie ein Späherbote benötigte, um von 2JS' Jagdrevier zu 9-Reißzahn-Kolibri zu gelangen, plus der Zeit, die 9RK brauchte, um Anweisungen zu erteilen. Das konnte innerhalb von zweimal vierhundert Schlägen geschehen.

Und wie lange könnten wir ohne des Rasslers Brut in einem offenen Kampf standhalten?, fragte Koh über Coati.

Über einen Tag, wenn wir wieder im Harpyien-Haus auf dem Festland wären, antwortete 2-Tote-Koralle. Doch 2-Juwelenbesetzter-Schädel und wir anderen säßen im Tempelbezirk abgeschnitten fest. Selbst wenn wir uns im Mattenhaus oder einem der Feldhäuser verschanzen könnten, würden wir keinen Vierteltag lang durchhalten.

14-Verwundeter bat um das Recht zu sprechen und erkundigte sich, was denn nun geplant sei.

Oje, dachte ich, du redest dich um Kopf und Kragen. Du stehst im Rang nicht hoch genug, um 2-Juwelenbesetzter-Schädel eine direkte Frage zu stellen. Andererseits blieb für zeremonielle Dinge keine Zeit mehr. Allerdings betrachtete man das Zeremonielle hier nicht als Zeremonielles, sondern als Grundbestandteil des Universums.

2JS antwortete dennoch. Wenn die Ozelots betrogen, sagte er, oder wenn sie ihren Einsatz überschritten, würden wir sie mit allem bekämpfen, was wir haben. Er habe auf den Tribünen unter unseren Anhängern einen Blasrohrtrupp postiert.

Blasrohrtrupp?, fragte ich mich. Hieß das etwa, er hatte eine strategische Idee verwendet, die aus meinem Kopf stammte? Hatte er keine Angst vor einem Kosmischen Zensor, den es nicht gab? Waren wir besser vorbereitet, als er gesagt hatte? Wie viel verriet er mir nicht? Das war kein Spaß, das war einfach nur frustrierend.

Aber davon abgesehen?, fragte 14-Verwundeter. Seine Stimme überschlug sich ein wenig.

Davon abgesehen gäbe es nichts, was wir tun könnten, sagte 2JS. 9-Reißzahn-Kolibri würde jede Menge Anerkennung ernten, wenn er uns endlich festsetzte. Er zähle darauf, dass Abgetrennte Rechte Hand nur elf Tagesreisen entfernt war – allerdings müsste 9-Reißzahn-Kolibri zusehen, dass er unumstrittener Herr über Ix wäre, wenn der König der Pumas eintraf.

Und mit welcher Unterstützung könnten wir von den anderen Adler-Sippen rechnen?, fragte 14-Verwundeter. Damit meinte er die Sippen, die mit den Harpyienadlern von Ix verwandt waren, die Karakaras von Teotihuacán und die ungefähr sechzig anderen Adler-Geschlechter in ganz Mesoamerika. Das war eine ernste Frage, aber mehr als nur ein bisschen taktlos; es gehörte sich nicht, dass er eine solche Frage nach der anderen aufbrachte.

2-Juwelenbesetzter-Schädel antwortete, während der letzten fünfundachtzig Tage habe er sich – neben der Ausbildung der Mannschaft und der Abwehr von kleinen Übergriffen und Steuerbegehren der Ozelots – vor allem um die Unterstützung der anderen Sippen bemüht, sowohl Adlern als auch Katzen. Doch als er sich direkt an die Adler-Sippen von Motul und Caracol wandte, hätten sie ihn abgewiesen. Das sei eine unerfreuliche Überraschung gewesen.

Wir hätten nie erlauben dürfen, dass 1-Gila unsere Kräfte teilt, sagte 14-Verwundeter.

Holla, dachte ich wieder. Kumpel, du reitest dich immer tiefer rein. 14 war zwar ein Blödmann, aber er tat mir fast ein bisschen leid. Ich neigte den Kopf nach links, und die anderen reichten das Recht zu sprechen wie ein unsichtbares Mikrofon an mich weiter. Ob es nicht auch wahr sei, dass die Ozelots das Ballspiel zunächst eine Weile laufen ließen?, fragte ich.

2-Tote-Koralle antwortete, das träfe zu. Den Ozelots gefalle es normalerweise, den ersten schmutzigen Trick bis wenigstens zum neunten Ball zurückzuhalten. Andernfalls könnte sich das Publikum – damit waren die geladenen königlichen Personen und dörflichen Amtsträger gemeint, nicht so sehr diejenigen, die wir als Masse bezeichnen würden – betrogen fühlen.

Ich fragte ihn, was für einen Trick die Ozelots einsetzen könnten.

Nun, zunächst einmal, sagte er, hätten die Ozelots die bessere Mannschaft, weil sie es geschafft hätten, die beiden besten Harpyien-Spieler disqualifizieren zu lassen, denn er gehe davon aus, dass niemand anders als die Ozelots dafür gesorgt hätten, dass die beiden mit Prostituierten erwischt wurden; dafür würde er die beiden häuten und einsalzen lassen, sobald die ganze Geschichte vorbei wäre. Aber die Ozelots könnten auch ganz fair gewinnen. Doch wenn etwa ab dem fünfzehnten Punkt nicht alles nach ihrer Nase liefe, würden sie vermutlich zu einem von drei möglichen Mitteln greifen. Es konnte falsche tote Bälle gegen uns geben – das Gegenstück zu Bällen im Aus. Sie könnten den einen oder anderen unserer Spieler veranlasst haben, Punkte zu vermasseln. Die Spieler beider Seiten durften vor dem Match zwar keinen Kontakt zur Außenwelt haben, aber jeder lässt sich umdrehen, wenn seine Familie bedroht wird. Und wenn aus irgendeinem Grund beides erfolglos blieb, brachten sie vielleicht einen gezinkten Ball ins Spiel.

Was ist mit Kohs Erdsternzeug?, fragte ich mich. Nein, für das Ballspiel wirkte es zu langsam. Wie es aussah, konnten wir alle tot sein, ehe die nächste Sonne geboren wurde.

Verdammt.

Wir sitzen in der Tinte wir sitzen in der Tinte-inte wir sitzen in der Tinte-inte wir sitzen in der Tinte.

Wir bräuchten nur zweihundert mal zwanzig Schläge, dachte ich. So viel ist das doch nicht.

Ich fragte, wer in der Harpyien-Mannschaft sei.

2-Tote-Koralle antwortete, 24-Fichte sei der Trainer – er war einer von Schakals alten Mentoren und trug den Beinamen Putzibär. 9-Hund und 6-Schnur seien die Stürmer. 3-Schnabel, 5-Keil und 7-Schwitzbad ständen als Abwehrspieler zur Verfügung. Sie alle waren brauchbare Hüftballer, Jungs, mit denen ich schon gespielt oder trainiert hatte, aber keine Stars. Wir hatten eine solide Abwehrriege, aber unsere besten Angreifer waren disqualifiziert. 6-Schnur, der mit Spitznamen »Betrunkene Wildkatze« hieß, war schnell und aggressiv und konnte vielleicht drei oder vier Tore machen, aber er konnte nicht punkten und immer weiter punkten. Die übrigen Spieler, die nicht aufgestellt worden waren, wären die üblichen zweitklassigen Leute, die ich aus alten Zeiten kannte, dazu einige Neulinge. Niemand Besonderes. Alle richtig guten Spieler der Mannschaft waren während 2JS' Steuerproblemen weggelockt worden, noch vor meiner abgebrochenen Selbstopferung auf der Mul.

Ich fragte, welche fünf für die Ozelot-Mannschaft das Spiel begannen.

Sie sagten, 2-Brüllaffe, 4-Schnappschildkröte und Unter-5 bildeten die erste Abwehrlinie. 2-Brüllaffe, von seinen Feinden »Schwabbelige Affenschlampe« genannt, und 4-Schnappschildkröte alias »Wabbelschnapper« waren bloß ein Pärchen brutaler Ozelot-Großhaus-Geblüte, die gern Leute verprügelten und sich in der Rolle des Hüftballstars gefielen. Unter-5, der den Spitznamen »Schlammsack« abbekommen hatte, war eher ein berühmter als ein guter Verteidiger, völlig überbewertet im Vergleich zu mir, Schakal. Weiter sagten sie, der Blindseitenstürmer – oder linke Stürmer – sei 15-Smaragd-Sturmschritt, der Offenseitenstürmer 20-Schweigen.

Hmm, dachte ich. Beide waren wirklich gefährliche Spieler, Berufshüftballer, die nur vorübergehend von der Ozelot-Sippschaft adoptiert worden waren. Dennoch glaubte ich, mit Smaragd-Sturmschritt fertigwerden zu können. Trotz seines Namens war er nicht sonderlich schnell, und sein Spitzname lautete »Erstickungstod«, weil er dazu neigte, einen gegen die Rampen zu quetschen, bis einem die Lunge kollabierte. Ich hatte zwei Eins-zu-eins-Matches gegen ihn gespielt und beide gewonnen.

Mit 20-Schweigen war es eine andere Geschichte. Wir hatten nur einmal gegeneinander gespielt, im Großspiel am Blausteinberg, und waren die ganze Zeit mehr oder weniger Kreise umeinander gelaufen, während die meisten anderen Spieler beider Seiten überall auf dem Feld zu Hackfleisch verarbeitet wurden. Er war ein richtiger harter Brocken, völlig unerschütterlich. Am Ende hatte unsere Mannschaft gesiegt, aber das war nicht seine Schuld gewesen. Es war das letzte meiner großen Spiele gewesen; seitdem war 20-Schweigen der große Punktemacher in der »Liga« geworden, um diesen nicht ganz zutreffenden Begriff zu benutzen. Sein beliebtester Spitzname war »400-Wiesel«. Ihm waren in dem großen Hüftball-Wettbewerb, über den Hun Xoc und ich auf unserer Reise nach Teotihuacán gesprochen hatten, sämtliche Abwehrspieler zum Opfer gefallen, und er war es, der 23-Krähes Augäpfel von den Sehnerven riss, nachdem 23-Krähe dieses unglaubliche Tor geschafft hatte. Er war aber nicht bloß ein Kraftmeier, er war auch eine Punktmaschine. Trotzdem glaubte ich, dass unsere Mannschaft mit einem guten Stürmer in der Lage sein sollte, die Ozelots ohne große Mühe zu schlagen.

Was mit den Handicaps sei, fragte ich.

2-Tote-Koralle erwiderte, wir hätten nicht sehr viel aushandeln können, sonst hätten wir das Gesicht verloren.

Aber sie würden das Hüftballspiel nicht abbrechen, wenn wir vorn lägen, sagte ich.

Nein, erwiderte er. Wenn die Ozelots das täten, bekämen wir zu große Unterstützung durch auswärtige Sippen, die auf uns als Außenseiter gesetzt hatten.

Und wenn wir den Spielbeginn hinauszögern könnten?, fragte ich. Wäre es dann nicht besser für das Heer der Rassler, sich zurückzuhalten und im Schutz der Dunkelheit in die Stadt zu kommen?

Man könne den Spielbeginn nicht hinauszögern, entgegnete 2-Tote-Koralle. Wenn man nicht da sei, wenn der erste Ball falle, habe man verloren.

Schön, dachte ich, was immer du sagst. Wir sind am Arsch, was wir auch tun. Ich fragte, was ihrer Meinung nach geschehen würde, wenn wir unanfechtbar gewannen, auch wenn ich die Antwort bereits kannte.

2-Tote-Koralle sagte, die Ozelots würden uns vorwerfen, wir hätten betrogen, und einen Kampf vom Zaun brechen. Ganz gleich also, was wir taten, uns stehe eine Auseinandersetzung bevor. Für uns wäre es das Beste, einfach zu spielen, ohne tatsächlich zu gewinnen. Bis unsere Truppen bereit wären. Doch die Ozelots könnten während des Spiels kleine Tricks versuchen, mit falschen Entscheidungen oder regelwidrigen Fallen taktieren. Wir müssten gut genug sein, um einen Punktevorsprung auch dann zu halten, wenn sie mit einigen ihrer Schummeleien durchkämen. Wir müssten mehr Punkte machen, als sie uns stehlen könnten.

Vielleicht brauchen wir einen Tiefstapler, sagte ich. Mit »Tiefstapler« meinte ich jemanden, der seine wahre Stärke verbarg. Ein guter Stürmer könnte das Spiel ungefähr im Gleichstand halten, bis wir so weit wären.

Alle guten Spieler werden beobachtet, wandte 2-Tote-Koralle ein. Damit hatte er wahrscheinlich recht. Nur wenige Hüftballer auf der Welt waren in der Lage, sich 20-Schweigen zu stellen. Auch wenn Pitzom ein Mannschaftssport war – das Ergebnis hing normalerweise mehr vom Kampf eines gegen einen ab als etwa beim Basketball.

Also sollte ich vielleicht aufs Feld gehen und spielen, sagte ich. Ich würde unseren Vorsprung halten und das Spiel so sehr in die Länge ziehen, wie es nur ginge.

Schweigen. Ich widerstand der Versuchung und blickte keinem von ihnen ins Gesicht.

(31)

2-Juwelenbesetzter-Schädel folgte unserer Mannschaft aus dem Umkleideraum in unsere rote Heimzone. Das schrille Nicht-so-richtig-Jubeln schwoll an und ging in Skandieren über. Als Brüllen konnte man es nicht bezeichnen, eher als ekstatisches Jaulen – zumindest, wenn man die Maßstäbe von Sportfans des 21. Jahrhunderts zugrunde legte. Der Lärm brandete von einer Seite zur anderen, schwoll im einen Ohr an, während er im anderen verebbte; er folgte dem Beispiel der Spötter unserer beiden Häuser, die einander wechselseitig über das Niemandsland in der Mitte des Platzes hinweg verhöhnten.

Alle Harpyien-Ballbrüder trugen wie die Mannschaft der Ozelots und die meisten anderen Maya-Hüftballgemeinschaften komplizierte Helme mit Tiertmotiven, die unsere Gesichter vollständig verdeckten. Wie bei mexikanischen Wrestlern im 21. Jahrhundert folgte das Design immer dem gleichen Stil, aber jeder Spielerhelm war individuell und sollte einschüchternd wirken. Auf jeden Fall waren sie so gut wie Masken. Und meine Tätowierungen und Narben waren gleich nach meiner Ankunft hier in Altmayaland verändert worden. Dass ich erkannt wurde, stand deshalb kaum zu befürchten. Nur einmal, als ich unter meinem Scheinnamen – 10-Roter-Skink – vorgestellt wurde, warf ich einen Blick zurück auf das Mattenhaus. Auf allen Flächen wimmelte es von Harpyien und Harpyien-Anhängern. Einige heranwachsende Geblüte waren an den Geister-Pfählen hochgeklettert, um besser sehen zu können, was man als höchst respektlos betrachtete. Aber auch sie waren vorsichtig darauf bedacht, den Bildnissen nicht die Augen zu verdecken.

Ich musterte die Reihen der Harpyien. Sie führten ein ganzes Arsenal zerlegter Handwaffen bei sich. Der Tag war nicht heiß, und jeder trug mehrere Schichten Federumhänge – die eigentlich zu den

Lieblingstorschützen hinuntergeworfen werden sollten –, und man sah nichts von seinen Waffen. Trotz der Anspannung hatten die Ozelots uns in ihr Viertel gelassen, ohne uns zu durchsuchen. Niemand brachte jemals anderes Kriegsgerät außer unbrauchbaren Zeremoniewaffen auf die Hüftballplätze; so etwas tat man einfach nicht. Hier ging es nicht zu wie im Wilden Westen, wo die Leute mit dem Colt am Gürtel in die Stadt ritten – falls es im Wilden Westen wirklich je so gewesen ist, was ich bezweifle. Es war auch nicht wie eine Flugreise in den USA des 21. Jahrhunderts, wenn man es mit den Braunhemden von der TSA zu tun bekam. Wie auch immer, falls die Ozelots uns auf die Schliche kamen und die Waffen fanden, wäre es eine mehr als ausreichende Rechtfertigung, um das gesamte Harpyien-Haus auszulöschen. Ich riss den Kopf wieder herum und richtete den Blick nach Westen auf den Ballplatz und auf den hohen, steilen Smaragdkeil der Ozelot-Mul, die ihn überragte.

Von oben betrachtet hätte der Ballplatz ausgesehen wie ein riesiges großes I mit zwei symmetrischen Dämmen auf beiden Seiten des senkrechten Balkens, der nach Osten ausgerichtet war. Auf den Oberseiten beider Dämme befanden sich Plattformen, Tribünen für die hochrangigsten Zuschauer. Vor jedem Damm verlief eine Rampe, die im 42°-Winkel zum Niveau des Spielfelds abfiel. Die Dämme erinnerten an in die Länge gezogene Pyramidenstümpfe, deren flache Dachplattformen sich ungefähr fünf ixianische Armlängen – dreieinhalb Meter – über der Spielfläche befanden. Die beiden Endstriche des Is waren durch niedrige Mauern abgegrenzt, über die man vom Boden aus hinwegblicken konnte. Jenseits dieser Endzonen konnten die Massen der weniger wichtigen Zuschauer vom Gelände, das den Hof umgab, und den beiden Hauptaussichtspunkten dem Spiel zuschauen: im Osten von der breiten Treppenflucht, die zur lang gestreckten Fassade des Mattenhauses führte, und im Westen von der scharlachrot-smaragdgrünen Treppe der Ozelot-Mul. Allerdings waren die achte Ebene und der Tempel darüber – wo ich mich ganz zu Anfang in Schakals Kopf wiedergefunden hatte – leer. Dort hatten sich damals etliche Reihen von zusätzlichen hölzernen Ständen befunden, die eigens für den Anlass errichtet worden waren, erreichbar über ein

Netz aus Treppen und Laufplanken hinter den offiziellen Plattformen. Ballspiele der Großen Häuser hingegen waren von jeher Ereignisse mit beschränktem Zugang, und die Plätze waren von vornherein nicht darauf ausgelegt, die gesamte Stadtbevölkerung aufzunehmen. Sitze gab es gar keine; sie wären überflüssig gewesen. Die Leute sprangen sowieso vor Begeisterung auf; bei einem Rockkonzert setzt man sich ja auch nicht. Selbst 9-Reißzahn-Kolibri stand hundert mal zwanzig Schläge in der brütenden Hitze, wenn er sich ein Spiel anschaute. Das eigentliche Spielfeld bildete einen Graben zwischen den Rampen und war durch bunte Bemalung in die vier Quadranten der Himmelsrichtungen unterteilt, wobei eine lange Linie vom Ost- zum Westende des Grabens und eine kurze von Norden nach Süden verlief. Beide trafen sich im Mittelpunkt des Platzes, sodass jede farbige Zone die Form eines großen Ls besaß, von dem an der linken oberen Ecke ein Viertelkreis ausgeschnitten war, wo sie sich mit dem jadegrünen Kreis der zentralen Anspielzone schnitten. Dieser Kreis durchmaß eine halbe Seillänge, etwa drei Meter, und in der Mitte saß ein etwa acht Finger breiter runder Grünsteinblock. In die Spielfläche waren zwei weitere Steinmarkierungen eingesetzt, wo die Oberkante des unteren L-Schenkels sich mit der Ost-West-Mittellinie schnitt. Die Tore bestanden aus drei Paaren von Pflöcken, die aus den senkrechten Futterstufen am oberen Ende der Rampen ragten. Sie standen einander auf beiden Seiten des Grabens gegenüber, ein Paar im Zentrum und je ein Paar an den Enden, auf gleicher Höhe wie die Markierungen. Nur das mittlere Tor war wirklich wichtig … aber eigentlich brauchen Sie das alles gar nicht so genau zu wissen, um zu verstehen, wie das Spiel ablief. Stellen Sie sich einfach Vollkontakt-Fußball mit einer Bowlingkugel vor, und Sie wissen Bescheid.

Das Tor der Ozelots stellte eine gemeißelte, vom Fleisch befreite Himmelskatze dar und war für den Anlass mit smaragdgrünen Arafedern beklebt worden. Das Tor der Harpyien zeigte eine gemeißelte harpyienrot gestrichene Erdkrötin und hatte weniger Kosten verursacht. In meiner wattierten Rüstung fühlte ich mich dick und steif wie ein Penis unter dem Einfluss von Viagra. Der Bereich hinter der Grenze des Platzes – den man wohl als Außenfeld bezeichnen kann – stand voller Wettender und Buchmacher hoher Kasten, die uns musterten, als wären wir Rennpferde in der Koppel. Unsere Mannschaft begann in der Endzone in der groben Richtung gegen den Uhrzeigersinn umherzustolzieren und zerschnitt die Luft mit den Handschützern. Unsere Jochs aus Holz und Leder – große, hufeisenförmige Schutzgürtel – knallten gegeneinander wie früher die Autoskooter. Die Spieler, die hiergeblieben waren, ließen mich nicht aus den Augen. Sie – und nur sie – wussten, wer ich war; angeblich hatte man sie eingewiesen, was sie zu tun hatten. Dennoch war es ihnen ziemlich unheimlich, dass ich noch lebte und jetzt bei ihnen war, als unbekannter Ersatzspieler namens 10-Roter-Skink. Meine Verkleidung, oder eigentlich meine neue Identität, hielt stand. Doch sobald ich zu spielen begann, bestand die Gefehr, dass jemand die Tarnung durchschaute, vor allem, wenn ich meine charakteristischen Manöver ausführte. Ich blieb stehen und neigte den Kopf unter dem Kopfputz in Gestalt eines ausgestopften Adlers, als würde ich beten. 2JS trat neben mich. Er drehte nicht den von Zierrat geschwollenen Kopf, sondern redete mich in unserer Haussprache so leise an, dass uns in dem Geschrei niemand belauschen konnte.

Ob er noch einen Sohn verlieren werde, fragte er. Er bezog sich auf fünf verstorbene Adoptiv- und zwei leibliche Söhne einschließlich des einen, der an meiner Stelle geopfert worden war. Und er sprach vom Hüftballspiel, nicht von der Schlacht danach, mit der wir fest rechneten. Großspiele um solche Einsätze waren immer gefährlich. Ich – oder eher Schakal – hatte achtundzwanzig Großspiele überstanden, vier davon mit beinahe identischen Regeln und zeitlichen Abläufen. Diese Liste war außerordentlich lang; in fast jedem Match, an dem ich teilgenommen hatte, waren Menschen an meiner Seite ums Leben gekommen. Man war der allgemeinen Auffassung, das Leben eines Hüftballers sei ohnehin kurz, also könne er auch gleich auf dem Spielfeld sterben. Deshalb kämpften Hüftballer normalerweise umso rücksichtsloser, je älter sie wurden. 15-Smaragd-Sturmschritt und ein paar andere Ozelot-Spieler waren gerade in dem Alter, bei dem man damit rechnen musste, dass sie alles gaben, was sie hatten, und das konnte durchaus bedeuten, dass sie versuchten, einen mit in den Tod zu reißen.

Ich sagte, ich würde vorsichtig sein.

2-Juwelenbesetzter-Schädel erwiderte, wenn ich das Ballspiel überlebte, sollte ich das Feld verlassen und mich in die Mitte eines Sondertrupps von Harpyien-Geblüten begeben, die 7-Wind führte, ein anderer seiner Söhne. Sie hätten Anweisung, mich so schnell wie möglich fortzuschaffen, fort vom Tempel des Ozelots und hinaus zu den Berg-Milpas der Harpyien. Dann hätte ich wenigstens die Möglichkeit, eines Tages zurückzukehren und mein spezielles Grabmal zu errichten, falls er, 2-Juwelenbesetzter-Schädel, den Tod fand.

Ich antwortete, dass ich meinem Vater dankte, ihn aber nicht verlassen wolle.

Er sagte, dass ich unter einem neuen Namen spiele – also nicht für mein eigenes Prestige –, sei schon genug.

Ich entgegnete, mir mache es Sorgen, dass wir vom Festland abgeschnitten wären. Mein Hintergedanke war natürlich, aus ihm herauszulocken, was er vorhatte, falls er etwas vorhatte. Er sagte, sechzig Zwanzigschaften Nicht-Geblüte aus abhängigen Familien – man könnte sie als das Gros der Harpyien-Infanterie bezeichnen – warteten vor dem Osttor. Sie hatten vorher allerdings nichts erfahren und wurden gerade erst instruiert, was sie für ihren Vater des Ostens, also 2-Juwelenbesetzter-Schädel, tun sollten. Es war ihnen auch nicht gestattet, Speere, Blasrohre oder Kampfsägen zu berühren, daher konnten sie nur mit Keulen kämpfen. Sie hielten Barken bereit, die sie zusammenbinden und über die sie Bretter legen würden, um darauf den Kanal zwischen Harpyien-Viertel und Mattenhaus zu überqueren, ohne die Brücke benutzen zu müssen, die natürlich von den Ozelots bewacht wurde. Die Keulenkämpfer der Harpyien würden dann versuchen, das Mattenhaus einzunehmen, damit wir auf der Halbinsel wenigstens einen relativ sicheren Stützpunkt besaßen.

2JS sagte außerdem, dass ein Bote von Kohs Gefolgsleuten eingetroffen sei und gemeldet habe, sie seien nur noch sechshundert mal zwanzig Schläge entfernt. Ihre Späher waren jedoch auf Ozelot-Patrouillen gestoßen, und da wir uns nicht verraten wollten, würden sich die Rassler zurückhalten, bis sie Nachricht erhielten, das Spiel habe begonnen.

Vielleicht nahm doch noch alles ein gutes Ende.

»Na, Junge, dann mal los«, sagte ich auf Englisch. »Das ist was anderes als das Schachturnier im Hyatt Regency Resort Hotel and Convention Center in Springfield, Massachusetts, was?«

2JS zeigte die Andeutung eines Lächelns, und das genügte, um mich ein wenig schaudern zu lassen. Vielleicht hatte er, wie Koh unter dem Baum der Spiegelblätter sagte, eine größere Dosis von mir abbekommen, als mir klar gewesen war.

»Wir gewinnen durch Verzagtheit«, sagte ich. »Wir machen uns die Kraft der Selbstabscheu zunutze.« Das war nicht gerade ein Juwel von Scherz, aber 2JS lächelte und prustete dann los. Ich schloss mich ihm an, und einen Schlag lang konnten wir nicht aufhören zu lachen; es war, als wären wir Zwillinge, zusammen aufgewachsen, oder gute alte Kumpel, und würden einfach nur zusammen abhängen ...

Ein Harpyien-Bote kam zu uns und signalisierte, die Ozelots seien bereit. 2JS winkte ihn fort. Unser Gespräch war zu Ende. Er segnete die Mannschaft mit seiner Zigarre und wandte sich ab, um seinen Platz auf der Plattform einzunehmen. Ich sah ihm kurz nach, als er nach Westen davonging. Mir war nicht klar gewesen, wie einsam ich mich gefühlt hatte, ohne mit ihm über das eine oder andere reden zu können. Er war der einzige Mensch in dieser Zeit, der verstand, was ich sagte.

Ich blickte auf und sah mich um. Die Mulob' waren allesamt für den Anlass herausgeputzt, in riesige federbestickte Gobelinmäntel gehüllt, die man zuletzt vor achtzig Sonnenjahren entfaltet hatte, und mit gewaltigen Kopfputzen aus sich ausbreitenden Baumstämmen geschmückt, die man mit Gummibändern besetzt hatte, um Federn zu imitieren; dazu trugen sie Halsketten aus großen, im Wind flatternden Federblumen. Flöße in Gestalt von Uay-Tieren glitten unter den Laufplanken hindurch, schwebten die Stufen hinauf und hinunter und wirbelten auf den Quadranten. Der filigrane Aufbau über der Stadt war von Drachen und papierumhüllten Fackelkäfigen erfüllt, die wie riesige Lampions aussahen. Standbilder der Ahauob' und Bacabob' und verschiedener Sonnenaddierer thronten auf den oberen Stufen der Mulob' und besetzten die Plätze der Herren, während ihre fleischlichen Körper sich unten das Ballspiel anschauten. Ich zog wieder den Kopf ein.

Verdammt, dachte ich. Ich hatte 2JS so vieles fragen wollen. Wie kam er mit den Überresten von mir in sich zurecht? War er mehr oder weniger ich als vor siebzig Tagen? Oder unterschied ich mich schon so sehr von dem Jed, der in ihn eingedrungen war, dass es keine Rolle mehr spielte? Ich fühlte mich berührt; beinahe war mir nach Tränen zumute.

Im Centrecourt entwickelte sich der Spottwettstreit allmählich zur eigentlichen Herausforderung zum Match. Der Ozelot-Unterhändler bot lautstark an, den Einsatz zu verdoppeln, und der Harpyien-Unterhändler stimmte zu. Allerdings war ich bei den Trainingsspielen nicht gerade galaktisch gut gewesen. Doch angesichts einer schier unmöglichen Herausforderung schlug vielleicht Schakals Hüftballer-Genie durch. Nicht wahr?

Ich roch etwas.

Kohs Gegenteil-von-Zimt-Parfüm. Ich verstieß gegen das Protokoll und blickte hoch.

(32)

Koh und ihr achtköpfiger Begleitschutz waren auf den Zócalo im Osten getreten und schoben sich zur Endzone vor. Ihnen folgte seitlich eine Gruppe aus hochrangigen ixianischen Rassler-Konvertiten. Sie warfen Passionsblumen und die blauen Blüten von *Trichostema lanatum* vor Koh auf den Weg und schwenkten Petitionsbündel, die mit großen bunten Knoten zusammengehalten wurden. Ich gab Hun Xoc ein Zeichen, der den Blick der übrigen Mannschaftsmitglieder suchte. Als ich zur Mittellinie hinüberschlenderte, so lässig ich konnte, folgten sie mir. Koh trat näher, als wollte sie nur die Spieler betrachten. Ich blickte nicht in ihre Richtung. Ihre Eskorte deckte Koh mit den Reiseschirmen, als beschützten sie ihre Herrin vor der Sonne; in Wahrheit aber sollten die Ozelots nicht sehen können, wie sie mit mir sprach. Zwar kam es vor, dass große Schirmherren vor dem Match mit den Spielern redeten, aber es wäre sicherlich das erste Mal gewesen, dass solch ein Schirmherr weiblich war. Ich kniete mich auf den Platzbelag, und Koh tat das Gleiche, sodass wir in dem Wald aus verschwitzten Beinen unter uns waren.

Was, wenn sie es nicht so schnell bis hierher schaffen, wie wir glauben?, fragte Koh ohne Einleitung in ihrer Zeichensprache.

Ich antwortete, ich wisse es nicht.

»Das ist meine Bürde«, seufzte sie. Sie meinte damit, es sei ihr Fehler. Hinter ihrem Pokerface wirkte sie ziemlich aufgewühlt. Ich wusste nicht, was ich sagen sollte; mir war unwohl bei dem Gedanken, dass ich sie mit hineingezogen hatte; gleichzeitig war ich wütend, dass sie uns nicht wie versprochen herausholte. Es war ein wenig wie das ewige Zwiegespräch: »Verzeihung, das war meine Schuld.» – »Nein, *ich* bin schuld.« – »Aber ich bitte Sie, ich trage die alleinige Verantwortung«, und so weiter.

Sie fragte etwas anderes.

Ich sagte, ich verstehe nicht. Koh beugte sich zu mir vor, über die Grenzlinie. Man zwinge sie, auf der Ozelot-Seite zu sitzen, sagte sie in einer der Codesprachen, die sie mir beigebracht hatte, die von uns aber noch nicht benutzt worden war. Es handelte sich um keine echte Fremdsprache, mehr um eine Art Kindercode, wo man unsinnige Silben einsetzt. Auf jeden Fall konnte es nicht jeder gleich verstehen.

Was sagst du da?, fragte ich, denn ich konnte nicht glauben, dass ich richtig verstanden hatte.

Koh sagte, dass jemand namens 9-Rauchender-Zirpfrosch, das Oberhaupt des Sternenrassler-Kults – der Mann, den ihre Boten nicht hatten erreichen können –, in Smaragdgrün auf der Ozelot-Seite weile, auf der nördlichen Seitenplattform des Spielfeldes. Er habe darum gebeten, dass Koh und ihre Diener zu seiner Rechten standen. Obwohl die Sternenrassler hier keinen großen Einfluss besaßen, war er Kohs nächster Verwandter in der Stadt, und sie konnte sein Ersuchen nicht ablehnen, ohne dass es zum Kampf kam. Die Ozelots hatten ihn vereinnahmt. Koh musste mit Würde hinnehmen, bevormundet zu werden. Allein dass sie als Frau dem Hüftballspiel zusehen durfte, bedeutete schon eine außergewöhnliche Gnade.

Der Zug war so raffiniert, dass ich beinahe mit den Zähnen geknirscht hätte. Ich wusste, dass damit Kohs Gefangennahme eingeleitet werden sollte. Ein besonderer Aspekt des Pitzom, wie es hier im Tiefland gespielt wurde, war die Zuschauermitwirkung: Jede Person auf den beiden Hauptplattformen – die Harpyien standen über ihren Torpfosten im Süden, die Ozelots über ihren im Norden – durfte einen kurzen Stock führen wie einen Mini-Hurlingschläger, den man Kriegsbeil oder *baat* nannte, ein schönes Beispiel für ein onomatopoetisches Wort nahe am englischen Gegenstück. Wenn es dem Denken des 21. Jahrhunderts auch fremd war, Zuschauer durften sich ins Spiel einmischen. Sobald ein Ball den Damm zu diesen privilegierten Zuschauern hochsprang, beugten sie sich gefährlich weit vor, reckten ihre *baatob'* und versuchten, den Ball vom Tor abzulenken oder, wenn er hoch genug hereinkam, ihn einem Mitglied der eigenen Mannschaft zuzuspielen. Der Ball war aber nur zu treffen, wenn er zu hoch einflog, und die Zuschauer beeinflussten das Ballspiel nur zu wenigen Gelegenheiten. Trotzdem konnten sie sich auf diese Weise in helle Aufregung hineinsteigern, ohne dass sie dem Spiel die entscheidende Wende zu geben vermochten.

Doch die ernste Seite daran war, dass jeder, der auf einer der Plattformen stand, offiziell als Teilnehmer des Hüftballspieles galt, ganz wie der Ahau im Zentrum, der durch seine Vertreter auf dem Feld spielte. Auf diese Weise zwangen die Ozelots Koh, aufseiten der Katzen »mitzuspielen«, auch wenn niemand in ihrer Gruppe den Ball je berührte.

Verdammt. Am Ende waren die Ozelots vielleicht gar nicht so dumm, wie wir geglaubt hatten. Ich fragte mich, wie weit sie mit ihren Vermutungen, in welchem Maße 2JS am Ende Teotihuacáns beteiligt war, ins Schwarze trafen. Koh war so gut wie gefangen genommen.

Sag, du kannst nicht kommen, weil irgendeine Pflicht dich hier hält, schlug ich ihr vor.

Das ist keine gute Idee, entgegnete sie. Sie würden es als schwere Beleidigung auffassen und den Kampf sofort beginnen.

Sie hatte recht.

Aber die Ozelots werden dich schneller gefangen nehmen, als das Herz eines Kolibris schlägt.

Das wisse sie, sagte Koh und fügte hinzu, dass man sie vielleicht nicht sofort foltern würde. Wenn die Schlacht zu unseren Gunsten verliefe, könnten wir das Haus des Ozelots umstellen und sie auslösen.

Das stimmt, sagte ich. Aber wir wussten beide, dass wir nicht darauf zählen konnten. Es würde zu viele Pannen geben; so liefen die Dinge nun mal.

Ob sie noch das Blut des Erdsterns habe, fragte ich.

Sie bejahte.

Ich versuchte mich zu erinnern, was ich über die Anlage des Ozelot-Bezirks wusste. Wir waren nicht allzu weit vom allerheiligsten *ch'en* entfernt, *cenote* auf Spanisch, eine riesige, halb eingegrabene Zisterne. In diesem Fall war es die Hauptquelle für Trinkwasser für das Südufer von Ix und seit Urzeiten ein Eckstein der Ozelot-Macht, ein immer sprudelnder Born von kalkarmem H_2O wie Elischas Quelle in Jericho.

Vielleicht gelang es mir tatsächlich. Genügend Ablenkung gäbe es jedenfalls. Und unten auf dem Feld wären wir nicht von Ozelot-Wächtern umringt, im Unterschied zu Geblüten auf den Tribünen.

Hmm. Vielleicht kam ich wirklich dorthin. Bloß ans Westende des Feldes, auf den Zócalo des Popol na, den Hauptplatz der Stadt, durch eine »Frauentür« der Ozelot-Gebäude – das sollte meine Verfolger ein wenig bremsen –, dann aufs Dach und über einen Aquädukt direkt zum Haus der Großen Mutter. *No threat, no sweat.*

Ich renne zur Großen Zisterne, sobald sich die Möglichkeit bietet, sagte ich zu Koh. Vielleicht kann ich dir ein wenig Zeit erkaufen, wenn die Ozelots in der Schlacht die Oberhand bekommen.

Sie dachte lange darüber nach. Dann sagte sie, sie wolle versuchen, den Ahau Erdstern zu füttern. Damit meinte sie, dass sie ihm opfern sollte, damit er die volle Kraft seines getrockneten Blutes freigab. Ich machte eine Gebärde, die »okay, von mir aus« bedeutete. Das war ganz schön kühn, aber ich muss zugeben, ich vermasselte die Wirkung, indem ich ihr sagte, dass keiner ihrer Leute erfahren dürfe, dass wir es auf die Große Zisterne abgesehen hatten. Ihr das zu sagen war eine Beleidigung, denn damit deutete ich im Grunde an, ihre Geblüte könnten unter der Folter zerbrechen. Aber sie schien es nicht zu bemerken.

Sie flüsterte mit Coati.

»Lass dir von ihnen kein Wasser im Korb geben«, sagte ich. Mit »Korb« meinte ich die Stelle im Haus des Ozelots, wo man hochrangige Gefangene unter Selbstmordwache festhielt. Wie den Korb, in dem 2-Juwelenbesetzter-Schädel mich gehalten hatte.

Sie trinke sowieso kein Wasser, erwiderte Koh. Das war eine Art Witz für Dürrezeiten, wie etwa »Lippen, die Wasser berühren, kommen mir nicht an den Mund«.

Coati kehrte zurück und reichte Koh ein rot-weiß eingeschlagenes *uah'ach*, eine Art zeremonielles neunschichtiges Tortillabrot, das Frauen den Spielern vor dem Match geben sollten. Koh hantierte damit kurz hinter ihren Schirmen, trat vor und reichte es mir über die Wand ihres Pferchs. Ich machte die Gebärde für »angenommen«, riss die Hülle aus gefärbten Maishülsen auf und biss hinein. Besonders gut war es nicht gerade.

Koh sprach wieder in der gleichen Sprache zu Coati: »Schlag dich zu 2-Juwelenbesetzter-Schädel durch. Wenn du nicht zu ihm durchkommst, dann wende dich an Hun Xoc.« Sie befahl ihm, beide über das Erdstern-Pulver aufzuklären. Vielleicht konnten sie zum Harpyien-Haus zurückkehren und es einen Tag lang halten. »Aber sorge dafür, dass sie so lange wie möglich stillhalten«, fügte sie hinzu.

Sie wandte sich wieder an mich. *»Xka' nan'ech lo'mob kutz«*, sagte sie. »Rauche schneller, als die Fliegen stechen können.« Das war eine flapsige Bemerkung zum Abschied, wie etwa: »Mach mir keine Schande.« Sie ging davon. Die Menge hinter ihren Wächtern setzte sich wieder in Bewegung, und die ixianischen Rasslerkinder riefen ihr respektvoll Fragen zu und baten um Vorhersagen zum Ergebnis, als wäre sie eine Mischung aus Dalai-Lama und Nick the Greek, was sie im Grunde sogar war. Ich ging davon aus, dass sie die Frager ignorierte, doch unvermittelt drehte sie sich im Schutz der halbtransparenten Schirme um und ließ von Coati verkünden:

»Nun, zwölftes K'atun, neun Stern, sechzehn Weiße,
Ehe der dreizehnte Ball das Grün hinaufrollt,
Achtet auf eingewachsenes Blauhaarknotengras in
euren Mauern.«

(33)

Die Wellen des Gebrülls flauten kurz ab, dann türmten sie sich höher auf, als die Leute auf den Ausspruch reagierten und fragten, was Koh gemeint habe. Auch ich hatte nicht die leiseste Ahnung, wovon sie redete. Nimm mal ein bisschen Delphi raus, Baby, dachte ich.

Ich beobachtete, wie Koh sich abwandte und ihre Eskorte über den Gehweg zurückführte, die östliche Endzone des Feldes umrundete und eine Seitenrampe zur südlichen Plattform hochstieg, hindurch zwischen Hunderten feindselig dreinblickender Ozelot-Geblüten in Jaguarfellen und Stacheln aus smaragdgrünen Federn, die vermutlich alle nur auf das Zeichen warteten, sie zu packen und in mundgerechte Fetzen zu zerreißen. Sie grüßten Koh, und diese musste die Grüße erwidern, als wäre es ihr die größte Ehre auf Erden, bei ihnen stehen zu dürfen. Ozelot-Gardisten führten sie nach vorn zum Rand der Plattform, wo der ixianische Rassler-Addierer in der begehrten zweiten Reihe wartete. Koh und der Rassler-Addierer begrüßten einander in öffentlicher Zeichensprache. Ich stellte mir vor, wie von ihren Köpfen kleine Gedankenblasen hochstiegen, in denen stand: *Und nachher bringe ich dich um.*

Koh war dort oben vollkommen isoliert. Wenn es zum Kampf kam, müssten unsere Geblüte sich in den Graben des Spielfelds hinunterrollen lassen, die gegenüberliegende glatte Rampe zur Plattform hinaufstürmen und versuchen, ihre Herrin zu umschließen, ehe die Ozelots sie nach hinten wegzerren konnten. Das würden sie niemals schaffen.

Niemand schien auf mich zu achten. Ich beugte mich vor, als hätte ich Schwierigkeiten mit meiner Sandale, riss die neunschichtige Tortilla mit den Zähnen ganz auf und zog etwas heraus, das ich erkannte: einen doppelwandigen Blasenbeutel. Er enthielt den Erdsternstaub.

Ich klopfte etwas Maisstärke ab und reichte ihn nach hinten an Gürteltierschiss weiter. Dann wies ich auf meine Hüftpolsterung, und er griff durch die gesteppten Schichten, schob den Beutel in den Hohlraum links von meinem Schritt und band ihn mit Schnurenden aus Wieseldarm fest, die von meinem Jochharnisch herunterhingen. Ich erhob mich, und Gürteltierschiss wischte ein paar Fetzen von Opferkonfetti und zerrissenen Wettscheinen, Prunkwindenblüten, gefärbten Federn und anderem Mist aus meinem Helm.

Ein lang gezogenes »*Eeeee*«, eine Art ehrfürchtiges Keuchen breitete sich von den Tribünen über die Stadt aus. Das Spötterteam der Ozelots hatte gerade einen gefangenen Harpyienadler hervorgeholt, und einige Harpyien auf den Tribünen versuchten, hinunter aufs Spielfeld zu gelangen. Sie wollten ihn retten und mussten zurückgehalten werden. Währenddessen quälten die Harpyien-Spötter ein Ozelotjunges; nach allem, was ich hörte, rissen sie es an seiner Leine hin und her und piekten es mit Spießen. Der Menge lief die Galle über, und ... nein, das beschreibt nicht annähernd die Wut, die die Zuschauer erfasste. Totemtiere des anderen zu quälen kam einer Kriegserklärung gleich. Dieses Spiel war mit dem letzten Tor noch lange nicht zu Ende.

DOOOONG!

Der Ton klang wie ein Akkord aus Dis, Cis und Fis ganz unten auf den schwarzen Tasten am linken Rand eines alten Bösendorfer. Er stammte von einer Schlitztrommel aus einem Zedernbaum, so groß wie der Rumpf einer 707. Hun Xoc ging an mir vorbei; seine Hüftjoche schwangen im Gegentakt zu seinen Schritten. Er ging nach vorn in den Spielgraben und stellte sich an seiner Markierung auf. Von jeder Seite waren stets nur drei Spieler gleichzeitig auf dem Spielfeld erlaubt, und einschließlich der Trainer wurden aus jeder Mannschaft lediglich sechs Personen auf den Platz gestellt. Jeder in unserem Team hatte einen Namen mit dem Wort »Rot« darin; unser Trainer »Putzibär« hieß tatsächlich 24-Rote-Fichte, und Hun Xocs voller Name war 1-Roter-Hai. 3-Roter-Schnabel sollte unser zweiter Anfangsstürmer sein, und 5-Roter-Keil – wir nannten ihn 5-5 – wäre unser Anfangs-Zonenhüter, so etwas wie ein Torwart. 6-Rote-Schnur und ich würden zunächst auf der Bank sitzen und eingewechselt werden, sowie man uns brauchte.

Auf der Ozelot-Seite würden Smaragd-Wildhund, der Trainer, mit 15-Smaragd-Sturmschritt – ein Riese, er war wenigstens eins siebzig groß – und 2-Smaragd-Brüllaffe, den wir »Schwabbelige Affenschlampe« nannten, als Stürmer beginnen. Ihr Anfangszonenhüter sollte 4-Smaragd-Schnappschildkröte – »Wabbelschnapper« – sein. Smaragd-Schreier und 20-Smaragd-Schweigen saßen auf der Bank.

Smaragd-Sturmschritt vollführte obszöne Gebärden in Richtung der Harpyien-Tribünen. Ich mach dich kalt, du fetter Drecksack, dachte ich. Oben auf den Tribünen verjagten die Treiber einen Händler, der mit Kalebassen voll heißem honiggesüßtem und gesalzenem Pinientee und süßem Kakao behängt war. Zwei unabhängige Buchmacher durchstreiften mit akrobatischem Geschick die Tribünen und nahmen in letzter Sekunde Nebenwetten auf einzelne Spieler an. Ich sah meine Ausrüstung durch, ein Ritual vor jedem Hüftballspiel, auf das ich nie verzichtete. Ich tastete die Wieseldarmschnüre ab, die meine Knie- und Ellbogenschützer hielten. Ich band den Brustharnisch auf, lockerte ihn ein wenig und schnürte ihn wieder zu. Wenn er zu eng saß, konnte er Schnittwunden verursachen. Ein *insei* kam mit einem Tablett voll Asche, und ich tauchte die Hände hinein und verteilte sie über meine Arme, während er mir die Füße mit Kolophonium einrieb. Von dort, wo ich stand, konnte ich den größten Teil der smaragdgrünen Ozelot-Mul jenseits der gegnerischen Endzone sehen, dahinter ein Stück vom östlichen Ufer des Festlandes und rechts darüber einen Teil des Walls aus Mauern und Plattformen, der die heilige Große Zisterne der Ozelots umschloss.

Vielleicht ist es tatsächlich machbar, dachte ich. Es sind schon seltsamere Dinge geschehen.

Ich bemerkte, dass es mucksmäuschenstill geworden war.

9-Reißzahn-Kolibris Musik setzte ein, das Spiel einer einzelnen riesigen Flöte, die immer näher kam. Die Menge auf den Ozelot-Tribünen teilte sich, und ein tetraedrischer Kasten schwebte auf den Schultern von Zwergenträgern in die Mitte der Tribüne. Der Kasten war mit schillernden smaragdgrünen Kolibrifedern bedeckt und sah aus, als wäre er 9RKs Dienern aus dem Himmel der platonischen Körper auf die Schultern gefallen. 9RK konnte durch den Schirm sehen, aber für uns auf der sonnenbeschienenen Seite erschien er so undurchsichtig wie emailliertes Metall. Als die Zwerge den Kasten auf dem Mattenthron an der höchsten Erhebung absetzten, erhob sich erneut das schrille Jubeln der Menge, und jede Seite wiederholte immer wieder ihren Chor, im Gegenrhythmus zur anderen Seite, um sie zu übertönen. Die Harpyien skandierten: »*Ch' uchu' b'aj, jab k'eseic k'uul, ch' uchu' b'aj, jab k'eseic k'uul*« – »Wir leuchten ganz oben, wir reißen euch den Kiefer ab, wir leuchten ganz oben, wir reißen euch den Kiefer ab, wir leuchten ganz oben, wir reißen euch den Kiefer ab«, und die Ozelots sangen: »*Chupa'yal bak, chuyu'baj tox*« – »Wir blitzen hell-dunkel, wir kauen eure Herzen«. Wir unten auf dem Feld grüßten 9RK:

»Du weit über uns,
Herr der Klinge,
Du weit über uns,
Herr des Speers,
Du weit über uns,
Nächster zu 1-Hurrikan,
Du weit über uns,
Trautester von Iztam Na,
Du weit über uns,
Rubinbrauiger Häscher 11-Winds von Motul,
Du weit über uns,
Sonnenäugiger Häscher Seitlings-Nasenbärs von Caracol,
Du weit über uns,
Rächer der Gefangennahme 16-Ozelots,
Du weit über uns,
Berger des Schädels von 4-Ozelot,
Du weit über uns,
Häscher von achtzehn mal vierhundert plus einundsechzig Geblüten,
Du weit über uns,
Unterwerfer von zwanzig mal zwanzig Städten,

Du weit über uns,
Herr der Zweimal Vierhundert Städte,
Du weit über uns,
Oberherr von vierhundert mal vierhundert Städten,
Du weit über uns,
Neunfaltiger König der Opfer,
Du weit über uns,
Du, den wir dich mit unseren Opfern nicht erreichen,
Du weit über uns,
Du über den vierhundert mal vierhundert mal vierhundert Leibeigenen unter uns,
Du weit über uns,
Du weit über allen über uns,
Du weit über uns,
Im Erdbeben Geborener, dessen wahren Namen niemand errät,
Du weit über uns,
Dessen manifestierter Name 9-Reißzahn-Kolibri ist,
Neige dich herab, auf uns zu sehen,
Gewähre uns deine klare Sicht, die sich weit, weit über uns erstreckt und uns schützt,
Du, weit über uns,
Oberherr,
9-Reißzahn-Kolibri.«

Dann, so langsam wie Sufi-Derwische, drehten wir uns immer wieder im Gruß an die vier Himmelsrichtungen, die beiden konkurrierenden Ahauob', die fünf Großen Häuser von Ix, alle Würdenträger auf Besuch, Frau Koh, die Herren der Morgendämmerung und die Herren der Abenddämmerung und die anderen bemerkenswerten Gäste, die von weit her gekommen waren, sogar vom Südufer des Nicaraguasees. Wie Hun Xoc zu sagen pflegte: Am Ende grüßten wir sogar unseren eigenen Hintern.

Aus einem Baumhorn drang ein Fanfarenstoß. Der Tempeldistrikt versank in Schweigen, wie Staub sich nach einer Explosion setzt. Der Kantor brüllte in sein Sprachrohr. Mit

»Nun zwanzig, zweiundfünfzig, zweihundertsechzig«,

begann er eine Litanei der Glanztaten herunterzuspulen, die seine Generation der Großen Häuser von Ix auf diesem Feld gezeigt hatte, und ermutigte die jungen Spieler von heute zu versuchen, dem Geschick und der steinernen Entschlossenheit der Spieler von einst nachzueifern, obwohl sie nur scheitern könnten, und so weiter. Ich bekam das alles nur wie durch einen Nebel mit. Die Schiedsrichter traten in ihren langen Federmänteln ein, jeder von einer Ecke des Feldes, und beweihräucherten mit ihren großen Zigarren den Graben. Ihre Entscheidungen waren endgültig und konnten launenhaft ausfallen, aber sie waren alle über siebzig, kinderlos und betrachteten Hüftball als Sakrament. Außerdem stammten sie alle aus einer einzigen, angeblich niemandem verbundenen mönchischen Sippe, und es war beinahe ohne Beispiel, dass einer von ihnen bei seinen Entscheidungen die eine oder andere Seite bevorzugt hätte, denn das Überleben des Ordens beruhte traditionell auf seiner Unparteilichkeit. Dennoch, einen Schläfer konnten die Ozelots schon vor langer Zeit eingeschleust haben …

Der Kantor beendete seine Rezitation. Obwohl man noch die weiter entfernt stehenden Rufer hören konnte, die seine Ansprache wiederholten, gab der Meister des Hüftballs – oder *Magister Ludi*, wie wir Fans von *Das Glasperlenspiel* den Titel vielleicht übersetzt hätten – den Einsatz bekannt.

»Vierhundert Zwanzigschaften auf jeder Seite«, sagte er.

Der Haupteinsatz sollte immer *chunchumuk* sein, sogar Geld, aber er wurde auf komplizierte und, wie ich glaube, auch gekünstelte Art ausgehandelt. Während der Magister sprach, hielten Wetter und Buchmacher im Publikum bereits die Finger hoch und setzten neun zu zwei gegen die Harpyien, was sogar meiner Meinung nach ein bisschen überzogen war. Mir fiel ein, dass ich vergessen hatte, selbst eine Wette abzuschließen, aber ich sagte mir, dass es unwichtig sei. Der Magister Ludi war fast fertig, als 2-Juwelenbesetzter-

Schädels Herold seine Trommel schlug. Der Magister übergab das Wort an ihn.

Der Herold sagte, dass die Harpyien beantragten, den Einsatz zu erhöhen, indem sie 1-Harpyie böten. Damit meinte er ihre erste Mul mitsamt Tempel, mithin also die Unterstützung, die Familienmitgliedschaft, die Treue, die Dienste, oder wie immer Sie es nennen möchten, von 1-Harpyie persönlich, dem Sippengründer, der seinen Nachfahren im Laufe der letzten 958 Sonnenjahre so großen Reichtum eingebracht hatte; im Grunde also alles einschließlich des Namens.

Das Nebenwetten hörte sofort auf. In der plötzlichen Stille waren gemurmelte Bemerkungen zu hören. Vier Krähen stießen weit im Osten einen Warnruf aus.

Die Ozelots brauchten eine Weile für ihre Antwort. Schließlich erklärte ihr Rufer, er gehe auf die Wette ein. Aber er setzte nicht die Mul der Ozelots und ihren Gründer; vielmehr bot er 1-Schädel und dessen Tempel.

Wieder verging Zeit in erwartungsvollem Schweigen. Ich konnte 2-Juwelenbesetzter-Schädel nicht sehen, aber er beriet sich wahrscheinlich mit den hauseigenen Buchmachern. Schließlich nahm er das Angebot an.

Die Nebenwetten stiegen auf sieben zu vier, und es gab eine Flut völlig neuer, sogenannter »Heldenwetten« auf die Spieldauer und die Leistungen einzelner Spieler. Ich bekam das Gefühl, dass mehr als die Hälfte der städtischen Jahreseinnahmen aufgrund eines einzigen Matchs neu verteilt wurden.

Zwei Paare Unberührbare betraten den Graben. Jeder hob mittels einer langen Zange einen zylindrischen Topf mit rundem Boden, gefüllt mit gepulvertem Pigment, und stellte ihn auf die obere Kopfplatte jedes quadratischen Torpfostens.

Hüftball hatte einige komplizierte Regeln und Vorschriften, aber grundsätzlich war ein Treffer gegen das zentrale Tor der anderen Seite als ein Punkt zu werten. Ein Ball, der über den Pflock hinwegging und den Krug entweder zerbrach oder Pigment hinausschleuderte, brachte vier Punkte. Auf diesem Platz – wie auf allen anderen, die ich in alter Zeit gesehen hatte – gab es keine Ringtore; sie wurden erst berühmt durch das viel jüngere Spielfeld von Chichén Itzá, das im 20. Jahrhundert zum Touristenmagneten wurde und James Naismith zur Erfindung des Basketballs inspiriert haben soll. Manchmal übten die Spieler, indem sie den Ball durch einen großen Reifen trieben, der über den Boden gerollt wurde, aber die Benutzung von Ringen im eigentlichen Hüftball muss erst später aufgekommen sein.

Wie auch immer, die erste Mannschaft, die einundzwanzig Punkte erreichte, hatte gewonnen, wie beim Blackjack, aber man musste mit zwei Punkten Vorsprung siegen, wie beim Tennis, und genau wie beim Tennis konnte es immer wieder zum Einstand kommen.

Die Seiten wurden nicht gewechselt. Jedes Team hatte zwei Ersatzspieler; wenn mehr als zwei Spieler aus dem Spiel gekickt wurden, spielte man eben bis zum letzten Mann.

DOOOONG!

Ein Zweiergespann Träger brachte den weiß umhüllten Ball. Sie hielten das schwere Bündel mit großen Kellen aus Holz und banden es an eine herabhängende Leine. Ein Schiedsrichter inspizierte den Knoten und gab ein Zeichen; der Ball wurde hochgehievt und hing über der zentralen Steinmarkierung.

»Nun eins, zwei, vier, fünf, sieben, neun, dreizehn«, intonierte der Magister Ludi und wechselte vom Imperativ zweite Person Plural zum apostrophierenden Fall, den man nur benutzte, wenn man zu Göttern sprach.

»Nun zwanzig, zweiundfünfzig, zweihundertsechzig,
O Nacht, o Wind, o Tag, o Regen, o Null,
Jetzt, Gäste, sehet 2-Baumläufers blutgewaschenes Haupt.«

2-Baumläufer war der größte ixianische Hüftballspieler gewesen, an den man sich erinnern konnte. Vor neununddreißig Sonnenjahren hatte er sich nach einer Fußgelenkverletzung selbst geopfert. Der Ball bestand aus weißem Gummi, der in vielen Windungen um 2-Baumläufers Schädel als hohlem Zentrum – zur Verbesserung der Sprungeigenschaften – gewickelt war. Man hatte ihn schwarz gebacken und mit bemalten, nagelgroßen Dornen besetzt. Zuletzt war der Ball mit zwei Arten Blut gereinigt und dann in Quellwasser gewaschen worden, das auf den Opferfeuern der Häuser der Großen Väter beider Häuser gekocht hatte. Der Ball war unterhalb seines Äquators dreizehn Mal mit einem aus bunten Fäden gedrehten Seil umwunden, und als das letzte der Bänder fiel, wickelte das Seil sich ab. Ich roch, wie sich die alte Kämpf-oder-flieh-Anspannung in den Spielern rings um mich aufbaute, wie die Gelenke ganz leicht bebten, wie das Gewicht verlagert wurde und wie die Drüsen jene gehaltvolle *Pass-auf-*Cortisolmischung ins Rückenmark pumpten, ungeachtet dessen, mit welcher Kamikaze-Ethik das Hirn getränkt war.

»*Li'skuba hun*«, sang der Kantor. »Fertig für Ball Eins.«

Die Sonne verschwand hinter der Mul, aber von den Dachkämmen im Osten spiegelte guavenfarbenes Licht auf das Spielfeld, als wären es senkrecht stehende Seen. Fackeln würde man erst in über dreißig mal zwanzig Schlägen entzünden. Die Buchmacher riefen zu den letzten Wetten auf und verstummten. Die rechten Stürmer spannten die Muskeln, die Füße bereit, sich von den Linien abzustoßen, sobald sie hörten, wie der Ball die Zentralmarkierung traf. Vier Schläge globaler Bewegungslosigkeit, während der Beobachter den Tod der Sonne verfolgte.

Neununddreißig Schläge des Schweigens folgten.

Er hob die Hand und senkte sie dann in einer Schneidbewegung.

Eine Bewegung durchlief die Menge, ein Atemholen. Der Magister zerschnitt das Ende einer straff gespannten Schnur, die am Rand seines Stuhles festgebunden war. Das Ende der Schnur schien von ihm wegzuschnellen wie eine Schwarznatter. Es pfiff hinunter aufs Spielfeld und durch drei verschiedene Schleifen zum Ballsack. Das Seil um den Ball öffnete sich, fiel zur Seite und entblößte die dunkle Kugel. Im Verhältnis zu unserer Körpergröße war der Ball ungefähr so groß wie ein Basketball. Ihn mit bloßem Körper umherzutreiben war ungefähr so, wie mit einer Kanonenkugel Footbag zu spielen. Wenn man einen Fehler machte, konnte der Ball einen verstümmeln oder sogar töten.

Die Unberührbaren huschten vom Platz. Die Schiedsrichter traten hinter die Endzonenlinie. Das Seil wickelte sich schneller und schneller ab, und gerade, als der Ball sich zu befreien begann, rief der Magister Ludi aus: »PIIITTZOOOHHM PAAYYEEEE*EEEEEEEEE-EEEE!!!*«, was vermutlich am besten wiedergegeben werden kann mit: »SPIIIELT ***BAAAAAAALL!!!!***«

(34)

Der Knoten löste sich, doch der Ball schien sekundenlang nicht zu fallen, sondern noch zu schweben, um dann widerwillig in die dichte Luft herabzusinken. Langsam beschleunigte er hinunter zur runden Zentralmarkierung und baute in der letzten Armlänge seines Falls Geschwindigkeit auf. Dann hörten wir ein hohles *CHUHN!!!*, das für alle ixianischen Geschichtsschreiber die exakte Grenze zwischen gestern und heute definierte.

»*Chun!*«, rief der Kantor fast gleichzeitig mit dem Geräusch. In der Ballsprache war *chun* das Wort für Base oder Stamm oder Wurzel, da die Markierungen aus Astscheiben vom Baumweg nach Xib'alb'a bestanden. Der detaillierte Spielkommentar des Kantors klang daher ungefähr so wie eine Yoruba-Nachrichtentrommel – beide imitierten die Geräusche des Ballspiels und gaben Namen, Bewegungen und Positionen an. Das Ganze breitete sich in einem immer weiteren Kreis rings um das Spielfeld aus. Die Stadt hörte sich an, als spielten dort Hunderte von Radios, die eine Sendung über ein dichtes Medium empfingen, das die Übertragung bis unter die Schallgeschwindigkeit bremste.

Ehe man wahrnahm, dass die schwarze Kugel sich von der Markierung gelöst hatte, waren die rechten Stürmer bereits heran, Hun Xoc von unserer Seite und Smaragd-Sturmschritt von Westen. Der Ball sank zwischen ihren verschwimmenden Gestalten zu Boden, und man hörte Fleisch gegen Fleisch klatschen, dann das scharfe Geräusch, mit dem der Ball gegen ein hohles Joch knallte. Der Hauptkantor rief: »*Bok!*«, das Hüftballwort für Joch, Knochen oder Horn. Das Wort war dem tatsächlichen Geräusch so ähnlich, dass es wie ein Echo von den aufsteigenden Rändern des Spielfelds klang, während die Legionen von Rufern es bis in die Vorstädte weiterleiteten, in die Weiher und über die Sacbes bis tief ins Hinterland. Dorf-Addierer lernten es beim ersten Hören auswendig. Arbeitsgruppen von Hüftball-Addierern interpretierten anhand dessen, wo der Treffer geschah, durch wen, bei welchem Schlag, und hundert weiterer Dinge. Signale und Boten übermittelten den menschlichen Widerhall bis nach 31-Höfe und noch weiter hinaus zu den Ecken der vier Viertel, hinauf zu den Knospen und hinunter zu den Wurzeln des Großen Baumes mit den Vierhundert mal Vierhundert Ästen. Doch auf dem Spielfeld lief die Hüftballzeit natürlich weiter, und ehe das Echo auch nur den zweiten Ruferkreis außerhalb des Platzdistrikts erreicht hatte, flog der Ball wieder und traf den Zielpfosten der Harpyien. Der Kantor rief: *»T'un!«*, was das Geräusch imitierte, mit dem der Ball auf den hohlen Pfosten traf, zugleich aber auch das Wort für »Punkt« war.

Die Schiedsrichter gaben das Zeichen, dass das Tor gültig sei. Ein lautes, fauchendes Zischen stieg von den Ozelots und ihren Anhängern auf, das Äquivalent zu Applaus, und kämpfte gegen die Flut aus stampfenden Füßen auf der Harpyien-Seite, das Maya-Gegenstück zu Buhrufen.

»T'un Bolom, Hun-chen Bolomob'«, sang der Kantor, und das heißt: »Tor, Ozelot, eins-null, Ozelots.«

Die Ruferkreise wiederholten die Entscheidung: *»T'un Bolom, Hun-chen Bolomob'.«*

Am Ziel zogen sich die Spieler hinter ihre Endzonenlinien zurück. Zwei Unberührbare rannten herein und fingen gemeinsam den Ball mit behandschuhten Fingern. Einer von ihnen stellte sich mit dem Ball auf die Zentralmarkierung, während der andere ihn reinigte, indem er ihn mit Blutasche einstaubte, die er in einem Beutel bei sich trug. Waren die Unsichtbaren so etwas wie Bühnenarbeiter, entsprachen die Unberührbaren eher den Balljungen. Da sie die Feldoberfläche berührten und das Blut und die Toten und vor allem den Ball, waren sie unwiderruflich unrein.

»Li'skuba Ka'ab.« Fertig für Ball Zwei. Ich bekam allmählich ein Gefühl wie ein Rennpferd am Start: Wenn ich nicht bald aufs Feld kam,

würde ich platzen. Der erste Unsichtbare drehte sich nach Westen, warf den Ball im Tiefaufschlag in die Luft und landete ihn professionell auf der hinteren smaragdgrünen Markierung der Ozelots.

»*Chun!*«, rief der Kantor wieder. Smaragd-Sturmschritt übernahm erneut die Spitze und schlug den Ball mit dem Joch hoch, brachte ihn unter Kontrolle – »*Bok*« – und ließ ihn sanft von seiner Schulterpolsterung abrollen.

»*P'uchik*«, rief der Sänger. Das Wort bezeichnete einen Körpertreffer und imitierte zugleich das Geräusch, mit dem der Ball auf Fleisch traf und sich von der eingeölten Haut löste. 2-Smaragd-Brüllaffe, der andere Ozelot-Stürmer, fing den Pass mit der Seite seines Jochs – »*Bok*« – und schlug ihn nach rechts vorne, wo er von der Rampe zurückgeworfen wurde wie im altmodischen Jeu de Paume, dem Vorläufer des Tennis.

»*Pak*«, rief der Kantor, den knappen satten Laut imitierend. Es war außerdem das Wort für Mauer. Smaragd-Sturmschritt war bereits das Feld hinuntergerannt und positionierte sich unter den fallenden Ball, um aufs Ziel zu schießen. Das Lärmen der Menge ließ zu fast völliger Stille nach; man hörte nur noch die geträllerte Spielberichterstattung, das Grunzen der Spieler und das Quietschen und Knarren ihrer Sandalen. Den Zuschauern war das Reden keineswegs verboten, aber das Ballspiel nahm sie völlig gefangen, selbst wenn sie nichts sehen konnten. Die Menge war so gebannt, dass sie den Mund hielt und die Spannung sich immer weiter aufbauen ließ, bis sie sich beim Ende eines nervenaufreibenden Spielzugs, bei einem Tor oder einem Todesfall als brausender Applaus entlud.

5-5 holte rasch auf und blockierte Smaragd-Sturmschritts Schuss, wich jedoch zurück und machte einen Schulterpass von der Mauer auf Brüllaffe – »*P'uchik pak*« –, der den Ball gekonnt aufnahm und in die Unterseite des Tores schleuderte: »*Bok … t'un!*«

»*T'un Bolom*«, rief der Punkteaddierer, »*Ka'ah-chen Bolomob'.*«

»Tor, Ozelot, zwei-null, Ozelots.«

Pfeifen stieg von der Menge auf. Der leitende Unsichtbare legte den dritten Ball vor. Sturmschritt bekam ihn erneut und versuchte das gleiche Rennen-und-Finten-Manöver mit anschließendem Rückpass zu 2-Brüllaffe, doch diesmal war Hun Xoc zur Stelle und fing den Ball ab. Er fischte ihn mit seiner Handkelle aus der Luft und schleuderte ihn zu 3-Roter-Schnabel nach Süden. Das war ein typischer Zug der Harpyien-Schule. Auf den meisten Plätzen wurde das Spiel ähnlich wie der heutige Fußball gespielt, sodass man den Ball nicht mit den Händen berühren durfte. Die ixianischen Regeln wichen jedoch leicht ab; wir trugen jeder eine hölzerne, in Eidechsenhaut gewickelte Ballkelle an der Unterseite unserer Handgelenke, die bis zu den Handflächen reichte, und damit durfte man den Ball schlagen oder zurückschmettern. Allerdings war der Ball so schwer, dass man ihm mit dem Arm keinen großen Schwung verleihen konnte. Und natürlich durfte man ihn nicht fangen – nicht dass jemand das ernsthaft gewollt hätte. Der Ball war zu schwer, um ihn mit etwas anderem in Schwung versetzen zu können als mit der Kraft des ganzen Körpers, und dann besaß er ungeheure Wucht. In dem großen Joch, das fast bis zu den Brustwarzen hinunterreichte, und den Baumwollbahnen, mit denen es gepolstert war, spürte man, wie die Massenträgheit einem die Energie entzog, wenn man den Ball fing und weiterschleuderte. Manchmal musste man die Schulter, die Wade oder sogar den Oberarm einsetzen, aber man tat es nicht gern, und ganz gleich, wie zäh man war, vor der Wucht des Balles schreckte jeder zurück. Deshalb schoss man, wenn irgend möglich, mit seinem Hüftjoch, denn dabei konnte man sein gesamtes Gewicht hinter den Stoß legen. Erst wenn das nicht möglich war, griff man auf den Waden-, Schulter-, Oberschenkel-, Oberarm- und schließlich den Handflächenschutz zurück, und zwar in dieser Reihenfolge. Den Ball zu köpfen wäre eine ganz dumme Idee gewesen.

Roter Schnabel schoss den Ball mit dem Knie nach Süden, tief in die rote Weite der Harpyien-Zone. Hun Xoc schlitterte ihm auf den Knien hinterher und blockierte den Abprall mit dem oberen Knick seines kunstvoll verzierten Jochs. Der Ball legte sich in die Rinne und schlug zwischen der Rampe und dem Joch hin und her wie eine

Flipperkugel, die zwischen den elektrischen Prellern gefangen ist. Die Rufer ahmten den sich beschleunigenden Beat nach: »*Pak, bok, pak, bok, pak-bok, pak-bok, pak-bok pak-bok pakbok pakbok pakbokpakbok pakbok-pakbokpakbokpakbok*«, bis die Laute verschwammen. Hüftball war ein würdiges Spiel, ein stures Ritual, ein Akt der Anbetung. Zugleich war es ein viel schnelleres Spiel als Basketball, wenigstens so schnell wie Jai Alai oder Pingpong.

Smaragd-Sturmschritt erholte sich, doch Roter Schnabel wich vor ihm in die Endzone der Harpyien zurück. Die territoriale Hauptregel besagte, dass keine Mannschaft in die Zone der anderen eindringen durfte, in unserem Fall die linke Hälfte der Osthälfte des Feldes, eine rote Zone, die wie ein seitenverkehrtes L geformt war. In diesem Match durften die Ozelots nicht auf Rot treten, die Harpyien nicht auf Smaragdgrün. Die Abwehrspieler beider Seiten durften ihre jeweilige Zone nicht verlassen, aber die Stürmer konnten überallhin, nur nicht in die gegnerische Heimzone. Man durfte den Ball aber auch nicht für mehr als vier Mauer- oder Körperabpraller in seiner eigenen Zone halten, und wenn der Ball den ebenen Boden in der eigenen Hälfte berührte, war er aus, und man musste ihn an die gegnerische Mannschaft übergeben. Das kam allerdings kaum einmal vor. Jeder Hüftballspieler hätte einen Betonziegel mit dem ganzen Körper jonglieren und achttausend Schläge lang in der Luft halten können.

Roter Schnabel wartete ab, dass Hun Xoc zwischen ihn und Sturmschritt kam; dann näherte er sich in langsamem Lauf dem Pfosten, wobei er den Ball in kurzen Läufen gegen die Nordmauer dribbelte. Er schoss und verfehlte. Wabbelschnapper bekam den Ball und gab an Brüllaffe weiter. Affenschlampe schoss, aber daneben, und Hun Xoc hatte den Ball. Die Sache war die, dass es beinahe unmöglich war, von der gegnerischen Hälfte aus den Ball ins gegnerische Tor zu befördern, obwohl »Rückwärtstore« und sogar Eigentore vorkamen. Und da es auf der eigenen Seite nur einen einzigen wirklich günstigen Punkt gab, auf das gegnerische Tor zu schießen, folgte der Ball einem relativ gut vorhersehbaren Weg. Man kam in Ballbesitz, brachte den Ball auf seiner Seite in Position, stürmte an der rechten Rampe entlang und schoss nach vorn rechts hoch auf den Pfosten der anderen Mannschaft. Wenn man den Pfosten verfehlte, kam der Gegner fast mit Sicherheit in Ballbesitz und tat das Gleiche: Er positionierte sich, rannte los und schoss von der anderen, seiner rechten Seite auf das Tor, und dann bekam man den Ball zurück und wiederholte das Ganze. Obwohl es kein Netz gab, bewirkte die Anlage des Spielfelds eine Vor-und-Zurück-Bewegung und einen gegen den Uhrzeigersinn gerichteten Zug wie die Linkskurven auf einer Pferderennbahn. Die gleiche Zentrifugalkraft bewirkte eine Trennung der beiden Mannschaften, verhinderte aber trotzdem nicht den einen oder anderen Zusammenstoß. So gefährlich Hüftball auch war, im Grunde handelte es sich um keinen Kontaktsport, jedenfalls in der Theorie.

Hun Xoc trieb den Ball die Rampe des Norddamms hinauf: »*Bok, pak, bok, pak.*« Plötzlich legte er einen Weitschuss hin wie ein Dreipunktewurf beim Basketball und sandte den großen schwarzen Planeten säuberlich zwischen die Baatob' der Ozelot-Zuschauer. Obwohl der Ball den Zielpfosten zu verfehlen schien, berührte er doch den zerbrechlichen Krug mit gefärbtem Marmorpulver. Der Krug schwankte und fiel zu Boden, wobei er eine smaragdgrüne Rauchfahne hinter sich herzog.

»*Waak'al, waak'al*«, rief der Sänger. Das Wort hieß »Explosion«, also ein Großtor. Die Harpyien-Anhänger stießen begeistert das Jubelfauchen aus, das für die großen Punktgewinne reserviert war. Ich meine damit nicht das dämliche Trillern, zu dem man in den mexikanischen Tequila-Bars in den USA animiert wurde; es klang mehr nach zehntausend Krähen in Panik. Das Fußestampfen ging willkommenerweise auf die Ozelot-Seite über.

»Großtor, Harpyie! Zwei Tore, Ozelots,
Vier Tore, Harpyien!«, rief der Kantor.

Vielleicht klappt es ja doch, dachte ich. Die Unsichtbaren huschten herein, um sauberzumachen und den Krug zu ersetzen. Der Magister ließ den Handspiegel blitzen, und der vierte Ball fiel. 3-Schnabel bekam ihn und schoss. Daneben. Sturmschritt fing den Ball ab, dribbelte zweimal gegen die Südmauer – »*Bok pak bok pak*« – und schoss. »*BOK.*«

Fehlschuss. Zu hoch. Ich hätte den geschafft. Verdammt, lasst mich auf den Platz! Der Ball setzte im Bogen über die Tribünen, und ein Harpyien-Zuschauer lenkte ihn, wie es Brauch war, zurück aufs Feld.

Aber da stimmte etwas nicht: Der Kerl auf den Harpyien-Tribünen hätte den Ball zu uns lenken müssen, doch er schlug ihn in die falsche Richtung, zurück zu den Ozelots. Sturmschritt nahm gemächlich wieder Aufstellung, fing den Ball ab und schoss erneut.

»Großtor, Ozelot! Sechs Tore, Ozelots,
Und vier Tore, Harpyien.«

Auf der Harpyien-Seite steigerte sich das »Buhen« zu Rufen von: »*Keechtikob, keechtikob, keechtikob!*« – »Spione, Spione, Spione!« Wer immer den Ball in die falsche Richtung geschlagen hatte, bekam jetzt eine hübsche Abreibung. Er konnte noch so sehr beteuern, er habe nur einen Fehler begangen, man würde ihm auf keinen Fall glauben, dass er nicht zu den Ozelots übergelaufen war.

Trotzdem, der Trick würde kein zweites Mal funktionieren.

Beim nächsten Aufschlag bekam Hun Xoc den Ball, aber Sturmschritt und Brüllaffe stürmten so schnell auf ihn zu, dass er den Ball an 5-5 abgab. Der Pass ging zu weit, und 5-5 konnte nicht annehmen. Der Ball traf den roten Damm, sprang über unsere Zone in den Graben und war so gut wie aus. 5-5 lehnte sich vor, um ihn noch zu retten, und bekam ihn wieder in die Luft, verlor aber das Gleichgewicht und fiel auf das Weiße außerhalb der Harpyien-Zone, wodurch die Ozelots einen Punkt erhielten, ohne dass sie ein Tor geschossen hatten. Der Schiedsrichter gab das Zeichen, und der Kantor begann, den neuen Spielstand auszusingen …

»Tor, Ozelot! Sieben Tore, Ozelots,
Und vier …«

Doch ehe er fertig war, schnitt ihm das Schiefertafel-Kratz-Geräusch das Wort ab, mit dem geölte Haut über die lehmige Platzoberfläche scharrte, gefolgt von einem Knochenknacken, als Smaragd-Sturmschritts Joch gegen 5-5s Oberkörper krachte. Ehe ich etwas sehen konnte, rangelten beide Mannschaften über den beiden, und die Treiber trennten sie. Smaragd-Sturmschritt hatte es wie einen Unfall aussehen lassen, aber natürlich war er gezielt auf 5-5 losgestürmt und hatte ihn niedergerissen, kaum dass 5-5 nicht mehr in der roten Zone war.

Die Kontrahenten trennten sich. 5-5 schleppte sich am roten Damm entlang und hinterließ eine dunkle, zähflüssige, irgendwie gallenfarbige Spur. Die Trommler hatten Kampflärm nachgeahmt; jetzt imitierten sie mit Maracas und gekerbten Stecken das Geräusch, mit dem Blut aus einer Arterie sprudelt und auf den Boden klatscht.

Das Aberwitzige daran war, dass die Berührung eines gegnerischen Spielers nicht als Foul galt, solange es sich um keinen eindeutigen Angriff handelte. Und natürlich bewerteten die Schiedsrichter den Zusammenprall nicht als Foul. Der Hüftballer, der den gegnerischen Spieler verletzt hatte, musste alle möglichen Entschuldigungen äußern oder sich dem Kampf stellen. In höhnischem Ton spulte Smaragd-Sturmschritt bereits seine *mea culpa* ab. 5-5 wollte etwas erwidern, doch als ihm klar wurde, dass man ihn nicht verstehen konnte, weil sein Mund voll blutigem Brei war, gab er ein Zeichen, dass er auf dem Platz bleiben wolle. Hun Xoc führte ihn bereits vom Feld, aber 5-5 wehrte sich, und nur um ihm seinen Willen zu lassen, befahl Putzibär Hun Xoc, seinen Bruder loszulassen und zurückzuweichen. 5-5 machte einen halben Schritt und fiel nach vorn aufs Gesicht. Er versuchte sich auf seinem Joch herumzudrehen wie ein Kanu auf einer Pflasterstraße, und sein linker Unterschenkel war nach hinten weggeknickt. Auf der anderen Seite des Feldes lachten die Ozelots und äfften den Sturz nach.

»Sieben Tore, Ozelots,
Und vier Tore, Harpyien«, sagte der Kantor noch einmal.

Die Unsichtbaren säuberten das Feld mit ihren runden stiellosen Besen und verteilten Öl und Pigment auf die Flächen. Zwei unserer

Unsichtbaren trugen 5-5 durch unsere Endzone zum Opfertisch. Sein Bein schwang in einer Kreisbewegung, als wäre sein Knie ein Kugelgelenk. Scheiße, dachte ich, das sieht nicht gut aus.

Putzibär beruhigte alle und schickte Rote Schnur als unseren neuen Zonenhüter aufs Feld. Der nächste Aufschlag kam rasch, und unsere Seite war noch nicht ganz bereit. Die Ozelots erzielten ein leichtes Tor.

»Acht Tore, Ozelots,
Und vier Tore, Harpyien.«

Vor dem nächsten Aufschlag wurde der Ball ausgetauscht, und jede Mannschaft konnte sich kurz hinter die Endzone zurückziehen und sich auf den Boden kauern. Einer unserer Ballchirurgen kam zu uns und sagte, 5-5 liege im Sterben; 2-Juwelenbesetzter-Schädel habe erklärt, dass er als das erste Opfer dieses Ballspiels betrachtet werde.

Wir sahen uns an. Niemand verzog auch nur ein *p'ip'il* lang seine hartgesottene Miene.

Verdammt.

Eine weitere verbreitete Fehlannahme über das mesoamerikanische Hüftballspiel ist die, dass die unterlegene Mannschaft geopfert wurde. Das war zumindest nicht die Regel. Tatsächlich brachten beide Seiten nach dem Match unterschiedliche Opfer dar. Im Allgemeinen sah die unterlegene Seite ihre Niederlage als Zeichen für den Unmut der Raucher an. Daher bedurfte es von ihrer Seite größerer Geschenke an die Raucher, und sie opferte ihnen einige Menschen. Auch die siegreiche Seite brachte den Rauchern Menschenopfer dar, aber als Dankeschön. Manchmal handelte es sich dabei tatsächlich um gegnerische Spieler, wenn sie um ihr Leben gespielt hatten, aber meistens waren die Opfer Leibeigene oder der menschliche Einsatz, den man vor dem Spiel ausgehandelt hatte. Manchmal war das unterlegene Team aber auch so sauer, dass es die siegreiche Mannschaft tötete, besonders, wenn die Verlierer mächtiger waren als die Gewinner. Was auch geschah, fein raus waren immer nur die Raucher.

Ich sagte irgendetwas zu Hun Xoc – was, habe ich vergessen. Seinem Gesicht hätte man nichts anmerken dürfen, doch ich kannte ihn so gut, dass ich eine Menge sah. Ich entdeckte nicht nur Wut, sondern auch Trauer und Enttäuschung – jene kindliche Enttäuschung, dass die Welt so entsetzlich sein kann.

Die Mannschaft reichte ein breites, flaches Becken mit einem an Kot erinnernden Haufen von Zigarrenstummeln herum, die in der Mitte noch glommen. Ich drückte meine Daumen in die Asche.

»Großer 1-Harpyienadler,
Nun schütze uns,
Schütze unsere Torzone,
Bitte, Großer Harpyienadler«,

flüsterte ich und malte mir vier nach rechts aufsteigende Streifen über jede Brustwarze – die blau gefärbt waren und unter meinem Balljoch und dem Hüftpolster kaum freilagen –, um zu bekunden, die von mir erwartete verzehrende Trauer um 5-5 sei bereits ausgebrannt, und ich sei nun bereit, als Werkzeug seiner Rache zu dienen.

»*Chun!*«

(35)

Beim ersten Auftupfen des nächsten Balls überließ Smaragd-Sturmschritt Smaragd-Brüllaffe die Spitze. Schwabbelige Affenschlampe dribbelte einmal und machte einen Rückpass zu Sturmschritt. Der schoss. Daneben. Rote Schnur, der Ersatz für 5-5, gab Hun Xoc eine Vorlage, und Hun Xoc entschied sich für einen Weitschuss. Daneben. »*P'uchik bok, pak, bok, bok BOK.*« Der Ball kehrte in seine Flugbahn gegen den Uhrzeigersinn zurück. Sturmschritt schoss, doch der Ball lag viel zu hoch. Mit den Baatob' wurde er von Harpyien zurück aufs Feld geschlagen, aber diesmal richtig. Roter Schnabel schoss, verfehlte aber das Ziel. Smaragd-Schnappschildkröte fing den Ball ab und passte ihn zu Sturmschritt, doch Hun Xoc war schon da, fing ihn ab und trat den Ball zurück über die Linie in unsere Endzone. Er schoss zu kurz, aber Rote Schnur sauste auf einem Knie vor. Unmittelbar bevor der Ball den roten Boden traf, erwischte er ihn noch und schickte ihn hoch durch die Luft zu Roter Schnabel zurück. Der wollte schießen, doch da kam schon Brüllaffe und griff an. Schneller als das Auge zu erfassen vermochte, prallten sie alle zusammen. Die Treiber trennten sie. Sturmschritt hatte sich als Erster aus dem Gedränge gelöst, bekam den Ball und traf das Tor.

»Neun Tore, Ozelots,
Und vier Tore, Harpyien.«

War das den Regeln entsprechend?, fragte ich mich. Ich durchforstete Schakals Erinnerungen, aber mir fiel keine Situation ein, wo jemand einen Punkt gemacht hätte, während die Treiber noch auf dem Feld waren. Das ist Schiebung, dachte ich, Schiebung, Schiebung, Schiebung. Hun Xoc und Roter Schnabel lösten sich und taumelten zu ihren Markierungen zurück. Roter Schnabel machte nicht den Eindruck, als wäre er noch zu besonders vielen Aufschlägen in der Lage. Ich verließ meine Wartemarkierung auf dem kleinen Übungsplatz, trat vor Putzibär und packte ihn beim Schlafittchen, während er gerade Hun Xoc ein Zeichen gab.

Ich muss aufs Feld, sagte ich.

Warte ab, fuhr er mich an. Wir packen alles in die nächsten beiden Bälle, und dann stelle ich dich auf den Platz. Wenn ich muss. Er wandte sich wieder dem Ballspiel zu.

Er hat recht, dachte ich, das steht mir nicht zu. Gegen meinen Willen erfasste mich eine Woge der Einsamkeit. Die Ball-Bruderschaften schufen absichtlich eine intensive sporthochschulmäßige Freundliche-Rivalen-Beziehung. In dem Augenblick, in dem man aus der Gruppe ausgeschlossen wurde, wollte man sich am liebsten aufhängen. Reiß dich zusammen, ermahnte ich mich, das bist nicht du, das ist keine echte Empfindung, das ist ein Überbleibsel von Schakal.

Aufschlag 14. Der Ball ging sechsmal hin und her. Keine Mannschaft ließ die gegnerischen Stürmer zu einem guten Schuss kommen. Schließlich traf der Ball die Unterseite unseres Zielpfostens. »*T'un!*« Dann sah ich die Wolke aus zerpulvertem Pigment.

»Großtor, Ozelots!
Dreizehn Tore, Ozelots,
Und vier Tore, Harpyien.«

Auf keinen Fall!, dachte ich. Der Ball hatte die Schale nicht einmal berührt. Betrug! Betrug! Schändlicher Betrug! Irgendwelche Tricks mit Schnüren. Oder einem wackligen Pfosten. Einer Erbsenpistole. Irgendwas. Hun Xoc und etliche weitere Harpyien sahen die Schiedsrichter an, und einige Geblüte auf den Tribünen brüllten, aber die Schiedsrichter blieben untätig. Drecksäcke.

Niemand ordnete eine Überprüfung an.

Schiebung! Schande!

Miese Bande!

Auf den Harpyien-Tribünen erhob sich Grollen, aber noch stellte niemand die Schiedsrichter infrage.

Wenn das so weiterging, waren wir nach drei weiteren Aufschlägen besiegt.

Smaragd-Sturmschritt bekam den fünfzehnten Aufschlag. Roter Schnabel stürmte auf unsicheren Beinen zu ihm. Smaragd-Sturmschritt schoss über Roter Schnabels Kopf hinweg. *BOK!* Roter Schnabel bekam nicht rechtzeitig den Arm hoch. Er sprang und blockte den Ball mit dem Gesicht. Man hörte nur ein lautes *Bl-chfff*. Es klang wie die Maschine, die vor dem betriebseigenen Laden einer Finca in Livingston stand und in der abgenagte Kokosnussschalen zermahlen wurden. Es war ein großer hässlicher Mixer gewesen, und mein Vater hatte immer die Schale in das Aalmaul der Maschine geworfen. Im einen Augenblick war die Schale noch ein festes rundes Ding, im nächsten Moment bestand sie aus einer faserdurchzogenen, klebrigen gelblichen Masse. Hun Xoc brach sein Spiel jedoch nicht ab, sondern nahm den freien Ball, dribbelte einmal und verwandelte mit einem mühelos wirkenden Nahschuss die Torvase der Ozelots in eine Wolke aus smaragdgrünen Tonsplittern.

»Großtor, Harpyien!
Dreizehn Tore, Ozelots,
Und acht Tore, Harpyien.«

Die Harpyien waren sich nicht sicher, ob sie jubeln oder klatschen sollten – man klatschte in die Hände, wenn man seine Missbilligung kundtun wollte. Wir hatten aufgeholt, aber wir hatten zwei Spieler verloren und unsere Ersatzbank aufgebraucht. Die Ersatzspieler der Ozelots waren noch frisch. Brutalos. Ich finde, ich hätte mich mehr wegen Roter Schnabel empören sollen, aber ich war zu erregt, weil ich endlich aufs Feld kam.

Sie trugen Roter Schnabel vom Platz. Wir können seine Chips einlösen, dachte ich. Der ist so tot wie der Roman. Jawohl, heute gibt es keine weiteren Stürmer mehr. Ich starrte bittend auf Putzibärs Hände. Er sah mich an. Ich spürte, wie mir acht verschiedene Hormone ins

Rückenmark strömten, und eine gewaltige Erektion drückte gegen die Schildkrötenschale, aus der mein Genitalschutz bestand.

Komm schon, komm schon. Die Unberührbaren zurrten einen frischen Ball hoch. Komm schon …

Putzibärs Hand zuckte und signalisierte mir *Los!*

Endlich!

Ehe ich vortreten konnte, schob Gürteltierschiss mir einen Klumpen Kaugummi mit Chiligeschmack in den Mund. Es war weicher als die Abart im 20. Jahrhundert und mit einer gummiartigen Kokainpaste gewürzt, die über unvorstellbar weite Entfernungen aus dem Süden kam, aus einer gänzlich anderen Welt. Der Gummi war gleichzeitig Zahnschutz und Kampfpille.

»Schlag mich«, sagte ich. Gürteltierschiss schlug mir auf die rechte Wange. Ich schlug mit dem Handrücken meiner Linken zurück und trat auf den Platz. Man konnte riechen, wie aufgeregt die Menge war. Meine Füße spürten durch die Latexsohlen die warme freundliche Begrüßung meiner Markierung.

Der Ballknoten öffnete sich. Mein Körper verschob unmerklich sein Gewicht von einer Seite auf die andere, und meine Zehen hakten sich an die Kante der Markierung. Mein Joch drehte sich um den Oberrand meiner Taille wie ein schwerer Reifen nach links und rechts und fand bald in jenen superkräftigen Motown-Schwung, den dominierenden Rhythmus im Leben jedes Hüftballers. Vor wenigen Schlägen noch war ich mir dieser verwirrten, widersprüchlichen Gefühle bewusst gewesen: Dankbarkeit und Liebe gegenüber 2-Juwelenbesetzter-Schädel, dazu diese konkurrierende Sorge um Frau Koh und Marena und meine eigenen Ziele, doch jetzt war das alles ausgelöscht. Für mich gab es nur noch die Abspielmarkierung, die Torpfosten, warme Luft zwischen den Hängen und besonders die Vektoren meiner Mannschaftskameraden und Gegner.

Der Ball würde sich gleich lösen.

Ich schob die Hand in meine blickverwirrenden Saronggirlanden und zog die inneren Knoten meiner Jochpolster fester.

Ich lockerte meinen unsicheren Knöchel. Es kam mir vor, als könnte ich über die Mul springen. Ich poppe den Pott mit pulverisiertem Pigment, dachte ich und hätte beinahe gekichert. Poppety poppety Pott. Der Ball fiel, diesmal träger denn je, und die Welt verlangsamte sich, während ich beschleunigte.

»*Chun!*«

Ich war ran, ehe ich es begriff, und meine Hüfte traf den Ball. Meine Körpermasse übertrug Wucht in die Kugel, und ich spürte die Reaktion. Hun Xoc bekam den Pass. Während er zu mir zurückspielte, umrundete ich 2-Brüllaffe. »Bok.« Kein Problem. Ich schoss. »BOK.«

Fehlschuss. Vorbei.

4-Schnappschildkröte bekam den Ball. Sturmschritt spielte ihn und machte einen Punkt.

»Vierzehn Tore, Ozelots,
Und acht Tore, Harpyien.«

Ist lange her, dachte ich. Überschätz dich nicht. Komm schon, Konzentration.

Mir fiel auf, dass die Fackeln entzündet worden waren. In der violetten Abenddämmerung war der Platz eigentümlich vielschattig und zweifarbig. Ich sah zum Himmel hoch. Ich brauche eine neue Uhr, dachte ich. Komm schon. Das holen wir auf. Auf! Auf! Auf! Auf!

Hun Xoc sah zu unserem Trainer. Putzibär schaute zur anderen Seite. Ich drehte mich um und begriff, was er sah.

Sie werden dich in die Zange nehmen, signalisierte Putzibär an Hun Xoc.

Er schaffe das schon, erwiderte Hun Xoc.

Ich erlaube es dir aber nicht, signalisierte Putzibär. Selbst wenn wir ein oder zwei Tore schafften, während sie dich zusammenschlagen, bringt das nichts. Sobald du aus dem Spiel bist, sind wir Futter für die Ratten.

Hun Xoc signalisierte: »Verstanden.«

Der Ball kam herunter.

»*Chun!*«

(36)

Wie Putzibär vorhergesagt hatte, tat Sturmschritt so, als wollte er vorpreschen; dann stürzten er und Affenschlampe sich auf Hun Xoc. Gerade als sie die Falle schließen wollten, täuschte Hun Xoc einen Fehler vor. Ich bekam den Ball und spielte ihn zu Rote Schnur zurück. Der Zonenhüter spielte ihn mir wieder zu. Ich kam in Schussposition. Brüllaffe wollte mich fertigmachen, doch Hun Xoc sprang vor ihm hoch, die Arme schwenkend und die Wangen zu einem Froschgesicht aufgebläht. Ich schoss, traf die Vase voll und sonnte mich im Anblick des aufstiebenden Pigmentstaubs.

»Großtor, Harpyien!
Vierzehn Tore, Ozelots,
Und zwölf Tore, Harpyien.«

Das war aber einfach, dachte ich.

Den nächsten Aufschlag bekam 4-Schnappschildkröte und passte zu Sturmschritt. Der schoss und verfehlte, aber statt sich zu orientieren, warf er sich gegen Hun Xoc. Der rollte sich zusammen wie ein Gürteltier und schlüpfte rückwärts davon, zurück in unsere Heimzone. So etwas konnte er am besten. Rote Schnur hatte den Ball und warf ihn mir in hohem Bogen zu. Ich brachte ihn vier Fingerbreit näher an die Nordrampe. Meine Systeme arbeiteten immer besser; alles griff reibungslos ineinander.

Scheitelpunkt. Runter. Ich brachte meine Hüfte in Position, spannte mich und »Bok«! Ja-woll, Ball! Ball! Ball!

Winkel korrekt.

Ducken. Rum. Gut. Drunter.

Ball. Ball. Jetzt.

»BOK!!!«

Genau im richtigen Nanoaugenblick bekam ich die schwarze Sonne, und das Gefühl war mit nichts vergleichbar, so zart, so kraftvoll, so rund, so fest, so voll *gebokt*, so gewalttätig – und das, obwohl ich nur auf der Stelle stand. Es lässt sich nur schwer schildern, wie körperlich der Aufprall ist; wenn überhaupt, fühlt es sich an, als machte man einen »Dig« beim Volleyball oder einen Brust- oder Kopfstoß beim *fútbol* – Fußball, meine ich. Oder so, wie wenn man jemand anderen auf einem Trampolin in die Luft katapultiert. Wenn man den Ball mit dem Körper trifft, ist der Kontakt durch und durch erotisch; es ist, als wäre man eine Schlitztrommel, die diesen unfassbaren Akkord abgibt und aus allen Nervenbahnen, allem Schmerz, allem Vergnügen besteht – aus allem, was einen ausmacht. Es ist, als spränge jeder einzelne der zweihundertundsechs Knochen des Körpers auseinander, schüttelte den ganzen angesammelten Druck von Zeit und Schwerkraft ab und schnellte zurück, wohin er gehört, besser eingepasst denn je. Man summt und klingelt danach, als hätte man gerade eine Elektroschock-Demagnetisierung hinter sich.

Ich konnte spüren, dass der Schuss gelungen war, und statt mich zum Nachsetzen zu positionieren, warf ich mich nach vorn und rollte über den geölten Hang des Damms, ehe Sturmschritt mich erreichte.

Tor! TOR! *TOOOOOOR!*

»Großtor, Harpyien!
Vierzehn Tore, Ozelots,
Und sechszehn Tore, Harpyien.«

Uund – die – Menge – wiird – wiild, wiederholte mein Verstand immer wieder mit der atemlosen Begeisterung eines Sportreporters, dessen persönlicher Favorit auf der Siegerstraße ist. Die Harpyien-Sippenmitglieder und -Anhänger brüllten diesmal wirklich wie Katzen mit Lagerkoller im alten Löwenhaus im Bronx Zoo, wenn sie richtig in Fahrt kommen, bis das ganze Gebäude dröhnt wie eine große bronzene Feuerglocke. Durch eine Wolke rauen Gebrülls rollte ich mich nach Süden in unsere Heimzone, denn ich fürchtete, die

Katzen könnten sich auch nach der Schiedsrichterentscheidung noch auf mich stürzen. Ich blickte nicht auf, bis ich rote Farbe unter mir sah. Ein großer Schatten strich rechts an mir vorbei. Smaragd-Sturmschritt sah mich misstrauisch an und überlegte, mir einen Schmetterschlag zu versetzen, obwohl der Ball tot war. Er tat es dann aber doch nicht. Selbst wenn alle Schiedsrichter bestochen gewesen wären, sie hätten einen *si'pil* – einen großen Fehler, so etwas wie eine Sünde – erklären und Sturmschritt vom Platz nehmen müssen.

»Du wirst geballt«, stieß Sturmschritt hervor. Damit meinte er, ich würde zu einem Ball zusammengeschnürt und so lange herumgetreten, bis ich tot war. Ich wollte gerade etwas Schnippisches entgegnen, überlegte es mir aber anders. Schon bei der ersten Silbe würde er meine Stimme erkennen. Es war ein wenig so, als würde jeder Michael Jordan für tot halten, und auf einmal kommt er wieder, um als Anfänger zu spielen, mit einer anderen Nummer, viel dunklerer Haut, anderen Augenbrauen, ohne Schnurrbart, mit Spitzbart, einem blonden Afro und ohne Zunge. Solange er sich zurückhielt, merkten die Leute nichts, aber sobald er einen Korb nach dem anderen warf, würden immer mehr Zuschauer sagen, er sehe Jordan sehr ähnlich, und es würde sich herumsprechen, bis ... Na ja, jedenfalls bliebe ich nicht lange unerkannt, egal, was ich tat, aber es hatte auch keinen Sinn, die Karten jetzt schon auf den Tisch zu legen. Noch war ich nur ein namenloser Anfänger, der zwei Glückstreffer hintereinander gelandet hatte.

Markierung. Da. Meine. Meine Stelle. Meine Markierung.

Der sechzehnte Aufschlag kam. Ich war genau rechtzeitig da, um ihn anzunehmen, aber etwas stimmte nicht. Es war, als ob der Ball sich mitten in der Luft verfing und verharrte, nur einen halben Schlag lang. Ich rannte zu weit und versuchte zurückzukommen, doch als der Ball dann fiel, hatte Smaragd-Sturmschritt ihn sich geschnappt. Er spielte ihn an Affenschlampe weiter, der ihn gemütlich abschoss und ein leichtes Großtor erzielte.

»Achtzehn Tore, Ozelots,
Und sechzehn Tore, Harpyien.«

Der Ball war mit einer fast unsichtbaren Darmschnur manipuliert gewesen; er hatte in der Luft verharrt, bis die Schnur gerissen war – gerade lange genug, um uns aus dem Konzept zu bringen.

Auf der Harpyien-Seite der Zuschauermenge erhoben sich Stimmen. Ich blickte hoch und hörte das Wort *»si'pil«*, großer Fehler. Betrug.

Verdammt.

Ich hatte Hüftballspiele mitgemacht, wo jemand einen Ball eingeschmuggelt hatte, der auf einer Seite zu schwer war, aber so etwas flog bei einer Überprüfung auf. Doch wenn man sich *diesen* Ball anschaute, würde man nichts finden. Und das Darmseil hatte längst jemand aufgerollt. Diese Leute wussten, was sie taten.

Ich stand da und blickte um mich wie ein Trottel. Nichts geschah. Die älteren Harpyien-Geblüte beruhigten die anderen. Ganz wie es ihre Pflicht war, sagte ich mir, aber es wurmte trotzdem.

Denk nicht darüber nach. Das können sie nicht noch mal bringen. Spiel einfach fair. Gib dein Bestes. Sei ganz die alte Bulldogge.

Siebzehnter Aufschlag.

»Chun!«

Hun Xoc bekam den Ball. Smaragd-Sturmschritt hielt sich nun zurück. Er ließ das Spiel zu sich kommen. Brüllaffe deckte mich. Ich wich in unsere Zone zurück, ließ den Ball den Hang neben mir treffen und fischte ihn aus der Luft. Ich schoss zu niedrig und verfehlte absichtlich. 4-Schnappschildkröte bekam den Ball und spielte ihn zu Brüllaffe.

Okay, jetzt kommt *mein* Trick, dachte ich. Mit drei Schritten war ich auf der anderen Seite des Feldes, auf dem Schwarzen und bei Affenschlampe, ehe er abgeben konnte. Mit der Hüfte dribbelte er gegen die Rampe des Dammes und versuchte den Ball von mir fernzuhalten, aber ich angelte unter ihm durch, holte den Ball mit dem Knie zu mir, balancierte ihn auf der rechten Handgelenkskelle und schoss ihn weit zurück ins Rote. Hun Xoc wusste, was ich vorhatte – wir hatten diesen Zug schon hundert Mal gespielt –, und er war, wo ich ihn brauchte.

Ich wand mich davon, täuschte Norden an und flitzte dann wieder zur Feldmitte, balancierte auf Zehenspitzen auf der Linie zwischen dem neutralen Schwarz und dem verbotenen Smaragdgrün und tauchte vor Affenschlampes Nase in unsere Heimzone ein.

Hun Xoc übernahm den Ball und dribbelte ihn zweimal die weiße Zone hoch auf das Tor der Ozelots zu. Ich gab ihm kaum Zeichen; er wusste auch so, was ich wollte. Kurz bevor Smaragd-Sturmschritt ihn erreichte, spielte er zu mir zurück.

Ich schulterte den Ball in einem stumpfen Winkel und rannte im Zickzack über das Feld. Smaragd-Sturmschritt begriff als Erster, was ich vorhatte, aber Hun Xoc positionierte sich links von mir und hielt ihn mir vom Leib. Doch Smaragd-Brüllaffe rammte mich von links und drängte mich gegen den Hang.

»*Kaaxtik u bak'el it*«, keuchte er. »Kneif besser dein Arschloch zu.«

Ich neigte mich nach rechts, stemmte mich mit beiden Händen gegen die kalkige Steigung und trat ihm gegen die Knie. Smaragd-Brüllaffe duckte sich weg. Ich vermutete, dass er mich vom Ball fernhalten wollte, ohne mich anzugreifen, weil der Rest seiner Mannschaft mich sowieso auseinandernehmen würde. Und genauso war es. Als er sich duckte und sein Joch in die Bahn des absteigenden Balles brachte, sprang ich zurück, packte seinen rechten Handgelenkschutz in der Beuge meines linken Armes und verdrehte ihn nach hinten, legte mich mit dem ganzen Gewicht dagegen. Affenschlampe war ein unglaublich kräftiger Kerl, ein gedrungener Klotz aus Muskeln und durch Bruchstellen verdickten Knochen wie knorrige Eichenstämme, aber nach einem Schlag hatte ich mich auf ihn heraufgehebelt. Der Ball kam herunter und prallte von der Baumwolle unter seinem Joch ab. Als er herumrollte, um meine Beine unter seinem Joch zu zerquetschen, schoss meine linke Hand vor. So schnell, dass niemand es beobachten konnte, riss ich ihm den Nasenstift aus der Scheidewand und lenkte das hervorspritzende Blut in seine Augen, während ich mich zurückrollte. Er hatte einen meiner Taillenriemen gepackt, aber ich drückte mit den Beinen gegen ihn, und schließlich kam ich los, überschlug mich einmal und war wieder auf den Beinen. Hun Xoc hatte in der Zwischenzeit den freien Ball übernommen, nahm alle Kraft zusammen und schoss über meinen Kopf. Er traf den Pfosten voll, aber die Vase rührte sich nicht.

»Achtzehn Tore, Ozelots,
Und siebzehn Tore, Harpyien.«

Que el Fuck?, dachte ich. Kein *wakal t'un?* Er hatte den verfluchten Krug getroffen! Was hatten sie gemacht, ihn festgeklebt?

Ich sah zu dem verdammten Tontopf hoch. Er stand einfach da, als wollte er sagen: »Ich bin klein, mein Herz ist rein.« Dabei hatte Hun Xoc gerade ein mittleres Erdbeben durch den verfluchten Pfosten gesandt.

»Die Harpyien ersuchen um Untersuchung der Schale!«, begann ich in förmlichem Ch'olan zu rufen, doch Hun Xoc war schon über mir und stopfte mir praktisch die Hand in den Mund.

Halt's Maul, sagte er und brachte mich wieder aufs Rot. Brüllaffe und Sturmschritt waren auf den Beinen und rannten in unsere Richtung. Wir schwankten auf unsere Markierungen längs der Nordmauer zurück und hinterließen blutige Handabdrücke auf dem Stein.

Der achtzehnte Ball machte neunzehn Kreise – eine Unglückszahl –, und gerade, als ich glaubte, wir bekämen ihn, traf Sturmschritts Schuss in aller Fairness den Torpfosten.

»Neunzehn Tore, Ozelots,
Und siebzehn Tore, Harpyien.«

Die Ozelot-Seite brach in eine Jubelorgie aus.

Als der Lärm verebbt war, wurde verkündet, dass 2-Juwelenbesetzter-Schädel darum gebeten habe, den Einsatz um sein persönliches Vermögen zu erhöhen. Es war das Zeichen an die Harpyien, sich kampfbereit zu machen. Ich schaute zu unseren Tribünen hoch. Die dreihundert Geblüte in kampffähigem Alter tanzten umher und schwenkten ihre Baatob' wie ganz normale Zuschauer, aber wenn man genauer hinsah, bemerkte man eine gewisse Ruhe, die verriet, dass irgendetwas vor sich ging. Sie zeigten die Ausdruckslosigkeit eines japanischen Turners, der an den Ringen einen Kreuzhang macht. Unter ihren Mantas machten sie sich zum Kampf bereit, nahmen die Nüsse von den Spitzen ihrer Blasrohrpfeile, lösten die Knoten ihrer Mäntel und des schwereren Putzes, damit sie sich binnen eines *p'ip'ils* davon befreien konnten, und banden sich Obsidianmesser und Sägegriffe an die Oberarme. Dabei musste man sehr vorsichtig sein, damit man sich nicht selbst aufschlitzte. Mit Obsidian ist nicht zu spaßen. Die Bruchkante einer Obsidianklinge ist unvorstellbar dünn; sie kann die Moleküle im Fleisch genauso leicht trennen wie in der Luft. Das läuft oft fast schmerzlos ab, sodass es eine Weile dauern kann, ehe man überhaupt bemerkt, dass man eine Schnittwunde hat. Man benutzt im 21. Jahrhundert – oder sollte ich sagen, man wird benutzen? – noch immer Hautskalpelle mit Obsidianschneiden. In jeder Feldschlacht mit Obsidianwaffen ist ungefähr die Hälfte der Kombattanten blitzschnell Hackfleisch, als wären sie durch einen Stapel Fensterscheiben aus der Zeit vor dem Sicherheitsglas gefallen.

Sehen die Ozelot-Spione, dass etwas vor sich geht?, fragte ich mich. Oder lief es so verstohlen ab, dass man davon wissen musste, um es zu bemerken?

Das Zeichen kam, dass 9-Reißzahn-Kolibri die Anhebung der Wette akzeptiert habe. Neuer Tumult brandete auf. Ich winkte Hun Xoc und Rote Schnur zu mir und hielt meinen Mund an Hun Xocs Ohr.

Wenn ein Kampf ausbricht, müssen wir auf das Gelände der Ozelots, sagte ich. Nach Westen.

Wieso?, signalisierte er an meinem Arm. Er wollte hierbleiben und es auskämpfen.

Wir müssten den Baum der Ozelots erreichen, antwortete ich. Ich habe es 2-Juwelenbesetzter-Schädel versprochen.

Ich wollte nicht, dass Rote Schnur – oder auch Hun Xoc – von dem Erdsternstaub erfuhr. Sie sollten lieber glauben, ich wollte den Himmelsbaum der Ozelots vergiften, was ritualistisch betrachtet sogar ein vernünftiges Ziel gewesen wäre: Es wäre dem Mord an der ganzen Sippe gleichgekommen.

Hun Xoc bedeutete mir, dass er nicht fliehen wolle.

Ich wollte erwidern, dass wir nicht flohen, sondern nur in eine andere Richtung vorrückten, aber ich stolperte über die Wörter. Es war nicht einfach, eine englische Redewendung ins Ch'olan zu übersetzen; zumindest fiel es mir nicht leicht.

Es sei keine Flucht, erwiderte ich schließlich; ich müsse *ajma-xoc.* Das hieß »befolgen, was unser Vater befiehlt«. Dagegen ließ sich nichts einwenden, und Hunc Xoc erklärte sich einverstanden, indem er die Schultermuskeln zusammenzog.

Nur wir drei gehen, und sechs von Kohs Gardisten, sagte ich. Vielleicht sogar weniger. Trotzdem können wir es schaffen.

Hör mal, irgendetwas geht vor, bedeutete Hun Xoc mir, indem er mich am Ohr berührte.

Was?, fragte ich, doch dann hörte ich es selbst.

»*Kot Chuupol! Ile Kot Chuupol!*« Die Stimme gehörte Smaragd-Sturmschritt.

Er hatte mich erkannt.

(37)

»*Kot Chuupol! Ile Kot Chuupol!*«

Seine Stimme klang, als versuchte er, sich zu erbrechen, nur dass sie sehr laut war. Du solltest still sein wie dein dämlicher Name, dachte ich. *Ch'uupol* war im Ch'olan ein Wort wie Schwuler oder Homo; daher war es der beliebteste Schimpfname für mich, da das Wort vom Klang her irgendwo in der Mitte zwischen diesem Ausdruck und »Chacal« lag.

»*Yan Kot Chacal!*«, rief er. »Das ist Harpyie Schakal!«

Beachte sie einfach nicht, Liebling, dachte ich.

»*Yan Chuupol Chacal! Yan Chuupol Chacal!*«

Einige Geblüte auf den Ozelot-Tribünen hatten gehört, was Smaragd-Sturmschritt gerufen hatten, und zeigten unterschiedliche Reaktionen. Einige waren entsetzt und salbaderten herum, doch der Kantor, der Magister, die Schläger und alle anderen taten weiterhin, was sie zu tun hatten, und folgten per Massenträgheit dem Protokoll.

Wie auch immer, der Ball kam. Hun Xoc schnappte ihn sich und spielte zu mir ab. In der Femtosekunde, die ich ihn anblickte, merkte ich, dass er zu ausgepumpt war, um selbst wieder anzugreifen. In einem normalen Match mit mehr Ersatzspielern auf der Bank wäre er längst ausgewechselt worden.

Ich spielte zu Rote Schnur, und der gab den Ball an mich zurück.

Okay, dachte ich. Es hat keinen Sinn mehr, sich noch zurückzuhalten.

Ich kellte den Ball aus der Luft, gab ihn an Hun Xoc ab, fiel zurück und wendete, um jenen Lauf zu beginnen, der mein Markenzeichen war. Schakals Markenzeichen, meine ich. Ich hatte ihn durch so viele Wiederholungen perfektioniert, dass er mir wie eine einzige Bewegung vorkam und sich schon abgeschlossen anfühlte, sobald ich ihn begann. Ich baute Geschwindigkeit auf und rannte die rote Mauer hoch, fast wie Donald O'Connor in *Singin' in the Rain*. Ich verriet mich damit, gab aber einen Rattenschiss darauf. Ich würde meinen transzendenten Tanz machen, und nichts konnte mich aufhalten.

Wie ein Skateboarder wendete ich knapp unterhalb der Mauerkante und fegte hinunter, baute Wucht auf, überquerte diagonal die Gasse und stürmte die smaragdfarbene Mauer der Ozelots hinauf. Ich erreichte den Augenblick völligen Gleichgewichts und stand bewegungslos da, in einem verrückten 45°-Winkel wie eine Fliege. Ich spürte den Wind von den Baatob' der Ozelot-Zuschauer, die nach mir schlugen und mich knapp verfehlten. Das Tor war nur sechs Arme vor und drei Arme über mir. Hun Xoc schleuderte mir mit seinem Joch den Ball zu, wie er es schon tausend Mal getan hatte, und während ich fiel, kam der Ball hoch, fast genau an die Stelle, wo ich ihn haben wollte, sodass ich seine rasende Drehung mithilfe eines rosa Fleckens aus blutigem Kreidestaub erkennen konnte. Ich grub meinen Handgelenkschutz in den schwarzen Mond und trieb ihn seitlich gegen die Vase. Ich sah die Blüte aus Türkispulver aufsteigen, während ich das Gleichgewicht verlor, und als ich zurückrollte, hörte ich die Harpyien-Geblüte singen: »*Kax! Kax! Kax!*« – »Sieg! Sieg! Sieg!«, während die Ozelot-Meute brüllte: »*Tuus! Tuus! Tuus!*« – »Schiebung! Schiebung! Schiebung!«

Doch der Schiedsrichter erkannte mich nicht – er war ein Idiot –, und bis ihn jemand erreichte, hatte er das Tor bereits gezählt. Der Kantor musste verkünden:

»Großtor, Harpyie!
Neunzehn Tore, Ozelots,
Und einundzwanzig Tore, Harpyien –
Sieg Harpyien!«

Ich rollte mich bis zum Südhang ab, kam auf die Beine und hörte Hun Xocs Stimme.

»*Chokow pol!*« Es bedeutete »verrückt« oder »Verrückter«, eine andere verbreitete, in diesem Fall aber bewundernde Verballhornung meines Namens. Ich drehte mich um. Ich sah nur noch dieses große schwarze Ding, aber ich duckte mich rechtzeitig, und es riss mir nicht den Kopf ab.

2-Smaragdgrüner-Brüllaffe hatte den toten Ball aufgekellt und gegen meinen Kopf gejocht.

Was ist denn jetzt los?, wunderte ich mich ein wenig dumpf. Mir schwirrten noch immer die Endorphine durch den Körper. Hüftball sollte ein elegantes Spiel sein – im besten Fall kombinierte es die Kunstfertigkeit von Wettkampfgymnastik mit der Spannung und der Finesse von Lacrosse –, und jetzt verwandelte es sich in australischen Football. Brüllaffe stürmte, dem Ball folgend, auf mich zu. Ich wandte mich ab, als wollte ich fliehen; dann stemmte ich mich mit dem rechten Fuß gegen den Hang, stieß mich von dem Winkel zwischen Boden und Steigung ab und kam zum Stillstand. Affenschlampe schlitterte von hinten in mich hinein. Ich beugte mich nach vorn, hob Hinterteil und Rücken und spürte, wie die linke Zinke meines hufeisenförmigen Jochs mit Knochen in Kontakt kam. Ich rollte nach vorn und stand wieder auf den Beinen. Affenschlampe glitt in einem dem Uhrzeigersinn folgenden Bogen die Rampe hinunter und hinterließ eine breite dunkle Spur. Die Menge raste. Ich duckte mich zur »Schildkröte«, weil ich erwartete, dass Smaragd-Sturmschritt sich auf mich stürzte, aber er kam nicht. Ich sah hoch. Roter Schnabel hatte ihn gepackt. Nicht für lange aber, wie es aussah. Hinter ihnen sah ich 4-Schnappschildkröte und die zwei smaragdgrünen Ersatzspieler, die in unsere Richtung rannten. Wabbelschnapper war ein riesiger Kerl mit schweren Knochen, und einen Schlag lang dachte ich, es wäre um mich geschehen, doch er verlor das Gleichgewicht. Als er auf mich zufiel, brachte ich mein Joch genau unter seinen Kopf. Ich hörte kein Krachen, sondern mehr ein leises *Glutsch*. Während Wabbelschnapper zusammensank, packte er mein Joch und zerrte mich runter auf den Schlachthausboden. Ich rollte mich weg, ehe er sich auf mich wälzen und plattdrücken konnte. Smaragd-Sturmschritt kam von rechts auf mich zu. Die Treiber der Schiedsrichter und die Unsichtbaren beider Seiten waren bereits auf dem Feld und versuchten die Spieler abzuschirmen, denen sie zugeteilt waren.

»*Lothic ekel ytzam*«, brüllte 20-Schweigen von der anderen Seite des Platzes. Es bedeutete so viel wie: »Du bist Taco-Fleisch«, nur dass *ytzam* dieses billige Pemmikan war, das die geschichtslosen Sippen aßen und verkauften. Jeder wusste, dass es einen hohen Anteil an Eichhorn und Fledermaus, Käfern, Schlamm und Kot enthielt.

»*Chikin ukumil jotzpaljal*«, erwiderte ich und kellte den Ball aus der Luft. »Man kann deinen schrumpeligen Schwanz sehen.« Dieses spezielle Wort für »schrumpelig« hatte einen Bezug zu »Schrumpfkopf«.

Mit dem Joch schleuderte ich den Ball im Bogen über seinen Kopf. Dabei rutschte ich in einer Blutlache aus und fiel auf den Rücken. Oben auf den Tribünen artete der allgemeine Streit in ein allgemeines gleichzeitiges Niederbrüllen aus. An den beiden offenen Enden des Spielfeldes, wo die Anhänger von Ozelots und Harpyien zusammenstießen, hörte ich die Geräusche wilder Schlägereien. Einige Harpyien skandierten meinen Namen – ich sei Schakal, ich sei aus der Unterwelt zurück.

Wo ist der Ball hin?, überlegte ich. Ich rollte mich auf den Bauch – bei all der Polsterung verletzte man sich bei einem Sturz so gut wie nie –, und einen Schlag lang sah ich Frau Kohs Augen. Sie beobachtete mich. Reglos und scheinbar gelassen durchdrang ihr Blick die wirbelnden Bewegungen und das Federkonfetti. Ich dachte daran, ihr ein Zeichen zu geben, doch sie war zu weit weg; ich hätte zu heftig gestikulieren müssen. Von vor und hinter mir hörte ich, wie jüngere Geblüte aus beiden Endzonen in den Spielgraben strömten.

Ich bemerkte Hun Xocs Hand unter meinem Arm. Er zog mich hoch. Die Geblüte beider Seiten waren den Treibern zahlenmäßig überlegen, und die Treiber hatten ohnehin nur ihre kurzen Zeremonienstreitkolben, die mehr Amtszeichen waren als Waffe.

Hun Xoc spannte sich an, als Brüllaffe wieder auf uns zukam. Brüllaffe schlug ihn. Hun Xoc schlitterte auf dem blutigen Boden nach hinten in mich hinein. Ich stürzte, und wir beide lagen benommen da. Es kam mir vor, als kniete Affenschlampe zwei Minuten lang neben uns, blickte auf uns nieder und murmelte durch einen Klumpen aus Zahnsplittern und schaumigem Blutschleim irgendetwas von wegen, wie er uns nacheinander mit einem Kugelkaktus durchficken wolle. Ich biss die Zähne zusammen und schnaubte verächtlich. Dann gab es ein Krachen, als Hun Xoc sich aufrappelte und Brüllaffe mit der Handkelle eins über den Schädel zog. Affenschlampes Gemurmel verstummte. Ich richtete mich auf, indem ich mich an einem unserer Unsichtbaren hochzog, und hielt mich an Hun Xocs Schulter fest. Von den Tribünen regneten alle möglichen Schmuck- und teuren Kleidungsstücke; man konnte kaum noch etwas sehen. Das große Problem bestand jedoch darin, dass wir bereits zwischen all den Fans eingekeilt wurden – für uns keine ungewohnte Situation, nur dass diesmal einige mit obsidianbesetzten Kampfsägen bewaffnet waren, und wie gesagt, gegenüber diesen Mistdingern erscheinen Rasiermesser geradezu als stumpfe Gegenstände. Ich sah mich nach Koh um, konnte sie aber nicht entdecken. Doch ein Trupp aus sechs ihrer Rassler-Geblüte – die, die sie mir versprochen hatte – glitten vom Norddamm zu uns hinunter. Der Rest der Menge nahm es als Zeichen, die Rampen hinunter in den Graben zu strömen. Das war's, dachte ich. Das Spiel ist aus. *Les jeux sont totalement faits, copains*. Furcht, Furcht, Feind, Fuck …

Vier von Kohs Rassler-Gardisten drangen zwischen den Knäueln aus sich windendem Fleisch auf das Feld zu uns durch und nahmen Hun Xoc und mich, so gut es ging, in die Mitte, wie eine Amöbe zwei Pantoffeltierchen einschließt. Am Ende hoben sie uns auf ihre Schultern. Ich schaute wieder hoch und entdeckte endlich Koh. Genau wie wir war sie komplett abgeschnitten, völlig von den Massen der Harpyien getrennt. Sie machte eine Geste zu mir: Geh zum Brunnen. Ich kletterte auf die Schultern eines Gardisten und schaute über all die Kopfputze hinweg nach Westen. Das V, das die Dammwände des Spielfelds bildeten, sah einladend offen aus, und darin ragte das smaragdgrüne Δ der Mul der Ozelots auf. Du kannst das schaffen, sagte ich mir. Es ist ja keine echte Heldentat; zu neunundneunzig Komma vier vier Prozent bist du sowieso am Arsch, warum also verbringst du deine letzten paar Minuten in Freiheit nicht mit etwas wirklich Verrücktem? Außerdem ist es nicht so weit. Wir brauchen nur zwei Minuten Ablenkung.

Ich sah Koh wieder an. Sie gab mir weiterhin das Zeichen: Geh zum Brunnen. Geh zum Brunnen. Sie fügte ein drängendes »bitte« hinzu. Kannst du schön bitteschön sagen? *Ko'ox tuun!* Los. Los. Los. Losloslos**LOSLOSLOSLOS!!!!!!**

(38)

Kohs Gefolge schloss einen Ring um seine Göttin, wie ein Bienenvolk einen Ball um seine Königin bildet. Rechts über uns versuchten mehrere Gardisten des Todes-Hauses durch die Menge zu brechen, um uns anzugreifen, aber sie verhedderten sich in den Capes und Schals und dem Schmuck der Zuschauer wie die Opfer bei dem Bombenanschlag auf Harrods. Die Musikuntermalung wurde noch immer gespielt; sie imitierte die Kampfgeräusche. Vielleicht spielten die Musikanten einfach weiter, damit sie Musikanten blieben und keine Kombattanten wurden.

Kohs Gardisten trugen Hun Xoc und mich nach Westen über die Endzonenlinie der Ozelots. Was aus Rote Schnur geworden war, wusste ich nicht. Halt den Kopf oben, dachte ich. Siege durch Einschüchterung. Die Ozelot-Geblüte und -Anhänger teilten sich vor uns, aber nicht wie das Rote Meer, sondern eher so, als wollten sie noch einen Blick auf uns erhaschen, ehe sie entschieden, ob sie uns in Stücke rissen oder nicht. Wir kamen am Umkleideraum vorbei und gelangten auf den kleinen Zócalo zwischen der Ozelot-Endzone und dem Anfang der drei Ebenen von Treppen, die zu den Rasiermesserstufen ihrer Mul hinaufführten, nur vier Seillängen entfernt. Die lange, smaragdgrün verputzte Wand des Ozelot-Sippenhauses lag links von uns; dahinter befanden sich zwei teilweise bewohnte Gebäudekomplexe aus Holz und Gips, die sich die Erhebung hochzogen. Der nähere war für Frauen, der höhere, heiligere für Männer. Dahinter wiederum sah ich die Krone einer prächtigen Zeremonienmauer mit Flechtverzierungen und dreieckigen Zinnen, und jenseits davon einen lang gezogenen, rot-grünen Schmierstreifen: die manikürten und gekappten Baumwipfel im Giftgarten der Ozelots, umgeben von einem Dornenwall. Er lag wirklich nicht fern.

Ich befahl den Geblüten, uns abzusetzen. Sie gehorchten. Ich riss meinen Helm und die Armschützer herunter. Aus dem Arsenal der Ozelots kam ein großer, gemein aussehender Kerl und vertrat uns mit einer Miene, die fragte, was wir hier zu suchen hätten, den Weg. Ich warf ihm meinen ausgestopften Nager ins Gesicht, und er duckte sich erschrocken, weil ein magischer Talisman mit spitzen kleinen Krallen auf ihn zuflog. Ich fischte ein kleines Muschelschalenmesser aus dem Beutel in meinem Schritt, zerschnitt die Schnüre meines Gerödels an der Stepppolsterung und warf den ganzen Kram einem der jüngsten Ozelot-Geblüte in der Menge zu, als wäre es eine huldvolle Gabe, die es vermutlich auch war.

»Ich bin Schakal!«, rief ich. Alles starrte mich an. »Ich bin in Xib'alb'a gewesen und habe den Rasierklingenball zurückgebracht! *Pitzomob pay-ee!*«, rief ich meinen alten … *Schakals* alten Schlachtruf. Ich war so erregt, dass ich ins Englische verfiel. »Bei den Knochen Croms, ihr seid alle Schweinefutter! Shoppt smart – shoppt bei S-Mart!« Ich wollte noch hinzufügen, dass ich die United Fruit Company auf sie hetzen würde.

Smaragd-Sturmschritt war noch immer hinter uns auf dem Spielfeld und brüllte seinen Brüdern zu, sie sollten uns packen, aber die Harpyien-Unsichtbaren konnten ihn nach wie vor blockieren. Ich trat auf die erste Stufe im Meer der Treppen. Mein kleiner Trupp folgte meinem Beispiel und umgab mich in einer ovalen Formation. Acht Stufen. Neun. Die erste Terrasse schnitt sich mit einer zweiten Flut von Wellen und Kräuseln mit klaren Kanten, schwarzen Wellentälern und grünen Brechern, zerschrammt und poliert und geglättet wie eine Marmorskulptur von Noguchi. Und die Ozelots ließen uns durch. Ich vermute, wir hatten die Angst zum Verbündeten, denn für die meisten von ihnen war es tatsächlich so, als hätte ich mich in Schakal verwandelt und nicht einfach nur versteckt und dann verkleidet. Diese Menschen waren in gewisser Weise nicht in der Lage, das Konzept der Verkleidung zu durchschauen; wenn jemand das Kostüm eines Rauchers anlegte, verkleidete er sich nicht, sondern nahm dessen Identität an, und das war eine sehr ernste Sache. Außerdem weilten viele Zuschauer an der Endzone nur zu Besuch in Ix und waren auf keinen Kampf vorbereitet. Und natürlich galten wir nach wie vor als Gäste der Ozelots, und Gastfreundschaft nahm man nicht auf die leichte Schulter. Sie sahen nur acht kleine Kerle mitten in ihrem Revier vor sich und hatten alle Zeit der Welt, sich auf uns zu stürzen. Vor allem waren sie sich noch nicht ganz sicher, ob wir vielleicht doch nur Teil der Show sein könnten. Alle beobachteten die Kämpfe, die auf dem Spielfeld entbrannten und sich bis auf die Tribünen ausbreiteten, und sie fragten sich, worum es ging, ob die Panik der Anfang einer weiteren karthagischen Katastrophe sei, was man von ihnen erwartete, und so weiter. Jedenfalls befanden wir uns ungefähr vierzig Schläge lang im Niemandsland zwischen Aktion und Reaktion, wo man sich eine ganze Menge herausnehmen kann, wenn man einfach ruhig weitergeht und dabei kein bisschen nervös wirkt.

Wir näherten uns langsam dem Ozelot-Haus zu unserer Linken. Nur noch ein bisschen weiter … Die smaragdgrüne Mul erhob sich drohend rechts von uns. Wir kamen auf die Höhe der Wohnquartiere für die Frauen des Palastes. Ich glaube, Gynäzeum ist das richtige Wort dafür, aber wen interessiert das schon. Das Haus war nicht vollständig von Mauern umgeben wie die Wohntrakte in Teotihuacán, und auch Fenster gab es keine, aber überall sah man Nischen mit einladenden kleinen Türen. Scharenweise blickten Ozelot-Frauen von ihren Haremsbalkons im Dachgarten zu uns herunter. Ich schob das Messer unter meine Rückenpolsterung und sägte an den Riemen meines Balljochs.

Wir gehen dort durch, signalisierte ich Hun Xoc, indem ich ihm auf den Arm klopfte. Sein Blick fand die Tür, die ich ausgesucht hatte. Sie war nur zwanzig Meter entfernt, aber ich unterdrückte den Drang zu rennen. Ich wandte mich an den Hauptmann der Rassler-Gardisten, der offenbar begriffen hatte, was wir taten. Er wirkte sehr beflissen, meine Befehle zu befolgen. Koh musste ihm erklärt haben, dass sein Leben vollkommen zu meiner Disposition stehe. Das ist eine der guten Seiten eines feudalen Kastensystems: Ab und zu findet man sehr tüchtige Mitarbeiter. Oder wenigstens entschlossene.

Auf dem Hof brachen die Kampfrufe los. Sieh dich nicht um, klopfte ich Hun Xoc zu. Endlich bekam ich mein Balljoch herunter und schwang es mit der Rechten wie eine Schlachtkeule. Perlenbesetzte Schnüre schleiften über die Stufen. Ich wünschte mir immerfort, wir hätten Zeit gehabt, die ganze Sache zu proben. Ich schwenkte nach links in die Türnische. Die Tür bestand aus rot geöltem, gesteptem Hirschleder, das die hohe Wandöffnung verdeckte. An der Innenseite war es festgebunden, aber es öffnete sich nach oben, und ich durchtrennte den oberen linken Halteriemen. Der Rassler-Hauptmann zerschnitt wie auf Stichwort die anderen vier und riss die Tür herunter. Mittlerweile drängten hinter uns Ozelot-Geblüte heran und fragten, was wir eigentlich vorhätten, und unsere äußeren Rassler-Geblüte hatten die Streitkolben erhoben.

Die ersten sechs von uns schoben sich in eine winzige Schwitzkammer und gelangten durch die Tür auf der gegenüberliegenden Seite in einen kleinen quadratischen Hof. Auf dem Boden lagen allerlei frisch gefärbte bunte Festkleider aus Baumwolle zum Trocknen ausgebreitet. Fünf oder sechs Ozelot-Frauen mit offenem Haar, nur mit feuchten, smaragdgrün-weißen *huipils* bekleidet, flohen gerade durch eine zweite Tür auf der anderen Seite des Hofes. Nur eine kleine, rundliche alte Großmutter blieb mitten im Hof stehen, kreischte den Rassler-Hauptmann an und wiederholte immer wieder, dass wir ihr das ganze Zeug versauten. Ehe ich etwas sagen konnte, holte der Hauptmann mit seinem Streitkolben aus und zog ihn ihr über die Augen. Der Schlag riss ihr ein Stück aus dem Nasenrücken, und einen Augenblick lang stand sie weiterhin kreischend da; dann kippte sie um. Ich bin nicht stolz darauf, aber ich machte einfach weiter mit dem, was ich vorhatte. Ich hatte mich an solche Dinge gewöhnt.

Hun Xoc befahl den Rasslern, die großen Farbbottiche durch die Tür auf die Ozelot-Geblüte zu schleudern. Während sie den Bottichen auswichen, konnte ich kurz an ihnen vorbei in den Cañon des Spielfelds blicken, der etwa zwei Seillängen tiefer lag als wir. Zwischen Ballspielern und Zuschauern war ein Handgemenge im Gange, aber ich sah, dass Smaragd-Sturmschritts und Smaragd-Brüllaffes Banner durch die Menge auf uns zukamen. Sie hatten ihre Trainer und Anhänger um sich geschart und zur geordneten Verfolgung auf unsere

Fährte gesetzt. Die Ozelots hingegen wirkten unentschlossen. Sie waren mehr darauf erpicht, in den Spielbezirk zu eilen und 9-Reißzahn-Kolibri und die anderen königlichen Personen zu schützen.

Der Hauptmann ließ zwei Rassler-Geblüte zurück, die die Tür halten sollten. Wir mussten aufs Festland, log ich ein wenig zu laut, weil ich hoffte, dass die Ozelots hinter der Tür mich hörten oder dass unsere Nachhut dies angab, falls sie gefangen genommen und zum Reden gebracht wurde. Wenn die Nachricht zum Ahau gelangte, war es wichtig, dass er annahm, wir würden versuchen, auf den gekrümmten Laufsteg zu gelangen, der um den Südrand der Halbinsel herum und dann nach Osten zum Festland führte. Wie gesagt war Ix eine Kanalstadt; es gab eigentlich gar keine Straßen. Um irgendwohin zu gelangen, brauchte man entweder ein Boot oder musste jemandes Schlafzimmer durchqueren. Ich hetzte jeden über den Hof zur anderen Tür. Schon standen zwei Geblüte oben auf der Mauer, durch die wir gekommen waren. Ich ging zuerst hinein, auch wenn es mir normalerweise nicht gestattet war, die Spitze zu übernehmen; dazu war ich zu wichtig. Ich kam in einen kleinen Flur, in dem es stank und der über mehrere Biegungen nach rechts aufwärts führte. Als Jed wäre ich verwirrt gewesen, aber mein Richtungssinn hatte sich um einige tausend Prozent verbessert, seit ich im Alten Mayaland war. Ich drang in einen kleinen Küchenhof vor, durchquerte die Abfalltür auf der gegenüberliegenden Seite und kam durch eine offene Gasse in einen der Höfe, auf denen das Essen vorbereitet wurde. Dutzende von Kochsklavinnen des Frauenhaushalts wimmelten kreischend umher und wussten nicht, was sie tun sollten. Ich musste lachen, weil das Ganze allmählich an eine Verfolgungsjagd aus einem James-Bond-Film erinnerte, wo immer die Obstkarren umgeworfen werden und die wütenden Händler den Fliehenden die Fäuste hinterherschütteln. Am seltsamsten aber war, dass wir bisher damit durchgekommen waren. Für diese Jungs ist es eben noch neu, sagte ich mir. Diese Art von Kommandoeinsatz passte einfach nicht in das Protokoll der mesoamerikanischen Kriegführung. Zum ersten Mal begriff ich, wie Cortez trotz einer Chance von nur zehntausend zu eins den ganzen Kontinent an sich bringen konnte: Er hatte so sehr außerhalb des Gedankensystems der Azteken gehandelt, dass sie, ihren eingefahrenen Bahnen verhaftet, gar nicht wussten, wie sie auf ihn reagieren sollten. Wenn man etwas tut, das man einfach nicht tut, gewinnt man – meistens.

Der Rassler-Hauptmann reichte mir einen kurzen Streitkolben, und ich band ihn mir an die linke Hand. Dann zeigte ich auf eine niedrige rote Stofftür mitten in der Westmauer, eine Mondweg-Tür. Hun Xoc trat daneben und begann, die Stofftür zu zerschneiden – sie bestand aus gummigetränkter, über ein Weidengestell gespannter Baumwolle –, aber ich spürte, dass die Traube aus Geblüten hinter mir zögerte, als wäre die Tür radioaktiv. Vereinfacht dargestellt, besaß Ix vier einander überlappende Netze aus Fußwegen, die von unterschiedlichen Menschenklassen benutzt wurden. Wir folgten einem der sogenannten »Reißzahn-Hasen-Blutgänge«, ein System abgetrennter Wege zu bestimmten Brunnen, die nur menstruierende Frauen benutzten. Diese Gänge waren innen rot gestrichen und mit rotem Zeltstoff überdacht. Kein Mann hätte je auch nur in Erwägung gezogen, ihren besudelten Boden zu überqueren.

Wir nehmen diesen Weg, wiederholte ich. Hun Xoc und der Hauptmann schienen es zu akzeptieren, aber die anderen fünf Rassler-Geblüte starrten mich nur an.

Da habe ich mal wieder die abergläubischsten und aufsässigsten Idioten erwischt, dachte ich. Tolle Hilfe. Man hatte nie alles beisammen, nichts klappte je. Und es wird auch nie etwas klappen.

Hun Xoc nahm eine Kampfsäge, stellte sich vor das erste Geblüt und befahl ihm, die Tür zu durchqueren. Der Junge hatte Angst; trotzdem sagte er irgendetwas in der Richtung, dass es uns nicht bekommen würde, dort hineinzugehen. Noch während er sprach, griff Hun Xoc in den mit einem Schuppenmuster verzierten Schurz des Jungen, packte dessen Penis und Hoden, trat ihm die Beine unter dem Leib weg und zog die kurze Säge unter seiner Hand hindurch. Der Junge gab kaum einen Laut von sich. Hun Xoc stand auf und warf die blutigen Genitalien des Jungen einem anderen Geblüt zu. Sie klatschten ihm gegen die Brust und sackten zitternd zu Boden.

»Sofort nehmt ihr den Weg der Frauen als Männer,
Oder wir machen euch zuvor zu Frauen«, sagte Hun Xoc.

Der Kastrierte unterdrückte ein Wimmern und versuchte aufzustehen. Der Rest der Mannschaft stand schweigend da. Was für ein eigentümlicher Augenblick: Die Geblüte schienen tatsächlich die Alternativen gegeneinander abzuwägen.

Ich schob mich durch die zerfetzte Stoffbahn in das gespenstische malvenfarbene Licht.

(39)

Zwei alte Großhausfrauen waren im Gang, erschraken furchtbar und schlurften eilig davon. Ich streckte den Kopf hinaus. Endlich hinkte der Kastrierte zur Tür, und einer nach dem anderen folgte ihm. Vielleicht sagten sie sich, es sei nun okay, weil das Blut, das ihm die Beine hinunterlief, eine Rechtfertigung bot. Hun Xoc drängte von hinten.

Wir gingen in dem gewundenen Korridor ungefähr zwanzig Seillängen nach Westen und Süden und zwei Seillängen in die Höhe und gelangten auf einen anderen Hof, eine sogenannte »Mondblut-Latrine«, wo das unreine Wasser aus dem Frauengebäude sich in die Kanäle ergoss. In der Mitte stand eine Zisterne, die über eine offene Rinne aus Baumstämmen von einer Bergquelle gespeist wurde.

Wir halfen uns gegenseitig auf die Dachterrasse. Die Wasserleitung führte zu einer Abzweigung des großen Südaquädukts. Hun Xoc kletterte am kunstvollen Relief in die Rinne hinauf. Ich folgte ihm, und nach mir kamen die Geblüte. In Einzelreihe eilten wir in geduckter Haltung nach oben, indem wir auf die Ränder der Rinne traten und versuchten, nicht ins Wasser zu rutschen. Es dämmerte, aber der verdammte große Mond schien einfach zu hell. So viel zum Schutz der Dunkelheit. Hinter uns hörten wir vereinzelte codierte Alarmrufe. Ganz eindeutig hatte man uns entdeckt. Der Aquädukt führte im Zickzack den Hang hinauf, und an der ersten Biegung erhielt ich einen Blick hinunter auf den Hüftballdistrikt.

Gekämpft wurde hierzulande normalerweise nicht in Schlachtordnung, sondern in einer Reihe kleinerer Duelle, doch diesmal war es anders. Im Zentrum der nördlichen Plattform stand noch immer eine Gruppe Harpyien-Geblüte; jeder von ihnen hielt ein langes Blasrohr. Auf den Stufen des Mattenhauses bot sich das gleiche Bild, nur dass die Harpyien dort in einer vier Schützenreihen tiefen Formation standen; die vorderste Reihe zielte, während die Geblüte weiter hinten luden, ganz im Stil Friedrichs des Großen. Sie mussten die Blasrohre in zwei oder drei Teile zerlegt eingeschmuggelt und in letzter Sekunde zusammengesetzt haben. Mittlerweile hatten die Ozelots die Kontrolle über den Graben erlangt, aber es schienen genauso viele tot oder sterbend am Boden zu liegen, wie noch standen. Ich hörte ein Harpyien-Pfeifen, das sich verdächtig nach dem Signal zu laden anhörte, dann das Schmatzen Hunderter Pfeile, die in die speichelfeuchten Rohre geschoben wurden. Eine Meute Ozelots stürmte auf sie zu, und die Harpyien schossen eine Salve quer über das Spielfeld in die lebende Mauer aus Geblüten. Es klang wie ein lautes Husten, gefolgt von einem Zischen. Ich konnte nichts sehen, und die Ozelots mit Sicherheit auch nichts, nur diese unsichtbare Giftflut, die auf sie zujagte. Fünf von sechs Ozelots zuckten zurück und sanken auf die Masse aus smaragdgrün gefleckten Körpern. Eine zweite Welle Ozelots folgte der ersten und erreichte die Plattform, ehe die Schützenreihe zu einer weiteren Salve angelegt hatte, und…

Was ist los?, fragte Hun Xoc. Ich war stehen geblieben und sah ihn an, und er deutete auf den Zócalo unter uns. Zwanzig oder fünfundzwanzig Geblüte waren uns auf den Fersen, und Smaragd-Sturmschritt war ihr Anführer. Die Menschenmassen hatten sie aufgehalten, und sie waren noch wenigstens vierhundert Schläge entfernt; dennoch war es bestürzend: Die Lage hatte weniger Verwirrung geschaffen als erhofft. Ein paar von den Ozelots entdeckten uns und riefen uns zu, wir sollten stehen bleiben und schön auf die Tanzfläche kommen.

Nichts, signalisierte ich Hun Xoc. Ich sammelte mich und rannte weiter bergan. Was ist hier eigentlich los?, fragte ich mich, obwohl ich die Antwort wusste. 2-Juwelenbesetzter-Schädel – mein Hirnkumpel und angenommener und spiritueller Vater – hatte seine Harpyien-Geblüte gedrillt. Er hatte ihnen beigebracht, in enger Formation zu kämpfen, Deckung zu nehmen, ihren Beschuss zu konzentrieren und nicht zu versuchen, lebende Gefangene zu machen – grundlegende Elemente der militärischen Führung aus der Zeit vor dem Funkgerät. In einem ausgeflippten Rittersystem waren das nur eben keine Selbstverständlichkeiten. Ich meine, auch in Europa hatte es Jahrhunderte gedauert, bis die Generale lernten, nicht ihren Truppen voraus in die Schlacht zu reiten und dabei eine Flagge zu schwenken, auf der stand: ERSCHIESST MICH!

Ich nahm eine weitere Biegung. Die Ozelots hatten wahrscheinlich nicht damit gerechnet, dass die Harpyien es darauf anlegen könnten, sie zu töten. Wenn überhaupt, erwarteten sie, dass eine feindliche Streitmacht sich zurückzog und einzelne Geblüte herausforderte, vorzutreten und zu kämpfen.

Fabelhaft. Vielleicht steckte 2-Juwelenbesetzter-Schädel ja gar nicht so tief in der Tinte, wie ich gedacht hatte. Dass er sich etwas einfallen ließ, hätte ich mir denken können, sollen und müssen, zumal es genau das Gleiche war, was auch ich mir hätte einfallen lassen.

Würde es genügen, damit er siegte? Ich schaute noch einmal zurück. Die Harpyien warfen Verwundete hinunter in die anstürmende Masse von Geblüten. Endlich verhalten sie sich mal clever, dachte ich. Vielleicht haben sie so eine Chance.

Etwa sechs Seillängen weiter – eine Seillänge über dem höchsten Dach in den Großhäusern der Ozelots – überquerte der Aquädukt den südlichen Laufweg des Ozelot-Berges, und wir ließen uns auf die stuckverzierte Fläche fallen. Sie war ganz schön schmal, nur ein Prozessionsweg, der vom Gipfel über gestufte Pässe zum inneren Gelben Tor des Schnupfer-Viertels und dann hinaus aufs Festland führte. Links war kein Geländer oder so etwas, nur ein tiefer Abhang, der auf der Ebene der unteren Terrasse endete. Die smaragdgrüne Mauer des Ozelot-Giftgartens lag zu unserer Rechten. Sie war nur eine halbe Seillänge hoch, aber gekrönt von einer großen Hecke mit zwei Fingerbreit langen Dornen, die man bei Heilandskreuzigungen gern zu Kronen flechtet. Etwa zweihundert Schritt hinter uns kreuzte der Weg eine breitere Straße – breit genug, dass zwei Männer aneinander hätten vorbeigehen können –, die von den inneren Priesterquartieren zum Mul-Komplex auf dem Gipfel des Berges führte. Uns war nun ein größerer Trupp auf der Spur, der sich auf der Hauptstraße im Laufschritt der Kreuzung näherte und nur noch hundert Schritt davon entfernt war. Im Zinklicht waren die Geblüte beängstigend deutlich zu erkennen. Sie hatten sich gesagt, dass wir zum Festland wollten und das Frauenhaus soeben umgangen hatten. Ich konnte Smaragd-Sturmschritts Standarte nicht sehen, war mir aber ziemlich sicher, dass es seine Leute waren.

Wir können es schaffen, sagte Hun Xoc und wies nach vorn unten zum Kanal. Ich sah ein paar smaragdgrün gekleidete Gestalten auf der Straße – Ozelot-Anhänger –, aber niemanden, an dem wir nicht vorbeigekommen wären. Ich hatte vergessen, dass Hun Xoc noch immer glaubte, ich wollte zum Festland.

Frische Harpyien-Blasrohrtrupps schienen auf Booten in die Kanäle einzufahren. Auf der anderen Seite wurde im Schnupferviertel gekämpft, doch aus dieser Entfernung wirkte die Schlacht richtungslos wie ein Überfall roter Ameisen auf ein Nest schwarzer Ameisen, eintausend Spiele ritualisierten Fangens, bei denen es drunter und drüber ging.

Wir müssen uns aufteilen, sagte ich. Ich pickte zwei Rassler-Geblüte heraus und befahl ihnen, den Weg gegen Smaragd-Sturmschritts Jagdgruppe zu halten. Ihr Hauptmann wiederholte den Befehl, und sie zögerten nicht, sondern stürmten hinunter in den sicheren Tod.

Ich wandte mich wieder nach Süden, weil dort irgendetwas vor sich ging. Zwei Ozelot-Gardisten waren vor uns wie aus dem Nichts auf den Weg getreten, und zwei Rassler-Geblüte wehrten sie ab. Ich hatte geglaubt, ich wäre hier oben ganz für mich allein. Sollte nicht jeder das Ballspiel ansehen? Der Rassler-Hauptmann zog einem von ihnen den Streitkolben über den Schädel, doch der Kerl taumelte nur ein wenig und griff weiter an; der Hauptmann musste ihm noch mehrere Kopftreffer versetzen, ehe er zu Boden ging. Die anderen Rassler hatten den anderen Gardisten gefällt und machten sich daran, ihm die Gesichtshaut abzuziehen – hinter Skalps war man hier übrigens nicht her, das war nur etwas für dreckige Nomaden aus den Wüsten nördlich von Teotihuacán –, aber der Hauptmann befahl ihnen, es sein zu lassen, und sie richteten sich auf. Hinter ihnen näherte sich bereits ein anderer Haufen von vier oder fünf Ozelots aus der Richtung des Gelben Tores. Ich fragte mich, was sie alarmiert hatte, und blickte mich um. Wir waren nur noch zu fünft; der arme Kerl, der entmannt worden war, blutete und hinkte noch immer.

Wir können es schaffen, signalisierte Hun Xoc in Richtung auf das Gelbe Tor. Wir können durch sie hindurchbrechen.

Nein, wir können es nicht schaffen, gab ich zurück.

?!?!?, signalisierte er.

Ich zog sein Gesicht nahe zu mir heran, damit die Rassler-Geblüte nichts sahen, und blickte demonstrativ auf die Mauer. Er nickte.

Ich zog den Rassler-Hauptmann zu uns und flüsterte ihm ins Ohr: »Du nimmst die letzten drei deiner Geblüte und meine Standarte und gehst hinunter zum Gelben Tor.«

Er wollte Einwände erheben. Koh hatte ihn wahrscheinlich instruiert, dass er mich auf keinen Fall verlassen durfte. Dann jedoch besann er sich eines Besseren und rannte an der Spitze seiner kleinen Gruppe auf jene linkische Art zum Tor, wie man nachts auf unvertrautem Gelände rennt. Der Kastrierte wollte ihnen folgen, doch Hun Xoc sagte: »Du nicht«, und zog ihn zurück. Der arme Kerl machte es nicht mehr lange. Hun Xoc half ihm auf die Mauer und ließ ihn sich über die Dornen legen. Ich hörte, wie er sich die Lippen zerbiss, um seine Schmerzensschreie zu unterdrücken. Smaragd-Sturmschritts Trupp war noch hinter der Biegung des Weges, keine hundert Schritt entfernt. Hun Xoc hob mich auf den warmen öligen Rücken des Kastrierten. Er zitterte ein wenig, als er in die Dornen gedrückt wurde. Ich konnte nicht widerstehen, ich musste noch einen Blick hinunter auf das Spielfeld werfen. Wie es aussah, hatten die Harpyien Stoßtrupps durch die Seitengassen geschickt, damit sie in den Rücken der Ozelot-Formationen kamen und ihre Flanken angreifen konnten. Was war mit Koh?

Denk nicht darüber nach, dachte ich. Kümmere dich nur um deine Aufgabe. Ich sprang auf den siebenten Halswirbel des armen Hundes, packte mit beiden Händen sein Zöpfchen und setzte über seinen Kopf in die unsichtbaren Pflanzen unter mir. Hun Xoc kletterte auf ihn und rutschte neben mir herunter. Ich hob meinen Kopf aus den taufeuchten Mormonentulpen (ausgerechnet!) und blickte zur Zisterne.

Augen. Heiße, orange-grüne Augen im Gesicht eines furchterregenden Clowns, ein Jaguar, mit blauem Pulver gefärbt. Es war ein großer Jaguar, und er beobachtete uns auf träge-aufmerksame Art.

Du hast keine Angst, sagte ich mir und begann zu zählen. Bei zwölf wandte sich die Raubkatze ab und verschwand zwischen zwei knorrigen uralten Bäumen, die über und über mit Arabesken aus Turmalinen und Stachelausternschalen besetzt waren. Der Übergang wirkte gespenstisch nach der städtischen Umgebung. Hinter mir befahl Hun Xoc dem Kastrierten, von der Mauer zu steigen. Ich nehme an, er hatte den Jaguar nicht einmal gesehen. Er nahm den blutigen Kopf des Jungen mit beiden Händen und zog ihn hoch. Der Kastrierte begriff offenbar, was Hun Xoc von ihm wollte, denn er wölbte den Rücken und löste sich mit gewaltiger Anstrengung, die den letzten Rest seiner Willenskraft verbrauchte, von den Dornen. Ich hörte, wie er auf dem Weg zusammenbrach.

Es geht nicht anders, dachte ich.

Ich richtete mich auf und rannte im Jagdschritt um die Bäume, hügelaufwärts von der Raubkatze weg.

(40)

Hun Xoc folgte mir. Die Bäume auf den Terrassen standen schachbrettmusterartig zu Milpas angeordnet, wie jeder Garten in Mesoamerika – das gleiche 21 mal 20 Meter große Rechteck, das immer nach Kochab ausgerichtet ist. *Jotzolob'* verliefen zwischen den Milpas, unkultivierte Gräben, die gleichzeitig als Quelle für Erdboden, als Ablage für Steinbrocken, als Bewässerungskanäle und als Flutableiter dienten. Meine Füße fanden ganz von selbst einen der Hauptkanäle, und wir eilten »stromaufwärts«. Unsere Zehen klatschten auf dem schlammigen Boden. Die Bäume auf beiden Seiten gewährten uns ein wenig Sichtschutz, bis wir auf eine Lichtung mit einander kreuzenden Aquädukten kamen, wo vier gewaltige knollige Stelen der Wachenden Großen Väter der Ozelots sich in Scharlachrot, Smaragdgrün und Schwarz gegen den tiefkobaltblauen Himmel abhoben. Mittlerweile war es zu dunkel geworden, um noch richtig zu sehen. Ich prüfte rasch die Richtung und stieg aus dem Graben auf eine Milpa, auf der beinhoch Ringelblumen standen. Zwei große flugunfähige Vögel, Nandus oder so etwas, die der Ahau als Schoßtiere hielt, staksten blöde auf mich zu. Vielleicht erwarteten sie, dass ich sie fütterte. Verschwindet, dachte ich. Hinter einem Wäldchen im Süden humpelten zwei alte Ozelot-Gärtner davon, um den Alarm weiterzugeben.

Bewacht wirkte der Garten dennoch nicht. Ich nahm an, niemand außer den allerhöchsten Ozelots dachte auch nur im Entferntesten daran, jemals hierherzukommen. Mit Tabus kann man wirklich eine ganze Menge bewirken. Man geht einfach an Orte, bei denen jeder andere Angst hat, das schlechte Mojo könnte ihn grillen. Natürlich wird man irgendwann trotzdem erwischt, aber es dauert länger.

Ich erreichte die Zisterne. Sie war zu klein. Es konnte nicht die richtige sein. Das war nicht die eigentliche Quelle, nur ein kleines

Zwischenreservoir, von denen es viele gab. Die Hauptversorgungsrinne strebte weiter nach oben der Ostseite von 1-Ozelots Berg zu.

Verdammt. Hier war alles viel komplizierter als auf Kohs dämlicher Karte.

Höher, bedeutete ich Hun Xoc und begann zu rennen. Mein rechter Fuß juckte. Ein merkwürdiger roter Vogel flog über meinen Kopf und verschwand vor uns im Laubwerk. Ich brauchte einen Augenblick, bis mir klar wurde, dass es ein *lem-lem* gewesen war, ein stachelbesetzter Wurfstock. Feinde auf sechs Uhr!

Wie weit noch?

Nach links. Um die Ecke eines Pfefferstrauchdickichts. Ich warf mich in den stachligen Graben. An einer Spitze des Streitkolbens an meiner linken Hand schnitt ich mir in den Daumen. Hun Xoc legte sich neben mir in die Nesseln. Wir keuchten beide zu sehr, um reden zu können. Ich schob mich durch die feuchten Stängel zu ihm und nahm seinen Arm. Einen Schlag lang legte ich meinen Kopf an seine Brust. Er griff nach unten in meinen *wex* – ich nehme an, das muss man mit Lendenschurz oder Lendentuch oder einem anderen albernen Begriff bezeichnen – und hielt meinen Penis fest, um mich zu beruhigen. Nur ein bisschen beiläufige militärische Homoerotik. Atmen, dachte ich.

Es können nicht so viele sein; einige von ihnen müssen die Harpyien-Standarte verfolgt haben.

Wie weit sind sie noch weg?

Wenigstens zwei Terrassen unter uns. Wir können es schaffen. Wir müssen außer Sicht bleiben. Sie brauchen noch zweihundert Schläge, um uns hier oben zu finden. Na ja, hundert auf jeden Fall. Die Burschen hatten dem Match nur zugeschaut; deshalb waren sie nicht mal außer Atem. Bis auf Smaragd-Sturmschritt, aber der entsprach nicht den natürlichen Maßstäben. Ich konnte nicht anders, ich musste mein Bein anziehen und kratzte mich am Fuß. Irgendetwas war damit.

Mein Fuß spürte meine Finger nicht. Und als meine Hand den Fuß spürte, fühlte er sich zu groß an.

»Ich habe einen Stich«, sagte ich, »im männlichen Fuß.«

Hun Xoc ließ meinen kleinen Jed los und nahm den Fuß in die

Hände. Ich spürte, wie er mit einem Muschelschalenmesser den Pfeil aus der angeschwollenen Wunde grub, doch das Gefühl kam aus weiter Ferne. Ich hörte, wie er saugte und ausspie. Eine zeitlose Fertigkeit, zu spät allerdings.

Ich bin erledigt, dachte ich. Ich bin über dem Limit. TILT, GAME OVER, WERFEN SIE EINEN VIERTELDOLLAR EIN FÜR NOCH EIN SPIEL, 12, 11, 10, 9, 0.

Hun Xoc rieb Erde in die Wunde, um die Blutung zu stillen. Er glitt vor mich, hielt mir seinen Fuß hin, damit ich ihn packte, und zog mich nach Süden durch den kiesigen Graben hügelabwärts. Ich bemerkte, dass ich noch nicht tot war. Es war, als wäre man high und guckt auf die Uhr, weil man denkt, egal, wo man ist, man ist schon seit Tagen da und verspätet sich, dabei sind erst fünf Minuten vergangen.

Wir gehen in die falsche Richtung, signalisierte ich Hun Xoc. Du gehst dorthin nach unten. Ich gehe dorthin nach oben.

Ich schob ein Auge über den Rand der Erhebung, als wäre es ein Stielauge, und schaute mich im 220°-Winkel um. Ich bekam den Eindruck, dass Gestalten sich auf uns zubewegten, ohne dass ich sie wirklich sah.

Ich weiß, was ich tue, signalisierte ich. Ich bin bereit.

Wir sahen einander an. Er machte das Zeichen für »einverstanden« und schwang sich aus dem Graben, rannte durch den südlichen Jotzol parallel zur Steigung des Gipfels. Auch ich sprang aus dem Graben und bewegte mich im rechten Winkel zur Steigung bergauf. Die Bäume vor mir waren wilder und dicker. Man hatte sie ungestört wachsen lassen, weil die Gegend um die Quelle das Haus von Chac war. Damit verhielt es sich so ähnlich wie bei dem Haus eines Ahaus, das nach seinem Tod verschlossen und nie wieder berührt wurde, bis seine Erben es erweiterten oder ein Feind es aufhob.

Irgendetwas bewirkte, dass ich nach rechts schaute. Unter mir schien Hun Xoc zu stolpern und zu stürzen, wurde zurückgeworfen und dann nach vorn gerissen wie ein mit dem Lasso gefangener Stier. Wahrscheinlich hatte man ihn mit einer Seilkeule getroffen, einer Art großem spitzem Jo-Jo.

Ich schaute mich um. Ich konnte noch immer keine Angreifer sehen, aber ich hörte, wie sie unter Hun Xoc durch das Farnkraut stampften, ohne sich Mühe zu geben, leise zu sein. Es war einer dieser Augenblicke, in denen man sich sofort entscheiden muss. Sollte ich die Ozelots angreifen und versuchen, Hun Xoc loszueisen? Aber wenn ich hier anhielt, hatte alles keinen Sinn mehr. Ich wandte ihm den Rücken zu und ging weiter. Mit einem Geräusch wie berstendes Glas zerschmetterte Hun Xocs Streitkolben Schmuck und Fleisch. Uns erwischt es sowieso gleich, dachte ich. Kann keine Minute mehr dauern. Bring es zu Ende.

Links.

Hun Xoc! Verdammt. Denk nicht darüber nach.

Der Graben wurde flacher. Das muss es gewesen sein, dachte ich. Ich drehte mich zweimal um die eigene Achse. Die Kuppe war wie eine große Pyramide angelegt, mit einer zyklopischen Plattform in der Mitte und relativ geraden gehauenen Stufen, die zu den vier Himmelsrichtungen hinaufführten. Man sah einen groben Stern aus Kleidern, Schmuck sowie menschlichen wie tierischen Knorpeln und Knochen auf der Plattform, als wären die Opfergaben säuberlich ausgelegt, dann aber von den Jaguaren zerrupft worden. Wo ist die Zisterne?, fragte ich mich. Ich sah nicht einmal einen Aquädukt.

Ich rannte um die Plattform herum, ein wenig panisch. Nicht gut. Gar nicht gut.

Treppen. Es ging wieder hinunter. Nein, hinauf. Treppen zu groß. Alles falsche Größe. Lichtung. Die gleiche? Buckel in der Mitte. Vielleicht hier.

Nein, zu klein.

Da, da ist er. Ich entdeckte den Hauptaquädukt, der von der Quelle zur Seite des Berges führte. Ich hatte ihn vorher nicht gesehen, weil er mit U-förmigen Kalksteinplatten bedeckt war, fast wie eine alte römische Wasserleitung.

Okay, Tonto. Nur über diese kleine Lichtung. Eine Milpa. Vierundfünfzig normale Schritte. Dreiundfünfzig, wenn du vor dem Band die Brust herausstreckst.

Jetzt geh einfach.

Ich bin noch ungefähr zehn Schläge in Freiheit, dachte ich. In dieser Zeit kann ich tun, was ich will.

Lass dir bloß nicht anmerken, dass du zum Brunnen willst.

Geh einfach.

Okay.

Ich stürzte vor. Sie kamen heraus, um mir den Weg abzuschneiden.

Noch dreißig Schritte. Ich hinkte. Ich konnte das Bein nicht mehr spüren. Taub bis zum Knie. Wahrscheinlich nichts Tödliches, dachte ich. Sie wollen, dass du dich noch regst, wenn sie dich kriegen. Vorausgesetzt, sie wissen, was wir tun. »Wir werden alle Männer töten, alle Frauen schänden und alles Vieh stehlen!«, brüllte ich. »Und macht es, um Gogs willen, diesmal richtig. *Verteilt euch, ihr Mistkerle, ihr dreckiger Abschaum, arrgghh, sterbt!!!*«

Noch zwanzig Schritte. Ich merkte, dass wenigstens eine Milliarde Menschen um mich herum waren, oder zumindest kam es mir vor wie eine Milliarde, aber nur einer war richtig nahe. Mach weiter, der hat es nicht auf dich abgesehen. O doch, hat er. Ich musste mich umdrehen. Überraschung, Überraschung. Natürlich war es 15-Smaragdgrüner-Sturmschritt. Er musste einfach den Helden spielen und »Häscher-von-Zweimal-Geborener-1-Schakal« hinter seinen Namen setzen dürfen. Wenn 15-Sturmschritt sich nicht mit Ruhm bekleckerte, kämen sie allerdings nicht mehr einer nach dem anderen, sondern würden sich binnen zwei Schlägen alle auf einmal auf mich stürzen und den Ruhm als Gruppe einheimsen.

Sturmschritt schlug mit einer langstieligen Jagdsäge nach meinem schlimmen Bein, versuchte mich zu lähmen. Ich rollte mich hinter eine Stele. Sie war ungefähr fünfzehn Fingerbreit dick und mit einer glatten Schicht aus dicker schwarzer, weißer und grüner Farbe bedeckt, als hätte man sie eingetunkt. Ich hörte das Pfeifen von Luft an einer scharfen Kante und sah sprühende Funken, als die Feuersteinschneide von der Stele abprallte. Kleine Splitter wirbelten durch die Luft. Einen davon bekam ich ins rechte Auge. Toll, genau das hatte mir noch gefehlt.

»*Kuchul bin ycnal*«, knurrte Sturmschritt. »Du bist ein Läufer.« Damit meinte er, ich wäre vom Ballspiel davongelaufen, weil ich Angst hätte, wir würden verlieren.

»*Xejintic ub'aj*«, erwiderte ich. »Erbrich dich auf dich selbst.« Aber ich hatte keine Stimme mehr, deshalb brachte ich nur ein Bühnenflüstern hervor.

»*Lothic ah tabay*«, sagte er. »Ihr habt verloren.«

»*Ihr* habt verloren«, erwiderte ich. »Verloren, verloren, verloren!«

Ich ließ die Stele los und rannte zum Brunnen. Jemand war vor mir. Ich stürmte in ihn hinein und wand mich um ihn herum zum Rand der Zisterne. Meine Hände packten Reliefs von Seesternen, und ich spürte die solide Resonanz der Hunderte von Kubikmetern Wasser auf der anderen Seite. Trotz der Dürre strömte es rasch, noch immer mehr als genug, um die gesamte Stadt zu versorgen. Der Rand war nur brusthoch. Bring es einfach hinter dich, dachte ich. Der Kerl packte mich beim Zopf, doch der war zu zwei Dritteln falsch, und er riss nur die Verlängerung ab. Weitere Männer griffen nach mir. Ich zog mich zurück, rollte mich hoch auf den breiten Rand und versuchte es so aussehen zu lassen, als wäre ich in Panik. Die achteckige Öffnung durchmaß nur ungefähr eine Seillänge. Ich spürte, wie negative Ionen aus ihr herausschossen, und fühlte mich plötzlich erfrischt, dachte klar auch mit nur einem Auge, einem Bein, während der restliche Körper von einem Feuerwerk unerträglicher Schmerzen erfüllt war.

Die Männer wollten mich vom Rand der Zisterne zerren. Du musst dich besser verstellen, dachte ich, sonst merken sie etwas. Es reicht nicht, sich zu kostümieren, du musst die Rolle *spielen*. Ich wand mich hin und her, verlagerte mein Gewicht, um wenigstens einen von ihnen mitzunehmen. Einer legte mir in dem Moment den Ellbogen um die Kehle, als ich uns beide aus dem Gleichgewicht brachte, sodass wir nach hinten in die Kälte kippten.

(41)

Immer wieder wurde mir gesagt, ich hätte ein fotografisches Gedächtnis, aber natürlich passiert zu viel, als dass jemand sich an wirklich alles erinnern könnte. Ich neige dazu, bestimmte Dinge abrufbereit zu halten und andere nicht – ich könnte den Dialog eines Films zitieren, den ich gesehen habe, aber ich wüsste nicht mehr, mit wem ich im Kino gewesen bin. Filme und dergleichen scheinen in einer Art Rumpelkammer meines Gedächtnisraumes zu existieren. Nach einer Weile, nachdem wir in die Große Zisterne gekippt waren, verschoben sich für mich die Ereignisse in gleitender Raumzeit. Vielleicht ist es in gewisser Weise so, als würde man Musik hören oder einen Film von einer Disk schauen und drückt versehentlich die Wiederholtaste, ehe man im Sessel einschläft. Der Film wiederholt sich dann immer wieder, und man wacht hier und da auf und sieht ein kurzes Stück. Man erinnert sich vielleicht deutlich an die Szenen, weiß aber nicht mehr, wie sie zusammengehören oder beim wievielten Wiederholungslauf man sie gesehen hat. Jedenfalls erinnerte ich mich an das Gefühl, unwiderruflich das Gleichgewicht verloren zu haben, konnte mich aber nicht daran erinnern, zu fallen oder ins Wasser einzutauchen. Ich glaube, mein Herz hat anderthalb Schläge lang ausgesetzt. Ich war mir allerdings des Gegners bewusst, den ich mit in die Zisterne gezogen hatte und der mich noch immer würgte, und ich weiß, dass ich mit der rechten Hand nach dem Stück Obsidian getastet habe, das noch immer in meiner Linken steckte. Ich zog es raus, schloss die Finger darum, wand meinen Arm zurück, fand die Stelle, wo die linken kurzen Rippen des Mannes hervorstanden, ertastete den Rippenbogen und stieß ihm das Messer unter dem untersten Punkt des Brustbeins in den Leib. Er zuckte, aber sein Griff ließ nicht nach. Ich merkte, dass ich nicht mehr lange bei Bewusstsein bleiben würde. Ich bekam das Gefühl, dass wir noch immer sanken, statt nach oben zu treiben, vielleicht, weil der Bursche schwere Muschelmanschetten an Hand- und Fußgelenken und eine gesteppte Polsterung trug. Ich trieb das Messer tiefer in seinen Körper, drückte vier Finger in die Wunde, tastete mich unter seinen Schwertfortsatz und stach durch das Zwerchfell in seine warme Herzbeutelhöhle. Ich war in der falschen Stellung, um bis zu seinem Herz vorzudringen, aber ich fand den unteren Lappen seines linken Lungenflügels und packte ihn. Er fühlte sich an wie ein feuchter Schwamm. Ich riss daran, und das Gewebe zerfiel zu Brei und kollabierte. Der Mann zuckte am ganzen Körper, und ich konnte mich endlich von ihm lösen. Ich keuchte, als mein Hals nicht mehr eingeklemmt wurde, und ein Krocketball aus Wasser strömte mir die Kehle hinunter. Das war sogar halbwegs angenehm, weil ich brennenden Durst gehabt hatte, aber noch mehr Wasser drängte in meine Lunge, und Panik erfasste mich.

Ich zog den Beutel mit dem Erdsternpulver aus meinem Schritt und mühte mich mit den Knoten ab. Mit meinen zerschnittenen Händen bekam ich sie nicht auf. Aber in meinem rechten Mittelhandknochen steckte noch immer einiges von der Obsidianscherbe, und damit stach ich in den kleinen Beutel, riss ein Loch hinein und drehte ihn durch das Loch auf links. Schlieren aus betäubendem Tod verloren sich im Wasser. Es gelang mir sogar, die Schnüre durchzuschneiden und den Beutel nach unten sinken zu lassen, obwohl ich mich nicht bewusst erinnern konnte, dass er mit Kieseln beschwert war.

Und das war es dann im Grunde für längere Zeit. Ich erinnere mich nicht daran, nass gewesen zu sein, aber unter Wasser fühlt man sich auch nicht nass. Ich erinnere mich, auf einen Kreis aus schwachem Himmelblau unter mir geblickt zu haben, die Öffnung des Brunnens – obwohl sie eigentlich über mir war –, und ich überlegte, ob ich den Rest der kohlendioxidgesättigten Luft aus meiner Lunge herauslassen und auf die denkbar angenehmste Art sterben wollte, im Zentrum einer jadegrünen Kugel in den Händen der Brunnengötter, auf die Resonanz des Wassers lauschend, duum, wuum, duum, schruum, fluum, muum, buum, twruuuwmb, twuuuuummmmmm.

ZWEITER TEIL

DER GESCHMACK VON SCHREIEN

Figur eines Götter-Darstellers mit Entenschnabelmaske
gefunden flussabwärts der Ruinen von Ixnichi-Sotz

Denkwürdige Antiquitäten aus British-Honduras
Subskriptionsdruck • Lambeth • 1831

(42)

Ich kann mich nicht erinnern, gepackt worden zu sein, aber irgendwann schien mein tauber nasser Kopf in einer Luft, die sich wie trockene Hitze anfühlte, auf Mul-Größe anzuschwellen. Schnapp Luft. Nase zu. Zieh's hoch … nein, da ist was Hartes. Spuck es aus. Spuck's schon aus, *weg damit!!!* Dann das Gefühl, mich selbst zu verschlingen, so wie eine Libelle, der man ihr eigenes Hinterteil vors Maul hält, daran frisst, bis sie stirbt. Irgendwann begriff ich, dass mir jemand meine linke Hand in den Mund gestopft hatte und die darinsteckenden Feuersteinsplitter mir die Oberlippe zerschnitten. Ich schnaubte kräftig durch die Nase, bekam ein Nasenloch frei und konnte atmen.

Ich glaube, darauf folgte eine längere Phase, an die ich gar keine Erinnerung habe. In gewisser Weise ist das traurig, weil der Augenblick der Gefangennahme zu den wichtigsten Momenten im Leben gehört; er ist ein Sakrament. Aber ich erinnere mich weder, die Ansprachen meiner Häscher gehört zu haben, noch dass ich irgendeines dieser kleinen Gedichte der Unterwerfung aufgesagt hätte – ich erinnere mich an gar nichts. Ich weiß aber noch, dass ich zeremonielle Fesseln getragen habe, ähnlich denen auf der Mul, und ich erinnere mich an völlige Finsternis, in der ich von stinkenden Leichen umgeben war. Sie rochen, als wären sie enthauptet worden, oder vielleicht ausgeweidet, wobei sie ausbluten, sodass sie nicht ganz so schlimm stinken wie Menschen, die an Krankheiten sterben. In Träumen riecht man aber normalerweise gar nichts. Hieß das, ich war wach? Meine geschwollene Zunge fuhr über geronnenes Blut an den Innenseiten meiner Wangen. Mein Bein fühlte sich kalt und dick an, aber als ich mich in meinen Fesseln endlich so weit verdreht hatte, dass ich danach tasten konnte, schien es nicht da zu sein. An seiner Stelle befand sich irgendetwas Fleischiges, behauptete meine Hand, aber es war völlig taub, so als berührte man das Bein eines Fremden, und es wirkte aufgedunsen, als litte ich unter Elefantiasis. Ich erinnere mich, dass ich vor, nach oder während dieser dunklen Periode von Menschen umstanden war und angestoßen wurde. Ich streckte die Hände aus und ertastete ihre Pelzleggings. Sie bestanden aus dem Fell von Ozelotjungen, und nur 9-Reißzahn-Kolibris Leibgarde durfte sie tragen. Was ist denn jetzt mit dem Erdsternstaub?, fragte ich mich wieder. Wenn er wirkt, müsste der eine oder andere jetzt mal so langsam etwas Komisches tun. Und glücklich sein sollten sie auch. Stimmt's? Oder vielleicht sind sie mir auf die Schliche gekommen. Vielleicht sind sie gar nicht so blöd und trinken nur Wasser, das schon eine Weile steht.

Hölle, Hölle, Hölle.

Au. Jemand trat mich und befahl mir, aufzustehen und zu gehen, und ich versuchte zu erwidern, ich könne es nicht. Ich erinnere mich nicht, geschleppt oder getragen worden zu sein, aber irgendwann war ich woanders, wo es frische Luft gab, wahrscheinlich in einem Verhandlungszelt. Ich war mit vier anderen hochrangigen Harpyien-Geblüten zusammen. Alle hatten wir Knebel im Mund, aber nach dem zu urteilen, was wir uns in einer tonalen Sprache zugrunzen konnten, wusste keiner von uns, wie die Schlacht ausgegangen war. Ich war mir ziemlich sicher, dass keiner von ihnen zu meinen dicken Kumpels gehörte. Wo meine geschundene rechte Hand mit dem Erdsternstaub in Berührung gekommen war, fühlte sie sich riesig und seltsam und schlaff an.

Ich erinnere mich an das Geflecht der neutralen Zone auf der großen Handelsmatte, auf die sie mich setzten, ganz allein, was bedeutete, dass eine besondere Abmachung über mich getroffen wurde. Ich nahm ganz von selbst die geduckte Haltung des Gefangenen ein, hob den Kopf aber lange genug, um mir anzusehen, was auf der anderen Seite geboten wurde. Was man wert ist, interessiert einen doch immer.

Ich sah ein Tablett mit einem Satz von vier ausgestopften Quetzals, Symbole des sicheren Geleits zum Verlassen des Gebiets. In sie waren Hieroglyphen eingebrannt, aber ich konnte nicht lesen, von wem sie waren oder an wen sie sich richteten. Überall ringsum erhoben sich Stimmen. Eine von ihnen erkannte ich, aber ich konnte sie nicht einordnen, bis mir klar wurde, dass sie 18-Sprung gehörte, dem Lieblingsneffen von 2-Juwelenbesetzter-Schädel. Andere Stimmen feilschten eine Zeit lang in der Sprache der Botschafter. Offenbar ging es um einiges. Ich kam mir vor wie eine Edelnutte. Irgendwann hatte ich genug mitbekommen und begriff, dass einige von 9-Reißzahn-Kolibris Kommandeuren sich – oder 9RK – mit einer Anzahl von Gefangenen, darunter meine Wenigkeit, freies Geleit ins Exil erkauften.

Vielleicht ergab sich etwas. Vielleicht hatte der Erdsternstaub doch gewirkt. Vielleicht hatte Kohs Heer irgendwie die Oberhand bekommen. Heilige Scheibe. Vielleicht.

Sie einigten sich schließlich. Ein Ozelot-Gardist nahm die Vögel und reichte 18-Sprung meine Leine.

Ich brauchte ein wenig, um es wirklich zu begreifen. Viermal Hurra auf uns, dachte ich. Wir ham's geschafft. Wir haben das Gold gepackt, die Schlacht gewonnen, den Krieg, The Big Bajoor, was auch immer. *Victoria!* Mich überkam beinahe eine Flut der Erleichterung, aber ich war noch immer zu sehr durch den Wind, um sie wirklich empfinden zu können. 18-Sprung führte mich durch eine niedrige Tür, aber als ich aufstand, brach ich gleich wieder zusammen, und ich kann mich schwach daran erinnern, dass man mich auf einen kleinen rautenförmigen Ozelot-Hof brachte. Die Wände zierten Fresken von unsterblichen Katzen. Einige der jüngeren, weniger mächtigen hatte man ausgelöscht, indem man ihnen die Onyxaugen herausgehebelt hatte, aber die wichtigen waren mit Blumen und ausgeschmiertem Blut besänftigt worden. Wenn 2JS den Laden übernahm, müsste er sich von der Ozelot-Sippe adoptieren lassen und bei den Ozelot-Göttern um Schönwetter buhlen. Ix zu beherrschen, ohne ein Ozelot zu sein, stand völlig außer Frage. Ix war eine Ozelot-Stadt. Vielleicht klingt es albern, aber jeder wusste, dass Jaguare die mächtigsten aller Wesen waren, und wenn man ganz oben stand, musste man einfach von Jaguaren abstammen. Bloß den Titel zu ändern ging gar nicht.

Sie brachten mich zu einer erhöhten Plattform, die wie eine kleine Bühne in der Mitte des Hofes stand. Ich sah zum Himmel; vielleicht war es das letzte Mal. Er war nur ein Parallelogramm aus Wolken und weißem Rauch, aber ich merkte, dass wir Morgen hatten. Ich hörte einige ferne Harpyien-Kriegsrufe, aber keinen aus der Nähe. Alles wirkte noch matt und gedämpft, und ich fragte mich, ob ich überhaupt klar denken konnte; schließlich litt ich unter Erschöpfung, Blutverlust, Pfeilgift und was auch immer. Ich vermutete, dass ich während meiner kleinen Tauchpartie ein bisschen was von dem Erdsternstaub abbekommen hatte.

Sie legten mich auf eine Genesungsmatte, und zwei Kostümierer begannen an mir zu arbeiten und rieben Asche und Parfüms in meine Wunden. Sie gaben mir angenehm warme Getränke und vorgekaute Honigtortillas. Irgendwann hörte ich Muscheln und Cabochons klimpern und sah, dass 2-Juwelenbesetzter-Schädel in den Hof getreten war. Ich war so froh, ihn zu sehen, dass ich vor Freude in meinen Lendenschurz uriniert hätte, wenn man mich während meiner Bewusstlosigkeit nicht schon entleert hätte. Er trat vor mich, während ich auf der Matte ausgestreckt lag, und das war für ihn eine große Sache und für mich eine hohe Ehre. Er war in vollem Staat, das unschlagbare Beispiel, wie man sich mit Zierrat überlädt und trotzdem nicht albern aussieht. Die blauen tätowierten Ringe um seine Augen ließen ihn cool und geheimnisvoll wirken, als sähe man sie durch eine Sonnenbrille, und an seiner Stirn hing ein schwarzer Pyritspiegel, der an das dritte Auge erinnerte, wie es Ärzte früher getragen haben.

»Mein Sohn ist ein Häscher von vierhundert Geblüten«, sagte 2-Juwelenbesetzter-Schädel zu mir. Das hieß, dass ich in der Harpyien-Sippe als Ahau eingesetzt würde. Das war die höchste Beförderung, die man bekommen konnte, es sei denn, man wurde ein Bacab wie 2JS, oder der Ahau der Ahauob' wie 9-Reißzahn-Kolibri. Ich bin angekommen, dachte ich.

»Dein Spiel zählt als Sieg
Für das Harpyien-Haus«,

sagte er. Und sei eine echte Glanzleistung. Ich murmelte einen inoffiziellen Dank und setzte zu einer kurzen Gratulationsansprache zu seiner »Eroberung des Zentrums der Welt« an, seine Einnahme von Ix. Er schnitt mir das Wort ab.

»Unser Sieg muss noch gefestigt werden«, sagte er. Von der Westseite des Hofes, der öffentlichen Seite, näherte sich ein Bote mit einer Nachricht, mit der 2JS sich sofort befassen musste. Er entschuldigte sich für einen Augenblick und benutzte dabei die Gleichgestellten-Form. Offensichtlich war er ziemlich beschäftigt. Ich hänge hier nur eine Weile rum, sagte ich mir. Ich und die übrigen hohen Tiere. Erleichterung überkam mich. Aber warte mal … wo ist eigentlich Koh, und wo war Hun Xoc? Ich hatte jede Menge Fragen an ihn. Vor allem, ob Koh alle unsere Verbündeten gewarnt hatte, von dem Wasser zu trinken.

Ich richtete mich auf. Die Kostümierer konnten mich nicht unten halten, weil sie nicht die nötige Autorität besaßen, und mussten zulassen, dass ich in eine halb stehende Position gelangte. Dann kippte ich vornüber, und sie fingen mich auf. Ich hörte, wie 2JS mit 18-Sprung und einigen seiner Kommandeure sprach.

Du musst warten, sagte ich mir. Erneut sah ich zum Himmel. Ich weiß nicht, ob ich wieder bewusstlos wurde, aber irgendwann später war 2-Juwelenbesetzter-Schädel wieder da und fragte mich, ob mit mir alles in Ordnung sei.

Ich sagte, ich sei bereit für das nächste Ballspiel. Er lächelte.

Und etwas an diesem Lächeln …

Irgendetwas stimmte nicht. Ich hatte ihn fragen wollen, ob sie ihm gesagt hätten, dass er nicht von dem Wasser trinken durfte – hatte mich vergewissern wollen, dass er von dem Erdsternstaub wusste. Aber irgendwo in Schakals niederen Hirnregionen, die auf reptilischer Ebene Gefahr wittern, feuerte ein Neuron, das mir sagte: *Verrat es ihm nicht.*

Und ich tat es nicht. Ich gratulierte 2JS zum Sieg. Er bedankte sich, sagte, es sei nichts – Teil der Anstandsregeln –, und fügte hinzu, zwar sei der Sieg anscheinend fest in unserer Hand, aber er habe das Harpyien-Haus viele Geblüte gekostet. Ich erwiderte, das sei schlimm, aber sie seien »an der richtigen Stelle« gestorben, wie wir es ausdrückten, und er sagte, richtig. Ich fragte ihn, ob ich ihm eine Frage stellen dürfe.

Nur zu, sagte er.

Ich fragte – oder erkundigte mich höflich –, ob Hun Xoc oder 5-5 noch »in der mittleren Ebene weilten«, das heißt, am Leben seien.

Sein Sohn 5-5 sei tot, antwortete 2-Juwelenbesetzter-Schädel. Sein Sohn Hun Xoc werde vermisst, und die Ozelots behaupteten nicht, ihn gefangen genommen zu haben.

Ich sagte das Notwendige. Danach erwartete man von mir, dass ich fragte: »Und wen aus unserer Familie haben wir noch verloren?«, woraufhin er die Liste herunterbeten würde. Dann musste ich fragen: »Und wen haben wir gefangen genommen?«, und er würde eine vermutlich viel längere Liste abarbeiten. Doch wir taten es nicht. Ich vermute, er hatte genug von mir in sich aufgenommen, um auf Formalitäten keinen großen Wert mehr zu legen. Er sagte vielmehr, wir würden die Triumphreden später anhören, auf dem Siegesbankett; er müsse sich erst einmal um die Reparatur der Palisaden kümmern. Er sagte, er ziehe bereits einen Trockengraben über die »Rechte Schulter«, den schmalsten Teil des nördlichen Passes ins Tal.

Ich fragte, ob ich noch etwas fragen dürfe.

Das sei okay, erwiderte er.

Ich fragte ihn, ob er wisse, wo Frau Koh sei.

Das wisse er nicht, antwortete er; wir hätten ohne Kohs Hilfe siegen müssen. Deshalb sei »siegen« vielleicht ein klein wenig übertrieben.

Ich hob die geöffnete rechte Hand an den Mund und drehte sie nach rechts. Es bedeutete: »Das ist schwer zu glauben, erzähle mehr.«

2-Juwelenbesetzter-Schädel sagte, er habe Bilder aus meiner Erinnerung in seinem Kopf gesehen, historische Schlachten und Formationen aus Papiersoldaten auf gewaltigen Kartentischen, und dass er nach meinem Aufbruch einen Trupp aus seinen hundert besten Blasrohrschützen als Bogenschützenlinie ausgebildet habe. Er hatte die Familien in kleinere Einheiten unterteilt und ihnen gesagt, sie müssten weiterkämpfen, auch wenn ihre Ahauob' gefangen und ihre Standarten erbeutet wurden, ganz so, wie ich es in Teotihuacán versucht hatte. Er hatte alles richtig gemacht. Frau Kohs Heer war nie aufgetaucht, aber trotz unterlegener Stärke hatten wir die Halbinsel mit dem Tempelbezirk und den Großteil der Stadt eingenommen.

Trotzdem seien wir verwundbar, sagte er. Wir bräuchten noch immer die Hilfe des Rasslers, und Frau Kohs Heer sei nicht da.

Ich sagte, dass selbst dann, wenn Koh Gefangene der Ozelots gewesen wäre, 1-Gila das Heer der Rassler hätte heranführen müssen.

Er antwortete mit dem Gegenstück zu: »Na, wir warten heute noch darauf.«

Ich fragte ihn, ob er irgendeine Idee habe, was Frau Koh nach dem Ballspiel zugestoßen sein könnte. Ich bekam dieses schwindlige Gefühl, das sich einstellt, wenn man erkennt, dass man ausgenutzt und betrogen worden ist.

2-Juwelenbesetzter-Schädel sagte, dass er davon gehört hätte, Koh wäre von den Ozelots gefangen genommen worden. Sie hätten angeboten, sie einzutauschen. Entweder habe sie uns verkauft und eine Abmachung mit 9-Reißzahn-Kolibri getroffen, oder sie habe sich gleich zu Beginn der Schlacht von ihren Gardisten fortschaffen lassen. Vielleicht sei sie auch auf andere Weise entkommen. Wenn sie eine Abmachung mit 9-Reißzahn-Kolibri getroffen habe, käme sie später mit ihm und Abgetrennter Rechter Hand wieder, um Ix zurückzuerobern.

Also lebt 9-Reißzahn-Kolibri noch und ist außerhalb der Stadt?, fragte ich.

Ja, antwortete er. Er glaube, Koh habe mit 9-Rauchender-Zirpfrosch, dem Rassler-Fütterer von Ix, ein Komplott geschmiedet. Dass die Ozelots 9-Rauchender-Zirpfrosch so offen auf ihre Seite gezogen hatten, sei vielleicht nur der Vorwand gewesen, um sie von uns loszueisen – ein abgekartetes Spiel.

Aber das Rassler-Heer stehe auf unserem Gebiet, erwiderte ich. Die Grenzpatrouillen müssten gewusst haben, wo es war.

Er habe nichts gehört, sagte er.

Wir sahen uns an.

Verdammich.

Ich setzte zu einer formellen Entschuldigung an. Ich hatte zwar nicht für Frau Koh gebürgt, trotzdem hätte ich mit so etwas rechnen müssen.

2-Juwelenbesetzter-Schädel erwiderte, ich hätte mehr geleistet, als irgendeiner seiner anderen Söhne je für ihn getan habe.

Ich machte die Gebärde »Dank an meinen Vater«, und er antwortete mit »angenommen«.

Wieder kehrte Schweigen ein. Hinter mir warteten 2JS' Kommandeure ungeduldig, dass wir aufbrachen. Er sah an mir vorbei zu ihnen und machte eine Geste, sie sollten noch zehn Schläge warten. Dann wandte er sich wieder mir zu. Unter all dem Lametta sah er aus wie ein verbrauchter alter Politiker.

Ich sagte, ich nähme an, dass keiner aus 1-Gilas Trupp ihm die Skorpion-Addierer oder das Tzam lic überbracht hätte.

Er kann doch nichts von der Erdstern-Droge wissen?, fragte ich mich. Nein, auf keinen Fall. Koh und ich hatten das zu bedeckt gehalten.

»Nein«, sagte 2JS. »Sie haben mir nichts gegeben.«

Ich antwortete nichts. Er fragte, ob ich eine Idee hätte, wohin Koh verschwunden sein könnte.

Nein, sagte ich.

Haben sie von irgendeinem Ort in dieser Gegend gesprochen?, wollte er wissen. Von einem Ort, wo sie Anhänger und Raum und Deckung haben? Wo sie sich neu formieren könnten?

Ich sagte, ich wüsste von nichts dergleichen. Wenn irgendjemand dafür gesorgt hätte, wäre es 1-Gila gewesen.

Und Frau Koh hat dir nichts anvertraut?, fragte er.

Nein, sagte ich. Ich dachte, wir hätten über alles gesprochen, aber offenbar hat sie mich getäuscht. Ich bin ein Narr, ein Stachelschwein, ich bin unwürdig.

»Nichts?«, fragte er wieder.

»Nein«, sagte ich, »ich habe nichts ...«

Ich hielt inne, als hätte ich etwas in der Kehle.

2-Juwelenbesetzter-Schädel sah mich an.

Ich erwiderte den Blick.

Er sah mich *auf diese Weise* an: mit dem Blick, der einen innen an der Hinterseite des Schädels kratzt und den er benutzt hatte, als er mich zum ersten Mal so übel vernommen hatte.

Und ich begriff.

(43)

Ohne merkliche Änderung seiner Miene nahmen seine Augen diesen Blick an, der … hmm, lassen Sie mich nachdenken … Okay. Statt zu versuchen, ihn zu beschreiben, machen wir es so. Wenn Sie einen Hund haben, gibt es eine Möglichkeit, sich anzusehen, was ich meine, aber dazu gehört, dass Sie sich selbst Angst machen. Stellen Sie Blickkontakt zu Ihrem Hund her, befehlen Sie ihm, sich zu setzen, und belohnen Sie seinen Gehorsam mit einem Leckerchen, dessen Geruch Ihr Hund liebt. Lassen Sie ihn weiter sitzen, bewahren Sie den Blickkontakt, nehmen Sie ein weiteres Leckerchen und halten Sie es sich vor Ihr Gesicht, genau zwischen die Augen. Die Miene Ihres Hundes wird sich ganz leicht ändern, aber wenn Sie es richtig gemacht haben, ist der Ausdruck nach dieser Veränderung zutiefst beängstigend. Und 2JS hatte etwas von meinem Bewusstsein in seiner Miene, etwas, worin ich lesen konnte.

2JS glaubte, ich könnte mit Frau Koh im Bunde stehen – und er merkte, dass ich es ihm ansah.

Er schaute von mir weg und winkte die Kommandeure von dem kleinen Hof. Plötzlich war es ganz intim, nur er, ich, die beiden Kostümierer, die mich hielten, seine beiden Herolde und 18-Sprung.

»Also, wenn du Frau Koh wärst, wo wärst du dann jetzt?«, fragte 2-Juwelenbesetzter-Schädel in meinem eigenen nahezu akzentfreien Englisch.

»Tot«, antwortete ich. Hmm, dachte ich. Da hat er wohl ein klein wenig mehr von meinem alten Jed-Bewusstsein aufgefangen, als er es mich vor vierundsiebzig Tagen hat merken lassen.

Idiot.

»Na, ich schätze, es ist ganz nett, dass du den Schleier fallen lässt«, sagte ich auf Englisch. »Endlich.«

»Oh, na ja, sorry«, erwiderte er praktisch mit Jed-Stimme, nur ein wenig höher und älter. »Weißt du, ich wollte dich nicht durcheinanderbringen.«

»Ich war ja schon vorher durcheinander«, erwiderte ich.

»Trotzdem, es ist doch richtig schön, jemanden zu haben, mit dem man reden kann, oder?«, fragte er.

Allein englische Sätze zu hören brachte meine Emotionen ins Trudeln. »Stimmt«, sagte ich.

»Ich wollte nur unsere Chancen verdoppeln, verstehst du?«

»Ich verstehe.« Mir wurde schwindlig von der Flut des Heimwehs, und ich musste mir auf die Lippe beißen, damit ich nicht zu ihm rüberkroch und ihn umarmte. Oder vielleicht konnten wir uns ein paar heiße Kaktusbiere genehmigen und dazu ein paar käsefreie Nachos und uns hinfläzen und über alles Mögliche reden …

»Vielleicht können wir hier ja zusammenarbeiten«, sagte er.

»Äh, ja, und wer von uns überlebt, der geht zurück?«, fragte ich.

»Ich weiß es nicht«, sagte er, »vielleicht gehen wir beide zurück. Im Grab ist genug Platz. Ein kühles Plätzchen für uns beide. Ein Platz an der Sonne.«

»Und dann laden sie die Erinnerungen von uns beiden in Jed_1 hoch?«

»Klar«, sagte er, »vielleicht ist das möglich. Ich habe viel darüber nachgedacht und wüsste nicht, warum es nicht gehen sollte.«

»Unsinn«, sagte ich.

»Nein, überleg doch mal. Sie können es wahrscheinlich. Wir müssen nur dafür sorgen, dass sie es *tun*. Wer immer von uns zuerst hochgeladen wird, muss dafür sorgen, dass die kleine Marena den anderen ebenfalls hochlädt.«

»Das klappt nicht, und das weißt du.«

»Lass es uns wenigstens versuchen.«

»Auf keinen Fall«, erwiderte ich. »Du wirst mich abmurksen, lange bevor es so weit ist.«

»Wie kommst du denn darauf?«

»Weil ich es auch tun würde.«

»Nein, das stimmt nicht.«

»Doch, das stimmt«, entgegnete ich. »Und das weißt du genau. Wir werden ja auch den Jed auslöschen, der noch dort ist, oder?«

»Wie meinst du das?«

»Dieser Jed, der dort ohne unsere Erinnerungen ist – im Grunde wird dieser Jed, also Jed_1, sterben, sobald wir in ihn hochgeladen haben«, sagte ich. »Und das ist uns gleichgültig. So ist es dann eben.«

»Hm.«

»Wir reden hier vom Überleben des Krassesten. Warum fragst du mich überhaupt danach? Glaubst du, Schakals Gehirn ist so verkrüppelt, dass ich so weit nicht denken kann?«

Er grinste. »Na ja, gefragt hatte ich mich das schon. Wie weit Schakals ideelle Fähigkeiten reichen und so weiter.«

»Schakals Verstand ist genauso scharf wie der von Jed«, entgegnete ich. »Vielleicht rechnet er nicht so schnell, aber beim Raum-Zeit-Empfinden ist er Jed weit voraus.«

»Wie schön für dich«, sagte 2-Juwelenbesetztes-Ich. »Na, ist auch egal. Vielleicht können wir zu einer Einigung kommen.«

»Ich schätze …«

»Wenn man mit sich selbst nicht verhandeln kann, mit wem dann?«

»Hm«, machte ich. »Klar, ich wollte gerade das Gleiche sagen.« Die ganze Sache zog mich ziemlich herunter. Ich kam mir nackt vor, während ich mit dieser feindseligen Version von mir selber sprach. Es ist schon merkwürdig genug, wenn man sich selbst auf Video sieht. »Also bist du bloß der gute alte Jed, stimmt's?«, fragte ich. »Du hast die völlige Kontrolle über 2-Juwelenbesetzter-Schädel.«

»Ob du's glaubst oder nicht, ja«, sagte er.

»Ich glaube es nicht«, erwiderte ich. »Du bist noch immer 2JS. Ich meine, 2JS kontrolliert dich.«

Lass dich bloß nicht von dieser traulichen Darstellung täuschen, dachte ich. Du sprichst nicht mit dir selbst – du sprichst mit der Körperfresser-Variante von dir.

»Hör zu, die Gefahr, dass ich hier umgebracht werde, war genauso groß wie die Gefahr, dass du hier umgebracht wirst«, sagte er. »Wichtig war immer nur, dass wir den Blutblitz in die Zukunft schaffen.«

»Klar«, sagte ich. Irgendwie berührte er mein Herz nicht. »Wenn du hier alles im Griff hast, wieso hast du dann nicht etwas wirklich Erstaunliches getan? Vielleicht hättest du ein Sturmgewehr bauen lassen sollen.«

»Ich wollte keine zu großen Wellen schlagen«, entgegnete er. »Ich war trotz allem in einer wackligen Position, und ganz egal, wie cool du bist, irgendjemand erwischt dich immer.«

»Sicher.«

»Der Blasrohrtrupp ist genug. Ich wollte nicht den Kosmischen Zensor wecken, weißt du.«

»Es gibt keinen Kosmischen Zensor.«

»Na ja, ich dachte eben, jemand könnte von dem Sturmgewehr Wind bekommen, oder irgendetwas könnte nicht funktionieren.«

»Ist klar.«

»Jedenfalls, jetzt ist hier alles ziemlich sicher. Ich mache mir keine Sorgen. Wir müssen nur Koh finden.«

»Toll«, sagte ich. Ich merkte, dass er sagen wollte, er habe die gesamte Grabanlage bereits vorbereitet. Das Pentlandit, das Gel-Zeug, alles. Er hatte vor, ganz nach Fahrplan in die schlechte alte Zukunft zurückzukehren.

»Ich frage mich nur, ob du mir etwas verschweigst. Und ich muss diese Opferspiel-Geschichte lernen.« Er versuchte, beiläufig zu klingen, aber natürlich war er genauso nervös wie ich. Wenn Koh tot war, bestand keine große Chance, im Opferspiel besonders weit zu kommen. Schon gar nicht bei einem Menschenspiel. Ihr zufolge gab es nur ein paar andere lebende Menschen, die wussten, wie man es spielte, und diese Menschen waren seit dem Fall von Teotihuacán in alle Winde verstreut. Vielleicht befanden sich einer oder zwei davon im Lager von Abgetrennte Rechte Hand, aber selbst das stand nicht mit Sicherheit fest.

»Frag die Ozelots«, schlug ich vor.

»Das könnte schwierig werden«, sagte er. »Das ist ein widerspenstiger Haufen. Außerdem musste ich 9-Reißzahn-Kolibri gehen lassen, nur damit ich dich zurückbekomme. Was ich natürlich gern getan habe.«

»Danke.«

»Schon okay«, sagte er. Der englische Ausdruck klang in diesem Zusammenhang eigentümlicher denn je. »Außerdem sollten wir mit Koh sprechen, und ich möchte nicht riskieren, in der Gegend herumzuziehen, damit ich sie finde.«

»Ich weiß nicht, wo sie ist«, sagte ich. »Warum holst du nicht einfach deine ruchlosen Utensilien hervor, und wir beweisen es?«

»Wir sind doch Zwillinge«, sagte er. »Wir sind sogar besser als Zwillinge, wir sind Klone.«

»Klonies. Clownies«, sagte ich.

»Wenn wir kämpfen, bekämpfen wir uns selbst.«

»*Mein Kind, du bist zu mir gekommen*«, imitierte ich in der dunkelsten Stimme, die ich zuwege brachte, James Earl Jones mit Mopp-Perücke als Thulsa Doom in *Conan der Barbar*. Ich brauche wohl nicht eigens zu erwähnen, dass er genau wusste, worauf ich anspielte. Er lachte. Ich weiß, dass ich immer laut lachen muss, wenn ich an diese Szene denke.

»Komm schon, überleg doch mal: Wenn ich dich hätte wissen lassen, dass ich identisch mit dir bin, wärst du mir doch auf den Pelz gerückt. Oder? Woher sollte ich wissen, was du machst? Ich konnte doch nichts Richtigeres tun, als es für dich so möglich wie möglich zu machen, an dieses Opferspiel zu kommen. Und inzwischen dafür zu sorgen, dass hier alles vorbereitet ist, sobald du zurückkehrst.«

Nun, das hätte ich mir natürlich auch überlegt, dachte ich. Nur dass ich mir selbst so etwas nicht angetan hätte. Oder? Nein. Jedenfalls glaube ich es nicht …

»Ich habe gehört, du bist mit Miss Koh gut zurechtgekommen«, sagte er.

»Ja, ganz gut.«

»Also hat sie dir vielleicht gesagt, was sie vorhatte.«

»Vielleicht auch nicht«, entgegnete ich. »Vielleicht hat sie mir nicht getraut.«

»Ich glaube, sie hätte dir wahrscheinlich irgendwas gesagt. Oder hätte dir irgendetwas aufgetragen. Vielleicht solltest du mich irreführen.«

»Das würde ich nie tun.«

»Aber irgendetwas ist da«, sagte er. Wie es schien, traten wir in einen Wettstreit, wer wen zuerst niederstarrte. »Ich sollte davon erfahren.«

»Äh … okay.« Das wird seltsam, dachte ich. Fast wie die Szene im elften Oz-Buch, wo der Blechmann in einem Schrank seinen alten »Fleischkopf« findet und sie nicht mehr miteinander auskommen. Mehr ein Monolog als ein Dialog. Nur war es leider auch so wie bei einem dieser Patienten mit gespaltenem Gehirn, wo die rechte Hand nicht weiß, was die linke eingefädelt hat.

»Ich will dir etwas sagen«, sagte ich. »Du gibst mir mein Kommando zurück, und ich suche Frau Koh und bringe sie dir her, und dann reden wir.«

»Nein, das kannst du vergessen«, erwiderte er. »Du würdest wahrscheinlich mit einer Knarre zurückkommen und mich fertigmachen.«

»Wie heißt es so schön? Wenn man sich selbst nicht trauen kannst, wem dann?«

»Ja, da liegt das Problem«, sagte er. »Hör zu, wir haben nicht viel Zeit.«

»Tut mir leid«, sagte ich. Zwischen uns gab es nicht mehr viel zu bereden. Bis auf das, was er nicht wusste, wusste er alles. Wenn Sie verstehen, was ich meine. Der erste Kostümierer, bei dem es sich eigentlich um einen Necker handelte, wie ich nun vermutete, hielt mich ein wenig fester, während der zweite davonging, um irgendetwas zu holen.

Und Koh hatte auch mich im Stich gelassen. Ich Blödian hatte wohl gedacht, ein Pakt ist ein Pakt, und danach würden wir alle glücklich und in Frieden leben. Offenbar war es für mich noch zu früh, um in der Bundesliga mitzuspielen. Da gelten andere Regeln als in der Kreisklasse.

Vielleicht gruppierte Koh sich auch nur neu und plante einen zweiten Überfall.

Nein, sie hatte das Vorhaben wahrscheinlich aufgegeben und zog weiter nach Süden. Und ich blieb gestrandet zurück.

2-Juwelenbesetzter-Schädel winkte über meine Schulter hinweg dem Necker zu. Mich traf der erste leichte Schlag dieser aufkeimenden Furcht ganz tief drinnen. Es fühlte sich an, als öffne sich unten am Bauch ein Loch, und der ganze Dreck sickerte hinaus.

Der zweite Necker kniete vor mir nieder.

Denk nach!, dachte ich.

Vielleicht hatte Koh ihnen nichts von den Erdsternen gesagt. Ich hatte irgendwie angenommen, dass sie die Harpyien darüber aufklären würde. Vielleicht hatte sie niemanden eingeweiht. Vielleicht wollte Koh sie alle ausschalten.

Und niemand hatte ihm gesagt, dass sie mich aus der Großen Zisterne gezogen hatten. Wenn doch, hätte er binnen einer Yoktosekunde begriffen, was geschehen war. Und er hätte mir gesagt, dass er sich darum kümmern würde, damit ich mir bloß keine falschen Hoffnungen machte.

Und es ist erst zwölf Stunden her, seit ich das Zeug eingeworfen habe, dachte ich. Höchstens. Die Harpyien hätten das betroffene Wasser erst vor ein paar Stunden zu trinken begonnen. Das hieß, dass die Ersten von ihnen die Wirkung frühestens in ein paar Stunden spüren würden. Sogar später, wenn besagte Wirkung sich in kaltem Wasser viel langsamer entfaltete, wie Koh gesagt hatte.

Heute wird ein heißer Tag, dachte ich. Sie werden das Wasser auf die üblichen Gifte bekosten lassen, und dann werden sie es saufen wie die Löcher. Und dann werden sie ihren Sieg feiern. Vielleicht bemerkt man es erst morgen.

Sag es ihm bloß nicht. Vielleicht trinkt er selber von dem Mist.

Dieser Arsch, dachte ich. Schlechtes Timing. Er hätte nur eine Minute länger mit mir turteln sollen.

»Also, was hat die Schlangenlady vor?«, fragte er.

»Sie wollte es mir nicht sagen«, antwortete ich. »Wir haben so viel nicht miteinander gesprochen, ich stand zu weit unter ihr.«

»Lügner«, sagte er. »Feuer in den Schwanz.« Der Necker zog meinen Penis aus dem kleinen gesteppten Lendenschurz und nahm ihn in die rechte Hand.

»Du kannst mir nichts tun«, sagte ich, »ich bin 400-Der-9-Wachs-Ahau-Gefangen-Nahm.« Der Necker führte sanft ein dünnes Schilfröhrchen in die Spitze meines Glieds ein und schob es drei Fingerbreit hoch in die Harnröhre. Es tat ganz schön weh. 2JS kauerte sich dicht vor meinem Gesicht nieder, las darin, suchte nach etwas. Es war nicht etwa so, dass alle Wärme aus seinem Gesicht verschwunden gewesen wäre – es hatte nie Wärme besessen. Doch etwas in diesem Gesicht kam von mir. Mein dümmliches Staunen, transformiert in etwas Wachsames, Effizientes. Mich durchfuhr eine Welle dieses »Gib auf!«-Gefühls, so wie man es beim Schach bekommt, wenn man früh im Spiel eine wichtige Figur verliert. Nein, unterdrück das, dachte ich. Wehr dich dagegen. Komm schon. Sei Muhammad Ali. Schlag gefälligst zurück.

Denk nach.

Er ist sehr darauf aus, dass ich Frau Koh preisgebe. Das heißt, er glaubt, sie habe es auf ihn abgesehen.

Okay. Denk nach. Komm in diesen glasartig-ruhigen coolen Zustand. Geh langfristig vor. Plan L. Was würde ein Starfleet Captain in dieser Situation tun? Denk, denk, denkedy-dink …

EOOOOAOAOAAAAEEAEEEAEEEAEEEIIIEIIEIIIIIYIYI-YYYY!!!!!

Der Necker blies mir durch das Schilfröhrchen Chiliwasser in den Schwanz. Ich versuchte die Augen zu bewegen und die Tränen wieder in die Drüsen einzusaugen. Entspann das Gesicht, entspann das Gesicht.

Denk nach. Was ist tatsächlich passiert?

Vielleicht hätte unsere Expedition nach Teotihuacán 2JS auch dann gedient, wenn wir das Tzam lic gar nicht erbeutet hätten, weil es ihm von Anfang an nur darum ging, die Ozelots von seinen Vorbereitungen hier in Ix abzulenken. Dann waren die Nachrichten von seinen Schwierigkeiten, die 2JS uns unterwegs immer wieder hatte zukommen lassen, Humbug gewesen. Er hätte das Gleichgewicht wahren müssen: Einerseits musste er die Lage in Ix so ernst darstellen, dass wir ihm bei unserer Rückkehr seine Resignation abkauften, aber er durfte die Lage auch nicht *zu* ernst schildern, sonst hätten wir uns gleich aus dem Staub gemacht. 2JS plante, Kohs Streitmacht für sich kämpfen zu lassen, Koh dann alle Schuld zuzuschieben und sie und die anderen Rassleranführer als Friedensgabe an Abgetrennte Rechte

Hand zu überreichen. Und 2JS konnte hier in Ix auf dem Thron bleiben, ohne dass er von den Ozelots etwas befürchten musste. *No mierda,* Miss Marple.

Und falls Koh es nicht bis nach Ix schaffte, plante 2JS, Abgetrennte Rechte Hand mit seinem Schützenverein Fridericus Rex niederzumachen und Koh und die anderen Rassleranführer dennoch zu verraten, wenn auch aus der Ferne.

Die Necker rissen meinen Kopf nach unten, und ich spürte eine neue Explosion des Schmerzes. Eine Säule aus Magnesiumfunken raste aus meinem Unterleib hoch bis in die Haarwurzeln. Als ich wieder halbwegs bei Verstand war, wurde mir klar, dass sie mir den Chili-Extrakt mit einem dieser Klistiere in den Hintern geblasen hatten. Der Schmerz schien einen Augenblick nachzulassen, aber dann trafen sich irgendwo in meinem Innern die beiden Druckwellen und wechselwirkten miteinander, und mir war, als wäre ich eine dieser parthenogenetischen Fliegenmütter und würde von meinen zehntausend Babys von innen aufgefressen. Such die graue Zone, dachte ich. Nur wenige Menschen kennen sie, aber weit draußen im Meer des Schmerzes gibt es eine Insel, auf der es recht angenehm ist.

2JS bedeutete dem zweiten Necker, die anderen hereinzuholen. Es war an der Zeit, mit den Halbheiten aufzuhören und die richtige Show zu beginnen.

(44)

Sie banden mich auf das Zentrum der Plattform in der Hofmitte und platzierten Gürteltierschiss rechts von mir, das Gesicht mir zugewandt, damit ich ihn ansehen konnte. Sie fesselten ihn in Fötushaltung, stopften ihn in einen großen Flechtkorb und gossen ihn in eine flüssige Mischung aus Gips und Löschkalk ein, sodass nur noch sein Kopf zu sehen war. Ich betrachtete ihn mit entschuldigender Miene, die er mit seinem devoten »Für-dich-tu-ich-alles-Chef«-Untergebenen-Blick erwiderte. Rings um seinen keuchenden Kopf war ein Ring aus Prunkwinden. Das Arrangement wirkte auf seine eigene Art ganz kunstvoll. Ich vermutete, dass sie versuchen würden, ihn so lange wie möglich am Leben zu erhalten und zu schauen, wohin es führte. Mich ließ es ein wenig schaudern, aber ich begriff, weshalb das Experiment sie faszinierte. Auf die gleiche Weise ist die Neugier kleiner Kinder niedlich, und trotzdem hat sie ihre grausame Seite. Ich bin nicht stolz darauf, dass es mich in Bann schlug, aber so ein Anblick übt einen Reiz aus, der für Angehörige des Volkes der Fünften Sonne, also Bürger des 21. Jahrhunderts, nur schwer zu verstehen ist. Man muss sich eben dieses Stadium vor Augen halten, das Kinder durchmachen. Ich glaube, normalerweise ist es das Alter zwischen neun und vierzehn Jahren, wenigstens im industrialisierten spätkapitalistischen Westen, oder wie immer man es nennen möchte. Jedenfalls, irgendwann in diesem Alter sind die meisten Kinder – besonders die Jungen – von ekligen Dingen besessen, darunter auch theoretische, wenn nicht sogar echte Folterinstrumente. Angeblich sind ihnen dann die Spielzeuge am liebsten, die ihre Eltern am meisten abstoßen. Und bei uns war von dieser Besessenheit noch einiges übrig. Mit »uns« meine ich die herrschende Klasse der Maya. Kultivierte Menschen des 21. Jahrhunderts hätten es als präpubertären Humor abgetan, aber wir betrachteten es als tragikomische Religionstheaterkunst.

Mach schon, denk nach, dachte ich. Vielleicht ist das für eine ganze Weile deine letzte Gelegenheit zum Nachdenken. Komm schon. Ganz systematisch. Ich hatte große Schwierigkeiten, alles auf die Reihe zu bekommen. Der Gedanke, Koh könnte mich im Stich gelassen haben, machte mir nach wie vor mehr zu schaffen als die Aussicht, die nächsten zwanzig Jahre in unaufhörlichen, unbeschreiblichen Qualen zu verbringen.

Okay. 2JS hatte nie beabsichtigt, seine Vereinbarung mit Koh einzuhalten. Wenn er eins nicht brauchen konnte, dann eine Rivalin in Ix. Sobald er in der Stadt Fuß gefasst hatte, musste er Frieden mit den Ozelots schließen, mit den Pumas, mit sämtlichen anderen Katzensippen, mit allen eben. Stimmt's? Stimmt.

Sie brachten Hun Xoc herein. Er war ein wenig herumgeschubst, aber nicht ernsthaft verletzt worden. Die Ozelots hatten wahrscheinlich zwei oder drei Geblüte geopfert, damit sie ihn lebend fangen konnten. Nun wurde er links vor mir auf einem vorgefertigten Blutgerüst in der Guter-Dieb-Position festgebunden. Ich sah ihn an und sagte mit meinem Blick: Tut mir leid, ich hab's versaut, und er erwiderte durch seine Miene: Nein, nein, *ich* hab's vermasselt. Davon abgesehen wirkte er einfach nur verwirrt. Warum tat ihm sein Vater so etwas an? Hatte er nicht gut genug gespielt?

Einer der Necker fuhr Gürteltierschiss mit einem Distelstiel über das Gesicht, nur zum Aufwärmen. Gürteltierschiss atmete bereits schnell und flach, und es wurde schlimmer. Ich fragte mich, wie seine Haut sich anfühlte. Löschkalk ist ätzend. Ein anderer Necker schlang einen Riemen um Hun Xocs linken Ellbogen und drehte ihn mit einem Stecken enger und enger.

Verdammt, dachte ich. Ich hab's versaut. Ich hatte es fast geschafft und dann doch noch versagt. Versagt, vertagt, verratzt.

Vielleicht war es okay, wenn 2JS statt mir zurück in die Zukunft ging. Aber das war es eben *nicht*. Wenn er zurückging, würde er irgendetwas Mieses anstellen. Dieser Kerl hatte etwas grundlegend Verdorbenes. Vielleicht hatte ich einen schlechten Einfluss auf ihn, aber wahrscheinlich war er von jeher ein fieser Hund gewesen. Ich weiß es nicht.

Ich war mir nur ziemlich sicher, dass er nicht das Richtige tun würde.

2-Juwelenbesetzter-Schädels Diener legten ein Kissen aus Ozelotpelz hinter ihn, und er ließ sich darauf nieder. Er knabberte an einer Honigtortilla und beobachtete uns, als wären wir eine Fernsehsendung. Er versuchte, sich ganz ungezwungen zu geben. Das klappte aber nicht. Er machte sich erkennbar Gedanken, ob irgendwas im Busche ist.

»*Ti ku ti bin xot u cal tumen*«, sagte 2JS zu Hun Xoc. »Du (Minderwertiger) hast in unser Haus geschissen.« Plötzlich hatte er wieder auf den Hofdialekt des Ch'olan umgeschaltet.

Er ist nicht ich, dachte ich. 2JS ist nicht ich.

Ich war mir nun ziemlich sicher. Ich kontrollierte 2JS nicht, oder genauer, die andere Kopie von Jed_1 kontrollierte ihn nicht. Er kontrollierte sich selbst. Ich dachte das nicht, weil er so ein Bastard war und ich so ein netter Kerl. Es kam daher, dass ich alles ein wenig anders gehandhabt hatte. Vielleicht sogar schlimmer, aber anders. Es ist schwer zu erklären. Irgendwie merkte man, dass dieser Kerl noch immer wie ein Maya-Ahau dachte, und nicht wie ich, das verkorkste arme Wurm.

»Bitte opfere mich, mein Vater«, sagte Hun Xoc.
Sein Arm war angeschwollen wie ein atomgegrillter Hot Dog.

»Deines Bruders Parasit kam hierher, um uns zu vernichten«,
sagte 2JS. »Er ist nur eine Schlange in den Eingeweiden, sie
spricht durch
Den Mund von 1-Schakals verwesender Haut.«

»Dieser blinde, unwerte Unsohn hat es nicht gewusst«, erwiderte Hun Xoc.

Er sagte, er wisse nicht, wonach 2JS ihn frage oder wie er versagt habe. Ist klar, dachte ich. 2JS kann nicht wirklich glauben, dass Hun Xoc viel weiß. Sie haben ihn nur meinetwegen hierhergebracht. Was wusste Hun Xoc schon wirklich über mich? Nicht viel, genau genommen. Ich hatte ihm gegenüber zwar kaum ein Blatt vor den Mund genommen, fast genauso wenig wie gegenüber Koh, aber er war einfach keine große Leuchte. Ich war mir sicher, dass er sich alles mit vertrauten Begriffen erklärt hatte, wandernden Uayob' und so weiter. Er glaubte, irgendwie sei ich noch immer Schakal, so als habe Schakals entkörperlichter Geist während einer nächtlichen Reise den fremdartigen Ort besucht, von dem ich ihm berichtet hatte. Er hatte viele Fragen zum letzten B'ak'tun gestellt, aber ich war immer gezwungen gewesen, meinen Bericht zu vereinfachen. Hun Xoc war daran interessiert gewesen, aber für ihn waren es *Gespenster-Geschichten aus einer Anderen Dimension*, und er würde nie etwas von dem Gehörten auf sein eigenes Wissen und Erleben anwenden …

2JS gab wieder ein Zeichen. Ein Necker hielt eine kurze Knochensäge aus Holz und Feuerstein. Er setzte sie an Hun Xocs Unterarm an, gleich unterhalb des Ellbogens, und machte den ersten Zug. Purpurnes sauerstoffarmes Blut sprühte in Perlen hoch und färbte sich an der Luft rot. Der Necker drehte den Arm leicht, damit der Blutgeysir nicht auf ihn zeigte, sondern Hun Xocs Gesicht traf. Ich hatte es nicht gesehen, aber mein Necker hatte wieder einen Mund voll Chiliwasser genommen und blies es nun in mich hinein, tiefer als zuvor, während hinter mir jemand ein weiteres Mal auf den Klistierbeutel drückte. Stakkatohaft rollende Stiche breiteten sich von meinem Schritt aus und durchliefen jeden Mikrometer meines erddurchmesserlangen Netzes aus Arterien und Venen und Kapillaren und verfestigten sich zu einem Geflecht aus Stacheldraht. Als ich wieder einen Gedanken fassen konnte, wartete ich ab, dass die Schmerzen auf den absteigenden Ast fanden.

Okay. Ich zog mich in Schachmodus zurück. Nächster Zug. Andere Seite. Auf die richtige Spur. Denk nach. Ich stellte mir eine pummelige kleine Hercule-Poirot-Puppe vor, die in meinem Kopf umherwatschelte, sich den Schnurrbart strich und auf Widersprüche hinwies.

Was tut Koh im Augenblick?

Vielleicht ist sie getötet worden. Vielleicht hat sie sich mit einem giftigen Stechrochendorn gestochen, als sie sah, dass sie gefangen genommen würde. Vielleicht wollte sie nicht an jemanden verschachert werden, der letztlich nur wieder ein Feind war. Vielleicht hatte 1-Gila den Befehl über ihre Truppen an sich gerissen und ihr nichts gesagt.

Nein, das ist albern. Sie sind ihr fanatisch treu ergeben. Koh hat unbegrenzte persönliche Macht. Ihre Armeen sind noch irgendwo da draußen, sie warten auf etwas.

Okay, Logik.

Koh hatte 2-Juwelenbesetzter-Schädel nicht getraut; ebenso wenig würde sie den Ozelots trauen.

Sie hatte erwartet, dass 2-Juwelenbesetzter-Schädel mich verkaufen würde, sobald ich sie nach Ix gelockt und er sein Ziel erreicht hatte. Sie hatte sich nie Illusionen gemacht, was mit ihr geschehen würde, sobald sie geholfen hätte, 2-Juwelenbesetzter-Schädel auf die Smaragd-Matte der Ozelots zu setzen. Sie wusste, dass er es als Nächstes auf sie abgesehen hätte. Selbst wenn er wirklich plante, nach seiner Machtübernahme den Sternenrasslerkult zu fördern, würde er es über Marionettenanbeter tun und nicht über eine Anführerin mit eigenem Kopf wie Koh.

Okay. Also hat sie es kommen sehen. Sie wusste, dass er sie verarschen würde, und darum hat sie den Rasslerkindern befohlen, sich fernzuhalten. Kein Wunder, dass wir die ganze Zeit nichts mehr von den Harpyien-Gesandten gehört haben. Ich setze einen Dollar, dass sie 1-Gila befohlen hatte, die Jungs sofort über die Klinge springen zu lassen, damit sie 2JS keine Meldung erstatten konnten.

Was das anging, hatte sie vermutlich hinter 1-Gilas Idee gestanden, die Streitmacht aufzuspalten. Das Ganze war bloße Schauspielerei gewesen.

Koh ist noch immer da draußen, mit ihrem Heer oder dem, was davon übrig ist. Okay. Als Kohs Heer nicht auftauchte, hat das 2JS wirklich überrascht. Stimmt's? Stimmt. Er hat darauf gezählt, sich in der Hitze des Gefechts gegen Koh zu wenden. Seine Idee war, die Rassler zu vereinnahmen und anschließend zu opfern, sobald sie ihn in eine gute Position gebracht hätten. Aber trotzdem, sein Blasrohrtrupp hat den Tag gerettet.

Was plante Koh auf lange Sicht? Was hatte sie vor? Oder genauer auf den Punkt gebracht: Was hatte sie mit mir vor?

Vielleicht hatte Koh mich nur ausgenutzt, damit ich zum Brunnen vorstieß. Ihre eigenen Leute hatte sie nicht dorthin schicken können, weil 2JS sich dann gefragt hätte, was sie dort taten. Am überzeugendsten wäre wahrscheinlich, ich hätte einen Fluchtversuch unternommen. Wenn 2JS das glaubte, dächte er nicht darüber nach, *wo* ich gefangen genommen worden war …

»Wohin wolltet ihr, als sie euch gefangen haben?«, fragte 2JS Hun Xoc.

»Zum Festland«, antwortete Hun Xoc.

»Weshalb?«

»Um jemanden zu treffen, mehr weiß ich nicht«, sagte Hun Xoc.

Aha, dachte ich. 2JS glaubt, wir hätten eine Verabredung mit Frau Koh gehabt. Der Necker band Hun Xoc den Unterarm ab und widmete sich dem anderen Arm. Rechts von mir zogen sie Gürteltierschiss die Haut in Streifen von den Wangen.

2JS kam zu mir, streckte die Hand vor und packte mein Kinn, als überlegte er, mir den Kiefer abzureißen. Seine Hand hinterließ kleine Geisterbilder von sich selbst, die hinter ihr in der Luft schwebten. Offenbar war ich noch immer ziemlich durch den Wind.

»Also hat Koh noch was vor, stimmt's?«, wisperte er auf Englisch.

»Sicher, sie will nach Kaminaljuyu«, log ich. »An der Westküste entlang. Dort will sie ihre Kräfte sammeln und entscheiden, was sie als Nächstes tut.«

»Blödsinn«, sagte er. »Ich weiß, was in Kaminaljuyu los ist.« Er streckte die Hand vor und berührte mein Kinn mit dem spitzgefeilten Nagel seines Zeigefingers.

(45)

»Na, hör mal«, entgegnete ich, »es ist schließlich ein Geheimnis.«

»Hör zu«, sagte er. »Jeddy-Face. Kumpelchen.«

»Ja?«

»Du weißt, dass es nicht ewig so weitergehen kann, oder?«

»Ja«, sagte ich.

Er hatte vermutlich recht. Dass am Ende jeder zu zerbrechen ist, stimmt zwar nicht hundertprozentig. Hun Xoc zum Beispiel würde niemals zerbrechen. Ich aber war kein so starker Charakter. Ich würde nicht durchhalten, bis mich ein entsetzlicher Tod erlöste. Ich war nicht Schakal, ich war Jed, und Jed war nur ein verängstiger kleiner Hosenscheißer.

»Wir wollen doch jetzt nicht das ganze Projekt scheitern lassen, nur weil du enttäuscht bist, dass nicht du derjenige sein wird, der zurückgeht. Du möchtest doch auch, dass das Projekt Erfolg hat, oder? Du *willst* doch, dass die Welt weitergeht, Jed?«

»Ja?«

»Sind wir uns da einig?«

»Sicher«, sagte ich.

Er ließ mein Kinn los. Er drängt, dachte ich. Selbst wenn meine Jedheit mich schwächte, dauerte es Stunden, ehe ich redete. Ein paar Tage, wenn ich richtig motiviert war. Und normalerweise hätte 2JS damit rechnen müssen, dass es so lange dauerte. Die Necker konnten sich monatelang mit einem beschäftigen, bis sie sicher waren, dass man alles tun würde, nur um ohne weiteres Verhör getötet zu werden. Jeder war hier so hart drauf, dass sie das Niveau der Schmerzen und der Zeit, die sie andauerten, exponentiell steigern konnten, falls sie wirklich versuchten, etwas aus jemandem herauszubekommen. Und wenn man das Opfer war, hieß es allgemein, dass man nur eines tun konnte: sich so aufreizend gleichgültig geben, dass sie einen vor Wut frühzeitig umbrachten.

Aber wenn man der Inquisitor war, tötete man den zu Vernehmenden vielleicht, falls man den Vorgang beschleunigte. Oder man trieb ihn in den Wahnsinn. Auf jeden Fall ließ man sich Zeit. Weniger als ein paar Tage einzuplanen war eine schlechte Idee.

Wenn 2JS also glaubte, dass ihm keine paar Tage mehr blieben …

Der Diener hinter mir hob meinen Kopf und hielt meine Augen geöffnet. 2JS nahm mit zwei Fingern ein wenig getrocknete Chilifäden auf. Ich warf einen letzten und, wie ich hoffte, tadelnden Blick auf ihn. Er hob die Hand und blies mir die Fäden vorsichtig in die Augen. Zuerst fühlte es sich nur so an, als hätte ich binnen weniger Schläge einen ganzen Berg Zwiebeln geschält und gehackt, dann spürte ich ein Reißen und Brennen, und meine juckende Nase verflüssigte sich bis in die Nebenhöhlen. Ich wollte blinzeln – aber jetzt konnte ich es nicht –, doch als das Pulver unter meine Lider drang und sich in die Tränenkanäle vorarbeitete, steigerte sich die Qual auf eine ganz andere Ebene. Summende Hitze blubberte zu Explosionen von Trockeneisbergen hoch, deren Splitter durch die Risse in meinem Schädel stachen.

»Jed?«, fragte 2JS.

Komm schon. Lass dir was Plausibles einfallen. Etwas, das er nicht sofort überprüfen kann.

»Sie hat es auf dich abgesehen«, sagte ich. »Ich habe ihr diese ganzen Zeichnungen gemacht, und jetzt baut sie Onager und Armbrüste und so was alles. Sie wird Ix dem Erdboden gleichmachen.«

»Sicher, ist klar.«

»Blasrohrtrupp, meine Güte. Vergiss es, du hättest einen Anti-Artillerie-Trupp aufbauen sollen.«

»Du überzeugst mich nicht«, sagte er.

»Dann nicht«, erwiderte ich. Sag jetzt kein weiteres Wort, dachte ich. Das wäre das Schlimmste, was du tun könntest. Bleib bei der einen Geschichte. Am Ende wird er dich wieder danach fragen. Katapulte. Ich hörte ein Zischen und roch verbranntes Fleisch und verschmorte Haut. Sie mussten Hun Xocs Armstümpfe an einem Stein der Feuerstelle ausbrennen. Die scharfen Tränen, die mir am Hals herunterliefen, fühlten sich an wie Säure, mit Salzen der Verzweiflung gesättigt. 2JS fragte Hun Xoc etwas, aber bei dem Popcornknistern in meinen Ohren konnte ich nicht verstehen, was es war. Hun Xoc antwortete, er wisse es nicht. Seine Stimme klang ziemlich normal. Es musste ihn große Mühe kosten. Solch ein Willenstest war im Leben eines Geblüts eine große Sache. Wenn man ihn vermasselte und zusammenbrach, bedeutete es, dass man ein scheißschwaches Uay besaß, aber wenn man cool blieb, stand man da wie Errol Flynn. Auf so etwas freute man sich geradezu. Braver Junge, dachte ich. Versuch nur, nicht zu erwähnen, wohin ich gegangen bin, als sie dich gefangen haben. Bittebitte.

Ich glaube, ungefähr da verlor ich zum ersten Mal während dieser Sitzung – und wie gesagt, viel zu früh – das Bewusstsein, denn plötzlich hielten die Diener meine Augen offen. Einer der Necker spie mir Trinkwasser hinein, um sie so weit zu spülen, dass ich sehen konnte, was vor mir geschah. Andere Diener stellten am Rand der Plattform zwei Dreifüße mit zwei dampfenden Tellern frisch aus einem Kochhaus auf. Der Diener hinter mir ließ meinen rechten Arm los, und ich rieb mir sofort die Augen. Selbst eine kleine Erleichterung ist ein Segen. Ich fühlte mich, als hätte ich im Lotto gewonnen. Scheiße, so ein Brennen ist wirklich widerlich. Man braucht dafür ein stärkeres Wort als »Brennen«. Ein Diener nahm den Deckel vom ersten Teller. Es war nur ein Haufen *waahob'*, Tortillas. Er nahm die oberste herunter und reichte sie mir. Der andere Diener nahm den Deckel vom zweiten Teller. Darin lagen Hun Xocs Unterarme, in Schokoladenbier eingelegt, auf einem großen immerheißen Flussstein gebacken und zu Spiralen aufgeschnitten, die fast bis zum Knochen reichten. Wie im guten Steakhouse. Die Tätowierungen an seinen Handgelenken waren mit Lebensmittelfarbe hervorgehoben, und die Hände signalisierten »Ich Verräter«. Ich schloss die Augen, aber der Wächter, der meinen Schädel hielt, zwang die Lider mit den Fingern wieder auf und drehte meinen Kopf erneut zum Teller. Der Röster löste einen gut durchgebratenen Streifen vom Ende ab, und sie führten meine Finger, die das Fleisch in die Tortilla wickelten und sie an meinen

Mund hoben. Ich war nicht begeistert, doch in diesem Moment ging es nur noch darum, das nächste Unausweichliche hinauszuschieben, also biss ich einfach hinein. Es schmeckte nicht besonders. Wie Straußenfleisch. Sie stellten sicher, dass ich schluckte, dann gingen sie zu Hun Xoc.

»Bitte probiere dich selbst«, sagte 2JS auf Ch'olan und lachte leise auf eine Art, wie ich nie gelacht hätte. »Wir haben dir 10-Skinks Scheiße in die Soße gemischt.«

Hun Xoc weigerte sich, indem er zweimal mit der Zunge schnalzte, das war alles. Sie zwangen es in ihn hinein. Er lachte selbst ein wenig dabei. 2JS nahm eine Tortilla mit einem guten Stück von Hun Xoc darin und biss mit seinen alten zugefeilten Zähnen hinein. Zu meiner Rechten bliesen sie Salzwasser auf Gürteltierschiss' enthäutete Wangen. Er hielt es nicht mehr aus und redete, aber er stammelte nur unzusammenhängendes Zeug. Sie taten nicht einmal so, als glaubten sie, er könne irgendetwas wissen. 2JS muss ungeduldig geworden sein, denn er machte dem Diener hinter mir ein Zeichen, meine Lider offen zu halten, kam herüber und hielt mir einen spitz zugefeilten Fingernagel an das rechte Auge. Er fragte nichts, er kaute nur.

»Wie gesagt, ich habe Koh alles verraten«, wisperte ich. Hoffentlich wirkt diese Erdsternscheiße bald, ging es mir durch den Kopf, wobei ich fürchtete, er könnte mich denken hören, als ich den Erdstern anfeuerte: ERDSTERN VOR, NOCH EIN TOR! *Sag es nicht!* Denk es nicht mal. Halt ihn auf Trab. »Ich habe ihr das Rezept für *Schießpulver* gegeben. Du bist mit einer Kampfsäge durch den Schwanz gefickt. Sie wird die Stadt in die Steinzeit zurückbomben. Ach, 'tschuldigung, wir *sind* hier ja noch in der Steinzeit …«

Er stach mir den Finger ins Auge. Ich sah einen Blitz und hatte das Gefühl, in der rechten Hälfte meines Kopfes platze ein Ballon. Dann spürte ich, wie 2JS den Augapfel herauszog und vom Sehnerv abriss. Das war schmerzhaft, aber auch nicht schlimmer als manches andere, was ich in letzter Zeit hatte aushalten müssen. Der instinktive Drang, das Auge zu schützen, die Panik und die Hilflosigkeit, das alles war es eigentlich, was sich so schwer ertragen ließ.

Er hielt mir meinen schlaffen Augapfel vor das verbliebene linke

Auge. Die Pupille weitete sich immer mehr. Ein rosa Tropfen aus durchscheinender Flüssigkeit dehnte sich zäh am unteren Ende und fiel schließlich ab.

»Was für ein Scheiß«, sagte ich.

2JS sagte etwas, das man in etwa übersetzen könnte als: »Deine Ballspieltage sind vorbei. Soll ich dir auch noch das andere Auge nehmen und deine Sonne auslöschen?« Aber eigentlich ist sein Wortspiel unübersetzbar, weil er das gleiche Wort, *k'iin*, für Ball, Auge, Tag und Sonne verwenden konnte.

»Also gibst du das Englische auf?«, fragte ich. Er setzte seinen Fingernagel an den Augapfel. »Ich brauche das Auge sowieso nicht«, sagte ich. »Jedenfalls nicht, wenn ich dich die ganze Zeit ansehen soll. Du siehst aus wie Margaret Hamilton, wenn sie in *Die letzte Kriegerin* mitgespielt hätte.« Ich gab mich noch immer prahlerisch, aber ich machte mir Sorgen, ich könnte zusammenbrechen, an den Punkt geraten, wo die Ärzte des Schmerzes mehr Furcht erzeugten als die Aussicht auf den eigenen Tod. Die Schmerzen und die Vorstellung, blind zu sein, waren schlimm genug, aber 2JS' Charakter war eine ganz andere Kategorie von Druck. Ich kämpfte gegen seine Einsicht in das menschliche Wesen und besonders seine fast spiegelbildhaft perfekte Einsicht in mich, kämpfte gegen seine alte Dominanz über Schakal, kämpfte gegen seine Jedheit, und das war hart. Vielleicht sollte ich ihm einfach sagen, was los ist, überlegte ich, und hinterher lachen wir darüber. Nein, warte. Schluss damit. *Cool down.* Doch statt das andere Auge zu verbrauchen, wischte er sich den Finger ab, während ein Necker meine leere Augenhöhle mit Chilifäden vollstopfte. Zuerst war es nur ein Kreischen und Lichtblitze, und mein Reptiliengehirn glaubte, ich wäre gefroren, gestürzt und zerbrochen, doch dann steigerte es sich und wurde zu einem Gefühl, als würde mir Stacheldraht durch die Blutgefäße gezogen, wobei alle 862 Rezeptorneuronen von der falschen Seite zerscharrt wurden wie von Haifischhaut. Aus irgendeinem Grund sang ich »*I don't care, I don't care*«, als ich wieder auftauchte, wie Judy Garland in *Damals im Sommer.* Ich hörte Tränen aus meinem Auge auf die Matte tropfen, aber ich war mir ziemlich sicher, jeder sah, dass sie nur vom Lachen kamen. Jemand goss Wasser über mich, damit ich den Mund hielt und wieder auf das achtete, was vorging.

»Das ist deine letzte Chance, dass ich deinen Freund nur töte«, sagte 2JS eine Spur zu ungeduldig. »Andernfalls wird er zwanzig Jahre gefangen gehalten.«

»Tja, dann muss ich ihn wohl aus meinen Diensten entlassen«, erwiderte ich. Sag ihm nichts, beschwor ich mich. Sag ihm nichts vom Erdsternstaub, sag ihm nicht, was Frau Koh plant. Nur diese beiden Dinge. Alles andere kannst du ihm verraten. Behalt diese beiden Dinge nur noch ein bisschen länger für dich, und … na ja, dann gibt es wenigstens eine Chance, eine hauchdünne Chance …

2JS gab den Befehl, mich zu knebeln. Die Necker hoben Gürteltierschiss hoch, der inzwischen wohl gestorben war. Wenn ich zu reden anfing, musste 2-Juwelenbesetzter-Schädel mit mir allein sein. Er wandte sich Hun Xoc zu, um ihn ein letztes Mal zu triezen. Drei Finger ragten Hun Xoc auf eine sehr komisch anmutende Weise aus dem Mund.

Deine Haut schmeckt sauer, sagte 2JS zu ihm. Als würdest du lügen. Wohin ist 10-Skink geflohen, nachdem er dich alleine ließ? Er zog Hun Xoc die Finger aus dem Mund.

Ich sei nach Süden gerannt, den Weg entlang zum Gelben Tor, antwortete Hun Xoc. Dort hätten mich Verräter aus der Schnupfer-Sippe erwartet. Sie hätten mich nach Kaminaljuyu schmuggeln wollen.

Holla, dachte ich.

Hun Xoc hatte begriffen, dass ich es auf den Brunnen abgesehen hatte. Vielleicht wusste er von dem Erdsternstaub, oder er sagte sich, dass etwas im Busche war.

Wie auch immer, er log für mich. Das war ohne Beispiel.

Selbst ich war geschockt. Sich seinem Vater zu widersetzen stellte nicht nur individuellen Ungehorsam dar, es beschädigte unwiderruflich das ewige Uay der ganzen Familie. Das war ein starkes Stück.

»Bitte enthaupte mich«, sagte ich unter einem Ansturm von Resignation. Unnötig, weiter flapsig zu sein. Bringen wir es nur hinter uns. Aber sagen wir ihm bloß nichts. »Ich weiß überhaupt nichts. Opfere mich nur. Mach mich heilig.«

Hun Xoc sah mich aus eingesunkenen Augen in seinem stählernen Kampfgesicht an. Sie hatten diesen Ausdruck, der sagte: Erzähl ihm nichts, egal was. Ich signalisierte mit meinem verbliebenen Auge: Einverstanden.

Und für eine ganze Weile war es das. Vielleicht verabreichten sie mir noch einmal Chilifäden. Ich kann nicht sofort bewusstlos geworden sein, aber wann immer es geschah, ich muss unmittelbar vorher das Zeitgefühl verloren haben.

(46)

Als mir klar wurde, dass ich wieder wach war, brauchte ich eine Weile, ehe ich mich erinnerte, wo ich mich befand, denn zuerst glaubte ich, ich wäre wieder in dem Krankenhaus in San Cristóbal Verapaz, wo ich gelegen hatte, als meine Eltern ermordet wurden. Ich war getränkt mit Gallonen Urin und dieser unerschütterlichen Verzweiflung, in der man nicht einmal mehr weiß, was Verzweiflung überhaupt ist. An den Geruch werde ich mich immer erinnern, wenigstens einmal pro Minute zwischen jetzt und ewig. Jedenfalls, irgendwann wurde mir klar, dass ich kein fantasierender kleiner Junge mehr war, sondern mich tatsächlich in dieser ungewöhnlichen Situation befand, und dass ich in keinem Betonziegelbau lag oder unter der Erde oder so etwas, sondern dass ich mit verbundenen Augen in einem Gefangenenkorb hockte, der in einer Reihe hing wie ein Hühnerkäfig in einer Eierfabrik. Es war stickig, aber über mir befand sich ein Lüftungsschacht. Irgendwann wurde ich gewahr, dass Hun Xoc in der Nähe war. Wir identifizierten uns jedoch nur mit den üblichen Entschuldigungen und Bekundungen, alles wäre in Ordnung, und sagten sonst nichts. Sie hofften immer noch, dass wir reden würden. Idioten, dachte ich, natürlich werde ich nichts sagen. Ich würde selbst dann nichts sagen, wenn wir mitten in einer Wüste für ein Jahr zusammengebunden wären und ich *sicher* sein könnte, dass niemand lauscht. Wir arbeiteten ein Schema aus, um abwechselnd Schläge zu zählen, damit wir wussten, wie viel Zeit verging. Meine etwa acht Stunden langen Schichten lagen von dem Zeitpunkt, bei dem wir den Sonnenaufgang vermuteten, bis Mittag, und von Sonnenuntergang bis Mitternacht. Manchmal wurde ich es müde, die Zeit mit Maya-Schlägen zu messen, und tat es, indem ich die B-Seite von *Abbey Road*, dem Beatles-Album, immer wieder im Kopf abspielte. Sie ist 19,2 Minuten lang und so leicht zu summen wie *Happy Birthday*; man kann damit die Zeit messen und trotzdem über alles nachdenken, worüber man nachdenken will. Vielleicht sind wir noch jahrelang hier, dachte ich. Vielleicht hat 2JS begriffen, was los ist, und wir werden hier gelagert, bis wir zusammenbrechen. Oder auch nicht. Zwanzig Jahre sind gut 547 500 *Abbey-Road*-B-Seiten.

Wenn ich nicht an der Reihe war, Uhr zu spielen, dämmerte ich vor mich hin. Wenn man ein gefesselter Häftling ist, kommt man an den Punkt, wo man nicht mehr schlafen kann, weil es zu unbequem ist, also nickt man ein und fährt irgendwann wieder hoch. Nach ungefähr sechsundzwanzig Stunden Haft drang auf einer Seite meines Verbandes Fackellicht ein, und jemand zog unsere Köpfe hoch und flößte uns Wasser ein. Wahrscheinlich das Kicherwasser, dachte ich. Ist doch egal. Wir werden's schon merken. Die Wächter wechselten unsere Fesseln nicht, sie lösten sie nicht einmal. Mittlerweile glaubte ich schon spüren zu können, wo der Spion war: Er stand etwa eine halbe Seillänge hinter uns. Ganz gleich, wie still er hielt, man lernte, seine Atemzüge von dem Wind zu unterscheiden, der draußen wehte. Nach dreißig Stunden begannen die Fliegen zu stechen. Wenigstens konzentrierten sie sich aus irgendeinem Grund auf meine linke Seite. Vielleicht war es dort feuchter. Besser für ihr Gelege. Nach einunddreißig Stunden roch ich den schwarzen Hauch von *Clostridium*, dem Vorboten des Wundbrandes, an meinem vergifteten rechten Fuß. Toll, dachte ich, das hat mir noch gefehlt. Ich lag nur da und rieb meine rechte Handfessel in Kreisbewegungen gegen eine Weidenquerleiste, womit ich den Riemen nach ein paar Jahren vielleicht wirklich durchschaben könnte, während ich spürte, wie mein Schorf sich kräuselte, meine Haut verfaulte, mein Körper zu Erde wurde. Mein gesundes Bein spürte die Hitze, die der Verfall meines schlechten Beines freisetzte. Ich bin nur ein Komposthaufen, dachte ich. Post-Consumer. Verbraucht. Viel passierte nicht gerade. Von draußen hörte man Lärm, aber es war zu durcheinander, um etwas zu verstehen. Es hätte eine Schlacht sein können, eine Party, eine Elchherde, alles Mögliche. Hin und wieder rannte ein Paar roter Ratten unter den Körben durch. Ich freundete mich mit den Fliegenscharen an und auch den Menschenläusen, die mich zur Besiedlung vermaßen. Die Sache ist eben die, dass pure Verzweiflung kein so besonders interessantes Gesprächsthema hergibt. Nach einer Weile wird sogar Schmerz langweilig. In der einundvierzigsten Stunde unserer Einkerkerung, gleich nach meiner Morgenschicht, flaute der Wind ab, und der Gestank stieg wieder um uns hoch.

»*Das Wasser*«, hörte ich 2-Juwelenbesetzter-Schädels Stimme.

Ich zog mich zusammen wie eine angestochene Seegurke. Ich dachte, wir wären hier ganz allein. Vermutlich hatte der alte Junge seine neuweltlichen Ninja-Schleichkünste noch nicht verlernt. Oh, hi, dachte ich, sorry, ich dachte, wir hätten die Bude für uns ganz allein.

»Du klingst, als hättest du Ärger«, wisperte ich. Ich hatte keine funktionierenden Stimmbänder mehr.

»*Was ist in dem Wasser?*«, fragte er. Ich spürte, wie einer seiner spitzen Fingernägel meine Wange durchbohrte, wurde aber langsam unempfindlich dagegen.

»Ich habe dir doch gesagt, sie hat es auf dich abgesehen«, flüsterte ich. Er schob den Nagel noch weiter hinein, bis ins hintere Ende meiner Zunge. Ich vermutete, er wollte damit sagen, dass ich seine Frage beantworten sollte.

»Das weiß ich nicht«, würgte ich um seinen Finger herum. »Ist da Hexenkunst am Werke?«

»Ich werde deinen Gespielen, Hun Xoc, jetzt hinrichten«, sagte er auf Ch'olan.

»Das klingt gut«, erwiderte ich. »Ist dir das recht?«, fragte ich, indem ich in die Gleichgestellten-Form wechselte, die Hun Xoc und ich benutzten, wenn wir miteinander sprachen. Ich hörte ihn bejahend schnalzen. Doch stattdessen begannen 2-Juwelenbesetzter-Schädel und noch jemand meine Fesseln zu lösen. Wahrscheinlich hatte ich einen Termin beim Zahnarzt. Ich hielt den Atem an und drückte ihn hoch in meinen Kopf, bezwang mich selbst und machte, was man auf dem Spielplatz »eine Erdbeere machen« nannte, aber es war eigentlich ein alter Folteropfertrick. Weil es dunkel war, kam ich damit durch und wurde zufriedenstellend bewusstlos.

(47)

Mein Kopf arbeitete halbwegs wieder, als sie mich durch die offenen Gassen aus dem Ozelot-Haus schafften und auf den oberen Zócalo brachten. Mittag war bereits vorbei. In der Luft hing noch der Rauch von trockenem Holz mit Kalk. Brennende Gebäude. Irgendwie hatte man das Gefühl, unter der Stadt sei der Boden weggebrochen. Mein Auge, in das der Necker Wasser gesprüht hatte, fühlte sich merkwürdig an; es zuckte umher und wollte nicht scharfstellen. Zu den ersten Dingen, die ich bemerkte, gehörte ein Harpyien-Gardist, der über den Boden kroch. Er spuckte und wiederholte ständig: »*Kot wuk, kot wuk, kot wuk*«, das heißt: »Hier ist mein Lieblingstantchen, hier ist mein Lieblingstantchen.« Na, das ist doch ein gutes Zeichen, dachte ich. Das Erdsternzeug hat die gewünschte Wirkung – wenigstens auf einen. Sie führten mich steile Treppen hinunter. Ich hörte laute Rufe und die Aufschläge zahlreicher Bälle, die vom Großen Hüftball-Platz kommen mussten, dem Widerhall nach zu urteilen. Der Platz war nicht weit entfernt, aber ich konnte nicht sagen, in welche Richtung er lag.

Schließlich arbeitete mein Auge wieder so weit, dass ich sehen konnte, dass wir uns auf der erhöhten Plattform vor dem Mattenhaus befanden. Ich hatte nicht gerade einen großartigen Tiefeneindruck und musste mit dem Kopf hin und her pendeln, um ein breiteres Gesichtsfeld zu haben; deshalb dauerte es ein wenig, bis ich erkannte, dass in den gelben und roten Vierteln noch immer so etwas wie Kämpfe tobten. Außerdem fanden ein paar glanzlose Einzelgefechte statt, mehr Straßenprügeleien als Kriegführung. Wir stiegen auf die Ebene des Tempelbezirks hinunter, durch eine beinahe unsichtbare Grenzschicht in das Miasma verwesender Leichen, die einen jede Vorstellung übersteigenden Gestank verströmten; es war, als öffnete man das Maul eines Walrosses, das schon einen Monat lang tot am sonnigen Strand lag, und riebe sein Gesicht in die vergorenen Verdauungssäfte und zersetzten Gewebe des Tieres. Ich roch aber nicht nur menschliche Verwesung, sondern auch toten Fisch in den Kanälen, und über allem hing ein schwacher Anisgeruch. Außerhalb meiner kleinen Eskorte wimmelten alle möglichen Leute umher, Angehörige von Kasten und Sippen, die sich nie vermischt hätten, und alles schwankte und rempelte und sagte Dinge, die keinen Sinn ergaben. Einige stolzierten in Luxuskleidung umher, mit Kopfputz, der ihnen nicht gehörte. Etliche Geblüte des Fledermaus-Hauses saßen in einem Kreis beisammen, warfen sich dornenbesetzte Bälle zu und weinten wie kleine Kinder bei einem Wutanfall.

Vielleicht kauft Koh mich frei, dachte ich. Aber genauso gut war es möglich, dass die Ozelots mich kauften.

Die Gardisten führten mich an zusammengebrochenen hölzernen Ständen vorbei, um kleine Feuer und Lachen aus Alkohol und Erbrochenem herum und durch die smaragdgrüne Endzone der Ozelots in den Hauptcañon des Hüftballfeldes. Dessen Boden war mit einer Schicht aus Tausenden von rosa Geranienblüten neutralisiert worden, aber davon abgesehen war er ein einziges Chaos voller Kleidungsfetzen und Waffen, und auf allen Tribünen und Plattformen sah ich Blut. Sie trugen mich über einen See aus Blütenblättern zu einer großen Harpyien-Handelsmatte, die im Zentrum der Anstoßzone ausgelegt worden war. 2JS sah ich nirgendwo, aber aus dem Verhalten der Diener schloss ich, dass er hinter mir war und beobachtete. An den Ufern und an jeder Endzone standen Harpyien-Gardisten, aber mir fiel auf, dass einer von ihnen bewusstlos an seinem Posten lag und zwei andere an seinen nackten Füßen mümmelten, Hautstreifen abrissen und sie mampften. Wie appetitlich, dachte ich. Hinter uns brach ein Kampf aus, und ich schaute mich um, aber es war nur ein anderes Harpyien-Geblüt, das am Boden saß und schrie, mit wirrem Blick und Schaum vor dem Mund. Er begann seine Brüder zu treten, die aufstanden und auf ihn urinierten. Die andere Endzone war fast gänzlich von pyramidenförmigen Leichenbergen erfüllt, um die man sich besser kümmern sollte, was aber niemand tat. Einige der Körper regten sich noch, aber wenigstens waren es insgesamt mehr Tote als Lebendige. Für die Fliegenhorde war es ein Festtag. Einige Leichen hatte man nicht einmal ihrer prächtigen Gala beraubt. Es war wie auf diesen Fotos von den gefrorenen britischen Offiziersleichen auf der Krim, wo sie diesen ganzen Schnickschnack tragen, aber trotzdem völlig durch den Wolf sind. Durch das östliche V des Platzes sah ich einen Teil der breiten Treppen, die hinauf zum Mattenhaus führten. Alles sah nach den üblen Nachwehen eines wüsten Saufgelages aus. Immer wieder sah man jemanden taumelnd und mit den Armen rudernd tanzen. Harpyien mit Siegesblüten und sich selbst überlassenen Gefangenen; Geblüte, die einander noch vor Kurzem bekämpft hatten – alle saßen regungslos nebeneinander und starrten in nahe Unendlichkeit. Ein kleiner Ozelot-Junge saß auf der Leiche eines Soldaten und pickte sich mit einer Speerspitze immer wieder in die Brust.

Psyche, dachte ich. Fabelhaft. Und ich habe mir Sorgen gemacht, das Zeug könnte zu sehr verdünnt sein. Nicht dass ich schon aus der Bratpfanne gehüpft wäre. Löst mich aus, dachte ich, löst mich lieber aus. Komm schon, Koh-Baby. Lös mich aus.

Eine zehnköpfige Unterhändlerdelegation näherte sich von der anderen Seite des Platzes, aber ich konnte nicht erkennen, wer sie waren, weil sie alle neutrale Kleidung trugen. Die Harpyien-Unterhändler setzten mich in die Mitte der Handelsmatte. Schon wieder. Ich fragte mich, ob mein Wert gestiegen oder gesunken war, und versuchte zu sehen, was sich auf der anderen Seite befand, aber da waren nur ein Stapel zusammengebundener Tributbücher und eine Schale mit Tonmarken, die ich mit meinem geschundenen Auge nicht erkennen konnte. Ich hielt mich einen Schlag lang aufrecht und sah, dass unter den Unterhändler-Mantas der Gegenseite Rasslerkinder steckten; das hieß, sie kamen von Koh.

Ich rollte mich auf das weiche Geflecht zurück. Eine große Fliege, den Unterleib mit Eiern gefüllt, setzte sich in die äußere Ecke meines Auges. Ich blinzelte, aber sie wollte nicht verschwinden. Die Stelle war zu günstig. Ich wiederum war zu erleichtert, um mir wirklich Gedanken zu machen.

Sie übergaben mich an Kostümierer, die mich in ein Zelt trugen, wo zwei Leute an meinem Bein arbeiteten und ein Chirurg mir gelben Kokainsirup in die leere Augenhöhle rieb. Ich winselte ein bisschen, und er gab mir einen Ball, der mit Kokain und Prunkwindenpaste getränkt war, auf dem ich herumkauen sollte, nur dass ich mich kaum bewegen konnte. Ich überlegte, ob ich den Chirurgen bitten sollte, ein Stück aus meinem Nasenrücken herauszuhacken, wie beim Herzog von Montefeltro, damit ich ein bisschen weiter nach rechts sehen konnte. Dann aber sagte ich mir, dass ich für diesen Tag genügend Hausmittelmedizin hatte erdulden dürfen.

Ein andermal – es muss später gewesen sein – merkte ich, dass ich bäuchlings auf einem Pelzstapel in einer Steinkammer lag. Sie war blau und leuchtete, und ich war nicht allein. In dem Ei an meinem rechten Fuß hatte ich einen schier unerträglichen Juckreiz. Ich versuchte mich dort zu kratzen, und mein Arm schien sogar zu funktionieren, aber ich konnte den Fuß nicht finden. Schließlich tastete ich sogar nach meinem Glied – toll, noch da, dachte ich –, und dann folgte ich von dort mit der Hand meinem Bein. Das Bein endete in einem krustigen verödeten Stumpf knapp unterhalb des Knies, doch als ich mich heftig an dem Stumpf kratzte, fühlte es sich an, als kratzte ich meinen Fuß mit elektrischen Fingern. Absolute Wonne. Ich tastete nach dem Knochen in der Mitte, aber er war mit Wachs abgedichtet worden.

Wo ist denn, was von mir übrig ist?, kicherte ich. Bei dieser Geschwindigkeit kommt von mir nur noch ein Gehirn in einem Glas zu Marena zurück. Wenn überhaupt. Glas. Gelass. Hirngelass.

Ich bekam einen Niesanfall – jemand musste irgendwelche Fischtinktur in meine Nase gespritzt haben; es wirkte ähnlich wie Riechsalz. Ich rieb mir das Auge. Warme ölige Hände drehten mich um und hoben meinen Kopf zum Licht. Die Wände waren mit den Flügeln blauer Morpho-Schmetterlinge bedeckt. Frau Koh saß in der Mitte der Kammer und blickte mich aus dem Herzen des himmelblauen Glanzes an. Auf dem Tisch vor ihr stand eine Holzschüssel, und in der Schüssel entdeckte ich mein Bein, eingesalzen und mit Zimt bestreut.

(48)

Die einhundertdreiundvierzig Tage zwischen 13 Schädel, 0 Hund, dem 3. Juni 664, als Koh mich aus der Gefangenschaft freikaufte, und heute, 13 Adler, 3 Nachtwache, oder dem 24. Oktober 664, dem ersten Tag meines kombinierten Heirats- und Einsetzungsrituals, sind so ziemlich weg. Aber nicht ganz. Ich erinnere mich an das eine oder andere, aber ich war in einem Zustand, dass ich nicht mehr weiß, was in welcher Reihenfolge passiert ist.

Auf jeden Fall weiß ich noch, dass man mir das Haar in einem nur einmal im Leben getragenen Heldenbrüderstil mit senegalesischen Elementen frisierte – was über fünf Stunden dauerte, weil mein natürliches Haar nur ein paar Fingerbreit lang war und sie darauf bestanden, jede Strähne der Verlängerungen separat einzuflechten. Ich erinnere mich auch, wie ich dachte, dass ich einiges hinter mir hätte – dass Koh nun über Ix herrschte und wie bald sie mir nominal die Regierungsgewalt übertrug, indem sie mich ehelichte, und wie viel ich noch tun müsste. Ich musste mit Koh ein Menschenspiel organisieren und es mit ihr spielen, bis wir zur letzten Sonne des letzten B'ak'tuns gelangten. Und selbst wenn wir nichts herausfanden – nun, seit dem Begraben des Magnetsteinkreuzes hatten sich meine Kenntnisse über das Opferspiel ungefähr verzehnfacht. Selbst wenn ich mein Gehirn nicht zurückbekam, reichte es trotzdem, um Taros Computerversion hinreichend aufzumotzen, um den Doomster von 2012 auszuschalten. Deshalb musste ich die Informationen in eine Form bringen, dass sie von Jed$_1$ verstanden werden konnten, falls ich nicht wieder zurückkam. Ich musste 2-Juwelenbesetzter-Schädels ROC-Gel-Geschäft übernehmen und sicherstellen, dass wir genug von allen Komponenten auf Lager hatten. Ich musste das Grabmal in Ordnung bringen. Ich musste herausfinden, wie ich mich am besten begrub, damit sichergestellt war, dass niemand meine Ruhe störte. Und das waren nur die wichtigsten Dinge. Jedes von ihnen beruhte darauf, dass vorher Hunderte andere Dinge erledigt wurden, damit zumindest die Chance bestand, dass alles funktionierte. Und ich sah bereits Doppelbilder und hatte Mikro-Blackouts und anfallartige Kopfschmerzen und andere Symptome für einen Hirntumor. Ehe ich überhaupt anfangen konnte, mussten mein Beinstumpf und meine Augenhöhle verheilen. Tagelang lag ich still in einer kleinen, rosa getünchten Kammer, an die ein kleines Schwitzbad angeschlossen war, eine Art Promi-Klinik mit Entgiftungscenter, und spürte, wie meine Wunden unter furchtbarem Jucken zusammenheilten. Ich machte Yogaübungen mit meinem verbliebenen Auge, bewegte den Fokus so langsam wie möglich von links oben nach rechts unten, wiederholte das Ganze ein paar hundert Mal und wurde dabei bestens vertraut mit den Pocken und Rissen in der Stuckdecke. Ich war aus dem Tritt und völlig erschöpft, und in diese Erschöpfung mischte sich ein Hauch jener Resignation, die einen überkommt, wenn man weiß, dass man irreparabel beschädigt ist. Manchmal, wenn ich einschlief, schlich sich ein Tätowierer zu mir herein und rieb Betäubungsmittel auf, sagen wir, meinen Oberarm, und wenn ich aufwachte, hatte ich eine wunde Stelle mit einer neuen Reihe von zwanzig Kopf-Hieroglyphen und den Namen jedes Gefangenen, den ich angeblich gemacht hatte. Natürlich hatte ich niemanden gefangen genommen, aber das Blut der Gefangenen war mir von Frau Koh gewidmet worden, weil ich ihre Gefangennahme erst ermöglicht hatte. Gefangene gemacht zu haben war etwas Ähnliches wie der Mord, mit dem ein Mafioso dem Paten seine Ergebenheit beweist.

Aufmerksam wie sie war, hatte Koh auch Hun Xoc aus der Gefangenschaft ausgelöst. Seine Armstümpfe waren verheilt, aber man konnte die halbmondförmigen Querschnittsflächen der Knochen mitten in den verödeten Krusten darauf sehen, und freiliegender Knochen ist schmerzhaft, besonders bei kaltem Wetter. Er hatte künstliche Arme bekommen, die aus menschlicher, über ein Weidengeflecht gespannter Haut bestanden und stilisierte Hände besaßen, die an Blumen erinnerten. Sie ließen sich an Knöpfen befestigen, die in den

Armstümpfen verankert waren. Doch wenn er bei mir war, ließ er sich die künstlichen Arme abnehmen und die Stümpfe von einer meiner männlichen Krankenschwestern mit Öl einreiben. Natürlich fragte ich ihn und jeden anderen über die Schlacht aus. Er sagte, schon ehe wir Ix erreichten, hatte Koh 1-Gila und ihrem Hauptverband befohlen, zwei Tage zu warten, nachdem sie von 2JS entdeckt worden waren. Koh hatte dafür gesorgt, dass die Ozelots und die Harpyien einander so lange wie möglich bekämpften, damit die Ixob erschöpft wären und unter Drogen ständen, wenn die Rassler-Truppen eintrafen.

Ich hatte den Erdsternstaub kurz vor Mitternacht in den Brunnen praktiziert, und erst gegen Abend des folgenden Tages begannen die ersten Harpyien-Geblüte, die aus dem Wassersystem getrunken hatten, sich ungewöhnlich glücklich zu fühlen. Natürlich schrieben die meisten dieses Hochgefühl dem überragenden Sieg zu, und in dem Nebel der Nachwehen der Schlacht und dem vielen B'alche', dem voreiligen Schmausen und Vergewaltigen und Plündern und was immer sonst nach dem Zusammenbruch der militärischen Gliederung der Ozelots geschah, hatte sich das drogenversetzte Wasser fast über die ganze Stadt verteilt, besonders über den Großteil der Harpyien-Sippe, ehe ein paar nüchtern Gebliebene begriffen hatten, was vor sich ging. Vor allem hatte der Erdsternstaub fünf der acht Kommandeure von 2-Juwelenbesetzter-Schädel mitsamt ihren Truppen ausgeschaltet. 2-Juwelenbesetzter-Schädel oder 9-Reißzahn-Kolibri waren nicht betroffen gewesen. Sie tranken wahrscheinlich nur Regenwasser. Außerdem wurde ihr Essen vorgekostet, gelagert, zubereitet, wieder gekostet und dann per Zufallsprinzip ausgewählt. Auf jeden Fall war der Erdsternstaub ein durchschlagender Erfolg gewesen.

Aus dem, was die Kostümierer erzählten, schloss ich, dass Koh bei 2-Juwelenbesetzter-Schädel den Eindruck erweckt hatte, sie ziehe sich nach Nordosten zurück, doch dann hatte sie ihre Bekehrten um den äußersten Späherkreis der Harpyien-Sippe herumgezogen. Angeblich hatte sie sogar zwei ihrer Doubles gefangen nehmen lassen, um die Harpyien von ihrer Fährte abzulenken. Und dann, als die Droge zuschlug, hatte sie ihre riesige zusammengewürfelte Horde in der allgemeinen Verwirrung angreifen lassen. Koh war in weniger als einem halben Tag zum See durchgebrochen; dank ihrer großen Mannschaftsstärke hatte sie die Brücken sperren und die Halbinsel und den Tempelbezirk vom Festland abschneiden können. Am späten Abend hatten die Harpyien-Geblüte den größten Teil der Ozelot-Gebäude rings um sich zum Einsturz gebracht. Jetzt – an 13 Adler, meine ich –, wurde nicht mehr ernsthaft gekämpft; nur im Norden und im Westen qualmten noch ein paar Feuer, wo den Ozelots verbundene Sippen ihre Getreidespeicher in Brand gesteckt hatten.

Trotzdem wusste ich noch immer nicht so recht, was los war. Hatte Koh tatsächlich gesiegt? Hatte sie wirklich das Kommando? Hatte 2-Juwelenbesetzter-Schädel ernsthaft verloren? Was war aus 9-Reißzahn-Kolibri geworden? Wie hatte Koh nach dem Ballspiel überhaupt entkommen können? Hatte sie nicht mitten zwischen den Ozelot-Geblüten gestanden? Die alle nur darauf aus waren, sie gefangen zu nehmen?

Ich schloss mein Auge. Versuch es jetzt gar nicht erst zu verstehen, dachte ich. *Die Antworten auf diese Fragen, und noch weitere …*

(49)

»Blut atmet nun der südöstliche Gipfel«,

sang der Hochzeitssymposiarch.

»So entfaltet den neugeborenen
Sonnenäugigen Rächer, den Herrn der Morgendämmerung,
1-Türkiser-Ozelot. Seht nun Kaltwärts,
Und nun Weißwärts, nun Bekanntwärts,
Nun unterwerft euch ihm und seht das Unbekannte.«

Tatsächlich war der orangerote Dampf, der mich völlig einschloss, so warm, dass ich mich wie neugeboren fühlte, als sie mich aufhoben. Und als sie begannen, die herausquellenden Maden mit Muschelschalen von meiner offenporigen geschwollenen Haut zu pflücken, fühlte es sich an, als meißelten sie mich aus einer protostellaren Gaswolke frei. Der zweite Raum erinnerte an ein Tepidarium, war kühler und heller als das Schwitzbad, und durch sein Fenster drang schiefergraues Leuchten, das die Morgendämmerung ankündigte. Der Schlag war hier klarer, obwohl ich ihn nicht mehr zu hören brauchte, denn es kam mir vor, als hätte sich mein Herz dauerhaft auf ihn eingestellt. Mittlerweile war es so, als tickte die Welt ewig so weiter. Zumindest bis 4 Ahau 2012. Meine Kostümierer rieben eine Grundierung aus Harpyienadleröl in mein schwammiges weißes Fleisch und begannen mich anzukleiden oder eher einzuwickeln. Sie banden meinen langen *wex* aus roter Baumwolle mit einem komplizierten Knoten im Frauenstil zu, der wie ein Kissen in meinem Kreuz hing, einem Knoten, der nur bei Hochzeiten benutzt wurde. Hier wird man immer entweder angezogen oder ausgezogen, dachte ich. Immer ist es vorher oder nachher; entweder bereitet man sich vor, ein Opfer darzubringen, oder man kommt gerade von einer Opferung und macht sich für die nächste fertig. Die eigentliche Sache ist dann ruck, zuck erledigt. Sie schoben mir einen neuen Stift in die Lippe, einen weiblichen, und befestigten neue Stachelausternschalen an den Ohren. In meine leere Augenhöhle kam ein bestickter, mit Betäubungsmittel gespickter Kräuterball, der die Tränen aufsaugen sollte.

Ich würde im Frauenfummel auftreten und Koh in Männerklamotten, weil wir ein sonnenweissagendes Paar sein würden. Das heißt, wir waren beide Vatermütter. Ich schätze, so ein Transvestismus bei einer Hochzeit klingt ein bisschen schräg, aber selbst im 21. Jahrhundert sieht man manchmal Maya-Schamanen, die bei Erntefesten Frauenkleider tragen. Außerdem musste es, wie so vieles, so und nicht anders getan werden. In einer Hinsicht konnte ich mir sicher sein: dass Koh jede Einzelheit aufs Genauste abgeklopft hatte.

Koh musste mich heiraten. Oder sagen wir besser, sie musste den Ahau und K'alomte' von Ix heiraten. Die klassische Maya-Welt war nicht so misogyn wie etwa die islamische Gesellschaft, aber eine Frau, die etwas bestimmen wollte, musste es über ihr Mannsvolk tun. Im besten Fall, zum Beispiel nach den Traditionen von Yaxchilán oder Ix, musste sie dazu Witwe des Ahaus sein. Und genau das wäre Koh in ein paar Monaten. Ich säße genauso fest wie der Thunfisch in der Dose, während sie nach wie vor munter herumspränge. Wenn sie ein männliches Kind von mir empfing, wäre das für sie umso besser – sie könnte herrschen, bis er im Alter von fünfzehn oder sechzehn zum Geblüt würde, und dann könnte sie ihn immer noch an ihre Huipil-Bänder binden. Falls das nicht klappte, konnte sie entweder ein Ozelot-Baby adoptieren oder eine Schwangerschaft vortäuschen und sich irgendeinen Säugling vom Sklavenmarkt aussuchen. Deshalb war ich die bequemste Möglichkeit. Und weil ich der wundersam wieder zum Leben erwachte Schakal war, die halbgöttliche Hüftball-Legende, die den Ausbruch des San Martín vorhergesagt hatte, begrüßte ein großer Teil der Öffentlichkeit meinen Aufstieg auf den Thron sogar. Natürlich betrachteten viele Leute mich nach wie vor mit tiefem Misstrauen. Doch in Ix und in ganz Mesoamerika hatte sich im Laufe des vergangenen Tuns viel verändert, und die Menschen mussten Ereignisse hinnehmen, die vor dem Untergang Teotihuacáns völlig fehl am Platz erschienen wären.

Dennoch, ich hatte Glück. Koh hätte genauso gut einen anderen Strohmann vorschieben können, eines der jüngeren Ozelot-Geblüte zum Beispiel. Daher war ich mir ziemlich sicher, dass Koh deshalb so handelte, weil sie ehrlich wollte, dass ich ins letzte B'ak'tun zurückkehrte. Weshalb, konnte ich nach wie vor nicht mit hundertprozentiger Sicherheit sagen. Jedenfalls sah sie sich in der Rolle als Beschützerin ihrer Nachkommen, und wenn sie ihre Nachkommen lange nach ihrem eigenen Tod beschützen konnte, wären ihre Uays noch in ferner Zukunft mächtig, gewannen vielleicht sogar an Macht.

Und sie hatte 2-Juwelenbesetzter-Schädel in ihrer Gewalt.

Wie es dazu gekommen war, hatte ich nicht mitbekommen. Kohs Männer hatten ihn während der Erdstern-Krawalle umzingelt und – erstaunlicherweise – lebend gefangen genommen. Jetzt bewahrte Koh ihn im ehemaligen Folterhaus der Ozelots in einem Korb auf, wo zwei Wächter ihn keinen Schlag lang aus den Augen ließen, damit er nicht auf irgendeine raffinierte Art und Weise Selbstmord begehen konnte, indem er sich zum Beispiel ein Stück aus der Backe biss und sein eigenes Blut schluckte, bis er verblutete – was tatsächlich von mehr als nur einem Zwanzigjahresgefangenen verübt worden war.

Andererseits waren viele Ball-Brüder und andere Harpyien 2-Juwelenbesetzter-Schädel noch immer treu ergeben. Deshalb mussten wir ihn gut behandeln und den Schein wahren, an den niemand glaubte – dass ich das Harpyien-Haus auf seine Bitte hin übernahm. Und ich vermutete, dass Koh ihn, klug wie sie war, in Reserve hielt. Wenn ich ihr Schwierigkeiten machte, konnte sie ihn jederzeit wiedereinsetzen und mich abservieren. Ein Grund mehr, weshalb ich mich vorsehen musste.

Meine beiden Kostümierer hoben mich hoch. Mein Beinstumpf steckte im Korbkonus meines muschelbesetzten Beins – aus dem Oberschenkelknochen von jemandem, der größer gewesen war als ich, zur Schlange geschnitzt, die dort, wo mein Fuß gewesen wäre, den Kopf nach vorn reckte –, und sie befestigten es mit Darmstreifen an meinem Knie. Trotz der schmerzstillenden Salben tat es weh.

Sie kämmten mir das Haar mit einer Bürste wie einem Handfeger und ölten es, parfümierten es, flochten es, arbeiteten Perlen hinein, banden es, versahen es mit Quasten und brachten die Verlängerungen an. Sie wickelten mich in einen langen roten Rock mit Sternen aus spiegelndem Obsidian und nähten mich in eine Art aus Federn gewobener Tunika ein. Mein neuer Diener legte weite Muschelmanschetten um meine Oberarme und solche aus Jade knapp über meine Handgelenke. Eine weitere Schärpe kam um meine Hüften, und über meine Schultern drapierten sie ein mit weißen Jadeperlen besetztes ponchoartiges Ding. Mein Friseur frisierte mein Haar zu einem Dutt und setzte etwas darüber, das wie ein geschmückter Turban aussah, auf dem ein ausgestopfter *muan* hockte, ein Mischwesen aus mehreren Vögeln mit dem Kopf eines Kaimanbabys und dem Schnabel eines Kondors. Dann staubten sie mich ab.

Zuerst kroch der Symposiarch zur winzigen Tür hinaus. Er war ein berühmter Profi-Sonnenaddierer aus einer neutralen Sippe in Kaminaljuyu, dessen poetischer Name Zur Linken lautete, und den man wohl auch den Toastmaster oder Zeremonienmeister nennen könnte. Er fungierte als Kopf meiner Heiratssponsorendelegation. Die Kostümierer hoben mich halb hoch und reichten mich zu ihm hinaus. Die kleine Kammer war von warmem, saurem Atem und Kohlendi- sowie -monoxid erfüllt, als wären wir in der Lunge eines riesigen Rauchers, und die frische Luft traf mich fast wie ein Schock.

Wir kamen in den Innenhof des Harpyien-Hauses, wo 2-Juwelenbesetzter-Schädel mich vor einer psychologischen Jahrmilliarde in einem Korb gefangen gehalten hatte. Der viereckige Himmelsausschnitt sah aus wie eine alte Schiefertafel, über deren Ostrand Eos mit den Krallen scharrte. Meine beiden Heiratssponsoren standen am Westrand des Hofes: 24-Fichte, also Trainer Putzibär, der den Part meines *balach ayadoj* übernahm, dem Gegenstück zu meinem Paten, und ein älterer Harpyienadler namens 4-Zaunkönig, den ich als Ersatzvater adoptiert hatte. Um Putzi hatte ich gebeten, als ich hörte, dass er während der Schlacht nicht gänzlich getötet worden war, und er und ich standen uns wieder ziemlich nahe. Zaunkönig entlockte mir weniger Entzücken, doch Koh war nicht davon abzubringen gewesen, dass dieser Bursche dynastisch und politisch gesehen die einzige denkbare Möglichkeit verkörperte. Unser Hauptproblem bestand nun in der Legitimierung. Wie auch immer, die Rollen der Sponsoren waren rein zeremonieller Natur. Ältere mussten als Vermittler und Ersatzeltern bei den Heiratsverhandlungen zugegen sein, die eigentlich vor Braut und Bräutigam geheim gehalten werden mussten – aber in diesem Fall zog natürlich Koh sämtliche Fäden.

Wir sechs verließen den Hof durch die Westtür, folgten einer Gasse zwischen hohen, gitterförmig durchbrochenen Mauern und stiegen einen gefegten und mit roten Federn bestreuten Weg hinunter zu den landetreppenähnlichen Stufen, die zum kanalisierten See führten. Gardisten in schwarzer Nachtangriffsbemalung hielten auf beiden Seiten mit uns Schritt. Vor und hinter uns waren weitere von ihnen; sie waren Teil eines rotierenden Kommandos von sechzig Rassler-Geblüten. Da sie nicht zum offiziellen Gefolge gehörten, mussten sie uns aus der Entfernung schützen, aber wir hatten ihnen höchste Wachsamkeit befohlen. Die Schnupfer- und Ara-Sippen und ihre Abhängigen waren wie immer voller Groll, und in den verbliebenen Ozelot-Abhängigen kochte mörderische Wut, ungeachtet aller Beilegungseide, die sie geschworen hatten. Na ja, was auch immer, darum kümmern wir uns ja heute Abend, überlegte ich. Und wenn es ihnen nicht passt, steht ihnen eben noch eine weitere kleine Säuberung bevor. Ich hing immer mehr den Sieben Grundregeln für Hocheffiziente Stalinisten an. Und Regel Nummer 1 lautete: »Erst liquidieren, dann verhören.«

Die Rassler hatten die Schwimmbrücke zu den besetzten Ozelot-Gebäuden und dem Ballplatzbezirk instand gesetzt. Zehn unserer finsteren Gardisten überquerten sie nun und stellten sich längs der Brücke auf, ehe wir auf das knarrende Holz traten. Wir gingen in Einzelreihe, zuerst der sogenannte Pate, dann mein sogenannter Vater, danach ich, dann meine zwei Kostümierer, dann Zur Linken, mein Hochzeitssymposiarch, und schließlich ein Schläger, der eine gedämpfte Wassertrommel so leise schlug, dass man es kaum hörte, denn die Prozession zum Haus der Brautfamilie war angeblich geheim, tatsächlich aber wusste natürlich jeder in der Stadt davon.

Von hier konnte man die Halbinsel nicht sehen, die den ixianischen Tempelbezirk mit den Bergen verband; die dicht stehenden Mulob', mit Wachfeuern gesprenkelt, wirkten im kalten Nebel alterslos und reserviert, fast wie die Insel Mont Saint-Michel. Am anderen Ende der Brücke erkannten wir schemenhaft das jüngst vergrößerte Rassler-Haus, das unmittelbar nördlich des Mattenpalasts auf Ozelot-Land errichtet worden war. Der Himmel und sein Spiegelbild hatten ein transparentes Preußischblau angenommen, und Ketten von Präriebussarden zogen genau nach Terminplan darüber hinweg. Ein Fischadler tauchte links von uns ins Wasser und verschwand fast ohne einen Spritzer. Ich hatte schon Angst, er würde nicht wieder auftauchen, doch dann kehrte er mit einem großen zappelnden Wels in den Krallen zurück an die Wasseroberfläche und flog schwer beladen Richtung Ufer. Hätte der Fisch ihn nach unten gezerrt, wäre es wahrscheinlich allgemein als ein so schlechtes Omen erachtet worden, dass man die ganze Sache abgeblasen hätte. Gestern hatte einer von Kohs Spionen berichtet, dass einige Schnupfer-Geblüte von der Hochzeit gehört hätten und entschlossen seien, sie zu verhindern. Sie hatten hinter mehreren »kleinen Störungen« gesteckt, oder wie immer man den Widerstand gegen die »Staatsgewalt« oder die Bandenunruhen nennen will, die sich in den letzten zehn Tagen ereignet hatten und trotz oder vielleicht auch wegen Kohs Todeskommandos immer gewalttätiger wurden. Deshalb waren alle ein bisschen angespannt.

Mitten auf der Brücke trafen wir den Spion. Er näherte sich uns auf zwanzig Schritte, fuhr herum und rannte zum Rassler-Haus zurück, um Kohs Verwandte zu warnen. Sein Auftritt gehörte natürlich zum Schauspiel und war von uns erwartet worden. Wir traten von der Brücke und stiegen die Stufen zu einem kleinen Zócalo hinauf, der das hohe Mattenhaus umgab. Von dort gelangten wir auf die Rampe zu dem frischen, mit Schlangenköpfen geschmückten Wall um Kohs neues Gebäude. Wir hörten Kreischen. Ungefähr fünfzehn junge Mädchen – entweder Kohs unverheiratete weibliche Verwandte oder Rassler-Neophytinnen, die diese Rolle übernahmen, oder beides zugleich – versperrten den Zugang zum vorderen Hof und bewarfen uns mit Kieseln. Sie schrien, sie würden uns nicht hineinlassen; sie wüssten, was wir vorhätten, und sie würden nicht zulassen, dass wir ihnen Koh wegnähmen, selbst wenn wir sie in Stücke hackten. Ich hielt die linke Hand vor mein letztes Auge. Die Steine wurden größer, und wir wichen zurück. Putzibär musste einen schmerzhaften Treffer erhalten haben, denn er jaulte auf – bei ihm eine echte Seltenheit – und schien die Mädchen seinerseits beschimpfen zu wollen. Natürlich war der ganze Krawall nur ein weiteres altehrwürdiges Ritual, aber Putzi hatte null Sinn für Humor und neigte dazu, alles zu ernst zu nehmen. Zur Linken stieß ihn von hinten an und forderte ihn auf, sich zu beruhigen. Sportler wissen eben nie, wie man sich benimmt.

»Blaugrüne Töchter hier, vier Atemzüge,
Bitte, vier, o Jadetöchter«,

sagte der Symposiarch und trat aus der hinteren Reihe vor.

Die Mädchen stellten ihr Bombardement mit den verdammten Steinen ein. Zur Linken trat auf sie zu wie Gandhi auf eine Schützenlinie britischer Soldaten.

»Ein rotes Geblüt
Bittet um Rast an eurem Herd«, sagte er.

Die Mädels beruhigten sich und ließen ihn durch. Er betrat das Gebäude. Wir warteten. Nach vierhundert Schlägen – zirka sechs Minuten und fünfzehn Sekunden – kehrte der Kantor zurück, machte zu uns das Zeichen für »Geduld« und ging wieder hinein. Wir standen weitere achthundert Schläge herum. Er sollte Kohs Eltern anflehen, dass sie uns hineinließen. Ich wackelte ein bisschen auf meinem Schlangenfuß.

Der Symposiarch kam heraus und winkte meinen Sponsoren und den Mädchen, ihm hineinzufolgen. Ich stand noch weitere zwölfhundert Schläge herum. Die Kostümierer besserten meine Gesichtsbemalung nach und staubten mich mit einer Art Talkumpuder aus blauem Ton ein. Der Schläger verrichtete sein Werk. Wie hält er das aus?, fragte ich mich. Er war nur eine menschliche Uhr. Er musste verrückt sein. Wenn man es recht bedachte, verhielten sich professionelle Zeitschläger schon ein bisschen merkwürdig. Die Mädchen starrten uns an und heuchelten zugleich Desinteresse. Schließlich trat Zur Linken abermals ins Freie und bedeutete mir hereinzukommen. Ich befahl einem Kostümierer loszulaufen und die Geschenke zu holen; wenn die Träger auf Draht gewesen wären, hätten sie bereits an der Brücke gestanden. Ich durchschritt im Geblüt-Gang allein das Tor zu dem kleinen Vorhof. Die erste Person, die ich erkannte, war 3-Kralle, der Karakara-Vatermutter und Patriarch der Himmelssippe, den ich zuletzt in Teotihuacán auf der brennenden Mul gesehen hatte. Da er Kohs Pate war, stand er links von der einzelnen Tür, die ins Haus führte. 1-Gila, der den Part von Kohs Vater übernahm, stand rechts davon. Frau Vanilleorchidee, Kohs Mutter – ihre echte biologische Mutter übrigens, die mit Zur Linken unter einigem Risiko und nicht unwesentlichen Kosten aus Kaminaljuyu angereist war –, stand weit links, nahe bei den Mädchen, zwischen der charmant benannten Frau Kreosotbusch, sozusagen Kohs Mutter Oberin von der Seidenweberinnen-Gemeinschaft der Karakara-Sippe, und Frau Sauerteig, die ungefähr die gleiche Beziehung zu Koh innerhalb der Rasslergemeinschaft innehatte. Zwei Rassler-Affen-Schreiber kauerten auf einer getrennten Matte an der Nordwand, bereit, alles festzuhalten, was irgendjemand sagte. Im ganzen Raum hallte das Kichern der Mädchen wider, die mit den Rücken zu uns an der Südwand hockten, was als ihre respektvollste Stellung betrachtet wurde. Ich muss schon sagen, Gesellschaften mit Geschlechtertrennung haben einen gewissen erotischen Reiz. Wenn Frauen als eine völlig andere, unzugängliche Spezies erscheinen, sind sie noch attraktiver.

An jeder Ecke des Hofes stand ein Paar Rassler-Geblüte, und auf jeder Mauerecke über ihnen kauerte ein Ausguck. Einer von Kohs Buckligen entrollte eine Handelsmatte aus Schilf, die etwa eine halbe Seillänge im Geviert maß, und ich hockte mich an die östliche Schwellenseite, mit dem Rücken zum Tor, womit ich zeigte, dass ich keinerlei Feinde hatte. Ich grüßte in Reihenfolge jeden, zuerst 1-Gila – den ich »Vater« nannte –, dann 3-Kralle und schließlich

Kohs Mutter. Ich benutze das Wort »grüßen«, doch es waren Dutzende unterschiedlicher Grußzeichen, damit angefangen, dass man die Nase auf den Boden knallte und den Staub leckte, bis hin dazu, sich lediglich ein wenig zu versteifen. Es hing davon ab, wer man war und mit wem man sprach.

Dann musste ich eine kleine endlose Ansprache halten, die von jedem mit einer dreimal so endlosen Rede erwidert wurde. Im Grunde sagte ich dabei nur: »Hi, mein Name ist 10-Roter-Skink, ich bin unwürdig«, und sie antworteten: »Hi, ja, das wissen wir.«

Auf ein Zeichen hin trabten hinter mir meine Träger herein. Einer von ihnen stellte sich hinter mich. Er trug einen langen, mit einer Kappe verschlossenen Krug, der mein konserviertes Bein enthielt, nur um zu zeigen, dass kein Feind es erbeutet hatte und ich offiziell noch immer unversehrt war. Die Oberträgerin legte drei große Kugeln aus Hochlandjade ins Zentrum der Matte. Dann trat sie zurück, während die anderen Trägerinnen sich daranmachten, Körbe um die Steine zu setzen wie die Strahlen eines Sternes. Die Oberträgerin folgte ihnen gegen Uhrzeigersinn um die Matte und nahm die eng gewobenen Deckel ab und stellte die Speisen vor mich hin: Chak-Figuren aus aufgetriebenen Amaranthsamen, durch hellroten Annattosirup zusammengehalten; geringelte Schnüre aus einer außergewöhnlichen seltenen Art winziger Chilischoten, die angeblich dazu führten, dass man männlichen Nachwuchs zur Welt brachte; rote Maniok-Oblaten und geröstete Große Sapoten; Süßkartoffelfleisch, das zu Hasen und Papageien geformt war wie Marzipan im Barock, und schließlich einen Topf mit gepulverter Koschinelle, extrahiert aus schätzungsweise mehr als zweieinhalb Milliarden der auf Kakteen lebenden Schildläuse.

(50)

Die Serviererin bewegte sich nach rechts, gegen den Uhrzeigersinn, und öffnete Schüsseln mit durchscheinend-weißen Kornblumenkeksen, die aussahen wie Kommunionsoblaten, cremigen Kürbiskernpralinen und vier Zwanzigpfundblöcken aus reinem Hochlandquellsalz, das zu Statuetten der zwergenhaften Jahresträger behauen war. In einem großen Bündel steckte das Fell eines reinweißen Bären mitsamt Tatzen und Kopf, der aus unbekannten Fernen im Norden kam. Mittlerweile begann der Hochzeitssymposiarch mit seiner Rede zu meinen Gunsten. Sie folgte einer festen Vorlage, die für den Anlass personalisiert wurde. Zuerst zählte er die viele Arbeit auf, die ich für Kohs »Eltern« angeblich geleistet hatte. Stammte man beispielsweise aus einer mittleren Kaste, musste man den Brauteltern jahrelang bei allen möglichen Dingen helfen, wenn man eine begehrenswerte Frau aus ihnen herauskitzeln wollte. Doch das wurde mir gewissermaßen summarisch erlassen wegen der heroischen Dienste, die ich für Kohs »Rettung« aus Teotihuacán geleistet hatte, und für den Sieg in dem Ballspiel und so weiter. Als Nächstes ließ er sich darüber aus, was für ein großartiger Knabe ich doch sei, und am Ende wies er auf einige herausragende Qualitäten des immensen Brautpreises hin, den ich zahlte. Das war vermutlich kein völliger Schwindel – immerhin ging eine Menge Harpyien-Land an Rassler-Einwanderer –, aber natürlich hatte Koh selbst die entsprechenden Verhandlungen bereits geführt, die Sicherheiten hinterlegt, die Geschenke gemacht und so weiter. Wie auch immer, ich denke mal, ein bisschen Schwindel ist bei allen Hochzeiten dabei.

Während der Symposiarch sprach, bewegte sich die Serviererin in den westlichen Quadranten, sodass sie mir gegenüberhockte – praktisch direkt vor 1-Gilas Füßen. Sie begann, Tabletts mit langen schwarzen Vanilleschoten aufzudecken, Stränge wohlschmeckender schwarzer Wasserwanzen aus dem heutigen Nicaraguasee, die angeblich immun gegen Hautkrankheiten machten, Krüge voll verdächtig aussehenden schwarzen Pilzen, tintige Rollen aus marinierter Haifischhaut und schließlich zwanzig Blöcke aus konservierenden Lindenblättern, die jeweils um zwanzig kleinere Bündel aus mit Anisaroma versetzten Avocadoblättern gewunden waren, von denen jedes zweihundertsechsundfünfzig in Dolinen gezogene Kakaobohnen enthielt, geröstet und bereit zum Mahlen. Der letzte Quadrant zu meiner Linken begann mit Körben voll Papayas und in Streifen geschnittenen Ananas, bestreut mit zerriebenen Blumen. Als Nächstes kamen Körbe mit konservierten Ringelblumen aus Choula, die man Mexikanischen Estragon nennt, Kalebassen mit Orchideenhonig aus den Wolkenwäldern und zuletzt ein Gegenstand aus Panama, noch immer eine Neuheit: ein um den Hals getragener Brustschmuck aus neun Schnüren mit vierhundert wie Perlen aufgereihten türkisäugigen Kolibris aus gehämmertem Gold. Dann strömten die menschlichen Geschenke herein und hockten sich rings um die übervolle Matte: zwei Jade-Meisterschnitzer, vier Färber, die mit der Koschinelle umzugehen wussten, und zehn Schokolademischerinnen – ihr ganzer Lebenszweck bestand darin, Kakao zu verarbeiten und Schokoladengetränke herzustellen –, jede mit eigenem Mahlbrett aus Ton und hölzerner Rolle und einem Satz hoher Krüge. Das Schwierigste, was sie ausführten, bestand im Umgießen der heißen Schokoladenflüssigkeit von einem der hohen Krüge in den anderen, immer wieder, damit immer höherer Schaum entstand. Je mehr Schaum man auf der Schokolade bekam, ein desto größerer Macker war man hier. Jedenfalls, sämtliche sechzehn Dienstboten würden bis ans Ende ihres Lebens in Kohs Haus arbeiten.

Nur noch zwei weitere Geschenke waren zu überreichen. Das erste war meine eigene Idee; ich hatte es selbst gemacht, damit Koh wenigstens eine echte Überraschung erlebte, obwohl sämtliche Geschenke als Überraschungen galten. Ich rollte es aus seiner Hülle und legte es persönlich neben die Steine des Herdfeuers. Es sah aus wie eine gewöhnliche Flöte aus Eisenholz, doch sie war chromatisch, mit sechs zur Querflöte angeordneten Löchern und auf D gestimmt statt auf die doppelte fünfstufige Molltonleiter, die man hier benutzte. Ich hatte mit der Arbeit an dieser Flöte vor hundertdreiundvierzig Tagen begonnen, an dem Tag, an dem Koh mich mit meinem abgetrennten Bein bekannt gemacht hatte, und ich hatte bis jetzt gebraucht, sie zu stimmen und den Flötisten auszubilden, der sie spielen sollte. Ich hatte den Griff im Stil Teotihuacáns angeordnet, aber sie brachte Tonleitern hervor, die niemand hier je gehört hatte.

Das letzte Geschenk war etwas Besonderes. Mit einer Geste der Endgültigkeit breitete die Oberträgerin drei wie Akkordeons gefaltete Tributbücher über die kalten Steine des Herdfeuers. Jedes Buch war in gerupfte Adlerhaut gebunden und voller Tributlisten und codierter Karten, die die Rechte an einhundertachtzehn Dörfern und Tausenden Morgen Harpyien-Ackerland darstellten. Dies war der einzige ernsthafte Teil des Brautpreises.

Genug jetzt aber, dachte ich. Ich hatte überlegt, zwölf Geblüte blutend, elf Zwerge zwergend, vierundfünfzig andere Dinge und einen Geier in einem Feigenkaktus draufzulegen. Ich weiß, es klingt irgendwie nach einem Prasser-Event wie beim Herzog von Berry oder den Miller-Schwestern, aber tatsächlich war unsere Hochzeit längst nicht die aufwändigste königliche Heirat. Angeblich hatte vor siebenhundertzwanzig Jahren bei der Hochzeit 1-Schokolades von Caracol der achtjährige Bräutigam vierhundert Leibeigene allein wegen des Spektakels töten lassen, ohne sie einem bestimmten Unsterblichen darzubieten.

Die sogenannten Schwiegereltern musterten alles. Wenn Marcel Mauss das nur sehen könnte, dachte ich. Endlich begannen die Raumdiener die Beute aufzuheben, und 1-Gila sagte, es sei okay, wenn ich ins beschissene Haus käme.

Der Raum war groß, vielleicht so groß wie das Oval Office und ähnlich geformt, und bis auf einen undurchsichtigen Standschirm am anderen Ende war er völlig leer. Nicht mehr lange, dachte ich. Die beiden Elternpaare und die Paten nahmen auf Matten rechts von der Tür Platz. Putzibär und ich setzten uns ihnen auf der anderen Seite gegenüber. Die Mädchen und andere weibliche Verwandte scharten sich hinter dem Schirm. Es war selten, dass Frauen überhaupt zu sehen bekamen, wie Männer aßen, aber Koh machte für ihre Mutter und meine Ersatzmutter und die diversen Patinnen eine Ausnahme. 1-Gila schickte einen Boten, um die Hohe Hebamme zu holen, die wahrscheinlich sowieso alles durch ein Loch in der Wand beobachtete. Ein Träger brachte ihm einen Korb, und er nahm einen langen *halach wex* heraus, einen Lendenschurz, ein sehr hübsches Stück mit kleinen Perlen, die meine Hieroglyphen bildeten und meine zweifelhaften Leistungen darstellten. Mehr als nur ein paar Näherinnen mussten blind dabei geworden sein, dieses Ding in nur hundertzwanzig Tagen fertigzustellen. Er reichte es mir mit einer Schenkungsrede, und ich nahm es mit einer Annahmerede entgegen. Ehe ich fertig war, nahm jeder schlagartig eine respektvolle Haltung ein. Die Hohe Hebamme kroch herein.

Sie war eine alte Rassler-Großvatermutter und gewissermaßen das Oberhaupt der Rassler-Gemeinschaft. Im Zusammenhang mit dieser Zeremonie war sie die wohl wichtigste anwesende Person.

Sie grüßte meinen Vater, Kohs Vater, meine Mutter und Kohs Mutter.

Der Hochzeitssymposiarch tat das Gleiche. Die Brautfamilie vollführte Willkommensgesten und grüßte alle anderen in der Reihenfolge ihrer Wichtigkeit mit Namen, mich zuletzt. Dann grüßte der Zeremonienmeister wieder jeden, zuletzt mich. Ich erwiderte den Gruß. Schließlich begann die Hebamme ihren Part mit Kohs Eltern. Sie sagte, dass ich offensichtlich nicht gut genug für ihre Tochter sei, aber da ich so hart gearbeitet hätte, sollten sie sich über das eigene Urteil hinwegsetzen und Koh aus dem Gynäzeum herauslassen. Am Ende gaben Kohs Eltern nach. Eines der Mädchen rannte zu ihr, um sie zu holen. Ich zählte zweihundertdreiundneunzig Schläge, ehe Koh in der Tür erschien. Die Schichten inkrustierten Zierrats schienen aus ihrem Fleisch herauszuwachsen; selbst die grinsenden Kiefer der Riesenschlange um ihren Kopf wirkten weniger wie ein Teil eines anderen Geschöpfes, das sie verschlang, sondern vielmehr wie der Bestandteil eines zusammengesetzten Wesens. Antennen schlängelten sich in Stichen, die zu kompliziert waren, um ihnen mit dem Auge zu folgen, in, unter, um und durch die Schlange. Fangzähne ruhten auf Kohs Wangen und folgten ihrem Hals bis hinunter zu den Brustinsignien eines männlichen Rasslers und den beiden Schrumpfköpfen, die von den Seiten ihres breiten, mit mixtekischen Kristallen besetzten Gürtels hochblickten, die allesamt als Intaglios mit Kohs Porträthieroglyphe versehen waren:

Die Morgensonne strahlte sie von hinten an. Sie wirkte wie das mundlose Imago eines männlichen Bärenspinners, der auf einer Wolfsmilch sitzend seine Flügel trocknet. Die vier Eltern erhoben sich. Ich drehte den Kopf, damit ich sie mit meinem heilen Auge sehen konnte, auch wenn es unpassend war, dass ich mich bewegte.

Koh kauerte sich auf die Schwelle. Morphoschuppen und Quetzal- und Arafedern regten sich, als wäre sie gerade aus ihrem Edelsteinwald auf der Oberfläche der Sonne herbeigeflogen und schüttelte noch Tropfen thermolumineszenter Flüssigkeiten ab, die sich in der Luft verfestigten und als Flocken aus gewürzten Kupferblättchen zu Boden fielen. In der dunklen Hand hielt sie einen langen *k'inil wal*, eine Kombination aus langem Fächer und Fliegenklatsche, im Grunde weder ein steifer Fächer noch ein Federfächer oder ein Faltfächer, wie man sie in Asien benutzt, sondern ein Gebilde aus dünnen Stoffstreifen und Schnüren mit Blütenblättern am Ende eines Stabes, an dessen anderem Ende ein Parfümbeutel hing, wie bei einem japanischen *hare*-Stab. Kohs Gesicht wäre leer erschienen, hätte es nicht eine Andeutung von Unsicherheit gezeigt, wodurch sie ein wenig kindlich, sogar ängstlich wirkte.

(51)

Ich würde ja gern behaupten können, Koh habe mich geheiratet, weil sie verrückt nach mir war, aber das bezweifle ich. Ich glaube, sie fand mich interessant. Oder bestenfalls auf befreiende Weise komisch. Während meiner Genesung sagte sie mehr als einmal – obwohl sie kaum eine freie Minute hatte, um vorbeizukommen, da sie mit dem Aufbau ihres neuen Imperiums beschäftigt war –, sie stehe für mein Schweigen in meiner Schuld. Sie formulierte es als *makik uchi*, verdienstvolles Schweigen unter Folter.

Ich hatte nichts über den Erdsternstaub ausgeplaudert und sie nicht an 2JS verschachert, daher wollte sie ihr Versprechen erfüllen, die fünf ixianischen Sippen zu zwingen, mich für den Rest meines Teils dieses Zyklus zum Ahau von Ix zu machen. Aber das war nicht der Hauptgrund. Wirklich wichtig für sie war, ihren Namen zu legitimieren. Als ersten Schritt war ich bereits *in absentia* als Oberhaupt des Harpyien-Hauses von Ix eingesetzt worden, hatte also 2-Juwelenbesetzter-Schädels früheren Rang und alle seine Titel übernommen. Ich hatte den Eindruck – soweit ich in meiner kleinen Kammer, in Anwesenheit der Affen-Sekretäre und im Baulärm, der von draußen hereindrang, etwas aus Koh herausbekam –, dass meine Legitimation zu den schwierigeren Strippenziehereien hinter den Kulissen gehört hatte. Obwohl ihr Heer Ix beherrschte, hatte es mehr als nur ein paar kleinere Mordanschläge und Exilierungen erfordert. Aber Koh hätte niemals etwas als schwierig bezeichnet. Sie stellte einen immer vor vollendete Tatsachen. Selbst wie sie nach der ersten Schlacht aus Ix verschwunden und zu ihrem Heer zurückgekehrt war, bekam ich kaum aus ihr heraus, ganz zu schweigen von zehntausend anderen Dingen. Bei ihrem Verschwinden hatte sie sich offenbar »unter den Schutz der Ozelots« begeben, also gefangen nehmen lassen. Nach

2-Juwelenbesetzter-Schädels Sieg hatte sie sich ihre Freiheit erkauft, indem sie ihm das Tzam lic und die Apparaturen übergab sowie zwei Gefangene, von denen er glaubte, sie seien die Skorpion-Addierer aus dem Puma-Haus von Tamoanat. Das Geschäft trug wahrscheinlich dazu bei, dass 2JS seine eigenen Möglichkeiten überschätzte; auf jeden Fall kostete es die Ozelots von Ix eine Trumpfkarte. Doch irgendwann, nachdem Koh wieder zu 1-Gila gestoßen war, fand 2JS wohl heraus, dass die angeblichen Skorpion-Addierer nur Hochstapler waren. Jedenfalls sandte er Leute aus, die Koh töten sollten. Doch es gelang ihr, den Mordkommandos auszuweichen, denen zwei ihrer Doubles zum Opfer fielen, bis sie von der schlechten Lage in Ix hörten und aufgaben.

Aber während der zweiten Schlacht um Ix – »nachdem 2-Juwelenbesetzter-Schädels kurze Herrschaft in einem halluzinogentrunkenen Gelage zusammenbrach«, wie ich es formulieren möchte – musste Koh die beiden echten Skorpion-Addierer doch noch an 2JS übergeben, um mich herauszuhauen. Sie musste natürlich auch ihn ziehen lassen, und er hatte die beiden vermutlich auf den Rückzug mitgenommen. Seine Streitmacht bestand nach Kohs Worten aus nur etwa acht Zwanzigschaften Geblüte. Ich ging davon aus, dass Koh die Herstellung des Tzam lics dennoch gemeistert hatte und die beiden Addierer nicht mehr brauchte.

Ich fühlte mich keineswegs wie ein Bauer beim Schach, sondern als Wertsache. Dennoch, Koh hatte ihren Teil der Abmachung eingehalten und mich herausgehauen, und das bedeutete eine ganze Menge, auch wenn ich nur ein Werkzeug in ihrem Plan war, sich als Herrscherin zu etablieren. Es veranlasste mich, über meine Lage nachzudenken, über das, was geschah und vor der Bewusstseinsübertragung geschehen war. Ich schaute zu den immer länger werdenden Rissen im frischen Gips hoch, blätterte durch die Bilder meines Lebens und versuchte an Dinge zu denken, die mich von meinem juckenden Beinstumpf ablenkten.

Ich fragte Koh, wohin 2-Juwelenbesetzter-Schädel ihrer Meinung nach gezogen sei. Ohne direkt darauf zu antworten – viele hier hatten die nervtötende Angewohnheit, eine Frage nicht zu beantworten, sondern nur zu kommentieren –, sagte sie, sie halte es für möglich, ihn wieder gefangen zu nehmen, denn ihn verfolgten Leute. Ich nahm an, damit meinte sie die Karakara-Sippe von Teotihuacán, die sie zusammen mit allen anderen hierher eingeladen hatte. Wahrscheinlich hatte sie schon damals auf der Mul in Teotihuacán, als sie mit 3-Kralle sprach, ohne dass ich hören konnte, was sie redeten, diese Abmachung getroffen: Falls sie die Herrschaft erlangte, würde sie der Karakara-Sippe von Teotihuacán helfen, ins ixianische Gebiet zu expandieren, indem sie ihren Anführern ehemaliges Ozelot-Land übertrug – unter der Bedingung, dass man ihr 2-Juwelenbesetzter-Schädel übergab. Vermutlich hatte sie die Karakaras überzeugt, dass er ohnehin eine Gefahr für deren Haus darstelle.

Was in gewisser Weise ja auch stimmte. Zumindest war 2JS unberechenbar. Letzten Endes hatte er zu viel von einer feigen Katze. Er überdachte neue Informationen nicht weit genug und wurde mit verschiedenen Paradoxa nicht fertig, die mein Bewusstsein in ihn gebracht hatte. Es war wirklich kein Wunder, dass er völlig durcheinander war und kaum noch wusste, was er tat.

Koh war neugierig und wissbegierig. Von Geschichte bekam sie nie genug. Immer wieder ließ sie mich die Daten und Ereignisse der Eroberung abspulen, bis sie sie selbst rezitieren konnte, was sie mit einer Art morbider Freude bei jeder Gelegenheit auch tat. Ihr Leben lang war sie dazu ausgebildet worden, wenigstens einen kurzen Blick auf die Zukunft zu erhaschen, doch so gut sie darin auch sein mochte, war es für sie bestenfalls so, als hätte man ihr die Augen verbunden und gäbe ihr zehn Schläge Zeit, sich durch eine Kathedrale hindurchzutasten. Jetzt war plötzlich jemand da, der die Zukunft gesehen hatte. Koh faszinierte die Vorstellung einer Zeit, in der die Frauen den Männern viel stärker gleichgestellt waren. Immer wieder fragte sie mich, ob ich Frauen in jeder Hinsicht als den Männern gleichwertig erachtete, und ich antwortete mit Ja, auch wenn offensichtlich sei, dass Frauen sich niemals so gut wie Männer auf das Sammeln von Baseball-Fanartikeln verstehen würden. Koh konnte gar nicht oft genug hören, was mir über mächtige Frauen in der Alten und später der Neuen Welt einfiel, und so saß sie in meinem von

Zigarrenrauch geschwängerten Krankenzimmer und hörte sich an, was ich über die drei Kleopatras, über Zenobia, Johanna von Orleans, Sor Juana Inés de la Cruz, Katharina die Große, Margaret Thatcher, Eva Perón, Madonna, Hillary Clinton, Rigoberta Menchú, Marena, Jenny McCarthy und wen auch immer zu erzählen hatte. Sie fragte, ob Frauen in Kriegen gekämpft hätten. Ich antwortete, Kampf sei bei Frauen noch immer nicht so beliebt wie bei Männern – »noch immer« zu sagen war natürlich unbedacht von mir. Und sie fragte mich so viel über die Kriegskunst, dass ich vermutete, sie wolle Armbrustschützen ausbilden. Die Sache mit den Gefangenen begriff sie allerdings gar nicht. Welchen Sinn habe es, jemanden gefangen zu nehmen, fragte sie, wenn man seine Trophäen später zurückgeben müsse. Auch das Konzept der Chancengleichheit erfasste sie nicht. In ihrer Welt buk man entweder Tortillas oder besiegte seine Feinde – oder schaute zu, wie Untergebene es für einen taten –, und wenn nicht, war man ein gesellschaftliches Nichts, egal, ob man Architekt war, ein großer Freskenmaler, ein Rassler-Mönch, Symposiarch wie Zur Linken, ein Entfleischer oder ihre geliebte Lieblingszwergin.

Doch mehr als für jedes andere Thema interessierte sie sich für Mathematik. Die arabischen Zahlen beeindruckten sie nicht sonderlich – die in Wahrheit indischer Herkunft sind, genauer gesagt ostindischer –, aber Trigonometrie, Gleichungen höherer Ordnung und besonders Spieltheorie schlugen sie in den Bann. Nach ein paar Stunden mit Übungsaufgaben zur »Einführung in die Wahrscheinlichkeitsrechnung I«, die sie auf einem Bohnen-Abakus ausrechnete, kam mir der Gedanke, dass ich auch hätte zu Hause bleiben können, um Erstsemestertutor zu werden, aber wirklich die Geduld verlor ich nie. Koh hatte eine rasche Auffassungsgabe. Für Kunst und Literatur interessierte sie sich kaum; sie verstand nicht, wieso man Kunst um der Kunst willen betrieb, was immer das aussagen soll. Ein paar Mal befragte sie mich zu modernen Tonleitern, und ich versuchte sie ihr zu demonstrieren, aber Schakals Singstimme war auch nicht besser als die von Jed$_1$. Wir bastelten Hubschrauber und Flugzeuge aus Papier und falteten Sterne und Kristalle mithilfe von Modularem Origami. Koh liebte sie so sehr, dass sie sich weigerte, sie zu verbrennen. »Nach wenigen Drehungen« – Jahreszeiten – »sind sie ohnehin verrottet«, wandte sie ein, und damit hatte sie recht.

Zuerst dachte ich, ich öffnete mich ihr nur, weil ich einsam war, aber ich muss zugeben, dass ich sie immer mehr mochte. Natürlich erinnerte sie mich in vieler Hinsicht an Marena, nur dass Marena ein freches Mundwerk hatte und völlig verkorkst und absolut brillant war, während Koh zu größerem Ernst neigte und ungefähr eine Million mal mehr Spiritualität besaß. Koh besaß eine innere Ruhe, die beinahe schon kühl erschien. Für einen westlichen Menschen des 21. Jahrhunderts wäre Gong Li neben ihr geradezu warmherzig erschienen. So außergewöhnlich Koh auch sein mochte, sie war und blieb eine Maya.

Und das führte letztlich zu Reibereien zwischen uns. Einmal kam sie am späten Nachmittag mit einigen Konten herein, die ich mir ansehen sollte, und erwähnte, dass zwei Dörfer gefangener Ozelot-Anhänger bei einem »Rennschmaus« am Abend nur zur Unterhaltung geopfert werden sollten. Das bedeutet, dass jeder aus den beiden Dörfern getötet würde, einschließlich der kleinsten Kinder. Und wenn ich etwas über das Verhalten siegreicher Geblüte wusste, ob Rassler oder nicht – bei Geblüten handelte es sich letzten Endes nur um aufgeputschte, maisbiergefüllte Teenager –, stand den armen Leuten kein angenehmer Tod bevor. In letzter Zeit war es besonders beliebt (wie bei allem gibt es Modeerscheinungen auch bei der Folter), die Gefangenen Säckchen mit Bohnenmehl schlucken zu lassen, eines nach dem anderem. Dann zwang man sie, jede Menge Wasser zu trinken, und die armen Schweine quollen von den Bohnen und den Gasen auf, bis sie platzten. Oder man band die Opfer an einen Baumstamm und zwang sie, sich mit einem kleinen Haken die Adern aufzureißen. Netterweise sagte man ihnen vorher, dass man sie pfählen und den Vögeln überlassen würde, wenn sie sich bis Sonnenuntergang nicht selbst getötet hatten. Alles, wo den Opfern die Wahl der Qual blieb, wurde als besonders interessant betrachtet.

Ich sagte zu Koh, ich wünschte, sie würde den Geblüten sagen, sie sollten sich zurückhalten. Sie erwiderte, ich könne ja humanitäre Gesetze erlassen, wenn ich an der Macht sei.

Als Antwort hielt ich ihr einen Vortrag über persönliche Verantwortung und Unschuld.

Sie fragte, wie viele Menschen meiner Schätzung nach in diesem K'atun unter Schmerzen gestorben seien. Als ich nicht sofort antwortete, wollte sie wissen, wie viele Menschen meiner Schätzung nach in den B'ak'tunob' zwischen unserem und meinem B'ak'tun einen schlimmen Tod erlitten hätten.

Zwischen zehn und zwanzig Milliarden, antwortete ich, aber das mache es noch lange nicht richtig.

Sie sagte nur, das höre sich an, als wäre das sogenannte 21. Jahrhundert erheblich schlimmer, und dazu noch ohne jede Würde.

Ich pflichtete ihr bei, fügte aber hinzu, das sei nicht meine Schuld.

Schuld sei Verrat an der eigenen Familie, erwiderte sie. Mit Feinden müsse man angemessen verfahren.

Ich sagte darauf, dass sie vielleicht zu viele Feinde und nicht genügend Familie habe, doch als ich es aussprach, klang ich wie Deepak Chopra oder so jemand. Außerdem würde ich sie, was das anging, sowieso nicht mehr umkrempeln können. Koh war kein grausamer Mensch, sie stammte einfach aus ihrem Punkt oder was auch immer auf der gekrümmten Raum-Zeit.

Vielleicht waren wir in mancher Hinsicht wirklich zu unterschiedlich. Wenigstens hat sie keine Minderwertigkeitskomplexe, dachte ich. Sie zögerte nicht, ihre Autorität auszuüben. Sie war ein Lehrbuchbeispiel, dass selbst in einer noch so patriarchalischen Gesellschaft einige der klügsten Frauen dennoch die Zügel in die Hand bekommen. Und wenn sie dazu mit einem Sonderling wie mir verbandelt werden mussten.

Leider konnten wir nicht allzu viel Zeit darauf verwenden, uns näher kennenzulernen. Probleme gab es noch immer. Am Tag des Matches hatte 9-Reißzahn-Kolibri darauf gezählt, dass ganz gleich, was 2-Juwelenbesetzter-Schädel erreichte, die Puma-Koalition unter Abgetrennte Rechte Hand nur achtzehn oder neunzehn Tagesmärsche entfernt stand. Jetzt – das heißt, am Tag unserer Hochzeit – lagerte er nördlich vom späteren Palenque, nur vier Tagesmärsche entfernt, und versuchte zweifellos herauszufinden, ob Koh das Heft fest genug in der Hand hielt, um Ix gegen ihn verteidigen zu können. Wenigstens hatte sie ihre Position so weit festigen können, dass Abgetrennte Rechte Hand vorsichtig agieren musste. Wenn sie kühlen Kopf bewahrte und die Verteidigung gut organisierte, griff er die Stadt vielleicht gar nicht erst an. Angeblich spürten seine Truppen den Wassermangel und litten unter der Entfernung zur Heimat. Ein Grund zu Freudentänzen war das aber noch nicht.

Koh sah auf. Mein »Vater« 4-Zaunkönig ging zu ihr und nahm das Ende ihres *k'inil wal*, ihres Fächers, in die rechte Hand. Sie neigte den Kopf, sagte die Entsprechung für »zu Diensten« und nannte ihn zum ersten Mal »Vater«. Er reichte den Fächer ihrem eigenen »Vater«, 1-Gila, und sie grüßte ihn auf die gleiche Weise; dann grüßte sie ihre Mutter, und schließlich nahm meine sogenannte Mutter den Fächer und half Koh auf. Ein Diener öffnete den Türvorhang und ließ ungefähr zwanzig weitere Verwandte herein, die Sie wohl als Gäste bezeichnen würden, Alligator-Wurzel und Kohs andere Berater, Hun Xoc und 14-Schwarzes-Gila und letztlich die ganze Clique. Koh und ihre Korona nahmen die Matten rechts von der Tür in Beschlag und saßen den sogenannten Eltern gegenüber. Ich war in der Mitte, dem Schirm am anderen Ende des Raumes gegenüber, und verband sozusagen beide Seiten. Manchmal steht bei solchen Anlässen noch ein großer Schirm quer im Raum, um selbst die am engsten anverwandten Frauen getrennt zu halten, aber in Ix galt es – zumindest als ich dort war – als Zeichen von Klasse, die Männer einfach nicht anzuschauen und einen Gang erst zu essen, wenn die Männer damit durch waren. Ganz wichtig war, wer wen anschauen durfte. Die verheirateten Eltern durften sich gegenseitig anschauen, der Zeremonienmeister durfte mehr oder weniger jeden anschauen, Leibeigene überhaupt niemanden, Koh und ich durften uns ansehen, eine Katze durfte eine Königin ansehen, na ja.

Für moderne Menschen klingt die Zeremonie wohl ziemlich blödsinnig. Aber wenn man sie durchlebte, wirkte sie anders, und es wurde offensichtlich, wie wichtig jede Einzelheit war. Es war nicht nur Fassade, es war eine Lebenseinstellung. Es hielt alles zusammen und machte das Leben erträglich; es war, als könnte man jede einzelne

Geste zum Kunstwerk erheben, als wäre das Leben ein Tanz, und die oberste Tugend bestände darin, ein großer Tänzer zu sein. Wenn es funktionierte, bekam man, was ein jeder von der Welt am liebsten wollte: Applaus. Es war, als hätte jeder die Chance, ein Schauspieler in diesem großen, ausgeschmückten Drama um Kirche, Staat und Medien zu sein.

Wir hörten eine Menschenmenge, die draußen stand. Es waren Familien aus unseren abhängigen Sippen, die von der Prozession über die Brücke erfahren hatten und ihr gefolgt waren. Man hatte ihnen gestattet, die Halbinsel zu betreten. Es klang, als wären es hauptsächlich Kinder, die auf milde Gaben hofften. Die Wächter hatten Befehl, dafür zu sorgen, dass sie Ruhe hielten, aber gleichzeitig Honigtamales auszuteilen, solange jemand etwas wollte. Bis zum Ende des Mahles hatte die Menge sich wahrscheinlich verdreifacht. Einige Lehrlinge des Hochzeitssymposiarchen sprachen zu den Leuten; sie alle wiederholten seine Version dessen, was auf dem verbotenen Hof vor sich ging.

Beide Elternpaare setzten sich und grüßten erneut den Zeremonienmeister, einer nach dem anderen und in Reihenfolge. 14-Schwarzes-Gila befahl den Dienern, den Hochzeitstisch hereinzutragen. Er war groß und niedrig und erinnerte an einen japanischen Teetisch. Er war eigens für den Anlass gefertigt worden und würde hinterher sofort vernichtet werden. Servierer brachten Miniaturkanus voll frischem Wasser und gossen sie in dreifüßige Becken.

»Nun nehmt das Becken, wascht jeder des anderen Mund,
Des anderen Hände«, sagte der Hochzeitssymposiarch, »und kostet,
Aber nicht zu gierig, nicht im Übermaß.«

Also wirklich, dachte ich. Jetzt ist aber mal gut mit der Betüddelei. Aber natürlich befolgte ich seine Anweisungen ganz genau.

(52)

Mehr tat ich hier im Grunde nicht: Ich machte mit. Ohne Widerworte. Der Oberbrauer setzte ein großes Becken mit B'alche' in die Mitte, aus dem lange Schilftrinkhalme ragten, und wir Männer scharten uns darum und leerten den Topf bis zur Neige. Ein Nachschenker füllte das Becken mit schwächerem B'alche', und nun tranken die Frauen ihren Teil. Als Nächstes reichte man mir einen Topf Rauchrohre, dünnes Schilf, gefüllt mit Tabakmehl und Orchideenaroma, dazu einen Stapel Ablageteller, ähnlich Aschenbechern. Ich erhob mich, klemmte mir den Topf unter den rechten Arm und teilte an die Männer aus, wieder in strenger Reihenfolge, die mit 1-Gila begann. Als wäre es ein Speer, legte ich jedem das Röhrchen mit der linken Hand in die Rechte. Dann brachte ich die Aschenbecher dar, die ich jedem wie einen Schild mit der rechten Hand in die Linke legte. Ich setzte mich wieder, und wir pafften, während das Essen kam. Alles war vom Harpyien-Haus hierhergeschafft worden, gleich nach den Geschenken, auf großen Kohlebecken.

Die erste Speise war ein geröstetes Riesenpekari, verziert mit Lorbeerzweigbögen, ein Geschenk von meinem Vater an Kohs Vater. Sie vollführten die ganze Präsentations- und Annahmeprozedur. 1-Gila ließ das Pekari in sein Lagerhaus schaffen, wahrscheinlich zum späteren Verzehr. Das nächste Gericht war ein gerösteter Hirsch, ein Geschenk meines Vaters an den Zeremonienmeister. Auch davon aß niemand etwas. Zur Linken paffte eine Wolke segnenden Rauch auf das Geschenk und schickte es zu seinem Haus. Zuletzt brachten sie das richtige Essen herein, alles in einzelnen Kasserolen. Für jeden Gast gab es von allem ein Stück, und das Fleisch wurde im Uhrzeigersinn gereicht. Am andere Ende des Raumes, unweit des Schirms, gab es einen Tumult, und ich dachte schon, die Schnupfer-Sippe hätte jemanden hereingeschmuggelt, der die Feier stören sollte, doch als ich mich erhob, sah ich, dass der Oberträger einen seiner Untergebenen geprügelt hatte. Die Servierer mussten die Teller auf den Handflächen tragen und durften sie niemals am Rand berühren, egal wie heiß sie waren. Der Kerl, der nun auf allen vieren aus dem Raum kroch, hatte offenbar den Daumen in der Soße gehabt. Ich nahm mir vor, Hun Xoc – der als mein Erster Leutnant fungierte – zu sagen, er solle nicht zulassen, dass man den Mann tötete.

Jeder aß ziemlich diskret, in gewisser Weise fast heimlich. Wie Zur Linken sagte, war es nicht gut, beim Essen Geräusche zu machen oder beobachtet zu werden, wie man zu gierig aß. Ganz sicher hatten wir bessere Tischsitten als, sagen wir, die meisten Leute in den USA des frühen 21. Jahrhunderts, auch wenn das nicht viel heißt. Außerdem mussten wir still sein, während Kohs Mutter und ihr sogenannter Vater den Zeremonienmeister baten, uns unsere ehelichen Pflichten zu erläutern. Anschließend hatten wir alle seiner Ansprache zu lauschen. Sie zog sich ewig hin, obwohl Koh ihn angewiesen hatte, sich kurz zu fassen. Komm schon, komm schon, dachte ich; wir hatten fast Mittag und mussten uns noch um zahllose viel wichtigere Dinge kümmern, ehe die Sonne endete. Und danach mussten wir noch alles mobilisieren und das Opferspiel mit menschlichen Figuren ausrufen. Bis zur Nacht hatten wir noch einen langen Tag vor uns.

Am Treffen-mit-deinem-Bein-Tag hatte Koh mir gesagt, sie könne mich in den einhundertdreiundvierzig Tagen, an denen ich mich von den Nachwirkungen des Giftes und diversen »geheiligten Wunden« erholte, gerade so eben zu einem Neun-Steine-Addierer machen. Sie hatte mich nach meinen Visionen gefragt, meinen Träumen also, und sie gedeutet und gesagt, ich sei auf der richtigen Fährte. Sie brachte mir die wesentlichen Grundlagen des Opferspiels bei, die vielen Kleinigkeiten, die meine Mutter mich nie lehren konnte, weil sie in den fast fünfhundert Jahren seit der Eroberung in Vergessenheit geraten waren: Wie man zählte, ohne auf die Steine zu blicken; wie man vorauslas, ohne auf das Brett zu sehen; wie man sich in einen Zustand der Prophezeiung hineinzählte, ohne irgendwelche Drogen zu benutzen; wie man auf sein Blut horchte und spürte, wie dessen

Blitze verschiedene Körperteile trafen, und wie man seinen Körper dem Brett und der Welt überlagerte, sodass die Blutblitze tatsächlich etwas bedeuteten – einen Ort, eine Zeit, ein Ereignis. Koh sagte, ich sei gut gewesen, als sie das erste Spiel mit mir gespielt hatte; jetzt aber würde ich zu einem großen Spieler. Ich sei ein Naturtalent, auch wenn ich das alles erst spät lernte. Sie sagte aber auch, sie bezweifle, dass ich jemals mehr als ein paar K'atunob' vorhersehen könne. »Es muss dir in den Kopf gepresst werden, während er sich noch formt, wie mit einem Stirnbrett«, sagte sie. Dann ließ sie Frau Kreosotbusch zu mir kommen und mich unterrichten, wenn sie selbst fort war. KB war ihre Vorgesetzte innerhalb der Gemeinschaft der Seidenweberinnen und eine höhergestellte Neun-Schädel-Addiererin als Koh, aber kein solches Naturtalent wie Koh, nehme ich an. KB war vierundachtzig Sonnenjahre alt, gewiss der älteste Mensch, dem ich hier begegnet war; sie hatte noch mit eigenen Augen das große, stadtweite Opferspiel gesehen, das man vor sechzig Jahren in Teotihuacán gespielt hatte.

Wir wollten versuchen, es hier und heute in Ix nachzustellen. Für ein Menschenspiel benötigten wir wenigstens zweihundert ausgebildete Sonnenaddierer. Wir hatten zweihundertvierzig aus den Satellitenstädten von Ix angefordert; weitere einundfünfzig kamen als Geschenke aus anderen Stadtstaaten, die teils so weit entfernt lagen wie Motul. Die meisten spielten nur auf Ein- oder Zwei-Steine-Niveau, aber ein paar wären besser, sagte KB. Die meisten von ihnen würden nicht überleben.

Natürlich war ich erleichtert, dass Koh lebte und die Macht in Händen hielt. Trotzdem hing ich völlig von ihr ab, was mein großes Ziel anging, und ich wollte es mir nicht mit ihr verderben. Wie es schien, hatte sie an dem Spiel gearbeitet und herausgefunden, wie stark man die Drogen der Skorpion-Sippe dosieren musste und so weiter, aber sie hatte mir nichts gezeigt, was auf diesem Niveau lag, und sie hatte nicht einmal angedeutet, welcher Zug uns in den nächsten Zyklus bringen würde. Ich war noch immer ziemlich nervös, was das Ganze betraf. Die Zeit flog nur so dahin, und ich wusste noch immer nicht, was 2012 bevorstand. Dass 2-Juwelenbesetzter-Schädel vor seiner erneuten Gefangennahme die verbliebenen Skorpion-Puma-

Addierer, die Koh für mich eingetauscht hatte, angeblich töten ließ, machte meine Situation nur noch heikler, denn dadurch waren Koh und vielleicht Frau Kreosotbusch die einzigen Personen in Ix, die die Neun-Steine-Version des Opferspiels beherrschten. Alle anderen Spieler in dieser Gegend, die dieses Niveau erreichten, waren mit den alten Ozelots oder mit Abgetrennte Rechte Hand verbündet und hofften auf eine Gelegenheit, uns fertigzumachen. Koh sagte, sie werde mein Vorhaben unterstützen und sicherstellen, dass ich korrekt beerdigt wurde. Doch vor unserer Heirat wollte sie mir nichts über die höchste Stufe des Spiels verraten. Und ich war kaum in der Position gewesen, Einwände vorzubringen. Obwohl im Augenblick alles so zu laufen schien, wie ich es wollte, empfand ich dennoch eine schwer greifbare Beunruhigung. *Calmate, Jedderina,* dachte ich. *Prenez une gélule de chill.*

Der Zeremonienmeister wurde fertig, und wir hörten den Trommelwirbel von fünf Sorten Popcorn, die im Hof vor der Tür zubereitet wurden, was bedeutete, dass wir in die Endphase des Mahles traten, bei dem kein Nachtisch gereicht wurde, sondern Snacks. Koh und ich aßen ohnehin nichts; wir verbrachten die ganze Zeit damit, die Familie des jeweils anderen zu bedienen, was in unserem erlauchten Fall allerdings nicht bedeutete, dass wir herumlaufen und nachschenken mussten; wir trieben bloß die Dienstboten an. Es gab neun Sorten stärkehaltiger Getränke, die man im Auge behalten musste, dickliches Maniokbier, klebrige Getränke aus kleinen schleimigen Salbeisamen wie dünner Wackelpudding, gesäuerter *posolli*-Teig, der aussah wie Haferschleim für die Kranken, Maismus wie Weizenmehlbrei, mit Kakaobutter gewürzt und mit zimtartigen Studentenblumenpollen gefärbt – alles Dinge, die widerlich klingen, die man aber gern mag, sobald man sich an sie gewöhnt hat. Diese Speisen wirken beruhigend. Seelennahrung.

Für den letzten Gang stellten sich die Mischerinnen, die ich Koh geschenkt hatte, um den Tisch herum auf und schüttelten die mit Annattostrauch gefärbte Schokolade hin und her, immer wieder, wobei sie hohe blutrote Schaumkronen erzeugten. Dabei spritzten sie jedes Mal ein paar Tropfen in die vier Richtungen. Die Frauen durften die Schokolade nicht trinken.

Hinter dem Wandschirm aus blauem Federgeflecht am anderen Ende des Raumes erklang plötzlich ein gedämpfter Todesschrei. Ich sprang auf. Ein Wächter brüllte:

»Ch'aatol!«

Meuchelmörder.

(53)

Der Federschirm war umgekippt, aber die Rassler-Gardisten waren bereits in Richtung der Stimme gestürmt und verdeckten die Sicht. Der Zeremonienmeister hielt in seinem Sermon inne. Hun Xoc kam zu mir und hieß mich hinsetzen; seine falsche Hand drückte trocken auf meine Schulter. Ich setzte mich und begegnete Kohs Blick. Beachte sie nicht, sagten ihre Augen. Sie winkte dem Zeremonienmeister zu, er möge fortfahren, und er begann von Neuem. Koh schaute auf die züchtige Art einer vornehmen Braut wieder auf ihren Teller. Ich lauschte. Eines der Mädchen machte noch immer Lärm, doch es schien, als beruhigten die Gardisten sich nach dem ersten Schreck. Jemand war bis zu ihnen vorgedrungen und hätte beinahe die Hochzeitsgesellschaft erreicht, und das war nicht gut. Wahrscheinlich waren es keine Attentäter gewesen, eher Ausgestoßene, die man abgefüllt und hereingeschickt hatte, um uns Zeit zu stehlen.

Ich blickte mich am Tisch um. Einige Gäste schienen sich unwohl zu fühlen, taten aber das Richtige, indem sie weitermachten, als wäre nichts geschehen. Von draußen kam noch mehr Geschrei. Einer von Kohs Gardisten flüsterte Koh etwas zu; er berichtete ihr, was geschehen war. Ich machte hinter meinem Rücken Gebärden, die »Was ist los?« bedeuteten, bis einer der Gardisten sich in Flüsterposition hinter meine Schulter hockte.

»Gelbe«, sagte er und meinte die Schnupfer-Sippe. Ich schnalzte, ich hätte verstanden, und fragte, ob jemand verletzt worden sei. Er antwortete, er wisse es nicht; der Eindringling sei aber ergriffen worden. Ich schaute Koh wieder an, doch sie wich meinem Blick aus. Offenbar hielt sie es für zu spät, um sich damit zu befassen. Hatte sie genug Zeit für alles eingeplant? Es ist frustrierend, wenn es keine Möglichkeit gibt, eine Frage zu stellen.

Als die Ansprache endete, war endlich wieder alles still, drinnen wie draußen. Na, das war gründlich, dachte ich, schüttelte es aber rasch ab. Es gehörte zum Job. Nur die Ruhe. Mein Herz pochte noch immer bis zum Hals, aber ich hoffte, außer mir bemerkte es niemand. Ich wusste, dass Koh und Hun Xoc sahen, wie meine Nasenflügel bebten, aber das würden sie mir nicht anlasten. Sie wussten, dass ich aus dem 21. Jahrhundert Feigheit eingeschleppt hatte, und betrachteten sie als eine meiner charmanten Schwächen. Wieder suchte ich Kohs Blick. Sie wirkte unbesorgt. Die Servierer räumten die Gedecke und den Tisch fort und brachten alles hinaus zum Scheiterhaufen. Wir alle tranken und rauchten und wuschen uns wieder die Hände, und Koh und ich standen auf. Zur Linken gab uns ein Zeichen, uns nebeneinanderzustellen, und wir gingen zögerlich aufeinander zu wie zwei Rotfußtölpel vor dem Paarungstanz. Er stellte sich hinter uns und band den langen Zipfel von Kohs besticktem kurzem Cape an den Schoß meines Huipil. Dann hielt er einen Teller mit kleinen milchweißen Honigtamales hoch. Koh nahm einen. Ich ebenfalls. Sie fütterte mich mit ihrem. Ich fütterte sie mit meinem. Das war's. Die Gäste standen auf, und wir schlurften alle durch die kleine Kehltür hinaus, nach wie vor in Reihenfolge. Auf dem Hof und den Mauern wimmelte es von Rassler-Gardisten. Definitiv hatte jemand etwas versucht, aber jetzt war nicht der richtige Zeitpunkt, danach zu fragen. Wir alle umgingen das Gebäude, in dem wir gegessen hatten, sonnenwärts und gelangten durch einen Torbogen in einen größeren Hof, der einen Teil des ehemaligen zweiten Zócalos für den Rat einnahm. Seine neuen Mauern waren mit Orchideenschnüren behängt, und der Boden verschwand unter Dünen aus rosa Geranienblüten. Auf der gegenüberliegenden Seite erhob sich das neu errichtete Brauthaus wie ein rosaroter Zuckerwürfel mit einem Türchen. Der Himmel über uns nahm diesen allzu blauen Nachmittagston an. Wir führten die Prozession so langsam wie möglich bis zu der Tür, traten dabei kleine Staubteufel beiseite. Koh beugte sich als Erste durch die Eingangsvorhänge. Ich folgte ihr. Mein Leibdiener, mein Kostümierer, mein Friseur und mein Flötist traten nach mir ein. Kohs Leibdienerin, ihre Kostümiererin, ihre Friseurin und ihre oberste Sängerin folgten.

Schließlich durchquerte auch Zur Linken die Tür, stellte sich innen mit gespreizten Beinen davor, die Arme auf seinem Stab, und beobachtete, was vor sich ging.

Das Haus hatte zwei Zimmer. Das vordere war eine würfelförmige Kammer mit einem winzigen Ochsenaugen-Fenster und Kohlebecken in jeder Ecke, die einen roten Glutschimmer auf Wände warfen, die mit Sternen aus roten Muschelschalen besetzt waren. An der hinteren Wand war ein hoher Schlafsims mit vier großen Fledermausfellkissen und vier Hängematten. In der Mitte des Raumes befanden sich ein niedriger Altartisch aus Stein und eine kleine Feuerstelle, ein Herd mit einem kleinen Maismahlstein aus weißer Jade und einem zylindrischen *metate.* Der zweite Raum ging nach rechts weg und beherbergte ein Schwitzbad. Er hatte keinerlei Mobiliar, nur Matten und Krüge und in der Mitte eine Feuerstelle. Ich fühlte mich ein wenig nervös und bekam eine heftige Erektion. Die Musiker waren vom Hof hereingekommen. Sie verlangsamten den Schlag auf einen von vieren und erhöhten ihren Dröhnton um ein Drittel. Koh führte ihre drei Dienerinnen in das Schwitzbad und bestreute den Boden mit Geranien- und Lorbeerblättern, während die Mädchen geharztes Wasser über die heißen Steine gossen. Meine Diener nahmen mir meinen Schmuck ab, wickelten mich aus meiner Kleidung und banden mein falsches Bein los. Alles wurde in einer Kleiderpuppe aus Korbgeflecht verwahrt. Die vier Mädchen krochen mit triefenden Kleidern aus der dampfenden Tür, und ich kroch hinein. Mein Leibdiener zog sich aus und folgte mir. Ich saß und schwitzte vierhundert Schläge lang. Mein Friseur löste den großen Fußball aus Frauenhaar von meinem Scheitel. Das Stillsitzen fiel mir schwer. Ich schaute auf meine tätowierte Glans, die aus der Vorhaut schaute wie ein Killerwal, der den Kopf aus dem Treibeis streckt. Mannomann, das ist wirklich was, dachte ich. Es hört sich wahrscheinlich so an, als würde ich prahlen, aber es war ja Schakals Körper. Mein Leibdiener schrubbte mich ab. Seit dem Morgen hatte sich schon wieder eine Schicht Schwitzschleim entwickelt. Aber es war sauberer Schleim. Schließlich brachten sie mich wieder in den Hauptraum und richteten mich auf, balancierten mich auf meinem einen Bein aus Fleisch und Blut. Kühle Luft strich mir über den Körper. Koh stand neben dem Schlafsims und sah mich und Flipper den Eigenwilligen Schwanz an. Mein Kostümierer rieb mich mit dem Öl eines Rundschwanzseekuhmännchens ein und bestäubte mich mit metallisch-grünen Käferpanzerflocken. Ich schaute zu, als die Mägde Kohs letzte Kleidungsschicht entfernten. Ihr Körper war anders proportioniert als bei einer Frau aus dem Westen und erinnerte mich ein wenig an die jungen Akte von Aristide Maillol. Natürlich erhält man auch einen Eindruck, wenn man sich klassische Maya-Statuen ansieht; in der Griffin-Sammlung des Princeton Art Museum steht die Figur einer webenden Frau, die genau diese gerundete knochenlose Kraft zeigt. Sie stammt von der Insel Jaina, einst eine Art Insel der Toten vor der Küste von Yukatan, so wie die Insel San Michele bei Venedig. Koh war ein wenig größer und schlanker als die durchschnittliche Maya, und ich fühlte mich ihr gegenüber ein bisschen mickrig. Ich hatte zuerst gedacht, es liege daran, dass sie teotihuacánische Vorfahren besaß, doch nun vermutete ich, dass es mit ihrer Polydaktilie zu tun hätte, ihrer Trisomie 13, oder was immer es war. Sie hatte zwei kleinere rudimentäre Brustwarzen etwa vier Fingerbreiten unterhalb der normalen, und wieder drei Fingerbreiten darunter zwei kleine Muttermale, die sich auf zwei schwach angedeuteten Säumen reihten, die an die Bauchlinien eines Fisches erinnerten. Der dunkle Fleck auf ihrer rechten Gesichtshälfte setzte sich den Hals hinunter fort, zog sich über das rechte Schlüsselbein, lief nach links über die linke Brust, ließ Bauch und Hüften hell, schwenkte wieder nach rechts über den rechten Schenkel und bog wieder nach links, sodass das rechte Bein oberhalb des Knies hell war und das gesamte linke Bein dunkel. Auf ihrer rechten Seite hoben sich die drei dunklen Brustwarzen von dem hellen Untergrund ab. Es sah aus, als wäre sie eine Softeis-Spirale, die jemand ohne großes Können mit einem Schokoladenüberzug versehen hatte. Vielleicht klingt es grotesk, aber sie sah unglaublich schön aus mit ihrem makellosen breiten Gesicht und den perfekt gerundeten Gliedmaßen. Ihre Genitalien wirkten normal, obschon sie natürlich wie bei den meisten Maya haarlos waren, und die schokoladendunklen Schamlippen guckten aus dem hellen Venushügel hervor.

Ihre Dienerinnen rieben sie mit einem Öl ein, das wahrscheinlich von einem Rundschwanzseekuhweibchen stammte.

Die Diener blickten uns natürlich nicht ins Gesicht, verfolgten aber aufmerksam jede unserer Bewegungen, damit sie sofort sahen, wenn wir etwas brauchten. Wir waren beide so sehr an Diener gewöhnt und nahmen sie so wenig als Personen wahr, dass wir uns in der kleinen Kammer ganz unter uns fühlten, obwohl elf Personen zugegen waren. Nur Zur Linken störte mich ein bisschen. Doch er hatte sich nicht von seinem Posten am Eingang fortbewegt und würde es auch nicht tun. Mein Flötenspieler begann ein weitschweifiges, Lester-Young-mäßiges Solo, das ich vor langer Zeit sozusagen komponiert hatte und das zu dem traurigen Marsch passte, den sie draußen spielten. Nach Jazz klang es zwar nicht im Geringsten, aber trotzdem war es etwas unerhört Neues. Hinter Kohs ungerührter Miene konnte ich ein klein wenig Erstaunen, vielleicht sogar Interesse entdeckten. Wahrscheinlich eher an der Musik als an mir.

Koh ließ sich einstauben. Mit geishahafter Anmut ging sie zum Schlafsims. Ich habe nur selten beobachtet, dass sich ein Indianer des 21. Jahrhunderts so bewegte. Bei meiner Mutter war es mir manchmal aufgefallen, wenn sie nähte. Es war ein wenig wie die Bewegungen beim javanischen Ballett. Aber es ist albern, Vergleiche anzustellen, denn es war etwas Eigenständiges. Komm her, meine kleine Frigide Königin, dachte ich. Kohs Sängerin improvisierte ein erotisches Gebet zu meinem Mayaland-Swing. Zur Linken rutschte hin und her, als wollte er etwas sagen, hielt aber die Klappe. Seine Aufgabe bestand nur darin, hier herumzuhängen und für beide Familien zu bezeugen, dass wir nicht in letzter Minute irgendwelche Ersatzleute hervorzauberten oder so etwas. Bei einer königlichen Heirat wollte jeder genau wissen, was er bekam.

Sie hoben mich auf den Sims. Kohs Kostümiererin befächelte sie. Mein Kostümierer befächelte mich. Koh rutschte auf den Knien zu mir. Ich balancierte, während mein Leibdiener meinen Beinstumpf hielt. Kohs Zofe nahm mein berstendes Glied und führte es klinisch-choreografisch in Koh ein. In dem Augenblick, in dem ich von dieser gerippten zylindrischen Zunge umfangen wurde, verging jede

Selbstbeherrschung, die ich dem unbekannten Aphrodisiakum in diesem verdammten Seekuhöl entgegengesetzt hatte. Unwillkürlich zuckten meine Hüften vor und zurück, und ich fickte gewissermaßen blind vor mich hin, was das Eis ein bisschen brach. Koh antwortete mit entgegengesetzten Bewegungen. Wir hatten eine Menge Druck und Geschwindigkeit da unten, aber ich war erstaunt, dass Koh beinahe sofort einen Orgasmus bekam. Sie unterdrückte ihn leicht, aber es konnte kein Zweifel bestehen. Ich fühlte mich an einen Teenagerorgasmus erinnert. Noch einmal erster Sex. Koh hatte zwar jede Menge mit ihren Mägden und Hofdamen herumgemacht, und was es in der Sternenrasslergemeinschaft sonst noch gab, aber nie mit einem Mann. Vielleicht war es das Ungewohnte. Jungfräulichkeit jedenfalls war auf ihrem gesellschaftlichen Niveau keine große Sache mehr; jemand, der so weit oben stand, brauchte nichts zu beweisen.

Das Ganze hatte etwas Autokinomäßiges an sich. Wenn man als Junge unter primitiven, abergläubischen Menschen aufwächst, sagen wir, der US-amerikanischen Mittelklasse in den Achtzigerjahren, geht man irgendwann mit einem Mädchen aus, und aus irgendeinem Grund möchte sie einen nicht durch den Reifen springen lassen. Also taumelt man nach Hause oder zum Auto oder wohin auch immer und masturbiert. Die Hoden sind geschwollen wie zwei Mikrowellen-Popkorntüten, das Sperma klumpt schon in den Samenleitern zusammen, und es dauert ein paar Minuten an der Schmerzgrenze, bis man in den Org-Modus kommt, aber wenn man die Schwelle überschreitet, bricht es als brutaler Schwall hervor, in dem jedes zartere Vergnügen untergeht, der einem aber eine solch unglaubliche Freisetzung ermöglicht, während man ächzend und stöhnend in einem Samenregen liegt, dass man einiges dafür geben würde, solch eine Intensität noch einmal zu erleben. Tja, das hier war so etwas. Als ich wieder hören konnte, gab Zur Linken der ganzen Szene gerade sein »Gut gemacht« und seinen Segen. Dann ging er. Die Diener gossen B'alche' in die vier Kohlebecken in den Ecken des Raumes und gingen ebenfalls. Hinter sich banden sie die Tür zu. Wir mussten etwa neunzehn Minuten allein miteinander verbringen, damit unser mutmaßliches Kind nicht dadurch besudelt wurde, dass Koh versehentlich einen anderen Menschen anblickte. Ich fragte mich, ob ich sie wirklich schwängern würde. Für mich war das eine ziemlich seltsame Vorstellung. Nur, wenn ich ein Kind mit Koh hätte, käme es sowieso nicht nach mir. Es käme nach Schakal. Und selbst wenn Koh und ich kein Kind zeugten, bekäme sie entweder eines von jemand anderem oder würde heimlich eines in Auftrag geben und als das ihre vorweisen.

Koh glitt unter mir hervor, und ich sank bäuchlings auf die Kissen aus Makibärenfell und schaute sie an. Wir waren mehr oder weniger zusammen im Bett, und im dämmerigen Dampf mehr oder weniger miteinander allein.

Sie begann zu kichern und band mir das Haar nach hinten, damit es mir nicht ins Gesicht fiel. Die Maya neigten allgemein nicht sehr zum Kuscheln, aber hier war eindeutig Zuneigung im Spiel. Allerdings schien sie es nicht mit dem Oralen zu haben. Wir fummelten noch ein bisschen, und ich versuchte, sie noch einmal zum Kommen zu bringen, als sie sagte, sie wisse meine vielen Ideen zwar zu schätzen, zöge Sex mit Frauen aber vor. Sie legte sich zurück und spielte mit meinem Glied, zog die Vorhaut über die Eichel und schob sie dann wieder zurück. Sie sagte, er erinnere sie an den Legestachel ihrer Wespen, er sei ähnlich gestreift. Ich beugte mich vor und versuchte sie wieder zu küssen, aber Lippenberührungen gehörten einfach nicht zu den Mitteln, mit denen die Maya Zuneigung ausdrückten. Münder waren hier mehr zum Beißen und Kauen bestimmt, und sich mit dem Mund jemandem zu nähern war fast schon ein Angriff. Ich sagte, es sei wie vor über neun mal zwanzig Sonnen, als sie das Tzam lic in meinen Mund brachte, aber sie wollte sich trotzdem nicht darauf einlassen. Stattdessen setzte sie sich auf und betrachtete meinen Beinstumpf, während ich Luft über sie blies, um ihr Kühlung zu verschaffen.

Eine Zeit lang hatte ich überlegt, Koh mit mir zurück in die Zukunft zu nehmen. Zurück in meine alte Jahrhundertwende-Bude. Ich stellte mir vor, wie ich sie herumführte, damit sie die Clique kennenlernte. »He, Jungs, das ist meine Hauptschnecke, die Drachenprinzessin.«

Ich fragte sie.

Sie lachte auf, als wollte sie sagen: du Trottel. Sie hatte Dynastien zu gründen und Feinde auszuplündern und alles Mögliche. Trotz ihrer natürlichen Neugier konnte sie sich nicht im Entferntesten für den Gedanken begeistern, wie eine im Internet bestellte Braut nach Florida zu kommen und ihr wachsendes Regal mit Schrumpfköpfen gegen Kostüme von Prada und PR-Agenten und Dinners im Delano einzutauschen. Sie hatte einen Blick auf die Zukunft werfen können und war zu dem Schluss gekommen, dass diese Zukunft nicht viel hermachte.

Dagegen lässt sich nichts sagen, dachte ich. Ich war gefühlsduselig geworden, und jetzt musste ich selbst leise lachen. Achte auf die Stimmungsschwankungen, sagte ich mir. Auf jeden Fall hatte Koh recht. Selbst wenn ich sie in meinen Sarkophag mitnahm, konnte ich nicht sicher sein, ob es überhaupt möglich war, sie am Ende irgendwohin hochzuladen. Da hättest du dich vorher schlaumachen können, du Hampelmann, dachte ich. Und überhaupt, wen würde ich denn als Spender haben? Würde ich als mörderischer Körperdieb herumlaufen und Unschuldige killen müssen, damit meine Vampirbraut am Leben blieb, als wäre sie Jessica Harper in einem Film von Dario Argento? Hatte ich den letzten Rest Anstand verloren?

Ich wechselte das Thema.

»Darf ich fragen, ob diese Finger alle so gut arbeiten wie die anderen?«

»Ja«, sagte sie.

»Sind sie schwächer?«

»Ein bisschen schwächer als ihre Tanten«, sagte sie. Damit meinte sie ihre kleinen Finger. »Und manchmal tun sie weh. Der hier hat keinen Nagel.« Sie wackelte an dem künstlichen oder eher requirierten Nagel. Er war an einem Piercing im Fleisch darunter festgenäht. Ich streckte mich, schaute zur Decke und hielt die Hand an ihr Ohr. Zwischen uns herrschte dieses wunderbare natürliche Schweigen, bei dem es keine Rolle spielt, wo und wann man ist.

»Schokolade und Hirsch sind die Geschenke dieser Sonne«, sagte sie. Das hieß, dass es ein guter Tag gewesen war.

»*Utz-utz*«, sagte ich. »Sehr gut.«

»Nun wird es aber Zeit«, sagte sie und benutzte das Wort, das »jetzt und sofort« bedeutete.

Ich fragte sie, was sie meinte.

»Ich muss das Kochfeuer entfachen«, sagte sie. »Seidenweberinnen fressen nach der Paarung ihre Gatten.«

(54)

Mir gruselte ein bisschen, gelinde gesagt. Ein paar Schläge lang saß ich nur da. Ich fragte mich, ob ich zusehen sollte, dass ich dort wegkam. Nur dass ich nirgendwohin fliehen konnte. Nach draußen zu Hun Xoc? Nein, den hatten sie auch schon überwältigt. Mein Blick huschte zur Tür. Kohs Nacom, ein alter Rassler-Opferer mit geschwärzter Haut, kroch mit einem langstieligen Feuersteinmesser herein.

Spring vor. Pack Koh beim Hals. Versuch sie als Geisel zu nehmen.

Nein. Das schaffst du nie. Binnen zwei P'ip'ilob' hätten sie dich von ihr weggerissen. Ihr gehört diese Stadt. Ich bin erledigt. Geschieht mir recht. Ist die Strafe dafür, dass ich mich mit diesen verfluchten Kopfjägern überhaupt abgebe.

Ich sah Koh wieder an. Ihr Blick verriet, dass alles in Ordnung war. Vielen, vielen Dank, dachte ich. Der Nacom rutschte auf den Knien zu uns. Vier Rassler-Assistenten kamen hinter ihm herein, hoben mich hoch und legten mich auf den kleinen Altartisch in der Mitte des Raumes, wobei sie mich an Armen und Beinen festhielten, damit mir nicht der Rücken brach. Der Nacom besprenkelte mich mit reinigendem B'alche', sprach eine kurze Beschwörung und berührte mit seinem Feuersteinmesser meinen Adamsapfel, als entfachte er mit einem langen Streichholz ein Feuer. Ich spürte, wie ein ultraspitzer Steinhaken in meine Haut eindrang und eine lange, blutige Linie meine Brust hinunterzog. Der Nacom legte das Messer beiseite, hielt seine unreine Hand über meinen Unterleib – gefährlich nahe, doch ohne meine Haut zu entweihen –, hob ein grellrotes Annattostrauchtamale, modellierte daraus ein stilisiertes Herz und reichte es Koh. Zu meinem Entsetzen – ich nehme an, es war Teil ihrer New-Deal-Religion und sollte zeigen, dass sie immun war gegenüber der Berührung des Todes – brach sie ein Stück Kruste ab und verzehrte es. Alles backfrisch von Meisterhand, dachte ich. Wieder ein Beispiel von Kohs überragendem Sinn für Humor. Bei der Mieze wusste man nie, woran man war. Ich lehnte mich zurück und hörte zu, wie mein Schweiß und mein Urin zu Boden tropften. Koh kicherte leise. Lach dich tot, dachte ich. Ständig machte sie so etwas, Rätsel und infantile Streiche. Ich war ja so leichtgläubig. Ha, ha, ha.

Die Rassler-Weihekandidatinnen senkten mich auf ein mit Rotluchspelzen bedecktes Lager, wuschen mich mit drei Sorten Wasser und rieben mich mit vier Sorten Sand ab, um mich von Sex und Tod und weiß der Henker was noch zu reinigen.

Ich muss mit Koh-Baby mal ein ernstes Wort über diesen Scheiß hier reden, dachte ich. Das ist nicht komisch. Das macht mich fertig. Noch zwei so brillante Augenblicke, und ich bin der einzige weißhaarige Aborigine zwischen hier und Island. Wahrscheinlich prüft sie mich nur, um zu sehen, wie cool ich sein kann. Na, die Eingangstests sind vorbei, Schätzchen. Ich bin cool genug gewesen.

Ich hob den Kopf und legte ihn auf einen Arm, auch wenn hier niemand je diese Haltung einzunehmen schien. Wieder war eine vierköpfige Rasslertruppe mit einem menschengroßen Tablett hereingekrochen. Darauf lag eine lebensgroße Figur von mir aus Maispaste, sehr hübsch gefertigt, komplett in die gleichen Zeremonienklamotten mit dem gleichen Zierrat und dem gleichen ganzen anderen Schrott gekleidet. Ich schaute Koh zu, wie sie die Figur auszog und in die rechte Hand und das Puppengesicht aus Maisbrot biss. Gott sei Dank gab es wenigstens kein falsches Blut oder so etwas. Sie drückte den Finger in die Brusthöhle, legte hinein, was von dem Herz-Brotlaib übrig war, goss B'alche' in die offene Wunde und schickte das Ganze an den Bankettisch der Seidenweberinnen. Haut rein, Mädels, dachte ich. Nehmt euch, futtert, kotzt, mir egal.

Wieder sah ich zu Koh hinüber, doch sie überwachte gerade die dämliche rituelle Waschung ihrer Geschlechtsteile. Ich setzte mich, schaute zu und atmete schwer. Sie hatten mich trockengewischt und begannen mich anzukleiden. Jetzt bekam ich wieder Männersachen. Koh ließ sich von ihrer Crew in einen schlichten weißen Huipil einnähen – so etwas durften nur die allergrößten Tiere tragen – und kniete vor den Steinen des Herdfeuers nieder. Sie öffnete einen Krug mit Wasser und einen mit Blauem Mais, der in Kalkwasser gequollen war. Auch dir einen guten Morgen, dachte ich. Na, das hat ja Spaß gemacht, wie wär's jetzt mit Brunch?

Ich saß geduldig an meinem Platz und ließ mich bearbeiten wie ein Schauspieler, der für die Rolle des Monsters kostümiert wird. Ich lauschte auf das *Krik, krik, krik* der Mahlsteine. Dieses Geräusch ist unvergleichlich, dachte ich. Dass Koh symbolisch Tortillas machen musste, erschien mir ein bisschen herabwürdigend. He, Schatz, bekomm bloß keine Spülhände. Lass mal, ich übernehm das schon. Ich bin ein moderner Mann. Na ja. Wahrscheinlich war es das letzte Mal, dass sie irgendetwas selber tun würde. Sie müsste nicht für den Rest ihres Lebens sechs Stunden täglich damit verbringen wie die übrigen Mädels in dieser Hemisphäre.

Achthundert Schläge später kamen wir als die vereinten Oberhäupter unserer vereinten Sippen gekleidet aus dem Haus. Wir hörten eine Menschenmenge vor dem Tor, vornehmlich Kinder und Festgäste der abhängigen Sippen – sie kamen in dieser Zeit einem Mittelstand am nächsten –, die sich mit den Überresten des Hochzeitsmahls durchfüttern ließen. Sie kicherten und alberten herum, waren aber schon ein wenig beeindruckt, die Halbinsel betreten zu dürfen. Die meiste Zeit war der gesamte heilige Bezirk ihnen streng verboten, aber heute hieß er die Menschen willkommen.

Wir sammelten uns im Hof, Koh und ich in der Mitte der Hochzeitsgesellschaft, umgeben von Rassler-Gardisten mit großen Rundschilden aus schillernden blaugrünen Trogon-Federn. Die Dienerschaft räumte das Essen ab und schichtete alles zur Verbrennung auf. Aus der Ferne hörte ich ein unverwechselbares Brüllen. Durch die Menge drang das ixianische Friedenslied heran. Ein Nonett von Ozelot-Musikern, das aus Richtung des Großen Zócalos heranzog, spielte es auf langen Hörnern aus Buchsbaumholz.

Zur Linken durchschritt das Tor. Mit ihm kamen zwei Träger, die die Orakelkiste trugen. Sie maß eine Armspanne im Geviert und war perlweiß, geflochten aus den gestreiften Kielen von Reiherfedern. Die Person darin war angeblich hundertsechzig Jahre alt.

Wir hörten, wie die Gardisten ihm einen Weg durch das Zentrum der Menge bahnten. Der Hörnerklang schloss nun das Mattenhaus vollkommen ein. Es war ein Getöse, das die Gipswände zittern ließ. Ich stellte mir vor, wie die Menge sich zurückzog und ihre Gesten des Erde-Essens vollführte, während die Ozelot-Prozession voranschritt.

Unsere Kapelle spielte unsere Eingangsmelodie. Der Kantor hielt seine kleine Begrüßungsansprache. Dann wich der Wall aus Gardisten zurück, sodass wir plötzlich für alle sichtbar waren, als wollten wir sagen: Mischen wir uns unters gemeine Volk.

Na'at ba'al, rief der Kantor, und seine Sprechrohre verbreiteten es. Die Menge schrie ihren Gruß, der irgendwo zwischen Jubel und Gesang lag. Zur Linken fragte die Menge, ob sie bereit sei, und sie bejahte lautstark. Ich lauschte auf Anzeichen für Schwierigkeiten bei den Sprechchören, hörte aber nichts. Koh hatte Tausende Rasslerfamilien von anderen Sippen adoptieren lassen, die überall in der Menge verteilt standen, und die anderen machten einfach mit. Mindestens die Hälfte der übrigen Sippen war ganz begeistert von uns und hielt mich im wahrsten Sinne des Wortes für ein Geschenk der Götter. Nur um die Aras und Schnupfer mussten wir uns Gedanken machen. Und um rückfällige Ozelots. Doch wie stark ihr Groll auch sein mochte, sie zeigten ihn nicht. Sie taten, was die Claqueure vorgaben.

Wie hoch lag unser Gefahrenpotenzial? Wie man hier so schön sagte, waren Eide, die bei vorgehaltenem Speer geschworen wurden, immer ein bisschen weniger wert. Ich wünschte, wir hätten genauer kontrollieren können, wer in den Tempelbezirk kam. Normalerweise dachten nur Angehörige eines Sippentempels auf der Halbinsel ernstlich daran, hierherzukommen. Und jede Familie hatte ihren festen Platz, deshalb wusste man ungefähr, wer kam. Jede Gruppe von Infiltratoren wäre entdeckt worden.

Kohs Gardisten und ihre Führer – Ansässige, die ihnen halfen, andere Ansässige zu erkennen – waren rund um die Uhr draußen gewesen, schon seit der Schlacht, und hatten sich bemüht, Ix in einen Polizeistaat zu verwandeln. Trotzdem konnte man nicht jeden einfach durchsuchen; man erkannte nicht einmal jeden. Für uns war es bei einer Gelegenheit wie dieser am wichtigsten, uns abseits zu halten, außerhalb der Reichweite jedes erdenklichen Geschosses zu bleiben und zu verschwinden, ehe das Volk allzu besoffen war.

Der Chefherold blies seine Spezialtrompete zum ersten Mal. Wir hörten ein Jaulen wie von einer gewaltigen Fräsmaschine, das in ein lang gezogenes Quietschen wie von einer Ellenknochenpfeife überging, und dann war nichts mehr.

(55)

Nur noch ein paar kleine Tests, ehe das Menschenspiel beginnen konnte, das natürlich die größte Prüfung von allen wäre.

Ich wartete. Die Menge wartete. Ich war mir sicher, dass sogar die Sonne wartete, und der Schwarm halbzahmer Hellroter Aras, die um ihre Nistplätze an der Mul der Ara-Sippe gekreist waren, hing nun reglos in der Luft – aber natürlich war das einer von diesen chronopathologischen Hirngespinsten, die ich in letzter Zeit bekam. Zuvor war die Stille noch von Rascheln und von Atemgeräuschen unterbrochen worden, doch jetzt breitete sich völlige Lautlosigkeit aus; nur ein leiser Lufthauch und der ewige Trommelschlag drangen in meine Ohren. Ein statischer Moment der Metastabilität folgte, in dem die Stille wie das Rascheln uralter Geräusche aus längst vergangenen B'ak'tunob' klang, die in den Cañons widerhallten; dann legte sich ein unterschwelliges Dröhnen darüber, das zu einem Brummen wurde. Irgendetwas schien sich sehr, sehr langsam zu nähern, etwas, das immer größer wurde, bis man seine Größe kaum fassen konnte – plutonische Barken und gewaltige, Kohlen verbrennende Züge, die durch den ewigen Nebel rasten.

Zuerst kam dieses Geräusch aus der Zitadelle auf der Mul; dann wurde es darüber und darunter aufgenommen und zurückgeworfen. Die Echos nahmen einander schneller vorweg, als der Schall sich fortpflanzte, wodurch die räumlichen Verhältnisse verschwammen, bis alles sich im Schnattern des Orakels in der Kiste verlor.

Ich musste noch eine Prüfung hinter mich bringen, ehe ich das Menschenspiel beginnen konnte. Mach dich bereit, dachte ich. Ich hatte wie besessen auf diesen Moment hingearbeitet, sodass ich alles blind beherschte, aber trotzdem …

Hör auf. Denk nicht über Fehlschläge nach. Du darfst es nicht vermasseln.

»1-Ozelot sagt, er zeigt sich vielleicht«, verkündete der Dolmetscher,
»Wenn er erfährt, was aus den Geblüten wurde, die kamen
Und ihn fütterten in diesem K'atun, die
Seine Rechte und Titel beanspruchten. Wohin sind sie alle?«

Zur Linken antwortete:

»Diese Geblüte haben ihn verlassen«, sagte er, »sie logen,
Als sie sagten, 9-Reißzahn-Kolibri würde jetzt hier sein;
Sie rannten davon und duckten sich unter Dornbäume, unter Büsche.
Sag Ozelot: ›Blick auf uns herab und sieh,
Was geschehen ist‹, und wir werden es ihm zeigen, und wir warten.
Auf seine Antwort, auf sein Urteil, harren wir gespannt.«

Auf einem Gestell mit Tonglocken krachte es. Dann kamen die Clowns aus dem Mattenhaus und strömten die Stufen herunter. Sie taten so, als rutschten, stürzten und rollten sie in ihren gepolsterten Nachbildungen der Gewänder der Bacabob'. Die Menge brach in erleichtertes Gelächter aus. Wenigstens lachen sie hier viel, dachte ich, egal, was sie sonst noch tun. Kohs persönlicher Narr, 0-Stachelschwein-Spaßmacher, den ich in Teotihuacán zum ersten Mal gesehen hatte, sprang aus dem Eingang der Ahauob' und hüpfte als Ball die Treppe hinunter, knallte gegen einen Tisch mit Töpfen voll Bier und erhob sich aus den Scherben und dem Schaum, einen Krug wie einen Zylinderhut auf dem Kopf. Dann rollte er wieder ein langes Stück weiter, während sein Federkleid zusammenfiel. Schließlich sprang er auf, torkelte herum, prallte blindlings gegen Umstehende und blinzelte unter seiner Streifenmaske. Die Leute krümmten sich vor Lachen. Mittlerweile hatten die Unsichtbaren eine quadratische Fläche auf dem Zócalo freigeräumt, die in ein Opferspielfeld unterteilt war. Der Schauspieler, der mich darstellte, wirbelte in das grüne Zentrum und rollte dabei ein langes, mit Geranien besetztes Band ab, an dem er hing wie an einer Nabelschnur. Er war in rote Tücher mit herunterhängenden Quasten gewickelt, die zeigen sollten, dass er noch ein Säugling war, und seine große Maske war eine 3-D-Version meiner Kopfhieroglyphe; man konnte es vielleicht als Logogramm meines Namens bezeichnen. Mir persönlich sah es in keiner Weise ähnlich. Schauspieler stolzierten herbei, die 9-Reißzahn-Kolibri und 4-Orangefarbener-Schädel verkörperten – das war 9-Reißzahn-Kolibris älterer Bruder, der im fünfzehnten gelben K'atun gestorben war, also 642, ehe 9-Reißzahn-Kolibri die Matte übernahm. Beide paradierten sie einmal um den Zócalo. Der »9-Reißzahn-Kolibri«-Riese schlich sich von hinten an »4-Orangefarbener-Schädel« heran und schlug ihm den auf Kreidegesso gemalten Flechtkopf ab. Könnte er nicht etwas Klassisches tun?, fragte ich mich. Ihm vielleicht Gift ins Ohr träufeln?

Ich merkte, wie die Polyrhythmen sich beschleunigten. »9-Reißzahn-Kolibri« begann den Schakal-Schauspieler um den Zócalo zu jagen. »Schakal« riss sich von seiner Nabelschnur los und versteckte sich hinter einem Kohletopf. Der Schauspieler, der 2-Juwelenbesetzter-Schädel aus dem Harpyien-Haus darstellte, kroch heran, verneigte sich vor dem kopflosen Körper von 4-Orangefarbener-Schädel, packte »Schakal« und zerrte ihn in die Rote Zone des Opferspielrasters. »9-Reißzahn-Kolibri« tat so, als würde er sich nach ihnen umsehen, ohne sie finden zu können.

»2-Juwelenbesetzter-Schädel nahm 9-Wachs in seine
Ballschule auf
Im Blauer-Stein-Berg, weit, weit im Osten, wo es sicher war«,
sagte Zur Linken.

Wir schrieben die Geschichte völlig um. Besonders meinen – oder Schakals – Wald-und-Wiesen-Stammbaum. Schakal war in keiner Weise mit den Ozelots blutsverwandt; er war nur das Kind einer abhängigen Sippe aus der Provinz, der früh Talent gezeigt und sich in die Liga hochgekämpft hatte.

Trotzdem, mit derselben alten Geschichte bekommt man sie immer. Hoffte ich.

10-Skink – den man nun Schakal nannte – wurde der größte Hüftballspieler aller Zeiten. Natürlich. Der Schauspieler vollbrachte ein paar hübsche Stunt-Versionen meiner spektakulärsten Paraden. Schon bald hatte »9-Reißzahn-Kolibri« einen Verdacht, wer er wirklich war, und versuchte ihn zu opfern. Doch dann gab es den Vulkanausbruch, toll untermalt durch Batterien von Baumtrommeln und langen Ratschen. Unser Held floh nach Teotihuacán, zerstörte die Stadt offenbar ohne jede fremde Hilfe, brachte den Sternenrassler – in dieser Szene eine lange, gegliederte Holzschlange – nach Ix zurück und forderte 9-Reißzahn-Kolibri zu einem großen Hüftballmatch heraus. Der Zócalo füllte sich mit Akrobaten, deren riesige Kopfmasken an Spielzeuge mit Wackelköpfen erinnerten, einer für jeden der berühmten Hüftballspieler. Der Akrobat, der den Ball spielte, schlug den Ozelot-Champions nacheinander die Köpfe herunter. Unsichtbare huschten herein und räumten die Bühne für den Krieg. Bislang hatte alles noch keine halbe Stunde gedauert, aber ich wurde ungeduldig. Ich wusste, wie die Geschichte ausging. Krieger-Pantomimen bauten sich zu beiden Seiten des Zócalos auf, rückten einer nach am anderen vor und bekämpften sich in Zeitlupen-Duellen. Auf den vier Zedernpfählen breiteten die zwölf Kinderakrobaten Harpyien-Ahnen-Schwingen aus und ließen sich hinunterstürzen. Ihre Leinen wanden sich von den Pfählen ab und schleuderten sie gegen den Uhrzeigersinn in immer größeren Drehungen auf die Menge im Osten zu. Die Ozelot-Ahnen krochen an der Westseite hoch, aber nicht als riesige Raubkatzen, sondern als Ozelot-Katzenfische in aufgedunsenen, popcorngefüllten Anzügen mit geblähten Bäuchen, die so groß waren, dass jeder vier Jaguarfelle erfordert hatte, und von deren vorspringenden, kinnlosen Gesichtern lange Geißeln und Fühler und haarige Barteln herunterhingen. Sie wirkten dennoch nicht lächerlich, während sie mit dieser katzenhaft-vorsichtigen Entschiedenheit voranschlichen, sie wirkten vielmehr beängstigend. Sie scharten sich um die erhabene Grenze des Zócalos, ungefähr zwei Seillängen von der Stele entfernt, an der wir standen, und schauten zu. Auf dem Schlachtfeld gewannen die Harpyien. »9-Reißzahn-Kolibri« wandte sich um und rannte zu seinen Ahnen, um sie um Hilfe anzugehen, doch sie stießen ihn zurück und schoben ihn wieder in den Ring.

»Du bist schwach und verräterisch«, sagte der Kantor,

der die Stimmen und die Sprache der Ozelot-Ahnen nachahmte,

»Bring uns unseren Erben, den Sohn unserer Großen Väter,
Und setze ihn auf die Matte, sonst werdet ihr abgeschlachtet.«

Die »9-Reißzahn-Kolibri«-Figur fuhr angsterfüllt herum und rannte davon. Zur Linken spricht wahrscheinlich alle Rollen selbst, dachte ich. Soll es dadurch umso kunstfertiger erscheinen? Auf dem Schlachtfeld schienen die Ozelot-Geblüte die Oberhand zurückzugewinnen. Die »2-Juwelenbesetzter-Schädel«-Figur rannte hin und her und versuchte dadurch so deutlich wie möglich zu zeigen, dass seine Seite in großen Schwierigkeiten war. Endlich eilte er zu dem Schakal-Darsteller, der in der äußersten Südostecke des Spielfelds, gleich unter der Mul des Sternenrasslers, gerade ein Ozelot-Geblüt niederstreckte.

»Mein Sohn, 10-Skink, hilf uns, die Ozelots zu töten«, sagte der Kantor, wobei er die Stimme von 2-Juwelenbesetzter-Schädel nachahmte.

»Ich kann meine eigene Familie nicht töten«, sagte
»Schakal«.

»Dann beende die Schlacht«, sagte »2-Juwelenbesetzter-
Schädel«.

»Nimm der Ozelots Matte, und nimm auch meine Matte,
Der Harpyien Matte, und nähe die beiden zusammen,
Vereine beide Großen Großen Väter in einem Geblüt.«

Wow, das nenne ich echten Bullshit, dachte ich. So war es nicht im Entferntesten gewesen. Würden die Gäste das wirklich glauben? Nur dass sie gar nicht so denken, dachte ich. Ob sie es glauben, spielt keine Rolle. Wichtig ist nur, ob die, die wissen, was wirklich passiert ist, die Wahrheit abstreiten können. Und das können sie selbstverständlich. Darin ist der Mensch richtig gut. Himmelherrgott, es ist in den *Medien,* oder nicht? Alles geht nach Hause und erzählt zwei Freunden, was er gesehen hat, und jeder von ihnen erzählt es wieder zwei Freunden, und morgen Abend ist es, als wäre es wirklich so passiert.

Die Schakal-Figur wies mit seiner Säge auf die Sonne. Die kämpfenden Krieger in der Schlacht trennten sich und erstarrten in Lauschposen. Ein langes Zischen aus Maraca-Orchestern erhob sich, wie ganze Werften voller Schreiner, die mit Haifischhaut über Guajakholz fahren. Jeder – einschließlich Gardisten und Wächtern, die auf Posten zu bleiben hatten – wandte sich um und blickte zur Sternenrassler-Mul. Die niedrig stehende Sonne traf genau auf dessen Seite und sättigte sie mit Licht, das vom Aschedach zu einem reinen Kadmiumorangeton gefiltert wurde. Ich roch wieder jenen Geruch, der Koh folgte und jetzt durchdringender war denn je. Als Rauch wie Zähne aus dem Maul des hohen Heiligtums strich, kam etwas heraus und glitt mit der trügerischen Trägheit eines Lavastroms die Stufen herunter, rollte sich ringelnd auf den Zócalo, schlängelte sich seitwärts vor, kostete den Raum, kehrte seine Bewegung um und glitt wieder zur Spitze der Mul hinauf, wo sein Kopf den Schwanz passierte. Der Schwanz zuckte, und dann glitt das Etwas mit schrecklicher Zielstrebigkeit wieder herunter und ringelte sich auf dem blaugrünen Zentrum des Zócalos zusammen, zerstreute die Krieger und orientierte sich nach der unsichtbaren Milchstraße. Es hielt inne, leckte mit der gegliederten Zunge in der Luft wie diese Spielzeugschlangen aus Holz, die sich zur Seite schlängeln, aber niemals aufrichten, und kam dann vorsichtig über das Ballfeld auf uns zu. Die Bewegung wirkte so perfekt schlangen- oder eher hundertfüßerartig, dass man den Eindruck hatte, die Schlange sei tatsächlich am Leben. Sie verschob sich auf geheimnisvolle Weise von einem Ort zum anderen, ohne zu kriechen oder auch nur zu gleiten, sondern indem sie sich durch Auf- und Abbau der Torsion schräg nach vorn zog, auf der flüssigen Sinuskurve des Universums surfend. Einen Schlag lang richtete sie ihre Seitensterne nach den Mulob' aus wie nach irdischen Sternen und stellte jenen astronomischen Augenblick nach, wo der Antares unterging und der

Saturn im Krebs stand. Dann zog die Schlange sich auf das Vorfeld der Mul der Ozelots – die smaragdgrün und scharlachrot gewesen war, nun aber andere Farben trug, Schwarz, Scharlachrot und Frau Kohs markantes Blaugrün. Sie richtete sich auf, spreizte ihre Krause wie eine Krötenechse und warf sich in die Brust wie eine balzende Wachtel. Sie schien sprechen zu wollen, blähte dann aber froschartig die Wangen bis kurz vor dem Platzen auf und schob die Augen an langen Stielen heraus wie eine Schnecke. Katzenhafte Schlitzpupillen musterten uns. Sie öffnete das Maul. Zuerst kam nichts heraus, dann ein Geräusch, ein Gurgeln versteinerter Glyptodonten, die in Teergruben die letzte Luft ausstoßen, ein Keuchen und ein Schnauben, als niese sie Glasscherben. Eine dunkelgrüne Flut aus sich windenden Kugeln ergoss sich aus dem Maul, trennte sich in Klumpen mit Beinen und Händen und rollte blind über die Steine, vor gespielter Angst quiekend. Es waren als Kröten verkleidete Zwerge, die von schimmerndem fettem Öl bedeckt waren, das Verdauungssäfte darstellte. Der Drache hustete, schüttelte den Kopf, entfaltete seine dreizehn Flügelpaare, breitete sie aus, öffnete wieder das Maul und sprach:

»Sternenrassler ruft 1-Ozelot: Zeige dich.«

(56)

Jeder auf dem Podest zog sich von mir zurück, sodass ich der Menge offenbart wurde. Ich stieg vier niedrige Stufen zur nächsten, kleineren Plattform hinauf, den Fuß auf der Treppe zur Pyramide, etwa eine halbe Seillänge über allen anderen. Ich war allein bis auf eine hohe verhüllte Stele, die im Mittelpunkt der Plattform lag, bereit, angehoben und in das große Loch unter ihrer Basis eingesetzt zu werden.

Ich befand mich nun im ersten Stadium des Erklimmens der Mul. Das bedeutete, dass ich beschlossen hatte, auf die Herausforderung des Orakels zu reagieren. Das Ganze wurde als Prüfung betrachtet; allerdings ging es nicht nur darum, mich persönlich zu prüfen. Wenn 1-Ozelot mich akzeptierte und mit seinem Uay erfüllte, wäre ich stark genug, um Ix als Sitz eines neuen 13-K'atun-Zyklus zu etablieren, so wie Teotihuacán der Sitz des vorherigen Zyklus gewesen war, und dann winkte Ix ein ganzer Sack voll Vergünstigungen. Da Teotihuacán nun gefallen war, würden andere Städte den Anspruch Ix' natürlich sofort infrage stellen. Trotzdem nahm jeder die Prüfung ernst. Zu viel Chaos von der herrschenden Familie, und das Volk verlor das Selbstvertrauen. Motivation, dachte ich. Personalführung. Gib ihnen einen Führer. *Ein Volk, ein Reich, ein Führer.*

Der Ozelot-Dolmetscher holte eine Halbkalebasse hervor. Sie reichten die Schale von Hand zu Hand weiter wie einen Spendenteller, zuerst bei den großen Geblüten auf der Ebene unter mir und dann in der Menge dahinter. Jeder, der sie bekam, wickelte eine einzige winzige grüne Pfefferschote aus, *Capsicum frutescens* – eine Variante, die so scharf war, dass man sie nur zum Vergiften von Fischen und zur Folter einsetzte –, und warf sie in die Kalebasse. Die gefüllte Schale kam zum Dolmetscher zurück. Er zermahlte die Chilis mit einem Pistill, gab einen Schuss B'alche' hinzu und rührte das Ganze auf. *Der Wein gut und rein ist in dem Kelch mit dem Elch,* dachte ich. Ein Akolyth reichte ihm eine blaue Opferschnur, in die Weinkaktusstacheln eingewoben waren. Er zeigte die Schnur der Menge, ringelte sie in die Schale und zog sie wieder hervor, um zu zeigen, dass sie mit Chiliwasser durchtränkt und von kleinen gelben Samenkörnern bedeckt war. Es blieb kein Raum für Zweifel. Ich hatte kein Ass im Ärmel.

Ich wandte mich der Mul zu und vollzog den Gruß des Sohnes an den Vater. Bis auf die Treppe war ihre gesamte Masse in die siebenundzwanzig ursprünglichen *halach popob* gehüllt, Gewebe aus Baumwolle und Federn, die in Wellen von Gold, Schwarz und Rottönen wie Gobelins über die neun blaugrünen Lagen flossen. Dreizehn von ihnen waren seit der Einsetzung von 4-Kaninchen nicht mehr entfaltet worden, in der ersten Sonne des ersten Tuns im achten roten Hotun, 493 n. Chr., zur letzten Vierfachkonjunktion von Saturn, Venus, Mars und Jupiter vor einhunderteinundsiebzig Jahren.

Der Dolmetscher gab mir die Schnur.

Okay. Alles klein. Warten sinnlos, dachte ich. Nicht jeder in der Menge konnte alles sehen, aber die Groß-Geblüte links und rechts von mir bekamen alles mit.

So etwas lässt sich nicht spielen. Keine Chance. Mach schon, bring's hinter dich.

Ich wickelte einen frischen Rochenstachel aus, den ich so vorsichtig handhabte wie eine Kommunionsoblate, und band ihn an das eine Ende der Schnur, als fädelte ich eine Nähnadel ein.

Los geht's!

Ich band meinen knappen Lendenschurz auf und nahm meinen Penis heraus. Das war ein bisschen peinlich, nicht weil ich angab oder so etwas, sondern weil er so klein aussah und den Schildkrötenkopf in die lange Vorhaut einzog. Wie eine Mimose schreckte er vor dem Unausweichlichen zurück.

Wappne dich, du kleiner Kerl.

Jetzt, jetzt, JETZT JETZT JETZJETZJETZT. Ich hielt den Schaft, schob den Rochenstachel rechts oberhalb der Eichel in die Unterseite und schob die Spitze nach vorn in den Raum zwischen loser Haut und der *Fascia penis profunda*, die die Schwellkörper umfasst.

Knapp unter der Krone schob ich sie wieder hinaus und zog die Dornenschnur nach. Der erste mentale Zustand, dessen ich mir bewusst wurde, war blanker Unglaube, eine Fassungslosigkeit, dass ich so etwas empfinden und dennoch weiterleben konnte. Der Dolmetscher setzte das Becken mit der Chilispirale links neben mir ab, stellte ein großes Terrakottatablett vor mich und warf dreizehn dreieckige Stücke aus blauem Opferpapier hinein. Er schien den Menstruationsfluss aus meiner Eichel zu begutachten, dann trat er zurück. Ich war mir der Dutzende von Groß-Geblüten nur zu bewusst, die sich näher beugten und nur auf eine Gesichtsregung oder ein Zucken des Schmerzes warteten, das beweisen mochte, dass ich nicht der Eine war. Ich ließ die Schnur über dem Papierhaufen baumeln, zog sie weiter durch und verspritzte rote Punkte. Ich beobachtete, wie mir das Blut aus den Lenden lief, über die Bänder an meinen Beinen hinunter auf das Tablett, wie es über dessen Rand und die Treppe hinunter in die Welt rann, wie das Innere zum Äußeren, wie das Privateste dem Universum offengelegt wurde. Es ergab durchaus Sinn. Ich zog die Schnur Hand über Hand durch, so langsam, wie es ging. Es war die längste Schnur im ganzen Universum. Und die dickste. Dagegen war das transpazifische Kabelsystem ein Stück Zahnseide. Komm schon. Zu spät, um jetzt noch zu jammern. Weiter. Weiter. Weiter. Weiter. Die Hitze des Capsaicins hatte sich bereits über meinen ganzen Körper ausgebreitet, summte auf meinen Trommelfellen und aktivierte Tränenkanäle, die ich abzuschotten versuchte. Es gelang mir, einfach nur dazustehen, ohne eine Seillänge hoch in die Luft zu springen und den Schmerz hinauszubrüllen. Stattdessen zog ich und zog, Hand über Hand, während die Schnur dem vorgebohrten Kanal folgte. Es war Leiden um seiner selbst willen, oder um seiner Klarheit willen. Für Genießer des Schmerzes ist es wie bei allem anderen, wie bei jedem Geschmack, an den man sich gewöhnt hat: Man beginnt ihn zu kontrollieren, man lernt, wie man ihn auf seinen Körper und auf die Zeit verteilt, wie man am äußersten Rand seines immer größer werdenden persönlichen Limits balanciert, ohne in den Wahnsinn abzustürzen. Man lernt, wie man sich von seinem Körper trennt und in den Äther hinausschwimmt. Man lernt, wie man vierhundert unterschiedliche Schattierungen von

Schmerz auseinanderhält. Es ist eine vergessene Kunstform, genauso wie das Bildhauen in Obsidian.

Ich zog den letzten Dornenknoten durch, der mit einem Sprühregen aus Blutströpfchen herauskam. Dann legte ich das Ende der blutigen Schnur auf das Opfertablett, wo sie sich zusammenringelte. Der Nachschmerz setzte bereits ein, und die Endorphine schossen literweise durch meine Kapillaren. Schmerz befreit einen von sich selbst, bringt einen zu sich selbst zurück. Der Dolmetscher nahm das Tablett, hob es hoch und zeigte es den Himmelshöhlen der vier Richtungen; dann setzte er es auf ein Kohlebecken. Blutrauch stieg in sich ringelnden Schwaden empor, als meine Essenz in die hintersten Winkel der großen Gaswolke gesandt wurde.

Ich stand da und schwankte leicht in der verzerrten Schwerkraft. Vielleicht war es nur ein Funken meiner Fantasielosigkeit, aber ich glaubte, ein Schnüffeln zu hören: Die große Katze prüfte meine Witterung. Ich taumelte zurück und fing mich. Pass auf. Es fühlte sich gefährlich toll an. Eines kann ich Ihnen versichern: Der Augenblick, in dem intensiver Schmerz nachlässt, ist der tiefste und wahrhaftigste Frieden, den man sich vorstellen kann. Besonders, wenn man sich diesen Schmerz selbst zugefügt hat. Wenn man in das eintauchen kann, was man am meisten fürchtet, und dort treiben kann, ohne an die Oberfläche zu kommen, ehe man dazu bereit ist, wird alles anders: Die Welt wirkt verwaschen, und jede Spitze der zehn Milliarden Polygone pro Sekunde, aus denen die Wirklichkeit zusammengesetzt ist, sticht spitz wie eine Scherbe in die Malpighische Schicht, als wäre man eine Kugel aus holografischem Film, der jedes Photon auffasst, das von einer Facette der Welt zurückgeworfen wird.

Vor mir kniete sich ein Akolyth hin, quetschte kleine Klumpen aus schmerzstillendem Honigkalk in die beiden Wunden in meinem Penis und wickelte ihn wieder in seine blutigen Bänder. Das Schnüffeln ging in ein Schnurren über. Meine Maske senkte sich über meinen Kopf, mein Rückengestell verwuchs mit meinem Oberkörper und schnürte sich mit vierhundert schneidenden Riemen in achthundert unsichtbaren Händen von selbst zu.

Er gebiete mir, näher zu kommen, sagte der Dolmetscher.

Ich stellte mich auf die erste Stufe, seitwärts zur Steigung. Die Treppe hatte fantastisch hohe Stufen, 55,88 Zentimeter laut der Karte der Brigham Young University, und wir waren kleine Menschen: Als ich auf der ersten Stufe stand, war die nächste zwischen meinem Knie und der Leistengegend. Um sie zu ersteigen, musste ich auf meinem Holzbein balancieren, das intakte Bein mit seinem Stelzenschuh so hoch als möglich heben, als wäre ich eine Eleve beim Ballett, es auf die höhere Stufe stellen, mein Gewicht darauf verlagern und das Holzbein hinter mir hinaufziehen. In die Kante jeder Stufe hatte ich ein kleines Loch bohren lassen, ähnlich wie bei dem Decksweg für Kapitän Ahab, damit ich jedes Mal den in der Sohle versteckten Dorn dort einsetzen konnte. Doch als ich die zweite Stufe erklomm, schwankte ich beim Hochziehen und hatte Schwierigkeiten, den Dorn in das Loch zu bekommen; als ich es endlich traf, schwankte ich zur Seite und bekam Panik, bis ich mich fing, mein Gleichgewichtszentrum wiederfand und aufrecht stand. Holla, dachte ich. Pass bloß auf.

So ein Mist. Noch zweihundertvierundfünfzig Stufen. Wenn ich das schaffte, dann wirklich nur durch göttliche Intervention.

Die Schläger signalisierten die nächste Stufe. Okay. Die nächste. Los. Ich musste alle fünf Schläge eine Stufe erklimmen. Dass ich verstümmelt war, hatten wir dabei unberücksichtigt gelassen. Wenn wir die Anforderungen änderten oder irgendwo schummelten, würde ich zu viel von meiner ohnehin nicht gerade wasserdichten Glaubwürdigkeit einbüßen.

Ich hatte es geübt, natürlich, aber nur an einem vierzigstufigen Nachbau, aber ich hatte mich dabei alles andere als brillant geschlagen. Ich war noch zu krank gewesen, als dass wir einen Blutverlust riskieren konnten. Jetzt wurde es auch noch windig und dunkel. Vor allem aber fühlte ich mich beschissen. Schon ohne diesen verdammten hoch aufragenden Adler-Kopfputz wäre es mir besser gegangen. Und ohne die krallenbewehrten Elton-John-Plateauschuhe natürlich auch. Mir kam es allmählich so vor, als hätte ich mit den Dingern keine große Chance. Wieder hob ich den Fuß. Dabei zuckte mein Blick nach oben, auf das Heiligtum zu …

Ojeoje. Ich steckte in der Tinte.

Die Treppe ging weiter und immer weiter, doch es war nicht einmal der entsetzlich steile Winkel von einundfünfzig Grad, der mich so deprimiert hatte, sondern die Ununterbrochenheit dieser Treppe, die subtile Fremdartigkeit, die durch das Fehlen jedes Geländers entstand, das Fehlen jedes Absatzes, jeder Wendung zwischen den Abschnitten, das Fehlen all dieser kleinen und selten bemerkten Freundlichkeiten, die sämtliche Treppen im Rest der Welt aufweisen. Diese Treppe hier strahlte völlige Menschenfeindlichkeit aus. Sie verkörperte Architektur als Waffe – nicht nur durch ihre völlige Missachtung von Bequemlichkeit und Sicherheit, sondern durch ihr Bestreben, einen niederzumachen, einen zum Hochsteigen zu verleiten und dann ausrutschen zu lassen und zu Brei zu zerschmettern. In der Architektur der gesamten restlichen Welt hatte es nie etwas wie diese Treppe gegeben und würde es nie etwas wie diese Treppe geben.

Du hast keine Chance, dachte ich. Gib auf.

Nix da. Denk nicht mal dran.

Die reißen dich in Stücke. Auch jetzt noch. *So sehr* lieben sie dich auch wieder nicht. Soweit ich es wusste, hatte man alle Ahauob' und Addierer, die von der Treppe gefallen waren, posthum enteignet und aus den Chroniken getilgt. Das hier war die eine Sache, bei der man es sich einfach nicht leisten konnte zu kneifen. Das Risiko, auf diesen Stufen zu sein, war ein unverzichtbares Stück Wirklichkeit in diesem Götterurteil.

Ich schob mich zur dritten Stufe hoch und spürte, wie mir Gelenkflüssigkeit aus dem Knie schoss. Ich knickte ein, krümmte mich und bekam meinen Dorn fast rechtzeitig ins Loch. Wirklich, ich könnte diese Treppe hochfliegen, dachte ich. Ich meine, wenn ich nicht verkrüppelt, betrunken und ausgeblutet wäre und auf Stelzen ginge…

Hör auf zu jammern! Halt einfach das Maul und tu's!

Vierte Stufe. Ich drückte mich hoch, schneller als ich sollte. Mein schweißtriefender Fuß rutschte auf dem Gips vor. Jesus Christus, pass auf, zur Hölle, pass auf. Langsamer. Spar deine Kraft. Du bist nicht mehr die Sportskanone, die Schakal einmal gewesen ist. Du hast das eine Match ganz gut gespielt, aber es hat dich mehr oder minder unbrauchbar gemacht. Auch ohne die Verletzungen, die du dir später zugezogen hast. Ruhig. Schlag. Fünfte Stufe. Ich spürte Blicke, die auf meinen Rücken drückten. Meine Sippenleute und ihre Sippenleute, Addierer und Geblüte und Abhängige, alle sahen sie zu mir auf – oder eher hoch. Ich konnte ihr Bedürfnis spüren, auf mich zu vertrauen, und ich spürte die Last der Verantwortung – all das Zeug, das so abgeschmackt klingt. Wie auch immer, nur noch zweihunderteinundfünfzig Stufen. Keine große Sache.

Sechste Stufe.

Ganz gleich, womit ich es sonst je zu tun hatte – die Ersteigung dieser Treppe in meinem Zustand war das absolut Extremste, zu dem ich mich je gezwungen habe. Noch immer kommt es mir vor, als hätte es länger gedauert als mein ganzes Leben davor und danach zusammengenommen. Ich erinnere mich an den Schmerz, der bei jedem einzelnen Schritt auf einzigartige Weise unterschiedlich gewesen ist, sodass für mich jede Zahl zwischen null und zweihundertfünfundfünfzig eine unauslöschliche Assoziation besitzt. Diesen Aufstieg zu Ende geführt zu haben ist das Einzige, für das ich mich je rühmen möchte, denn ich habe es durchgestanden, obwohl ich mich entschlossen hatte, aufzugeben und zu sterben.

Ja, ich habe es geschafft. Aber danach war ich sicher, mich nie wieder zu irgendetwas aufraffen zu können, und ich glaube auch nicht, dass ich mich noch daran erinnern konnte, wer ich war. In der Luft hinter mir schwang die Erleichterung, doch über das Brüllen des Blutes in meinen Ohren hinweg konnte ich nichts hören. Die oberste Ebene der Mul besaß tatsächlich vier Etagen: die scharlachrote Bodenetage des Heiligtums, eine schwarze Stufe, die daraufführte, eine breite türkise Vorstufe darunter, und eine zweite, schmalere schwarze Vorstufe, ehe man auf die eigentliche Treppe gelangte. Ich bekam meinen Holzbeindorn in das Loch am Rand des Schwellensteins und blickte in den Rachen der Mul. Er war mit Perlmuttstacheln besetzt wie die Hornzähne im Saugmaul eines Neunauges. Ich schwankte auf meinem Fleisch-Bein; die Leere hinter mir saugte an meinem Rücken und wollte mich in die große Leichtigkeit ziehen. Pass auf! Genau damit vermasselst du es noch, dachte ich. Dauernd machte ich irgendetwas kurz vor Schluss zunichte. Da hatte ich alles durchgestanden, war mit den Drogen und dem Mädchen hier und hatte alles großartig eingefädelt, und dann wischte ich auf den letzten Schlag alles beiseite? Niemals. Ich fand mein Gleichgewicht wieder und ließ das Brüllen verhallen, bis um mich nur Schweigen war.

»*Ahan Bolom*«, sagte ich. »Erwache, Ozelot,
Weißer Norden, schwarzer Westen, gelber Süden, roter Osten und türkises
Hier und Nah bieten dir unseren Mais, unsere Kinder.«

Ich hörte ein Einatmen, das einem weiteren Schnurren wich, und dann ein Rumpeln zusammengedrückter Materie wie das Ross-Schelfeis, das zu kalben ansetzt. Das Geräusch lief in ein langes Rasseln und ein Krachen aus, als ränne Lava den Mount Erebus hinunter auf die Eisschichten. Ich wusste, dass es die Orchester rings um mich waren, die die Gerüste unter ihren Baumtrommeln zerschnitten und sie zusammenbrechen und auf die Steine knallen ließen, aber trotzdem kam es mir so vor, als hebe sich 1-Ozelot mit dem letzten Krachen gegen die blutrote Sonne ab und riefe mich in die Zitadelle. Feuer flammte in seinem Maul und seinen Augen; Licht in einem grünlichen Nordlichtton flackerte unstet durch den Rauch. Die Fackeln waren aus gereinigten Wachsmyrtenbeeren gerollt und mit Tran durchfeuchtet und brannten heller als jedes künstliche Licht, das irgendjemand seit der Einsetzung von 9-Reißzahn-Kolibri erblickt hatte. Die Menschenmengen tief unter mir wurden gespenstisch still. Ich trat vor, hoch auf die zweite Vorstufe, weiter, die beiden Stufen hoch, und dann in das Loch im Himmel. Innen wirkte es größer als von draußen, und das, obwohl all diese Katzenmenschen – die meisten waren Mumien mit Masken, aber in einigen war Leben – um mich waren, all diese Hitze, dieses Licht und der sich an den mit Pyritmosaiken besetzten Wänden widerspiegelnde Schein der Fackeln, deren Flammen sich nicht endlos fortsetzten, wie es in einem glatten Glasspiegel der Fall gewesen wäre, sondern sich zu einer Art metallischem Nebel zusammenfügten wie einem Sturmwind aus goldenen Uhrfedern. Das Orakel kam hinter mir näher und führte mich ins Allerheiligste, das

Kodesch Hakodaschim, wie wir Hebräisch-Freaks es nennen würden. Es war voller Krüge und Vasen und großer Töpfe auf heißen Kohlebecken. Ich kniete auf einer heißen Matte nieder. Vor mir lag reglos 6-Murmelnd, ein gefangener Schildpatt-Jaguar, nicht gefesselt, aber schwer narkotisiert auf einem breiten, leicht konkaven Altar. Der Hierophant kauerte links von ihm nieder und stellte einen kurzen Tisch zwischen uns, darauf fünf kleine Tamales, jedes in der Farbe seiner Richtung. Das blaue in der Mitte war größer als die anderen. Jedes der vier äußeren Tamales war mit kurzen Seeigelstacheln besetzt, und jeder einzelne Stachel war mit einem Streifen der schwarz-gelben Haut von Pfeilgiftfröschen umwickelt. Das Orakel wich rückwärts zurück und verschwand die Treppe hinunter.

Ich blickte mich um. Die Gestalten um mich her wirkten so unangenehm, dass ich wieder die Augen schloss. Ich wankte leicht; ich war ein wenig benommen vom Rauch und der Dunkelheit. Eine Stimme krächzte:

»Nun bist du noch immer nicht von unserem Fleische.«

(57)

Niemand sonst war im Raum. Das Blut wich aus meinem Kopf. Eine Halluzination? Nein. Irgendwo versteckt. Sprechrohr. Jawohl. Der Steingott vor mir saß wahrscheinlich auf einer senkrechten Röhre, die bis hinunter in die Grabkammern und die Höhlen reichte. So etwas war ziemlich verbreitet, erinnerte ich mich; in ganz Mittelamerika gibt es Pyramiden mit Geisterröhren. Nur hatten die Archäologen gesagt, dass es bloß Gespensterdinger seien. Mit anderen Worten: funktionsuntüchtig. Doch in diesem Fall saß der Oberpriester irgendwo da unten. Vielleicht waren andere Addierer bei ihm in den Höhlen. Wusste 2JS, dass sie da unten noch lebten? Ich müsste ihn fragen, wenn ich Koh überzeugen konnte, mich für länger als einen Augenblick an seinen Käfig zu lassen. Wusste Koh davon? Wusste das Orakel, dass sie dort waren und wie man hineinkam? Das Orakel hatte ihm mit dem Schlag gerufen. Hieß das, man konnte sie auf diese Weise jederzeit hochklingeln, oder musste man vorher einen Termin …

»Wie als ich dich zum ersten Mal spürte, folgst du dem Tod«, sagte die Sandsteinstimme in alter Hofsprache.

Ich wusste nicht, was ich darauf erwidern sollte, also murmelte ich irgendeine Phrase von Zur Linken, die darauf hinauslief, dass das Unausweichliche auch das Notwendige sei.

»Du willst dein eigenes K'atun lesen«, sagte er.

Damit meinte er die Zukunft. Ich bejahte.

»Dann sag mir, was ich mit diesen tun soll«, sagte er,
»Und wenn du recht hast, gebe ich dir einen davon.
Und wenn du unrecht hast, bekommst du gar nichts.«

Ich musste ihn bewegen, mir das blaue Tamale zu geben, das mit dem Blut Ozelots gebacken war und mich zu seinem Sprecher auf der Null-Ebene machen würde. Andernfalls würde man mir eines der anderen in den Mund zwingen, und das wäre mein Tod. Oder, wie er sagte, er gäbe mir gar nichts. Auch in diesem Fall hätte ich verloren. Er würde ein Zeichen geben, und wenn ich herauskam, würden die Opferer mich mit einem Blasrohr hinrichten, und in ein paar Minuten rollten sie meine Leiche die Treppe hinunter.

Prima, dachte ich. Alles sehr *Matrix avant la lettre.* Gut, dass ich Rätsel mag. Nur einen Schlag.

(58)

»Du wirst behalten das gelbe Tamale, und das rote,
und das schwarze und das weiße«, sagte ich. »Sie wirst du mir nicht geben.«

Eine Pause von zehn Schlägen folgte.

Erwischt, dachte ich. *Dieser Satz ist falsch,* du Bastard.

»Dann nimm und iss«, sagte er.

Ich nahm das blaue Tamale, schob es durch die Mundöffnung meiner Maske und zerbiss es. Blaue Flüssigkeit bespritzte mich. Die Ozelotjungen oder -welpen oder was immer sie waren – ich hatte sie gar nicht hereinkommen gehört – bliesen Tinte in die Schnitte an meinen Genitalien. Zischlaute erhoben sich in der Kammer. Draußen hörte ich riesige Birkenrinden-Kazoos die Gurgelgeräusche einer Geburt nachahmen. Eines meiner Ohren knackte, und plötzlich war mein Kopf von einem sinnlichen, besänftigenden Geruch angefüllt, wie wenn man als Kind bei einem Freund abends Filme gucken und dann dort übernachten durfte. Eine Steinglocke schlug zweimal, das Zeichen für mich, 6-Murmelnd den Bauch aufzuschlitzen. Ich tat es. Dann reichte mir jemand ein kleines Feuersteinskalpell. Ich nahm es fest in die Hand, schob sie in den Körper, fand sein Herz und schnitt es mühevoll heraus.

Sie hoben mich hoch und wirbelten mich immer wieder herum. Sie rieben Asche in die Tinte, schnitten mein Kostüm herunter und woben mich in ein neues. Sie wickelten breite Bänder um meine Hand- und Fußgelenke, kämmten und flochten mein Haar. Und Ölwechsel machen sie auch, dachte ich. Schließlich drapierten sie mir 6-Murmelndes Haut über die Schultern. Während die Zeit um mich her rasend vergangen war, hatten sie ihn gehäutet, die Haut rasch gegerbt und zu einer groben Manta verarbeitet. Eine Hand schob mir ein Tamale in den Mund, in dem ein Teil seines kleingehackten Herzens verarbeitet worden war. Als ich schluckte, erhob das Uay eines Helden, des Enkelsohns von 1-Ozelot, sein Haupt in mir, schüttelte sich den Ichor als Wolke von Granatperlen aus dem Haar und blickte sich um. Wieder hörte ich ein Knacken, und noch eines, und dann prasselte es unaufhörlich. Das waren gar nicht meine Ohren. Vielleicht war es der Stein, der sich Molekül für Molekül zerriss. Dann erst begriff ich, dass es platzende Maiskörner waren, die aus den erhitzten Töpfen sprangen. Ich wandte mich der Mundtür zu. Einige Welpen hielten Ballkellen und schaufelten die blau-weißen Moleküle wie Schnee durch die Öffnung. Sie fielen die Stufen hinunter und wurden vom Wind davongeweht. Von unten musste es aussehen, als schäumte das Maul des Katzenkopfs der Mul. Kühle Luft umfing mich. Ich trat hinaus in den großen blau-grünen Raum der Null-Ebene, und obwohl ich mir immer wieder ins Gedächtnis rief, mich nicht mitreißen zu lassen und dass alles nur ein Schauspiel sei, kam es mir vor, als würde ich aus einer Wunde im Herzbeutel des Himmels geboren.

Ich sah die weißen Blüten niederfallen und an der lebendigen Oberfläche der Stadt verschwinden, wo an jeder sichtbaren Facette Menschen sprossen wie Knospen an einem Zweig. Unendliche Aufmerksamkeit prallte mir entgegen, die Erwartungen der menschlichen Maisreihen aus Geblüten und Geiseln und Abhängigen, alle auf ihren Ebenen geordnet; alle starrten sie mich an, oder genauer das Kostüm, das ich trug und das perspektivisch von der Pyramidenspitze betont wurde wie das Haupt Christi im Fluchtpunkt von da Vincis *Letztem Abendmahl*. Es zog die Macht der konvergierenden Masse der Stadt an, der Biomasse, der Anordnung der Berge, der Erde und des Ozeans und der zweiundzwanzig Ebenen des Universums. Ich kam mir vor wie eine Spinnenmutter mit Tausenden von Jungen, die ich mit meinem Leib nähren wollte. Jede Fläche war mit Menschen besetzt wie mit Girlanden, und ich konnte jedem einzelnen in die Augen sehen. Ich trat an den Rand des Schwellensteins und blieb dort stehen. Die Menschen beantworteten meine Wiedergeburt mit einer Art ausgedehntem glücklichem Zischen, das sich immer länger hinzog, länger als die Ovationen beim Bühnenabschied einer Operndiva. Es war zugleich ein Willkommensgruß und ein kollektiver Gefolgschaftseid, etwas, das wir ein »Atemgeschenk« nannten und das theoretisch genauso bindend war wie ein Blutgeschenk. Jeder Einzelne hauchte mir einen Teil seiner oder ihrer Seele ein.

»Unsere jüngeren Brüder, jüngere Vettern«,
sagte ich,
»Ich brauche all eure Hilfe, auf dass ihr mich pflanzet,
Beim Säen meiner selbst, 1-Türkiser-Ozelots.«

Näher konnte kein Ahau einer Anrufung des Volkes kommen, denn ich bat um eine Heiligung – oder genauer, ein »Sprachgeschenk« – von jedem Einzelnen. Der Mund meiner Maske, ähnlich den viel früheren Modellen im antiken Griechenland, war so geschnitzt, dass er als kleines Megafon wirkte, und meine Stimme trug weit, ehe die menschlichen Wiederholer aufnahmen, was ich sagte. Trotzdem war ich nicht zufrieden. Meine Stimme klang mir immer noch zu dünn. Um wirklich einen Mysterienkult leiten zu können, muss man *Die Stimme* haben. Orpheus, Manson, Jones, Koresh, Applegate ... und nur um der Gerechtigkeit willen, 9-Reißzahn-Kolibri und 2-Juwelenbesetzter-Schädel besaßen wundervolle Stimmen. Wie dem auch sei, die Menschenmengen antworteten alle gemeinsam wie ein griechischer Chor, der vermutlich auch etwas Rituelles gewesen war, ehe er sich zum Bühneninstrument wandelte.

»*Kimak kimak*«, sagten sie. Es bedeutete so viel wie »Gern« oder »Selbstverständlich«.

»*Xtalan*«, sagte ich viermal in die vier Richtungen. »Wir danken euch«, hieß das, oder »Wir werden uns an euch erinnern«.

»*Oxlahun ueceb uchic yn uecic*«, sang die Menge. Die Formel saß bei ihnen so tief, wie bei mir im 20. Jahrhundert das *Ave Maria*.

»Nun gehört unser Atem noch euch, unser Saft ist euer,

Wir sind eure Wurzeln, ihr seid unser Stamm, ihr verzweigt
Euch zum Unenthüllten viertausendfach …«

Jede Stimme hing in ihrer Höhe von der Kaste und der Sippe ihres Besitzers und dessen Stellung innerhalb der Sippe ab, sodass man in der Mauer aus ausgestoßenem Atem fast jeden einzeln wahrnehmen konnte.

Natürlich war das Ganze ein Austausch von Verpflichtungen. Wir – damit meine ich uns hohe Tiere – schmissen diese großen Partys, um den Morlocks den ganzen Mist zu vergelten, den sie durchmachen mussten, aber wir mussten sie auch immer größer und wilder als beim letzten Mal machen, sodass sie uns dadurch noch stärker verpflichtet waren. In Kaminaljuyu und einigen anderen Städten waren Royals in dieser Hinsicht offenherziger und flehten die Öffentlichkeit an, ihnen aus ihren Schulden herauszuhelfen, und ließen sogar Sammelschatullen herumgehen. Koh und ich hatten versucht, behutsamer vorzugehen. Wir brachten im Namen aller Sippen und ihrer Abhängigen Opfer dar, und dann zeigten die Sippen, wie dankbar sie waren, indem sie ihre Sonnenaddierer sandten, damit sie am stadtweiten Opferspiel teilnahmen, als Hochzeits- und Einsetzungsgeschenk an uns. Wir revanchierten uns, indem wir das K'atun säten. Das bedeutete, das Spiel zu lesen und vorherzusagen, wie das Wetter wurde, wo man Menschen am besten ansiedelte, wie man die Felder anordnete und so weiter. Zufällig wurden dabei auch die Rechte der verschiedenen Sippen und ihre Privilegien neu bestätigt oder verteilt – Jagdrechte, Anteile an den Bewässerungskanälen, erbliche Trachten und Insignien, Klientendörfer, Leibeigenensippen und vieles mehr. Was mich betraf, mussten die Opfer ohne Umschweife angenommen werden, oder ich würde sehr viel öffentlichen Rückhalt verlieren, um es gelinde auszudrücken. Ich musste zeigen, dass ich meinen Aufgaben gewachsen war.

Der zentrale Zócalo hatte sich nach dem Maskenspiel gefüllt, doch nun wirbelte eine Truppe aus zwanzig Terror-Clowns herbei und scheuchte die Menge mit einem zuckenden Auswahltanz: Sie schlichen sich an einen Zuschauer an, als würden sie ihn als Opfer darbieten wollen, wenn sie ihn fingen, und wenn er sich zurückzog, fuhren sie herum und stürzten sich auf einen anderen. Die Opferer der Bacabob' folgten den Clowns auf den Boden, je vier aus jeder der fünf Sippen. Jede Gruppe zog ein langes blaues Seil hinter sich her. Sie waren erwählte Älteste, unmaskiert, aber mit Putz beladen, und sie stapften in enger werdenden Spiralen und saugten mit einer Art beschwingtem flachfüßigem Schritt die Energie aus der Erde. Steife weiße Stoffschwingen breiteten sich von ihren Oberschenkeln aus wie Libellenflügel, und als die Spiralen so eng geworden waren, dass sie auf der Stelle kreisten, zog die Zentrifugalkraft Blut aus Schnitten in ihren Hüften, bis das Weiß ganz rot geworden war. Es war eine ziemlich schrille Art und Weise, ein Blutopfer darzubringen. Sie bildeten einen engen Kreis auf dem grünen Zentrum des Zócalos, zerdrückten ihre erschlafften roten Flügel zwischen sich und holten die Seile ein, die sie nachgezogen hatten. Mittlerweile hatte 0-Stachelschwein-Spaßmacher sich in die Reihe vorgearbeitet wie der Narr in einem Morris-Dance, tanzte mit ihnen, brach dann plötzlich aus und störte ihren Rhythmus. Er drängte sich an die Stelle des obersten Opferers und brachte die Reihe vom Weg ab wie Charlie Chaplin bei der Parade in *Moderne Zeiten*. Die Menge mochte es sehr. 0-Stachelschwein war der einzige echte Clown, der sich während der Opferungen und dem Stadtspiel auf dem Zócalo aufhalten durfte. Koh hatte ihm befohlen, nichts wirklich durcheinanderzubringen, sondern nur die Anspannung der Zuschauer ein wenig aufzulockern.

Schließlich vollendeten die alten Männer ihren Part und brachten das erste Geschenk an die Basis der Mul. Es stammte aus dem Schnupfer-Haus, das 9-Reißzahn-Kolibri unterstützt hatte und mir daher das erste Geschenk schuldete. Und noch mehr. Ziemlich viel. Mit euch befasse ich mich später, Jungs, dachte ich. Sie wickelten das Goldtuch ab und boten mir den Gefangenen dar. Soweit ich es aus meiner erlauchten Höhe erkennen konnte, war er ein angemessen hübscher Junge, ein volles Geblüt, der gerade zu pubertieren begann. Die Darsteller der Ozelot-Ahnen hatten nun wieder einen Auftritt und schauspielerten größtes »Erstaunen«, als sähen sie den Jungen zum allerersten Mal; dann drängten sie näher und begannen ihn zu umtanzen, als wollten sie singen: »Wir werden dich fressen, fressen,

fressen …« oder so etwas; dann sprangen sie ihn an und bedeckten ihn völlig. Über ihnen bewegten ihre Schwänze sich in kleinen Rucken, ahmten Katzen nach, die an ihrer noch lebenden Beute knabberten. Als Nächstes ertönte ein Stoß aus einem Ton-Kazoo, und mein Nacom trat heraus und schritt in diesen orange-schwarzen Rattenkönig. Die Ozelots fuhren herum und wichen zurück, als überließen sie ihre Beute dem Anführer des Rudels, und der Nacom nahm das Seil des Gefangenen und führte ihn zu der Treppe. Vier Unsichtbare reihten sich dahinter ein, und die kleine Prozession begann den Aufstieg zu mir. Der Gesang wechselte in eine Art Fuge, die uns so vertraut war wie »*Row, row, row your boat*« einem amerikanischen Kindergartenkind, aber er hatte eine gespenstisch-erwartungsvolle Halbmelodie. Gut, darunter kann man sich vielleicht wenig vorstellen, aber Musik lässt sich ohnehin nur sehr schwer beschreiben. Nun waren auch Necker zu sehen, die schreiende Gefangene – andere Gefangene – irgendwohin trieben, wohin ich nicht blicken konnte. Die Schreie ließen mehr an eine öffentliche Verbrennung denken als an gemeinsames Singen. Gleichzeitig verliehen sie dem Gesang einen Abschluss, als bräuchte die Melodie den Unterton von Schmerz, um vollständig zu sein.

(59)

Als der Nacom die untere Vorstufe des Allerheiligsten erreichte, trat ich zurück in den Schutz des Eingangs und stellte mich gleich hinter ein breites Kohlebecken. Die Diener führten den Jungen zu dem glatten Steintisch. Der Nacom beugte sich über ihn, reinigte erst den Jungen und dann sein langgriffiges Feuersteinmesser mit seiner Zigarre, schlitzte dem Jungen mit einer einzigen Bewegung den Bauch horizontal auf, nahm ein kleineres Messer, griff in die Öffnung und nach oben, arbeitete einen Augenblick lang in der Bauchhöhle und trennte das Herz von der Aorta und den Hohlvenen. Dann zog er den kleinen roten Muskel heraus. Ein Diener hielt eine Schale für ihn hoch. Der Nacom legte das Herz darauf, schnitt es der Länge nach auf, öffnete es wie ein Buch und las darin. Dann wandte er sich mir im Hintergrund der Bühne zu, ließ sich von einem Diener das Blut von den Armen wischen und machte das Zeichen, die Omen seien gut. Ich bedeutete ihm weiterzumachen, und der Diener eilte in meine Richtung und kippte das Herz ins Kohlebecken. Ich hörte zu, wie es zischelte, und atmete den wurstigen Rauch ein. Die verschiedenen Teile der Orchester in der Menge reagierten, spielten hohe Noten der Erleichterung auf einer langen, langsamen Melodie, während der Körper des Jungen die Stufen zu den heiligen Köchen hinunterrollte. Einer erledigt, dachte ich.

Der Junge hatte sich wirklich gut gehalten und schien nicht einmal unter Drogen gestanden zu haben. Das warf ein gutes Licht auf die Schnupfer. Und auf mich wohl auch. Manchmal ist man froh, wenn man seinen Gefangenen zum Schreien bringt, zum Beispiel, wenn man ihn bloß demütigen will, aber meistens gab man sich damit zufrieden, wenn das Opfer seine Qualen wie ein Mann nahm, weil man zeigen wollte, was für ein harter Bursche man war, dass man so jemanden überhaupt gefangen nehmen konnte. Dieser Fall hier fiel mehr in die zweite Kategorie. Es kam auch vor, dass man seine Addierer aus den Schreien der Opfer weissagen lassen wollte, aber in diesem Fall hätte es nur die Anrufung verdorben, wenn der Junge ausgeflippt wäre.

Nun wickelten die Opferer der Ara-Sippe ihr Geschenk aus, einen kleinen Jungen an seinem ersten Jahrestag der öffentlichen Namensgebung, was bedeutete, dass er knapp vier Jahre alt war. Sie führten ihn an die Mul, und die Unsichtbaren taten so, als zögen sie ihn an seinem mit Blumen besetzten blauen Band zu mir hoch. Tatsächlich trugen sie ihn hinauf, setzten ihn auf jeder Stufe ab und hoben ihn auf die nächste. Der Ara-Junge stand nicht allzu sehr unter Drogen, und schon auf der dritten Stufe merkte man ihm an, dass er furchtbare Angst hatte. Auf irgendeine Weise begriff er, was vor sich ging, denn er stieß Laute aus, die zwischen Wimmern und Kreischen lagen.

Das wird mich wohl völlig mitleidslos erscheinen lassen, oder? Ich hatte schon früher meinen Frieden mit dem gemacht, was hier passieren würde, während ich zusammen mit Kohs Vertreterinnen die Hochzeitsproben absolvierte, aber ich war natürlich trotzdem ein Dreckschwein, weil ich es überhaupt mitmachte. Nur sah ich keine andere Möglichkeit. Ich befolgte bloß Befehle.

Und vergessen Sie eines nicht: Das war eine große Zeremonie, und wir erledigten trotzdem nur neun oder zehn Menschen, also war es nicht gerade Völkermord, oder? Ich meine, es war natürlich nicht toll, aber wir verzichteten wenigstens auf diese niemals endenden Schlachtfeste, wie die Azteken sie später angeblich veranstalteten, wo Jung und Alt unterschiedslos hingemetzelt wurde. Sie verbrauchten an einem ganz normalen Tag zehnmal so viele Menschen wahrscheinlich schon vor dem Frühstück. Andererseits hätte ich jedem empfohlen, sich lieber von den Azteken gefangen nehmen zu lassen als von den Maya. Denn wir – die Maya, meine ich – sind sehr viel erfinderischer gewesen, was Foltermethoden anging. Die Azteken brachten einen einfach nur um.

Und überhaupt, überlegen Sie mal den Zusammenhang. Wir – ich meine damit wieder uns Ixob'-Typen – ahmten Gott nach, indem wir so fies waren wie nur möglich. Gott genießt es offenbar, kleine

Kinder zu töten, oder nicht? Wir taten wenigstens nicht so, als würde es Gott *keinen* Spaß machen, unschuldige Menschen zu quälen oder zuzuschauen und dabei vorzugeben, es nicht zu bemerken.

Mir jedenfalls war nicht übel, mir tat es nur leid. Aber was bringt es, wenn ich es überhaupt erwähnte? Leidtun nutzt ja nun wirklich gar nichts.

Unten auf dem Zócalo packte nun die Harpyien-Sippe ihr Geschenk aus. Er war ein ehemaliger, nun enterbter Adoptivbruder von mir: 18-Sprung, 2-Juwelenbesetzter-Schädels Lieblingsneffe. Man hatte ihn in das 2-Juwelenbesetzter-Schädel-Kostüm vom Maskenspiel eingenäht, aber er war nicht der Tänzer gewesen, der 2-Juwelenbesetzter-Schädels Partie gespielt hatte: Bei 18-Sprung waren wir uns nicht sicher gewesen, ob er sich wirklich an das Drehbuch halten würde. Ich blickte über den Zócalo auf den Zentralraum des Mattenhauses, wo 2-Juwelenbesetzter-Schädel gezwungen wurde, aus seinem Käfig zuzuschauen, aber es war dort drinnen zu dunkel, als dass ich ihn hätte erkennen können.

Die Unsichtbaren streiften 18-Sprung die Insignien ab und wickelten seine Begleitung aus fünf Zwergen aus, die so verfettet waren, dass sie tischfertig wirkten wie Kinder in Truthahnkostümen bei der Schulaufführung eines Thanksgiving-Stücks. Doch auch sie waren keine offiziellen Opfer und kamen nicht in den Gemeinschaftstopf. Sie waren dabei, weil 18-Sprung auch als Gefangener noch einem Großen Haus angehörte und ihm nach wie vor Diener zustanden, die ihn auf der Straße, die aus dieser Ebene führte, bei guter Laune hielten. Zwerge gingen immer. Die Unsichtbaren führten ihn hoch. 18-Sprung ging steif voran – er war 23 Sonnenjahre alt und nach allem, was ich wusste, weder so schnell noch so kräftig wie sein berühmter Onkel –, und die Zwerge folgten. Sie hatten auf den hohen Stufen zu kämpfen und zogen das perlende Gelächter des Publikums auf sich. Auf mich wirkten sie nicht sonderlich ästhetisch, mehr wie Grobi, Hirni, Schmieri, Brummi und Blödi, nur fehlten ihnen Bärte und Zipfelmützen, aber sie passten zusammen, waren ausgebildet und mussten eine Menge gekostet haben. Auf jeden Fall wartete das Publikum auf das Finale.

Sie kamen an die Schwelle. 18-Sprung stand einfach da wie Jesus, bis sie ihn über den Tisch streckten. Ich hörte, wie ein paar seiner Gelenke ausgekugelt wurden. Vielleicht wünschten Kohs Leute, dass er schrie, aber das wäre keine wirklich gute Idee gewesen. Auf jeden Fall bestand darauf nur eine geringe Chance, weil er ein volles Geblüt war. Bestenfalls konnte man ein paar unbewusste Worte im Augenblick des Todes erwarten.

Der Nacom reinigte 18-Sprungs Gesicht und Brust. Ich trat vor, ließ mir vom Nacom Rauch über meine Hellebarde blasen und setzte die mittlere Hakenklinge an 18-Sprungs Hals an.

Bisher hatte ich, das haben Sie wahrscheinlich bemerkt, noch niemanden selbst getötet. Im Allgemeinen hütete man sich davor, dem Atem des Todes so nahe zu kommen, und ließ es von professionellen geheiligten Kastenlosen übernehmen. Man wollte nur, dass der Empfänger – in diesem Fall eben Ozelot – einem die Opferung anrechnete. Das ist so ähnlich wie bei einer Party: Man will sie zwar schmeißen, aber man möchte trotzdem nicht alles selbst kochen und jeden einzelnen Gast persönlich von Hand damit füttern. In diesem Fall wurde allerdings von mir erwartet, dass ich ein paar Kleinigkeiten selber erledigte, auch wenn ich den Gnadenstoß am Ende vom Nacom ausführen ließ. Das war zum Teil deshalb in Ordnung, weil ich 18-Sprung nicht mit eigenen Händen gefangen genommen hatte. Auf der Jagd gilt es ja auch als uncool, wenn man etwas isst, das man nicht selber geschossen hat.

Mit der linken Hand hielt ich 18-Sprungs Stirn, drehte seinen Kopf zu mir, machte einen Einschnitt unter dem Ohrläppchen, fand den Gelenkkopf der Kinnlade und trennte ihn von den Bändern des Kiefergelenks. Dann wandte ich mich der anderen Wange zu, tat das Gleiche, reichte mein langgriffiges Messer einem Weihekandidaten, drückte 18-Sprungs Stirn zurück, damit er nicht zubeißen konnte, hakte meinen rechten Daumen in seine unteren Schneidezähne und riss ihm den Unterkiefer ab. Ein kleiner Schönwetterschauer aus Blut ging um mich herum nieder, und Speichel sprühte aus den Drüsenkanälen. Ich hielt den Kiefer hoch und schwenkte ihn viermal herum. Die Zunge zuckte noch, und rosa Seiber tropfte von ihr herab.

Ich warf alles die Treppe hinunter. Die Weihekandidaten richteten 18-Sprung auf, zeigten ihn der Menge und neigten ihn am Rand des Abgrunds spielerisch vor und zurück. Er versuchte sich in die Tiefe zu stürzen, doch sie rissen ihn wieder zurück. Die Menge raste, und einige Abteilungen stockten in ihrem Gesang. Bei der Sache fühlte ich mich alles andere als gut, aber ich muss zugeben – nur um die letzte Sympathie zu beseitigen, die Sie für mich nach allem vielleicht doch noch empfinden –, dass ich in dieser Situation nicht anders konnte, als aufzulachen. Man muss sich dabei jedoch vor Augen führen, wie albern 18-Sprung in dem Augenblick aussah, während seine Vorderzähne ins Nichts ragten und sein großer Kopf auf seinem kleinen Hals hin und her wackelte. Ein Mensch ohne Unterkiefer sieht einfach sehr, sehr komisch aus. Sie gaben mir mein Messer, drehten ihn zu mir um, und ich schnitt ihm den Bauch oberhalb des Nabels waagerecht auf. Er hatte zwar kein Sixpack, aber doch Bauchmuskeln, deshalb war der Schnitt nicht ganz einfach, aber ich schaffte ihn trotzdem in einem Zug. Einen Schlag lang wurde mir ein bisschen schwindlig, entweder vom Lampenfieber oder von widerstreitenden Motiven oder so was, aber hauptsächlich kam es von dem Gefühl, dieses feste Gewebe zu zerteilen. In lebendes Fleisch zu schneiden ist so, als schiebe man den Löffel in etwas Weiches, das seine Form behält, wie Pudding oder Käsekuchen, aus dem man ein glattes Halboval heraushebt. Im Schaffen dieser Aushöhlung liegt eine primitive, urtümliche Faszination. Vielleicht empfinden es Chirurgen auch so. Jedenfalls fing ich mich, gab mein Messer ab, griff mit beiden Armen hinein und nach oben und zerriss ihm mit den Fingernägeln das Zwerchfell. *Dieser kleine Vorhang aus Fleisch*, dachte ich. Ich fand das Herz und umfasste es für einen Schlag. Wahrscheinlich muss ich nicht eigens erwähnen, dass es ein sehr seltsames Gefühl ist, ein noch schlagendes Herz in den Händen zu halten, aber mir fällt es schwer zu sagen, woran das eigentlich liegt. Ich nehme an, man könnte sich einen Eindruck davon verschaffen, indem man einen Vogel in die Hand nimmt und überlegt, ihn zu Tode zu quetschen. Damit hat man die gleiche unglaubliche Macht am Fluchtpunkt der Linien von Abstoßung und Faszination.

Aus irgendeinem Grund sah ich 18-Sprung ins Gesicht, und seine Augen erwiderten meinen Blick. Er wirkte nicht wütend oder ängstlich, sondern zeigte dieses ohnmächtig-entspannte Aussehen, das man bekommt, wenn der Schmerz alle Grenzen übersteigt.

Auf das Herz hatten wir es bei dieser besonderen Prozedur ausnahmsweise einmal nicht abgesehen. Es käme später in einen besonders großen Topf *atole*. Ich ließ es widerstrebend los, drehte die Hände nach unten und ertastete die Leber.

Sie ist ein schweres, weiches, schlabberiges Organ, aber ich fand und durchschnitt die Hohlvene und die Pfortader, bekam beide großen Lappen heraus – zusammen mit der Gallenblase – und klatschte sie auf den Teller. Ein Akolyth rieb mir die Hände mit Palmöl ein. Ich nahm den Teller, drehte mich um und ging ins Heiligtum. Drinnen war es nun dunkler, aber es brannten noch immer Fackeln, und neben dem Sarg des Oberpriesters kauerte ein einzelner Katzen-Akolyth. Ich stellte den Teller auf die alte Großmatte. Der Akolyth hob den Oberkörper des alten Mannes an. Er schaute zu mir und beugte sich über die Leber, um sie zu inspizieren. Ich trat näher und schaute ihm zu. Er drehte die Leber herum. Sie wirkte wie ein großer, gesunder, blutreicher Brocken, doch dann griff er in den Spalt zwischen den Lappen und wies auf eine stinkende kleine umkapselte Nekrose, die aussah wie eine aufgeplatzte Tüte Sardellenpaste. Er sah mich an.

»Alles gut für jetzt, aber nicht für später«, krächzte er. Na ja, seine Stimme war dünner und feiner als ein Krächzen. Ich wusste, dass ich mehr nicht aus ihm herausbekommen würde. Er war schwierig. Ich dankte ihm, vollführte meine kleine Huldigung und ging rückwärts hinaus zur Schwelle.

»*Kimak-kimak*«, sagte ich. »Alles kann schwimmen,
Vorwärts, viermal vierhundert Sonnenjahre.«

Die Menge antwortete mit einem Lärm, der nach einer riesigen Höhle voller Seelöwen klang. Aus purer Angabe ließen die Weihekandidaten 18-Sprung los, und einen Schlag lang durfte er aus eigener Kraft stehen. Fünf Schläge lang stand er einfach da. Seine Brust und seine

Beine waren knallrot, aber er lebte noch. Schließlich versuchte er einen Schritt in meine Richtung zu machen, doch er kippte nach vorn. Gerade als er in meine Arme fallen wollte, fingen die Akolythen ihn ab und hielten ihn fest, woraufhin der Nacom ihm gekonnt den Rest des Kopfes vom Körper sägte und ihn einem Präparator-Akolythen zum Einwickeln reichte. Aus dem Halsstumpf kam fast kein Blut. Die Weihekandidaten gaben den Körper wieder frei, und der Nacom schob ihn nach vorn über den Rand der Sägestufen. Er stürzte vornüber und fiel fast geräuschlos. Die Menge verstummte für einen Schlag; dann glitt sie in einen leiseren, ehrfürchtiger klingenden Zyklus des Gesanges. Ich spürte eine Welle der Schutzes, die von ihnen ausging, und ihren Dank. Liebe und Erleichterung stiegen von ihnen auf wie Wärmestrahlung. Ein Opfer kann diese unglaubliche Bindung herstellen, vielleicht die stärkste Bindung, die man zu mehr als einem anderen Menschen haben kann. Besonders mit Scharen von Menschen, die man nie kennengelernt hat. Es erzeugt das Gemeinschaftsgefühl einer Göttererscheinung; man erlebt den Rausch geteilter Begeisterung über das kollektive Überleben. Man weiß, dass alle das Gleiche empfunden und den gleichen kleinen Schrecken durchlebt haben, und das ist so, als hätte man gerade Sex mit jedem Einzelnen gehabt.

Die nächsten Opfer rollten sie bei lebendigem Leib die Stufen hinunter, nur damit sich die Partystimmung wieder einstellte, zuerst Schmieri, danach Blödi und schließlich Grobi, Hirni und Brummi auf einmal. Da das Atole fertig war, war es völlig okay, die Stufen mit geringerem Blut zu besudeln. Die Zwerge stürzten sich überschlagend nach unten, platschend und kreischend, und ihre Bewegungen beschrieben fünf getrennte Bögen vom Leben zum Tod. Für das Publikum – fast hätte ich »meine Familie« gesagt – war es so ziemlich das Komischste auf der Welt. Ihr habt 'n geilen Humor, Jungs, dachte ich. Ich hätt' euch 'n paar Kassetten mit Benny Hill mitbringen sollen.

Ein Akolyth klopfte neben meinem Fuß auf die Plattform. Ich drehte mich um. Er reichte mir einen normalgroßen Ball, frisch aus weißem Gummiband gewickelt. Die Hieroglyphen darauf verrieten, dass 18-Sprungs Kopf darin war, nur für den Fall, dass irgendein

Zweifel bestehen sollte. Ich nahm den Ball, hielt ihn über meinen Kopf und spürte, wie die Menge unter mir die Luft einsog. Ich warf den Ball die Stufen hinunter. Er sprang umso höher, je tiefer er fiel, und setzte schließlich in einem hohen Bogen in die Menge; dann tupfte er von einem Glücklichen zum anderen kreuz und quer über den Zócalo.

Pitzomob pay-ee, dachte ich. Lasst die Spiele beginnen. Ich gab das Zeichen, dass Kohs Eskorte sie herausbringen sollte. Erneut erhob sich das Fauchen von der Sternenrassler-Mul. Wieder glitt die Schlange die Stufen hinunter. Die Menge darunter wich zur Seite. Der Eingang der Mul, jüngst als gewaltiges Maul des Sternenrasslers neu gestaltet, erbrach-gebar eine große blaue Schachtel in Eiform und schlug mit der Rassel dagegen. Das Ei zerbarst, und Koh trat mit dem Kopf zuerst heraus wie ein Baby, angetan in einer Kutte aus metallisch-grünen Käferpanzern, angeordnet als Himmelskarte auf einer Manta, die aus den Häuten von vierhundert schwarzen Leguanen genäht war.

(60)

Doppelt so groß wie in Wirklichkeit und von zwei Zwergen getragen, die sich unter ihrem langen Sternenschuppenrock versteckten, schwebte sie die Stufen zu mir hinauf. Vier Dienerinnen folgten ihr in zwei Schritten Abstand. Es war ein wenig irregulär, dass sie hier auftauchte, und die Älteren würden darüber murren. Doch da die Geschenke abgeliefert waren, konnten Frauen den heiligen Boden betreten, ohne etwas zu verunreinigen. Hier wird sich sowieso einiges ändern, dachte ich. *Sisters Are Doing It For Themselves.*

Ich stellte meine Plateausandalen wieder auf die scharfe Kante der Schwelle und wäre beinahe nach vorn gestürzt. In dem Rauch und dem amethystfarbenen Zwielicht wirkte alles näher, als es war, sogar für mich mit meiner auf null gesetzten räumlichen Wahrnehmung. Neue Harpyien-Flieger hatten die Pfähle erklommen und kreiselten nach unten, und die Ozelots tanzten durch die kostümierten Feiernden, sich wiegend, beinahe stürzend, großspurig und schwungvoll, ungehemmt und gleichzeitig vollkommen beherrscht. Hier ging es nicht zu wie in einer Disco oder dergleichen, denn tatsächlich sollten nur die alten Männer wirklich tanzen, während die anderen nur auf der Stelle hüpften. Doch der richtige Rhythmus durchlief alles. Wie sehr es sich von der strengen, drögen Vigilie in Teotihuacán unterschied. Man hatte den Eindruck eines Neuanfangs. Viele Zuschauer und Tänzer verfielen in eine orgiastische Trance und wiegten sich dennoch ganz im gleichen gemütlichen Beat. Mit dem Gemeinschaftsgefühl eines Stammes lässt sich einfach nichts vergleichen. Während ich zusah, verschwanden die groben Kanten der Künstlichkeit, und ich vergaß die Beine der Schlange oder die Seile, von denen die Flieger in der Luft gehalten wurden. Die Masken der Feiernden verschmolzen mit ihrem Fleisch und pulsierten, zeigten Mienenspiel und schnitten

Grimassen. Ich spürte, wie mein Lächeln zu den Schuppen meiner Jademaske durchdrang und alles sich vermischte. Die Rückenaufbauten der Tänzer entfalteten sich zu prunkvollem Balzgefieder; wie Moschuswolken stieg die Macht der Götter von ihnen auf. Es war keine Zeremonie, sondern ein tatsächliches Ereignis: Götter kickten die Welt irgendwohin, weil es ihnen Spaß machte – vor langer Zeit schon, jetzt und demnächst wieder. Es war ein kindliches Gefühl; zugleich empfand ich das bittersüße Entzücken, Teil eines Wirs zu sein, das berauschend und großartig war, voller Hoffnung und Leben. Ich krümmte mich vor Liebe innerlich zusammen und spürte, wie Tränen meine Gesichtspolsterung tränkten. Sicher, es klingt schnulzig, aber was einen dabei so sehr berührt, ist die Erkenntnis, wie sehr wir Menschen einander lieben könnten. Die Menschen des 21. Jahrhunderts haben nie wirklich gelebt. Man muss sich ins Leben stürzen, man muss dem Faden folgen, wo sich die Intensitätskurven von Sex und Gewalt, Lust und Schmerz, Ichbezogenheit und Sichverlieren schneiden, bis an den Punkt der Heiterkeit, dem Nur-da-Sein, dem reinen zweifelsfreien Zustand mit dem Leben als einzigem Ziel, wie er Insekten ausmacht. Wer nicht wenigstens einmal dorthin gelangt ist, hat das Meer immer nur durch eine Glasscheibe betrachtet und sich nie in die Fluten gestürzt. Wenigstens erschien es mir damals so.

Koh stieg vor mir in die Höhe. Unsichtbare breiteten die alte Großmatte am Rand der Plattform aus. Ich trat vor und ließ mich so langsam darauf nieder, dass es mehr als eine Minute dauerte. Mein Gesicht zeigte nach Norden, und wenn ich mir über die linke Schulter blickte, sah ich die schwindelerregend abschüssige Treppe und den gesamten aufgewühlten Zócalo. Das Gelände zwischen den beiden großen Pyramiden wurde als eine Art Ballspielfeld betrachtet, hatte jedoch wenigstens die hundertfache Fläche eines echten Spielgrabens, war also viel zu groß, als dass Menschen darauf spielen konnten. Die Bälle hier waren Sonne, Mond und Planeten. Normalerweise lief das Spiel von allein, doch in diesem einen Ritual würden Koh und ich die Himmelskörper vorantreiben und mit Menschen markieren, wo sie vielleicht landeten.

Die Zwerge setzten Koh vier Armlängen vor mir ab, mir zugewandt – also nach Süden blickend –, und schlurften ins Heiligtum davon. Sie hielten sich geduckt, sodass die Menge sie nicht sehen konnte. Auf dem Forum räumten die Unsichtbaren das zentrale Quadrat, eine Fläche von gut drei Seillängen im Geviert. Sie war abgebimst und poliert und frisch in den Zonenfarben der fünf Richtungen bemalt worden, überlagert von einem ausgewachsenen Opferspielraster wie ein quadratisches Spinnennetz.

Endlich, dachte ich. Das Menschenspiel. Legen wir los.

Kohs Dienerinnen schnippten ihr den blaugrünen glotzäugigen Schlangenkieferhelm herunter und ersetzten ihn durch die Frisur und den Kopfputz einer Ozelot-Königin. Kohs alte Rolle als eine Art Nonne des Sternenrasslers gab sie dadurch weitgehend auf. Dennoch war es für sie der sicherste Weg gewesen, mich zu heiraten. Später, ehe ich ins kühle Grab sank, würde ich am *popol na* verkünden, dass Koh als Mund meines Uays herrschen sollte und schließlich als Regentin für ihren Sohn, vorausgesetzt, wir hätten einen oder könnten insgeheim einen adoptieren. In der Zwischenzeit würde Koh darauf hinarbeiten, die Ozelot- und Rassler-Fraktionen zu vereinigen, bis die Lage so stabil war, dass sie weiterziehen konnte. Und das wäre – bis zum zwölften B'ak'tun – mein Beitrag für die Nachwelt.

Wir grüßten einander, doch Koh sagte nichts. Eine Dienerin stellte einen bedeckten Spieltisch zwischen uns.

Auf dem Zócalo kehrten die Unsichtbaren das Spielraster und ölten es ein. Alligator-Wurzel, Kohs Ausrufer, trug eine dünne schwarze Maske, einer Dominomaske nicht unähnlich, die mit Wachs über den Augen befestigt war. Wenigstens hatte sie ihn nicht blenden lassen.

Die ersten neunundfünfzig Gehetzten – oder Gift-Orakel – traten heraus und stellten sich an ihre Plätze in der Mitte des Vierecks. Jeder hielt ein Stockpaar, und alle trugen sie hohe Null-Masken. Einer der Stöcke des Anführers war mit roten Bändern versehen und doppelt so hoch wie er selbst. Als Nächstes nahmen die achtundfünfzig maskierten Häscher ihre Plätze um die Gift-Orakel ein, sieben an jedem der acht Sternspitzen und zwei in Reserve außerhalb des Rasters. Jeder Häscher trug eine kleine Trommel an einem Stock. Die hundertsiebzehn Spieler waren aus den Vier- oder Fünf-Stein-Addierern vertrauenswürdiger abhängiger Sippen ausgewählt worden, was bedeutete, dass sie alle den Blutblitz spüren konnten und zu zählen vermochten, als hätten sie kleine Abakus-Registrierkassen im Kopf. Zugleich waren sie aber nicht in der Lage, ein Stadtspiel dieses Ausmaßes selbst zu leiten oder sich daran zu erinnern und das Wissen mitzunehmen. Mithilfe von Cleromantie hatten die Gehetzten aus ihren Reihen dreizehn Läufer ausgewählt, sie tätowiert und mit den Mustern des siderischen Skorpions besetzt, und sie dann mit Leber und Hirschblut ernährt, um sie stark zu machen. Der Anführer der Gehetzten gehörte zu ihnen. Sie waren die eigentlichen Ziele der Häscher; die übrigen Gehetzten dienten nur zur Ablenkung. In den letzten zehn Tagen hatten sie jede wache Minute geübt. Jeder von ihnen würde in gewisser Weise sein eigenes separates Opferspiel ausüben, und die Summe der Einzelspiele würde das Hauptspiel in seiner Gesamtheit erweitern.

Die Spiel-Schläger begannen ihre tönernen Wassertrommeln zu rühren, im Einklang mit dem Schlagrhythmus des allgemeinen Festes, aber mit größerem Nachdruck.

Los geht's, dachte ich. Esgehtlosesgehtlosjetztgehtslos. Ich konnte noch immer nicht fassen, dass das Menschenspiel tatsächlich stattfand. Es war, als ob … Ich weiß nicht, ob es mit irgendetwas zu vergleichen ist. Aber wenn es funktionierte, würde ich erfahren, was ich wissen musste, was wir alle wissen mussten. Und dann, mit diesem Wissen …

»Wisse, selbst im besten Fall sehe ich nur die Züge«, erinnerte mich Koh. »Auslegen musst du sie selbst.«

Ich antwortete, das wisse ich, und dankte ihr. Sie lächelte – he, *no problemo*, wir hängen sowieso noch 'ne Weile miteinander ab, oder?

Wie ich bereits erwähnt habe, war es das erste Große Stadtspiel seit dem Spiel in Teotihuacán drei K'atunob' zuvor. Und in Anbetracht der Tatsache, dass diese Kunst ausstarb, konnte es durchaus das letzte Spiel sein, das jemals stattfand. Es sollte eine öffentliche Demonstration meiner Fähigkeit sein, in die Zukunft zu blicken, doch tatsächlich war es Frau Koh, die das Sehen übernahm, und sie und ich spielten aus jeweils eigenen Gründen.

Wenn alles gut lief, würde niemand die fernsten und wichtigsten

Dinge erfahren, die wir sahen. Wir würden ein paar Voraussagen über die nächsten K'atunob' machen und alles andere für uns behalten.

Koh entzündete eine ihrer grünen Zigarren – die Sorte, wo Chili und Schokolade in den Tabak geflochten sind –, nahm einen Zug und reichte sie mir. Ich paffte daran. Koh begann mit der Anrufung, die im metaphorischen Dialekt der Sonnenaddierer erfolgte. Also versuche ich es mit einer Wiedergabe, die mehr Umschreibung ist und weniger Übersetzung. Okay, Jedketiere? Gut. Also, los geht's:

»Du, Hurrikan, der Herrn Hitzes erste Dämmerung beseeltest,
Du über uns, der sein letztes Sterben vorhersieht,
Du, sonnenäugiger Schlängler im blaugrünen Becken,
Du, jadehäutiger Schnitzer der türkisen Zisterne,
Du, dessen zischende Speere Waldbrände entfachen,
Neige dich zu uns aus deinem Sturmwind und antworte uns.«

Koh schaute hoch. Ich zögerte, räusperte mich und begann meine erste Antwort.

Jed:
»Wir, die wir nur Staubkörner im Sturmwind sind,
Wir, geboren beim Fall der Sonne, verschwunden, ehe sie aufgeht,
Wer harrt unser am Herdfeuer?
Wessen Hände polieren unsere Knochen nach unserem Tod?
Werden unsere Schädel nur auf den Boden der Zisterne rollen?
Werden die Töpfer die Scherben unserer zersprungnen Becken neu brennen?«

Ahau-na Koh:
»Du, Zyklon, schenke uns einen Platz unter dem Becken,
Aber über den Wolken, über dem vernichtenden Sturmwind:
Ein Blick über die vierfache Zisterne,
Wo wir die Körner der kommenden Dämmerungen verstreuen können,

Wo wir ihr Wachsen und ihr Sterben zählen können,
Wo wir junge Fluten und frisch entfachte Feuer entdecken können.«

Jed:

»Wo wir unsere Erben vor nahendem Feuer warnen können,
Wo wir die ersten Risse im Becken spüren
Und unsere Linie wiegen und ihren Tod verhüten,
Wo wir sie im Sturmwind weinen hören können,
Wo wir alle ihre Dämmerungen
Voll und klar lesen können über der klaffenden Zisterne.«

Ahau-na Koh:

»Du inmitten der türkisen Zisterne
Zeig uns die goldenen Südwestfeuer,
Lass uns rotwärts sehen, durch die Sierra der Dämmerung,
Nach Südosten, wo der Horizont das Becken trifft.
Leite uns nordöstlich durch den Knochenstaub-Sturmwind,
Und sogar nach Nordwesten, durch die rußschwarzen Dünen des Sterbens.«

Jed:

»Damit in Zeiten weit jenseits unseres Todes
Unsere Töchter noch immer Gaben in deine Zisterne werfen,
Unsere Söhne deinen Sturmwinden noch immer Blutrauch opfern,
Unsere Leibeigenen noch immer deine Altarfeuer hüten können,
Dir aus randvollen Becken Schokolade vorgießen,
Durch all die ungedämmerten Tage, die nun bald dämmern.«

Ahau-na Koh:

»Dämmernd backen wir unsere Körper und zerschmettern sie sterbend.«

Jed:

»Wir zerschmettern unsere Becken und versenken sie in deiner Zisterne.
Und löschen unsere letzten Feuer zu Rauch, um deine Begierde zu stillen, Sturmwind.«

Koh verstreute die Körner und flüsterte dem Kantor ihre Position zu. Er rief sie aus, und die menschlichen Spielfiguren nahmen ihre Plätze ein. Koh wartete fünf Schläge lang.

Dann machte sie ihren ersten Zug.

(61)

»Eins Tod, Eins Wind, Vier Gedanke, Sechzehn, Neunzehn«,

sagte Koh. Sie gab augenblicklich das letzte Datum aus dem teotihuacánischen Stadtspiel an. Im Grunde hatte sie gerade einen Sprung über mehr als fünfeinhalb Sonnenjahrhunderte gemacht, in das Jahr 1225 gregorianischer Zeitrechnung. Ich hatte angenommen, sie würde die Addierer zuerst dahin führen, um sie zu beruhigen, aber vielleicht wollte sie auch nur sehen, ob sie wussten, was sie taten. Die neun Trauben aus Addierern lösten sich auf und verschoben sich, und im ersten Moment sah es aus, als herrsche auf dem Zócalo heillose Verwirrung; dann aber gruppierten sie sich zu einem neuen Muster, das abermals schmolz und sich wieder neu ordnete. Obwohl ich so etwas erwartet hatte, war ich verblüfft. Das war schon ein Anblick. Nichts Biologisches, sondern etwas Physikalisches oder Technisches, ich weiß nicht, was, vielleicht so, wie wenn Hunderte Pacman-hafter magnetischer Dipole durch das Reich eines Speicherbausteins aus synthetischem Granat pulsieren. Jeder Addierer ging auf den Schlag hin vorwärts nach außen, auf den Linien, die die Punkte des Rasters trennten, die Zwischenräume zwischen den Kreuzungen; jeder marschierte von seiner alten Position an eine neue, die durch seine individuelle Zählung der Tage und Zyklen bestimmt wurde, welche sich wiederum unterschieden, weil jede Person einen anderen Zyklus repräsentierte, den er auf seinen Stäben oder seiner Trommel zählte, und der Zyklus jeder einzelnen Person war eine einzigartige mathematische Reihe, die einige Schläge ausließ, andere dafür dreimal zählte, zum Beispiel. Diese Reihe änderte er abhängig davon, den Weg welcher Personen er auf seinem nichtwillkürlichen Marsch schnitt. Auf einer menschlichen Skala zeigten die Bewegungen Ähnlichkeit zu den Rekonstruktionen von Menuetten aus der Renaissance; sie wiesen auch Merkmale der Stocktänze in Gujarat oder des schon erwähnten Morris-Dance auf. Doch obwohl die Bewegungen tanzähnlich abliefen, dienten sie offensichtlich nicht nur der Wirkung, sondern bewirkten tatsächlich etwas: Sie bauten etwas auf.

Jetzt hielten die Personen inne. Zwei Läufer waren aus dem »Tanz« ausgeschieden – das heißt, ihr Weg hatte sich mit dem eines Fängers gekreuzt, und sie waren gefangen –, doch sie wurden nicht getötet, weil es noch nicht nötig war, denn noch wurde nicht richtig vorausgezählt. Die beiden schlichen sich unauffällig durch den Wald aus aufgerichteten Häschern, die in Reih und Glied dastanden wie nordkoreanische Soldaten bei der Parade.

»Nun wartet«, sagte Koh, und ihr Herold wiederholte es. »Nun
Geht er fiebernd weiter, sie rastet, schöpft Atem.«

Damit meinte sie, dass sie einen Schlag lang warten sollten, wo sie standen. Die Häscher wirkten ungeduldig und machten den verbliebenen Gehetzten Zeichen, als wollten sie versuchen, sie aus der Entfernung zu packen. Ich hätte es für aufsässig halten können, aber in Wirklichkeit fielen sie bereits in die Trance ihrer Rolle. Kohs Dienerin legte die Spielmatte vor sie auf den Tisch und stellte einen eng geflochtenen Korb und ein kleines Kohlebecken in Richtung Bühnenhintergrund gleich dahinter. Koh löste die Knoten und rollte die Matte auf. Von dort, wo wir saßen, wirkten die freigemachte Spielzone auf dem Zócalo unter uns und das Spielbrett vor uns gleich groß. Die Dienerinnen stiegen auf die Vorstufe unter uns und verteilten sich an den Rändern, damit niemand so hoch saß wie Koh und ich. Es sei denn, man zählte den alten Knaben in der Kiste mit.

Alligator-Wurzel musste den Trommlern beim ersten Anblick der Flamme ein Zeichen gegeben haben, denn völlig synchron machten sie im doppelten Tempo weiter.

»Erster Läufer auf 14 Nacht«, sagte Koh.

Ich zog ihn. Meine Rolle bei der ganzen Sache war ziemlich mechanischer Natur: Ich sollte nur die Positionen der menschlichen

Spielfiguren auf Kohs Brett übertragen und ihren nächsten Zug abwarten. »Du kannst nicht alle Fäden verfolgen«, hatte Koh einmal zu mir gesagt. »Du brauchst jemanden, der sie niederhält.«

Alligator-Wurzel rief den Zug zum Zócalo aus. Der Läufer mit den roten Bändern am Stab ging im Kreis an seine neue Position. Die Farben kamen mir ziemlich Disney-mäßig vor, wie das Technicolor, das sie in der Baia-Szene von *Drei Caballeros* benutzt haben. Ungefähr einunddreißigtausendvierhundertzwanzig Menschen auf der Halbinsel, dachte ich; dann begriff ich, dass ich die Zahl erraten hatte, indem ich die Menschen in einem kleinen Teil des Zócalos gezählt und das Ergebnis multipliziert hatte –, und das hatte mich weniger als einen Schlag gekostet. Ich fühlte mich, als könnte ich die Tiere in einem Fledermausschwarm von über einer Million Exemplaren zählen, der aus einer Höhle flattert. Ja, ich könnte sogar einen Schwarm Mücken zählen, der von einem toten Wal aufsteigt, indem ich die Beine der Individuen zähle und das Ganze durch sechs teile. Nur so zum Spaß rechnete ich ein paar Integrale aus und prüfte sie. Richtig. Meine Jedman-Kräfte kehrten zurück. Ich konnte die Parabeln sehen, als wären es riesige, sich überschneidende Türme aus Legosteinen, warme Farben für gerade, kalte für ungerade und metallische für Primzahlen. Das Blau von Kohs Gesicht sickerte in den normalen Fleischton und umgekehrt. Ich zog den Rotz hoch, damit ich mir meine laufende Nase nicht putzen musste. Götter putzten sich nicht die Nase. Ich ging ein paar Verteilungstabellen durch. 0,5040, 0,5438, 0,5832, 0,6271. Ich ließ Tränen aus meiner leeren Augenhöhle laufen. Ich fühlte mich ein bisschen ruhelos und schwach. Du schaffst das, sagte ich mir. Ich griff in die Krüge, zählte die roten Mais-Schädel für die Läufer und die blauen für die Häscher ab und stellte die Position auf dem Welt-Brett um. Es ist schwer zu beschreiben, aber es schien mir, als wäre die Mul, auf der wir uns befanden, nur die zentrale Spitze einer unvorstellbar weiten flachen Landschaft.

Koh dachte zwanzig Schläge lang nach, dann noch einmal zwanzig Schläge.

»Zwei Eintritt, zwölf Schlag, nordwärts acht«, sagte sie.

Ihr Herold wiederholte es, und die Häscher und Läufer verschoben sich erneut, trennten sich und verflochten ihre Wege wie die Fäden einer unsichtbaren Jacquardmaschine. Zahlreiche Kettfäden kamen durch die Schüsse und Litzen, Tritte und Schiffchen. Einen Augenblick herrschte Erstarrung, als der Anführer der Gehetzten sich aufwärts durch die Sonnen des immer gleichen Namens bewegte, Tage von der Vergangenheit entfernt, die in der Zukunft auftauchte; dann addierten die Häscher und die Läufer ihre kombinierten und jeweiligen Gesamtsummen. Jeder rief sein Ergebnis aus, und sie bewegten sich wieder, durchbrachen Reihen, die auch nur anzudeuten es ganze *Encyclopaedias mathematicas* voller Tabellen bedurft hätte, bis sie wie Wählscheiben auf einer Pascaline in einen anderen Rhythmus übergingen. Die Gehetzten bewegten sich in Spiralen von den sich enger ziehenden Kreisen weg, von Angst erfüllt, bis einer der Läufer zwischen zwei Häschern in die Falle ging. Alle blieben stehen, bis der Nacom herbeigekommen war und den Läufer mit einem rot-blauen Band erdrosselt hatte.

Unsichtbare trugen den Leichnam vom Feld.

Um es kurz zu machen und den Gedanken auszudrücken, wie Koh es nie formuliert hätte: Je näher man dem Tod kam, desto mehr vom eigenen Ereigniskegel konnte man sehen. Nicht viele menschliche Spielsteine würden das Spiel überleben. Doch ihr Ausscheiden bot übernatürliche Einsichten. Das Menschenspiel war grausam, aber sehr effizient.

Mittlerweile war es dunkel geworden. Die Zeremonienmeister hatten Fackeln in hohen senkrechten Röhren aus geöltem Binsenwerk anzünden lassen, fast wie riesige Papierlaternen; ihre Reihen leuchteten lavendelfarben und tiefseeschneckenpurpurn. Zwei Skelette hüpften die Treppen der Mul hoch, nur hundertzehn Stufen unter uns. Eigentlich sollten sie nicht auf der Mul sein, aber zu diesem Zeitpunkt war alles erlaubt, wie beim Mardi Gras; die Rollen waren umgekehrt, die Herren bedienten die Knechte. Ich nahm an, dass es in Ordnung ging, solange sie nicht ganz heraufkamen und das Brett sehen konnten. Ich musterte Koh, doch sie war viel zu weit weg, als dass sie sich ablenken ließ. Ich hätte mich wahrscheinlich vorbeugen und sie küssen können, ohne dass sie reagiert hätte. Kohs Narr, 0-Stachelschwein-Spaßmacher, machte einen Überschlag über die Skelette und schwankte an den Treppenkanten wie Harold Lloyd in *Ausgerechnet Wolkenkratzer.* Er brüllte ihnen zu, sie sollten wieder hinuntersteigen. Als sie nicht gehorchten, befahl er ihnen zu springen. Selbst ich musste lachen. Der Bursche war wirklich ein Genie der Pantomime, wie Grock oder David Shiner. Ich hatte noch nie gesehen, wie jemand sich derart bewegte. Einen Schlag lang schien er meinen Arm entlangzulaufen, und mir wurde bewusst, dass ich meinen Maßstab verloren hatte und nicht sagen konnte, was größer war, das Insektenspielbrett vor mir, das menschliche Spielbrett links oder das himmlische über uns. Ich versuchte mich auf das blaugrüne Zentrum des Bretts zu konzentrieren. Wenigstens das war mit einem Auge leichter als mit zweien. Türkis ist wirklich eine tolle Farbe, dachte ich. Nur dass es einfach nicht genug davon gab. Ich müsste mir mehr türkisen Kram kaufen. Koh intonierte einen weiteren kleinen Zahlen-Jingle. Sie programmierte die Interaktionen jetzt rascher. Ohne jede Warnung geriet der Anführer der Gehetzten, der mit dem langen Stab, zwischen den beiden menschlichen Spitzen zweier gewaltiger, einander überschneidender Ellipsen in die Falle, und die anderen Häscher sausten herbei wie Blutplättchen, die ein Netz über eine Wunde flechten wollen. Der Anführer reichte den bändergeschmückten Stab an einen anderen Läufer auf einem benachbarten Feld weiter, der Nacom exekutierte ihn, und die Anordnung stand wieder. Die anderen Läufer waren im Nordwesten, noch ziemlich isoliert von den Jägern, aber bei dieser Geschwindigkeit hielten sie womöglich nicht bis zum Ende des Spiels durch.

Koh nahm ihre Körner und zählte sie erneut aus, schob welche zurück und subtrahierte. Dann erteilte sie dem Herold eine weitere Anweisung, und das menschliche Netz zerfiel und bildete sich neu. Die unsichtbare Spinne spann ihr tauiges Netz, fraß es, spann es erneut und fraß es wieder. Ich erkannte allmählich eine Art Muster darin, bekam aber nicht mehr als einen verschwommenen Eindruck, wie man ihn erhält, wenn man auf eine lange Reihe aufeinanderfolgender Rechenergebnisse blickt und zu erraten versucht, welche

Funktion sie erzeugt hat. Aber einen Schlag lang hatte ich das Gefühl, wie das Opferspiel gewachsen war, damals, als die Dinge sich nicht so sehr geändert hatten und als technischer Fortschritt und Bevölkerungszunahme noch keine Faktoren waren. Die Hauptsache war, in Bewegung zu bleiben, sich nicht dort aufzuhalten, wo es schlecht war, und sich nicht von schlechtem Wetter überraschen zu lassen. Die Wissenden des Stammes verbesserten die Kunst über die leeren Jahrtausende zwischen Steinzeit und Frühgeschichte hinweg, arbeiteten Siedlungen aus, Sommer- und Winterlager und Wachfestungen an der Grenze; sie teilten Land auf, dehnten Bündnisse in Raum und Zeit aus, wiesen neuen Familien Güter zu und säten neue kreuzbefruchtete Menschenstämme in die Weiten, während das Universum sich im Großen Großbrett spiegelte, was sich wiederum im miniaturisierten Brett spiegelte, und von dort in unsere Gehirne. Und die ganze Zeit – ich kann es nicht oft genug betonen – hatte es nichts mit Magie und Handleserei zu tun. Es war nichts Übernatürliches. Es war ein großer menschlicher Computer, und man musste eine Art Dirigent sein, um ihn richtig zu benutzen. Koh gehörte zu den letzten Wissenden, an die ein mathematischer Trick überliefert worden war, den andere vergessen hatten und mit dem man mögliche Katastrophenpunkte weit im Voraus bestimmen konnte. Sie war bei 910 n. Chr. 1353. 1840. O Gott, dachte ich, sie schafft es. 1900.

Unter uns brandete Gelächter auf. 0-Stachelschwein-Spaßmacher hatte die Skelette von der Mul gezerrt und suchte sich nun einen Weg durch die Matten der Ältesten an den langen hohen Steinbänken, die sich an der Südgrenze der Spielzone entlangzogen. Er hielt einen langen Trinkhalm, doppelt so hoch wie er; er hatte ihn heimlich in einen der B'alche'-Töpfe der Ältesten getaucht, als niemand hinsah, und das ganze Ding in einem Zug geleert. Der Alte, der den Topf hielt, wandte sich dem Getränk wieder zu und stellte fest, dass sein Topf leer war. An der Reaktion der Menge merkte er, dass etwas im Busch war, und fuhr herum, doch Stachelschwein duckte sich hinter einen dicken Alten daneben, nahm diesem ein großes Tamale vom Teller und ersetzte es durch die Puppe eines Rattenjungen. Das Opfer blickte auf das Tamale, stutzte, sprang auf, entdeckte Stachelschwein und warf mit dem Teller nach ihm. Stachelschwein wehrte das Geschoss ab und wich zurück, indem er über die niedrigen Tische tanzte. Es war wie ein Streich bei der *Versteckten Kamera*. Das Publikum wurde hysterisch, und mehrere Zuschauer warfen mit teuren Schals nach Stachelschwein, um ihm zu zeigen, wie sehr ihnen seine Vorstellung gefiel. Stachelschwein hob die Schals mit schwungvoller Geste auf, nahm eine Haltung ein, die einer Verbeugung nahekam, und nahm einen Bissen von dem Tamale, nur dass es plötzlich die Rattenpuppe war. Er spuckte sie aus und zog ein angewidertes Gesicht. Die Menge raste.

Die Schläge teilten sich in Quarten, jede eine komplette Miniatur der Phrase des Polyrhythmus. Ich hörte Kohs resoluten Gegenklick auf dem Brett. Das Auge immer am Ball, dachte ich. Ich blickte auf den Zug. Es fühlte sich an, als würde mein Kopf felsblockgroß herunterrollen und das Brett durchschlagen. Sie bewegte wieder den Saphir, zurück an die Stelle, wo er vor Tagen gewesen war, doch laut dem Hotun-Zähler war sie bereits bei 10 Erde, 14 Weiße, 12.19.9.13.1, dem 5. November 2002. Ich wischte mir eine allzu kitzelnde Träne unter dem Nicht-Auge weg – zum Teufel mit meiner verdammten königlichen Haltung –, aber es fühlte sich an, als steckte meine Hand in einem Boxhandschuh aus Plutonium. Was, wenn ich zu viel Tzam lic abbekommen hatte? Es erlaubte zwar, tausend Züge vorauszuspielen, und Koh und ich konnten uns wortlos verständigen, aber ich wusste aus Erfahrung, dass darauf ein Kater folgte, der sich gewaschen hatte. Wie hatte ich durch ein paar läppische Züge an einer Zigarre so viel von dem Zeug aufnehmen können? Es musste ein neues Rezept sein. Wusste Schwester Fühldichwohl wirklich, was sie tat? Sie konnte sich vielleicht beruhigt Agent Orange auf ihr Maiscremetörtchen sprühen, aber wir anderen ...

Unterdrück den Gedanken. Mach dir keine Sorgen. Wenigstens weißt du jetzt, was an dem Zeug so toll ist. Aber wenn du es überlebst, schläfst du bestimmt eine ganze Woche lang.

Tief unter uns war 0-Stachelschwein wieder auf die Mul geklettert und schwankte auf der fünften Stufe. Er hielt einen Dzonotob'-Trophäen-Schrumpfkopf, den er jemandem von der Hofkleidung gezupft haben musste, vor seine schwarz-weiße Maske und klappte den Mund auf und zu.

»Hilfe, Hilfe, Hilfe!«, bauchrednerte er. »Wie konnte mein Körper je so groß werden?« Er drückte den rechten Daumen in den Halsstumpf des Schrumpfkopfes und wackelte damit im Mund herum, als wäre es eine Zunge. Mit der linken Hand gab er vor, den widerstrebenden Kopf herumzudrehen, hielt ihn sich vor den Schritt und zwang ihn zu Saugbewegungen. Er jaulte. Er hatte zwei andere Finger seiner rechten Hand hinter die Augäpfel bekommen und drückte sie von innen nach außen, sodass der Schrumpfkopf Glotzaugen bekam. Mittlerweile hatte seine linke Hand eine Schale mit weißem Atole gefunden, und als er vorgab zu kommen, schrie er auf, blies den Brei als milchigen Schauer über sich, schob den Kopf weg und schüttelte sich wie ein Hund.

Sehr charmant, dachte ich. Japanischer Gameshow-Humor. Als Nächstes wil haben Ssokolat-Mousse-Wlestlink.

»6 Sprießen, 14 Vergehen; 7 Schädel, 10 Neue Sonne«,
sagte Koh.

Koh war am 12. August 2005.

»Dann 15 Regen, 18 Knacken; dann
6 Funken, 27 Dunkeln.«

Der Schlag teilte sich erneut in Sechzehntel, ungefähr von der Länge eines P'ip'ils, eines Blinzelns, und die Verzweigungen der Möglichkeiten breiteten sich in einem unglaublich raschen Anstieg aus, sodass sie sich beinahe umkehrten wie beim Regenschirmprofil eines Kapokbaums, wo die Äste sich fast bis in die Horizontale biegen, aber niemals wirklich herunterhängen. Ich konnte sehen, dass hier eine Gleichung erfüllt wurde. Wenn ich nur Platz gehabt hätte, um sie mir auf den Seitenrand meines Gehirns zu notieren. Mir schmerzten die Finger vom Setzen und Verschieben der Körner, aber das beeinträchtigte die Leistung meiner unter Autopilot agierenden Hände nicht.

Koh bewegte ihren Saphir durch das Gegenstück zum Jahr 2007 und weiter an den Rand. Ich eilte ihr hinterher. Sie hatte nur noch einen Läufer. Die Sonne und der Mond und die beiden Venusse ließen ihre Ellipsen über das Brett blitzen, und unter ihnen wogte es wie ein Haufen Strasssteine, der eine Regenrinne runterrutscht.

Die Häscher näherten sich dem letzten Läufer. Koh stieß an die Schwelle von 2012.

(62)

Der Läufer war an der Nordwestecke des Spielbretts in die Enge getrieben, vom Rand der Welt abgeschnitten. Es war, als wäre Koh und ihrem Avatar Schach geboten worden, als gäbe es für den Saphir kein Entkommen mehr. Scheiße, dachte ich, das ist es wirklich, das Ende, das Ende, *das Ende!* Ich schaute zu Koh hoch. Sie studierte das Brett noch immer. Offensichtlich sah sie dort irgendetwas und hatte im Kopf einen weiteren Zug gemacht. Ich hatte keine Ahnung, wohin. Ich versuchte zu sehen, was sie sah, aber alles war trüb und verzerrt, als würde die Linse meines Auges schmelzen. Koh nahm ihren Saphir hoch und bewegte ihn zum Zentrum des Bretts, als könnte der Läufer irgendwie die Masse der Fänger überspringen.

Etwas berührte sie an der Schulter, und sie blickte auf. 0-Stachelschwein hatte die Stufen bis zu unserer Ebene erklommen und beugte sich zu Koh, flirtete mit ihr, als wollte er sie hinunter auf den Zócalo locken. Ist das vorgesehen?, wunderte ich mich. Warte erst mal ab. Koh erhob sich, und ich glaube, sie lachte. Dann aber hatte ich den Eindruck, als wäre irgendetwas völlig falsch: Der Clown umarmte sie, aber Koh machte nicht mit bei diesem Streich, sondern wehrte sich heftig. Wo sind die Wächter?, fragte ich mich, aber natürlich hatte es bisher wie ein Teil von Stachelschweins Auftritt ausgesehen. Ich sprang über den Tisch zu den beiden, war aber zu schlapp und das Stachelschwein zu schnell. Er hatte bereits über den Rand des Heiligtums gesetzt und rollte sich, Koh mit Armen und Beinen umschlungen, die Treppe hinunter. Ich sprang ihnen nach, aber mein Ahab-Bein glitt unter mir weg, und ich rutschte einem Wächter in die Arme. Dienerinnen hetzten unter mir die Stufen hinunter, und einen Schlag lang dachte ich, Koh wäre den ganzen Weg hinuntergerollt, doch als ich ihnen zuschrie, mich nach unten zu bringen, nach UNTEN!!!, hatte sich Stachelschwein auf der zehnten Stufe unter uns aufgerichtet, von einem Ball aus mit Seilen gesicherten Gardisten gefangen, und in dem Knoten sah ich einen Zipfel von Kohs Gewand. Ich konnte durch die Sturzbäche aus Blut, die in meinen Ohren kochten, nichts mehr hören, aber der Wächter brachte mich zu ihnen hinunter. Beinahe schlitterte ich in den Haufen hinein, von zwei angebundenen Gardisten gehalten, während weitere Dienerinnen Koh hinunterrollten und Blutflecke auf den weißen Stufen hinterließen. Einige ihrer anderen Frauen husteten und würgten, als säßen ihnen Steine im Hals. Ich bekam Kohs zerdrückten spröden Kopfputz in die Hände und warf ihn beiseite.

Einen Schlag lang dachte ich, die Dienerinnen hätten ihre Gesichtsbemalung verschmiert, weil die weißen Stellen ihrer Haut einen Purpurton angenommen hatten, bei dem ich nicht glauben konnte, dass er echt war. Unter ihr lagen die drei Geblüte, die 0-Stachelschwein gefangen hatten, mit ausgebreiteten Gliedern am Rand der Plattform. Sie keuchten und würgten. Ein anderer hatte Stachelschwein das Kostüm heruntergerissen und versuchte ihm die ewige Frage zu stellen, wer ihn geschickt habe, doch die bräunliche Haut des Clowns wurde bereits blaubeerschwarz, und aus seiner zerfetzten Unterwäsche schaute eine gewaltige kastanienbraune Erektion hervor. Seine Brust war mit Holzstäbchen gespickt.

Ich nahm Kohs Kopf in meine Hände. Sie zeigte eine überraschte, angewiderte Miene und sagte: »Du ...«

»Alles wird gut«, sagte ich auf Englisch, ohne nachzudenken. »Du kommst wieder ganz in Ordnung.«

Sie gab keine Antwort. Schaumiger Rotz lief ihr aus Nase und Mund, und ihre offenen Augen wirkten wie mit mattem Klarlack versiegelt. In ihrem Gesicht und ihrer Brust steckten kleine Hölzchen, und ich zog eines davon aus der Unterseite ihres Kinns. Dann erst sah ich, dass es gar kein Hölzchen war, sondern der glatte, getigerte Stachel eines Skorpionfischs. Sein Nervengift tötet durch Erstickung. Die Stacheln waren in 0-Stachelschweins Kostüm eingewoben, unter die eingeölten schwarzen Federkiele gemischt, die die Borsten darstellten; als er Koh umarmt hatte, waren mehrere Stacheln auch ihm ins Fleisch gedrungen.

»Gebt ihr sofort zu trinken!«, rief ich auf Ch'olan. Ich brachte meine Hände an Kohs Hinterkopf und blies ihr Luft in den Mund, doch er war voller Schleim. Ich drehte sie um und versuchte ein Heimlich-Manöver, doch sie reagierte nicht, war völlig schlaff. Ich verpasste ihr Ohrfeigen, aber selbst das bewirkte nichts. Hör auf zu träumen, dachte ich, die halbe Dosis ist schon tödlich. Ich schrie, dass mir jemand helfen sollte, ihr die verdammten Stacheln herauszuziehen, aber die anderen wussten nicht, was ich von ihnen wollte, weil ich schon wieder ins Englische verfallen war. Außerdem hatten sie Angst, Koh zu berühren, weil es ihnen nicht gestattet war. Alligator-Wurzel kam zu mir, und gemeinsam zupften wir die Stacheln heraus. Jede einzelne hinterließ einen Fleck aus dickflüssig wirkendem Blut. Eine Dienerin hatte einen Topf Wasser gebracht, und wir versuchten, es Koh einzuflößen, aber sie schluckte nicht. Ich ließ ein Kürbisklistier bringen. Damit zwangen wir Wasser ihre Kehle hinunter, aber sie schluckte immer noch nicht. Ich brüllte Alligator-Wurzel an, es *müsse* ein Gegengift geben; er solle losrennen und die Ärzte holen. Aber es gab kein Gegengift. Und wenn sie sich hier mit einer Sache wirklich auskannten, waren es Gifte.

Ich setzte mich rittlings auf Koh und versuchte eine Herzmassage. Ich drückte so fest, dass ihre Rippen brachen, als hätte ich vergessen, was ich in No Ways Überlebenshandbüchern gelesen hatte. Ich rollte von der Stufe und wäre beinahe auf die anderen gefallen. Es war, als wären wir am steilen Hang eines vereisten Berges, wo es kaum Reibung gab, die uns an Ort und Stelle hielt, und einen Schlag lang drohte die Traube aus Gardisten und Dienerinnen den Halt zu verlieren und die Sägestufen hinunterzurollen, doch ein Geblüt trat zu mir und band mich mit einem Schal an einem Opferseil fest – er wollte nicht, dass das Seil mich berührte. Ich regte mich so sehr darüber auf, dass er an mir herumfuhrwerkte, statt etwas für Koh zu tun, dass ich ihm den Ellbogen ins Gesicht rammte, sodass er die Klingenstufen hinunterstürzte. Was bin ich für ein Arschloch, dachte ich. Ich nahm den Klistierkürbis und spritzte Koh Wasser ins Gesicht. Keine Reaktion. Ich packte ihre aufgedunsene blaue Zunge und zog daran. Nichts. Okay, noch war es nicht zu spät. Wunderwirker, richtig?

Der Brunnen, dachte ich. Wir gehen zur Großen Zisterne.

Nein. Wie kalt ist es da drin, fünfzehn Grad? Das reicht lange nicht.

Der See in den Höhlen. Wie kalt? Acht Grad, zehn Grad?

Unterkühlungstemperatur. Aber nicht Hirnkonservierungstemperatur.

Das Gel.

SCHAFF SIE SOFORT INS GEL!, schrie es in mir. Ich versuchte es auf Ch'olan auszudrücken, aber dafür war es schon zu spät. Selbst wenn ich Koh nach unten schaffen konnte, würde es Stunden dauern, das Zeug anzurühren.

Die Luft ist hier zu warm. Komm schon, schaff sie runter. Zwei Minuten, drei höchstens. Sonst ist ihr Gehirn unwiderruflicher Dummheit verfallen.

Ich brüllte den Dienern zu, sie sollten uns hinunterschaffen. Sie hielten mich, als sie auf ihren geschundenen Leibern fast die Stufen hinunterrutschten.

Gesteh es dir ein, du bist am Arsch, dachte ich. Ich weinte, was in diesem Zusammenhang ziemlich albern war. Ich weinte wahrscheinlich vor allem darum, was für ein verdammter Versager ich war, bin und sein werde. Koh war die Größte, und du bist das Unterletzte. Einen Schlag schneller, und du hättest es verhindert. Wir erreichten den Boden in einem See aus Blut und keuchenden Leibern. Ich zog Alligator-Wurzels Ohr vor meinen Mund.

»Wir müssen sofort in die Ozelot-Höhlen«, sagte ich.

Sie hoben mich hoch und wickelten Koh in ein Tuch. Die Geblüte teilten die Menge vor uns, indem sie die Kriegsflegel knallen ließen und die Kazoos bliesen, und die Leute machten Platz. Als wir an der Treppe ankamen, die zum Bergpfad hinter der Ozelot-Mul führte, war mir klar, dass seit dem Attentat zehn Minuten verstrichen waren, und dann dauerte es noch einmal zehn Minuten, um zum ersten Bergschrein zu gelangen, von wo man in die Höhlen absteigen konnte. Das war viel zu spät. Das Gehirn stirbt nach zwei Minuten.

Du solltest ihr wichtigster Leibwächter sein, dachte ich. Du warst immerhin ihr Ehemann, du kleiner Scheißer. Du hältst dich für einen tollen Hecht? Du sitzt auf einem großen stinkenden Haufen mit einem toten Mädchen in den Armen und ohne …

Schnee? Ich hätte sie in Schnee legen können. Ich hätte jederzeit eine riesige Wanne mit Schnee bereithalten lassen sollen. Ein paar Hundertschaften Läufer, die rund um die Uhr arbeiten, damit das Ding immer schön voll ist, mehr wäre nicht nötig gewesen, um Koh zu retten. Um sie mit zurückzunehmen.

Hirn verwest. Tot, tot, tot, meine Lords und Gentlemen.

»Sendet vierzig Läufertrupps aus«, befahl ich. »Sie gehen zum Eisigen Berg und holen hundertmal vierhundert Beutel mit Schnee.«

Alligator-Wurzel sah mich an. Ich sah ihn an. Er bewegte sich nicht. Ich senkte den Blick.

Sinnlos. Zum Eisigen Berg brauchte man vier Tage.

(63)

»Wir trugen eine Bürde«, sagte ich. »Dein letzter Akt
Auf der nullten Ebene kann sein, sie zu ehren.«

2-Juwelenbesetzter-Schädel antwortete nicht. Ich starrte in eines seiner verdrehten Augen. Seine Lider waren in geöffnetem Zustand festgenäht, damit er sie nicht mehr schließen konnte. Er tat nicht einmal so, als blende er mich aus; er wollte, dass ich sah, wie verdammt ungebeugt er noch war. In den zweieinhalb Tagen seit Frau Kohs Tod hatte er sich mehrmals in Trance zu versetzen versucht, doch das war vom Necker unterbunden worden, indem er ihm Adrenaldrüsen von Pekaris in den Schlund stopfte.

»Sag mir, was es ist«, forderte ich 2JS wieder einmal auf. Ich glaubte zu sehen, wie in seinem einen Auge Überheblichkeit aufflammte, und wider Willen dachte ich an Koh und verlor einen Schlag lang die Beherrschung. Mit beiden Händen prügelte ich auf seine Ohren und seine Nase ein. Rosafarbenes, von Lymphe verdicktes Blut schoss ihm aus den Tränendrüsen. Ich nehme an, von dem Zeug hat man wirklich viel im Kopf. Jedenfalls bemerkte er diesen gewöhnlichen Schmerz an diesem Punkt kaum noch, und nach einem Schlag trat ich zurück und setzte mich auf die Kriegsmatte.

Ich blickte zu 2-Juwelenbesetzter-Schädel hoch. Mit dem Kopf nach unten hing er von einem blau-gelben Gestell, das mit rosa Kaurischnecken besetzt war, und tropfte in ein quadratisches, einen Arm im Geviert messendes Becken aus schwarzem Serpentin. Mit uns waren nur fünf Personen auf dem kleinen Hof: Hun Xoc, Kohs Herold Alligator-Wurzel, mein Necker und seine beiden Helfer. Normalerweise wäre noch ein Publikum zugegeben gewesen, aber diesmal machten wir es nicht zum Spaß. Ich hatte mir Sorgen gemacht wegen Hun

Xocs Anwesenheit, doch wie wir 2JS behandelten, schien ihn nicht weiter zu bekümmern. Normalerweise wurde von einem erwartet, dass man darum flehte, anstelle seines Adoptivvaters sterben zu dürfen, aber entweder hatte mein schlechter Einfluss genügend auf Hun Xoc abgefärbt, oder er war von sich aus rebellisch genug, um sich darüber hinwegzusetzen. In dem kleinen Himmelsviereck über uns wechselten sich Mittagssonne und Wolkendecke in Zyklen ab, die jeweils zweihundert Schläge lang zu dauern schienen. Um Mitternacht wären es drei Tage seit dem Anschlag, und ich hatte in meinem Bauch dieses Gefühl, das einem aufstößt wie von einem sauren Zigarrenstummel und das nur eintritt, wenn der Schlafmangel bereits in die Warnphase eingetreten ist. Irgendwo in der Nähe bellte ein gemästeter Hund wie ein Telefon, das niemand abnahm, aber davon abgesehen war es völlig ruhig. Doch Ruhe war eine Illusion. Draußen hatte sich die Lage dramatisch verschlechtert.

Ix stand aus hundert Gründen am Rande des Chaos. Nach Kohs Tod hatten bereits ein paar rivalisierende Propheten die Stimme erhoben. Wahrscheinlich arbeiteten sie für die Schnupfer. Einer von ihnen kam aus dem Rassler-Tempel in Ix und versuchte Kohs Nachfolge anzutreten. Zwischen den Rassler-Anhängern und den Schnupfern und den Schädel-Sippen kam es immer wieder zu Kämpfen. 1-Gilas Loyalität war unklar. Am beunruhigendsten von allem war, dass Abgetrennte Rechte Hand mit der Katzen-Allianz nur wenige Tage entfernt stand. Kaum hatte er von Kohs Ermordung gehört, war er im dreifachen Tempo auf Ix marschiert, ohne auf Nachschub oder Verstärkungen zu warten. Wir rechneten natürlich mit ihm, doch seine Geschwindigkeit überraschte uns völlig, und obwohl wir jeden, der konnte, Gräben ausheben und Palisaden errichten ließen, bestand keine große Chance, dass wir uns wirksam verteidigen konnten. Zumindest nicht, solange ich keinen neuen Blasrohrtrupp westlicher Prägung ausbilden und kommandieren wollte. Wozu ich keine Zeit hatte. Bis 9 Feuerstein waren es nur noch fünf Sonnen, und 9 Feuerstein war mein persönliches Limit. Nach dem 1. November im Jahre des Herrn 664 wurde die Gefahr zu groß, dass bei mir der geistige Verfall einsetzte, und ein halb schwachsinniger Jed$_2$ nutzte dem 21.

Jahrhundert gar nichts. Für mich war es also längst überfällig, die Beute zu packen und abzuhauen, nur hatte ich die Beute noch nicht. In letzter Zeit sprach Hun Xoc – den ich zu meinem ersten Minister ernannt hatte – immer öfter davon, dass er lieber die Stadt in Brand setze, als zuzulassen, dass Abgetrennte Rechte Hand die Macht an sich riss. Die Vorstellung vermittelte mir manchmal den Eindruck, ich schaute mir *Brennt Paris?* an, aber auch ich zog diese Möglichkeit allmählich in Erwägung. Ich merkte deutlich, dass mein Gehirn nicht mehr allzu lange funktionieren würde. Anderthalb Monate vielleicht, das war das Äußerste. Und jetzt, wo Koh nicht auf mich aufpasste, konnte ich es mir nicht erlauben, irgendwohin zu gehen und von meinem Grabmahlkomplex getrennt zu werden. Ich wollte hierbleiben, nicht von der Stelle weichen, damit ich die Helfer beaufsichtigen konnte, während sie die Gel-Komponenten herstellten. Ich wollte sichergehen, dass der Sarkophag und die Stollen und alles bereit waren, damit ich unverzüglich loslegen konnte. Wenn es mir plötzlich schlechter ging, musste ich dort hinunter und rein in die Marmelade, und es blieb an Hun Xoc, die Versiegelung der Krypta abzuschließen und die Folgen meiner Selbstopferung abzufedern. Das wäre alles fragwürdig. Hun Xoc war nicht dumm, aber auf keinen Fall konnte er sich rechtzeitig die nötigen chemischen und ingenieurswissenschaftlichen Kenntnisse aneignen, und ich war mir ziemlich sicher, dass der Zeremonienmeister bereits mit den Ozelot-Gesandten intrigierte … Na ja, egal, ich wollte sowieso persönlich dafür sorgen, dass alles genau so lief, wie es laufen sollte.

Ich gab den Helfern ein Zeichen, 2JS abzusenken, damit ich ihn erreichen konnte, ohne aufzustehen, und rutschte hinüber, sodass ich direkt neben seinem Kopf saß. Sein Mund stand offen und war trocken, und in seinem Atem roch ich eine fremdartige Verwesungskomponente, die ich nur schwer ertragen konnte. Der Necker hatte eine Art Akupunkturkarte auf seinen Körper gezeichnet, kleine Hieroglyphen mit Punkten. Ich nahm einen Schilfspieß mittlerer Länge, tauchte ihn in eine Schale mit einer nichttödlichen Lösung von Skorpiongift und drehte ihn langsam in einen Punkt knapp unter – oder nun über – 2-Juwelenbesetzter-Schädels Ohrläppchen, sodass er sich in den verlängerten Gesichtsnerv bohrte. Einen Moment lang bebten 2JS' Hals und Oberkörper, als läge er auf einem alten Massagebett in einem Flitterwochenmotel, doch er gab keinen Laut von sich und hatte sich beim nächsten Schlag wieder fast völlig unter Kontrolle. Ich bewegte die Spitze in winzigen Schritten tiefer hinein, als wäre sie von einem Trackball gesteuert, und tastete nach Veränderungen in der Art, wie er zitterte. Angeblich gab es kein Gift, das größeren Schmerz verursachte. Sein Sternokleidomastoidmuskel kontrahierte und wand sich unter meiner Hand, doch sein Gesicht zeigte weiterhin demonstrative Reglosigkeit.

Was bin ich für ein Idiot, dachte ich. Koh hatte in Teotihuacán erwähnt, dass 0-Stachelschwein-Spaßmacher ein Geschenk von 2-Juwelenbesetzter-Schädel sei, und ich hatte es völlig vergessen.

Sie hätte selbst daran denken sollen. Jeder kann ein Schläfer sein, auch jemand, der so offensichtlich platziert wurde. Na, zum Teufel damit. Koh hatte sehr vieles im Kopf gehabt, und diese Einzelheit war ihr entfallen.

In den letzten Tagen hatte ich, wenn ich mich nicht mit 2JS befasste, auf das Opferspielbrett gestarrt, das noch immer Kohs letzten Zug zeigte. Natürlich war ich nicht in der Lage, ihm irgendetwas zu entnehmen. Und natürlich hatten wir jeden gefragt, angefangen bei Maske-von-Jaguar-Nacht und den anderen Jaguar-Addierern, über die Seidenweberinnenmütter, die Koh mitgebracht hatte, bis hin zu jedem unabhängigen Sonnenaddierer, dessen wir habhaft werden konnten – jeden, der mindestens Sechs-Steine-Spieler war –, doch alle standen vor einem Rätsel. Neun-Steine-Addierer wussten nun mal Dinge, die über den Horizont eines Acht-Steine-Spielers hinausgingen, und Koh hatte die meisten Neuner noch ausgestochen.

Damit hatte ich nichts in der Hand als diesen letzten Augenblick mit Koh, als sie »Du« zu mir gesagt und mich irgendwie überrascht angeschaut hatte. Was hatte sie gemeint? War meine Rückkehr die Grundlage für die Ereignisse, die sie in der Zukunft gesehen hatte? Und hatte sie mich gemeint oder den anderen Jed, Jed$_1$, den ich im Jahr 2012 zurückgelassen hatte?

Wie schon erwähnt, hatte 2-Juwelenbesetzter-Schädel die Neun-

Schädel-Addierer der Skorpion-Sippe ermorden lassen, die Koh in Teotihuacán in die Hände gefallen waren. Dennoch machten wir uns die Mühe, die Männer zu vernehmen, die bei 2JS gewesen waren, als Koh ihn aufgriff, und schließlich fanden und identifizierten wir, was von den Leichen der Skorpion-Addierer übrig war. Man hatte es in zwei großen Körben hergebracht, aber für eine Herz-Lungen-Wiederbelebung war es ein bisschen spät. Aus ihnen bekamen wir nichts mehr heraus.

Wie ich schon erwähnt habe, gab es nur vier andere Maya-Städte mit Neun-Schädel-Addierern. Sie alle gehörten zum Katzen-Bündnis, und keine war uns freundlich gesinnt. Im Norden gab es sechs weitere Städte, die ohne Ausnahme mit uns verfeindet waren. Und ganz gleich, was für ein Himmelfahrtskommando ich aufstellte, es bestand kaum eine Chance, eine dieser Städte zu erreichen, den Neun-Schädler zu verhören und nach Ix zurückzukehren, und das alles innerhalb weniger Tage.

Mir dämmerte allmählich – wie üblich zu spät –, dass eine Dynamik am Werke war, die niemand in Worte gefasst hatte. Teotihuacán hatte sich seit über hundert Jahren in permanentem wirtschaftlichem Verfall befunden, und seine beiden Großen Familien hatten erkannt, dass der Zusammenbruch unvermeidlich war. Das Einzige, was das Imperium über die letzten Jahrzehnte hinweg in Gang gehalten hatte, waren die Sonnenaddierer gewesen, die Hüter des Opferspiels, die mit der Ehrfurcht vor ihren Vorhersagen die verfallende aufgedunsene Stadt gestützt hatten. Die Herrscher Teotihuacáns hatten aus irgendeinem Grund – vielleicht wegen des Drucks, den sie aufeinander ausgeübt hatten, weniger aufgrund äußerer Zwänge – das Wissen über das Spiel nicht verbreitet, sondern beschränkt und immer weniger Spielern gestattet, das Neun-Schädel-Niveau zu erreichen. Diejenigen, die sie so weit kommen ließen, wurden in der Stadt fast wie Gefangene gehalten; so war es auch Koh ergangen. Wie die meisten Herrscher, die ihre Macht schwinden sehen, hatten die Teotihuacáner sich an ihren Besitz geklammert, während ringsum ihr Haus in Trümmer fiel, um davon so viel wie möglich mit ins Grab zu nehmen. Die Kultur des Opferspiels befand sich insgesamt viel stärker auf dem absteigenden

Ast, als ich zunächst angenommen hatte. Und wie ich aus späteren Geschichtsbüchern wusste, war es nur eine Frage der langsamen Entwicklung hin zur Entropie, dass die gesamte Mayakultur Teotihuacán in den Verfall folgte.

Dennoch, wenn wir genügend Zeit gehabt hätten, wären wir vielleicht in der Lage gewesen, einige Neun-Steine-Addierer zu entführen, und wenn wir dabei zehntausend Geblüte verloren hätten. Wir wären vielleicht sogar in der Lage gewesen, noch einmal ein Stadtspiel zu spielen. Wenn wir Zeit gehabt hätten.

Doch der Jaguar-Oberpriester von Ix war der Einzige, bei dem überhaupt noch eine Chance bestand, dass er Kohs Spiel begriff. Doch so nah er war, so fern war er auch: Der Oberpriester befand sich noch immer in der Höhle der Alten Katzen – die ich mir als verrauchte Bar mit einer Jazzcombo aus über Achtzigjährigen vorstellte –, und die lag irgendwo am anderen Ende des Sprechrohrs, das er benutzt hatte, um mich auf der Mul nervös zu machen. Sie gehörte zu einem Komplex aus trockenen Kammern hinter 9-Reißzahn-Kolibris Grab, tiefer auf dem Weg in die nassen Höhlen, die angeblich den Fluss nach Xib'alb'a leiteten.

Offenbar hatte 9-Reißzahn-Kolibri den Kerl und seine Betreuer bei Beginn der Belagerung, vor einhundertsiebenundvierzig Sonnen, dort unten versteckt. Er hatte ihnen Vorräte für mehrere Monate gegeben und sie eingeschlossen. Dann hatte er Türhüter in der Höhle über ihnen postiert, im Beinhaus – dem einzigen Eingang zur Katzenhöhle –, und sie sich verbarrikadieren lassen mit der Anweisung, erst den Oberpriester und dann sich selbst zu töten, falls jemand anderer als 9-Reißzahn-Kolibri oder einer seiner Vertreter zu ihm wollte. Folglich gab es einen Code, den man den Türhütern nennen musste, damit sie einen durchließen. Genauer handelte es sich um ein symbolisches Objekt, das man durch eines der Luftlöcher in der Barrikade schieben musste.

Wie Hun Xoc, Alligator-Wurzel und ich nach dem Verhör von Maske-von-Jaguar-Nacht geschlossen hatten, musste danach 2-Juwelenbesetzter-Schädel von 9-Reißzahn-Kolibri den Schlüssel zum Oberpriester erhalten haben. Vermutlich hatte 9-Reißzahn-Kolibri ihn als Faustpfand benutzt, damit 2JS ihn ziehen ließ. Als dann Koh den Laden übernahm, hatte 2-Juwelenbesetzter-Schädel versucht, sich damit freizukaufen. Dadurch, so hatte Koh es mir gesagt, hatte sie Maske-von-Jaguar-Nacht die Möglichkeit vor die Nase gehalten, den Oberpriester an die Jaguar-Gesellschaft zu überstellen, und ihm versprochen, ihn nach der Einsetzung freizulassen. Er hatte ihr das Versprechen abverlangt, dass der Oberpriester meine letzte Prüfung zur Aufnahme in die Gesellschaft, wie stets, durch seine verdammte Röhre selbst durchführen durfte. Und Koh hatte eingewilligt, damit die Jaguare – zumindest theoretisch – nach wie vor das letzte Wort hatten in der Frage, wer wer war.

Maske-von-Jaguar-Nacht und die Jaguar-Addierer hatten vor der Einsetzung mit ihm durch die verdammte Röhre gesprochen, aber offensichtlich kannte der Oberpriester den Schlüssel selbst nicht.

Und Koh hatte niemandem verraten, worum es sich bei diesem Schlüssel handelte, nicht einmal Alligator-Wurzel. Zumindest behauptete er, dass sie ihn nicht in diese Position hatte bringen wollen, und ich glaubte ihm. Sie war immer verschlossen gewesen; außerdem hatte er nichts zu gewinnen, indem er mir das Geheimnis vorenthielt. Und Koh hatte ihm selbst gesagt, dass sie mir helfen wolle.

Außer 2-Juwelenbesetzter-Schädel schien niemand Bescheid zu wissen. 2JS hatte die beiden Minister von 9-Reißzahn-Kolibri ermorden lassen, und seine eigenen Minister hatten sich selbst getötet, ehe Koh sie gefangen nehmen konnte. Im Übrigen konnten wir nur hoffen, dass Koh den Code nicht geändert hatte. So kamen wir in die dämliche Position, dass wir versuchen mussten, den Code aus 2JS herauszukitzeln, und das war ungefähr so einfach, wie mit einem Feuerzeug Quecksilber aus Zimt zu extrahieren. Man sollte ja eigentlich meinen, dass man ohne Computer und Verschlüsselungssoftware oder auch nur Elektrizität und Metallschlösser überhaupt nicht vor Problemen wie diesem stehen kann, aber tatsächlich tüftelte man hier ausdauernd darum, es kompliziert zu machen. Das war wie im 17. Jahrhundert, vor der Zeit der Tresore, wo jeder Büroschreibtisch ungefähr hundert kleine Geheimfächer enthielt.

Ich war natürlich bereit, alles Mögliche zu versuchen. Ich hatte

Maske-von-Jaguar-Nacht den Oberpriester durch die Röhre anbrüllen lassen wie am Spieß, aber der antwortete einfach nicht. Er hatte nicht einmal einen Anrufbeantworter. Wir hatten zwar einen Trupp Leibeigene, die eine Treppe freilegten, die vom Heiligtum auf der Mul zu den unterirdischen Kammern führte und die vor achtzig Jahren zugeschüttet worden war, aber weil sie geräuschlos arbeiten mussten, um ihn nicht zu alarmieren, würde es Tage dauern, bis sie bei ihnen waren. Und selbst wenn wir zu ihnen durchdrangen, würden der Oberpriester und seine Begleiter trotzdem ihre Befehle befolgen und sich umbringen, falls wir zu ihnen gelangten und ihnen nicht das richtige Zeichen vorweisen konnten.

Ich hatte sogar vorgeschlagen, dass wir einen Handel mit Abgetrennte Rechte Hand schlossen – dass 9-Reißzahn-Kolibri uns den Schlüssel gegen eine friedliche Kapitulation überließ. Doch wie Hun Xoc und Alligator-Wurzel sagten, war 9-Reißzahn-Kolibri vielleicht gar nicht mehr am Leben. Abgetrennte Rechte Hand hatte ihn womöglich längst beseitigt. Und selbst wenn wir ein Abkommen schlossen, warum sollten wir ihnen glauben? Sie würden uns wahrscheinlich den falschen Code nennen, und bis wir hineinkamen, war der Kerl schon tot. Und wenn wir die Stadt übergaben, ohne sie in Trümmer zu legen, grub 9-Reißzahn-Kolibri sein altes Grab vielleicht wieder auf, ganz egal, wie viele Felsklötze ich darüberlegen ließe, und mein eingepökelter Körper wäre keinen Pfifferling mehr wert. Außerdem gehörte »friedliche Kapitulation« sowieso nicht zum Vokabular meiner Maya-Brüder.

Darum hatte ich meinen Beratern am Ende recht gegeben. Ich konnte die Frustration aber kaum ertragen, genau zu wissen, wo der Kerl war, aber nicht zu ihm zu kommen. Ich merkte deutlich, dass ich zu allem Überdruss auf ein Magengeschwür hinarbeitete. Und 2JS zu foltern brachte auch nicht viel. Bis jetzt hatte es uns keinen Schritt weitergebracht, und besser fühlte ich mich dadurch auch nicht. Natürlich hätte ich ihn wahrscheinlich sowieso gefoltert für das, was er Koh angetan hatte. Aber jetzt musste ich dabei auch noch vorsichtig sein.

Ich zog die Spitze des Spießchens zurück, schob sie in den Warzenfortsatz des Schläfenbeins und kratzte ihm damit über den Knochen, zuerst ganz langsam.

(64)

Gegen seinen Willen stöhnte er auf. Ich zog die Spitze langsam hin und her, und er stöhnte noch mehr. Genau wie Intimitäten weckt Folter beim anderen eine tiefe, augenblickliche Reaktion. Man muss auf Rhythmen achten und darauf eingehen, ob ein Schmerz eine Steigerung des vorherigen darstellt. Folter hat auch die Intimität an sich, die man empfindet, wenn man ein gutes Spiel gegen einen cleveren Gegner spielt. Beides gehört zusammen wie drei Spitzen eines Dreiecks.

2JS verzog keine Miene, aber das Stöhnen nahm zu. Als es verebbte, musste ich innehalten, ehe er vor Schmerz das Bewusstsein verlor. Der Necker kroch hervor, löste eine gepolsterte Baumwollbinde von 2JS' Schulter und massierte ihm den Nacken. Es war wichtig, dass keine seiner Gliedmaßen taub wurde. Komm schon, brich zusammen, dachte ich. Du wirst mir entweder sagen, was das Zeichen ist, oder du wirst jeden Quadratmikrometer eines Kontinents aus Schmerz erkunden – ein Schmerz, wie ihn noch nie jemand erduldet hat. Eine Kurpackung Chilischoten wird dir vorkommen wie Marenas Memoryschaumsofa.

Ich lernte. Ein Experiment hat einmal gezeigt, dass fast jeder es genießen kann, Folterknecht zu sein, solange jemand ihn anleitet und ihm immer wieder versichert, er tue das Richtige. Ein Vergnügen für die ganze Familie. Der Necker suchte eine Klistierblase aus und quetschte 2JS daraus ein paar Tropfen in den Mund. Es war ein dreifach gereinigtes B'alche', mit Vanille und Honig versetzt, fast ein Stärkungsmittel. 2JS schluckte unwillkürlich, obwohl er mit dem Kopf nach unten hing, und ich merkte, wie er das Getränk wider Willen genoss. Dahinter stand der Gedanke, Belohnungen und Erleichterungen zu den unmöglichsten Zeiten zu gewähren, um den Delinquenten auf ein tierhaftes Niveau von Stimulus und Reaktion zu bringen. Folter war hier wie Kampfsport in Asien – etwas, das man mit Stil betrieb, manchmal sogar mit Komik. Im 21. Jahrhundert existieren zur Folter grundsätzlich zwei Ansichten. Einmal das, was die großen Organisationen wie die US Army ihren Kommandeuren eintrichtern, nämlich nicht unter Folter zu verhören, weil der Gefolterte einem sowieso nur das sagen werde, von dem er glaube, dass man es hören wolle. Zum anderen, dass gegen geschulte Vernehmungsspezialisten niemand wirklich lange durchhalte. Und beides stimmt: Als Erstes sagt ein Gefolterter einem das, von dem er glaubt, man wolle es hören. Das nutzt ihm aber nur so lange, wie man seine Informationen nicht überprüfen kann. Ist dies jedoch möglich, muss der Gefolterte dem Folterer so weit trauen können, dass er entweder aufhört zu foltern, sollte sich die Aussage als wahr erweisen, oder dem Delinquenten wenigstens ein Messer gibt, mit dem dieser sich selbst töten kann.

Soweit ich weiß, hat noch kein Gefolterter durchgehalten, es sei denn, die Folterer haben Mist gebaut. Aber wenn die Folterer sich auskennen, nutzten einem sämtliche Durchhaltetechniken gar nichts. Schmerz ist einfach zu mächtig.

Aber etwas Bestimmtes aus einem Maya-Geblüt herauszukitzeln war eine andere Geschichte und gestaltete sich heikel, obwohl mein Necker ein Meister des neunten Grades war und sich eindeutig auskannte. 2-Juwelenbesetzter-Schädel war über die Hartgesottenheit hinaus. Er wurde schwächer, und im Moment schwieg er nur aus schierer Willenskraft. Doch ich hatte das Gefühl, er könnte ohne Weiteres vor Schmerzen sterben, ehe er mir auch nur Frage Nummer 1 beantwortet hätte.

Deshalb hatten wir zunächst die üblichen, keine Schmerzen verursachenden Foltern probiert. Wir hatten seine Matten zerschnitten und entweiht und Wandbilder malen lassen, auf denen er in verschiedenen feigen Haltungen das Hüftballspiel verlor. Wir hatten Leute bezahlt, Gerüchte über ihn in Umlauf zu bringen, und dann hatten wir andere Leute herbeigeholt, ihn wegen dieser Gerüchte zu verspotten. Wir hatten so viele sterbliche Überreste seiner Ahnen zusammengetragen, wie wir finden konnten, und ausgehungerte Hunde daran reißen lassen, während er zuschaute. Aber vielleicht hatte er, was diese Dinge anging, bereits seinen Frieden geschlossen, denn es zeigte keine Wirkung auf ihn. Womöglich besaß er gerade dadurch, dass er so viel von mir in sich trug, einen besonderen Abstand zu der Situation.

Und wir hatten ihm natürlich Bestechungen angeboten. Männer, Geld und einen Fluchtweg. Wir hatten vorgeschlagen, einige seiner alten Feinde zu töten, fast alles, was er wollte, sofern wir es mit einiger Glaubwürdigkeit versprechen konnten. Doch er war halsstarrig. Vielleicht merkte er, dass wir in einer beinahe genauso aussichtslosen Situation steckten wie er. Oder er traute uns nicht, ganz gleich, wie viele Zeugen wir anschleppten. Oder er war einfach wild entschlossen, mir den Triumph vorzuenthalten, den ich bei seinem Zusammenbruch empfinden würde, und brannte darauf, meine Welt ihrer Chancen auf eine Zukunft zu berauben.

Zu Beginn des zweiten Tages waren wir daher ins Reich des körperlichen Schmerzes übergegangen. Mit jemandem, der Schmerzen genießt oder ihnen zumindest so gleichgültig gegenübersteht, war das so eine Sache. Doch man darf nicht vergessen, dass es unterschiedliche Arten von Schmerz gibt. Dazu kommen Jucken und Erstickung, obwohl beides im strengen Sinne keine Schmerzen sind. Und es gibt andere Dinge, die zu lindern den Menschen wichtig ist, sodass es sich lohnen kann, sie daran zu hindern, dass sie es lindern. Schöner Reim, finde ich. Wie auch immer, jeder mag irgendetwas ganz und gar nicht, und der Trick besteht darin herauszufinden, was das ist.

Der Necker hatte zuerst Fleischaale angesetzt und war dann zu Erstickung übergegangen, gab es aber nach zwei Stunden auf. Die meisten Leute verfallen in eine tierhafte Panik, nachdem man sie ein paar Mal fast hat ersticken lassen, aber 2JS hatte einfach den Atem angehalten und versucht, die Adern in seinem Kopf zum Platzen zu bringen. Als Nächstes hatte der Necker die Haut an 2JS' Füßen geröstet und abgezogen, das rohe Fleisch mit Salz eingerieben und seinen Hund das Salz ablecken lassen. Aber das brachte ihn auch nicht weiter. Er hatte 2JS' Mittelfinger beider Hände vom Fleisch entblößt, das Endglied abgenommen und den Mittelhandknochen gespitzt, immer wieder mit der Bimssteinfeile darübergerieben und ihn zu einer Nadelspitze poliert. Danach hatte er 2JS mit Wasser abgefüllt, ihm den Penis abgebunden und den Anus verstopft. Dann hatte er eine Schale voll Goldaugenbremsen gebracht, die ihn stechen sollten. Zu allem Überfluss hatte er ihn die Adrenaldrüsen essen lassen und ihm ein paar Dosen Psilocybin verpasst, halluzinogene Pilzdrogen, das hiesige Wahrheitsserum. Doch 2JS hatte nur gebebt und geschnieft und gesabbert, aber im Kern war er ungebrochen. Man musste den Kerl bewundern.

»Sie bewegen sich«, sagte der Necker. Er befühlte gerade 2JS' Bauch nach den Aalen. Ich erhob mich auf die Knie und sah genau hin. 2JS' Unterleib zitterte, und über sein Gesicht zuckten alle möglichen seltsamen Grimassen, als wäre er ein Komiker, der ein Niesen unterdrücken wollte. Er hatte wieder einen Anfall. Die kleine Menge Alkohol hatte ihn geradezu ins Trudeln gebracht. Der Necker nahm ein Muschelschalenmesser und zeichnete einen Schnitt gleich unter dem Nabel an.

»Nein, nein, versuch es im Kopf«, sagte ich. Ich wollte nicht, dass er uns unter den Händen starb. Der Necker betastete das geschwollene Gewebe rings um 2JS' Augenhöhlen.

Sie werden fett, dachte ich. Ich sagte zum Necker, er solle ein paar von den Viechern herausholen, wenn er könne. Der Necker schob eine Bambuspinzette in 2JS' linkes Nasenloch und wühlte herum.

Gib mir den Schlüssel, du Scheißer, dachte ich. Den Scheißschlüssel. Ich konnte nicht fassen, dass ich noch immer in dieser verfahrenen Situation steckte.

Glaub es ruhig.

Der Necker begann 2-Juwelenbesetzter-Schädel etwas aus der Nase zu ziehen, das sich verjüngende Ende einer weißen nudelartigen Schnur, die einfach nicht aufhören wollte und über einen Fuß lang war, als ihr vom Blut rosa gefärbter Nicht-Kopf schließlich sich windend hervorkam. An der Luft erstickte der Wurm. 2JS zitterte, gab aber keinen Laut von sich. Der Necker warf den Wurm in eine Tasse mit B'alche'. Das Tier wand sich dort und knüpfte sich praktisch selbst zur Schlinge.

»Trink viel B'alche'«, sagte der Necker lachend, »und du bekommst keine Würmer.« Das war ein alter Witz.

Was man hier Fleischaal nannte, war tatsächlich eine Art in Flüssen lebende Bandwurmlarve, die man allein zum Zweck der Folter züchtete, eine weitere Spezies, die ich zu meinem Verdruss nicht bestimmen konnte, auch wenn ich mir ziemlich sicher war, dass sie mit *Spirometra mansoni* verwandt sein musste. Jedenfalls sollte der Befall durch sie am absolut schmerzhaftesten sein, oder genauer gesagt, am unerträglichsten schmerzhaft, weil andere Dinge genauso wehtun konnten, aber nicht solche guten Ergebnisse erzielten. Der Fleischaal hatte Personen gebrochen, die monatelanger Folter standgehalten hatten. Wenn die Würmer in der Bauchhöhle waren, sollte es wie eine Übelkeit sein, aber andere Übelkeiten verhielten sich zu dieser Übelkeit wie ein juckender Finger zu einer zermalmten Hand. Wenn die Würmer in den Augen- und Nasenhöhlen saßen, war es wohl wie das Gefühl verstopfter Nebenhöhlen in einem dekomprimierenden Flugzeug, aber mit dem gleichen Grad der Verstärkung.

Muss mir was einfallen lassen. Okay. Na los. Er hat etwas von mir in sich. Stell damit etwas an. Selbst wenn 2JS etwas aushalten kann, schafft es der Jed in ihm vielleicht nicht.

Was ist mein »Zimmer 101«?, fragte ich mich. Wovor habe ich am meisten Angst? Blutverlust vielleicht. Bluten. Aber das habe ich hinter mir gelassen. Er wahrscheinlich auch. Der Tod? Darüber ist er ganz offensichtlich auch schon hinweg. Offen dazuliegen, entblößt zu sein, zuzusehen, wie mein Verstand von innen zerbröckelt?

»Hör zu«, sagte ich auf Englisch. »Jed? Alter Kumpel? Alter Freind? Ich weiß, dass du da drin bist.«

Er verkrampfte sein Gesicht stärker. Er war auf jeden Fall bei Verstand, auch wenn die Viecher seine Innereien zu Schweizer Käse verarbeiteten.

»Komm schon«, sagte ich. Meine Stimme wurde rau. »Erinnerst du dich noch, wie wir mit Marena Go gespielt haben? Erinnerst du dich noch, wie wir mit No Way und Sylvia und Sylvana in dem alten Thunderbird von Boulder nach Panama City gefahren sind, und jedes Mal, wenn wir angehalten wurden, das Koks schnell durch das Loch unter dem Gaspedal werfen und hinterher mit dem CB-Funkgerät neues vorbestellen mussten? Das willst du doch nicht alles löschen, oder?«

Keine Antwort. Tja. Vielleicht waren diese Erlebnisse so toll dann doch nicht.

»Weißt du noch, wie Sylvana gesagt hat, sie will mit dir schlafen? Du sagtest nur: Holla, okay, toll? Kannst du dich noch an dieses Kegelspiel erinnern, bei dem du Gata Kamsky fünfmal hintereinander geschlagen hast, und er wurde damit nicht fertig? Vergiss nicht, du bist es, der stirbt, nicht nur 2-Juwelenbesetzter-Schlemihl. Erinnerst du dich noch, als du einen ganzen Mundvoll Saccharin geschluckt hast? Weißt du noch, wie Stan dich in diesen Schwarzlichtposterladen in Salt Lake mitgenommen hat und es dich beinahe den Verstand gekostet hätte? Weißt du noch, wie du deine Schachuhr für ein Eulengesicht gehalten hast, das während eines Spiels Tausende unterschiedlicher Ausdrücke zeigte? Wenn das Spiel losging, guckte sie ganz erstaunt, und wenn ihr bei der Drei-Stunden-Markierung wart, hatte sie die Augen zusammengekniffen und wirkte müde oder vorsichtig oder was auch immer. Weißt du noch, wie sie manchmal mit dem einen oder anderen Auge zu zwinkern schien? Wie du dir mit deinem alten zusammenrollbaren Spielbrett die Geschichte von Ritter Unsichtbar ausgedacht hast? Weißt du noch, wie du zum ersten Mal draußen auf der Milpa mit deinem Vater im Schuppen übernachten durftest? Kennst du noch die Geschichte von Alter Affe und Junger Affe?«

Ich beschattete seine Augen mit der Hand und blickte ihm tief in das linke, vorbei an der blutgesprenkelten braunen Iris in die geschundene Pupille.

»Na komm. Willst du mich wirklich auch umbringen? Willst du mich mit dir nehmen? Bitte. Jed. Bring 2JS dazu, dass er zurücksteckt.«

Zeigte sich da ein winziges Anzeichen eines inneren Kampfes, oder bildete ich es mir nur ein?

»Alles geht in Trümmer, und das ist deine Schuld«, sagte ich. »Das heißt, unsere Schuld, aber ich versuche es zu ändern. Für uns, ja? Klar, sicher, ich weiß, es klingt abgeschmackt, aber ich werde auch für dich leben, ich versprech's. Es ist mein Ernst. Was ist denn dann überhaupt mit dieser Kultursache von dir? Weißt du noch? Die Kultur bewahren, richtig? Die übrigens auch 2JS' Kultur ist.«

Ich dachte, unten im dunklen Brunnen sähe ich etwas glänzen, wie winzige Fetzen von Blattgold in haselnussbraunem Likör.

(65)

Aber vielleicht bildete ich es mir nur ein. »Wer hat denn bei dir das Sagen?«, fragte ich. »Komm schon, Jed, übernimm den Laden! Ich weiß, dass du der Stärkere bist.«

2-Juwelenbesetzter-Schädel keuchte. Tief in seiner Brust scharrte etwas wie ein Stock auf rauem Stein.

»Na komm schon, da passiert doch was, oder? Da möchte was raus. Komm schon. Na los, komm schon.«

Ich dachte schon, ein anderer Wurm käme aus seiner Nase, und ich packte ihn, doch es platzte, es war nur eine Lymphblase. Eine große Blutperle schwoll unter seinem Auge an und zersprang zu einem Tropfen. Ein zweiter bildete sich im Winkel des anderen Auges, und einer in jedem Nasenloch. In seinem Mund war ein großer Klumpen aus schleimigem Blut. Ich fuhr herum und packte den Necker bei dem dürren Zöpfchen. »Was geht da vor?«, fragte ich ihn. Er machte eine demütige Geste, die bedeutete, dass es keine Entschuldigung gebe, einem Schulterzucken sehr ähnlich, und drückte die Brust auf den Boden. Du inkompetenter kranker Blödian, dachte ich. 2JS stirbt, er stirbt, ohne uns irgendetwas gesagt zu haben, und er ist unsere einzige Hoffnung.

2JS' Gesicht erstarrte in einem leeren verzerrten Ausdruck.

Ich befahl ihn abzuschneiden. Die Helfer kletterten eilig aufs Gerüst. Der Necker sprühte 2JS aus dem Mund eine Mixtur aus Chili, Alkohol und Blut ins Gesicht; dann legten sie ihn auf die Matte. Ich hielt seinen Kopf in den Händen und öffnete seinen Mund.

Okay, okay, dachte ich. Keine Panik. Es zählt nur, dass du dich mit diesem ganzen Kroppzeug und den Drogen und allen erhältlichen Informationen in dieses Gelee legst und hoffst, dass du noch in ausreichendem Maß in deinem Kopf vorhanden bist, wenn Marena dich ausgräbt, und dann versuchst du es dort herauszubekommen.

Aber das kannst du nicht. Koh hat dir nicht genug erzählt. Du hast fundiertes Halbwissen, das ist alles.

Vielleicht, wenn die J-Maschine Vollzeit arbeitet, dachte ich.

Klar.

Jahrzehntelange Computerrecherchen wären nötig, um den Schlüssel zu finden. Falls es auf diese Weise überhaupt ging, was ich bezweifelte. Es war, als wäre alles noch immer mit einer Matrix aus proprietären Algorithmen der NSA verschlüsselt. Solche Chiffren sind tatsächlich nicht zu knacken. Aber ich wusste genug, um zu wissen, dass man nicht ergründen konnte, was Koh mit diesem Zug beabsichtigt hatte. Dahinter steckte eine geheime Regel, keine Strategie. Es war, als spielte man mit jemandem Schach, der nicht wusste, dass ein Bauer in der gegnerischen Grundreihe zur Dame werden kann. Irgendwie hatte sie diesen Läufer in das Gegenstück zu einer Dame gemacht, und das nach einer Regel, die niemand sonst zu kennen schien.

Wenn das alles doch nur irgendein simples Geheimnis wäre, wie etwa: Da ist ein Asteroid mit der und der Geschwindigkeit, und wenn ihr ihn nicht wegpustet, erwischt er euch. Aber es ist ein eigenes Wissensgebiet, ein eigener Zweig von Chaos- und Wahrscheinlichkeitstheorie und all das andere Zeug, das ich gar nicht erst identifizieren kann, weil ich von Mathematik so viel dann auch wieder nicht verstehe.

Koh hätte mich wirklich einweihen sollen. Hätte mir vertrauen sollen und nicht diesem Stachelwichser. Na ja. Vielleicht dachte sie ja, dass ich selbst dann, wenn sie mir alles sagte, was sie wusste, es trotzdem nicht anwenden könnte. Bei dem Mädel konnte man nie wissen.

Ich habe sie trotzdem gemocht, auch wenn …

Ein Schnalzen. Ein leises Rasseln. 2JS atmete noch. Ich sah ihm in das Auge. Die Pupille verengte sich.

Das Auge stellte sich scharf. Er sah mich.

KANN ER ETWA NOCH DENKEN?

»Lass alles verschwinden«, sagte ich.

Hun Xoc schob alle vom Hof. 2-Juwelenbesetzter-Schädel und ich waren alleine.

»Ich bin da«, sagte ich. »Ich bin da, letzter Aufruf, letzter Flug.«

Ich brachte mein Auge über ihn, wo er es sehen konnte. Sein Gesicht sah seltsam aus, aber ich glaubte, dass er bei Bewusstsein war und dass ich seine Aufmerksamkeit besaß. Ich stützte ihn mit einer Hand am Hinterkopf und strich ihm mit der anderen über die Stirn.

»Komm schon, Freund«, sagte ich auf Ch'olan. »Wir sind Freunde. Habe ich recht?«

Aus seiner Kehle kam die Andeutung eines Geräuschs, das sich anhörte, als würde ihm jemand mit einer Handstichsäge ein kleines Loch hineinscheiden.

»Tut mir leid, dass es so gelaufen ist«, sagte ich. »Ich werde niemandem sagen, dass ich es von dir erfahren habe. Ich werde sagen, Spione hätten es mir verraten ...«

Er schien mir nicht mehr zuzuhören. Ich wechselte in die unterwürfige Form der Hofsprache.

»Mein Vater, du hast mich in dir, und ich
Bitte um Vergebung für den Schmerz, den ich bereite; ich weiß,
Wir sind beide das Gleiche auf verschiedenen Seiten; ich bin
geehrt ...«

Ich verlor ihn.

»Komm schon«, sagte ich wieder auf Englisch. »Sieh in das, was du von mir weißt. Wenn du stirbst, ist es mit dir nicht nur zu Ende, dann hat es dich nie gegeben. Dieser Planet liegt in Staub und Asche. Nur noch ein paar kannibalische Viren kriechen darauf herum, und das war's dann.« Das ist Blödsinn, dachte ich, so kommen wir nicht weiter.

»Also gut«, sagte ich. »Ich mache dir einen Vorschlag. Ich nehme dich mit zurück. Ich lege auch dein Gehirn in Aspik und nehme es mit in den Sarg, und in meinem K'atun scannen wir es und kopieren dich in irgendeine arme Sau.«

Nichts.

»Komm schon, sieh in mein Bewusstsein«, drängte ich ihn. Das Herz pochte mir gegen die Rippen. »Du weißt, dass ich das kann.

Ich biete dir eine Chance. Komm schon. Sieh nur in mich rein, dann siehst du, was du bekommen kannst. Ich errichte dir ein Denkmal und ehre dich in der Überzeit, ich gründe eine ganze neue Dynastie …«

»DAS WIRST DU NICHT«, sagte er. Seine Stimmbänder arbeiteten nicht, und seine Zunge war an die Innenseite seiner Unterlippe genäht, damit er sie nicht verschlucken konnte. Sein Atem roch wie Sumpfgas. Ich zuckte zurück, aber ich riss mich zusammen.

»Aber ich könnte«, erwiderte ich. »Mehr als dieses Versprechen bekommst du nicht. Mach mit!«

Er starrte mich an. Meine Haut juckte.

»Komm schon. Näher kommst du der Unsterblichkeit nie. Du kannst ganz neu anfangen. Und dein Name wird noch immer etwas bedeuten. Oder tu es einfach, weil es das Richtige ist. Selbst du begreifst das. Oder tu es aus Spaß, du weißt schon, *sacal chakan can kin bin yx bolon*. Weil du es kannst.«

Keine Antwort.

»Sterben müssen wir alle«, sagte ich. »Wahrscheinlich werde ich nicht so lange leben wie du. Tu es einfach für mich. Wir hatten doch viel Spaß zusammen, oder? Du hast hier Großes geleistet. Du bist der Größte. Komm schon. Es bedeutet doch, dass du im Spiel bleibst, oder? Kein Spiel, kein Ruhm, richtig? Mehr Spiel. Komm schon. Bittebitte, bittebitte, mit Zucker und dem Blut von vierhundert unsterblichen Königen drauf. Bitte bitte bitteschön.«

2-Juwelenbesetzter-Schädel blickte mir neun Schläge lang ins Auge. Unglaublicherweise schien er zu lächeln; dann erst begriff ich, dass er immerfort etwas wiederholte:

»Die Handschwungfeder eines Harpyienadlers«, keuchte er, »die Handschwungfeder eines Harpyienadlers, die Handschwungfeder eines Harpyienadlers …«

(66)

Das Protokoll verlangte, dass ich als Letzter ging. Vor mir marschierten meine beiden Fackel- und Standartenträger, dann Hun Xoc, Maske-von-Jaguar-Nacht, Alligator-Wurzel, ihre drei Diener und schließlich vier verurteilte Arbeiter, die nicht zurückkehren würden. Ich hielt die Handschwungfeder des Harpyienadlers dicht an meine Brust gedrückt. Hatte 2JS mir das richtige Passwort genannt, oder hatte er mir mit seinem letzten Atem noch eins ausgewischt? Na, in ein paar Minuten wissen wir mehr. Hölle, Hölle, Hölle. Der lange kahle Gang fiel mit ungefähr zwanzig Grad ab. Auf dem Boden lagen noch immer Planken, über die Rollwalzen gefahren waren, als die Steinmetze das Grab für 9-Reißzahn-Kolibri nach meinen Vorgaben umgebaut hatten; deshalb konnte ich müheloser gehen als sonst und aus eigener Kraft, indem ich mich an den Wänden abstützte. Fackellicht knospte an den Rändern meines wachsenden, dann wieder schrumpfenden Schattens und tastete über die schwarzen Felsnadeln wie der Ultradetails enthüllende Strahl eines Elektronenmikroskops. Es roch süßlich nach verwesendem Velin. Wir bogen nach rechts um die Ecke, nach Norden also, und kamen an eine Flechttür. Ich löste die Knoten. Meine Träger banden die Schnüre los und zogen die Tür auf. Wir betraten, was man die Bibliothek des Ozelot-Hauses nennen könnte, doch da wenigstens fünfundneunzig Prozent der Bücher nie geöffnet worden waren, wäre es wohl zutreffender, den Raum als Archiv zu bezeichnen, oder als eine Geniza, ein Aufbewahrungsraum für alte geheiligte Texte, die nicht vernichtet werden dürfen. Der Raum war kahl und hoch mit einer Grundfläche von ein mal drei Seillängen, und die Wände bedeckten Regale voller horizontal gefalteter Leporello-Bände. Bei den meisten handelte es sich um Kontenbücher und Tributlisten, um Urkunden und Petitionen, Erlasse und Verbote und rechtliche Eingaben, die bis zu fünfhundert Jahre alt waren. Es gab aber auch Almanache, Bündel von Sonnen- und Venusjahren, wie man die Ratsprotokolle nannte, und Bücher der Seelennamen, also genealogische Geschichten der Großen Häuser von Ix, gestohlene Chroniken anderer Stadtstaaten, von Dutzenden Händen aus mittlerweile zerfallenen Büchern kopiert, ältere Exemplare der erzählten und niedergeschriebenen Geschichte, die weit, weit zurückreichte bis in die Zeit vor der Flucht aus den Fünf Nordwestlichsten Höhlen, dazu Beschreibungen von Ritualen und Protokolle und Pflanzenbücher mit Heilmitteln und Beschwörungen und chirurgischen Methoden und Rezepte für Genesungsdiäten und die dazugehörigen Speisepläne und diagnostisch nutzbare Gerüche und Geschmäcker und Geräusche und Proportionen und Eigenschaften, Muster zum Weben und Sticken und Werke über Ackerbau und Architektur und die Bereitung von Düngewasser. Ganze Quadrat-Seillängen befassten sich mit dem Theater der Grausamkeit: Anweisungen, welche Demütigung bei welchem Rang des Gefangenen an welchem Tag anzuwenden waren, Kalender für die Abfolge von Verstümmelungen, Rezepte für Folter durch Leguane und fleischfressende Käfer, durch Zwangsernährung und Nahrungsentzug, durch Verabreichung nichttödlicher Giftdosen über Jahre, durch langsames Erdrücken, durch langsame Erhöhung des lastenden Gewichts wie bei den Hexen von Salem, durch Eingießen in Gips, durch die Sonne, durch sich langsam schließende Dornenfallen, durch selektives Häuten über Jahrzehnte hinweg, durch eingeatmete Gewürze, durch Rauch, durch Salz, per Stellvertreter, durch Dämonen, durch absichtlich herbeigeführte Magengeschwüre und Abszesse und andere kontrollierte Krankheiten, durch Blutvergiftung, durch etwas, das wir Hypnose nennen würden, durch absichtlich herbeigeführte Drogensucht und darauffolgenden Entzug, durch erzwungenen und verweigerten Geschlechtsverkehr, allein durch Sprache und so weiter und so fort. Schließlich folgten verdeckte und versiegelte Regale, von denen zwei die Chroniken des Hüftballs enthielten, zuerst die Regeln und Strategien und Ergebnisse des Ballspiels, gewonnene und verlorene Wetten, berühmte Ausrüstung und legendäre Spieler, und zuletzt – und unendlich wichtiger –

gab es ein leeres Schränkchen für die Chroniken der Spiele gegen die Raucher, die Ergebnisse der geheimen Opferspiele, die die Sonnenaddierer von Ix im Laufe der B'ak'tunob' gespielt hatten und die die Wege der Götter durch die Ebenen der Himmel, der Erden und der Höllen nachzeichneten. Diese Sammlung hatte ich komplett nach oben ins Licht schaffen lassen und war alles stundenlang durchgegangen, doch ich hatte nichts Brauchbares erfahren, und meine einzige Hoffnung hinsichtlich dieses Materials bestand darin, dass die Jaguar-Anbeter den verbotenen Texten, mit deren Entschlüsselung sie noch beschäftigt waren, etwas Nützliches entnehmen konnten. Aber ich glaubte es nicht. Sie waren Idioten. Oder eher, um fair zu bleiben, unwissende Kinder. Die guten Leute hatten sich alle umgebracht oder waren mit 9-Reißzahn-Kolibri geflohen. Bis auf einen. Die letzte Hoffnung.

Ich band eine Tür in der rechten Wand auf, ließ sie von den Proleten öffnen und führte die Gruppe in einen zweiten, steiler abwärts geneigten Gang. Er war größer, aber unregelmäßig geformt, und hatte eine niedrigere Decke. An einer Stelle, die etwa eine Seillänge unterhalb der ersten Etage des Nordhangs der Mul liegen musste, bogen wir wieder nach rechts in das Beinhaus ab, einen langen Raum, der größer war als die Geniza. Wir durchquerten einen Wald aus zehn- bis zwölftausend niedriggebrannter Gefäße, deren Größen zwischen Parfümflakon und Mumiensarkophag variierten. Danach kamen wir durch eine kleine Schlucht aus Hängekörben mit Reliquien, die in Hieroglyphenstickereien gehüllt waren und sich in allen möglichen Stadien des Verfalls befanden. Als Nächstes fanden wir Reihen aus nicht eingewickelten Schädeln, auf hölzerne Regale gesetzt, in die stilisierte Totenköpfe geschnitzt waren, so wie einige Leute echte Blumen in blumenförmige Vasen stellen. Jeder Schädel trug auf der zurückweichenden Stirn eine Hieroglyphe mit den Namenswappen des ursprünglichen Besitzers, dem Datum seiner Gefangennahme und den Namen seines Häschers, dem Datum seiner Widmung und den Geist besänftigende Anrufungen nach dem Motto: »Ruhe in Frieden, sonst passiert was.« Ich bemerkte einen winzigen, flachen, zahnlosen Schädel, auf dem sich das zierlich geschriebene Etikett *14-Orchidee, tot geborener Sohn von 7-Ozelot-Nacht* fand. An einer Stelle fanden wir eine Reihe von Schädeln mit falschen Glotzaugen aus Muscheln und Obsidianen, denen Feuersteinmesser durch die Nasenlöcher gestoßen waren, sodass sie wie groteske Knollmännchen aussahen. Eine Zeit lang war dieser teotihuacánische Stil von den ixianischen Großhäusern kopiert worden. In einigen der höchsten und jüngsten Körbe lagen die geschrumpften Köpfe, die zu den Schädeln gehörten; ein paar dünne Brusthäute waren auf dreieckigen Rahmen ausgebreitet und stellten ihre Tätowierungen zur Schau. Nach drei Seillängen senkte sich der Boden um eine Ebene ab, und wir gelangten an eine Tür in Form eines unregelmäßigen Vierecks. Ich trat hindurch und gelangte in einen Tunnel aus gewachsenem Fels. Er hatte einen beinahe runden Querschnitt, und unter den Planken an Boden und Wänden sah man erstarrte zähe Fließmuster. Hier und dort waren spitzere Auswüchse an den schwarz glasierten Wänden geglättet worden, aber davon abgesehen hatte man die Höhle weitgehend im Naturzustand belassen. Der Gang gehörte zu einem Netz aus Lavakanälen und -blasen, die sich vom Schlackenkegel des erloschenen Vulkans – auch als 1-Ozelots Haus bekannt – westlich der Mul in die Tiefe zogen. Die Hohlräume waren von Anfang an eine der quasigeheimen Machtgrundlagen der Ozelots gewesen; angeblich hatten sie sich in der Frühzeit von Ix bei Angriffen dort jahrelang verschanzt. In fünf Seillängen Tiefe lief der Gang in eine schräge vulkanische Blase aus, von der drei gehauene Korridore nach Westen, Südwesten und Südsüdwest abgingen. Die westliche Abzweigung führte aus den trockenen vulkanischen Höhlen hinaus in die weit größeren Kalksteinhöhlen, die sich bis unter die Gebirgskette im Westen erstreckten. Der südwestliche Korridor war der Zugang zu einem großen, von Fackelruß fleckigen Raum mit Stapeln von Zimmermannswerkzeugen und Seilen und Säcken mit Kalksteinbruch. Weiter hinten lag ein eingesalzener und verhüllter Stapel von achtzehn Leichen, die Träger und Steinmetze, die bisher am Projekt gearbeitet hatten, und dann ein Tunnel von zwei Seillängen, der im Winkel von vierzig Grad hinunter zu dem Grab führte, das 9-Reißzahn-Kolibri für sich selbst hatte errichten lassen und das auf meinen Befehl hin modifiziert worden war. Sein

Eingang war meisterhaft aus dem gewachsenen Fels gehauen, aber ich hatte ihn mit zehn senkrechten Mahagoni-Stempeln abstützen und an den Verwerfungslinien einkeilen und einschlagen lassen, damit er zusammenbrach, sobald wir die Stützen in Brand setzten. Eine Seillänge weiter vereinigte sich der Gang mit einem weiteren, schräg nach unten führenden Stollen, der mit dreizehn polierten und geölten Kalksteinblöcken von zwei Armlängen gefüllt war, die auf dem eingeschmierten Boden mit Hemmkeilen aus kreosotgetränktem Kiefernholz und Säcken aus geharztem Sägemehl an Ort und Stelle gehalten wurden; bei dem Brand würden sie in den Haupttunnel rutschen und die kleine Vorkammer des Grabes blockieren. Die Vorrichtung war mehr Ägypten als Mayaland, und mein Architekt hatte eine Weile gebraucht, bis er geschnallt hatte, was ich wollte. Ich hatte alle Testläufe machen lassen, die mir eingefallen waren, nur ausgelöst hatten wir die ganze Sache natürlich noch nicht, aber ich hatte das Gefühl, es würde funktionieren. Na ja, keine vier Tage mehr, und ich würde es wissen. Wenn meine armen Untertanen Abgetrennte Rechte Hand überhaupt so lange aufhalten konnten.

Wir nahmen den südsüdwestlichen Gang, der uns relativ zu der Lavablase leicht aufwärts in einen gewundenen Korridor führte, der die Kammer der Jaguar-Wissenden durchzog. Am Boden, in der Decke und an den Seiten befanden sich unregelmäßige Türen, alle mit dem Datum versehen, an dem sie zuletzt versiegelt worden waren. Einige dieser Siegel bezeugten, dass man sie seit fünfhundert Jahren nicht mehr geöffnet hatte, aber das war schwer zu glauben. Drei Knicke weiter kamen wir in eine kleine Halle ungefähr unterhalb der Spitze der Ozelot-Mul. Ich kauerte mich auf einer massiven achteckigen Holztür mitten auf dem Boden nieder, fand das kleine Geisterloch im Zentrum, pfiff viermal auf Harpyien-Art hinein und schob dann eine lange Harpyienadlerfeder mit weißer Spitze an einer orangefarbenen Perlenschnur hindurch.

(67)

Dort unten hatten sie ihre eigene kleine Gesellschaft. Die gleiche gebundene Familie kümmerte sich schon seit Ewigkeiten um die Verstecke. Man sollte nicht meinen, dass Indianer bleich sein können, doch hier waren sie es, wachsgelb, und vor dem Licht unserer Fackeln kniffen sie die tränenden Augen zusammen. Der Hüter stellte nicht einmal Fragen, auf die wir mit unserer vorbereiteten Geschichte, weshalb 2-Juwelenbesetzter-Schädel nicht kommen könne, hätten antworten können. Er führte uns einfach durch weitere enge Gänge in einen kleinen Raum mit einem Boden aus behauenem Kalkstein und abgestützten Wänden. Er war nicht so gut belüftet wie die Gänge, und der Geruch nach Schweiß, gesalztem Kot und muffigen Binsenmatten war im ersten Moment kaum auszuhalten; dennoch spürte ich einen Lufthauch, der an uns vorbei und durch das Sprechrohr nach oben strich, wo immer der Abzug war, bis hinauf an die Spitze der Pyramide. In dem Raum half ein Diener dem Oberpriester, sich auf seiner Invalidenmatte aufzurichten. Der alte Mann hatte ein schreckliches Flaschengeistgesicht, dessen marionettenhafte Linien an die schroffen Flächen eines Schieferbruchs denken ließen, aber sein Haar war echt und voll und in zwanzig jahrzehntealte Zöpfe geflochten, die silbern an seiner Kopfhaut entsprangen und in Schwarz ausliefen. Angeblich sollte er einhundertundzwei Sonnenjahre alt sein, etwa fünf normale Lebensalter. Aber das glaubte ich nicht. Er sah vermutlich nur so aus, weil er sich nicht pflegte. Oder zu viel rauchte. Ich machte über meine Schulter hinweg ein Zeichen, und alles verließ rückwärts den Raum, sogar Hun Xoc, sodass nur noch der Oberpriester, sein Diener, der Hüter und ich zurückblieben. Der Hüter setzte die Fackeln in seinen Rücken, damit er mich beobachten konnte. Ich schob einen Opferteller mit Zigarren auf eines der erstarrten Knie des Oberpriesters zu, legte die Faust an meine Brust und richtete den Blick auf einen Punkt unterhalb seines Kinns. Er hob einen Arm und machte schwächlich ein Zeichen, das in etwa: »Gut, sprich, was willst du?« bedeutete.

»Mein Urgroßvater, könnte ich an der Reihe sein,
Meinem Urgroßvater eine Frage zu stellen?«, fragte ich.

Er winkte ein »Erlaubnis erteilt«. Ich schnürte Kohs Reisespielmatte auf und stellte die Position vor ihrem letzten Zug auf – dem Zug, den sie nicht mehr hatte machen können. Man bräuchte ein Buch so dick wie *Moderne Schacheröffnungen*, um den Spielstand in Worten zu erklären, doch letztlich war der Läufer zwar in die Ecke gedrängt, aber noch nicht ganz umzingelt. Ich konnte nicht sehen, wie man am Enddatum des 4 Ahau vorbei ins Zentrum des Bretts kommen sollte, aber Koh hatte offensichtlich etwas entdeckt, eine Art Abkürzung. Wie die Leiter im Leiterspiel oder die Geheimgänge in *Cluedo*. Der Oberpriester beugte sich vor und musterte das Brett ein paar Minuten lang; dann sah er auf und suchte meinen Blick, schaute durch einen mehrstufigen grauen Star. Wie ich schon erwähnt habe, war die Suche nach Blickkontakt ein ungewöhnliches, aggressives Verhalten, geeignet, einen Bären oder einen Angreifer niederzustarren, in Gesellschaft jedoch verpönt. Ich kannte es gar nicht mehr und musste an mich halten, um nicht finster dreinzuschauen. Nicht blinzeln, dachte ich und hatte sofort ein überwältigendes Bedürfnis danach. Ich glaubte zu erkennen, dass sich die Klippen seines Gesichts verzogen und ein Lächeln andeuteten, aber vielleicht bildete ich es mir auch nur ein.

»Und was sollte ich dir sagen, neuer Ahau?«,

fragte er in altmodisch betonter heiliger Sprache. Seine Stimme kam nicht von seinen Stimmbändern, sondern aus dem Bauch, und schien durch ein Loch in seinem Rücken gequetscht zu werden.

Ich fragte ihn, was er meine.

Es gebe Tausende möglicher Züge, erwiderte er, wie könne er mir den nächsten zeigen?

Ich fragte ihn, ob ich das Spiel bis zu diesem Punkt für ihn spielen solle.

Ich wisse wohl wirklich nicht besonders viel über das Opferspiel, entgegnete der Oberpriester.

Ich bejahte, erklärte ihm dann, was der Welt drohte, und schilderte, wie Koh in ihrem letzten Augenblick nur »Du« gesagt hatte, doch schon bald schnitt der Alte mir das Wort ab. Wie es schien, wusste er bereits, dass ich aus einer anderen Zeit kam, und vielleicht noch mehr, doch interessierte es ihn nicht. Er sagte, dass man unter Umständen durch eine lange Abfolge von Schritten von der Ecke ins Zentrum gelangen könne, aber die meisten Spieler seien damit überfordert. Er ganz besonders, sagte er. Er sei nicht mehr so schnell wie früher. Ich glaubte ihm aufs Wort. Koh habe zwischen zwei- und dreihundert Züge vorausgedacht, sagte er. Wie sollten wir da wissen, auf welches Resultat sie hingearbeitet habe?

»Was würdest du denn tun, Urgroßvater?«, fragte ich. Jetzt sag es schon, du nutzloser alter Höhlenkasper!

»*Ma na'atik*«, erwiderte er. »Ich weiß es einfach nicht.«

Worin immer Kohs Abkürzung bestanden habe, fügte er hinzu, sie müsse sie selbst entwickelt haben. Vielleicht seien auch einige andere Spieler darauf gekommen, aber allgemein verbreitet könne die Methode nicht sein, denn diese Position komme nicht häufig vor. Eigentlich nie. Wie auch immer, er müsse die menschlichen Spieler neu versammeln, um zu hören, wie die Zählung lag, ehe er auch nur Vermutungen anstellen könne, wie die Züge aussahen. Vielleicht habe allein das Gespräch mit mir Koh zu neuen Einsichten verholfen.

Dann solle er mit mir sprechen, verlangte ich.

Er sei zu müde, antwortete der Oberpriester; er sei eine plappernde Schale Brei. Er kicherte ein bisschen, und ich bemerkte, dass er noch immer vier oder fünf spitz zugefeilte, rot emaillierte Zähne besaß.

Eine Zeit lang war ich sprachlos. Verdammt, dachte ich dann, ich wusste ja gleich, dass Koh ein Genie gewesen ist. Sie hatte diese einzelne Codezeile entdeckt, mit der sich ein ganzer fraktaler Planet generieren ließ, dieses wiederkehrende Muster im Herzen des Zufalls. Gott würfelt mit dem Universum, aber beim Würfelspiel kann jeder gewinnen. Nur hat sie mich leider nicht rechtzeitig in ihr Geheimnis eingeweiht, und wir Übrigen waren bloß umhertappende, dem Untergang geweihte Halbidioten. Wir sind am Arsch, dachte ich zum oktillionsten Mal. Laut quiekend entwindet sich das geölte Schwein mir immer wieder. Völlige Enttäuschung hat einen ganz besonderen Geschmack, und dieser Geschmack stieg mir in den Mund und sabberte mir auf das mit Fettfarbe bemalte Kinn. Ich fühlte mich, als hätte ich mich von einem Krebsspezialisten untersuchen lassen, und er hätte gesagt: »Es tut mir leid, es ist zu spät, um Ihnen zu helfen. Wären Sie vor drei Monaten gekommen, hätte ich Sie heilen können.«

Ich wusste, dass das Gespräch zu Ende war, dass ich ihm danken und ihn fragen sollte, ob er einverstanden sei, wenn ich ihn verließe, aber ich war zu benebelt, um etwas anderes zu tun als auf den Kreuzungspunkt zweier fleckiger Schilffasern auf der Matte unter mir zu starren. Ich brauchte ein Wort für »frustrierend«, ein Wort von der Größe des Olympus Mons.

Ich solle lieber meine Frau fragen, sagte er wie aus heiterem Himmel.

Ich schaute ihn an.

Ich hätte ihm doch noch etwas mitgebracht, sagte er.

O ja, richtig, dachte ich. Maske hatte darauf bestanden, obwohl er gleichzeitig betonte, dass die ganze Idee abstoßend sei. Ich machte ein Zeichen für meinen Diener. Er trat ein, reichte mir eine Jadeschuppenschatulle und zog sich wieder zurück. Ich band den Deckel auf, hob Frau Kohs steife, gepökelte Hand heraus und legte sie dem Oberpriester in die dünentrockenen Finger, dünn wie nach dem Backen. Ich versuchte nicht zu zittern, ehe er die Hand zurückzog. Sie fühlte sich an, als wären ihre Knochen hohl wie bei einem Vogel. Er musterte Kohs Hand von allen Seiten, strich sich mit den Nägeln über die Wange, zählte ihre Finger immer wieder und gluckste jedes Mal, wenn er bei sieben ankam.

»Nun, ich kann ihren Zug hieraus nicht lesen«, sagte er.
»Aber vielleicht kannst du trotzdem hinuntergehen und sie
fragen.«

Er tat, als wäre an seinem Vorschlag nichts Ungewöhnliches. Offenbar sprach er täglich mit den Toten. Kannst du mich denn einschleusen, damit ich sie sehe?, fragte ich stumm, erwiderte aber nichts, sah ihn nur an und versuchte, meine Atemfrequenz zu senken.

»Vor vier Sonnen nahm sie diesen Weg«, sagte er.
»Ich sah sie mit dem Kopf nach unten gehen, und sie weinte.«

Ich beugte mich vor. Sein Atem roch nach Fleischasche. Das ist völliger Schwachsinn, dachte ich. Aber Sie wissen ja, wenn man völlig verzweifelt ist, dann ist man bereit, so gut alles zu glauben.

»Und wie soll ich zu ihr gelangen?«, fragte ich.

»Gehe nicht wieder hoch, gehe weiter hinunter«, sagte er.
»Sie ist stark, sie wird verweilen, sie wird den Baum finden
Und erklimmen. Bitte die Krankmacher, dir zu helfen.«

»Urgroßvater, bitte führe mich dorthin«, bat ich.

»Nein, ich bin jetzt zu alt«, entgegnete er. »Das Orakel
Kann dich zum Ufer bringen; dann rufe die Ruderer;
Sie bringen dich vier Schluchten nach Westen: Blutfluss,
Eiterfluss, Lanzettenfluss, Brandfluss,
Und erbrechen dich ans Ufer von Xib'alb'a;
Geh zu Hofe, beschwöre Herrn Jaguar-Nacht,
Ehe Sternenrasslerin ihr Neugeborenes verschlingt.«

Holla, okay, dachte ich. Klar, das bringe ich. Noch drei ganze Tage haben wir ja übrig, da bin ich mir sicher. Zeit wie Heu. Okay, geh einfach wieder hoch und bring's hinter dich. Es muss funktionieren.

Na ja, warum nicht. Man muss eben glauben. Besonders, wenn einem sonst nichts übrig bleibt.

Wovon der Hierophant sprach, war kein Leben nach dem Tod im christlichen Sinn, und es war auch keine Reinkarnation. Es ging darum, dass einige Menschen, wie beispielsweise Koh, so mächtig waren, dass sie bereits auf dieser Ebene zu den Unsterblichen gehörten. So jemanden machte selbst der Tod nur noch mächtiger, aber die meisten Menschen sind so vergänglich, dass sie praktisch schon tot sind, während sie noch leben, und wenn sie sterben, erwartet man von ihnen, dass sie tun, was sie tun sollen, und ihr Uay freisetzen, damit es zu ihrem relativ unsterblichen Sippengeist zurückkehrt. Und selbst jemand wie Koh wäre nach ihrem Tod vielleicht nicht mehr ganz sie selbst. Sie wäre nur eine aus dem Rassler-Rudel, und vielleicht nicht einmal das Alpha-Tier. Doch auf jeden Fall wollte sie zu den anderen toten und ungeborenen Angehörigen ihrer Sippe, was bedeutete, dass sie den langen Weg nähme und nach unten ginge, ehe sie aufsteigen könnte.

Ich nahm Kohs Hand zurück, vollzog meine kleine Huldigung und wollte mich schon von dem schrecklichen Oberpriester verabschieden. Er bat mich, ihm die Hand dazulassen. Wahrscheinlich, damit er sich damit einen runterholen kann, dachte ich. Na ja, schön, warum soll ich ihm so ein bisschen Spaß nicht gönnen? Ich sagte okay.

Das wird nicht funktionieren, dachte ich, als ich die schwitzenden Stufen hinaufstieg. Nein, lass das. Zweifel konnte ich mir nicht leisten. Wer weiß, vielleicht kennen diese Typen mehr als nur eine Gleichung.

Die sie auch nicht kennen …

Hör auf. Versuch es einfach.

Verdammt.

Muss ich denn alles selber machen?

(68)

Gegen Ende der zweiten Nachmittagswache kehrte ich zu 2-Juwelenbesetzter-Schädel zurück. Die Necker hatten ihn am Leben erhalten, aber er hatte es irgendwie geschafft, sich in Trance zu versetzen, und es dauerte eine Weile, bis er reagierte. Als er mich schließlich sah, bat ich um die Spende-Messer und legte ihm das große auf den Unterleib.

Er konnte nicht sprechen, aber seine Augen fragten mich, ob ich ihn wirklich gehen lassen würde, weil er mir die Wahrheit gesagt hatte, was die Feder anging.

»Nein«, sagte ich, »das nehme ich zurück.« Ich versuchte zu lächeln, doch sein Gesicht blieb düster und erschöpft. Er war meiner Gnade völlig ausgeliefert und versuchte nur zu sterben. Wahrscheinlich wirkte ich viel böser, als ich mir vorstellen konnte. Sieh der Tatsache ins Auge, Jed, du bist ein Dreckskerl. Schakal hätte seine helle Freude an dir gehabt.

Ich machte einen diagonalen Schnitt unter seinem Brustkorb, wand meine Hand mit dem kleinen Messer hinein und arbeitete mich zu seinem Herzen vor. Es wehrte sich wie unter einem Elektroschock gegen meine Hand, und ich drehte und zog, zerquetschte es wie eine Ratte. Nach einem spastischen Zucken und einem langen Ausstoßen von feuchtem Atem entspannte sein Körper sich völlig – und dann war da nichts mehr, nur noch der schrumpelige Leichnam eines alten Mannes. Mir kam es vor, als hätte ich sein Uay zur Welt gebracht wie eine Duftessenz.

Ich fiel auf den Rücken und machte das Zeichen, sie sollten meinen Kostümierer holen. So, Alter, deine Strafe war es, betrogen zu werden, dachte ich. Ich fühlte mich schlecht, weil ich gelogen hatte, aber in seinem Fall erschien es mir in Ordnung, einmal von meinen Grundsätzen abzuweichen. Ich fragte mich noch immer, ob er mir von der Feder erzählt hatte, weil ich ihm den Tod angeboten hatte oder weil er sich einem Maß an Entsetzen gegenübersah, das so essentiell war, so grundlegend, dass es in allen Kulturen gleich schlimm ist, und wenn man merkt, dass dieser Schrecken kommt, tut man alles, um ihm zu entgehen. Oder hatte er einen anderen Grund gehabt? Ich wusste es nicht.

Mein Diener hob mich auf, und ich bedeutete ihm, mich abzureiben und in Hoftracht zu kleiden. Ich fühlte mich ein wenig traurig und dachte zuerst, es käme daher, dass ich müde war und Kohs Tod noch nicht verwunden hatte, doch dann begriff ich, dass ich 2JS vermisste und nun wirklich ganz allein war in dieser Zeit.

Ich verbrachte eine Stunde auf meiner Herrschaftsmatte und regelte ein paar Dinge. Ich bestellte Opfergaben, darunter einen Jaguar und einen hübschen vierzehnjährigen Gefangenen. Ich wählte sieben Diener aus, zwei Flötisten, zwei Kantoren, einen Schläger und zwei Boten. Kurz bevor die Sonne starb, führte ich den Trupp hinunter in die Höhlen. Diesmal nahmen wir die westliche Abzweigung.

Ich sehe sie wieder, dachte ich. Glaube es, glaub daran! Mach ich ja, mach ich.

(69)

Wir zwanzig – oder einundzwanzig, wenn man 2JS' Leichnam mitrechnete – stiegen als sich verbreiternde, nach links gewundene Spirale in die Tiefe, zuerst auf Kies, dann wieder auf gemauerten Stufen, auf denen wir an Gruppen versiegelter Gänge vorüberkamen. Jeder war mit einer Codenummer markiert, oft auch mit drei oder vier, weil der Gang sich hinter dem Eingang weiter verzweigte. Obwohl wir für 2JS' Leichnam vier Träger brauchten, führten wir ihn mit uns, damit er bei meiner bevorstehenden Exkursion half. Die Diener, die den Vierzehnjährigen führten, hatten es nicht leicht, denn er stand zu sehr unter Drogen, um richtig gehen zu können. Und der Jaguar … Drogen hin oder her, Sie können es sich vorstellen. Am neunundfünfzigsten Zugang vergewisserten wir uns, dass die Markierung stimmte; dann schnitten wir uns durch die Tür und gelangten in einen Gang aus Kalkstein. Drinnen tropfte es, und wir sahen kleine silbrige Steinwurzeln. In der Decke klafften gezackte Löcher, und selbst durch das Klagelied der Kantoren hörte ich eine Trillion untergalaktische Klicklaute von hoch über uns sitzenden Fledermauskolonien. Zwei Seillängen weiter neigte sich der Boden wieder zu einem steilen Gefälle. Meine Träger nahmen mich hoch und halfen mir eine Seilkonstruktion hinunter zu einer Weidenbrücke, die über einen stillen klaren Teich führte, der im grüngoldenen Licht leuchtete, als hätte man Pfefferminzlikör hineingegossen. Von der Mitte der Brücke konnte ich Klippen aus gerieftem Achat sehen, die sich dreißig Seillängen weit in die Tiefe zogen. Ich glaubte unter dem Wasser auf den Klippen Bewegung zu sehen; dann entdeckte ich, dass sie von winzigen weißen Krabben bedeckt waren, die vor dem Licht davonhuschten.

Sechzig Schritt hinter der Brücke endete der Weg vor einem alten Erdrutsch. Die Diener breiteten die Matten aus und setzten mich ab. Maske-von-Jaguar-Nacht fuhr mit dem Finger über eine fleckige, unebene Wand neben dem Felssturz. Sie sah nicht anders aus als die anderen. Alligator-Wurzel blickte sich ein wenig besorgt um und hob erst den einen, dann den anderen Fuß vom kalten Boden. Mit einem Holzhammer schlug der Vorarbeiter lederumwickelte Feuersteinkeile in einen senkrechten Riss. Ich rückte mein Bambusbein zurecht und rieb das eingeölte Narbengewebe an der Seite meines Stumpfes. Es blätterte ab und wurde wund. Ein Flecken Fackellicht beschien eine Kolonie winziger weißer, augenloser Molche auf einem mit weißem Moos bewachsenen Felsen. Ich hörte leises Knirschen, und die Mauer schien auf mehreren Fingerbreiten einzubrechen. Wolken aus Kalkstaub stoben auf. Die Arbeiter setzten ihre Stäbe an und stemmten sich dagegen. Zuerst hörte man nur das holzige Geräusch von berstendem Gips, doch plötzlich schwang der Brocken nach innen. Er musste irgendwo ein Gegengewicht haben. Dann hörte ich ein hohes KRIIIIIEEEEEN, das ich als Schauer eisiger, scharlachroter Wellen sah, und das Zischen alter, nie geatmeter, mineralreicher Luft.

Maske-von-Jaguar-Nacht warf eine Fackel mit drei Köpfen durch die Spalte, um die Luft zu prüfen. Licht strahlte durch den Staub zu uns.

Wir schickten einen Diener zu den Wächtern zurück. Er sollte sich vergewissern, dass dieser Große Vater Hitze gestorben war. Obwohl wir es genau wussten, musste man sichergehen, so wie der islamische Monat nicht beginnt, ehe sie tatsächlich den neuen Mond sehen. Ich ließ alle ein wenig zurücktreten. Nur Hun Xoc winkte ich zu bleiben.

Du musst eine Entscheidung treffen, bedeutete er mir durch Zeichensprache. Er war der Einzige, der so mit mir reden durfte. Seine Geste bezog sich auf meine Entscheidung, entweder über der Erde zu bleiben und die Verteidigung von Ix zu leiten, oder nach unten zu gehen, um Koh zu suchen.

Ich erwiderte, dass ich natürlich nach unten gehen würde. Zwar sei dieses Vorhaben wahrscheinlich vergebens, das andere aber völlig aussichtslos.

»Dann entfacht die Feuer, aber nehmt die Menschen mit euch«, sagte ich.

Ich hatte genug Schmutziges getan, dass es für mehrere Lebensalter ausreichte, und wollte nicht mehr Völkermord auf mich laden als unbedingt nötig. Hun Xoc sollte dafür sorgen, dass alle Familien, die wegziehen wollten, sich nachts über Flussstraßen aus Ix davonstehlen konnten. Dann sollte er sie mit den Resten von Kohs Kult nach Norden führen. Im Idealfall würde Abgetrennte Rechte Hand, wenn er hier einrückte, nur eine notleidende Kollaborateursriege und jede Menge Holzkohle vorfinden.

»Nein, ich will nicht leben und eine Windel tragen«, sagte Hun Xoc.
»Ich plane den Auszug, aber ich bleibe bei dir.«

Ich versuchte es ihm auszureden, aber mir fehlten die Mittel, um ihm etwas zu befehlen. Wenn man solch einen Todesmarsch im Hinterkopf hatte, war es schwer, vernünftig zu reden. Mir kam es vor, als wären wir in irgendeinem alten Kriegsfilm und müssten gleich aus dem Flugzeug springen. Hun Xoc wiederholte immer wieder, wie unbedingt gern er mit dem Schiff untergehen sollte. Schließlich gab ich ihm mein Okay.

Man erwartete von mir, dass ich den Spalt als Erster durchkletterte. Ein bisschen mulmig war mir schon, aber ich humpelte durch die Felszacken in die Dunkelheit. Einen Moment lag fragte ich mich, ob sie hinter mir die Öffnung einfach wieder verschließen würden, damit ich in der Finsternis den Verstand verlor und starb, während ich an meinen eigenen Zehen kaute. Doch sie drängten sich nach mir in die Kluft. Die Träger reichten ihre schweren Bündel von Hand zu Hand herein.

Als Erstes sah ich dreizehn im Fackellicht aufstrahlende Skelette, in die eigene Haut schrumpfverpackt. Sie lagen vor meinen Füßen auf dem Höhlenboden, umgeben von Hirnkorallenstückchen und Rochenstacheln. Sie waren die Arbeiter und Diener gewesen, die beim letzten Ritual hier assistiert hatten, bei 9-Reißzahn-Kolibris Einsetzung vor zwanzig Jahren, am 5. Juli 644 oder 7 Sturmwolke, 7 Neue Sonne, 9.10.11.10.19. Hinter ihnen verzweigte sich die hantelförmige Naturhöhle in unregelmäßige Zufuhrgänge, die fleckig waren von Cancrinit. In der Nähe der Mitte war ein Stumpf aus versteinertem Nadelbaumholz in den niedrigen Altartisch gedrückt worden, und ich humpelte darauf zu. Unter meinem Fuß knirschte eine dünne Membran aus weißer Kalkkruste, die sich im Laufe des vergangenen K'atuns gebildet hatte. Meine Diener breiteten vor dem Tisch meine Matte aus, legten mich darauf und streiften mir die Kleider ab, während Maskes Akolyth seine Körbe mit Beuteln und Krügen auspackte und mit dem Ritus begann, der mich schützen sollte, wenn ich mit den Krankmachern in Berührung kam.

(70)

»Dreizehnfach sei die Kühlung deiner Haut«, verkündete Maske.
»In dreizehn Schichten liegen unsere Kohlesalben;
Du bist der große Verströmer, der große Einhaltgebieter.«

Sie wischten und striegelten mich ab und bestrichen jeden Bereich meines Körpers mit einer anderen Essenz. Meinen Fuß und meinen Beinstumpf rieben sie mit Öl aus dem Kopf eines Leguans ein, der ein ganzes Bein verlieren und es – angeblich über Nacht – regenerieren konnte; mein Auge und die leere Augenhöhle wurden mit dem glasartigen Saft aus den Augen von Harpyienadlern beträufelt. Dann spritzten sie mir Ozelotmoschus in den After und rieben meine Genitalien mit Salben ein, die aus Geschöpfen der Transformation gewonnen wurden – Kreaturen, die ihre Haut abwarfen: die Korallenschlange, die Terciopelo-Lanzenotter, die man auch Fer de Lance nennt, und die Tochter der Sternenrasslerin, die Westliche Diamant-Klapperschlange. Mein Kopf und der Oberkörper wurden mit verdicktem Öl aus Ozelot-Werkröten eingerieben, bei denen es sich nicht um die hübschen kleinen Tzam-lic-Kröten handelte, sondern um große, warzige schwarze Biester aus einer Kolonie, die die Addierer der Ozelots schon seit Ewigkeiten hielten, Kinder der Erdkrötin, die sie als Geiseln genommen hatten, als sie vor langer Zeit, gleich nach der ersten Geburt der Vierten Sonne, in diese Höhlen gekommen waren. Hinter mir zündelte Maske mit irgendetwas herum. Ich blieb still auf dem Rücken liegen und ließ alles über mich ergehen. Ganz gleich, wie ixianisch ich mittlerweile auch geworden war, glaubte ich natürlich nicht so ganz, dass ich den Herren des Heutigen Abends begegnen würde, wie Maske es für möglich hielt. Alles, was hier unten geschah – wenn wir uns nicht verirrten, einem Mordanschlag zum Opfer fielen oder erfroren –, würde sich nur in meinem Kopf abspielen. Aber ich hatte hier schon genug gespenstische Dinge gesehen, um ihnen eine Chance zu geben, zumal es sowieso die letzte Rettung war. Im Übrigen durfte ich keine allzu skeptischen Gedanken zulassen, sonst geschah womöglich gar nichts. Ich musste mich genügend selbst hinterfragen, bis ich in einen Zustand der Leichtgläubigkeit verfiel.

Allein aus diesem Grund machte ich den ganzen rituellen Kram mit. Alles, um noch eine Minute mit Koh zu haben, dachte ich. Und wenn es nur eine halbe Minute ist. Selbst wenn sie nur halb da ist. Oder bloß eines ihrer Uayob', was sowieso wahrscheinlicher ist. Und wenn ich ihnen nicht den ganzen Hokuspokus durchgehen ließe, würden sie mir das alles gar nicht erst gestatten. Man sollte annehmen, dass ich bloß einen Befehl zu erteilen brauchte, aber so war es nicht. Wer eine wankende Organisation leitet, muss sehr aufs Gleichgewicht bedacht sein; man braucht Leute, die für einen schieben.

Sie richteten mich in Sitzhaltung auf. Maske trat in mein Gesichtsfeld und brachte eine lange, aus mehreren Röhrenknochen zusammengesetzte Stange, die mich überragte. Er schob mir das eine Ende in den Mund und hielt das andere tiefer, als ich lag, fast auf dem Boden. In meinem früheren Leben hatte ich solche Rohre auf Urnen gesehen, und zumeist entsprang ihnen eine Visionsschlange. Die Vorrichtungen waren eine Art archäologisches Rätsel gewesen; ich erinnerte mich an eine Gelegenheit, als sämtliche Mayaexperten der Brigham Young University in Taros Büro darüber diskutiert hatten, wozu sie dienen konnten. Dabei waren sie bloß eine monströse Bong. Ich sog den Rauch ein und hielt ihn in der Lunge, bis ich nicht mehr konnte. Maske nahm das Rohr weg. Ich atmete durch die Nase aus und bekam einen Hustenanfall, den ich so leise hielt wie möglich, während der Akolyth meine Ohrläppchen anstach und das Blut in einem kleinen Krug sammelte.

Er reichte mir den warmen Krug und rieb Tätowierpaste in die Schnitte. Ich segnete den Krug und gab ihn an den Diener weiter, der als Hun Xocs Hände fungierte. Er goss eine Dosis konservierenden Honig in den Krug, verkorkte ihn und ließ geschmolzenes Wachs über den Korken laufen. Der Inhalt des Kruges käme zu den Essenzen meiner Vorgänger auf der Liste der Könige. Falls er so lange erhalten blieb. Ich legte mich wieder hin und spürte den Stumpf unter mir schwanken wie ein Kajak. Vielleicht sollten wir mit den exotischen Salben aufhören, dachte ich, aber jetzt ging es erst richtig los. Sie kneteten mir Öl aus den Köpfen hundertjähriger Seeschildkröten in die Kopfhaut und füllten meine Nasenlöcher mit einem Honig, den eine bestimmte Art schwarzer Bienen aus gelbbraunen Orchideen gewann, die auf hohen Kapokbäumen oberhalb des Blätterdachs wuchsen. Sie staubten mich mit Schnüren aus einem weißen unsterblichen Pilz ein, der auf Eibenholz wuchs, und mit Puder von einem unendlich seltenen blauen Pilz, der nur nach Gewitterstürmen in dunklem Boden auf den Kadavern von Gürteltieren gedieh. Ich schmeckte Bergamottöl und Aloewurzel durch meine Augenhöhle und Fenchel und Baldrian durch meine Unterarme. Dann rieben sie mir ein gewürztes Öl in die Mundhöhle, das mit der getrockneten Blutessenz einer besonderen Kolonie vampirischer Fledermäuse angereichert war, die sich nur von einer bestimmten Familie von Hirschen ernähren durften, denen wiederum das Äsen nur auf einer speziellen Ringelblumenwiese gestattet wurde – eine Art lebender dreistufiger biochemischer Raffinationsprozess. Schließlich durfte ich alles herunterspülen, aber nur mit Wasser, in das vierzig Tropfen Honig, achtzig Tropfen vergorener Opuntiensaft und sechsundzwanzig Tropfen der uralten Honig-Blutessenzgemische geträufelt waren, zwei Tropfen von jedem Ahau von Ix, 14-Ozelot-Nacht und 4-Schild und 13-Schädel und 9-Reißzahn-Kolibri und all den anderen, entnommen und konserviert im Laufe der Jahrhunderte während ihrer Selbstopferungen bei ihren jeweiligen Pilgerreisen hierher.

Und das war es dann so ziemlich. Ich spürte bereits, wie die stummen Götter der Quellentiere in meinen Geist sickerten und sah durch die Augen der Kröten, erinnerte mich an Dinge, an die sie sich erinnerten, fühlte mich von einem sporengroßen Ei zur einen Fingerbreit langen Kaulquappe heranwachsen, spürte, wie mir Arme und Beine wuchsen und wie ich zu einer vollständigen Kröte mit Augenlidern, Fingern und Zehen wurde, so groß wie ein Wassertropfen, um dann zu einem Tier von der zweitausendfachen Größe anzuwachsen, das auf einem roten Kiesel saß, der mir drei Tage zuvor noch so gewaltig erschienen war wie der El Capitan im Yosemite-Nationalpark. Ich spürte, wie ich aus einer Welt der Oberflächenspannung und Statik und Strömen honigsüßer Luft fast ohne Gravitation auf einen Hochschwerkraftplaneten mit dünner Atmosphäre geschleudert wurde, wo meine Muskeln sich unter Aufbietung aller Kraft gegen die Anziehung stemmen mussten, hinaus aus einem feuchten Habitat, wo ich immer weiterwachsen konnte, indem ich Hunderttausende meiner Brüder und Schwestern fraß, hinein in diese trockene Umwelt, wo ich knochige stechende Fliegen aus der Luft schnappen musste, während sie wie kleine fliegende Tamales vor mir davonsurrten ...

»Nun nimm deinen Nicht-mehr-Vater«, sagte Maske, »und lass
die Herren
Dich für ihn ansehen und dich fangen, und wenn
Sie dich erkennen, streife ihn ab; und lass dich
Von ihnen in den Xib'alb'a-Strom auswürgen,
Und schwimm in unsere Netze, auf dass wir dich herausfischen.«

Sie wickelten 2-Juwelenbesetzter-Schädels Leichnam aus. Er war aufgedunsen und mürbe. Maske öffnete den Bauch mit einem Narren-Feuerstein und nahm die Leber heraus. Sie zeigte einen Abszess an der gleichen Stelle wie die seines Sohnes, aber er war größer, eine grapefruitgroße Masse aus Tumorgewebe und schwarzer Nekrose wie ein Brotaufstrich des Satans. Maske wollte mir erklären, welch schlechtes Zeichen das sei, und mir raten, das Ganze abzublasen, doch ich unterbrach ihn und sagte, ich wisse selbst, dass es schlecht sei, trotzdem würden wir weitermachen wie geplant.

Also wusch und häutete er widerstrebend den Leichnam. Jemandem die Haut in einem Stück abzuziehen ist knifflig, aber bei einem alten Menschen löst die Haut sich leichter ab, und 2JS war unter Kohs Aufsicht mit Maisbrei zwangsernährt worden – damit er besser schmeckte –, und in letzter Zeit hatte er natürlich Gewicht verloren. Darum dauerte der Vorgang nicht allzu lange. Als die Haut herunter war, reinigten die Akolythen sie, nähten sie zusammen und tränkten sie. Maske schnitt 2JS die Ohrläppchen ab und löste einen Muskelstreifen aus dessen rechter Seite. Beides gab er in einen Topf mit heißer Brühe. Die Akolythen hatten derweil Öle und Würzen bereitet. Maske rezitierte zum Gesang eine Litanei, und sie verfütterten mich an die Haut. Sie war innen feucht von Lymphe und Fett, und durch die Gewürze roch sie nach Angstschweiß und Schlangengift, doch je weiter ich hineinkam, desto besser wurde es; es fühlte sich merkwürdig, aber erfrischend an. Hun Xoc half meinem Bambusbein durch die Kniebeuge in den Fuß. Als sie den Torso über meiner Brust schlossen, erwartete meine Haut die Berührung mit jenem leichten Kitzeln, das man verspürt, wenn man sich morgens anzieht. Als sie ihn zunähten, fühlte die Haut sich wie eine riesige Zunge an, die sich um mich wickelte, und schließlich wie ein Mund, der mich hielt, als wäre sie eine Jaguarmutter, die ihr Junges trägt. Haut trug die wahre Essenz. Innen war jeder ungefähr gleich, sogar die Tiere. Die Haut aber war wie ein Buch, eine Bibliobiografie des Besitzers. Sie zogen 2JS' Kopfhaut in meinem Nacken hoch und rollten mir sein Gesicht über wie eine Kapuze. Sie hatten es perfekt abgelöst; sogar die Nase war noch intakt und mit Stoff an der Innenseite ausgepolstert. Als ich mein Auge öffnete und durch 2JS' Lid blickte, erwischte mich ein Gedächtnissplitter vom Hüftballspiel, nur dass ich diesmal oben auf der Plattform stand und auf Schakal hinuntersah. Ich, oder genauer Schakal, wirkte verschlagen und irre. Über der Haut hüllten sie mich in das frische, schlichte weiße Cape des Ahaus der Ahauob'. Dann halfen meine Träger mir vom Altar und stützten mich bei dem Abstieg.

Sie halfen mir auch, in den fünften Gang zu kriechen. Ihre Hände rutschten über meine doppelte Haut. Einer nach dem anderen quetschten sie sich nach mir hinein. Wir gelangten auf eine trockene Galerie über einem See, die sich seitlich zu einem Wald aus Säulen öffnete. Ich übernahm die Spitze und führte, auf meine Hellebarde gestützt, den Zug an. Weiter vorn wurde die Höhlendecke höher. Man konnte im Fackellicht nicht viel erkennen, aber ich sah, dass die Säulen sich zu Stalagmiten-Stalaktiten-Paaren trennten – zuerst solchen, die kurz vor der Vereinigung standen, und schließlich anderen, bei denen noch Jahrtausende vergehen würden, bis sie sich vereinigten. Der durchfurchte Pfad, vor Jahrhunderten gebahnt, verlief unter Trauben von

Excentriques, die wie gewundene Eiszapfen an den Bögen über uns knospten, und wand sich zwischen Stalagmiten hindurch, die in der keimfreien Luft rosa und gelb funkelten. Wir hatten das Territorium der Amphibien verlassen und waren ins Mineralreich eingetreten. Also, sei kein Frosch!, dachte ich. Wir schlängelten uns durch die bienenwabenartigen Gedärme aus scheinbar vierdimensionalen Gebilden ineinander verknoteter Röhren, die man sich unmöglich räumlich vorzustellen vermochte, über Tausende zermalmter Stalaktiten, die herumlagen wie Baumstämme bei einer Flussstauung. Einmal spürte ich, wie Musik durch den Stein lief, und meine Perspektive kippte. Mir wurde klar, dass es hier ganz und gar nicht leblos war, sondern dass *wir* im Vergleich tot wirkten.

Der Pfad führte über eine Orgelpfeifenklippe in die Tiefe. Meine Träger bildeten eine Kette und reichten mich hinunter bis an ein Sedimentbett auf dem aktuellen Grundwasserspiegel. Vor uns wölbte sich eine hohe Wand aus milchigem Kristall, als atmete sie, würde sich aber nach jedem Zug Jahrzehnte Zeit lassen. Wir schoben uns durch einen tröpfelnden Wasserfall an dieser Wand vorbei und gelangten durch einen schmalen senkrechten Spalt in eine gewaltige Höhle. Mein Schatten wuchs vor mir an und schrumpfte wieder zusammen, als die Träger hindurchkamen. Ich drehte mich um und schaute nach links und rechts, aber das Fackellicht beschien nur ein Oval an der hohen gerieften Wand, die wir durchquert hatten, und einen Halbkreis in dem silbrigen Sand um uns. Alles andere blieb schwarz. Ich hielt an und wartete. Die Laute der Kantoren und Flötenspieler, die jetzt durch den Spalt drangen, hatten etwas Beunruhigendes. Die Echos trafen mit Verzögerung ein.

Offenbar war die Höhle um ein Vielfaches größer, als ich für möglich gehalten hatte. Wir warteten, bis alles wieder aufgestellt war; dann gab ich ein Zeichen. Das Klagelied kam zur letzten Strophe und verstummte. Irgendwann verhallten auch die Echos. Ich gab ein weiteres Zeichen, worauf die Träger die Fackeln mit dem Kopf in den Sand steckten, sodass sie erloschen. Mehr künstliches Licht in die Hallen der Nacht zu werfen, als man unbedingt musste, hätte uns in Schwierigkeiten bringen können. Zuerst war die Finsternis undurchdringlich, doch wir warteten, und schließlich konnten wir wenigstens unsere Umrisse in der grünen Chemolumineszenz erkennen, die von den Wänden schwitzte.

Maske trat neben mich und führte mich ein langes, sanftes Gefälle hinunter. Mein Fuß ertastete sich seinen Weg über die Furchen, und mein Schlangenbein stapfte mit. So wanden wir uns durch die Enge und Weite spiraliger Alabasterwände. Nach den Geräuschen unserer Schritte zu urteilen wurden die Abstände zwischen ihnen immer größer, als folgten wir der Luftröhre einer *Nautilus pompilius. Errichte mir mehr vornehme Sitze, o meine Seele.*

Schließlich zwängten wir uns in eine dunkle Kluft in dem Leuchten und weiter in eine tiefe, jedes Geräusch erstickende Höhle mit einer gewölbten Decke, die wie ein schwarzes Stadium wirkte und größer war, als ich mir eine Höhle je hätte träumen lassen. Die Furchen verschwanden unter rauem Sand, aber Maske lenkte mich weiter voran und nach unten, auf einen schwachen Nebel aus klaren Lichtnadeln zu, die sich nicht bewegten, sich aber dennoch irgendwie vom Stein unterschieden und sich schließlich als Spiegelungen auf Flüssigkeit entpuppten. Maske führte mich an der Hand zu einem baumförmigen Schatten, und als ich den mit glatten Muscheln besetzten Stein berührte, hielt die Prozession an.

Die Phosphoreszenz war hier schwächer, aber schließlich konnte mein Auge uralte Opfergaben erkennen, ein Flechtwerk aus Arm- und Beinknochen, das auf dem grauen Kies ausgebreitet lag. Menschenknochen waren mit Alligatoren und Boas mit Affenköpfen verbunden, denen Frösche aus den Ohren schauten und die stachelige Rosetten aus Kugelfischen und Kegelschnecken bildeten.

(71)

Maske reichte mir einen Hüftball aus Grünstein. Ich schoss ihn mit der Hüfte ab, und er schlug gegen die Säule. Die Funken tauchten alles in Weltraumlicht – für eine kürzere Zeitspanne, als ein elektronischer Kamerablitz dauert, aber doch lange genug, dass ich ein bisschen von fast allem sehen konnte: die Kante des großen weißen phallischen Stalagmitenbosses, der sich erhob wie eine natürliche Stele; Hun Xocs feuchtes, erschrockenes Gesicht sowie Schnüre und Knoten entwässerter Opfergaben, die über knollige Felsen gelegt waren, darunter das schier endlose Skelett einer bebeinten Schlange, das sich in Verwehungen aus Schildkröten und Barrakudas verlor. Die Knochen wurden immer älter und kalkiger, bis ich begriff, dass nicht alles Opfergaben waren, sondern dass wir auf einem Bett aus fossilen Meereslebewesen standen und der Kies unter meinen Füßen aus winzigen Bruchstücken von Seelilien und Seeanemonen, Haarsternen und Haifischzähnen bestand, die vor Jahrmillionen versteinert waren.

Ich blickte das lange Gefälle vor uns hinunter, wo die Fossilien in feinen Mondsand übergingen, und dann in den wellenlosen Strand und den stillen schwarzen See. Dahinter sah ich das Nichts: keine Höhlenwände, keinen Horizont, nur eine Art Schleier aus dunkler Materie, Grafitstaub, der einen alten Heliumstern einhüllte. Der Schall hinkte dem Licht hinterher, und als ich ihn hörte, war das Geräusch nicht schrill wie von Glas auf Stein, sondern ein tiefes D, das durch unsere Füße vibrierte, in unsere Köpfe kroch, in die hohlen Stimmen verschmolzener Quarzbrocken überging und einen Hall besaß, als käme es aus einem Vibrafon von der Größe eines Blauwals.

Ich schlug erneut, diesmal viel stärker. Beinahe machte ich einen Satz; es war, als hätte ich einen Schiffscontainer voll Bleierz in ein Wasserfass von der Größe eines Getreidesilos geschüttet, aber ich riss mich zusammen und beendete das Ganze mit zwei weiteren Schlägen weiter unten. Ganz wie Maske behauptet hatte, kam die Melodie heraus, dieses fragende Thema ohne Antwort. Bisher. Es war, als wäre die Steinorgel von Natur aus in einer Fünftonskala gestimmt. Ich zitterte leicht. Egal, was ich mir immer wieder sagte, ich hatte das deutliche Gefühl, dass ich lautere Geräusche in der Ferne weckte. Es kam mir vor, als legten all die drohenden dorischen Säulen hier die Rüstung an. Wir warteten, aber das Geräusch hörte nicht auf. Mehrstimmige Echos kehrten umgedreht zurück, und sich selbst verstärkende kobaltblaue Wellen hallten durch die Nebenhöhlen der Erdkrötin. Es machte mich ganz fertig. Schließlich bemerkte ich, dass Maske wieder sang:

»Wir sind die weiße Schlange, die sich im Sumpffeuer windet,
Wir sind die rote Schlange, die im Furz-Ort pocht ...«

Hier unten war es wie in einer Flüstergalerie; er brauchte bloß normal zu reden, und er klang wie Paul Robeson, der den Wotan sang.

»Er taucht in unserer Muttervater Schoß,
Nehmt ihn auf in eurer Halle, eurem Hof,
Eurer Wurzel, eurer Zeit, eurem Garten, eurer eigenen Haut ...«

Ich ging weiter. Mit der Hand stützte ich mich auf Hun Xocs Schulter. Mein Fleischzeh spürte eiskaltes Wasser und zuckte zurück. Ich konnte spüren, dass es nach Westen floss. Sie breiteten meine Matte aus, und ich setzte mich. Sie stellten meine Taschen mit den Opfergaben neben mich. Hinter mir hatten die Addierer den drogenbenebelten Jaguar und das vierzehnjährige Geblüt aus ihren windelartigen Tragegeschirren gehoben und versuchten sie wiederzubeleben. Ich saß am Ufer und blickte über das Wasser. Mein mentaler Farbkreis hatte sich erneut verschoben, über das normale Spektrum hinaus in andere Wellenlängen, wo ich ein Extraband der Wärme jenseits des Infraroten und zwei Ultraultraultravioletts sehen konnte, was wohl die Definition von etwas Unbeschreiblichem darstellt, da jede Farbe sich noch stärker von jeder anderen unterscheidet, als sich zwei andere Dinge unterscheiden können, gleich welcher Art. Ich konnte neue Adern in den Felsen sehen und Wolken der Furcht, die von den Dienern aufstiegen. Ich sah die Infektion, die in Hun Xocs Armstümpfen schwelte, EEG-Felder, die durch sein Gehirn liefen. Ich konnte den Druck der Luft auf dem Stein sehen wie elektrische Potenziale, und die Nulllinien trennten sie wie Zellmembranen. Das Wasser im See leuchtete bienenpurpurn von radioaktivem Alaun. Eine Zeit lang vergaß ich, wer ich war. Dann erinnerte ich mich wieder – nicht dass sich das Wissen, wer ich war, als sonderlich beruhigend erwies – und fragte mich, ob sie vorhatten, mich zu meucheln, und mir absichtlich zu viel gegeben hatten. Nein, nein, nein, dachte ich. Vergiss es. Die Paranoia ist normal. Du durchläufst dieses Stadium immer, wenn der Mist so richtig zu wirken beginnt. Mir wollte der Gedanke trotzdem nicht recht in den Kopf. Dennoch, ich konnte nirgendwohin, ich musste bleiben. Du schaffst das. Warte nur ab.

Oh when the shit…
Starts kicking in…
Oh-when-the-shit
Starts
Kiiiiiii-cking in…

Auf der einen Ebene war ich mir bewusst, dass sie hinter mir die beiden Opfer reinigten, töteten und auslegten, doch es kam mir vor, als geschehe das alles zu einer anderen Zeit, auf Video vielleicht. Ich spürte einen sengenden Schmerz im Schritt. Alligator-Wurzel hatte einen Knochenstachel genommen und injizierte mir aus einer Blase eine Lösung von Frau Kohs Blut, damit ich sie überhaupt finden konnte. Maske-von-Jaguar-Nacht und Alligator-Wurzel berührten mich an der Brust. Hun Xocs Hände öffneten meine Opferschachtel mit zweiundfünfzig meiner besten Bergzigarren und zündeten mir eine an. Ananasfarbenes Licht flutete das Seeufer und verschwand. Hun Xoc berührte mich mit seiner Stirn an der Brust, und die gesamte Mannschaft hetzte davon, karmesinrote Schritte, die auf dem Weg davonscharrten. Den toten Jungen und die Raubkatze ließen sie hinter mir zurück. Ich blies eine Rauchwolke über den See.

Natürlich sah ich überhaupt nichts außer der kleinen sterbenden Sonne an der Spitze meiner Zigarre, aber ich hatte das Gefühl, ich könnte alles spüren, die Tausende von Tonnen Druck durch das Gestein über mir, die Temperatur des Wassers (sechs Grad Celsius), das Magma, das durch die Adern des alten Vulkans unter uns quoll, die Schichten der Lithosphären und Asthenosphären und die Mäntel aus Silikaten und geschmolzenem Eisen und Nickel über Tausende von Kilometern bis zum kristallinen Krötenstein im Zentrum der Erde.

Ich wartete und wartete und verschob mein halbes Bein und wartete noch mehr. 2-Juwelenbesetzter-Schädels Haut zog sich zusammen und verschmolz mit meiner eigenen. Ich hörte noch immer den Klang der Steinglocken, vielleicht nur in meinem Kopf, aber ich dachte ja auch mit meinen Ohren. Ich rauchte die Zigarre zu Ende und fächelte das letzte Rauchfähnchen über das Wasser. Ich nahm eine Jadekugel aus meiner Opfertasche und steckte sie mir in den Mund. Schließlich erstarb die Wärme der toten Körper hinter mir und der Kohlen in meinem Feuerbeutel, und ich saß mutterseelenallein in der unermesslichen phosphorblauen Leere. Ich spürte, wie tektonische Platten sich über den Rücken der Erdkrötin schoben wie muschelbewachsener Schorf auf einem Buckelwal, und ich lauschte, wie sie ihre eigenen Ausscheidungen schluckte und Pilzpusteln zu Öl zermahlte und in Alkohole und Basen und stinkende Methanwolken umwandelte, und wie sie vier Milliarden unterschiedliche Nahrungsketten und Zyklen von Geburt und Verfall miteinander verband, nur um ihre Ernährung ein wenig zu variieren. Erneut ertappte ich mich bei dem Gedanken, ich wäre selbst eine Kröte. Die Vorstellung hatte etwas an sich, als wäre sie eine vererbte Erinnerung. Auf jeden Fall handelte es sich um ein grundsätzliches Verständnis des Krötentums.

Ich wartete, bis meine Ungeduld sich in ihr Gegenteil umkehrte; ich wartete Sonnen und Nächte und Wochen und B'ak'tunob' und Äonen, bis ich wusste, dass ich nichts war, nur eine Wahnvorstellung, die durchs All trieb, und gerade als ich glaubte, die Bedeutung der Ewigkeit zu begreifen, roch ich etwas Unangenehmes. Der Geruch wuchs zu einem Sinneseindruck, einem schwarz-orangefarbenen BLEIB WEG, einem Warngestank von Fäulnis, die jeden Wundbrand übertraf. Es war ein Odem, den nur ein mit einem Riesenschnabel bewaffneter, aasfressender und flugunfähiger *Gastornis* aus seinen armlangen gewundenen Nüstern hätte ausatmen können, während er über eine Hügelkette gerannt kommt und auf einen Kreosotsumpf hinunterblickt, der angefüllt ist mit den Kadavern gewaltiger Seeschweine, die vor Jahren ertrunken und bis heute nicht an die Oberfläche gekommen sind. Ich kniff die Augen noch fester zu, aber ich schmeckte mit den tanzenden Ringen auf meiner Netzhaut bereits die ganze Bandbreite der Blasen, die von dem schwarzen See aus schillerndem Öl aufstiegen, und als ich mich selbst zu ersticken drohte, hörte ich das Geräusch von Rudern und bemerkte auf dem Hämatitsee einen langen schmalen Umriss, der sich unter der Nebelschicht näherte.

(72)

In der schwarzen Schale saßen neun Ruderer. Im Bug erkannte ich Rochenstachel an seinem einäugigen silbernen Geiergesicht und der Lanzette in seinem Schnabel wie auf seiner Porträthieroglyphe. Daneben sah ich Blutige-Klauen – ein Buckliger mit Dachskrallen, dem Gras aus dem Rücken wuchs wie bei einer Chia-Figur – und den berühmten Pustel, ein aufgedunsener Leichnam mit großen, schwarz dampfenden Eieraugen, dazu Krätze, dem das Fleisch in Streifen über die Karbunkel flatterte. Blutige-Zähne saß auf der Ruderbank, blinzelte und schnüffelte mit seinem verkniffenen plattnasigen Gesicht, und dann erkannte ich Schrumpel, in Mesoamerika besonders als Geißel der Tieflandwälder bekannt, von Spinnen ausgesaugt und verdorrt. Eiterbeule saß im Heck, bedeckt von Trauben aus tumorösen Geschwüren; außerdem sah ich dort Fistel, aber nicht als den körperlosen Kopf, als der er normalerweise in den Codices dargestellt wird, sondern als hohe Gestalt mit dem tentakelbewehrten Gesicht eines sternnasigen Maulwurfs. Zuletzt entdeckte ich den alten Steuermann, Reißzahn-Kaninchen, an der Ruderpinne, viel klarer zu erkennen als sein Profil auf dem Mond. Es war die komplette berüchtigte Gang, *für unserer Niederwelt BusenFeinde machen Zähne und Nägel Überstunden: in ErdVenen, in BallenKavernen, SchachGanglionen, SalzTrauben: nörgelnde FeuerNager …*

Das Boot glitt an den Strand. Ich bewegte mich nicht. Nach ihnen legten zwei Kanus voller weißgesichtiger Diener links und rechts von dem Boot an. Rochenstachel stieg heraus und sprang auf mich zu wie ein Mungo, raffte mit beiden Händen die Zigarren auf, zündete eine an seinem einen Auge an und brachte sie zum Aufglühen, indem er mit der leeren Höhle des anderen an ihr zog. Pustel und Blutige-Klauen waren ihm aus dem Boot gefolgt und griffen nach den Zigarren, doch er wand sich herum und stach ihnen mit seinen Zehenkrallen in die Augen. Dann stopfte er die Rauchwaren in eine Art Kängurubeutel an seinem Blähbauch. Mit der anderen Klaue packte er mich beim Beinstumpf, raubte mir das Gleichgewicht und zerrte mich hinunter in den See.

Ich fürchte, diesmal schrie ich tatsächlich auf, oder wenigstens jaulte ich. Das Wasser fühlte sich an wie Glühbirnensplitter in kochendem Aspik. Jemand drückte meinen Kopf nach unten. Ich hatte nicht eingeatmet und schluckte das Gemisch aus Sand und gehacktem Eis, ehe er mich wieder hochzog. Ich wollte gerade nach Luft schnappen, da wurde ich schon wieder unter Wasser gedrückt. Durch die Flüssigkeit hörte ich sie gehässig kichern. Schließlich zog mich jemand an meinem verdammten Lendentuch ins Boot und wrang es von hinten aus. Dadurch quetschte er einen meiner Hoden, bis ich spürte, wie dessen Inhalt mir wie Kaviar ins Skrotum quoll. Nur keine Sorge, dachte ich, das passiert alles nur in deinem Kopf. Monster aus dem Id. Nein, halt, denk nicht darüber nach, sonst verschwinden sie noch. Mach einfach alles mit.

Sie fesselten mich auf die dornenbesetzte Leibeigenenruderbank und gaben mir ein langes Kriegspaddel mit geschärftem Blatt. Bis ich es herumgeschwenkt hatte und ins Wasser tauchte, hatten sie mir auch die anderen sieben stachelbesetzten Kriegspaddel aufgedrängt, und ich ließ sie ins Wasser fallen und versuchte sie wieder herauszufischen, und sie bogen sich vor Lachen, prügelten mir mit den Paddeln auf den Kopf – aus irgendeinem Grund stoben dabei die Funken – und zerrten an 2JS' Haut, die, wie ich zugeben muss, wahrscheinlich ziemlich lose hing und unappetitlich aussah. Schrumpel packte 2JS' Penis, zog ihn lang wie ein Gummiband und ließ ihn zurückschnellen. Ich jaulte wieder. Um mich herum brandete Gelächter auf.

Krätze kletterte mit meinen anderen persönlichen Opfergaben und den Leichen des Jaguars und des Jungen an Bord, alles in meine Matte eingerollt wie in einen Burrito. Blutige-Zähne stach mir einen widerhakenbesetzten Stachel in den Nacken, und ich nahm ein langes Paddel und stieß das Boot vom Ufer ab.

Kein Problem, dachte ich, ich bin drin.

Reißzahn-Kaninchen machte eine schnelle Finte, riss Rochenstachels Beutel auf und raffte durch die Öffnung Zigarren an sich. Rochenstachel fuhr herum und versuchte sie ihm zu entreißen, doch Reißzahn warf sie in die Luft, und alle schnappten danach und begannen sie hektisch zu entzünden. Das Boot schwankte und kenterte schließlich, aber es rollte herum wie ein Kajak und richtete sich wieder auf. Alles triefte und lachte, bis sie nur noch leise keuchen konnten. Blutige-Zähne stach mir immer wieder in die Seite, und schneller und schneller schossen wir über die reibungslose klare Flüssigkeit auf das Zentrum des gewaltigen Beckens zu. Hinter uns blieb eine stinkende gelbe Spur zurück, die auf dem schwarzen Wasser leuchtete.

Nach vierhundertzehn Ruderschlägen hörte ich auf zu zählen. Die übrigen Besatzungsmitglieder halfen mir nicht etwa, sondern stritten sich um den Leichnam des Jungen und rissen ihn in Stücke, während sie die Zigarren rauchten, so schnell sie konnten. Ich sah nichts, aber ich spürte, dass die Strömung nach Backbord zog und dass wir ihr folgten.

Blutige-Zähne stach mir links in den Hals. Ich paddelte kraftvoller, aber wir trieben weiter nach links ab. Er schlug mir übers Auge. Ich steuerte gegen und brachte uns auf den richtigen Kurs zurück, aber wir wurden noch immer gegen die Uhrzeigerrichtung abgetrieben. Ich schaute nach hinten. Reißzahn-Kaninchen hatte nicht einmal mehr die Hände an der Ruderpinne; er kaute nur auf den Daumen des Jungen und machte sich daran, dem Jaguar das Fell über die Ohren zu ziehen. Ich wollte ihn auffordern, mir ein wenig zu helfen, doch da waren wir schon über den Punkt hinweg, an dem man bemerkt, dass man zu weit abgekommen ist, um die Kontrolle wiedererlangen zu können, und dann ist es, als glitte man eine Tobogganbahn hinunter; man versucht sich im Eis festzukrallen, obwohl man weiß, dass es unmöglich ist. Wir glitten nach Backbord und kreisten um den Strudel im Herzen des Sees. Die Kreise wurden immer kleiner, bis die Wasserfläche umkippte und sich in den Strudel ergoss. Das Kanu kenterte wieder, und Wasser lief ins Boot. Die Paddler kreischten auf, als wären sie völlig überrascht. Meine Lunge füllte sich, und mich überkam die untrügliche Gewissheit, dass ich starb. Meine Panik vor dem Ertrinken schlug um – worin, lässt sich nur schwer beschreiben, doch es schien, als wäre die Panik nur die Grundlinie, auf der ich den Rest meines Bewusstseins aufsetzte.

Das Kanu richtete sich auf, und einen Schlag lang empfand ich große Erleichterung; dann aber begriff ich, dass das Kanu falsch herum lag: Wir paddelten mit den Köpfen nach unten, unter Wasser, auf der dünnen blasigen Grenzfläche zur Luft. Blutige-Zähne stachelte mich wieder an, und ich ruderte automatisch weiter, ohne die Frage loszuwerden, wann ich starb. Dann erschien plötzlich alles normal, wie es nach einiger Zeit bei allem ist. Die Sache war die, dass Xib'alb'a die Kehrseite der Welt darstellt; Ihr Xib'alb'a-Ich läuft mit dem Kopf nach unten unter Ihnen und teilt sich mit Ihnen Ihren Schatten, und Ihre beiden Fußpaare treffen einander, wenn sie die Erdoberfläche berühren. Man kann einen Eindruck davon bekommen, wenn man sich seine Reflexion in einem Swimmingpool oder auch in einem gewöhnlichen Spiegel ansieht. Sie können Ihrem Spiegelbild in die Augen blicken und begreifen, dass die Person dort nicht ganz Sie selber ist – nicht nur, weil sie leicht verzerrt ist, sondern auch deswegen, weil sie etwas ganz anderes im Sinn hat, das ein wenig feindselig ist oder sogar verrückt, und wenn sie Ihr Lächeln erwidert, sehen Sie sofort, dass ein völlig Fremder vor Ihnen steht.

Also ruderte ich einfach weiter. Ich hatte jetzt natürlich größeren Widerstand, und es war schwieriger, in der Luft zu paddeln statt im Wasser. Ich bemerkte immer wieder, dass die Blasen, die ich erzeugte, ganz anders waren als Wassertropfen. Doch davon abgesehen kam ich eigentlich ganz gut voran. Fistel reichte mir ein fächerartiges Federpaddel, das in der Luft wirksamer war, und ich ruderte uns in einer sich weitenden Kurve voran. Ich spuckte die letzten Luftmoleküle aus und zog mir das kalte Wasser bis in die Lungenbläschen. 2-Juwelenbesetzter-Schädels Haut wirkte als Thermoanzug und hielt mich warm. Die Strömung riss uns in die Stromschnellen und hinein in einen Fjord zwischen weißen, dornigen, sternförmigen Speläothemen, Trauben aus messerartigen Stalagmiten, die von flackerndem Turmalin erhellt wurden. Alles war kristallklar zu sehen, als blickte ich in das Binokular eines Rastertunnelelektronenmikroskops. Ich nehme an, ich wusste noch immer, dass sich alles nur in meinem Kopf abspielte, aber ich wusste auch – zumindest war ich mir damals sicher –, dass ich einen anderen Raum wahrnahm, weniger vergänglich als die Welt, von der ich stammte. Nicht dass ich damit irgendein mystisches Wischiwaschi meine; im Grunde ging es hier sogar weniger mysteriös zu als in meinem vorherigen Leben. Es war, als hätte ich mich in einem alten Hotel eingemietet, in dem es spukte, und plötzlich käme jemand vom Personal in mein Zimmer und schaltete die Bogenlampen unter der Decke ein, und ich könnte sämliche elektrischen Leitungen sehen, durch die die holografischen Gespenster mit Strom versorgt wurden.

Wir rodelten hinunter in Ebene Minus Vier, vorbei an Ufern, die von den aufgespießten Körpern von Menschen und Tieren gesäumt waren, aus deren Mündern weiße Seemaden quollen wie Mayonnaise, während von Gasen aufgetriebene Bäuche rings um uns stakkatoartig platzten. Der verästelte Kupferkanal verengte sich, brauste donnernd durch eine Schlucht in den Blutfluss und spie uns durch eine Rinne, die ihn schnitt, in den Eiterfluss. Lymphe blubberte über die Dollborde, aber Reißzahn-Kaninchen lenkte uns über mehrstufige Katarakte in den Lanzettenfluss, ein weites Band aus tanzenden Stacheln, und schließlich in einen trägen Strom aus schwarzer Galle, in der Klumpen nekrotischer Leber und brandig stinkende Ölflecken trieben. Kurz fragte ich, ob ich mir dies wegen 2JS' Leberschaden ausdachte; dann fiel mir ein, dass der Oberpriester davon gesprochen hatte.

Fistel und Rochenstachel verließen sich nicht mehr auf mich und benutzten wieder ihre Paddel. Sie lenkten uns durch miteinander verbundene Lagunen aus geschmolzenem Rubin, Gold und Quecksilber, die sich in marmorierten Kringeln mischten und wieder trennten, auf eine lange, gerade Wasserstraße. Wir fuhren unter Ranken aus kristallinem Epidot an Milpas vorbei, wo Nierenerz-Mais auf säuberlich aufgeschichteten Leichen wuchs. Vor uns, am toten Ende des Kanals, erhoben sich drohend die Hallen der Herren der Nacht wie eine Kette von Karsttürmen über dem Huanghe-Tal, doch so kräftig ich auch paddelte, sie schienen einfach nicht größer zu werden, bis ich nach monotonen dunklen Sonnen des Ruderns über der Bank zusammenbrach und nach der melassedicken Luft schnappte. Da endlich erhoben sich die Tempel in pilzartig wuchernder Pracht über uns, kultivierte Porphyr-Basalt-Säulen und Spitzkuppen aus schwarzer Jade mit opalenen Brandblasen, aus denen Karnallit auf Terrassen aus gelben Krokoitfliesen hinunterfloss, die in Bänder aus Eisenstein eingefasst waren.

Wir schoben uns auf eine Art Ufertreppe, und die unmenschlichen Paddler warfen mich aus dem Kanu auf die Stufen und prügelten mich mit ihren Paddeln, als wäre jeder von ihnen Charon höchstpersönlich. Meuten von Krankmachern, oder vielleicht sollten wir sie respektvoller als Xib'alb'aner bezeichnen, scharten sich um uns und drangen auf uns ein, hoben das Kanu und schüttelten es aus. Feuchte knorpelige Knochen und verzierte Reliquiengefäße regneten rings um mich herab, und die Taschen mit meinen Geschenken platzten auf und verschütteten Wolken aus Farbstoffen und Federzierrat und teure Rauchwaren. Die Xib'alb'aner griffen danach, doch es gelang mir, den kleinsten Beutel, der für Jaguar-Nacht bestimmt war, an mich zu reißen. Ich verbarg ihn unter der Haut meiner Lenden, während die Xib'alb'aner sich gierig die Zigarren anzündeten und mit einem einzigen riesigen Zug aufrauchten. Ich sah, wie Blutige-Klauen zu einem gewaltigen Ausatmen ansetzte, doch da schloss Pustel sein Maul über der rotzigen Nase von Blutige-Klauen und sog den Rauch in den eigenen Schlund. Fleischfleckiger Qualm pfiff aus den rußigen Löchern in seiner Brust. Krätze und Blutige-Zähne kämpften um ein Bündel aus sieben brennenden Zigarren und stachen mit ihren spitzen gespaltenen Zungen nach den Augen des jeweils anderen. Schließlich gelangte Blutige-Zähne in den Besitz des Bündels, aber Krätze packte seinen Arm, drückte Blutige-Zähnes Hand in einen Haufen verstreuter glühender Kohlen, steckte sich die rauchende Hand in den Mund, nahm einen gewaltigen Zug und furzte eine gigantische braungrüne Wolke aus Teer, Nikotin und brennendem Fett. Ich versuchte den Atem anzuhalten.

Pustel band einen riesigen schlaffen Knochenfuß an mein Bambusbein und stach mich, bis ich die Ufertreppe hinauf zum Osttor taumelte. Das Kreischen einer zerbrochenen Riesenflöte ertönte, und die Xib'alb'aner stoben auseinander und verschwanden. Ich ging allein in den Graben eines Ballspielplatzes von der Größe der gesamten Außenwelt, mit steilen Dämmen, gehauen aus Mesas von wellengrüner Jade, durch die Adern aus Kupfersamterz und Olivin liefen. Während ich auf die Ehrenplattform von Ebene Sieben zuging, konzentrierte ich mich auf den Boden und versuchte, nicht den Magister Ludi anzublicken; deshalb sah ich die Tausende Ghule auf den Tribünen nicht, aber ich hörte ihr gackerndes Gelächter und spürte die Blicke ihrer Glotzaugen an den ausgeschobenen Sehnervstielen wie bei Schnecken. Ich stellte mich auf meine Markierung.

(73)

Jaguar-Nacht, Ahau und K'alomte' der neun Unterwasserwelten, fläzte sich im Hochsitz des Schiedsrichters, der aus den Rippen von Walhaien gefertigt war. Er war ganz klebrig vor Babyöl und überladen mit Hand- und Fußkettchen aus glänzenden menschlichen Augäpfeln; dazu trug er einen Gürtel aus abgetrennten Händen im ewigen Händedruck. Sein Umhang bestand aus Tausenden zusammengenähter Augenlider, deren Wimpern ein Kräuseln auf die Oberfläche malten wie auf einer dünnen Schicht langettierten Pelzes, und an seinem schleimig-glatten Gesicht hingen Barteln wie bei einem Katzenfisch. Aus seinen Handgelenken und seinem Stirngrat, seinen Knien und seinem Rücken ragten weiße Stücke bloßen porösen Knochens, und dicke runde Zecken und weiße Blutegel krochen über seine unregelmäßig geformten Scheinfüße und hinterließen einander kreuzende Schleimspuren. Blaue Pilze wuchsen in den Falten seines Schritts. Er war krank und verwest und litt offensichtlich Schmerzen, doch in seinem Fall vergrößerte sein Zustand nur seine Kraft. Er lebte aus der Stärke seiner eigenen Krankheiten, so wie ein Seeigel die Milben auf seiner Haut verdaut. Schöne kleine Mädchen und Jungen krochen auf ihm herum, salbten ihn, kratzten und leckten seine Pusteln. Sie waren keine Xib'alb'aner. Soweit ich sagen konnte, waren es lebende Menschenkinder aus den Mittelwelten. Vielleicht stahlen die Xib'alb'aner sie hier und da. Oder sie hatten vor langer Zeit welche gefangen genommen und züchteten sie nun. Von einigen Jungen und Mädchen lagen nur noch benagte Stücke auf großen Tellern. Ein riesiger, fetter haarloser Hund rollte sich mit breitem Grinsen auf dem Boden und kaute auf einem Kinderohr. Achttausend reißzahnbewehrte Mondhasen implodierten über uns und regneten als blutige Pelzstückchen wie Rosenblätter in den Palast, und orangefarbenes Zwielicht drang durch ein Gitter am Boden; die gefangene Sonne kämpfte in der Finsternis unter uns.

»Mein größter Großer Vater und Große Mutter«, sprach ich ihn an.

»Dich kenne ich irgendwoher«, miaute er. »Gedulde dich bis später.«

Ich wiederholte den Gruß.

»Mich täuschst du nicht«, sagte er, »du bist nicht 2-Juwelenbesetzter-Schädel.« Seine Stimme war keine Stimme; sie klang wie aus einem alten Moog-Synthesizer. Er schälte einen dunkelroten Streifen von dem kleinen Schorfjungen neben sich – das Kind war offenbar vor ein paar Tagen mit Sand abgerieben worden, und seitdem waren seine Krusten gewachsen –, und zerkaute den Schorf wie einen Tortillachip.

»Nein«, sagte ich, »das bin ich nicht, aber ich dachte, du magst vielleicht seine Haut, deshalb habe ich sie für dich frisch gehalten.« Ich glaube nicht, dass ich sonderlich überzeugend geklungen habe. Jaguar-Nacht machte eine Geste, und zwei seiner Präparatoren kamen heraus, trennten vorsichtig die Nähte der Haut und rissen sie mir herunter. Ich hielt meine letzte Präsentschachtel fest. Die Präparatoren nähten 2JS' Haut um einen großen Brüllaffen, als wäre er eine Schaufensterpuppe, und ließen ihn herumspringen. Die Menge raste. Ich war nackt und bekam einen ernsten Anfall von Verwundbarkeitsgefühl.

»Warum hast du mir nichts mitgebracht?«, fragte Jaguar-Nacht.

»Ich hatte eine Katze und einen Jungen für dich«, sagte ich, »und ...«

»Wo sind sie?«, fragte er.

»Deine Botschafter haben sie auf dem Weg hierher gefressen«, sagte ich.

»Das glaube ich dir nicht«, erwiderte er.

Ich öffnete meine letzte Schachtel, rollte das Bündel vor mir auf und breitete vierhundert der größten und makellosesten Quetzalbälge aus. Ich machte eine Geste, dass sie ihm gehörten.

Wie kostbar diese Dinger waren, lässt sich nur schwer verständlich machen, aber man kann sie im Wert wohl mit Zeichnungen von Leonardo da Vinci vergleichen. Wenn man es in Mannstunden umrechnete, war das, was ich ihm vorlegte, das ixianische Äquivalent von dreißig bis vierzig Millionen Dollar des Jahres 2012 wert. Trotzdem begründete sich ihre Kostbarkeit nicht durch ihren Preis. Wir hatten sie ausgewählt, weil wir uns sagten, dass sie hier unten noch schwerer zu bekommen wären als frischer Kautabak.

Einer der Jungen schob einen Teller unter den grünen Fächer und kletterte zur Fleischwolfhand seines Herrn hoch. Er nahm einen der Bälge und streichelte damit seine pustelbedeckte Wange. Offenbar gefiel ihm der sanfte Druck der Feder auf den Pickeln. Ich konnte wohl davon ausgehen, dass er das Geschenk akzeptierte. Ich bemerkte die weitgehend entfleischte Namen-Seele von 2JS in der Reihe Ghule auf der Zuschauertribüne, die mich höhnisch angrinste. Wie jeder, der starb und nach Xib'alb'a kam, alterte er rückwärts, und trotz seiner Skelettierung erschien er mir bereits ein wenig jünger als bei unserer letzten Begegnung.

»Hmm, schaut nur, wer da am Fuß der Tafel sitzen muss«, sagte ich.

»2-Juwelenbesetzter-Schädel hat von mir die Position des Chefconvivitors erhalten«, sagte Jaguar-Nacht. Er meinte damit, dass 2JS das Blut und das brennende Terpentin gemischt hatte, mit dem sie einander zutranken.

»Oh, ich bin beeindruckt«, sagte ich. »Da bist du ja richtig die Treppe raufgefallen, was? Du hast was aus dir gemacht. Das ist so, als wäre man Oberurinalaufseher im Wilshire Grand.«

»Lach nur, solange du noch eine Luftröhre hast«, entgegnete 2JS.

»He, ich kehre zurück, und du bleibst hier in Tabascoenemastan.« Das reicht, dachte ich. Ich war meinem Gastgeber gegenüber unhöflich. Ich wandte mich wieder Jaguar-Nacht zu.

»Eine Frage bitte«, sagte ich.

Er machte eine Geste, die »Leg los« bedeutete.

»Wir dachten, du wüsstest vielleicht, wo Frau Kohs Uay hingekommen ist«, sagte ich so beiläufig ich konnte.

»Wir haben es gefressen«, antwortete er.

»Unsinn«, sagte ich.

»Du hast recht«, sagte er, »das haben wir nicht. Sie hat hier Halt gemacht, aber vor zwei Nächten ist sie weitergezogen.«

»Ich muss sie etwas fragen«, sagte ich.

»Dazu hast du viele Sonnen Zeit gehabt«, gab er zurück.

»Das stimmt.«

»Also schön«, sagte er, »gib uns deine eigene Haut, und wir sorgen dafür, dass du Koh siehst.«

»Das geht nicht«, sagte ich. Ich fügte nicht einmal hinzu, dass ich zurückkehren musste. Das wusste er sowieso; er legte mir nur Steine in den Weg.

»Dann ist es zu spät«, sagte er.

»Ich weiß, dass du es könntest«, erwiderte ich, »ich weiß, wie stark du neben mir bist.«

»Ich werde es aber nicht tun«, erwiderte er.

»Dann fordere ich deinen Streiter zu einem Hüftballspiel heraus«, sagte ich. Diesen Satz hatten wir als letztes Mittel vorgesehen.

Er blickte mich mit einem Auge an, das wie ein herausgerissenes Kaninchenauge in einer Petrischale voll teurem Shampoo aussah.

»Also schön«, knirschte er, »fünf Feldbälle. Wenn du gewinnst, zeigen wir dir den Weg zu Frau Koh.«

(74)

Ich hätte damit rechnen müssen, aber ich hatte die Regeln ausgehandelt, und nun schickten sie vier Spieler gegen mich: Drei Eier, ein bisschen verwest, aber noch härter aussehend als sonst, und meine alten geschundenen und verbrannten Freunde aus dem letzten Hüftballspiel, 15-Sturmschritt, 20-Schweigen und Unter-5. Das bekomme ich nicht hin, dachte ich, das ist mir zu sehr *Zombie – Das Original*. Was hatte ich mir nur dabei gedacht? Ich hatte noch immer bloß ein Bein und ein Auge, um Himmels willen, ich hielt nicht mal fünf Runden *Rock 'Em Sock 'Em Robots* durch.

»Viel Glück. Erster Ball, Spiel beginnt«, sagte Jaguar-Nacht.

Ich bekam den Aufschlag und hüftete den Ball nach Westen, doch als er auftupfte und Drei Eier ihn behutsam umlenkte, bemerkte ich, dass ich bereits versagt hatte, denn aus meiner Hüfte sprühte Blut. Sie hatten mir den Ball gelassen, weil er in Wirklichkeit ein sphärisches Messer war. Etwas Ähnliches war Cobi passiert, einem Freund von No Way: Er hatte eine Schlägerei im Pausenraum und wurde von einem *ballestero* getroffen, wie sie es nannten, einer harten Orange, in die ein ganzer Haufen Rasierklingen gesteckt worden war, sodass nur noch die Ecken herausschauten. Das Ding richtete ihn entsetzlich zu, und er musste mit ungefähr hundert Stichen genäht werden. Der Ball der Xib'alb'aner hatte allerdings gar keine Klingen; er war eher ein Möbius-Band oder eine Klein'sche Flasche, wo die Oberfläche zwar gerundet war, zugleich aber ein großer rasiermesserscharfer Knoten, der herumwirbelte wie die Klinge eines Mixers. Wie auch immer, ehe ich mich erholt hatte, drosch Drei Eier den Ball bereits gegen meinen Torpflock.

Ich hinkte zu meiner Markierung zurück. Rochenstachel wankte heraus, um mich sauberzumachen. »Wirklich«, sagte er, »von uns allen bist du der Widerlichste.« Ja, ja, bedeutete ich ihm, als er mich mit einem langhaarigen Skalp abstaubte.

Der zweite Ball kam herunter. Unter-5 knallte ihn mir gegen die Brust, und dort blieb er hängen. Alle vier rannten sie zu mir, hoben mich auf und schleuderten mich gegen den Pflock. Mit dem Ohr schlug ich die Schale mit Glimmerplättchen um und purzelte die Böschung hinunter wie ein Knetmännchen.

Die nächsten drei Bälle aber gewann ich, und damit das Spiel.

Eine Kakofonie aus Hohngeschrei erklang aus sämtlichen Richtungen. Es war grauenhaft; man glaubt nicht, dass jemand über etwas so Blödes lachen könnte, obwohl wir es jeden Tag im TV bei den Nachmittagssendungen miterleben können. Sie kicherten so sehr, dass sie sich in die Unterarme beißen mussten; sie rollten sich über das Feld, blieben auf dem Rücken liegen, jonglierten mich in der Luft und kickten mich hin und her, bis ich mit einem Scheppern wie von Stahl auf Stahl von der steinernen Böschung abprallte. Ich nahm es einfach hin. Es tat gewiss nicht weniger weh, als es in der realen Welt geschmerzt hätte. Sie schlossen mich ein, stellten sich zu einem Spießrutenlauf auf und schlugen mich mit knöchernen Sägepaddeln, als wäre ich das Huhn, das die Nephi Knights umherzutreten pflegten. Aber ich kam in der richtigen Richtung davon.

»He«, rief ich 2-Juwelenbesetzter-Schädel zu. »Wirf mir noch ein Handtuch zu, ja? Nächstes Mal bekommst du auch 'nen Groschen dafür.« Ich schraubte meine Faust in mein brauchbares Auge und ging nach vorn gegen den Obsidianwind an.

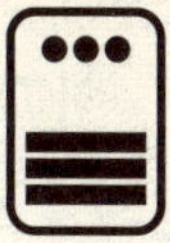

(75)

Ich gelangte zur Zitadelle an der Kreuzung, im Zentrum des Zentrums. Der nördliche Pfad führte vorbei an fraktalen pilzigen Felsknochen, aus denen in gestaffelten Reihen weiße Knoten ragten wie Haifischzähne, in eine unwirtliche Horror-Wüste. Ich spürte, wie mein Skalp sich ablöste und mir das Fleisch von den Knochen gefetzt wurde. Am ersten neuen Mond von 4 Bewegung, 7 Gedanke bog ich nach links ab. Tage zuckten unter mir vorüber wie Eisenbahnschwellen. Sturmwinde aus Rasierklingen sandstrahlten mein Skelett. Fünf Gewebeschichten teilten sich eine nach der anderen – weiße Stachelschweinborsten, gelbes Leder, dunkelpurpurne Baumwolle, schwarze Schlangenhaut und goldgrüne Feder –, dann war ich hindurch. Ich dachte, ich sähe jemanden vor mir, erkannte dann aber, dass es keine Naturkatastrophe sein würde und auch kein menschengemachtes Desaster irgendwelcher Art, sondern etwas völlig Neues … aber dann war es fort, und der Boden unter mir, oder das, was ich als Boden visualisierte, musste verrottet sein, denn ich lag von Erde bedeckt da. Ich selbst war Erde. Ich musste über Jahre hinweg kompostiert worden sein, doch bei jahrelangen Qualen verliert man schnell den Überblick. Ich spürte, dass Treiberameisen in meinem Leichenwachs Pilzfarmen unterhielten. Ich sickerte durch die Ebenen Neun, Zehn, Elf und Zwölf, und der Baum der Spiegel verzweigte sich zu einer weißen Straße, dem Rücken des doppelköpfigen sternenfedrigen Diamant-Rasslers, der Milchstraße, und ich glitt einen Bogen hinunter und einen anderen hinauf und folgte Sonnenträger zum Herzen des Himmels. Die Sonne kroch aus dem gezackten Höhleneingang, erschöpft und blutleer und durstig nach ihrer Flucht vor den dunklen Herren, und taumelte blind an den Rand des blau-grünen Beckens, blinzelnd, auf der Suche nach Beute. Ich wich zurück und eilte den trockenen, glatten Leib der Schlange hinunter, doch dann hing ich fest, und als ich zog, war die Schlange mein eigener Fuß oder genauer, der Stumpf unter meinem Knie, der sich mit Schuppen bedeckt und gestreckt und die Gestalt einer Klapperschlange angenommen hatte. Der Hals der Schlange hob sich vor mir, gekrümmt wie eine im Schlag erstarrte Peitsche, und der vibrierende Kopf richtete sich auf mich, witterte mit den Grübchen in seinen Wangen meine Körperwärme, leckte meinen Schweißdunst aus der Luft. In den stumpfen lidlosen Augen sah ich mein Spiegelbild. Konnte ich mich wirklich selbst verschlingen? Die Schlange baute Spannkraft auf, um zuzustoßen. Ihr Schnarrtrommeldonner steigerte sich, und mit der Geschwindigkeit eines Risses, der durch eine Glasscheibe zuckt, stieß sie nach meinen Lippen, wobei sie Hämotoxin aus den Rillen ihrer Fangzähne versprühte.

Doch statt zuzustoßen, hielt sie sich aufrecht, reglos, mit klaffendem Maul. In ihrem lachsblassen Rachen sah ich einen feuchten schwarzen Ball. Sie hat gerade erst etwas verschluckt, dachte ich, sie hat ihr letztes Geschenk noch gar nicht verdaut.

Der hervorgewürgte Ball war mit Haar bedeckt. Ich sah den Scheitel eines Kopfes vor mir und erkannte die Locken. Als der Kopf sich drehte, erschien eine zweifarbige Stirn. Ich starrte in Kohs Augen, während sie auf den breiten schuppigen Weg gespien wurde, nackt und von irgendeinem kosmischen Universallösungsmittel schimmernd, besetzt mit Rautenmustern aus Jadesternen. Wow, dachte ich. Nicht schlecht. Koh senkte sich an ihrer Toten-Nabelschnur zu mir herab. Sie war schöner denn je, aber ich kann mich nicht richtig erinnern, wie sie aussah. Auf jeden Fall nicht mehr so wie früher.

»Ich wollte noch ein bisschen mit dir allein sein«, sagte ich und schnalzte mit der Zunge, was bei den Maya einem Achselzucken entsprach. Es kam nicht so ablehnend herüber, wie es vielleicht klingt; es schwang Bedauern mit. Ich glaube, ich weinte, natürlich nicht wirklich, was in meinem semi-physischen Zustand wahrscheinlich auch gar nicht möglich gewesen wäre, aber zumindest fühlte ich mich so, als würde ich weinen. Ich hatte geglaubt, meinen Hang zur übersteigerten Emotionalität hinter mir gelassen zu haben, doch nun überwältigte mich eine Flut der Liebe, und das brachte mich durcheinander.

Koh sagte etwas in dem Sinne, dass ich ihr bestimmt nicht gefolgt sei, bloß um sie wiederzusehen. Nur sagte sie es nicht in Worten, die irgendeinen Klang hatten oder eine Syntax; deshalb kann ich es nicht genau zitieren.

Ich erwiderte, dass ich auf jeden Fall gekommen wäre, zumal ich nach dem Opferspiel fragen wolle.

Sie bedeutete mir durch eine Geste, dass ich fragen möge.

»Was hast du am Ende des letzten B'ak'tuns gesehen?«, fragte ich.

»Ich konnte überhaupt nichts sehen«, antwortete sie.

»Das verstehe ich nicht. Ich habe dich beobachtet.«

»Es ist zu fern«, erwiderte sie. »Der Zufall ballt sich.«

Ich konnte es kaum glauben. Da hatte ich geglaubt, der Sache näher zu kommen, was immer sie auch war, und dann änderte sie ständig ihre Gestalt und wich vor mir zurück.

»Irgendetwas muss ich tun«, sagte ich.

»Du müsstest in deiner eigenen Zeit spielen«, sagte sie.

»Aber ich weiß nicht, wie.«

»Du weißt genug«, entgegnete sie. »Spiel es nur näher am Rand.«

»Ich weiß überhaupt nichts«, sagte ich, »die Position ist schlecht. Der Läufer saß in der Ödnis gefangen, und man konnte nicht weiterspielen.«

»Wenn ich dir zeige, wie man aus dieser Position heraus gewinnt, hörst du dann auf, wenn du in der Nachwelt spielst und siehst, dass es falsch ist?«

»Ja«, versprach ich.

»Du wirst das Spiel abbrechen und deine Welt enden lassen?«

»Gemahlin-Schwester-Vater-Mutter-Tochter«, sagte ich,

»Ahau-na Koh, akzeptiere deinen Blut-Zwilling. Bitte.«

Koh zögerte einen Augenblick, schöpfte eine Handvoll Sterne von der Straße, ließ einige davon durch die Finger rinnen wie Maiskörner und warf sie dann über die Welt, die reale Welt, die nun ihr Spielbrett war. Es war kein Globus, sondern ein flaches Quadrat, aber irgendwie stellte es trotzdem die ganze Welt genauestens dar; ich konnte unter dem wirbelnden Wolkendunst Kontinente sehen, das südliche Afrika und Australien. Die Sternenkristalle hüpften über die Fläche und landeten in der letzten Position des Stadtspiels, und Koh setzte den Sonnenträger als Läufer, der im äußersten Nordwesten gefangen saß.

»Und wenn du siehst, was geschehen wird«, sagte sie,
»Und wenn es richtig ist, dann spielst du es aus. Wenn nicht,
Führst du den Läufer zum Rand und springst.«

Das Wort, das sie für »richtig« benutzte, oder vielmehr das lautlose Wort, das ich verstand, lässt sich vielleicht ein wenig besser durch »angemessen« oder »unvermeidlich« wiedergeben, war aber stärker. Es entsprach nicht nur: »Tu, was richtig ist«, sondern eher: »Versau nicht das ganze Programm.«

Ich fragte sie, wie ich entscheiden sollte, was richtig sei. Sie sagte, ich müsse dabei als Schiedsrichter fungieren, doch es sollte mir leichtfallen. Wieder versprach ich zu tun, was sie sagte. Sie blickte mich an und nahm die vier äußersten Ecken des quadratischen Spielbretts, zwei in jede Hand, als wäre die Welt eine Karte auf einem Quadrat aus steifem Stoff, und faltete sie über das Zentrum. Die Ecken trafen sich über der Mitte und bildeten eine Pyramide.

»Die äußersten Ecken sind alle gleich«, sagte Koh.

Ich fühlte mich, wie Immanuel Kant sich gefühlt haben muss, als ihm der Verdacht kam, die Milchstraße könnte der perspektivisch verkürzte Teil einer Galaxie sein, und plötzlich war das Universum für ihn größer als je für einen Menschen zuvor. Auch wenn er natürlich von allein auf die Idee gekommen war.

Also war das Brett eine Matte und damit flexibel. Die Mulob' waren die gleiche Karte, konvex zu Pyramiden gefaltet – eine Bergfalte, wie man beim Origami sagt –, und die Ballspielfelder waren die gleiche Karte, konkav gefaltet – eine Talfalte. Selbst die Erdkugel hatte etwas mit der gleichen Karte zu tun; sie war irgendwie auf sich selbst zurückgefaltet, ein Torus, der die Innenfläche einer Kugel darstellte. Ich erhaschte einen kurzen Einblick, wie die Farben und Richtung und Tendenzen und Zyklen zusammenhingen und inwiefern das Opferspiel nichts Absolutes war, sondern nur die Visualisierung einer Tendenz im Universum, in eine Form gebracht, die ein Mensch halbwegs begreifen konnte, so wie das dreidimensionale Modell eines vierdimensionalen Festkörpers. Nun ließ sich leicht erkennen, wie der Läufer entkommen konnte, indem er von der Ecke sprang, in die er getrieben worden war. Danach konnte er ziehen, wohin er wollte. Allerdings glaubte ich, noch etwas anderes zu sehen, keine Idee, nur ein Gefühl …

Und dann war es wieder weg. Wie der achte Zug im Voraus bei einem Schachspiel war es zu viel für mein Erbsenhirn. Ich kannte das zugrunde liegende Prinzip nun einmal nicht. Es war, als blickte ich auf einen Querschnitt aus dem Leib einer Schlange und versuchte daraus zu schlussfolgern, wie ihr Kopf aussah.

Ich nehme nicht gerade viel mit zurück, dachte ich. Nur einen Trick.

»Selbst von hier aus sehe ich es nur trüb«, sagte Koh. »Aber ich sehe dich neben ihm.« An dieser Stelle muss ich noch einmal darauf hinweisen, dass die Maya-Sprachen keinen Genus für Personalpronomen kennen und Koh daher sowohl »ihm« als auch »ihr« meinen konnte. »Es ist jemand, den du kennst, dessen Gesicht du aber nie gesehen hast.«

»Ich will es versuchen, sobald ich wieder auf der nullten Ebene bin«, sagte ich.

»Spar dir die Mühe, von dort aus wirst du nichts erkennen«, erwiderte sie, »du ertränkst dich nur. Warte, bis du wieder ganz dort bist.« Mit »dort« versuchte sie eine zeitliche Angabe: im letzten B'ak'tun.

»Aus der gleichen Position kann vieles geschehen«, sagte sie, auch wenn das natürlich wieder nicht ihre genauen Worte waren. Vielleicht sprach sie überhaupt nicht in Worten. »Wenn du näher bist, siehst du den Zug, den du machen musst. Würden wir jetzt spielen, würden wir nur im Dunkeln jagen.«

Okay, sagte ich. Zum Streiten war keine Zeit. Trotzdem hatte ich meine Zweifel. Obwohl ich die Strategie für den Zug kannte, fühlte ich mich längst nicht imstande, es durchzuspielen und alles richtig zu machen. Selbst unter der Voraussetzung, dass mir die Rückkehr gelang.

Ich werde mir einfach sehr ausführliche Notizen machen müssen, dachte ich. Überlass es Marena. Sie wird es herausfinden. Sie gibt es LEON ein.

Unter uns, am Horizont-Apex des Mul-Bretts, kochte die Sonne, aufgedunsen von Opfergaben. Sie glühte in einem blutigen Oxidrot, das gleichzeitig blau-grün war, *yax*, die doppelgesichtige Farbe des Lebens, und ein P'ip'il lang glaubte ich, in ihrer Mitte Wasserlilien-Jaguar zu sehen.

Ich fragte Koh, ob sie noch einen Schlag bleiben könne.

»Das geht nicht«, antwortete sie, »ich muss fort. Wenn du deine Marena Park siehst, würdest du ihr etwas ausrichten?«

Was?, dachte ich. Natürlich, sagte ich.

»Sag ihr nur, sie soll nicht warten
Bis zum letzten Schlag der Sonne«, sagte Koh.
»Und bitte sie zu berechnen,
Was übrig bleibt, wenn dreizehn
Von zwanzig abgezogen werden.«

Was meinst du damit?, dachte ich. Sieben. So einfach kann es nicht sein. »Kannst du …«, setzte ich an, aber sie war bereits nach oben entschwebt.

Ich rutschte rückwärts nach unten über die harte Schale des Himmels, rollte darauf umher wie eine Murmel in einer Schüssel. Die kranke Sonne glitt ins schwarze Land, machte eine Bruchlandung und blutete aus, als die Erdkrötin ihr Maul um sie schloss, und es wurde wieder Nacht. Xib'alb'a rotierte über mir; die Schichten des Himmels schwangen darunter wie riesige mehrfache Augenlider, und ich krallte mich strampelnd an die Himmelsschale, fand aber keinen Halt. Es war wie auf einer Wasserrutschbahn in Lindsay Warrens alten

AquaParks. Als ich in den galaktischen Abfluss gezogen wurde, sah ich etwas jenseits des Randes, oben in der dreizehnten Ebene, eine Art Bauwerk, das ich wiedererkannte, doch ich befand mich bereits in diesem Zustand des Erwachens, wo man spürt, wie die im Traum noch scharfen Konturen zu Schaum zerfließen, ohne dass man etwas dagegen tun kann, und als sie mich aus dem Eiswasser hoben, hatte ich es vergessen. Sie trugen mich aus der feuchten Höhle zu einem Korb, der in der Vorkammer stand, und sagten mir, es sei erst zwei Sonnen her, seit ich die Vigilie begonnen hätte. Ich vermute, ich muss in der Traumzeit gewesen sei. Dennoch, sagte Hun Xoc, sei ich von der Entwässerung ziemlich krank. Schließlich blickte ich zu ihm hoch. Er hatte sein Jagdgesicht aufgesetzt.

(76)

Ich ließ mich sauberschrubben und aus den Höhlen tragen, die mittlerweile freigeräumte Innentreppe hinauf zur Spitze der Mul. Selbst von innen hörte ich den alles überflutenden, ozeanischen, merkwürdigen Lärm. Der Kampf war nicht laut wie eine Schlacht des Industriezeitalters; der Lärm entstand mehr aus der Menge und der Vielfalt der Stimmen, die ihn ausmachten, den Rufen, dem Hundebellen, den Trommeln, den Signalhörnern, den Kriegsrasseln – alles verband sich zu einem Getöse, wie ich es nie zuvor gehört hatte. Meine Diener schirmten die Tür des Heiligtums so weit ab, dass ich unbeobachtet hinausspähen konnte. Die Lage war hoffnungslos. Es war Nachmittag an 7 Wind, 10 Grün. Die Spitzendecke der Stadt rings um uns stand an den Kanten in Flammen, und breite Fahnen aus eiterfarbigem Grasrauch wogten durch den Tempelbezirk nach Südosten. Ich konnte nicht allzu viele Flammen sehen, aber der Menge des Rauchs hinter den Bergen nach zu urteilen war es zu spät, um die Brände noch ohne die Hilfe eines starken Gewitters zu löschen, und die Chak-Antworter sagten, dazu käme es wahrscheinlich nicht. Von hier oben sah ich nur wenige Verteidiger, und sie wirkten desorganisiert. Tausende von Flüchtlingen hatten sich auf die Halbinsel gedrängt, anstatt das Vernünftige zu tun und das Weite zu suchen, und nun wogten sie knapp außerhalb der heiligen Felder hin und her. Sie wussten nicht, was sie tun sollten, und erwarteten von uns, dass wir sie mit unserer vorhandenen Magie schützten.

Abgetrennte Rechte Hand hatte uns nach der Morgendämmerung mit wenigstens neunzigtausend Geblüten angegriffen, ungefähr das Doppelte der Anzahl, die Hun Xoc für die Verteidigung hatte zusammenziehen können. Und das war vermutlich nur die erste Welle der Streitmacht, die Abgetrennte Rechte Hand aufbieten konnte. Die

Angreifer schienen einige napoleonische Taktiken übernommen zu haben, die von 2-Juwelenbesetzter-Schädel eingeführt worden waren, zumindest insofern, als sie es auf das Töten des Gegners anlegten und nicht mehr auf seine Gefangennahme. Vielleicht hatte 9-Reißzahn-Kolibri ihnen davon berichtet.

Wie es aussah, war es zu spät, um noch irgendetwas anderes zu tun, als zu verschwinden. Abgetrennte Rechte Hand wäre in weniger als zwei Tagen hier. Und meine Aussetzer wurden so schlimm, dass ich mir Sorgen machte, ich könnte jeden Moment als Kloß mit einem IQ von 75 zusammenbrechen.

Tja, da habe ich wirklich eine Bescherung angerichtet, dachte ich. Ich war für denkbare, kürzeste Zeit an der Macht und hatte den Untergang der Stadt verursacht. Wenn ich heute starb – ich meine, wenn ich heute für immer starb –, gäbe es nicht viel, worauf ich stolz sein konnte.

Ich zog mich ins Halbdunkel der Vorkammer zurück und nahm meine Matte ein. In dem kleinen Raum drängten sich zwölf andere Personen. Hun Xoc fuhr mit seinem Bericht fort. Er sagte, während der letzten drei Sonnen hätten Rassler-Anhänger die Puma-Allianz mit Blasrohrfeuer von den Wällen ferngehalten, doch nun mehrten sich Desertionen und Massenselbstmorde, und die Sippen würden keine weitere Nacht durchhalten. Morgen sei eindeutig die letzte Sonne von Ix. Ich schnitt ihm das Wort ab und winkte 14-Schwarzes-Gila heran, 1-Gilas Sohn. Er rutschte auf Knien näher und beugte sich vor mir nieder.

Er meldete, dass 1-Gila seine Gruppe zusammengehalten habe und fast fünfhundert Zwanzigschaften aus Kohs Rasslerfamilien noch immer bei ihm seien. Er kampiere an den östlichen Palisaden, sagte sein Sohn, und halte Abgetrennte Rechte Hands Männer bislang auf Abstand, wäre aber bald gezwungen, sich nach Norden zurückzuziehen. Ich hatte das Gefühl, 1-Gila würde sauber aus der ganzen Sache herauskommen und vielleicht sogar noch Oberwasser haben. Aber das war in Ordnung, fand ich; es war schön, wenn wenigstens ein paar Leute wussten, was sie taten.

»Wir knüpfen Blutbande zu seinem Vater«, versprach ich 14-Schwarzes-Gila, »wenn er so viele Abhängige mitnimmt, wie er kann.«

Im Namen seines Vaters schwor 14-Schwarzes-Gila, dass er das tun werde.

»Und sobald sie die Feuer im Tempelbezirk legen, soll er unseren Geblüten befehlen, sich zu ergeben«, fuhr ich fort. Die Wendung, die »sich ergeben« am nächsten kam, war »in den Freitod gehen«; daher musste ich erklären, was ich meinte. Auch das versprach 14-Schwarzes-Gila.

Hun Xoc legte ein kleines Leporello-Buch vor mich auf den Altartisch und öffnete es. Die Seiten waren eilig beschrieben, ganz und gar nicht im passenden Stil für den Anlass, aber der Bericht sah vollständig aus. Ich hielt meine Linke hoch, und er stach mir mit einem Rochenstachel in die Handfläche. Ich tauchte das Ende eines feuchten Schreibpinsels ins Blut und schrieb jeweils vier Hieroglyphen auf jede Seite. Es war kein Testament im eigentlichen Sinne, aber es empfahl oder verpfändete meine sämtlichen Geblüte und Güter und Ländereien und Rechte – bis auf mein Grab und die meiner Ahnen – an 1-Gila aus dem Echsen-Haus als dem legitimen Oberhaupt der Sternenrassler-Gemeinschaft. Ich löschte das Blut und faltete das Buch zusammen, schob es in seine Hülle aus Hirschmagen, band sie zu und reichte das Ganze 14-Schwarzes-Gila.

»Nur aus deiner Hand nur in seine Hand«, sagte ich. Er bestätigte den Befehl mit einer Geste, die »Ich werde sterben, um es zu schützen« besagte, und ging. So ein Rotzlöffel, dachte ich.

So, was bleibt mir hier noch zu tun?, überlegte ich. Irgendwelche unaufschiebbaren Mordanschläge? Ich fragte mich, ob ich noch einmal deutlich betonen sollte, dass mein Büro im Ozelot-Haus unbedingt niedergebrannt werden musste. Nein, das ist wohl nicht erforderlich, dachte ich.

Irgendwelche Nachrichten aussenden? Der Rest von Kohs Gefolgsleuten unterstand dem neuen Rassler-Anführer. Mit ihm zu reden hatte keinen Sinn. Bei den anderen Bacabob' war es das Gleiche. 14-Verwundeter war vermutlich tot. Alligator-Wurzel kam mit mir, um seine Schuld an Koh zu begleichen. Und Maske-von-Jaguar-Nacht hatte die Pflicht, mit mir zu sterben. Vielleicht sollte ich die übrigen Akolythen von Maske-von-Jaguar-Nacht auch töten lassen, überlegte ich. Nein, auch nicht nötig. Sie kamen wahrscheinlich sowieso nicht weit. In den Augen der Pumas waren sie zweimal übergelaufen.

Ich fragte mich, was Marena vorhatte. Vorhaben würde. Sie wäre mit diesem ganzen Mist fertiggeworden. Auf jeden Fall hätte sie alles besser gemacht als ich.

Na schön, sagte ich mir, es macht sowieso keinen Spaß, Ägypten selbst zu beherrschen. Zum Teufel mit diesem zugedröhnten Land. Ich käme mir vor wie Boris Jelzin.

Ich erteilte den Befehl, mit meiner Beisetzung zu beginnen.

(77)

Meine Träger hoben mich von der Ozelot-Matte, und Maskes Akolythen rollten sie zum letzten Mal zusammen. Sie trugen mich zur Tür und reichten mir mein Zepter mit der doppelköpfigen Schlange. Ich roch brennenden Kalkputz. Die Feuer leckten bereits zu den Steinbauten. Die Geblüte und Abhängigen standen unter mir, nach Rang und Orden in Reihen aufgestellt. Nur wenige fehlten. Vier Trupps aus fünf Zwanzigschaften Geblüten standen unten an der Mul und hatten Befehl, um jeden Preis standzuhalten. Sie wirkten ein wenig unsicher. Ich fragte mich, wie lange sie tatsächlich blieben, nachdem wir verschwunden waren. Alle machten sie gleichzeitig die Geste der Ergebenheit. Doch sie schienen in den sauren Dunst zu sinken, und meine Hörner und Steintrommeln klangen gedämpft. Ich konnte nicht einmal das Nest von 1-Harpyie sehen, den Berg des Ostens. Die Sonne erstarb hinter mir, als versuchte sie, meine Einsetzung als Ahau nachzustellen, nur sah es diesmal nicht ganz so gut aus.

Nichts geht über ein wenig Pomp und Prunk, wenn alles zusammenbricht, dachte ich. Wenigstens sahen genügend Leute zu, sodass nachher nicht unklar wäre, wohin ich gegangen war.

Was ich tat, war der Öffentlichkeit, wenn man sie so nennen darf, als königliche Selbstopferung präsentiert worden. Anthropologen hätten diese Bezeichnung jedenfalls benutzt. Im Ixianischen hieß es eher »alle Uayob' unserer Großen Vätermütter befreien, damit sie für uns Fürsprache bei den Herden der Raucher halten«. Ungewöhnlich war es nicht. Wenn man ein K'atun lang regiert hatte, war man tatsächlich verpflichtet, sich zu opfern, aber wer tricksen konnte wie 9-Reißzahn-Kolibri mit mir, der trickste natürlich. Ich zog mich lediglich mit großer Geste in den Frühruhestand zurück. Angeblich würde mein Uay die Stadt vor den Invasoren schützen, solange mein Körper in der Mul blieb. Ich hoffte allerdings, dass die armen Schweine mir das nicht abkauften. Vielleicht kamen sie zur Vernunft und machten, dass sie hier wegkamen. Wie auch immer, mein Körper wäre in Wahrheit gar nicht unter der Mul. Er läge ein gutes Stück entfernt in der Höhle unter den Bergen, idealerweise bedeckt von ein paar hundert Tonnen pulverisiertem Karstboden.

»Wir sollten hineingehen, ehe wir geräuchert werden«, sagte Hun Xoc hinter mir.

Ich machte ein Zeichen. Die Musiker legten sich stärker ins Zeug und kamen zum Crescendo. Die Menge antwortete. Ich zog meine verfickte göttliche Präsenz zurück, und wir stolperten ins Heiligtum.

In diesem Moment waren die einzigen Geblüte im Heiligtum ich, Hun Xoc, Alligator-Wurzel – der als Hun Xocs Hände fungierte – und Maske-von-Jaguar-Nacht. Dazu kamen die vier Träger, die meine Matte hielten, meinen Stab und meine Kiste, fünf Diener und dreizehn Arbeiter, die in Grüppchen auf aufgeschichteten Säcken mit Kies saßen. In den Händen hielten sie Fackeln, die noch nicht angezündet waren, und gebündelte Feuersteinäxte. Ich machte ihnen das Zeichen, im Boden die Tür zu öffnen, die zum Schlund der Unterwelt führte.

»Du solltest wirklich 1-Gila begleiten«, sagte ich zu Hun Xoc.

»Das würde ich nicht genießen«, entgegnete er,
»Nun, da ich nur ein Klumpen Teig mit Augen bin.«

Das tut mir sehr leid, sagte ich in Zeichensprache.

Erzähl deiner neuen Sippe nur von den vielen Ballspielen, die wir gewonnen haben, erwiderte er, und nenne ihnen die Gefangenen, die wir machen konnten.

Ich sagte, dass ich das natürlich tun würde. Klar, ich sag den Jungs, dass es mal kurz einen Hort des Ruhmes gegeben hat, der Camelot hieß. Und sie werden antworten: Ja, und?

Trotzdem, ich habe wenigstens einen Opferspiel-Check, dachte ich. Und die Drogen. Zumindest das habe ich nicht vermasselt. Noch nicht.

Falls sie nach der ganzen Zeit noch wirken, heißt das. Vielleicht verliert sich der Zauber, wenn du sie aus dem Spielzeugland mitnimmst …

Schluss. Klappe. Hör einfach …

Aber warte mal, selbst wenn alles funktioniert, wie wahrscheinlich ist es denn, dass dein verdorbenes kleines Hirn noch funktioniert? Nicht so besonders, oder? Sie werden es vermasseln, und du wirst verfaulen. Ich war mir nicht mal sicher, ob ich genügend Gel hergestellt hatte, und die Magnetsteine, die ich besaß, wirkten ziemlich schwach. Vielleicht hatte ich nicht genug Salz. Vielleicht war es da unten zu feucht, und die Sandsäcke nutzten nichts …

SCHÄRFER!, brüllte ich den Filmvorführer hinter meinem Auge an. Denk nicht mal darüber nach.

Das wirklich Dämlichste daran ist, dachte ich, dass ich mich hier nicht einmal mehr fehl am Platze fühle oder so etwas. Ich fühle mich zu Hause. Selbst wenn ich zum Planeten Trübsinn zurückkehre, werde ich mich dort wie im Exil vorkommen. Wahrscheinlich ist das Teil der Strafe. Man bekommt etwas immer erst dann, wenn man es nicht mehr haben will.

Ich schickte einen einzelnen Fackelträger voraus und ließ mich die steile Innentreppe hinuntertragen. Die Stufen waren noch schmutzig von der letzten Ausgrabung. Sechs Arbeiter blieben zurück, die hinter uns die Treppe verschütten sollten. Die Lüftungsrohre waren ebenfalls freigemacht worden, und der Gesang der Jaguar-Addierer, die draußen das Ritual vollzogen, drang durch die Leitungen herein und hallte von den Steinwänden wider. Es war wie ein Todesmarsch, nur dass die Melodie sich nicht wiederholte oder auflöste; es war eher eine anschwellende Fuge trauriger tonaler Erkundigungen, Fragen, von denen man überzeugt war, dass man sie vor langer Zeit gestellt hatte, aber nun legte sie einem jemand anderer vor, und man kannte keine einzige Antwort. Dreihundertsechzig Stufen stiegen wir von der Mul hinunter in die Höhlen des Jaguars. Die Träger hoben und senkten mich in dem Rhythmus, in dem herunterhängende Baumstämme gegen die Fassaden schlugen und der durch den Stein zu hören war. Die gesamte Mul fungierte als Trommel:

Duuuump,
Duuuump,
Duuuump …

(78)

Duuuump,

Duuuump …

FUMMP.

Die Erschütterung lief wellenartig durch den Stein. Dann kam der Schall und verstummte plötzlich wieder – eine echofreie Explosion wie eine Platzpatrone in einem Tonstudio. Dann kam ein migräneartiger Schmerz im Kopf über einer absoluten Stille, wie ich sie noch nie erlebt hatte. Der Druck hatte mir die Trommelfelle zerfetzt.

Na und?, dachte ich. Die brauche ich nicht mehr. Endlich Ruhe, nach einem Leben voller Lärm. An diese Art Frieden konnte man sich gewöhnen.

Ich war bereits in dem gebärmutterförmigen Sarkophag. Ich saß aufrecht darin wie in einer Badewanne und muss ganz schön albern gewirkt haben. Im Raum waren nur drei weitere Personen: Hun Xoc, Alligator-Wurzel und mein Diener. Maske-von-Jaguar-Nacht und die anderen Arbeiter und Diener lagen unter den Steinen, mit denen der Zugang zur Kammer verschüttet worden war. Gut, dass ich nicht hören kann, wie sie schreien, dachte ich – falls sie noch schreien. Das hätte mich ziemlich belastet.

Hun Xoc stützte sich mit den schwieligen Ellbogenstümpfen auf den Rand des Sarkophags. Wir lächelten einander an. Ein Blutstropfen lief ihm aus dem Ohr, zog einen Streifen über die Wange, drohte sich abzulösen und auf mich zu fallen, was aber doch nicht geschah. Ich zeigte auf mein Ohr, und Hun Xoc nickte und machte eine »weg«-Gebärde. Ich schlug mit der rechten Hand auf seine linke Schulter, das Gegenstück zum erhobenen Daumen. Er hob seinen linken Ellbogenstumpf an seine rechte Schulter, die Geste der Ergebenheit. Noch immer nur zwei alte Kämpen.

Die innere Grabkammer war nicht geschmückt, aber die weißen Kalkwände waren mit Kohleskizzen für Reliefs bedeckt, die niemals gehauen würden. Der kleine quadratische Raum war kahl bis auf vier Haufen Magnetsteine, einer in jeder Ecke, und in der Mitte das Mahagonigerüst, das den eiförmigen Sarg mit seinen halbmeterdicken Granitwänden umgab. Der armlängendicke Deckel hing an Hanfseilen gut eine halbe Seillänge über mir; als Gegengewichte dienten zwei riesige bestickte Sandsäcke, die wie abgetrennte Hoden auf dem Boden lagen. Dazu kamen vier angeschwollene Flüssigkeitskörbe, die von der Decke hingen, je zwei auf beiden Seiten des Gerüsts; sie waren mit der dünnflüssigen Lösung gefüllt, die die Grundlage des Aminoplastikgels bildete. Sie bestand aus Salzen, meinem Ersatzkampferpulver und verschiedenen Betäubungsmitteln in einer Lösung aus Formaldehyd, Harnstoff und Methanol. Jeder Korb enthielt genug von dem Zeug, um den Sarkophag zum Überlaufen zu bringen. Der Rest war nur für Notfälle. Und das war es auch schon.

Okay, Schritt Zwo, dachte ich. Das ist leicht. Überstürze nichts.

Ich gab Alligator-Wurzel ein Zeichen. Er stach einen Knochendolch in die markierte Null auf den Flüssigkeitskörben. Eine entsetzlich stinkende gelbe Brühe schoss heraus, als wäre das Ding ein urinierendes Mastodon. Alligator-Wurzel ließ den Diener die Bambusrinne unter den Strom halten, damit das Zeug in den Sarkophag floss. Die Lösung fühlte sich kälter an als Wasser, wie Isopropylalkohol, und es spritzte mir zuerst ins Gesicht. Alligator-Wurzel wischte mich ab und reichte mir den Kleinen Becher. Darin waren Minz-Pulque mit ungefähr fünf Prozent Tollkirschentee und ein paar anderen Beruhigungsmitteln. Ich trank den Becher aus. Wenn ich das Zeug richtig dosiert hatte, würde ich einschlafen, ehe ich ertrank. Egal, was behauptet wird – Ersticken ist kein schöner Tod.

Alligator-Wurzel faltete den Sandsack zurecht, den ich als Kissen benutzte, damit ich den Kopf über der Flüssigkeit halten konnte.

Okay. Schritt Drei.

Ich griff nach unten und öffnete mit meinem kleinen Fingermesser meine rechte Oberschenkelvene. Der Formaldehyd brannte ein wenig in der Wunde, doch der Schmerz wurde rasch betäubt. Der

Gedanke dabei war, dass beim langsamen Verbluten Teile meines Körpergewebes die Lösung aufnahmen, um verlorene Flüssigkeit zu ersetzen. Damit wurde keineswegs der Körper lebensfähig gehalten – was das anging, stand ein Totalverlust bevor –, aber auf diese Weise ließ sich ein Zustand starker Unterkühlung herbeiführen. Ich warf einen letzten Blick auf die acht Krüge mit eingesalzenen Kröten und Skorpionen und Hundeschwänzen und dem anderen Zeug, das sich dort befand, wo sonst die Wegzehrung des Dahingeschiedenen gestanden hätte. Sie machten einen guten Eindruck. Ich brachte genügend kleine Drogentierchen mit, um eine ganze Gnuherde einzuschläfern.

Vier. Ich gab Alligator-Wurzel ein Zeichen. Hun Xoc grinste matt. Es bedeutete: »Leider kann ich nicht auch helfen.« Alligator-Wurzel hob einen versiegelten Krug von der Größe einer Kaffeekanne. Ich bekundete mein Einverständnis, und er brach den Hals ab und goss nahe bei meinem Fuß den Härter in den Sarg. Der Härter war zähflüssiger als die Grundlösung und erinnerte an Ahornsirup; als er in die Flüssigkeit rann, sank er in Klumpen zu Boden und bildete Schlieren, die wie Fäden meine Beine umwanden, sich ausbreiteten und in der Lösung verteilten. Im Grunde wurde ich in eine Art Epoxidharz eingeschlossen, das Metallsalze enthielt, die meine neuronale Struktur mehr oder weniger perfekt konservieren sollten – es wäre zwar nicht möglich, das Gehirn noch mal ans Laufen zu bringen, aber es wurde so weit erhalten, dass Marena es auslesen, die veränderten Verbindungen kartieren und auf das Gehirn von Jed_1 übertragen konnte, sodass er meine Erinnerungen erhielt.

Die Erinnerungen, dachte ich. Nicht das Bewusstsein. Du stirbst, Junge. Jed_1 bekommt die Erinnerungen, nicht du, du wirst …

Aufhören. Aufhören.

Schritt Fünf. Alligator-Wurzel reichte mir den Großen Becher.

Er enthielt verdünnten Härter. Wenn alles funktionierte, würde er sich in mir ausbreiten und mit der Lösung reagieren, sobald sie sich über Haut und Lunge auf und in meinen Körper ausbreitete. Auf der Oberfläche hatte sich ein Häutchen gebildet. Ich stach es auf und trank den Inhalt des Bechers in zwei großen Schlucken, ganz wie ich es geübt hatte. Pfui Teufel! Das Zeug war mit honiggesüßtem Pulque verdünnt, aber es schmeckte trotzdem widerlich bitter. Grässlich! Jetzt nicht kotzen, dachte ich, bloß nicht kotzen, behalt's drin. Nicht kotzen! 'Gator gab mir noch einen Becher Pulque und zwang ihn mir geradezu hinein, um den Glibber runterzuspülen. Ich besabberte ihm die Hand, aber er beruhigte mich und half mir, mich in den Sarg zurückzulehnen. Ich sank gegen die Sandkissen und kam ungefähr eine Armlänge unter dem Sargrand zur Ruhe. Ich würgte noch immer und versuchte, das widerliche Zeug unten zu halten. Mir war, als wüchsen in meiner Speiseröhre Bocciakugeln aus kaltem Chrom. Ich schluckte mehrmals trocken. Es war, als würden die Kugeln gefrostet. Ich wurde innerlich ganz taub; nur noch die Hülle hatte Gefühl.

Mannomann, das ist ja superbequem hier drin, dachte ich. So musste es sich im Mutterleib angefühlt haben. Die Lösung hatte das Sargbecken schneller gefüllt, als ich angenommen hätte, und floss nun schon über den Rand. Sie roch schlimmer als die Ballplätze von Xib'alb'a. Ich wünschte, mir wären nicht die Trommelfelle geplatzt; ich hätte mir lieber die Riechschleimhäute verätzt.

Ich gab wieder ein Zeichen. 'Gator beugte sich vor und stach das Messer in die beiden großen Sandsäcke aus Bärenhaut, die das Gegengewicht zum Deckel bildeten. Ich konnte die silbrigen trockenen Düsenstrahlen aus feinem Sand sehen, aber am Deckel bemerkte ich zuerst keine Bewegung. Er sitzt fest, dachte ich. Er wird irgendwann runterstürzen und zerbrechen, und das war's dann. Dann aber wuchs der Schatten leicht und der Deckel kam herunter, sanft wie ein Augenlid. Ich blinzelte zu ihm hoch. Er war an der Unterseite konvex, damit keine Luftblase über der Flüssigkeit eingeschlossen wurde. Für immer, sagte dieser Deckel. Und das war noch zu schwach. Er strahlte diese totale ewige Unbeweglichkeit aus, stoisch, egal was geschah.

Alligator-Wurzel nahm den Sandsack unter meinem Kopf weg, und er sank zurück, trieb auf der Flüssigkeit, die die Konsistenz homogenisierter Milch angenommen hatte. Der dunkle Deckel wuchs drohend über mir an wie die Erde unter einem Fallschirmjäger beim Nachtabsprung. Nur hatte ich keinen Fallschirm. Ich rückte den wachsversiegelten Kasten auf meiner Brust zurecht und legte den linken Arm darüber. Der Kasten enthielt zwei Dinge: Kohs zusammengefaltete Spielmatte aus Federgewebe und ein Hirschlederbuch, gefüllt mit meinen ausführlichen und wahrscheinlich redundanten Anmerkungen zum Opferspiel. Auf die Anmerkungen war ich ziemlich stolz. Ich ging davon aus, dass mit ihrer Hilfe und mithilfe der Drogen jemand von rascher Auffassung wie Marena das Spiel über Nacht lernen konnte. Sie wird es schaffen, dachte ich, sie wird es spielen und die Raucher des Zufalls schlagen, und schon in ihrem ersten Spiel wird sie über den Rand hinausblicken.

Ich hielt die rechte Hand an Hun Xocs Stirn, bis der Deckel nur noch ungefähr sechs Fingerbreiten über dem Rand schwebte; dann zog ich die Hand zurück und legte sie auf die Schachtel. Wir schauten uns ein letztes Mal in die Augen. Ehe der Stein zwischen uns sank, wandte ich den Blick ab, nach links, um im letzten Licht noch einmal Koh von der Seite anzuschauen. Sie war noch immer schön und glänzte in ihrer Umhüllung aus flüssigem Wachs. Ihr Kopf trieb auf dem Gel. Eine Schande, dass wir nicht auch dein Gehirn zurückbringen können, dachte ich. Ich nahm ihre Hand. Das Schweigen wurde tiefer, aber im Kopf hörte ich sie noch immer den Abzählreim mit den Hirschteilen singen.

Entspann dich, dachte ich. Es ist sicher. Sicherer, als herumzulatschen und auf den Tod zu warten. Ich senkte mich in die ewige unterirdische Kälte. Ich fühlte mich wie eine Flasche mit einem großartigen alten Burgunder. Mein Bein war kalt, aber nicht so sehr, dass es zitterte. Und dann spürte ich es nicht mehr, als wäre es ohne großes Federlesen erfroren. Das Kolloid baute Wasserstoffbrückenbindungen zu den Wänden meiner Kapillaren auf.

Das ist gar nicht so schlecht, dachte ich. Es wäre wirklich nicht übel, wenn ich für immer hierbleiben könnte. Ganz für mich, völlig abgetrennt von meiner alten und neuen Zeit. Zivilisationen würden aufblühen, Ableger bilden und verrotten, und ich bräuchte mir nicht den Kopf darüber zu zerbrechen. Und schließlich, in einem Nanobruchteil dieses Universums voll Zeit, würde ich geboren. Ich wäre ein kleiner Junge, hätte Freunde und Feinde und würde Dinge unternehmen und Marena kennenlernen und hierherkommen, würde

Koh begegnen und könnte sie nicht beschützen, und das Universum würde wieder in eine unvorstellbare Leere verebben, und ich läge hier behaglich in unendlicher Zeitlupe, von der Uhr befreit wie ein Dämon auf einem Lichtstrahl. Vielleicht war es okay; vielleicht war ich endlich dort, wo ich immer sein würde, und Koh und ich hatten ewige Ruhe gefunden, waren ganz unter uns und müssten nie wieder irgendwelche mistigen Dinge tun. Und die Erde drehte sich weiter.

Okay, vergiss nicht zu blinzeln, dachte ich. Da gab es diese Geschichte von dem französischen Adligen, der während der Revolution hingerichtet werden soll und der seinen Freunden sagt, sie sollen bei seiner Exekution zusehen. Er habe dafür gesorgt, dass der Henker den Kopf aus dem Korb nehmen und der Menge zeigen werde. Wenn er dann noch lebte und bei Bewusstsein wäre, werde er blinzeln; es sei nur ein Experiment. Und sein abgetrenntes Haupt blinzelte tatsächlich. Bei mir ging es natürlich nicht um das Blinzeln, sondern um die Frage, ob ich noch denken konnte, nachdem mein Herz zu schlagen aufgehört hatte, und wie lange die Denkfähigkeit anhielt. Das interessierte mich einfach. Ein letzter kleiner Glanzpunkt.

Mein Herz poche bereits mühsam, TUB-bub, TUB-bub. Ganz ruhig, du stirbst, dachte ich. Ich holte tief Luft und musste mich beherrschen, um nicht zu husten von dem Staub, den der Einsturz aufgewirbelt hatte, und dem Rauch der Minze-Moschus-Fackel, die in der sauerstoffarmen Luft flackerte.

Cortez und Pizarro und DeLanda können hier rumfuhrwerken, so viel sie wollen, dachte ich. Ich werde alles wieder aufbauen, und schöner als zuvor. Ozelot wird sich erheben, die Herren der Matte können im nächsten Zeitalter wieder Schädel knacken, der blaue …

(79)

PANIK

PANIK

PANIK

Warte.

Hun Xoc und Alligator-Wurzel sahen noch immer zu. Nur um sicherzugehen, dass sich alles wie geplant versiegelte. Sie würden sich nicht die Adern öffnen, ehe das feststand. Der Deckel über mir wuchs langsam an, wie der Schatten meiner Hand, den ich früher, wenn ich nicht einschlafen konnte, mit der Taschenlampe an die Zimmerdecke warf und so langsam wie möglich zu senken versuchte, wie die Pranke Gottes. Das klappt nicht, dachte ich, alles war umsonst, niemand kapiert diesen Zug, alles ist vorbei. An Heiligabend 2012 sind die Welt und alle Menschen und Kinder und Kunstwerke und Giraffen und Krankheit und Pyramiden und sogar das Leben selbst nur noch eine heiße Staubwolke im Universum.

Ich blinzelte zu dem Deckel hoch, der sich über mir schloss. Noch ungefähr zwei Fingerbreiten Zwischenraum. Das Gel stach mir im Auge, und das Licht, das durch das Gel schien, wurde schwächer. Ich spürte den Druck des Deckels durch das Kolloid. Er hatte sich aufgesetzt, ohne dass ich auch nur die Schwingung eines Klickens durch den Stein hörte; der Deckel war einfach stehengeblieben, wie der Atem stehenbleibt, und es war dunkel. Eingeschlossen. Vakuumverpackt.

Ich fand eine letzte Luftblase am Rand des Spalts. Als ich nach Atem schnappte, lief mir das Gel in den Mund. Ich biss die Zähne zusammen. Meine letzte Luft. Lebewohl, Luft. Hab dich immer gemocht. Mein Kopf trieb gegen den steinernen Deckel und drehte sich auf die Seite. Unterhalb meiner Brust spürte ich gar nichts mehr, nur meinen nichtexistenten Fuß. Er juckte, und ich wollte mich dort kratzen, aber das konnte ich nicht, und mich überrollte eine Woge der Klaustrophobie. Ich versuchte mich zu winden, um es zu erreichen, dieses verdammte Jucken. Die Beruhigungsmittel wirken nicht, schoss es mir durch den Kopf. Ich hätte längst fri-fra-fröhlich sein müssen, empfand aber nur blinde Erstickungsangst, völligen Wahnsinn, wie eine Raupe, die Wespenlarven von innen auffressen.

Ich spürte, wie mein Herzschlag unregelmäßig wurde. Beruhig dich, *du calme, calm down!* Du wirst wieder leben, versicherte ich mir. Mit sämtlichen Erinnerungen und allem. Alles wird gut, mach dir keine Sorgen, komm schon, ganz ruhig. Du wirst wie eine E-Mail sein, kopiert und dort schon gelesen, ehe du hier ganz weg bist. Alles wird gut, ganz wunderbar, superprima …

Nein. Von wegen. Alles Wunschdenken. Selbst wenn sie dich zurückholen, hast du kein übertragbares Bewusstsein mehr. Du stirbst, so sieht's aus. In mir öffnete sich wieder dieser gähnende Abgrund, diese umfassende Furcht vor der Leere, die sich nicht beschreiben lässt. Die Gewissheit, dass alles leer ist, war einfach zu viel, aber ich war noch hier, ich musste hier raus …

Nein, denk nicht in diese Richtung. Alles, was du getan hast, alles, was du herausgefunden hast, wird die Welt bewahren, und es lebt weiter, immer weiter.

Na, ist das kein Trost?

Nein, überhaupt nicht.

Ich konnte die Luft nicht mehr anhalten und stieß sie aus, aber in diesem Mistzeug blubberte sie kaum noch. Es hatte die Konsistenz von warmem Joghurt angenommen, während die Polymerketten sich um mich verlängerten und miteinander vernetzten. Um meinen Fuß herum, wo der Härter eingegossen worden war, hatte das Zeug bereits die Festigkeit von Ton.

Ich hab genug, ich hab genug, lasst mich raus!

TUB-bub. TUB-bub.

Ich merkte, dass sich meine Denkweise änderte. Selbst in dem Chor der Panik dachte ich, langsamer zwar, aber auch klarer, als hätte ich eine gewaltige Dosis THC intus. Ich hab genug, das reicht, das reicht, das reicht. So ist das also. Jetzt passiert es. Es geht los. Erlebe die Leere. Erleben, ha! Ich spürte keine Tränen, aber ich merkte, wie es hinter meinem Auge anschwoll. In meinem Bauch klickte etwas, und ich sank in einen endlosen grauen Staubsaugerschlauch. Lasst mich raus, es ist Zeit, ich bin so weit. Ich wusste, dass alles bereits passiert war: Ix war vom Regenwald überwuchert; Pedro de Alvarado war gekommen und das Volk war gestorben; Atombomben donnerten durch den Stein; Marena und ich waren geboren worden; sie hatte aufgegeben und war fortgegangen und gestorben, und es gab niemanden mehr, niemand würde mich rausholen, niemand würde mich je herausholen. Ich drehte mich mit der Erde unter Kohlenstoffsternen, und niemand würde sich je an mich erinnern. Ich verloooor miiiich. War in Watte gepackt. In dicke Baumwollwatte.

Irgendwann bemerkte ich, dass ich mit den Händen gegen den Deckel hämmerte und in den Stein biss. Ich hatte etwas vergessen, irgendetwas Wichtiges. Aber was, zum Teufel?

TUB-bub

TUB-bub

Stehen Sie schon auf, Herr Wolf? Es ist zwölf Uhr. *I got rhythm, I got myugaaąllllummmaorm. TUB.* Aęrror, Aearror. *Bub bub.* Ich starb. Ich tot. Nn. Gestorben. A. *Bub.*

Auriooonium. Raoiony oiny onny ooon oon oon.

Aorny oon oon. bub. Oun ou.

DRITTER TEIL

DEN DORIDOIDEA DES KAISERS HIROHITO

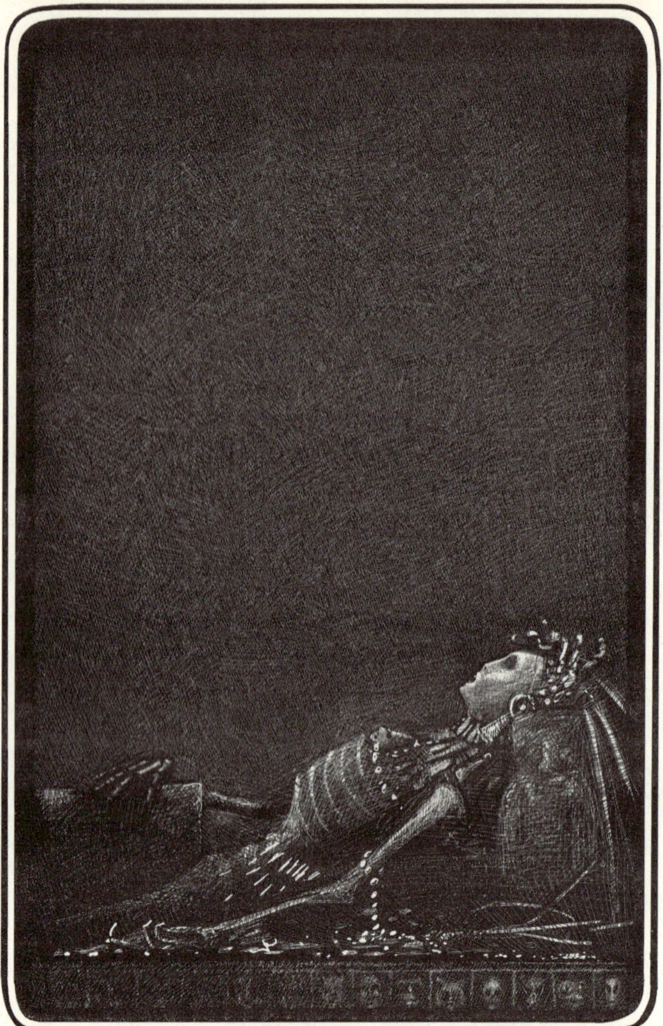

Die Überreste eines alten Herrschers, zur letzten Ruhe gebettet entdeckt in Aguateca durch Graf von Stepanwald

Denkwürdige Antiquitäten aus British-Honduras
Subskriptionsdruck • Lambeth • 1831

(80)

Als Erstes sah ich einen roten Punkt auf indigoblauem Feld.

»Bitte konzentrieren Sie sich auf den roten Punkt«, sagte eine Frauenstimme.

Ich konzentrierte mich auf den roten Punkt.

»Bitte schauen Sie immer auf den Punkt«, sagte die Stimme. Der Punkt zog hoch, runter, nach links – nein, ich meine, nach rechts und dann nach links.

»Gut so«, sagte die Frau. Ihr Name fiel mir nicht ein, aber ich wusste, wer sie war. Sie war die leitende Projektärztin. Genau. Und ich wusste, wo ich war. Na ja, nicht genau. Aber ich wusste, dass ich im 21. Jahrhundert war, in einer modernen Einrichtung, einem gedämpft beleuchteten, mittelgroßen Zimmer, in dem es nach Hexachlorophen roch und Latex und noch mehr, aber nicht nach den anderen Komponenten des typischen Krankenhausgeruchs. Also kein Krankenhaus, dachte ich. In der Mikroatmosphäre lag die Duftnote mehrerer Körper, die gewaschen worden waren, was aber schon einige Zeit zurücklag. Wenigstens war es nicht der widerliche Gestank nach flüssigen, halbfesten oder festen Ausscheidungen, oder nach diesem speziellen Reiniger, den sie immer »das Mittel« nannten. Also eher eine Arztpraxis oder der Verbandraum einer Firma oder einer Schule. Hmm. Irgendwo in der Nähe generierte ein Rosa-Rauschen-Generator rosa Rauschen. Etwas an seinem Geräusch, oder dem Fehlen anderer Geräusche, vielleicht auch dem Fehlen bestimmter Echos, verriet mir, dass wir uns unter der Erdoberfläche befanden. Als ich mich angestrengt bemühte, identifizierte ich das Geräusch mehrerer Fingergruppen, die diskret auf Membrantastaturen tippten. Also eher ein Reinraum. In einem Warren-Gebäude. In Belize, am Stake? Nein, eher nicht. Ich wusste nur, dass ich in Schakals Körper gewesen war, im 7. Jahrhundert, und jetzt war ich wieder Jed – sagen wir, Jed_3. Ich war wieder da.

Das ist gut, sagte die Stimme. Jedenfalls irgendetwas in dieser Richtung. Der Punkt verschwand. Mittlerweile hatte sich mein Gesichtsfeld immer mehr geweitet, und ich sah nun, dass der Punkt über einen großen OLED-Monitor tanzte, der schräg über mir an einem Befestigungsarm von der Zimmerdecke hing.

Okay. Ich streckte mich. Ich wackelte mit den rechten Zehen, dann mit den linken. Ich legte den Kopf in den Nacken, aber mein C3-Wirbel knackte nicht wie sonst. Ich schluckte.

Na, da fick mich doch einer mit 'ner präkolumbianischen zeremoniellen Jadekampfsäge.

Die Welt war noch da.

Was für eine Enttäuschung.

Nur ein Scherz! Ist schon okay, dass die Welt noch da ist. Ihre Bewohner an der Spitze der Nahrungspyramide sind zwar nichts Berühmtes, aber …

Die kühle Scheibe eines Stethoskops materialisierte auf meiner Brust.

»Atmen Sie bitte tief ein«, sagte die Ärztin. Ich tat es.

»Wir haben den 28. Oktober«, fuhr sie fort. »2012.«

2 Kimi, 9 Sak, erwiderte mein Bewusstsein sofort und wie von selbst, aber aus irgendeinem Grund nicht ganz so automatisch wie gewöhnlich. Genauer gesagt ist es 2 Tod, 9 Weiße, das sechste K'in des fünfzehnten Uinals im neunzehnten und letzten Tun des neunzehnten und letzten K'atuns im zwölften und letzten B'ak'tun. 54 verkaufsoffene Tage bis zu 4 Ahau. Okay. Das bedeutete, dass ich 222 Tage verloren hatte. Das heißt, alle meine Erinnerungen aus den Monaten zwischen dem Bewusstseinstransfer im März und heute waren verschwunden wie ein nicht abgespeicherter Highscore bei *Angry Birds*. In gewisser Weise – genauer gesagt, in mehr als nur einer Weise – war der Jed, der bis gestern gelebt hatte, also Jed_1, jetzt tot.

Na ja, okay. Wie gewonnen, so zerronnen. Wenn ich irgendwelche brillanten Einsichten oder Warentermintipps für mich gehabt hätte, dann hätte ich mir eine Nachricht hinterlassen. Sie würde ab morgen in meinem toten E-Mail-Briefkasten auftauchen, also dem E-Mail-Konto, von dem niemand etwas wusste, nicht einmal No Way, mein bester Freund, oder Jerry Weir, mein Anwalt. Muss mich rausschleichen und mir ein paar frische Netphones besorgen, dachte ich. Später.

»Atmen Sie aus«, sagte die Stimme. Ich tat es. Stoff senkte sich wieder auf meine Brust.

Eine latexumhüllte Hand berührte mich. Ich blickte herunter, und die kleine Szene rückte in den Brennpunkt: Sie reichte mir einen halbleeren Tyvek-Becher mit Wasser, in dem ein einzelnes flaches Rotationsellipsoid aus Eis trieb wie der Köttel eines Gespensts. Offenbar war ich stärker vertikal aufgerichtet, als ich gedacht hatte. Ich nahm den Becher. Meine Hand und, wie ich jetzt sah, auch mein nackter Unterarm waren viel kräftiger geworden. Richtig muskulös sogar.

Das kommt vom Hüftball, sagte mein Gehirn.

Von wegen, entgegnete ich, wir sind *nicht* mehr in Schakals Körper. Erzähl mir keinen Blödsinn, Gehirn. Und im 21. Jahrhundert spielt man keinen Hüftball mehr.

Ich trank zwanzig Milliliter. Das Wasser schmeckte ein bisschen anders. Ich meine, anders als Wasser. Grrg. Meine Zunge zuckte hin und her und erkundete die Mundhöhlenlandschaft. Nnng. Mein schiefer Zahn musste korrigiert worden sein, als ich bewusstlos gewesen war. Ich hatte meinen linken Eckzahn immer eingekeilt gelassen, irgendwie aus Nachlässigkeit, und jetzt fühlte er sich ganz gerade an …

Die Stimme sagte etwas wie: »Nennen Sie mir Ihren Namen.«

»Fangen Sie nicht gleich mit dem Schwierigsten an«, entgegnete ich, oder vielleicht wünschte ich auch nur, ich hätte es entgegnet, nachdem ich etwas noch Lahmeres gesagt hatte. Hatte sie überhaupt etwas gefragt? Vielleicht war ich gar nicht so sehr bei mir, wie ich glaubte. Ich gab den Becher zurück.

»Wie geht es Ihnen?«, fragte eine andere, männliche Stimme. Taro? Nein, jemand, den ich nicht so gut leiden konnte. Wer? Nur keine Hast, dachte ich, du kommst schon noch drauf.

»Überrascht«, versuchte ich zu sagen. Nur kam nichts heraus. Wenigstens versuchte ich ehrlich zu sein, denn alles, was ich empfand, war Erstaunen, dass es funktioniert hatte. Die Rückübertragung war immer viel unsicherer gewesen als die Übertragung in den Maya-Wirt. Und selbst das war nicht einmal perfekt verlaufen. Ich hatte die Warren-Leute immer in Verdacht gehabt, dass sie mir einen Bären aufbanden und dass sie in Wirklichkeit gar nicht damit rechneten, die Rückübertragung zufriedenstellend hinzubekommen. Andererseits hatte Warren viel mehr Zeit und Geld in die ROC-Phase gesteckt, als man veranschlagt hätte, um mich zu täuschen. Wir nannten sie ROC nach *Rigor of Colloids*, ein Ausdruck von Robert A. Heinlein, wobei er mit *Colloid* Leben meinte, das er oft als »Kolloidchemie« bezeichnet hatte, und mit *Rigor* – Härte –, dass die Biologie zur »harten« Naturwissenschaft vom Range der Physik aufgestiegen sei.

Wahrscheinlich hatte Warren einen Erfolg weniger erwartet, als sie preisgaben. Und sie wollten so viel von ihren Investitionen zurückbekommen wie möglich. Nach meiner Schätzung hatte ich bislang so viel gekostet wie zwei Flugzeugträger, davon einer mit einer Bowlingbahn aus schwarzem Ahorn.

Im ersten Schritt des Wiederherstellungsprozesses, unmittelbar vor dem Zurückschreiben oder Hochladen, wurden meine Originalerinnerungen – das gesamte höhere Langzeitgedächtnis, das ich während meiner Lebenszeit in meinem Hirn aufgebaut hatte – durch eine Reihe mittellanger 2000-Milliampere-Elektroschockimpulse »gelöscht«. Damit hatten sie mich im Grunde getötet oder besser gesagt, in einen vegetativen Zustand versetzt. Dann, in der zweiten Phase, sah mein leeres Gehirn etwas – besser ausgedrückt, erlebte es etwas –, das Taro einmal als rasend schnell vorlaufendes »quintasensorisches Video« der Erinnerungen bezeichnet hatte, die aus dem alten Gehirn ausgelesen worden waren, das im Sarkophag unter der Ozelot-Mul konserviert gelegen hatte. Und das lebendige Gehirn rationalisierte diesen Input insofern, als es glaubte, es habe alles wirklich erlebt. Letzten Endes täuschte es sich selbst vor, eine Jed_2-ähnliche Identität zu besitzen. Im Grunde war es das Gleiche, was ein schlafendes Gehirn mit zufälligem Input anstellt, wenn es einen Traum erzeugt.

Das Einmallaken glitt von meinem Fuß, und die Ärztin fuhr mir mit einem Stachelrad über die Fußsohle. »Sagen Sie mir, was Sie spüren.«

»Ich spüre, wie eins von diesen stachligen Rad-Dingern, mit denen Sie Reflexe testen, über meine Fußsohle rollt«, antwortete ich.

»Augenblick«, sagte die Ärztinnenstimme, diesmal aber nicht zu mir. Es folgte eine dieser Pausen, in denen jemand irgendetwas tut, das man nicht sehen kann. Ich streckte mich wieder, und die Papierunterlage auf dem Untersuchungstisch unter mir knisterte.

»Könnten Sie mir den Vornamen Ihrer Mutter sagen?«, fragte die Ärztin.

»Consuela«, sagte ich. »Nein, halt, Flor.« Wer zum Teufel sollte Consuela sein? Ich kannte keine Consuela. Ich hatte kurz ein Betonziegelhaus mit einem großen handgemalten Fresca-Zeichen an der Außenwand vor mir gesehen; zwei Männer darin schauten *Telemundo* auf einem großen alten Quasar-Farbfernseher, und ich, im Innern des Hauses – ich sah das Haus gleichzeitig von drinnen und von draußen –, blickte durch die offene Front und beobachtete, wie eine Frau die Straße heraufkam, auf dem Kopf eine blaue Plastikwanne voll Wäsche. An der Frau war nichts weiter bemerkenswert, doch ich stellte fest, dass ich sie lieb hatte. Allerdings war sie nicht meine Mutter, nicht meine leibliche Mutter aus Guatemala. Sie war die Mutter von jemand anderem, sie …

»Jed?«, fragte Marenas Stimme.

»Marena«, krächzte ich. »Hi!«

»Hi«, sagte sie, aber längst nicht mit der Wärme, die ich mir gewünscht hätte. Sie kam auch nicht herüber, um mich zu berühren. Wahrscheinlich möchte sie keinen Schmus vor der Kamera, überlegte ich. Entweder das, oder es war gar nichts so Großes, was zwischen uns gelaufen ist, oder … Nein, darüber sollte ich ganz eindeutig später nachdenken. Bleib ruhig. Jedes intensive Gefühl, das du empfindest, zeigt sich auf dem Polygrafen, und dann musst du es später erklären …

»Jed? Du möchtest bestimmt wissen, dass wir ihn identifiziert und neutralisiert haben«, sagte Marenas Stimme.

»Wen?«, fragte ich, oder genauer, ich gab ein raues fragendes Grunzen von mir. Da erinnerte ich mich. Der Doomster. »Der Doomster?« Es klang wie: »Täh dhhhmppstrdrdrdrrr?«

»Ja.«

Ich versuchte zu sagen, dass das toll sei, aber wieder brachte ich nichts heraus.

»Er hieß Madison Czerwick.«

Lisuarte, fiel mir plötzlich ein. Die Stimme gehört Dr. Lisuarte.

Toll, versuchte ich wieder zu sagen. Wegen des EEGs versuchte ich jene Erleichterung zu empfinden, die ich hätte empfinden sollen – und die ich tatsächlich empfunden hätte, hätte ich es nicht besser gewusst –, aber ich glaube nicht, dass die Anzeige des Polygrafen sich änderte. Es ist schwer, das Ding zu täuschen.

Also haben sie den Kerl, dachte ich. Und trotzdem haben sie sich die Mühe gemacht, mich auszugraben und zurückzuspielen. Na, das stimmt mich doch dankbar.

Entweder waren sie richtig nette Leute, oder sie waren sich nicht sicher, ob sie aus dem Versteck unter dem Magnetsteinkreuz alles über das Opferspiel erfahren hatten, was ich wusste. Und das hatten sie nicht.

Dr. Lisuarte benötigte weitere zehn Minuten, um mein Kurzzeitgedächtnis, meine Wahrnehmung und meine motorischen Fähigkeiten zu prüfen. Alles schien mehr oder weniger in Ordnung zu sein. Vielleicht sollte ich ihnen von dem zweiten Doomster erzählen, dachte ich, während Lisuarte mich über einer Art tragbarem Waschbecken meine Zähne putzen ließ. Falls mein Gehirn unerwartet durchbrennt, oder so was. Anständig wäre es jedenfalls. Nur hatte Koh eindeutig klargemacht, dass ich ihn – oder sie – persönlich zur Strecke bringen müsste. Und dass er – oder sie – jemand sein könnte, den ich kannte. Nicht unbedingt von Angesicht zu Angesicht, hatte sie gesagt – oder? –, aber vielleicht jemand, den ich über andere kannte, oder vom Telefon, was bedeutete, dass es einer der Warren-Leute sein konnte. Es bedeutete jedenfalls, dass ich nichts verraten würde, ehe ich mir meiner Sache sicher war.

Ich bat um einen Spiegel, doch sie sagten, sie wollten sehen, wie ich mich bewegte, ohne mithilfe eines Spiegels meine Motorik zu korrigieren. Scheiße, ich konnte mir nicht mal die Zähne richtig putzen. Ich bohrte mir die Bürste in die Wange und spuckte vor fremden Leuten, was ich sonst nie tue, und mich störte auch nicht der Geschmack nach Myrrhe, der zu dem Schrecklichsten gehört, was die Welt zu bieten hat. Die Zahnbürste hielt ich wie einen Bleistift. Und wieso benutzte ich eigentlich meine rechte Hand? Ich nahm immer die linke. Ich war Linkshänder. Hatte der Transfer etwa meine Polarität umgekehrt, als wäre ich ein Dilithiumkristall? Aber das konnte nicht sein. Das BTP reichte nicht so tief; es transferierte nur die Erinnerungen. Vielleicht betrachtete ich mich in einem Spiegel. Ja, das musste es sein. Ich kniff die Augen zu und bürstete wieder drauflos. Nichts. Das gleiche Gleich. Ich spuckte aus. Ich spülte nach. Ich trank einen Schluck. Ich betastete meinen Kopf. Natürlich war er rasiert, und überall steckten kitzlige Elektroden. Dann ergriff jemand meine Hand, ehe ich noch mehr umhertasten konnte.

»In ein paar Minuten nehmen wir sie ab«, sagte Lisuartes Stimme. »Bitte berühren Sie sie jetzt nicht …«

»Jed? Hast du irgendwelche Fragen?«, fragte Marenas Stimme. Diesmal kam sie von hinten.

»Ja«, krächzte ich. »Hat Kamsky beim WCC gegen Anand gesiegt?« Meine Stimme klang seltsam. Sie war sehr heiser, was darauf hindeutete, dass ich lange Zeit unter Narkosegas gestanden hatte. Das wirklich Komische war allerdings, dass sie einen schwereren Akzent aufwies. Ein Yukateko-Akzent? Er ist kaum hörbar, aber trotzdem …

»Ich sehe mal nach«, sagte Marenas Stimme.

»Sind wir am Stake?«

Lisuartes Stimme schien zu zögern, aber ich stellte mir vor, wie Marena sie ansah, als wollte sie fragen: Wer ist hier der Boss? Einen Schlag später antwortete die Ärztin: »Nein, wir sind in Holopaw.«

»In Holopaw?«

»Genau.«

»Sie meinen, wie in Balam … äh, Cat Lake?« Cat Lake war ein winziges Nest ungefähr dreißig Kilometer südöstlich von Orlando.

»Richtig«, sagte sie.

»Kamsky hat fünfeinhalb zu sechseinhalb verloren«, sagte Marena. »Laut Website der Chess Federation.« Sie war in mein Sichtfeld getreten, aber sie trug eines dieser tuntigen Haarnetze, dazu eine OP-Maske mit Mikrofon und Ohrhörer, und das wenige, was ich von ihrem Gesicht sehen konnte, zeigte einen lustigen pulvrigen Lavendelton. Es musste an der OP-Beleuchtung liegen.

»Jed?«, sagte Marena.

»Ja?«

»Du musst dich einen Augenblick konzentrieren.«

»Okay«, sagte ich. »Kein Problem.« Verdammt, es war nicht nur der Akzent, meine Stimme klang fremd. Ich habe eine tiefe, gebieterische Stimme, die nicht zu meiner charmanten, wenig bedrohlichen physischen Erscheinung passt. Jetzt aber sprach ich in der Stimmlage eines Tenors. Im Rückblick hätte ich natürlich längst kapieren müssen, was geschehen war. Aber selbst wenn man der vernunftbetonteste Mensch weit und breit ist – für den ich mich angesichts der Konkurrenz tatsächlich hielt –, solche Dinge werden einfach abgestritten, das geht ganz von selbst. Nicht dass viele Leute »solche Dinge« je erlebt haben, aber wenn man einen Arm verliert, kann es Tage dauern, bis man wirklich begriffen hat, *dass* es passiert ist. Oder wenn man eine bestimmte Art von Schlaganfall bekommt, tritt man vielleicht nie wieder mit der betroffenen Körperhälfte in Kontakt, aber bis zu dem Tag, an dem man stirbt, wird einen niemand davon überzeugen können. Verleugnung ist nicht nur der Ventura Freeway von Ägypten, er ist der Grundzustand der Mehrzellerexistenz.

»Okay, ehe wir irgendetwas anderes machen, sollten wir die wichtigsten Algorithmen und Prozeduren des Menschenspiels durchgehen – du weißt schon, des Stadtspiels.«

Ich nickte. Woher wissen sie vom Menschenspiel?, fragte ich mich. Hatten sie mich irgendwie dazu gebracht, im Schlaf zu reden? Natürlich hatten sie mich verkabelt bis zum Gehtnichtmehr, aber so spezifisch konnten sie mich nicht auslesen. Oder doch? Nein, niemals. Oder hatte ich in den Briefen unter dem Magnetsteinkreuz darüber gefaselt, wie wir hofften, es in Gang zu bekommen? Ich konnte mich jedenfalls nicht daran erinnern ...

»Nur für den Fall, dass es irgendwelche komplexen Erinnerungen gibt, die du nicht zusammenhängend behalten kannst«, sagte sie.

»Okay, aber vorher möchte ich aufstehen.«

»Na, na, du hast Betäubungsmittel im Blut. Es wäre besser, es gleich zu machen, wie in den Übungen. Erinnerst du dich?«

»Ja«, sagte ich. Gib ihnen lieber etwas, dachte ich. Gib ihnen nur nicht die riesengroßen Sachen, ehe du rausbekommen hast, ob …

28.

Hmm.

Ich sah die Ziffer 28 in Schwarz vor drei hellblauen Streifen auf weißem Feld.

Moment mal …

28. Mérida Fútbol Club. Rechtshändig. Yukateko.

O Gott.

Das war nicht mein Körper.

Es war der Körper von Tony Sic.

(81)

Ich kreischte:

»WO IST DER ANDERE JED?«

Im Allgemeinen versuche ich ja, für jede Lage eine passende höhnische Bemerkung parat zu halten. Sie muss nicht einmal komisch sein, blasiert und gemein reicht völlig. Aber diesmal klappte es nicht. Ich kreischte nur. Darüber hinaus brachte mein Gehirn es trotz Entsetzen, Erstaunen und apokalyptischer Wut sogar noch fertig, an die Szene zu denken, wo Ronald Reagan in einem ähnlichen Raum aufwacht und ähnlich laut schreit: »Wo ist der Rest von mir?«, oder so ähnlich.

»*Wo ist Jed?*«, brüllte ich. Mein Gott. Ich hatte gewusst, diese Leute waren ernst zu nehmen – ein Rüstungskonzern mit Amigos an höchster Stelle und Söldnern, die einen binnen eines Lidschlags verschwinden lassen konnten –, aber ich hatte mir nicht vorstellen können, dass sie zu so etwas fähig waren. Nicht so etwas.

Ich wollte mich aufsetzen, aber mehr als zwei Paar Hände in quietschigen Handschuhen hielten mich »sanft, aber mit Nachdruck« zurück, wie es früher in Melkanleitungen hieß. Ein Händepaar schloss das Blutsauerstoffding wieder an meinen nichtdominanten Ringfinger an; ein anderes betastete etwas weiter oben am Arm, das sich anfühlte wie ein IV-Port.

»*Ist er tot?*«, kreischte ich. Mein Gott, mein Gott. Ich hatte geglaubt, ich hätte mir jeden schändlichen Trick ausgemalt, den die Warren-Familie Fürsorglicher Firmen abziehen konnte, und jetzt war ich mit etwas völlig Neuem konfrontiert. Ich hatte auch gedacht, dass Marena und Taro ... War Taro hiermit überhaupt einverstanden gewesen? War Marena wirklich so eine mörderische Psychopathette mit Frostschutzmittel statt Blut? Tony Sics Gehirn, dachte ich. Heilige Scheiße. Diese *choza* mit dem Fresca-Logo, ging es mir durch den Kopf, aber es war keine Erinnerung von mir selbst, es war eine von Tonys frühesten Erinnerungen. Und diese Frau, Consuela, war seine Mutter. Heilige *mierdi*...

»Jed geht es gut«, sagte Lisuarte.

»Aber er weiß es nicht? Der andere Jed weiß nichts davon?«

Sie antwortete nicht. Ich versuchte zu erkennen, wer sonst noch im Raum war, aber als ich den Kopf drehen wollte, fühlte er sich an wie eine dieser riesigen behelmten olmekischen Hüftballerbirnen. Trotzdem bekam ich den Eindruck, dass es ungefähr ein Dutzend Leute waren. Medizinisch-technische Assistenten? Krankenschwestern? Krankenbrüder? Warren-Gorillas? War Fiesling Grgur hier?

Ich muss hier raus.

Ganz langsam schob ich mich vom Untersuchungstisch. Ich wollte aufspringen, die Wächter k.o. schlagen, einen Live-Firmenausweis klauen, das Gebäude verlassen und mich ins Indianer-Territorium absetzen, aber dann sank ich wieder zurück, als trüge ich Trainingsgewichte, oder als wäre mein Blut aus Blei. Sogar meine Ohrläppchen waren erschöpft.

»Jed«, sagte Marena. Sie legte mir die Hand auf die Stirn, und der Ärmel ihres taubenblauen Laborkittels rutschte hoch. Ich konnte das Plastikarmband mit dem Live-Warren-Firmenausweis sehen. »Du musst dich entspannen. Deine motorischen Funktionen sind noch nicht ganz wieder da ...«

»Ihr Gehirn baut noch Verbindungen zu den neuen Erinnerungen auf«, sagte Lisuarte. »Wenn Sie ...«

»Er weiß es nicht?«, unterbrach ich sie. »Jed ... ich meine, der andere Jed, weiß nichts von mir?«

»Jed geht es gut«, sagte Marena. »Und nein, er weiß noch nicht einmal, dass wir wieder zu der Ausgrabungsstätte zurückgekehrt sind. Aber wir werden es ihm sagen. Wenn du willst, kannst du es auch persönlich tun.«

Verdammt, also würde ich mir selbst begegnen. Ich hatte gedacht, damit wäre es vorbei, nachdem ich 2JS erledigt hatte, diesen Doreckskerl. Und jetzt ist es noch schlimmer ... Hölle, Hölle, Hölle. Na, wir hätten uns einiges zu erzählen.

Tja, so viel zu Tony. Armes Schwein. Er war achtundzwanzig Jahre alt geworden und hatte nie auch nur eine Chance gehabt. Ich war von dem Burschen zwar nicht begeistert gewesen, aber jetzt kamen mir seinetwegen fast die Tränen. Was hatte er sich dabei gedacht? Hatte er unter Depressionen gelitten, die ihm die Willenskraft raubten, ohne dass ich es bemerkt hatte? War er unheilbar krank? Oder hatten sie ihm eine neuartige, ultraspezifische Droge verabreicht, die seinen natürlichen Todeswunsch verstärkte und ihn gerade so sehr bei Verstand ließ, dass er imstande war, seine Entscheidung zu verteidigen – am besten in einem Video, das sie mir vorspielen konnten? Oder hatten sie ihn im Laufe der Jahre einer Gehirnwäsche unterzogen? Er war seit fast einem Jahrzehnt bei der Firma. Himmel, gegenüber diesen Warren-Typen nahm sich die Carlyle Group aus wie Oxfam. Wenn es sein muss, knipsen die dich innerhalb einer Sekunde aus. Mistkerle.

Und wieso gerade er? Wäre jemand, den ich nie kennengelernt hatte, nicht viel besser geeignet gewesen?

Na ja, vielleicht war das einfach nicht möglich gewesen. Sie konnten nicht alles vorhersehen; sie reagierten auf die Ereignisse, sobald sie eintraten. Vielleicht hatten sie die Entscheidung erst vor ein paar Tagen gefällt. Und sie brauchten ein Gehirn, das bereits bewiesen hatte, dass es auf jene Weise clever war, mit der man zu einem Ass beim Opferspiel werden konnte. Tony war zwar längst nicht so gut gewesen wie ich, aber er hatte sich auf dem richtigen Weg befunden. Infolgedessen hatte es neben Sic gar nicht allzu viele Kandidaten gegeben. Und natürlich hatten sie Sic schon jahrelang auf seine Rolle als Spieler vorbereitet.

»Meine Fresse«, sagte ich. »Ihr … habt … gerade … Tony … ermordet.«

»Er hat sich freiwillig gemeldet«, erwiderte Marena.

»Was denn? Wie so ein *Selbstmordattentäter?*«

»Könnte man so sagen, aber ich werde es nicht mit dir ausdiskutieren.«

»Und du hast gedacht, mir wäre das egal?«

»Nein, aber ich würde sagen … na ja, die meisten von uns sind schon ein bisschen überrascht, dass du so empört reagierst. Schau,

Tony Sic hat ein Geschäft gemacht, und in gewisser Weise hat das gar nicht so viel mit dir zu tun. Er hatte es auf ein Himmelfahrtskommando abgesehen.«

»Du meinst, er dachte, er geht nach Mayaland und kann nicht mehr zurückkommen.«

»Er hatte gehofft, dass er gehen würde. Aber als du an seiner Stelle gegangen bist, hat er es akzeptiert. Da hatte er das Geschäft schon gemacht. Er kann es dir selbst sagen. Er hat eine Videobotschaft an dich aufgenommen.«

Ha. Ich hatte es gewusst! Ich antwortete nicht. Niemand sonst sagte etwas.

»Ich will mein Gesicht sehen«, sagte ich.

Marena holte ein Netphone heraus, schaltete es auf Spiegelfunktion und reichte es mir. Es kam mir vor, als würde ich eine Zehnzentimeterplatte aus Polonium-210 anheben, aber ich brachte das Gerät in Stellung, und es »spiegelte« mein Gesicht. Sics Gesicht.

Es sah auf rustikale Weise gut aus, nur störte der kahlgeschorene Kopf mit den weißen Pestflecken, wo ungefähr zweihundert Elektroden mit Silikon aufgeklebt waren. Ich sah Tony Sic nicht zum ersten Mal, aber sobald man ein Gesicht im Spiegel sieht, betrachtet man es ganz anders. Damit meine ich nicht, weil es spiegelverkehrt ist – die Spiegelfunktion des Netphones kehrt das Bild standardmäßig um, als wäre es wirklich ein Spiegel –, sondern weil man weiß, dass das eigene Bewusstsein da drin sitzt, und dank der Mikroreaktionen seines Spiegelbilds glaubt man, es beinahe sehen zu können. Ich bin da drin, dachte ich. Ich bin da drin. Das da drin bin ich.

»O Gott«, fing ich an. »Ogottogott.« Ich glaube, ich habe es noch ein paar Mal mehr gesagt. Am Ende platzte ich heraus: »Ich kann nicht fassen, dass du das gemacht hast, ich fass es einfach nicht, das kann doch nicht sein …«

»Jed, *hör zu*«, sagte Marena. Sie zog ihre Maske herunter – oder muss man da »lüften« sagen? Sie *lüftete* ihre Maske. Tatsächlich, es war Marena, ein bisschen zerknitterter und stärker von Sorgen gezeichnet, als sie mir vor Augen gestanden hatte, während ich »weg« war, aber wen wunderte das. »*Hör zu!* Wolltest du wirklich, dass der andere Jed getötet wird? Wäre dir das lieber gewesen? Wärst du damit glücklicher?«

»Nein, ich bin froh, dass es ihn noch gibt, aber trotzdem …«

»Es wäre sicher interessant, wenn du ihm begegnest«, hörte ich Taros Stimme.

»Mo-mo-moment – *interessant?* Seid ihr komplett verrückt geworden?« Es gelang mir, den Kopf zu drehen und in die Richtung zu schauen, aus der Taros Stimme gekommen war. Er stand da. Noch immer trug er seine Maske. Es sah ihm ähnlich, dass er es vergessen hatte. Was hält er wirklich davon?, fragte ich mich. Seine Komplizenschaft in dieser Sache störte mich fast mehr als Marenas Beteiligung. Andererseits war Taro schon immer zu wenig von dieser Welt gewesen, um solche Dinge wirklich zu durchdenken. Dazu war er zu aspergermäßig. Wahrscheinlich war er der Meinung, alles richtig gemacht zu haben, solange mein Bewusstsein irgendwo war, und was Tony anging … na ja, Taro war nun mal merkwürdig. Manchmal hatte ich den Eindruck, für ihn sei die ganze Sache mit dem Ende aller Zeiten mehr Teil eines Experiments als etwas, worüber man sich wirklich Sorgen machen sollte. Er war kein Psycho und kein Sadist, aber für ihn war alles eine mathematische Gleichung. Es kam mir merkwürdig vor, mit meinem alten Lehrer so zu sprechen, aber nachdem ich einmal angefangen hatte, konnte ich nicht mehr aufhören. »Du bist wie alle. Springen wir doch alle mit seinem wiedererweckten Leichnam in die Mystery Machine, und trinken wir einen mit …«

»Jed, hör zu«, sagte Marena, »worüber reden wir hier eigentlich?«

»So also behandelt ihr eure Freunde? Was macht ihr denn dann erst mit euren Feinden? Vielleicht gebt ihr ihnen …«

»*He!*«, rief sie. »Jed! Worüber reden wir hier? Reden wir vom Überleben des ganzen Planeten?«

Ich wollte gerade erwidern: »Aber ihr habt den Doomster doch geschnappt«, als ich mich daran erinnerte, dass ich weder Madison für den Doomster hielt, noch dass ich auch nur ein Wort von dem glaubte, was ich sagte – und das würde sich auf dem Polygrafen zeigen.

Polygraf ist noch milde ausgedrückt. Eher Polyinnumerabillomyriadomultinominalograf. Es gab Expertenteams, sowohl software- als auch meatwaremäßig – nicht nur in diesem Raum, sondern in mehreren Labors –, die beobachteten und jeden Mucks und jede Pocke in jedem Lappen und jeder Windung meines Gehirns deuteten. Hölle, wahrscheinlich sahen sie ein Video, wie ich Hüftball gegen die Ozelots spielte und Sex mit Koh hatte – okay, ganz so weit waren sie noch nicht. Auf jeden Fall aber wussten sie sofort, ob ich log, und noch einiges andere mehr.

»Jed?«, fragte Marena. »Ist das überhaupt unser Thema?«

Gib keine Antwort, riet meine andere Seite, mein regelmäßiger Gesprächspartner in meinem endlosen inneren Dialog. Wenn man redet, fuhr meine andere Seite fort, sagt man irgendwann zu viel. Halt einfach die Klappe und sieh zu, dass du die Elektroden loswirst, ehe du irgendwas ausplauderst. Stimmt's?

Stimmt.

Mit großer Anstrengung trat ich mit ein paar von meinen opiatgetränkten Schultermuskeln in Kontakt und drehte den Kopf hin und her. Ich sah, dass ich mich ungefähr in der Mitte eines Zimmers von der Größe eines durchschnittlichen Schulklassenraums befand und dass neben Lisuarte, Marena, Taro, Michael Weiner, $Ashley_2$, $Ashley_3$ und diesem ältesten Elder vom Stake – die bis auf Taro alle ihre Masken *gelüftet* hatten – sechs weitere Personen an tragbaren Workstations arbeiteten, die an den Wänden aufgebaut worden waren. Ich glaube, ich erkannte ein paar von ihnen durch die Masken; es waren Studenten Taros, die an der Opferspiel-Software mitgearbeitet hatten. Trotzdem hätte ich nicht geglaubt, dass so viele Leute in die Einzelheiten des Projekts eingeweiht wären. Denn wie konnte man erwarten, dass sie ihr Wissen für sich behalten würden? Außerdem hatte ich mich verplappert. Hier war kein intimer Ort, wo man seine Panikattacke haben, seine Beziehungskonflikte ausfechten oder etwas anderes Persönliches offenbaren konnte. Und wie mein Gehirn vor der Öffentlichkeit entblößt war … Ich hätte mich abgeschiedener gefühlt, wäre ich in einem ausverkauften Theater gynäkologisch untersucht worden. Fuckity-fuckity-fu …

»Denn«, fuhr Marena fort, »wenn wir vom Überleben des ganzen

Planeten sprechen, ändert das die Dinge, und das heißt, wir sind hier so ein bisschen wie im Krieg. Es ist sogar ernster als Krieg, denn es geht hier um das Leben auf der Erde. Eine Zillion unschuldiger Unbeteiligter wird einfach so ... Sicher, natürlich tut es uns leid um Tony, aber wir sind dankbar. Er ist ein Mann, mit dem wir zusammengearbeitet haben. Er gehörte zu unserer Einheit und hat sich für ein Himmelfahrtskommando gemeldet, mit herausragendem Mut, und er zieht die Karre aus dem Dreck. Es war seine Entscheidung, okay?«

Wieder überlegte ich, etwas zu sagen, das im ersten Moment gut klang, etwas wie »Okay, GI Jane, wenigstens tun wir jetzt nicht mehr so, als wäre es kein militärisches Unternehmen«, aber nach zwei Sekunden Nachdenken sagte ich gar nichts.

»Und der andere, Jed$_1$, lebt auch noch«, sagte Marena. »Das ist doch mehr, als du erwartet hättest, oder?«

Ich grunzte.

»Was hättest du getan? Denk darüber nach.«

»Ich weiß nicht, was ich getan hätte«, sagte ich. »Aber das ist eine bedeutungslose ...«

Sie wollte mich unterbrechen, doch ich schnitt ihr das Wort ab. »Warum habt ihr es mir nicht gesagt?«

»Weil die Psychoprognosen darauf hindeuteten, dass es besser wäre, größere Schocks von dir fernzuhalten, bis du wieder Boden unter den Füßen hast«, erwiderte sie.

»Weil ihr wolltest, dass ich vorher sämtliche Opferspiel-Daten mit euch durchgehe«, gab ich zurück. »Danach hättet ihr mich einfach auf die Straße setzen können.«

»Unsinn«, sagte Marena. »Entspann dich, sonst geraten wir alle noch tiefer in die Tinte.«

Ich wollte ihr schon eine heftige Erwiderung an den Kopf knallen, ließ es dann aber. Ruhig, dachte ich. Sie hat recht, du musst dich entspannen.

Ich war nicht stolz darauf, aber ich bekam langsam den Verdacht, sie könnte in anderen Dingen recht haben. Zum Beispiel, war ich wirklich so empört? Oder glaubte ich nur, empört zu sein, weil es die angemessene Empfindung gewesen wäre? Manchmal tut man das

Richtige nur, um sich wie ein anständiger Mensch vorzukommen. Weil man sich nicht eingestehen möchte, dass man ein Arsch ist. Also stöhnt man und beschwert sich, aber innen drin, gar nicht so tief unten, findet sich weniger Empörung, als man zu finden hofft oder als man andere finden lassen möchte.

Vielleicht haben sie ja recht, dachte ich. Sie wissen, dass ich darüber hinwegkomme.

Immerhin lebte ich wieder. Das war ein unerwarteter Bonus. Und dem gegenüber, der einem das Leben schenkt, empfindet man Dankbarkeit. Außerdem machte ich mir bereits Gedanken, wie wir es am besten angehen sollten, den wirklichen Doomster zu finden und auszuschalten. Wenn man im Einsatz ist, vergisst man seine eigenen Probleme, oder man akzeptiert es, wenn andere sie für einen lösen. Und aus meinen Magnetsteinbriefen wusste das Team, dass mein Aufenthalt im Jahre des Herrn 664 nicht gerade von Gewaltlosigkeit geprägt gewesen war. Also hatten sich die Leute vielleicht gesagt, dass ein weiterer Quasi-Toter innerhalb meines Gefolges mich nicht weiter stören würde.

Außerdem besaß ich genügend Erfahrung in »Besser Selbsttäuschen mit Chemie«, um zu merken, dass sie mich bis Oberkante Unterlippe mit Alleshübschmacher und Anupadisesa-nibbanadhatu-Nirwana vollgepumpt hatten, obwohl ich mich in einem unvertrauten Körper befand. Ich konnte sogar sagen, dass Levorphanol und Diazepam die Hauptbestandteile waren. Und wenn man genug von dem Zeug intus hat – so viel, dass man sich wie ein Frühlingslamm fühlt, das zehn Stunden in geschmolzener Minzebutter gelegen hat –, kann jemand kommen und einem ins Gesicht spucken, die Freundin ausspannen, auf die blauen Wildlederschuhe treten und einen als Republikaner beschimpfen – man steht duldsam da und lacht darüber, denn so schlimm ist das ja alles nicht. Im Moment erhöhen sie natürlich die Konzentration in meinen Infusionen, und in ein paar Minuten bin ich nur noch ein nutzloser Klumpen …

»Und du bist in einem jüngeren Körper«, sagte Marena. »Du bist jetzt gesünder und siehst besser aus.«

»Wahrscheinlich hat er Leukämie«, erwiderte ich.

»Hat er nicht«, sagte sie. »Dein Körper ist tadellos. Du bist bei bester Gesundheit.«

»Toll.«

»Ja.«

»Ist das der Grund?«

»Wofür?«

»Weshalb ihr mich in Tony verfrachtet habt. Wolltet ihr, dass ich länger gesund bleibe, weil ich so eine große Investition darstelle? Und jetzt bin ich auch kein Bluter mehr. Und ihr wolltet nicht das Risiko eingehen, dass bei der Übertragung in Jed, den ursprünglichen Jed, Jed$_1$, etwas schiefgeht. Dass er zu schwer geschädigt wird, um ein effizienter Spieler zu sein. Stimmt's? Aber so konntet ihr ihn als Notreserve zurückhalten, nicht wahr?«

Sie zögerte leicht. »Da waren noch andere …«

»Oder es gab Persönlichkeitsprobleme. Stimmt's?«

»Wie meinst du das?«, fragte Marena.

»Euch gefiel mein PTBS nicht, die Tzam-lic-Sucht, das ganze Obsessiv-Kompulsive. Ihr dachtet, Sic wäre cleaner …«

Zögern. Schließlich sagte Marena: »Doktor?«

»Richtig, da gab es Bedenken«, antwortete Dr. Lisuartes Stimme. Sie war weiter von mir entfernt als vorher. »Bestimmte Reaktionen von Jed … Ich meine, Sie haben recht, nennen wir ihn Jed$_1$, okay? Einige von Jed$_1$' Reaktionen bei den Persönlichkeitstests unter dem Positronenemissionstomografen waren … Jedenfalls, nach langen Beratungen kamen wir zu dem Schluss, dass er nicht der beste Kandidat für seine neue …«

»Reden Sie von der Soziopathieskala?«, fragte ich.

»So etwas wird nicht mit übertragen«, entgegnete sie. »Sic bekam zwar Ihre Erinnerungen, aber er erbt nicht Ihr Gehirn. Sie haben vielleicht das Gefühl, es wäre so, aber tatsächlich sind Sie …«

Sie verstummte.

»Also wäre ich empathischer?«, fragte ich. »Gutwilliger? Selbstloser?«

»So einfach ist das nicht. Sie waren vorher schon ein guter Mensch. Es ging mehr darum, zu quantifizieren, welche Art Mensch der beste

Empfänger für opferspielbezogene Informationen wäre, denn es handelt sich dabei natürlich um Wissen von großer Macht ...«

»Sie glaubten, Sic ließe sich leichter lenken«, sagte ich.

»Das ist eine grobe Vereinfachung.«

»Und meine Persönlichkeit hassen Sie sowieso.«

»Aber nein.«

»Sie sagen, mein ursprüngliches Gehirn hätte bei der Verarbeitung einen Fehler entwickelt.«

»Pass auf«, sagte Marena. »Offen gestanden fürchte ich, dass Jed$_1$ sich nicht mehr ganz normal verhält. Aber wenn du ihn triffst, kannst du das selbst ...«

»Okay«, entgegnete ich. »Aber ich ... ich meine, Jed$_1$ war sicher nicht normal, aber er hätte Tony nicht umgebracht.«

»Wir haben Tony nicht umgebracht«, sagte Marena. »Wir sollten uns das Video ansehen.«

»Medizinisch betrachtet ...«, begann Dr. Lisuarte.

»Nein, ich treffe hier eine Kommandoentscheidung«, unterbrach Marena sie. »Zeigen Sie ihm das Video. Das ist mein Ernst.«

Zwei Sekunden lang war es still. Der rote Punkt verschwand, und Tony Sics Kopf und Schultern erschienen auf dem Monitor. Er wirkte ausgezehrt, aber weder verrückt noch unter Zwang stehend. Aber das war natürlich auch nicht zu erwarten. Der Zeitstempel am unteren Rand lautete 2012/10/24 – 14:26.41. Vor vier Tagen. Er blickte direkt in die Kamera.

»*Y pues, Joachim*«, sagte Tony. »Du wirst wissen wollen, weshalb ich mich so und nicht anders entschieden habe.«

Er schwieg. Ich blickte Marena an.

»Als ich in Xtaretac aufwuchs« – das ist eine Ch'olan sprechende Stadt nördlich der Stelle, wo einmal Quiruga gewesen ist, etwa hundert Kilometer südlich meines Geburtsorts –, »hörte ich viel von Justo Barrios und Porfirio Díaz und Pedro Cuzcat und Che Guevara und Subcomandante Marcos, und ich wollte immer etwas Bedeutsames tun, um meine *compañeros* von ganz unten bis nach ganz oben zu bringen. Und ich dachte auch immer, ich würde es schaffen. Sie sollten wieder da stehen, wo sie in der alten Zeit standen, als sie die großen Zitadellen errichteten und über ihre Welt herrschten. Aber später merkte ich, dass mein Ziel nur sehr schwer zu erreichen wäre, obwohl ich gut in der Schule war. Dann, als ich mit Taro zu arbeiten begann, erschien es mir plötzlich wieder machbar.«

Hmm, dachte ich. Das klingt ja, als meint er es ernst. Aber stimmte das wirklich? Was, wenn er unter Drogen stand? Oder wurde er gezwungen, so etwas zu sagen? *War* er es überhaupt? Vielleicht war es ein Double. Oder nicht mal ein echter Mensch. Noch vor ein paar Jahren konnte Animationssoftware niemanden täuschen, aber heute kann man jemanden, den man kennt, aus dem Nichts nachstellen, und keiner merkt den Unterschied. Tatsache ist, dass man gar nichts mehr sicher wissen kann. Man lebt in Philip K. Dicks Albtraumwelt der totalen Überwachung und völligen Simulacronisierung, wo absolute Paranoia absolut gerechtfertigt ist. Man musste schon der Präsident sein, um zu wissen, was wirklich vor sich ging. Aber auch das stimmt nicht, denn wer immer den Tiefen Staat lenkt, zieht die Fäden des Präsidenten, der wahrscheinlich einen Herzschrittmacher mit Sprengladung trägt, die explodiert, sobald er die Grenzen überschreitet, die *sie* ihm setzen, *sie* mit der wahren Macht …

»Ich dachte, ich würde das Goldene Zeitalter mit eigenen Augen sehen«, sagte Sic. »Damit wären alle meine Träume übertroffen gewesen. Doch wie sich herausstellte, wurde jemand anderer dazu ausgesucht. Und ich konnte nicht mal eifersüchtig sein, weil sogar ich wusste, dass es so am besten war. Nicht nur aus den Gründen, die Taro nannte – es ging auch aus dem Opferspiel hervor, aus Partien, die ich selbst spielte. Ich konnte dort sehen, dass es jemanden geben würde, der die Welt vernichten wollte, und ihn aufzuhalten wäre zu wichtig, um auch nur das kleinste Risiko einzugehen.«

Ich versuchte, Sic in die Augen zu blicken, als lebte er noch und würde vor mir stehen. Mir war, als sähe ich in einen Spiegel und könnte sein Gesicht auf eine Weise deuten, wie ich mein eigenes Gesicht im Spiegel hatte deuten können, und das, was ich für Ausgezehrtheit gehalten hatte, wirkte nun eher wie die Nachwirkungen extremer Enttäuschung und Resignation.

Vielleicht war das schon alles. Vielleicht war Tony nur ein guter

Kerl gewesen, ein echter Held, der aus überragender Tapferkeit heraus agierte und gegenüber dem ich mir wie ein Feigling vorkam, ein schmieriger Typ, ein Parasit …

Denk so was bloß nicht, sagte meine andere Seite. Du tust das Richtige. Stimmt's? Stimmt. Und der Grund spielt keine Rolle. Die Menschen, die du rettest, interessieren sich nicht für deine Motive. Dir kommt es nur einfach nicht so vor, als wären deine Motive gute Motive, weil du es nicht erträgst, dir selbstgerecht vorzukommen. Also zerbrich dir darüber nicht den Kopf. Außerdem ist Sic vielleicht gar nicht so außergewöhnlich. Vielleicht ist er nur einer von denen, die großartig sein *wollen*. Und er hat, wie die meisten Menschen, ein bisschen vorschnell aufgegeben. Heutzutage möchte jeder sein Tun viral verbreitet sehen. Deshalb begehen ganz normale Menschen im Livestream immer spektakulärere Selbstmorde. Wenn man unheilbar Kranke befragt, möchten sie selbst dann noch berühmt werden, wenn sie nicht überleben. Dann gab es da noch eine Umfrage, derzufolge siebzig Prozent aller Neuntklässler glaubten, einmal berühmt zu werden. Die Menschen heutzutage können den Gedanken, Durchschnitt zu sein, nicht mehr ertragen. Ich glaube, genau so verhielt es sich mit Sic. Er wollte unbedingt der Neil Armstrong der Vergangenheit sein, der Held, der Mensch, der es als Erster sah. Er wollte ganz vorn stehen, der Erste sein, der Vorreiter der Wissenschaft, sodass er sofort die Chance ergriff, als sie ihm die Gelegenheit boten, auf andere Weise der Held zu sein. Vielleicht würdest du das Gleiche tun.

»Es gab noch zwei andere Gründe«, fuhr Sic fort. Er erklärte, dass er eine große Familie habe – acht Schwestern, von denen eine an der Tay-Sachs-Krankheit im Endstadium litt; ihre medizinische Versorgung verschlang zweihunderttausend Dollar im Jahr –, und nun seien alle reich. Schließlich gab es noch etwas, worüber er nicht so gern sprach. Plötzlich hatte ich kurz ein Gesicht vor Augen, das Gesicht einer Latina, vielleicht acht Jahre alt, mit dem schönsten Gesicht, das ich je gesehen hatte – als Jed gesehen hatte, meine ich. Dieses Gesicht zeigte einen Ausdruck hoffnungslosen Entsetzens.

»Ich trage ein paar traumatische Erinnerungen aus der Zeit mit mir herum, als ich für Marcos gearbeitet habe«, sagte Sic. »Es sind Erinnerungen, die ich nicht loswerden kann und mit denen ich nicht mehr leben möchte.«

Er führte es nicht weiter aus. Ich bekam jedoch den Eindruck – auch wenn es keine Erinnerung war, nur ein Gefühl –, dass die Latina von Sic getötet worden war. Und dass er auf Art und Umstände alles andere als stolz sein konnte.

Tja, so was kann man nicht vortäuschen, dachte ich. Auf keinen Fall. Ich war mir sicher, dass er echt war und dass er die Wahrheit sagte. Vielleicht kam es daher, dass er jetzt ich war; vielleicht hatte ich aber auch ein wenig davon aufgeschnappt, wie Koh in Menschen hineinblickte, auch wenn ich mir natürlich nicht einbildete, jemals mit ihr auf einer Stufe zu stehen, was das anging. Oder ich verfügte nun über ein Einfühlungsvermögen, das ich in meinem verkorksten Jed$_1$-Gehirn nie besessen hatte. Auf jeden Fall war ich mir sicher.

Also, schlimme Erinnerungen. Er hat recht, dachte ich. Sie sind wirklich lästig. Na ja, jetzt ist er sie ja los.

»*En cualquier caso*«, sagte er. »*Le deseo suerte. No incurra en ningunas equivocaciones.*« Er streckte die Hand aus, und der Schirm zeigte wieder den roten Punkt auf blauem Hintergrund.

Keine Sorge, Tony, dachte ich. Ich vermassle das schon nicht.

»Jed? Wie geht es dir?«, fragte Marena.

»Mir geht es prima«, sagte ich.

Okay, dachte ich. Pass auf. Weißt du, was du tun würdest, wenn du richtig smart wärst? Du würdest mitspielen. Du würdest Lindsay Warren bewegen, dir zu vertrauen. Du würdest einer von ihnen werden und beim Rest des Syndikats am Tisch sitzen und mit an den Fäden ziehen. Und dann, eines schönen Tages, falls du vollkommen korrumpiert wurdest, könntest du deine großen Spinnenkräfte mit großer Spinnenverantwortung einsetzen und das System öffnen und der Welt wirklich dienen. Stimmt's? Also, geh zu Lindsay, mach ihm ein Angebot …

Sei lieber realistisch, erwiderte meine andere Seite. Mach dir nichts vor. Sie brauchen doch gar keinen weiteren Partner. Schon gar nicht jemanden wie dich. Du bist ein exradikaler, emotional instabiler

Mehrfachdrogenabhängiger. Du bist am Arsch. O Jesus, o Jesus, ich bin so sehr am Arsch ...

Hör auf. Schluss damit. Noch können sie nicht auf dich verzichten. Im Gegenteil, sie haben dich mit bis zu hundert Millionen US-Dollar versichert. Stimmt's?

Aber die Sekunde, in der du entbehrlich wirst ... na, da wird man dich entbehren. Du sitzt in der Tinte, Junge. Du verlierst, so wie du immer verloren hast, Loser, Loser, Loser ...

Hör auf! Das bringt uns nicht weiter. Atme tief durch.

Okay. Schau. Die gerechtfertigte Sorge ist doch, dass sie dich liquidieren, sobald sie alles Nützliche aus dir herausbekommen haben. Das ist wahrscheinlich auch Tony widerfahren. Eines Tages wirst du von etwas, das du gegessen hast, so richtig schläfrig, und du legst dich hin und wachst einfach nicht mehr auf. Auch wenn Marena dagegen ist, passiert es. Es wäre sogar möglich, dass Marena selbst völlig unrealistisch ist. Und Taro ebenfalls. Beide könnten einfach verschwinden. Bestenfalls löscht Warren nach dem Datum von 4 Ahau alles Belastungsmaterial aus ihren Köpfen und setzt sie auf der Straße aus. Oder Warren tötet sie. Nur glaube selbst ich nicht, dass es so weit kommt. Sie wollen Marena an Bord halten. Und Marena mag mich wirklich. Oder? Vielleicht ist sie nicht der vertrauenswürdigste Mensch auf Erden, aber sie würde niemals untätig zusehen, wie ich ermordet werde. So kaltschnäuzig ist sie nicht. Außerdem, selbst wenn sie alles über das Spiel aus mir herausbekommen, brauche ich nur so zu tun, als gäbe es noch mehr, dann werden sie mich noch lange nicht gehen lassen. Dann bleibt mir Zeit genug, dass mir etwas einfällt. Es sei denn, sie würden mich schockfrosten und einlagern. Falls sie es können. Ich würde es Warren zutrauen. Oder, was realistischer ist, sie geben mir einen passenden Drogencocktail, damit ich immer schön unterwürfig bleibe, aber trotzdem nicht so sehr zur Zimmerpflanze werde, dass Marena und Taro Anstoß daran nehmen.

Okay. Ich glaube, wir kennen jetzt die Kehrseite. Sorgen wir einfach dafür, dass es nicht so weit kommt. Bleib unentbehrlich. Sammle genug Schmutz, den du über sie kippen kannst. Deute immer gerade so viel an, dass sie unschlüssig bleiben. Und vor allem: Benutze das

Spiel. Solange sie es nicht so gut spielen wie du, bleibst du ihnen eine Nasenlänge voraus. Sei einfach schlauer als sie. Selbst wenn sie LEON ständig daran arbeiten lassen. Selbst wenn du LEON ein paar Dinge beibringst. Zeig ihm nur nicht alles. Lass den Silizium-Bastard dort, wo er hingehört: im Dunkeln. Wenigstens im Zwielicht. Wenn du das schaffst, kannst du überleben.

Nur muss die Welt weiter existieren, damit ein Überleben möglich ist.

Und ohne dich kommt der echte Doomster mit seinen Plänen durch. Stimmt's? Selbst wenn du Taro alles haarklein erklärst, vermasseln sie es wahrscheinlich trotzdem. Vielleicht musst du den echten Doomster auf eigene Faust finden. Nur kannst du das wahrscheinlich nicht. Du wirst LEON brauchen. Zumindest brauchst du Warrens Recherchemöglichkeiten. Vielleicht auch ihre Sicherheitskräfte, um den Mistkerl zur Strecke zu bringen. Bis das erledigt ist, musst du so tun, als würdest du ihr Spiel mitspielen. Benutze das System, arbeite eine LEON-gestützte Version des Menschenspiels aus, finde den Drecksack und mach ihn fertig. Okay?

Und bis dahin bist du drin. Auf diese Weise bleibst du am Leben. Du gehörst zum Syndikat, du bist einer von ihnen, oder sagen wir lieber: einer von IHNEN. Und du steigst auf, und sobald du das Kommando über die bösen Jungs hast, stellst du alles auf den Kopf. Benutze deine Macht und deine Position für das Gute. Sei Spiderman. Mit großer Macht kommen große Verantwortung, große Taten und große Toleranz gegenüber Plattitüden ... übertreib's nur jetzt noch nicht. Jetzt musst du nur eins: Du musst dich beruhigen, dich saubermachen, neu gruppieren, neu orientieren und in eine Position bringen, in der du wenigstens klar siehst, welche Mittel dir zur Verfügung stehen.

Aber ich habe diesen Drang, antwortete ich meiner anderen Seite. Ich hatte den Drang, ihnen alles offenzulegen, die Algorithmen des Menschenspiels, alles, was Koh gesagt hat, alles über den echten Doomster, einfach alles.

Nix da, sagte meine andere Seite, da reden nur die Medikamente. Behalte alles für dich. Selbst wenn sie wissen, dass du etwas zurückhältst, was sollen sie tun? Dich mit Amobarbital vollpumpen und versuchen, es aus dir herauszuholen, während du vor dich hinbrabbelst? Nein, ich glaube nicht, dass sie zu einer solchen Maßnahme greifen werden. Nicht solange Marena etwas zu sagen hat. Oder Taro. Selbst wenn M und T beide wissen, dass ich … Nein, trotzdem werden sie so schnell nicht Guantanamo mit mir spielen. Sie werden dicht bei mir bleiben, mich ein paar Tage lang auf die weiche Tour herumzukriegen versuchen, und dann … Na ja, und wenn du dann immer noch dichthältst, bekommen irgendwann Lindsays Gorillas das Okay, harte Bandagen anzulegen. Aber erst mal spiel mit, wie jeder andere Nicht-Loser es tut. Okay? Wenn es in ein paar Tagen haarig wird, kannst du immer noch ausbrechen, wenn es sein muss. Dann kannst du immer noch untertauchen. Tu, was immer du zu tun hast. Bleib ihnen einen Schritt voraus. Genau wie es auf dieser Granola-Verpackung stand: Bring es! Erwecke den Riesen in dir. Sei Tony Robbins. Okay? Okay. So, los geht's.

Ich saß still da. Ich sagte nichts. Das Video hatte zwei Minuten und zwanzig Sekunden gedauert. Jetzt waren wieder zwei Minuten verstrichen, und ich stand dermaßen unter Stoff, war so erfüllt von Gleichmut, dass ich mich in meinem Käfig zurückgelehnt und zu Marena gesagt hätte: »He, sei ein Schatz und schmeiß 'ne Banane rüber«, wäre ich das Baby eines Pavians gewesen.

»Jed? Wir müssen aber noch ein bisschen über das Spiel reden«, sagte eine männliche Mittelwestlerstimme. Ich drehte meinen Riesensteinkopf nach rechts und sah ihn an. Ja, genau, dieser älteste Elder. Endlich erinnerte ich mich an seinen Namen: Laurence Boyle. Auch er trug einen taubenblauen Laborkittel. Hmm, ob das Blau aus echten Tauben gemacht ist? Verdammt, ich war so high wie ein Radiosondenballon. Konzentrier dich.

»Mr. DeLanda?«, fragte er. »Ich möchte nicht gefühllos erscheinen, aber wir müssen noch etwas Geschäftliches besprechen.«

»Richtig«, setzte ich an. »Geschäft geht immer …« Es gelang mir nicht, den Satz zu Ende zu führen.

»Larry, ich glaube nicht, dass jetzt der richtige Zeitpunkt ist«, sagte Marena. Sie klang authentisch, als ob sie es wirklich empfinden würde. Hatten sie das geprobt? Gab sie den Guten Cop?

Egal.

»Ich verstehe«, sagte Boyle, »aber bringen wir doch einfach ein paar Dinge hinter uns.«

»Hören Sie ...«

»Außerdem möchte Elder Lindsay Ihnen gratulieren.« Ich konnte nicht sagen, ob das »Ihnen« nun Singular oder Plural war. »Er steht am Konferenz...«

»Nein, Larry, wir müssen ihm jetzt Ruhe lassen. Ernsthaft. Er ist jetzt nicht in der Verfassung, darüber zu reden.«

Ja, wieso die Eile?, fragte ich mich. Wenn sie den Doomster schon geschnappt haben, wo liegt dann das Problem? Mit dem Spiel wollten sie doch nur eine Menge Kohle für die Warren Group machen. Darauf sollte unausweichlich die Weltherrschaft und ein neues Millenium der konzerngelenkten totalitären weichen Dystopie folgen, wie bei Stanislaw Lem, nur ohne den Humor. Aber das hat doch sicher noch ein, zwei Tage Zeit?

»Miss ... *Mrs.* Park«, sagte Boyle, »ganz wie in den Übungen müssen wir die Nachbesprechung jetzt fortsetzen.«

»Nicht ich glaube, dass dazu bin ich Verfassung in der«, sagte ich.

»Treffen wir uns in vierundzwanzig Stunden wieder«, schlug Marena vor. »Doktor? Was halten Sie davon?«

Lisuarte wollte etwas sagen, doch Boyle schnitt ihr das Wort ab. »Marena, wir geben uns alle Mühe, es so einfach zu machen wie möglich, aber ...«

»Schluss damit!«, sagte Marena. »Er hat noch immer einen gewaltigen Schock, ein absolutes Trauma. Wie würden Sie damit umgehen? Er hat Monate verloren. Und dann die beiden Transfers ... wir wissen nicht mal, wie das ist. Selbst ohne die Sache mit Tony Sic hat er schlimme Dinge hinter sich, und er steht unter Medikamenten. Ich verbiete es. Ich verbiete es scheißabsolut.«

»Dem muss ich zustimmen«, sagte Dr. Lisuarte. »Gleich dämmert er nur noch vor sich hin.«

»Marena hat recht«, hörte ich Taros beruhigend präzise Stimme.

»Außerdem geht niemand irgendwohin«, sagte Marena. »In vierundzwanzig Stunden fangen wir neu an. Ich finde das fair.«

Boyle gab nach. Ich hatte den Eindruck, dass nach dieser Entscheidung mehrere Personen verabredeten, in zwölf Stunden zu telefonieren, und dann den Raum verließen. Dr. Lisuartes Krankenschwester, die mir bekannt vorkam, deren Namen ich aber wohl nicht kannte, schob einen freischwebenden Tisch heran und legte einen großen Machen-wir-Jed-fertig-Baukasten darauf ab, ein in Fächer unterteiltes Tablett voller Pillen und Elixiere und Latwergen und einer dicken Tuohy-Epiduralkanüle, die so stumpf und behelfsmäßig aussah wie eine Sicherheitsnadel für Linkshänder. Damit würden sie mich in ein knochenloses Etwas mit Williams-Beuren-Syndrom verwandeln. Lumpenpuppe Jeddy. Mein erdgroßer Kopf schwebte hinauf in die Hände der Krankenschwester. Als Dr. Lisuarte die Elektroden abpflückte, strömten Sturzbäche aus kalten Lösungsmitteln an die Küsten seines Nordkontinents. Ich döste ein.

(82)

Wir fuhren in Kolonne zu Marenas Haus, das in einer bewachten Wohnanlage in einem teuren Vorort von Orlando stand (und zwei Monate nach dem Disney-World-Horror auf Strahlenverseuchung geprüft und für sicher erklärt worden war). Als ich ins Wohnzimmer kam, bemerkte ich durch das Fenster einen Wachtposten, der draußen an Marenas Jaguar lehnte. Im Vorraum stand ein Latino-Schlägertyp; ich glaube, er hieß Hernán. Zusammen mit Grgur, der hier irgendwo herumstrich, waren das drei. Ich fragte mich allmählich, ob die Typen andere draußen oder uns drinnen halten sollten. Ich taumelte ins Badezimmer, weil ich mich zu erinnern glaubte, dass dort ein Dampfbad war, aber ehe ich es einschalten konnte, schlief ich in der trockenen, sarkophagähnlichen Wanne ein.

Es kam mir vor, als hätte ich die nächsten dreißig Stunden gepennt, aber ich erinnere mich, dass meine Toxischen Kollegen in verschiedenen Kombinationen aufgekreuzt sind, um eine kleine, perfekt beiläufige Nachbesprechung abzuhalten. Boyle erinnerte mich ein paar Mal daran, dass alles, was ich 664 n. Chr. erfahren hatte, Eigentum der Warren Corporation sei. Ich hatte ungehalten darauf reagiert, und Marena hatte versucht, die Wogen zu glätten – durchaus mit Erfolg. Lindsay meldete sich, und Marena und ich redeten mit ihm über die Freisprechanlage. Ich war ein wenig überrascht, dass sie nicht privat mit ihm sprechen wollte. Er erging sich in Lobgesängen, wie toll es sei, mich wiederzuhaben. Dann wollte er wissen, ob ich da unten Hebräer gesehen hätte. Marena und ich verdrehten die Augen angesichts dieser typisch mormonischen Frage.

»Nein, Sie über mir, ich habe keine gesehen.«

»Na, irgendwo müssen da aber welche gewesen sein.«

Danach setzten wir uns mit zwei doppelten Espressos hin.

»Kannst du mir jetzt von Tony Sic erzählen?«

»Ich weiß nicht, was er gedacht hat.«

»Versuch es.«

»Er hatte ernste Geldsorgen. Wie bei den Selbstmordattentätern wird seine große Familie bestens versorgt.«

»Warum merke ich denn so gut wie nichts von ihm? Von Schakal merkte ich eine Menge.«

»Weil bei Sic das BTP-Team direkt und gleichzeitig an beiden Gehirnen auf dem OP-Tisch arbeiten konnte. Bei Schakal bestand nicht nur ein räumlicher, sondern auch ein gigantischer zeitlicher Abstand ...«

»Okay, das weiß ich ja«, erwiderte ich. Es stimmt schon, ich jammerte bloß. Die Sache war die, dass mir trotz des Videos Sics Motivation, sich selbst zu opfern, nach wie vor ein Rätsel war. Aber vielleicht bin ich auch zu sehr Arschloch, um so etwas je zu begreifen.

Wir hatten Halloween, den 31.10., gegen acht Uhr abends. Max ging in diesem Jahr nicht verkleidet von Tür zu Tür und verlangte »Süßes oder Saures«. Das wäre derzeit wohl so gewesen, als gäbe man den Kindern realistisch aussehende Spielzeugpistolen. Allerdings würde er eine Harry-Potter-Mitternachtsparty besuchen. Er trug schon sein Dementor-Kostüm, nur noch nicht die schwarze Kapuze.

»Also, Domino wollt ihr nicht?«, fragte Marena uns. Ich glaube, sie meinte den Pizzadienst. Vielleicht hatte sie schon danach gefragt, und ich wusste es nicht mehr.

»Mir ist alles recht«, sagte ich.

Max machte mit beiden Zeigefingern die ASL-Gebärde für »langweilig«.

»Okay«, sagte Marena und fläzte sich zwischen Max und mich aufs Sofa. »Wir können natürlich einfach von Silk Thai bestellen.«

»Welcher ist das?«

»Der mit dem Ho Mok, du weißt schon, dem Fisch-Curry.«

»Ach ja. Was war noch mal das mit den millionjährigen Eiern?«

Mit den Fingern scrollte sie auf ihrem Netphone. »Äh, das ist ... das ist Khai Yiao Ma Phat Kraphao Krop.«

»Und wie heißt diese gelbe Soße?«, fragte Max.

»Nam Prik Kaeng«, antwortete sie ein wenig misstrauisch.

»Okay«, sagte er, »dann nehmen wir das, und ein Fik Fak Homok.«

»Max, fang nicht wieder damit an.«

»Und für Onkel Tony wäre vielleicht der Dum Ho Pron etwas.«

»Das klingt toll«, sagte ich. »He, gibt es da auch ... äh, Drak Pak Kak?«

»Aber sicher«, antwortete Max. »Und der Nip Tit Fik ist auch sehr lecker.«

»He, *Maximilian*«, sagte Marena. »Schluss jetzt.«

»Und erst der Pak Man Kum!«, schwärmte Max. »Eine echte Proteinbombe.«

»Ich fürchte, das ist mir ein bisschen zu *umami*«, sagte ich. »Aber wenn sie Ai Kyu Gap haben, oder Sik Phat Phuk, dann ...«

»Hört mal, ihr zwei, es ist mir ernst«, sagte Marena. »Wenn ihr nicht aufhört, schreibe ich Seoul Train eine SMS und bestelle ein Bibimbop, und fertig. Und wir haben sonst nichts im Haus.«

»Nein, nein, schon gut«, sagte Max. »Tut mir leid. Also, dann einigen wir uns auf zwei Schalen Pak Man Kum, und meine Mom nimmt einen Kwik Blo Job.«

»Und ein Gook Lik Kok«, sagte ich.

»He!«, rief Marena.

Ich entschuldigte mich.

»Pass auf, Max«, sagte sie. »*Sérieusement.* Meinst du, du kannst eine Vegetarier-Familienplatte bestellen? Wie ein verantwortungsbewusster Erwachsener?«

»Klar.«

»Okay.«

»Kein Dum Guk Kwatsh.«

»Max!«

»Okay, okay, mein Gott.«

»Ruf vom Mastercard-Telefon an.«

»Und wo ist das?«

»Kücheninsel. In der Schublade der Vielen Dinge.«

Max sleekte davon.

Verdammt, ich kann es kaum fassen, wie domestiziert ich bin, dachte ich. Na, glaub es einfach. Die Sache ist die, nach zweieinhalb Tagen wirkt alles normal. Wäre ich mit dem Kopf eines Huhns, dem Schwanz eines Bibers, den Augen eines Riesenkäfers und dem Körper von Megan Fox aufgewacht, käme es mir mittlerweile auch normal vor. Oder mit dem Körper eines Huhns und dem Bär von … ich meine, ist ja egal. In einem noch so fremden Körper zu sein ist genauso wie Sporttauchen oder Fliegen; von beidem haben sich Menschen lange Zeit auszumalen versucht, wie es sein würde, und als sie es dann konnten, erschien es ganz natürlich und unterschied sich nicht sonderlich von dem, wie es sich ein paar von ihnen vorgestellt hatten. Aber weil sie es sich so unterschiedlich ausgemalt hatten und einige so hohe – und ebenfalls sehr unterschiedliche – Erwartungen daran hatten, gibt es auch immer einen Hauch von Enttäuschung. Trotzdem hatte ich ständig so ein Gefühl im Hinterkopf, schwach, aber störend, wie ein Moskito in dem Zimmer, in dem man sich aufhält.

»Marena, im Ernst«, sagte ich, als Max außer Hörweite war, »ich möchte vorher mit Jed$_1$ allein sprechen.«

»Halten wir uns an den Plan«, erwiderte sie. Sie hatte Jed$_1$ noch nichts von mir gesagt. Jedenfalls schwor sie sämtliche Eide darauf. Ich sollte erst mal meinen Kopf völlig in Ordnung bringen, denn natürlich würde er mit mir reden wollen. Aber wenn er merkte, wie dreckig es mir ging, wäre er beunruhigt. Ich nahm allerdings an, Marena hatte noch einen anderen, ernsteren Grund.

»Wir müssen Larry noch immer eine zufriedenstellende Nachbesprechung liefern«, sagte sie. »Danach können wir tun, was wir wollen.«

»Genau.«

»Genau.«

»Was hat Dr. Lisuarte gesagt?«, fragte ich. Marena hatte eben eine Videobesprechung mit ihr gehabt.

»Ich soll dich wissen lassen, dass du uns den Messwerten zufolge eine ganze Menge verschweigst.«

»Es ist da ja auch viel passiert.«

»Ich weiß, aber du musst dich dazu zwingen, uns alles zu sagen.«

Ich wollte schon erwidern, ich müsse überhaupt nichts, ließ es dann aber und blies die Luft aus. Noch immer zog der moskitomäßige Gedanke seine Kreise. Oder vielleicht war es eher so ein Gefühl, als schliefe man in einem Haus irgendwo auf dem Land ein und fragte sich dann, ob man die Tür abgeschlossen hat. Man beschließt, es zu vergessen, und dämmert fast weg, und dann hat man dieses Bild von einer Tür vor Augen, die einen winzigen Spalt weit offen steht, und man denkt: Vergiss es, vergiss es *(Tür offen)*. Gute Nacht *(Tür offen, Tür offen)*.

»Hör zu«, sagte ich, »wieso rufen wir nicht …«

Ich hörte ein As-und-F-Geläut. Türklingel. Automatisch – es muss Sics Körpererinnerung sein, denn normalerweise bleibe ich einfach liegen wie ein Zweifinger-Faultier – stand ich auf.

»Warte, lass Grgur aufmachen«, sagte Marena.

»Nein, ich gehe schon«, sagte ich. Ich trat ungefähr fünfzehn Schritt vor Gurgelhals – vielleicht war er doch nicht so auf Zack – an die Tür und öffnete sie, als gerade angeklopft wurde. Ich machte den Mund auf, um Hi zu sagen …

Holla. Das war ja ich. Ich sah meinen schlaksigen Körper und mein schmalzig-erwartungsvolles Lächeln, das beides im videofreundlichen Verandalicht ein wenig wankte.

»Hallo, Tony«, sagte er. »Hi.«

»Äh, hi«, sagte ich. »Hi, Jed.«

(83)

Ich winkte ihn herein und machte eine vage Geste zur Garderobe. Ich weiß nicht, was ich mir dabei dachte, denn genau wie ich würde er in diesem Eisbunker seine Jacke anbehalten.

»Ich bin im Loch«, rief Marena. Ich war mir ziemlich sicher, dass sie uns beobachtete – anscheinend hatte sie in jeder zweiten Lampe eine Kamera. Sie klang beiläufig, als wäre es nichts Besonderes, dass ich mit ihrem Herrenbesuch im Flur stand. Machtlos befolgte ich das Protokoll und zeigte Jed$_1$ den Weg zum Wohnzimmer. Dann sah ich zu, wie Marena durch das Zimmer schoss und ihre Lippen auf seinen Mund pflanzte – ob das der treffende Ausdruck ist? Max sleekte durch den Flur und machte einen Satz über den Schreibtisch. Marena sah mich merkwürdig an, hob den Finger, was »einen Augenblick« bedeutete, und schlug mir die Tür vor der Nase zu. Ich glaube, so sehr hatte ich mich gar nicht verändert. Der große starke Jed, heimgekehrt aus Mayaland.

Auf Zehenspitzen ging ich durch den Flur zum Gästezimmer. Wenn sie nicht hörten, wie ich mich davonschlich, vergaßen sie mich vielleicht.

Ich hörte Marena plappern, und nach einer Weile verriet das Klicken von Stein auf dickem Holz, dass sie ein Go-Spiel begonnen hatten. Hmmm.

Die Zeit verstrich. Immer wieder schlich ich mich zurück und an die Tür. Ich legte aber nicht mein Ohr daran, weil ich mir sagte, dass alles, was in diesem Haus geschah, auf Video festgehalten wurde.

»Habt ihr was miteinander?«, fragte Jed$_1$.

»Nein.«

Sie mussten sich in einen anderen Teil des Zimmers begeben haben, denn ihre Stimmen waren zu gedämpft, um sie zu hören. Ich ging ins Wohnzimmer – es war eine Art Wohnzimmer – und warf mich aufs Sofa. Hm. Verdammt. Ich bin es da drin, und er weiß es nicht. Ich fühle mich ausgeschlossen und bin eifersüchtig. Ich nahm allerdings an, dass sie nichts miteinander hatten, wenn er so unsichere Fragen über mich stellen musste. Andererseits hatte Marena gerade gesagt, dass zwischen uns nichts lief. Lief wirklich nichts? Ich ging wieder ins Gästezimmer, schaltete die Deckenbeleuchtung aus und begann mein Auf- und Abschreitritual. Ich war bei der dreihundertsten Kehre, als Stimmen aus dem Telefon kamen. Ich wollte schon abheben, da bemerkte ich, dass ich gar nicht angeredet wurde, sondern dass Marena die Sprechanlage eingeschaltet haben musste, damit ich ihr Gespräch mit Jed$_1$ hörte.

»Erzähl es mir bloß nicht, du Dreckschwein, du, du … du glaubst, du kannst diese Entscheidung treffen? Du kannst diese Entscheidung nicht treffen, du bist kein … kein höheres Wesen größerer Weisheit, du bist bloß … du bist ein Loser, ein langweiliger, aufgeblasener Geek, der nichts zustande bringt. Glaubst du wirklich, du bedeutest irgendjemandem was? Du kennst niemanden, den zu kennen sich lohnt, niemand hat je von dir gehört, und du hast noch nie im Leben etwas geleistet, das auch nur entfernt von Bedeutung ist …«

Ich hörte ein leises Grunzen. War da jemand geschlagen worden? Und ihre Stimme hatte so kehlig geklungen. So … verzweifelt. Ich nahm den Hörer ab, schaltete die Freisprechanlage ab und ging in den Flur.

»Du Stück *Scheiße!*«, hörte ich Marena. »Ich hab mich praktisch in dich verknallt, und du bist nur *Scheiße.* Du bist schlimmer als Scheiße! Du bist, was Scheiße ausscheißen würde, wenn sie scheißen könnte!«

Ich rutschte leicht auf Tony Sics Sportlersocken, als ich um die Ecke des Ganges kam.

»*Wie halte ich es auf?*«

Ich öffnete die Tür und sah den Anderen Jed, Jed$_1$, wie er sich über eine sehr klein wirkende Marena beugte.

»He, was ist los?«, fragte ich wie ein Idiot.

Jed$_1$ blickte mich über die Schulter an. »Hi, Tony, ni…« Ich spürte, wie etwas Großes, Felsblockartiges mich beiseiteschob. Es war Grgur.

Ich blickte gerade rechtzeitig nach hinten, um zu sehen, wie Marena Jed_1 einen brutalen Tritt gegen das Knie verpasste. Ich verzog gequält das Gesicht und sprang vor. Ich wusste nicht, ob ich nun Jed_1 beschützen oder Marena helfen wollte, ihr Werk zu Ende zu führen. Es kam jedoch weder zum einen noch zum anderen. Jed_1 wich durchs Zimmer zurück und schleuderte alles auf uns, was ihm in die Finger kam.

»Jed hat den Ver**stand verloren**«, kreischte Marena. Ihre Stimme jaulte widerhallend aus jedem Lautsprecher im Haus.

»SCHNAPPT IHN EUCH, SOFORT, NA LOS, LOS, LOS!!!«

(84)

Da wusste ich, dass sie ihn umbringen würden.

Ich hatte bereits erfahren, dass Marenas Ohrläppchen-Telefon und die Haustelefonanlage und der Internetzugang nicht von den lokalen Anbietern abhingen, die nach dem Disney-World-Horror zunehmend unzuverlässiger geworden waren. Vielmehr befanden sich auf dem Dach zwei Schüsseln für eine Direktverbindung, und sie hingen am Notstromaggregat des Hauses.

Ich schlüpfte aus meinen Latexsandalen und watschelte in die Küche, durchquerte sie und verschwand in der kleinen Vorratskammer. Wir waren in Florida, deshalb gab es keinen Keller, und das Herz des Hauses schlug in einem kleinen Raum hinter einem Gastronomie-Wasserkühler. Ich hatte bereits nachgesehen, wo die Hauptsicherung und der Trennschalter waren, der die Leitung zu dem mit Erdgas betriebenen Notstromaggregat im Schuppen hinter dem Haus unterbrach. Nur um eine sauberere Unterbrechung zustande zu bringen, koppelte ich zuerst das Notstromaggregat ab und dann die Stromversorgung des Hauses. Eine Sekunde lang war es stockfinster; dann schalteten sich ein paar batteriebetriebene Notlichter ein. Weit hinter der Bühne schrie Marena etwas.

Das sollte ihm ein paar zusätzliche Minuten verschaffen, dachte ich. Später versuche ich einige seiner toten E-Mail-Briefkästen. *Meiner* toten E-Mail-Briefkästen. Nein, *unserer.* Ich riss die Küchentür auf, hetzte durch den Garten hinter dem Haus und sprang – na ja, »sprang« klingt ein bisschen zu anmutig, aber lassen wir es mal so stehen – über einen Stahlzaun in den Garten des Nachbarn. Ich kam falsch auf, stürzte und rollte mich ab. Wenn sie mich erwischen, werden sie mich ziemlich schnell kaltmachen, schoss es mir durch den Kopf. Ein paar Tage Verhör höchstens. Trotzdem war ich weniger verängstigt, als ich erwartet hätte. Vielleicht war Tony – oder der weniger bewusste Teil seines Gehirns, der sich noch in dem Zustand befand, in dem er es zurückgelassen hatte – nicht so feige wie der Jed, der es okkupiert hatte. Oder vielleicht hatte ich das Gefühl, ich bräuchte mir keine Sorgen zu machen, weil es nicht wirklich ich war.

Ich stand auf und rannte um das Gebäude des Nachbarn, das in einem nachgemachten spanischen Kolonialstil gehalten war, in Richtung Oshkechabi Street. Das machst du großartig, lobte ich mich. Ich musste nur das Netphone loswerden. Und ich musste auf implantierte Chips achten.

Mit einem Mal hatte ich das unbestimmte Gefühl, dass jemand hinter mir war. Dann legten sich auch schon kräftige Arme um mich und pressten mir die Brust zusammen. Als ich begriff, dass einer der Wächter mich gepackt hatte, kippte die Rasenfläche hoch und knallte mir ins Gesicht.

Zu spät.

(85)

»Tja«, sagte ich, »wenn ihr erlaubt hättet, worum ich förmlich gebettelt habe, nämlich dass ich mit ihm rede, wäre das nie passiert.«

»Oder es wäre doch passiert«, erwiderte Marena. »Oder etwas noch viel Schlimmeres.«

Wir durchsuchten Jed$_1$' Haus, oder eher, seinen Wasserzoo. Überall lagen zusammengeknüllte Papiertaschentücher und zerbohrte und zertrümmerte Festplatten herum. Was für ein elender Widerling, dachte ich. Marena und ich waren auf die Veranda getreten, weil ich nicht mit ansehen konnte, wie Ana Vergaras Team den Laden auseinandernahm.

»Okay«, sagte ich, »aber was sollte ich denken? Es hörte sich ganz so an, als würdet ihr ihn töten, und ich wette, das wolltet ihr auch, nur wusste ich nicht, wieso, deshalb ...«

»Okay, okay«, sagte sie. »Gehen wir die Sache nicht immer wieder neu durch. Wir werden ihn finden. Du hilfst uns dabei. Wir töten ihn nicht, und alles ist prima.«

»Äh ... klar«, sagte ich.

Ich bin schuld, dachte ich wieder. Ich bin ein Drecksack. Ich bin schlecht, ich bin böse, ich bin ganz böse schlecht, ich ...

Nein. Nein, das habe ich nicht getan. Dieses Ich ist ein anderes ich. Das Ich, das ich bin, ist *nicht* mehr dieser Mensch. Ich bin besser. Egal, halt dich nicht damit auf. Bring es in Ordnung. Finde ihn und schalte ihn aus. Keine Sentimentalitäten.

Jemand, den ich kenne, den ich aber nie von Angesicht zu Angesicht gesehen habe, dachte ich. Idiot. Wen sonst kann sie gemeint haben? Spiegel zählen offenbar nicht. *Idiota, tonto, pendejo ...*

Hör auf. Hör auf! Das bringt nichts.

Na los, arbeite mit Marena zusammen. Sorg dafür, dass *sie* sich gut fühlt. Denn im Moment fühlt sie sich gar nicht gut, das steht fest. Sie begreift nicht, wie viel Ärger sie hat. Warren ist paranoid, sowohl das Individuum als auch der Konzern. Ganz gleich, was ich vorbringe, sie werden glauben, ich müsste die gleiche Entscheidung treffen wie Jed_1. Besonders nach dem kleinen weltzerstörerischen Missverständnis dieser Tage. Sie werden mich an der kurzen Leine halten, kurz vor dem Erwürgen, und wenn ich keine Leckerchen mehr für sie habe, bringen sie mich um. Und Marena ebenfalls. Ganz egal, wie weltgewandt sie erscheint, sie ist ein bisschen zu vertrauensselig und hält die Warren-Leute noch immer für ihre Freunde. Sie begreift nicht, dass diese Typen jeden beseitigen würden. O Mann, wir sind dermaßen am Arsch …

Hör auf damit, sagte mein innerer Gesprächspartner wieder. Verkauf dich bloß nicht unter Wert wie eine von deinen Maisoptionen. Du hast noch immer ein paar Pfeile im Bogen oder Sehnen im Köcher oder wie zum Teufel das heißt. Mach weiter damit, halt dich an Marena, zieh sie auf deine Seite, bring ihr deine Sichtweise bei, schütze euch beide. Aber das weißt du ja alles selbst, Jed, Jed Schrägstrich Tony, Jed Index Drei, egal wer du jetzt bist, du weißt es, also tu es auch.

Ich schätze, du hast recht, dachte ich zurück.

»… wie wir es aufhalten«, sagte Marena gerade. »Stimmt's?«

»Bitte?«

»Was?«

»Sorry, ich war woanders«, sagte ich.

»Ich sagte, Jed_1 hielt die Kaskade für unaufhaltsam, weil niemand je darauf kommen würde, wie sie zu stoppen ist. Richtig?«

»Na ja, schon«, sagte ich, »wenn du damit meinst, dass es zu sehr ein Schuss ins Blaue ist, irgendwelche zufälligen Dinge zu tun und zu hoffen, dass etwas davon wirkt. Angeblich ist es eine robuste autokatalytische Ereigniskette mit einem variablen *n* von …«

»Okayokayokay, lass gut sein.«

»Ich habe versucht, auf seine Finanzdateien zuzugreifen, aber viel habe ich nicht gefunden.«

»Die Sache ist die, dass er nichts vom Menschenspiel wusste, stimmt's? Also lässt sich mit dessen Hilfe vielleicht herausfinden, was

Jed$_1$ geplant hat. Wir könnten damit so ein Dingens vielleicht identifizieren. Das wäre wirklich möglich, weißt du.«

»Einen Stoppmechanismus.«

»Genau. Und mit der LEON-Version davon – wir nennen sie, glaube ich, auch schon das Menschenspiel –, sollte es gehen, oder?«

»Das hoffe ich.«

»Gut, dann konzentrieren wir uns jetzt ganz darauf, Jed$_1$ zu finden. Dann holen wir aus ihm raus, was eigentlich vor sich geht, und dann schalten wir LEON ein und arbeiten damit weiter.«

»Aus ihm herausholen heißt wohl, es aus ihm rausprügeln.«

»Richtig. Wieso, hast du Einwände?«

»Oh, äh, nein, nein, auf keinen Fall …«

»Warte mal.« Ana und einer ihrer Techniker riefen uns ins Haus. Sie hatten den Laden wirklich zerlegt, aber bislang sah es nicht danach aus, als hätten sie ein Fischbecken abgeklemmt. Sie hatten den Gummibodenbelag hochgezogen und hebelten gerade den alten, eine halbe Tonne schweren Chubb-Safe aus dem Beton. Ich brauche wohl nicht zu erwähnen, dass Jed$_1$ die Kombination geändert hatte.

»Irgendwelche Lösch- oder Sprengfallen an dem Ding?«, fragte Ana.

»Nicht dass ich wüsste. Es sei denn, ich wäre seit dem Abstecher nach Guatemala noch paranoider geworden.«

»Keine radioaktiven Stoffe? Kein Anthrax-Pulver oder dergleichen?«

»Nein, ich … Ist das Ihr Ernst? Ich würde doch keine …«

»Etwas, das die Festplatte löscht, wenn der Safe mit Gewalt geöffnet wird?«

»Nein, das glaube ich nicht. Sie löscht sich allerdings, wenn ein falsches Passwort eingegeben wird.«

»Aha. Wie könnte das Passwort lauten? Irgendwelche Lieblingstiernamen, Fernsehfiguren …«

»Nein, so mache ich das nicht. Es ist genauso wie bei der Safekombination. Jeden Sonntag, wenn ich mein Grandeza-Spiel ausführe, nehme ich einfach sechzehn neue Ziffern aus einem Zufallsgenerator und stelle darauf um.«

»Was ist ein Grandeza-Spiel?«, fragte Ana.

»Tja, wissen Sie, ein Grandeza...« Hölle, dachte ich. Ich fühlte mich verletzt, dass sie mich derart vernahm. Ziemlich heftig sogar. Du verdienst es nicht anders, Jed. Kooperiere, verdammte Scheiße. Ich setzte noch einmal an. »Grandeza ist ein Wort für einen Beutel mit Körnern und Steinen. Jeder Maya-Sonnenaddierer hat so etwas. Wir benutzen ihn, um die Sonnen auszulegen ... Sie wissen schon, wie beim Kartenlegen. Es ist eine Art abgekürzte Version des Opferspiels. Ich führe es aber auf einem kompletten Spielbrett durch, jeden Sonntag um Mitternacht. Es gibt mir einen Überblick über die kommende Woche.«

»Wieso am Sonntag? Gehen Sie nicht nach einem Maya-Kalender vor oder so was?«

»Na ja, man könnte es natürlich jederzeit machen, es ist bloß eine katholische Gewohnheit. Meine Mutter empfing vor dem Grandeza-Spiel immer Fragende, weil die Bauern am Samstagabend lange aufblieben. Es war so etwas wie eine Mitternachtsmesse.«

»Okay.«

»Sobald der Sonntag anbricht, kümmere ich mich immer um den ganzen Zahlenkram, Investitionen, Passwörter, bevorstehende Termine, so was alles. Und meine Klienten wollen Lotteriezahlen wissen.«

»Verstehe.«

»Auf jeden Fall verrät es Ihnen, wann die letzte Kombination erstellt wurde. Es hat nichts mit der Kombination selbst zu tun.«

»Alles klar, wir kümmern uns darum.«

Darauf wette ich, dachte ich. Und ich wette, weniger mit Logik und mehr mit einem Acetylenschneidbrenner. Ich hoffte nur, sie schickten den Safe nicht nach Quantico oder an einen anderen gottverlassenen Ort, wo er noch die Aufmerksamkeit der politisch motivierten Gangster erregte.

»Sind Sie sicher, dass es keinen anderen Safe gibt?«, fragte Ana.

»Ganz sicher.«

»Keine anderen Verstecke?«

Ich schüttelte den Kopf.

»Was ist mit Ihren vielen Bankschließfächern?«

»Ich bin mir sicher, dass er die Kombinationen geändert hat.« Komm schon, dachte ich, fünf ist nicht »viele«. Fünf ist noch immer eine nichtparanoide Anzahl. »Es sei denn, er hatte nicht genügend Zeit, nach Vegas zu fahren und sich bei der Bank of Nevada darum zu kümmern.«

»Bill ist schon unterwegs, um es sich anzusehen«, sagte Ana. Ich hatte nie von Bill gehört, aber ich glaubte auch nicht, dass er noch eine große Rolle spielen würde.

»Prima«, sagte ich. Und vergesst nicht, meine Unterwäsche bei eBay einzustellen, dachte ich.

»He, seht euch das an«, sagte ein anderer Techniker; ich glaube, er hieß Chet Nguen. Er rief uns über meinen alten Schreibtisch zu, auf dem ein neuer Samsung-Laptop stand. Natürlich waren keine vertraulichen Dateien auf seinem SSD – die lagen alle im Safe –, aber er enthielt die Namen einiger jüngst veränderter Dateien, und die letzte bearbeitete Datei hatte sich automatisch nach der ersten erkennbaren Phrase ihres Inhalts benannt. Während der letzten fünf Minuten hatte Chet den Dateinamen entschlüsselt. Er klang ein wenig unheilverkündend: Warum ich es getan habe.

(86)

Marena zog wieder ein Team à la *Mission Impossible* zusammen – sich, mich, Taro, Ashley$_2$, Dr. Lisuarte, Grgur, Hernán und Ana Vergara. Unser Hauptziel bestand natürlich darin, Jed$_1$ aufzuspüren, festzunehmen und zur Domino-Kaskade auszuquetschen. Gleichzeitig wollten wir versuchen, die Kaskade zu identifizieren und sie direkt umzulenken. Bislang hatten wir allerdings noch keinen einzigen »Dominostein« identifiziert. Ich vermutete, dass alle Teammitglieder außer mir noch eine dritte Direktive hatten: mich nicht aus den Augen zu lassen – also mich, Jed$_3$. Nach wie vor sorgte sich Marena, ich könnte die gleiche Entscheidung wie Jed$_1$ treffen – sogar ohne Überdosis Tzam lic –, »und dann würden zwei opferspielkundige mordlustige Irre herumlaufen«. Je mehr ich darüber nachdachte, desto klarer wurde mir, dass es keine Rolle spielte, welche Gefühle Marena mir entgegenbrachte; dem Konzern wäre es völlig egal. Sobald ich geliefert hätte – die ganze Geschichte, das Spiel und Jed$_1$, in aufsteigender Reihenfolge der Wichtigkeit –, würde Warren mich für die Säuberung vorsehen. Dennoch, fürs Erste machte ich bei allem mit.

Jed$_1$ konnte überall auf der Welt sein, einschließlich Antarktika, Indiana, Peru oder sogar Peru, Indiana. Allerdings hatten wir einen Hinweis. Jed$_1$ wäre froh, dass beim Ende der Welt auch García-Torres und diese verdammte Nonne sterben würden, aber vielleicht wäre ihm wichtig, dass sie vorher davon erfuhren und litten. Also streckte ich Fühler nach ihnen aus und ließ sie überwachen. Und natürlich behielt ich sämtliche *Nudibranchia*-Websites im Auge. Er würde sich gern irgendwo aufhalten, wo er einen letzten Blick auf seine Lieblingstiere werfen konnte, auf Nacktkiemer – aber infrage kam dafür fast jedes Riff in der Karibik, an der Pazifikküste oder sogar in Südostasien oder Australien. Da Jed$_1$ und ich aber verschiedene Versionen des gleichen

Bewusstseins teilten, war ich zumindest in der Lage, auf hohem Niveau mit ihm zu konkurrieren, durch eine Art virtueller übersinnlicher Wahrnehmung.

Ich spielte vier Opferspiel-Partien »gegen« den abwesenden Jed$_1$. Leider war Jed$_1$ irgendwie in der Lage, meine Züge vorherzusehen, obwohl ich die Menschenspiel-Algorithmen gegen seine weniger mächtige Spielvariante einsetzte. Und immer wieder wich er mir aus.

Endlich, am Samstag, bekamen wir die komplette entschlüsselte Fassung von *Warum ich es getan habe.* Marena und ich lasen die Datei, ohne ein Wort zu sagen. Angehängt waren zweiundsechzig Seiten Recherche durch Executive Solutions, die bestätigten, dass die ersten Dominosteine, die Jed$_1$ beschrieb, bereits gefallen waren.

Der Rest des Teams richtete ein Hauptquartier im Holopaw-Komplex ein, während Marena und ich allein auf dem Sofa in ihrem Büro saßen. Ungefähr zehn Minuten vergingen, ohne dass wir ein Wort sagten. Ich weiß das, weil ich auf die Uhrensammlung auf ihrem großen Schreibtisch blickte und auf das verspielte anreibevergoldete französische Ding aus der Zeit des Direktoriums, das einen großen Ring als Sekundenzähler hatte, der umherwirbelte wie eine Salatschleuder. Wir saßen weitere zwei Minuten schweigend da.

»Vielleicht passiert gar nichts«, sagte ich schließlich. »Vielleicht streut er uns nur Sand in die Augen.«

»Hm ... tja, das hoffe ich auch«, erwiderte sie. »Aber ich glaube es nicht.«

»Nein.«

Wieder saßen wir da, ohne etwas zu sagen, zweieinhalb Minuten diesmal.

»Hör mal«, sagte ich dann, »bist du dir sicher, dass Jed$_1$ dir nie gesagt hat, wie *seiner* Vorstellung nach die Welt enden sollte?«

»Nein«, erwiderte sie. »Er hat gesagt, er weiß es nicht. Ich meine, vorher. Und dann, als er ... du weißt schon ... da hat er es nicht verraten.«

»Hat er irgendeinen Hinweis gegeben? Hat er vielleicht gesagt, wie es sein würde für die Menschen auf der Erde?«

»Ich weiß es nicht«, antwortete Marena. »Schmerzlos, glaube ich.«

»Das hat er gesagt?«

»Ja, irgendwas in der Art. Oder dass die Menschen nichts merken würden.«

»Verdammt noch mal!«, rief ich. »Ich hab's doch gewusst!«

»Was?«

»Dass es etwas sein würde, was den ganzen Planeten binnen einer Sekunde verschwinden lässt. So was wie ein Schwarzes Loch. Etwas, das alles auf einen Schlag verschwinden lässt, ohne dass jemand es merkt.«

»Wow, du hast recht.«

»Das ist doch ein riesiger Fingerzeig, oder? Von da aus können wir es zurückverfolgen.« Ich ging zu meiner Serverstation, die ich behelfsmäßig auf dem Küchentisch aufgebaut hatte.

»Tut mir leid!«, rief sie mir nach.

Nach einer Stunde glaubte ich, eine ziemlich gute Liste von infrage kommenden Einrichtungen zusammengestellt zu haben. Sie begann mit CERN, wo der größte Teilchenbeschleuniger der Welt stand; dann folgten 161 andere, bis hin zu Laboratorien, deren Beschleuniger sich für die Aufgabe wahrscheinlich nicht eigneten. Allerdings ergaben sich drei große Probleme. Zum einen wusste niemand, an welche Prozedur Jed$_1$ nun eigentlich dachte. Zum anderen hatten die USA, China, Europa, Israel und die UdSSR jeweils wenigstens eine Handvoll geheimer Einrichtungen. Und drittens benutzte Jed$_1$ zwar noch immer die alte Version des Opferspiels, war aber vermutlich in der Lage, die ganze Sache ferngesteuert auszuführen. Wir mussten den Online-Verkehr jeder bekannten Einrichtung überwachen, die über einen Teilchenbeschleuniger verfügte. Oder wir konnten versuchen, jede dieser Einrichtungen davon zu überzeugen, ein paar Monate lang dichtzumachen. Sicher, so klappt es, dachte ich. Staaten sind ja immer so versessen auf Sicherheit.

Teufel. Ich hätte nie gedacht, mir könnte mal leidtun, dass ich so intelligent war.

Am nächsten Morgen besprachen Marena, ich und Taro (am Telefon) es noch zehnmal. Marenas neuester Gedanke war, dass es keinen Sinn hatte, Jed$_1$ zu suchen, vielmehr müssten wir ihn dazu bringen, sich von allein zu zeigen.

»Ja, sicher«, sagte ich zum x^n-ten Mal. »Allerdings wird jemand, der so paranoid ist, sich nur sehr mühsam ausräuchern lassen.«

»Wir müssen eben sehr subtil vorgehen«, erwiderte Marena. »Wir müssen seinen Verdacht erregen.« Und, fuhr sie fort, sein Verdacht müsse der Wahrheit so nahe kommen wie möglich. Indem er beispielsweise glaubte, wir hätten etwas Spielveränderndes aus Guatemala mitgebracht. Oder besser noch, er ging davon aus, es wäre etwas noch Größeres – dass unsere neue, verbesserte Version des Opferspiels uns gestatten würde, seine schändlichen Pläne zu vereiteln. Taro warf ein, wir sollten womöglich eine ähnliche Anomalie erzeugen. »Etwas, das den Einzelereignissen der Domino-Kaskade parallel läuft«, sagte er. »Dann würde es ihm so vorkommen, als hätten wir eine Art Blockadestrategie entwickelt.«

Ich war nicht überzeugt.

»Seine Neugierde muss die Oberhand gewinnen«, sagte Taro.

»Nicht nur seine Neugier«, warf Marena ein. »Auch sein Stolz.«

»Also wie die Strategie aus *Wie schlägt man Bobby Fischer?*«, fragte ich.

»Was ist das?«

»Wir müssen Jed_1 den Eindruck vermitteln, dass das Spiel gegen uns ihm ein letztes Ventil für seine Kreativität bietet.«

»Genau«, sagte Taro. »Er könnte sogar Lunte wittern, aber er muss glauben, dass die Falle etwas anderes ist als in Wirklichkeit. Dann reizt er vielleicht zu hoch.«

»Okay, hört zu«, sagte Marena. »Betrachten wir es mal aus einer anderen Perspektive. Was hasst Jed_1 wirklich?«

»Die ganze Welt«, antwortete ich.

»Also ist sein Hass zu allgemein. Geben wir ihm etwas, worauf er ihn richten kann.«

»Und was soll das sein?«, fragte ich.

»So etwas wie einen Filmstar. Jeder ist eifersüchtig auf die Filmstars, stimmt's?«

»Na ja …«

»Von dieser Sache verstehe ich wenigstens mal etwas.«

»Du meinst, vom Filmemachen?«

»Ja.«

»Das heißt, du willst in einer Woche einen Film drehen, oder was? Und ihn in die Kinos bringen?«

»Nein, natürlich nicht. Wir müssen keinen ganzen Film drehen, nur den Trailer. Verstehst du? Gerade genug, um Jed$_1$ glauben zu machen, der Dreh würde tatsächlich stattfinden.«

»Hmm.«

»Okay? Und dann wird er eifersüchtig, er kontaktiert uns, er vermasselt irgendwie die Rufumleitung, mit der er seinen Standort verschleiert, und wir haben ihn.«

»Hmm.«

»Meinst du nicht auch?«

»Ich weiß es nicht«, sagte ich.

»Aber du solltest es wissen. Gerade du solltest es wissen.«

»Na ja …«

»Komm schon. Wir machen einen Star aus dir.«

(87)

Am 4. November 2012 stand ich um 14:05.49 Uhr auf einem † aus DayGlo-Green-Gaffertape vor einer grünen Leinwand und trug grüne Bandagen, wo später Kostümdetails hinzugefügt wurden, und sprach zu einem grünen Ding, das sie hin und her bewegten.

Ich wusste, dass Filmaufnahmen von jeher alles andere als glamourös abliefen, doch in unserer Zeit der Vormachtstellung von Computergrafik sind sie noch viel prosaischer geworden. Hin und wieder rief man mir Anweisungen zu.

Zum Glück brauchte man heute auch nichts mehr von Schauspielerei zu verstehen. Was unser Produkt anging, besaß es immerhin so viel Klasse, dass ein wenig untertiteltes Yukateko darin gesprochen wurde; wenn beispielsweise die Jed-Figur mit 2JS redete, sprachen sie in dieser pseudohistorischen Art, ohne Verkürzungen, als wären Verkürzungen damals noch nicht erfunden gewesen.

Am 13. November ließ Marena den Trailer auf YouTube »durchsickern«. Die Hauptrolle in *Chrononaut: Maya* sollte Tony Sic – ich – als er/mich selbst spielen. Das Premierendatum war auf den Sommer 2013 angesetzt. Der Trailer benutzte Aufnahmen, die das kleine Filmteam bei unserem Einsickern nach Guatemala gemacht hatte, dazu Szenen vom Bewusstseinstransfer und von meinem Missionsbericht, außerdem einiges Archivmaterial vom Disney-World-Horror und anderen zeitgenössischen Ereignissen, alles vermischt mit ein paar Szenen, die ich vor der grünen Leinwand »darstellte« und die mit computergenerierten Hintergründen versehen wurden. Sie gaben einige meiner Erlebnisse im »Alten Mayaland« wieder. Der Trailer deutete an, dass der Film eine vereinfachte und streng zensierte Version meiner »Zeitreise« erzählte. Natürlich war er abscheulich, aber Marena sagte nur: »Wir kämpfen ums Überleben, also was soll's?«

Natürlich glaubten die meisten Blogger nicht, was im Trailer behauptet wurde. Ein paar jedoch, die sich mit den esoterischeren Aspekten der Maya-Zivilisation auskannten und denen Gerüchte über die kleinen Details der Zeitprojektion und des Bewusstseinstransfers zugespielt worden waren, hielten ihn für wahrheitsgemäß. Diese Debatte erhöhte natürlich nur den Bekanntheitsgrad des Clips. Achtundvierzig Stunden, nachdem wir ihn ins Netz gestellt hatten, war er über fünf Millionen mal von »unterscheidbaren Besuchern in voller Länge angeschaut« worden. Unsere Angelschnur tauchte ins Wasser.

Lindsay Warren allerdings war stinksauer deswegen. Marenas sechseinviertelminütiger Trailer – ein *Trailer*, man stelle sich vor – hatte dreiundvierzig Millionen nicht dafür freigegebene Warren-Dollars gekostet. 1,2 Millionen davon waren für einen neunundachtzig Sekunden langen Auftritt von January Jones draufgegangen. Die sich übrigens als ziemlich nett erwies. Vor allem aber war Marenas Projekt dem weitaus teureren, aber einnahmeträchtigeren 3-D-Film zuvorgekommen, an dem Warren Studios schon seit Monaten arbeitete und der im Juni 2013 in die Kinos hätte kommen sollen, mitsamt Videospielen, Büchern zum Film und diversen anderen Medienablegern – vorausgesetzt natürlich, die Welt existierte nach dem 21.12.2012 noch. Außerdem, und das wog sogar noch schwerer, hatte Marena proprietäre Informationen der Warren Group preisgegeben. Zum Beispiel kamen nun Einzelheiten von Warrens geheimen Humanexperimenten für das BTP an die Öffentlichkeit, die den Konzern in ein, gelinde gesagt, schlechtes Licht rücken würden. Ein anderes Beispiel war der Hippogriff-Zwischenfall, bei dem ein guatemaltekischer Kampfhubschrauber abgeschossen worden war, als das Team von den Ix Ruinas zurückkehrte. Diese und andere Enthüllungen würden Warren eine Lawine von Zivilklagen und wahrscheinlich auch strafrechtliche Ermittlungen einbringen. Und als wäre das noch nicht genug, hatte der Film gewisse Details des Opferspiels offenbart – das vom Standpunkt der Warren Group gesehen vollständig ihr gehörte und eine Investition von mehreren Milliarden Dollar darstellte.

Obwohl Marena und Taro darauf beharrten, dass die Freigabe

von *Chrononaut* unerlässlich gewesen sei, um das Universum vor dem Verschwinden zu bewahren, schien Lindsay Warren diese Auffassung nicht zu teilen, seinem grundsätzlichen Vertrauen in die Wirkungskraft des Opferspiels zum Trotz. Entweder glaubte er nach wie vor, Madison Czerwick wäre der einzige Doomster, wie es im Codex Norenbergae »vorhergesagt« wurde, oder Warum ich es getan habe hatte ihn nicht überzeugt. Oder es lag daran, dass er Mormone war und nicht von seiner mormonischen Kosmologie abrücken konnte. Möglicherweise vertraute Lindsay auch darauf, dass seine eigene Fahndungsabteilung – die als HR, Human Resources oder »Personalabteilung« bezeichnet wurde – Jed$_1$ finden konnte, ohne dass er durch den Film aus seinem Versteck gelockt werden musste.

Wie auch immer, Marena kündigte bei Warren. Ana musste ihre Stellung bei Executive Solutions aufgeben und sich direkt bei mir und Marena anstellen lassen (die alles aus eigener Tasche bezahlte, da ich keinen Zugriff auf Jed$_1$' Konten habe). Ich war noch immer durch meinen Vertrag an Warren gebunden (stand nun aber natürlich unter strenger Beobachtung durch HR, und ebenso Marena und alle anderen Teammitglieder). Den Quellen zufolge, die Marena innerhalb der Warren Group noch immer besaß, hatten die Ereignisse den Aufsichtsrat von Warren gegen Lindsay aufgebracht, der zugunsten von Laurence Boyle langsam aus der Firma gedrängt werden sollte.

An den nächsten beiden Tagen arbeitete Marena mit mir an einer Reihe von Posts auf meiner Website, die Jed$_1$ zu dem Schluss bringen sollten, dass ich mit einer noch wirksameren Näherung im immer mächtigeren Opferspiel aus der Vergangenheit zurückgekehrt sei. Jed$_1$ sollte Angst bekommen, diese Erkenntnisse könnten mich in die Lage versetzen, seine Pläne zunichtezumachen. Aber selbst wenn er sich deswegen nicht so viele graue Haare wachsen ließ, wie wir hofften, würde er auf jeden Fall wissen wollen, was während des Menschenspiels geschah. Er musste sich verzweifelt wünschen, das Menschenspiel zu erlernen, auch wenn er wusste, dass er verschwinden würde, ehe er sein Wissen anwenden konnte. Das Spiel war das zentrale Rätsel seines Lebens – oder sagen wir lieber, unseres Lebens –, und ganz gleich, welche Veränderungen sein Charakter durchgemacht hatte, er wäre niemals in der Lage, dieses Rätsel ungelöst zu lassen.

Raffinierterweise jedoch – und das war Marenas Idee gewesen – waren die Posts ziemlich gut versteckt. Sie erschienen zweimal am Tag, und jeder enthielt ein bisschen mehr Information als der vorherige. Wir konnten nicht feststellen, von wo er darauf zugriff – dafür war er zu vorsichtig –, aber wenn wir es schafften, Jed$_1$ zu bewegen, darüber zu reden, konnten wir vielleicht herausfinden, welchen Post er als Letztes gelesen hatte, und womöglich sogar, wann, und das konnte uns ein Gefühl dafür geben, wie sehr er am Ball war. Viel war es nicht, aber im Augenblick hatten wir nicht mehr.

Davon abgesehen gab ich Interviews zum Trailer, was das Zeug hielt – allerdings nur per Telekonferenz –, damit weiter der Eindruck herrschte, ich wäre schon bald der nächste Chris Helmsworth. Ich schlug mich wacker, aber zwischen den Auftritten litt ich unter Anfällen grundloser Gereiztheit. Albernerweise bestand mein größtes emotionales Problem darin zu wissen, dass Marena glaubte, No Way hätte uns an das guatemaltekische Militär verkauft, aber da irrte sie sich. Sie dachte, ich könnte die Tatsache nicht akzeptieren, aber ich kannte No Way, und es war undenkbar, dass er es getan hatte. Er ist tot, dachte ich. Trotzdem, ich kann mich erst später damit befassen. Falls es ein Später gibt.

Wie ich empfohlen hatte, ließen wir weiterhin kleine Informationsfetzen durch. Zum Beispiel posteten wir am frühen Morgen des Samstag, 17. November, um 4.55 Uhr EST, an schwer aufzufindender Stelle etwas Codiertes über Kristen Stewart, das Mädchen aus den *Bis(s)*-Filmen. Dann warteten wir ab, ob wir etwas vom Jedster hören. Kurz nach sieben Uhr morgens klingelte Marenas privatestes Privattelefon, und auf der Anruferanzeige stand nur *JED*.

(88)

»Hi, hier ist Jed«, sagte Jed$_1$. Seine Stimme war stark verfremdet durch die Filter, die sämtliche Hintergrundgeräusche entfernen sollten, aber Anas Audiotechniker konnten trotzdem rasch bestätigen, dass er es wirklich war. Man hörte ihm an, dass er grinste.

Ana stürzte sich sofort hinein. »Okay, das zweite Relais ist drin.« Damit meinte sie den Ruflocator. »Das ist in den USA. Es ist ... Moment mal ...«

Antonio sagte: »Pawleys Island. North Carolina. Jeds altes Strandhaus.«

»Sicher?«

»Wahrscheinlich«, fauchte Ana.

»Okay.«

»Zwei Stunden Autofahrt bis dahin.«

»Verstanden«, sagte Ana. »Okay, Antonio, Sie nehmen den großen Hubschrauber. Ein Auto bekommen wir vor Ort.«

»Nicht nötig, ich lade ein Motorrad ein.«

»Ein Chopper in einem Chopper?«, fragte ich.

»Genau.«

»Gut«, sagte Ana. »Aber halten Sie die Augen nach Täuschrelais offen. Und nach Bomben und dem üblichen Mist.«

»Er wird sein Haus doch nicht verminen«, sagte ich.

»Nicht Ihr Stil, was?«, entgegnete sie. Ich starrte sie an. »Hat mehr Klasse, gleich den ganzen Planeten zu sprengen, was?«

»Okay, jetzt hören wir aber auf, Jed in die Eier zu treten«, sagte Marena. »Jed$_3$, meine ich.«

»Was noch davon übrig ist«, sagte ich.

»Tut mir leid«, sagte Ana.

Ich ging davon aus, dass Jed eine Kette von physischen Relais einsetzte – Telefone an unterschiedlichen Punkten im ganzen Land, die das Gespräch weiterleiteten –, um das Nachverfolgen des Anrufs zu erschweren, und wenn wir den nächsten Punkt in der Kette entdeckt hatten, war Jed$_1$ schon längst nicht mehr am Apparat. Trotzdem bedeutete es für das Team einen riesigen Schritt nach vorn, und ich übernahm das Gespräch und versuchte zu ignorieren, wie eigenartig es war, mit sich selbst zu sprechen.

»Bist du nicht neugierig, was die Zukunft bringt?«

»Es gibt keine Zukunft.«

»Möchtest du Kristen Stewart denn nicht kennenlernen?«, fragte ich. »Sie hat gerade für die Fortsetzung unterschrieben.«

»Das weiß ich«, erwiderte er.

»Oh.« Hmm, dachte ich.

»Steckt eure Köpfe zusammen und gebt mir Nachricht auf HarpoCrazy«, sagte er. HarpoCrazy war eine Site für anonyme Botschaften, die ich – oder er – schon benutzt hatte, um mit der Posse bei La Sierra zu sprechen. Normalerweise gab es dort natürlich nichts, was die Datenspione bei Warren nicht knacken konnten, aber Jed$_1$ würde seine digitale Spur sowieso verwischen, ehe die Botschaft die Site erreichte. Ihm ging es also nur darum, dass niemand sonst auf unser »Gespräch« stieß, denn auf eines verstand sich HarpoCrazy wirklich gut: zu verhindern, dass ihr Inhalt in den Suchmaschinen auftauchte. Angeblich unterhielt die NSA eine eigene Abteilung, die rund um die Uhr andauernd in die Site einbrach.

»Okay«, sagte ich. »HarpoCrazy.« Er legte auf.

»Was machst du da für eine *Scheiße?*«, fuhr Marena mich an. »Du solltest ihn *am Apparat halten!*«

»Er hat gerade einen Fehler begangen«, erwiderte ich.

»Welchen?«

»Ohne es zu bemerken, hat er uns gerade gesagt, wo er ist.«

»Wie bitte?«

»Oder vielleicht, weil er nicht daran dachte. Er ist auf den Post über Kristen Stewart gestoßen. Aber er hat nicht danach gesucht. Also muss er das Spiel gespielt und den Post einfach so gefunden habe. Ich meine damit das wöchentliche Grandeza-Spiel.«

»Okay, aber was verrät dir das?«

»Er macht das direkt nach der Mitternachtsmesse. Das heißt, sie haben da schon Sonntag.«

»Wo er ist.«

»Genau.«

»Wir haben erst Samstagmorgen.«

»Richtig. Also, was heißt das? Wo ist er dann?«

Sie überlegte eine halbe Sekunde. »Es ist da superfrüh? Dann ist er im Pazifik. Nahe der Internationalen Datumsgrenze.«

»Genau. Hier haben wir Koordinierte Weltzeit minus fünf Stunden. Aber wo er ist, hat er plus zwölf.«

»Also ist es eine Insel. Hat es irgendwas mit Nacktkiemern zu tun?«

»Ja. Dort ist eine neue Spezies entdeckt worden, eine ganz große Sache. Es ist im Dezember im JMS erschienen, dem *Journal of Malacological Studies*. Ich glaube, es war die Dezember-Ausgabe, aber erschienen ist sie im Oktober. *Mexichroma zenobia*. Das ist eine Spezies möglicherweise eusozialer Kiemer, Nacktkiemer …«

»Ja, toll. Also, wo ist er?« Ihr Daumen schwebte nervös über der Anrufen-Taste ihres Netphones.

»Rate mal.«

»Komm schon, jetzt lass mir die Eierstöcke nicht platzen vor Spannung! Wo wo wo wo wo wo?«

»Woher kommt denn Zenobia?«

Die jüngste Sonnenfinsternis, beobachtet in Tecolpan

Denkwürdige Antiquitäten aus British-Honduras
Subskriptionsdruck • Lambeth • 1831

(89)

Ruft man »Palmyra Atoll« bei Google Earth auf, sieht man zunächst gar nichts. Erst wenn man heranzoomt, erkennt man zwei winzige, miteinander verbundene Inseln, die einen anblicken wie eine weiße Dominomaske. Wären wir auf kommerzielle Reisemöglichkeiten angewiesen, hätten wir einundachtzig Stunden gebraucht, um die 6750 Meilen dorthin zurückzulegen. Doch mit der Information, sie habe Jed$_1$ lokalisiert, hatte Marena bei Lindsay und Boyle die Wogen geglättet und sie bewegen können, uns eine Gulfstream mit drei Mann Besatzung zur Verfügung zu stellen. Die Maschine brachte uns in fünf Stunden von Orlando nach Twentynine Palms, wo wir in eine von der Air Force ausgemusterte C-17 Globemaster im Besitz der Warren Group umstiegen und in elf Stunden nach Wheeler Base in Wahiawa mitten auf Oahu flogen. Von da aus waren es nur noch fünfeinhalb Stunden bis Kiribati. Nach Palmyra fuhren wir mit einem Rennboot; wir trafen uns dort kurz vor Sonnenuntergang mit Anas Leuten, die auf einem Stealth-Boot namens *Gotengo* auf uns warteten.

Wie ich Marena ein wenig atemlos erklärt hatte, konnte Jed$_1$ den versteckten Post über Kristen Stewart nur mithilfe des Grandeza-Spiels gefunden haben. Dieses Spiel führte er immer sonntags kurz nach Mitternacht durch. Mitternacht war in diesem Moment nur auf den Linieninseln, die sich fast genau auf der internationalen Datumsgrenze befinden. Und der interessanteste Punkt der Linieninseln war das Palmyra-Atoll, weil dort die neuentdeckten, möglicherweise eusozialen Nacktkiemer lebten. Doch wenn man es so darlegt, wirkt es plötzlich gar nicht mehr so sehr wie von Zauberhand.

Die *Gotengo* lag tief und dennoch unruhig im Wasser, was vermutlich daran lag, dass sie zu diesen neuartigen ortungsgeschützten Booten gehörte, die ganz aus Kevlar und Kohlefaser bestanden. Sie war dreizehn Meter hoch, was für einen Rifftaucher wie mich normalerweise sehr viel war. Aber das meiste davon lag unter Wasserlinie, und wir acht – außer mir waren es Marena, Ana und fünf männliche Sicherheitsfachkräfte (oder seien wir ehrlich und nennen sie Söldner) – stießen dauernd gegeneinander, als wir auf dem wenig großzügigen Deck hockten. Eigentlich war *Gotengo* gar nicht der Name des Bootes; es hatte überhaupt keinen Namen, nur eine Registriernummer und eine zwei Terabyte große Spezifikations-Disk, die einem alles darüber verriet, wie sie von VT Halmatic gebaut und auf neunzig Knoten getestet worden war – was eine gewaltige Geschwindigkeit ist. Wir würden aber keine Rennen fahren.

»Sie reden über den Sturm«, sagte Megalon. Natürlich war »Megalon« nicht sein richtiger Name; den erfuhr ich nie. Ich wusste aber, dass er früher Lieutenant-Commander im SBS gewesen war, dem Special Boat Service, der britischen Version der US Navy SEALs. Er redete in dem zurückhaltenden, aber trotzdem eine Herkunft aus der Arbeiterschicht verratenden Ton, den die britischen Muschkoten alle draufhaben, mit einem Hauch von australischem Akzent. Er war groß und von Natur aus jovial, und er hatte sich ein wenig das Haar wachsen lassen, seit er im Privatsektor tätig war, doch er legte nach wie vor eine militärische Haltung an den Tag. Er trug ein Tattoo mit einem knubbeligen römischen Kurzschwert und einem Spruchband, auf dem *By Strength and Guile* stand, *Durch Stärke und List*, das Motto des SBS. Guter Plan, dachte ich. Er redete über die Leute auf Jed' Charterboot, der *Blue Sun*, oder sollte ich eher sagen, der *Matango*. Man konnte sie von unserer Position aus nicht sehen, aber das Sonar verriet uns, dass sie dort draußen war, einen Kilometer OSO. Ach ja, Megalon erzählte uns das nur, weil er über sein Ohrstöpselhandy mit unserer Audio-Lady sprach, die mit dem Kapitän und einem IT-Spezialisten unter Deck war. Audio Lady – na, benutzen wir meinetwegen ihren dämlichen Codenamen, der »Mothra« lautete – schien etwas von ihrem Handwerk zu verstehen. Ich hatte mir die Audio-Rohdaten angehört, die uns von der *Matango* erreichten; sie hatten geklungen wie eine Hyäne im Windkanal. Man musste schon ein alter Audiofreak sein, um aus dem Zeug, das die drei unterschiedlich eingestellten

Parabolmikrofone auffingen, etwas herauszuhören, es zu entrauschen, zu interpretieren und für uns andere zusammenzufassen.

»Reptar will, dass er in einer halben Stunde hochkommt. Ogra sagt nein.« *Reptar* war der Skipper der *Matango*. *Ogra* war Jed_1.

»Ich bin immer gern nach Sonnenuntergang nach unten gegangen«, sagte ich. Die meisten Nacktkiemer kommen erst in der Dunkelheit aus ihren Ritzen und Winkeln hervor. »Nur …«

»Ha!«, rief Megalon. »Okay, es geht los.« Er sagte, dass Ogra mit zwei weiteren Tauchern, vermutlich Leibwächtern, nach unten gegangen sei; sie schwammen nach Süden, ohne Tauchschlitten im Schlepp, zur äußersten Spitze des Riffs. »Achtzehn Minuten.« Wir wollten so wenig Zeit wie möglich im Wasser verbringen, und ich hatte gesagt, dass meine durchschnittliche Tauchzeit bei siebzig Minuten lag. Wir brauchten zweiundvierzig Minuten, um ihre Position zu erreichen, und wir wollten sie gegen Ende des Tauchgangs erwischen, wenn sie müde waren. Ich verrutschte leicht auf dem kleinen Klappstuhl. Eeekch. Der Beinriemen meines Schleppgeschirrs scheuerte über die zarte Haut auf meiner Dammnaht, aber ich wollte vor Marena und Ana nicht den Reißverschluss öffnen und mir zwischen den Beinen herumfingern. Ein Trio brauner Pelikane bog über uns nach Westen ab. Weit im Osten nahm eine niedrige Wolkenbank den Farbton an, den Joseph Conrad als »jenes finstre Oliv« bezeichnet hat. Ich schaute auf den kleinen Bildschirm an meinem linken Handgelenk. Sechs Minuten vor Sonnenuntergang am Sonntag, dem 2. Dezember, mit anderen Worten, 63 Stunden, seit wir das Boot identifiziert hatten. Wettermäßig war es zwanzig Grad warm, bei siebzig Prozent relativer Luftfeuchtigkeit, Südostwind mit achtzehn Knoten, und bewölkt mit Chance auf Vernichtung. In einer Stunde würde die Flut ihren Höchststand erreichen, und die Wellen waren zwischen einem halben und einem Meter hoch und kabbelig. Die Wolken im Osten gehörten zu einem späten Tropensturm, der sich vierzig Meilen entfernt über Antigua zusammenballte. Laut MegMan konnte er zum Problem werden – oder zum »Faktor«, was wahrscheinlich noch schlimmer war als ein Problem –, aber noch war er es nicht.

»Wenn er uns nicht erwartet, warum hat er dann Leibwächter?«, fragte Marena.

»Vielleicht nur zur Sicherheit«, sagte Megalon. »Wegen der Strömungen. Oder es sind nur Freunde.«

»Freunde?«, fragte ich.

»Haben Sie keine Freunde?«, erwiderte er.

»Nein, es ist nur … Ich meine, überwachen wir nicht alle meine Freunde? Den einen, den es gibt, meine ich.«

»Ja«, sagte Ana.

»Dann sind es eben neue Freunde«, sagte Megalon.

Er zog seine Vollmaske über – eine Scheibe aus gelbem Fiberglas, die das Gesicht vollständig bedeckte und ein Nachtsichtgerät sowie Schrauben an den Schläfen aufwies. Sie besaß freiliegende Atemschläuche, die sich um seinen Hals krümmten und ihn aussehen ließen wie die Vincent-Price-Fliege mit einem übergroßen Essix-Retainer.

»Das klingt nicht sehr plausibel«, entgegnete ich. Ich muss diesen Gurt richten, dachte ich.

Sogar über die Leitung klang Megalons Stimme kräftig und entschlossen. »Selbst wenn es Frauen sind, werden wir sie als bewaffnete Froschmänner behandeln«, sagte er. »Ergreifen, kampfunfähig machen, entfernen.«

Sir, jawoll Sir, dachte ich. Jemand gab mir eine BandMask®, Bandkeepers® und ein SuperFlow®-Ventil. Ich legte die Ausrüstung gekonnt an, bis Ana sie mir wegnahm und die Schnallen sadistisch straff zog. JUCKT! AUTSCH! AUA! MUSS! GURT! SOFORT! RICHTEN! Ein gelber Blitz zuckte über die Unterseite des grünen Wolkenbandes, als die Vollmaske vor mein Gesicht klappte. Kein gutes Zeichen. Marena sah es auch; deshalb erhob ich mich halb und schob die Hand heimlich in meinen Schritt hinter dem Gurtzeug. Ahh. Noch ein bisschen. Verdammt, sie schaute mich an. Egal. Ich setzte mich wieder. Hinter der Maske zuckte mein Kopf.

»Haken wir uns ein«, sagte Megalon. Ich fasste an den Ring an meinem Geschirr – das mir im Schritt juckte – und klinkte ein Nylonseil daran ein. Das Seil verlief über die Seite nach achtern zu meinem Tauchscooter, dem Diver Propulsion Vehicle oder kurz DPV. Sieben davon schleppten wir in einer langen Reihe. Sie waren groß – mir erschienen sie gigantisch –, aber angeblich waren alle anderen Modelle viel zu laut, und falls die *Matango* über Hydrofone verfügte, hätte sie uns sofort bemerkt.

Au. Das Richten war nicht hundertprozentig erfolgreich gewesen. Da unten sollte lieber alles glattgehen, sonst …

»Los geht's«, sagte Megalon. Er ließ sich nach hinten kippen und glitt diskret ins Meer.

Ich klappte meinen Stuhl zusammen und setzte mich aufs Dollbord. Ana folgte Megalon, wobei sie mehr Geräusche machte, aber zu schämen brauchte sie sich nicht. Ich begann zu hyperventilieren. Die anderen Kampfschwimmer tauchten ein – drei, vier, fünf, sechs. Okay. Atmen. Ein. Aus. Ein. Jetzt. Ich lehnte mich nach hinten, fiel und hörte den Beginn eines amateurhaften Platschers. Sogar in meinem Jack-Browne-Taucheranzug durchfuhr mich die fast unerträgliche Kälte, die aber vorüberging, noch ehe ich sie richtig bemerkte. Dann folgte der allmähliche Übergang ins Treiben und der Moment, wo sich – ganz egal, was für ein Mistkerl da gerade ins Wasser geht – jeder Taucher der Welt auf die rührseligste, denkbar klischeehafteste Weise ein paar Sekunden lang eins fühlt mit der allumfassenden, weindunklen Mutter des Salzwassers. Diesmal musste ich bei diesem Gefühl an eine Bemerkung Kohs denken, die mir einmal erzählt hatte, sie könne sich erinnern, wie sie im Schoß ihrer Mutter Speichel geatmet und im roten Zwielicht dem gedämpften Gesang der Kostümiererinnen zugehört habe.

Okay, konzentrier dich. Ich nahm zwei Lungen voll Nitrox. Aaah. Die Mischung enthielt zusätzliche acht Prozent O_2, genug, um einen ein bisschen mehr auf Trab zu bringen, aber nicht so viel, dass man davon albern wurde. Okay. Schritt Zwo. Nimm dein DPV. Ich ergriff die Schleppleine und folgte ihr nach achtern, indem ich mich mit dem Rücken nach unten daran entlanghangelte, bis ich mit dem Kopf gegen den Scooter stieß. Ich brachte mich in Position, löste die Leine und verankerte mein Geschirr in der Klampe auf der Rückseite. Wenn es sein musste, konnte man auf diesem Ding freihändig fahren. Falls man bewusstlos wurde, konnte die Crew auf dem Boot das DPV sogar ferngesteuert zurückholen, und es zog einen mit sich. Ich brachte mich hinter dem Scooter in Position – durch die Handgriffe spürte man die Vibrationen des Motors, aber man konnte ihn nicht hören –, ließ mich mit gesenktem Kopf daran hängen, saugte die zunehmende Wärme auf und lauschte auf diese so andersartige Unterwasserwelt mit ihrer Schallgeschwindigkeit von fünfzehnhundert Metern pro Sekunde und mit Bewohnern, die klackerten wie Steinmarimbas aus dem Märchenland. Fand ich jedenfalls. Okay. Ich schaltete den Scheinwerfer des DPVs ein. Verdammt. Die Sicht war schlechter als vorhergesagt; sie lag bei kaum fünf Metern. Viel zu viel Phytoplankton. Vielleicht lag es am Sturm. Wie immer verdrehte ich mich und warf einen sinnlosen Blick über die Schulter nach hinten. Nichts. Brrrrr. Ganz gleich, wie viele nächtliche Tauchgänge man unternommen hat, man schaudert und fröstelt dennoch, wenn man zum ersten Mal wieder die Gewaltigkeit der Finsternis unter sich und besonders hinter sich spürt – eine Finsternis, die die Amygdala hilfsbereit, wie sie nun mal ist, mit hungrigen Hammerhaien, tödlichen Würfelquallen, dem letzten überlebenden Megalodon, Xib'alb'anern mit Raffklauen und einem bisschen Brut des Cthulhu bevölkerte.

Ich streckte die Arme aus und ließ mich ungefähr einen Fuß unter der Oberfläche in den besänftigenden Druck sinken. Aaah, das ist besser. Schluss mit der dämlichen Schwerkraft. Ich ballte mich zu einer Faust zusammen, zählte bis vier, streckte mich und schüttelte Arme und Beine. Verdammt. Mobilitätsprobleme. Zu viel Mist. Was die Jungs vom SBS »Systeme« nannten. Die Ausrüstung wiegt zwar nichts mehr, wenn man im Wasser ist, aber trotzdem gibt es eine Grenze, wie viele Vorsprünge man an seinen anderthalb Quadratmetern Körperfläche verträgt. Das Geschlossene Kreislauftauchgerät, das kaum verräterische Gasbläschen abgab, war leichter als ein normaler Atemtank, aber sperrig, und sie hatten mich mit all dem anderen Kram beladen, darunter eine Vollgesichtsmaske von Ocean Reef – wir sollten sie lieber als Helm bezeichnen – mit unzerschneidbaren Schläuchen aus Stahlgeflecht und Sicherungsriemen an der Stirn, damit kein Gegner sie mir herunterreißen konnte. Außerdem hatte ich ein Nachtsichtsystem mit vorstehenden Fliegenaugen, die in mein Gesichtsfeld hinein-

und wieder hinausschwenkten. Sie wirkten improvisiert und zusammengeschustert. Mein ganzer linker Unterarm war von etwas bedeckt, das wie eine Manschette aus schwarzen Jadeschuppen aussah, aber ein OLED-Display und große Tasten mit aufregend geometrisch gestalteten Icons enthielt. Das Raffinierteste daran war ein LIMIS mit synthetischer Apertur, ein *Limpet Mine Imaging Sonar* zur Suche nach Haftminen. Ausgewertet wurde auf der *Gotengo*, aber wir konnten die Bilder auf unserem Head-up-Display sehen, so gedreht, dass sie unserer Perspektive entsprachen. Angeblich waren die Impulse getarnt und zu leise für die meisten Sonarlauscher. Dennoch war die Auflösung großartig. Man konnte eine Bierdose, die eine Viertelmeile entfernt auf dem Meeresboden lag, sehen oder genauer, hören. Dazu kamen ein Kommunikationssystem mit adaptivem Beamforming und ein Kenncodesystem, das mich identifizierte, meine Position angab und über fünf an meine Brust geklebte Elektroden meine Herzfrequenz und meinen Blutdruck überwachte (nach allem, was ich wusste, auch meine Spermienaktivität). Sie hatten mir diese neuen winzigen dünnen superelastischen Flossen angehängt, die Mord für die Knie sind. Am schlimmsten war der angeblich undurchdringliche, viel zu steife Taucheranzug. Mach dir darum keine Gedanken. Atme. Aaah. Okay. Tiefe fünf Meter, Temperatur 20 °C, Luftdruck 1031 mbar. Check, Check und Check. Position 5° 53′ N, 163° 6′ W. Strömung ONO bei fünf Knoten. Meerestiefe zehn Meter. Geschätzte Reisezeit zum Ziel stieg auf fünfzig Minuten. Ich blickte aus zusammengekniffenen Augen auf das Head-up-Display. Es zeigte mir dreißig Meter Umkreis in drei Dimensionen in einem kartesischen Koordinatensystem mit mir als Nullpunkt. Wie in einer 3-D-CAD-Software konnte man vier verschiedene Ansichten abrufen. Im Augenblick zeigten sich viel zu viele Echos. Eine Menge Schnapper in der Menge. Ich schaltete auf Standardmodus, wodurch alles unterhalb Haifischgröße hinausfiel. Nur noch die sechs blauen Punkte für die anderen Taucher und der eine große grüne Punkt für die *Gotengo* waren zu sehen.

Djoong djoong dhoong djoong, machte Megalon. Formation einnehmen, hieß das. *Djoong djoong djoong djoong.* Mit den Flossen steuerte ich nach rechts und vor. Drei Blips reihten sich mit mir ein, als wäre ich der Anführer, was ich auf keinen Fall war. Ana war links direkt neben mir, Megalon rechts. *Briiieeep*, machte Anas Armbandsystem in meinem Ohr. Es bedeutete: »Hier Jiga, alles in Ordnung.« Ich drückte zwei Knöpfe und meldete: »Hier Jed_3, alles in Ordnung.« Die anderen meldeten das Gleiche.

Jetzt geht's los, dachte ich. Mir flatterte ein Schwarm Ligusterschwärmer im Bauch herum.

Selbst wenn wir den Zielen nahe kamen, und obwohl das System Jed_1' Größe und Gewicht kannte, unterschieden sie sich wahrscheinlich physisch für uns nicht genug, um sie auseinanderzuhalten. Was der Grund dafür war, weshalb wir keinerlei Unterwasserschusswaffen trugen, obwohl Waffen hergestellt werden, die anstelle von Kugeln Stahlstäbe verschießen, und Megalon besaß auch welche. Aber wenn das Einsatzziel darin besteht, jemanden quicklebendig in Gewahrsam zu nehmen, sind solche Waffen nutzlos. So viel dazu.

Gestern hatten wir den Einsatz geprobt. Einer von uns hatte das Ziel von hinten festgehalten, der andere hatte es gefesselt. Ich wusste so zumindest, dass es möglich war. Sie sagten sogar, mehr Leute wären überflüssig gewesen. Trotzdem, es …

Gonnng!

Das bedeutete, dass jeder bereit und alles klar war. Einen Augenblick war es still, dann gongte es wieder, höher diesmal, was »Aufbruch!« bedeutete. Ich drehte den Handgriff und spürte die Vibrationen des lautlosen Propellers. Das DPV setzte sich träge in Bewegung und zog mich hinterher. Vorwärts!, dachte ich. Wieder in den Lendenschurz! Halt deinen Mut nur am Punkt des Schraubs. Ich richtete mich nach der Strömung aus. Schneller und schneller zog der wellige Schlickboden unter mir vorbei. Eine Schule von smaragdgrünen Stachelmakrelen schoss vor uns aus der Dunkelheit, machte kehrt und verschwand wieder mit völlig synchronen Bewegungen wie bei abgerichteten Tauben. Weiter. Die Strömung war stärker, als die Armbandanzeige behauptete. Vielleicht war ich aber auch verweichlicht, weil ich die ganze Zeit nur Geld gezählt hatte. Während der Probeläufe hatten die SBS-Jungs meine Taucherfähigkeiten ziemlich belächelt. Klar, die hatten ja auch ein paar Jahre lang unsere Freiheit verteidigt, indem sie in fünfunddreißig Grad warmer Rohbrühe im Persischen Golf umhergetunkt und Blindgänger aus Wracks gefischt hatten. Ich hatte versucht, ihren Spott mannhaft zu ertragen. Gott sei Dank besaß wenigstens Marena nicht genügend Taucherfahrung, um den SEAL zu spielen. Trotzdem hatte sie sich geweigert, am Ufer zu bleiben.

Komm schon. Das schaffst du. Von wegen Schweiß, Blut oder Tränen. Vorwärts! Vorwärts marschiert! Wasserschlieren umströmten mich wie Anime-Geschwindigkeitslinien. Wenn man in purer Schwärze taucht, kommt es einem vor, als bewegte man sich nicht waagerecht, sondern fiele. Bewegung, Bewegung … Youch!

Verdammt. Immer noch Probleme im Schritt. Einfach ignorieren.

Okay. Nachdenken. Jed$_1$' Boot ist fürs Tauchen eingerichtet. Die Leine kommt daher wahrscheinlich von der Leeseite. Von Backbord. Hmm.

Vor allem durch Glück hatten die beiden Kerle, die Ana ihre »konventionellen Detektive« nannte – Ermittler, die digitale und papierne Spuren verfolgten –, uns ein gutes Foto der *Blue Sun* verschafft. Sie waren eine Liste mit allen mehr als zehn Meter langen Booten durchgegangen, die in Jed$_1$' »aktiver Zone« registriert waren, einem Gebiet, das er in weniger als einem Tag Reisezeit an der Oberfläche erreichen konnte. Sie waren dabei auf achtundsechzig infrage kommende Boote und deren Standorte gestoßen. Ich hatte sie mit den Bio-Karten verglichen und nach weniger als fünf Minuten das richtige Riff ermittelt. Es war eine nicht allzu bekannte Kolonie von *Dendrogyra cylindricus*, Kandelaberkorallen, die die Nahrungsquellen einiger Nacktkiemer sind, darunter *Lasidorus greenamyeri*, die möglicherweise eusoziale Spezies, die Sun-Hin Hsu und Tobi Ramadan in der Dezemberausgabe des *Journal of Malacological Studies* beschrieben hatten. Jedenfalls sprachen Anas Detektive daraufhin mit einigen Skippern aus der Gegend und erfuhren, dass die meisten Riffe im Laufe der vergangenen zehn Jahre gestorben waren. Doch fünf Kilometer vor der Küste, am Südende eines dieser Riffe, lebte noch ein Stück und war nahezu unberührt. Daraufhin waren die Ex-SBSler mit der *Gotengo* dort hinausgefahren. Nach nur vierzig Minuten Lauschen war Ogras Stimmabdruck auf dem Wellenformmonitor erschienen.

Wir waren alle ziemlich aufgeregt. Megalon war froh, dass Jed$_1$ tauchte und nicht an Deck in der Sonne lag. »Ihn unter Wasser zu fassen ist erheblich sicherer«, sagte er. »Die meisten Fehlschläge gibt es bei Enterversuchen.« Als er mich fragte, ob es möglich wäre, dass Jed$_1$ sich eher das Leben nimmt, als sich gefangen nehmen zu lassen, hatte ich genickt. Deshalb wollten sie ihm lieber keine Zeit lassen.

Megalon sagte, dass es früher – also vor ungefähr zehn Jahren – ziemlich schwierig gewesen sei, eine Zielperson in solch einem so großen Bereich des Meers zu lokalisieren. Heutzutage benutzte der Boat Service piezoelektrische Wandler, die ihre Daten an ein Kurzweil'sches Programm übermittelten, das sich auf von Menschen erzeugte Geräusche einschoss, besonders auf den typischen Rhythmus von Unterwasseratemgeräten. Solange sie nicht die Luft anhielten, wussten wir, wo sie waren.

Die *Blue Sun* war kein bekanntes Schmugglerboot; daher war es unwahrscheinlich, dass jemand an Bord eine Waffe trug. Dennoch hatte Ana darauf beharrt, dass ich nicht mitgehen dürfe, und es hatte viel Hin und Her gegeben, da meine Kenntnisse über das Opferspiel zu wichtig seien, um sie auch nur dem geringsten Risiko auszusetzen. Ich entgegnete, dass meine Spielkenntnisse nichts mehr wert seien, wenn der ganze Planet in die Nichtexistenz gesaugt wurde, dass wir aber alle Informationen brauchen würden, die wir bekommen könnten, wenn die Sache schiefging. Sollte Jed$_1$ uns bemerken und auf sein Boot zurückkehren, müssten wir verhandeln, und auf mich würde er besser reagieren als auf sonst jemanden. Vielleicht ließ er sich sogar von uns gefangen nehmen. Wenn Jed$_1$ aber bis zum bitteren Ende Widerstand leistete, konnte ich ihn vielleicht bewegen, etwas auszuplaudern, das er anderen Leuten nie gesagt hätte. Oder vielleicht bemerkte ich einfach etwas, das die anderen übersahen – etwas an seinem Verhalten, das einen Hinweis auf die Domino-Kaskade lieferte. Aber dazu musste ich vor Ort sein.

Ich drehte den linken Handgriff für einen Beschleunigungsstoß und kehrte in die Formation zurück. Schleichfahrt in der Tiefe. Mein HUD meldete mir, dass wir sechshundertachtzig Meter gefahren waren, also war die *Blue Sun* hundert Meter entfernt. Megalon sandte eine Reihe kurzer As-Töne aus, die ein 2-3-2-Muster wiederholten. Verdammt, ich hatte vergessen, was das hieß. Ich wurde müde. Ich berührte den Signalcodelistenknopf an meinem Dick-Tracy-Zweiwege-Armbandfernseher. SINKEN, las ich. Ich ließ ein wenig Gas aus dem Auftriebskompensator und sank gut drei Meter. Dabei überkam mich das angenehme Gefühl, das Meer umarme mich noch enger. Wenn du einfach hierbleiben könntest, dachte ich, bräuchtest du kein Citalopram.

In dieser Gegend waren die Spitzen der Korallen bei Flut sieben Meter unter der Oberfläche, also war Jed_1 vermutlich auf dieser Höhe oder tiefer. Oder er hatte …

Bling grong, machte Megalon. Zeit, die Scheinwerfer auszuschalten. Plötzlich krochen wir alle nur noch. Jeddo-Eins würde seinen Scheinwerfer vermutlich gar nicht erst einschalten. Nacktkiemer beobachtet man besser in der natürlichen Chemolumineszenz des umgebenden Planktons. Ich schaltete die Lampe aus. Sofort schob sich die Nachtsichtbrille in meiner Maske auf Position und erhellte den schlickbedeckten Meeresboden in körnigem Grün.

Hmm. Nicht okay, dachte ich. Ich signalisierte »Nicht okay«. Die Reihen roter Ziffern auf dem HUD meiner Maske waren viel zu hell. Ich fummelte an den Tasten. Teufel. Es dauerte mehr als eine Minute, um die Frage »Wie stellt man die verdammten Lichter vor seinen Augen ab?« vollständig einzutippen. Die Tasten waren zwar groß, wie auf einer Tastatur für Kleinkinder, und jede besaß eine charakteristische Form, die man mit der Fingerkuppe ertasten konnte (man konnte die Fingerspitze leicht aus dem elektrisch erwärmten Handschuh heraus- und wieder hineinschieben). Trotzdem war das Ganze noch immer unmöglich. Schiefertafeln wären nützlicher gewesen. Neue Gadgets kosten einen in der Hälfte aller Fälle nur Zeit. Ich gab noch einen denkbaren Befehl ein. Nichts. *Briep djoong briep*, hörte ich Megalon in meinem Ohr. Das hieß, ich solle mich zusammenreißen. *Briep briep briep briep briep*, gab ich zurück, und das hieß: Jetzt machen Sie mal halblang. Mann, die ganze Show kostete Marena ungefähr fünfzehntausend Dollar pro Minute. Erst vorhin hatte sie mir erzählt, dass sie ihre letzten Anteile am Warren-Film veräußert habe, einschließlich der Rechte an Fortsetzungen, Videoveröffentlichungen und die meisten Computerspielerechte, die nicht auf der Neo-Teo-Welt basierten; trotzdem musste sie noch Schulden machen. Finanziell zumindest würde sich das Ende aller Zeiten für sie lohnen …

Oh, okay. Geschafft. Ich dimmte das HUD, bis es kaum noch zu sehen war, und ging durch zwei Stadien zornabbauender Atmungsübungen. Abbruch, Abbruch. Jeder tut sein Bestes. Sie sind Profis, sie machen gute Arbeit, du machst gute Arbeit, du bist tüchtig, du bist erfinderisch, und die Leute mögen dich. Okay.

Ich rieche Nacktkiemer, dachte ich. Sehen kann ich so etwas Kleines aber nicht.

Hmm.

Die sechs blauen Punkte, mein Team, waren dreizehn Meter westlich, also hinter mir. Angemessen nahe, dachte ich. Die Taucher von der *Blue Sun* waren zu weit entfernt, um sie aufzulösen, und wurden als einzelner großer, orangefarbener Punkt dargestellt.

Ich schaltete die Nachtsicht ab.

Während eines lampenlosen nächtlichen Tauchgangs etwas auszumachen ist ein wenig so, als stünde man an einer offenen Tür mit dem Licht im Rücken, würde hinaus in die Dunkelheit blicken und seinen Hund rufen. Irgendwann dreht er sich um und kommt, vielleicht nicht allzu eilig, wieder zurück, und als Erstes sieht man dieses schmutzig-smaragdgrüne Leuchten seiner Augen. Hier sah ich nur die Enden einiger fingerförmiger Spitzen, das Vorgebirge der Sierra aus schlafenden Korallen.

Dichter. Halt still.

Nacktkiemer.

In den spärlichen zwei Lumen Licht sahen sie stumpfblau mit schwarzen Streifen aus, fast genau wie *Tambja mullineri*.

Aber sie bewegten sich anders als alle Nacktkiemer, die ich bisher gesehen hatte. Fast wie eine Schule Fische. Ich ließ eines meiner Zweipfundgewichte fallen und schwebte in die Schule hinein, ließ mich in die gleiche Richtung treiben, in die sie unterwegs war, nach Südosten, zur Spitze des Riffs. Eine Stimme erklang in meinem Ohr und sagte mir, dass ich mich unverzeihlich weit vom Rest des Teams entfernte. Wenn …

Hmm. Orange Striche auf meinem Masken-HUD. Was hat das zu bedeuten? Nein, Moment, sie sind da draußen. Striche aus Licht, in gleichen Abständen, und nicht …

Holla. Das war die Leine von der *Blue Sun*, in Fadenabständen mit einem Leuchtstab markiert. Ach du Schande! Ich legte den Rückwärtsgang ein, setzte sieben Meter zurück, richtete das DPV nach unten und sank drei Meter auf die Stelle zu, wo ich den Anker vermutete.

BEEP. DONG. DONG-DANG, BEEP.

Gefahr.

(90)

Auf dem HUD waren die drei orangefarbenen feindlichen Punkte zu einem weiten Dreieck aufgefächert, dessen nächste Ecke nur sieben Meter entfernt war. Sie blinkten, was bedeutete, dass die Positionen dieser Taucher nur annähernd ermittelt worden waren.

Riesenfinger von Korallen, gut drei Meter hoch. Noch anderthalb Meter tiefer. Kälter. Folge einer Strömung. Ich benutzte den alten Trick, über die Koralle zu kriechen, als wäre es Zeit zum Füttern, und mich ihr zu nähern, als wollte ich die Polypen heraussaugen. Ein bisschen spät wurde ich gewahr, dass Sics unvertrauter Körper das Tauchen nicht gewöhnt war und anders reagierte, als mein Originalkörper reagiert hätte; daher waren meine Tritte unbeholfen und nicht synchron mit meinem amateurhaften krampfartigen Atmen. Ich konzentrierte mich auf mein HUD. Der Rest des Teams fiel zurück. Der entfernteste Punkt befand sich in einer schwer einzuschätzenden Ballung, bei der es sich um Feinde handeln konnte. Was hatten sie vor? Waren sie noch immer mit dem Leibwächter beschäftigt? Dem Piepsen entnahm ich, dass sie glaubten, ich wäre meinen Beschützern absichtlich ausgewichen. Aber warum redeten sie nicht mit mir? Wurde ich vom eigenen Team hintergangen? Nein, das wäre zu umständlich gewesen. Sie hätten mich jederzeit beseitigen können, hätten sie es darauf angelegt. Vielleicht arbeitete einer von ihnen für die andere Seite – irgendeine andere Seite – und wollte einen Anschlag auf mich verüben. Nein, das leuchtete mir auch nicht ein. Eher machte der Leibwächter mehr Mühe als erwartet. Oder waren mehr Leute von Jed_1' Boot aufgetaucht? Das würde den Punkt erklären …

Hm.

Vor der stumpfgrünen Koralle hob sich ein schwarzer Umriss ab. In weniger als einer Sekunde bemerkte ich, dass er keine anderthalb

Meter entfernt war, dass er sich mir zugewendet hatte und dass er mich sah und die Hand nach mir ausstreckte. Und mit einem Mal wusste ich, dass ich Jed_1 vor mir hatte. Ich erkannte ihn nicht an seinem maskierten Gesicht oder seinem Kopf, der eingehüllt war, sondern an seinen Bewegungen, die so unverkennbar waren wie der Schrittrhythmus der eigenen Mutter.

Ehe ich begriff, schienen wir einander zu umarmen. Glitschiglitsch. Ich ließ das DPV los, doch mein Geschirr hielt es fest. Ich packte ihn. Mir ging die Szene aus einem der späteren Oz-Bücher nicht aus dem Sinn, wo der Blechmann seinem Kopf begegnet. Nicht ablenken lassen. Das war schon immer dein Problem, Jed, du verfällst immer zum ungünstigsten Zeitpunkt in eine Digression … Abbruch, Abbruch!, dachte ich. Konzentrier dich auf das Bling. Angeblich war das ein großes Problem, das Menschen in Kampfsituationen haben. Sie fangen an, über irgendein Buch nachzudenken, oder ein Lied, das sie mögen, und im nächsten Moment strecken sie den Kopf über den Rand des Schützengrabens. Ganz ruhig, dachte ich. Stärke und List. In diesem Fall nur List. Wo blieb der Rest des Teams? Verdammt, das DPV zog uns in die Tiefe. Ich schaffte es, die linke Hand hineinzubekommen und den Riemen zu öffnen, löste mich von dem Ding und befreite mich halb von Jed_1. In meiner Maske war nun Nebel, und ich konnte das HUD nicht mehr deutlich erkennen, aber den Umrissen und den Tonsignalen entnahm ich, dass Jed_1 uns beide mit den Flossen von den übrigen Tauchern forttrieb, seinen und meinen, fort vom Riff, hinaus ins tiefe Wasser. Ich folgte ihm.

Klick. Er hatte in seinem Sprechgerät meinen Kanal gefunden.

»Du hast mich gefunden«, quäkte Jed_1 mit meiner alten Stimme. Er stieß sich von mir fort.

»Komm mit uns«, sagte ich. »Ehrlich, sie werden dich nicht foltern, sie …«

Er tauchte in die Tiefe. Ich folgte ihm. Er bringt sich um, dachte ich. Er geht auf zwanzig Meter, und dann reißt er sich die Maske runter. Das ist ein schneller Tod, wie mit einer Handgranate.

Nach unten hin wird es rasch dunkel. Der Druck baut sich allerdings noch viel schneller auf. Durch meinen Kopf hallte ein Knirschen wie das Geräusch des Columbia-Gletschers, wenn er in den Prinz-William-Sund kalbt. Atme, dachte ich. Ich atmete. Ich fühlte mich schon wie ein Korken in einer Weinflasche. Runter. Atme. Tatsächlich sollte das Atemgerät in größerer Tiefe sogar noch besser arbeiten. Nur dass Jed$_1$ vielleicht Tiefsee-Nitrox dabei hatte, für alle Fälle. Falls ja, hatte er den längeren Atem. Haha. Runter.

»Das ist doch völlig verkorkst«, sagte ich in dieser Fistelstimme, die man unterhalb von vier Faden bekommt.

»Ja«, stimmte er mir zu.

Ich richtete das Licht auf ihn, entließ alle Luft, die in meinem Auftriebskompensator übrig war, und schob mich mit den Flossen abwärts.

Da.

Ich hatte ihn.

Einen Kampf konnte man es kaum nennen. Bestenfalls war es ein Handgemenge. Ich dachte, es mir käme mir vor, als kämpfte ich mit einem Spiegelbild meiner selbst, aber so war es nicht. Er hatte sich verändert. Er trug sein Haar kurz. Dazu kam die Maske. Und sein Gesichtsausdruck, soweit ich ihn überhaupt sehen konnte, war so … ich weiß nicht, wie ich es nennen soll. Halte ihn hier fest, beschwor ich mich, halte ihn vom Boot fern, Ana ist jeden Augenblick hier, sie weiß, was zu tun ist, halte ihn nur fest. Ich schlug ihm in den Magen, war mir aber nicht sicher, ob ich damit viel bewirkte. Ich spürte einen Aufprall an meiner Maske. Auuu! Salzig. Teufel. Blut. Ich hatte mich in die Wange gebissen. Verdammt. Angeblich gab es Hammerhaie in der Gegend, die abends in die Nähe der Küste kamen. Hammerhaie sind wie Unterwasserspürhunde. Wenn auch nur ein bisschen Blut aus der Maske leckte, rochen sie es von hier bis nach Kuba. Leckerlecker, Jungs. Hölle.

Jed$_1$ verdrehte sich und kam beinahe frei. Doch mit der linken Hand hielt ich ihn gepackt. Ich flösselte und erreichte mit der rechten Hand seinen Gürtel. Nicht loslassen. Neugruppieren. Okay.

Attacke!

(91)

Wenn man auf diesem Niveau mit einem Gegner kämpft, wenn man versucht zu töten und Haut und Fleisch berührt, erscheint der Gegner weich und verletzlich. Man spürt, wie er auf den Schmerz reagiert. Und wenn man nicht von Natur aus Sadist ist wie ich, schlägt man nicht mit voller Kraft zu. Nur kann man nicht zurück. Und dann sah er in meiner überaktiven, aber im Moment nicht allzu originellen Fantasievorstellung obendrein noch aus wie ich, sodass es mir vorkam, als kämpfte ich gegen einen Spiegel, und das machte es …

Hoppla. Beinahe wäre ich abgeschweift. Halt aus. Nur noch eine Minute. Halt. Aus. Ha. Lt.

Wo blieben sie denn? Die Kavallerie kam einfach nicht. Und wir sanken noch immer. Selbst durch das dicke Neopren fühlte sich das Wasser an, als hätte es vierzig Grad unter null. Sic hatte den größeren und kräftigeren Körper, aber er war kein Taucher, und je tiefer wir kamen, desto schlechter fand ich mich zurecht, und umso mehr gewann der gute alte Jed$_1$ die Oberhand.

»*Wo seid ihr denn, verdammte Scheiße?*«, brüllte ich in mein Mikro. Zur Antwort bekam ich: »Waraschuchstuwaarooo?«, oder so ähnlich. Zu spät begriff ich, dass ich die anderen Kanäle nicht abgestellt hatte, und jetzt hörten Jed$_1$, Jed$_1$' Leibwächter, die Besatzung von Jed$_1$' Boot und jeder bis nach Key West mich laut und deutlich, und alle wussten, dass ich allein und verzweifelt war.

Brop. Wir sanken. *Brop.* Au. Da lacht die Nebenhöhle. *Brop.*

Wir sanken weiter. Acht Faden. *Brop brop brop brop.* Zehn.

Der denkt nicht an Selbstmord, begriff ich. Er hat vor, mich auf diese Weise umzubringen. Er wird warten, bis ich vom Druck bewegungsunfähig bin, und dann hakt er mir ein Gewicht an und winkt mir zum Abschied hinterher, und ich sinke ab und …

Wo zum Teufel bleiben sie? Die lassen mich im Stich! Faule Scheißer! Locken mich in eine Todesfalle, damit sie mich nicht selbst liquidieren müssen, damit sie Aufzeichnungen und Zeugenaussagen haben, dass es jemand anderer getan hat … Nein, nein. Hör auf. In Augenblicken wie diesem ist die Paranoia gar nicht dein Freund … Nur dass es allmählich plausibel erschien, denn sie waren nicht da, sie waren nicht da.

BRORK. Au, Scheiße. Das tut weh. Verdammt. Schnapp dir seine Gewichte!, dachte ich. Und ich bekam eines von ihnen zu fassen, doch er packte es ebenfalls und hielt es fest. Eine merkwürdige Pause stellte sich ein. Ich hielt sein Bein mit meinem Bein. Ich bekam meine andere Hand in seinen Gürtel. Wenn du seine Gewichte nicht bekommst, dann halt dich fest. Sie kommen schon bald, versicherte ich mir. Wenn …

»Ich habe noch immer Angst«, sagte Jed$_1$.

»Was?«, antwortete ich automatisch. »Du meinst … «

Uff. Er hatte mir in den Magen geschlagen. Ich rückte von ihm ab und packte ein Fußgelenk. Halt dich einfach fest. »Du meinst … vor dem Sterben«, sagte ich.

»Ja«, sagte er und trat zu. Es kam mir vor, als würde er mit dem Fuß meine rechte Hand treffen, aber ich war mir nicht sicher.

»Dann … *lass es sein!*« Er trat wieder zu. »Verdammt, Anderer Jed, hör auf, mich zu treten.« Ich konnte nicht anders, ich musste grinsen.

Ich krallte mich hoch, oder hinunter, über seinen Körper, am Gürtel vorbei und zum Gurtkreuz vor seiner Brust. Ich spürte trotz des ganzen Gerödels, das an ihm baumelte, dass er trotz der Kälte eine Erektion hatte. Ich kam fast auf eine Höhe mit seiner Maske. Er hatte die Hände an meinen Luftschläuchen und versuchte sie zu lösen, aber sie waren ein SEAL-taugliches Produkt und auf genau so etwas ausgelegt, und er schaffte es nicht. Er wand sich wieder los. Er war so glitschig wie ein riesiger Nacktkiemer, und diesmal kam er frei. Durch mehr Glück als Verstand erfasste ich ihn mit der Lampe und sah, wie er in den Graben hinunterschwamm. Hölle. Ich schwamm ihm hinterher. Mein rechtes Bein fühlte sich eigenartig warm an. Ich holte ihn wieder ein. Mit der Flosse traf er mein Gesicht, aber mein

Maskenhelm blieb auf. Ich packte sein Fußgelenk, sein rechtes Knie, dann das linke.

Für einen Augenblick herrschte Pause. Wir beide waren völlig erschöpft. Es war, als hätten wir uns auf eine Pause geeinigt.

»Weißt du«, sagte er mit seiner Falsettstimme, »selbst wenn du Domino bekommst … bedeutet das nur, dass du und Marena … die Zeit, die ihr noch habt … in einem Käfig verbringt.«

»Wirklich?« War das ein Hinweis?, fragte ich mich.

BPOK! Autsch! Nebenhöhlen knacken. Druck, Druck. Jetzt wusste ich wenigstens, wie sich Sardinen in der Dose fühlen …

Sprooong.

Schmerz.

Wo waren sie, wo waren sie, wo waren sie, *WO WAREN SIE*?!?!?!?!?

Trieb ich aufwärts? Ja. Ich hatte die Gewichte gelöst bekommen. Oberfläche, wir kommen nach Hause. Aber zu schnell. Meine Hand funktionierte nicht mehr richtig. Die Wassertemperatur schien auf den absoluten Nullpunkt gesunken zu sein. Blutete ich wirklich so stark? Oder hatte es mehr mit Angst zu tun? Na, geschieht dir … ihm … egal wem … nur recht. Bastard. Irgendwo mussten Flutlichter brennen, denn ich konnte sehen. Endlich die guten Jungs? Wenn ja, kamen sie zu spät, zu spät, ich war tot, er war tot, alles auf Erden war tot, zu spät, zu spät, zu spät, denn jetzt konnte ich Jeds Umriss erkennen, der sich vor dem dunkelgrünen Wasser abhob, nur dass es keine menschliche Silhouette war, sondern eine Art riesiger schwarzer siamesischer Tintenfisch mit viel zu vielen Tentakeln. Ich spürte, wie das Blut in meinen Zehen und Fingerspitzen zu sprudeln begann. Wir stiegen weitere drei Meter. Ich konnte sehen, dass es Jed$_1$' Blut war, was ich für Tentakel gehalten hatte. Er hatte irgendwo eine Schnittwunde abbekommen, irgendwo außerhalb der in gewissem Rahmen selbstheilenden Eigenschaften von Neopren, und der Druckunterschied quetschte das Zeug aus ihm raus wie aus einer Zahnpastatube, die an beiden Enden offen ist. Igitt. Die schlimmste Angst des Bluters. Ich glaubte einen Blick auf sein Gesicht zu erhaschen, auf mein Gesicht also, mit einem Ausdruck, als betrachtete er sein sterbendes Kind, wenn er eins gehabt hätte. Beinahe ein Ausdruck des Abscheus. Zwei

Faden weiter oben hatte sich meine Maske ebenfalls mit Blut gefüllt. Irgendwie bekam ich sie herunter. Halt den Atem an, dachte ich, aber ich konnte es nicht und saugte eine brennende Schlange aus Meerwasser ein. Das war es dann wohl, dachte ich. Goodbye, Columbethius. Bye, bye, Birdie. Hallo, Toty. Bring es Mutter schonend bei. Sowieso 'ne grausame Welt. So …

Autsch! Klauen zerrten von hinten an mir. Vielleicht würde ich gerade noch lange genug leben, um Schmach und Schande meines Versagens auszukosten. Es kam mir vor, als wäre es schon ein Jahr her, dass ich Jed_1 entdeckt hatte. Das bedeutete, es mussten wenigstens zehn Minuten vergangen sein. Was war schiefgelaufen? Ich meine, außer allem anderen … Au, au! Diese verdammten Dekompressionsschmerzen.

Sie zogen mich an Bord und legten mich mit dem Gesicht nach unten auf eine Art Trage. Ich erbrach mich. Da ich noch immer glaubte, an der Taucherkrankheit zu sterben, konnte ich mich auf nichts anderes konzentrieren als auf das Muster auf dem grauen, linoleumähnlichen Decksbelag, über den irgendeine Flüssigkeit in Wellen hinweglief. Sie sah aus wie starker Tee … oder verdünntes Blut. Nachdem ich das ganze Wasser und, wie es mir vorkam, auch einige meiner Innereien herausgewürgt hatte, drehten sie mich auf den Rücken. Mein Blick fiel kurz auf Jed_1, der neben mir lag. Er sah nicht gut aus. Ich bemerkte, dass meine Zähne klapperten, und ich hörte sinnloses Geplapper … das heißt, ich konnte nicht klar genug denken, um zu verstehen, was sie sagten; deshalb klang es wie eine mir unbekannte Sprache. Dann hörte ich ein Summen, spürte eine Vibration in meiner linken Wade und begriff, dass sie von einer Art elektrischer Chirurgenschere stammte, mit der sie mir den Anzug aufschnitten. Eine Frauenhand – Lisuartes? – hielt eine Art Tasse über meinen Schritt, an die linke Seite meiner Geschlechtsteile. Scheißeverdammtescheiße ichfassesnicht, dachte ich. Ich hatte unten zu sehr unter O_2 und Adrenalin gestanden, um es zu merken, aber der kleine Heimtücker musste mich mit seinem Tauchermesser gestochen haben. Hatte es auf die Beinarterie abgesehen. Wenn er sie getroffen hätte, wäre für mich nach drei Minuten alles vorbei gewesen. So viel zum durchdringungsfesten Taucheranzug ... au! Das ist doch nicht auszuhalten. Autsch! Herr im Himmel. Ich kann doch nicht so sterben. Ich bin ein Filmstar, verflucht noch mal.

Neben mir krümmte sich Jed$_1$ zusammen wie eine riesige Faust und entspannte sich wieder. Ich bemerkte, dass sie bereits ein Tütchen von Tony Sics mit Leukozyten angereichertem B+-Saft angeschlossen hatte, das Dr. Lisuarte mich vor vier Tagen vorausschauend für mich selbst hatte spenden lassen.

Na, Hölle. Das war es. Ich bin tot, dachte ich, oder er war tot, oder noch genauer, die Welt war tot ... würde es jedenfalls bald sein. Ich hatte es vermasselt. Gründlich. Gründlicher ging's nicht. *Todo por mi culpa.* Alles nur meine Schuld. Ich bin der größte Versager in der Geschichte der Schöpfung. Jawoll. Seit dem Urknall hatte niemand im ganzen Universum so vollständig und auf ganzer Linie versagt wie ich. Ich hörte, wie der Motor des Bootes in den ersten Gang schaltete. Etwa zwei Minuten später bekam ich mit, wie Dr. Lisuarte mit der Crew am Ufer telefonierte und bestätigte, dass Jed$_1$ tot war.

(92)

Das einzige Gute an einem Krankenhauszimmer ist, dass es privat sein kann, so wie mein Zimmer es war. Es war so privat, dass sogar Stille darin herrschte. Beklemmende Stille. Ich war mir ziemlich sicher, dass ich in der Pathologie lag.

»Wie lebensbedrohlich ist es?«, fragte ich bemüht lässig, um vor Marena wie ein harter Bursche zu wirken. Obwohl Sics Körper jünger, fitter und hübscher war – sagen wir, auf konventionelle Weise hübscher, katalogmäßig besser aussehend und außerdem hämophiliefrei –, wollte ich meinen Originalkörper zurück, und sei es nur, um mich davon zu verabschieden. Ich hatte mehr als einmal um ihn geweint.

»Gar nicht«, antwortete Dr. Lisuarte. »Dekompression Typ II. Aber Ihr rechter Arm bleibt wenigstens einen Monat in Gips.« Sie erklärte, dass zwar nur der zweite Mittelhandknochen gebrochen sei, aber sie habe ihn in vier Teile zerlegt, und er müsse über einen längeren Zeitraum stabilisiert werden.

Endlich gingen sie. Weil die Tür offen war, sah ich, dass wir uns in der pathologischen Abteilung befanden. In der Wand war ein nicht zu öffnendes Quadrat aus unzerbrechlichem »Glas«, durch das man auf einen »Hof« sah, der aus sechzigerjahremäßigen weißen Ziegelmauern bestand, die mit Klimaanlagen übersät waren. Wenn ich mich anstrengte, konnte ich erkennen, dass über und unter uns Stockwerke waren. Meiner Schätzung nach befanden wir uns in der fünften Etage.

Ich war groggy, und mein Schritt begann zu schmerzen. Am ganzen Leib hatte ich Stichwunden. Und natürlich wurde ich sorgsam bewacht. Sie ließen mir nicht mal ein eigenes Netphone oder einen Laptop, nur von Warren genehmigte Versionen, unmöglich zu demontieren und mit aller möglichen Nannyware vollgestopft.

Die SBS-Leute hatten den gefangen genommenen Leibwächter verhört, um zu erfahren, ob Jed$_1$ irgendetwas gesagt hatte. Außerdem hatten sie das Boot gestürmt und nach Hinweisen durchsucht. Nachdem sie die Festplatten ausgelesen und die Crew ausgequetscht hatten, standen sie trotzdem mit leeren Händen da.

Na, schauen wir mal, dachte ich. Das Ende der Welt wird das genaue Gegenteil zum Theaterdonner der Jerry-Bruckheimer-Version darstellen. Es wird kein einziges Feuer geben, keine Explosionen, keine kenternden Flugzeugträger und keine Städte, deren Gebäude bis zum 30. Stockwerk überflutet werden. Das Ende der Welt wird das Sinnbild des Unspektakulären sein. Es wird nur einen Sekundenbruchteil dauern. Und niemand wird es bemerken.

Hmm. Also …

Ohne dass Jed$_1$ uns sagte, was er gemacht hatte, konnten wir nicht einmal wissen, ob der letzte Dominostein nicht verfrüht kippte, zum Beispiel in diesem Augenblick. Wir wussten es nicht.

Und woher wussten wir, dass dieser Augenblick nicht der letzte wäre? Dass wir schon in zwei Sekunden nicht mehr existierten und niemand merkte, dass es uns nicht mehr gab?

Ich versuchte, jede Sekunde, die verging, als kleinen Sieg zu betrachten.

Wir drehten uns im Kreis.

Einmal sagte ich: »Am ehesten wird es so sein, wie wenn etwas die Aufmerksamkeit ablenkt von dem, woran man gerade noch gedacht hat, und man vergisst, was es war.«

Taro sagte: »Es wird nicht nur nicht wehtun, wir bemerken es nicht einmal.«

»Aber jemand auf Io, der die Erde beobachtet, würde es bemerken«, entgegnete ich. »Allerdings würde er nach ein paar Stunden ebenfalls verschwinden.«

Das Gespräch hatte schon etwas Eigentümliches an sich: Wir überschlugen uns, um etwas aufzuhalten, das wir gar nicht bemerken würden, wenn es geschah.

Taro sagte: »Wir werden es wissen, wenn wir es aufgehalten haben. Aber wenn wir es nicht aufhalten, werden wir es niemals erfahren.«

»So eine Art physikalisches Gegenstück zu fleischfressenden Bakterien.«

»Hmm?«

»Das Strangelet wird eine bestimmte Wahrscheinlichkeitdichte erreichen, und dann saugt es einfach alles auf – dich, mich, den Grand Canyon, den Jupiter, den Pferdekopfnebel, die Sombrero-Galaxie, die Roy-Rogers-Kometensphäre, einfach alles.«

»Nein, nein«, erwiderte Marena. »Das kaufe ich euch nicht ab. Was immer Jed$_1$ getan hat, es wird nicht alles in die Luft jagen, das wäre absurd.«

»Nein, du liegst falsch. Es wird das Universum nicht sprengen, es wird es *einsaugen*.«

Ohne die Ressourcen der Warren Group machten Marena und ich uns an die Arbeit, die Domino-Kaskade zu identifizieren. In der Hoffnung, das Opferspiel würde weiterhelfen, hatte Marena acht volle Dosen Tzam lic auf die Station geschmuggelt. Und als kleinen Bonus Kleenex-Tücher, die mit Extrakten der Tzam-lic-Tiere aus meinem Grab getränkt waren, in Ziploc™-Beuteln. Wie Marena an diese Dinge herangekommen war, fragte ich nicht, denn aus Furcht, abgehört zu werden, sprachen wir nicht über so etwas, aber Marena hatte viele Gefallen einfordern müssen, um an die Substanzen zu gelangen. Ich versteckte das Zeug unter meiner Matratze.

In der ersten Nacht verbrauchte ich zwei Dosen und folgte Jed$_1$' letztem Hinweis. Nach etlichen Fehlstarts erkannte ich Muster, die womöglich Ereignisabfolgen in der Domino-Kaskade sein konnten. Überraschenderweise – oder vielleicht auch nicht, wenn man bedachte, wer die Kette in Gang gesetzt hatte –, scharten sie sich um Begebenheiten, die mit der Warren Group in Zusammenhang standen. Das Opferspiel war mir eine große Hilfe bei der Anwendung der vielen Codeknackprogramme, die man heute bekommen kann, und es war nicht allzu schwierig, in jene Verzeichnisse der Tochterfirmen Warrens vorzudringen, die sich mit Wehrtechnologie befassten. Nach ein paar Stunden hatte ich acht Terabyte an Daten abgegriffen. Als der Morgen anbrach, begann ich mit der schwierigen Aufgabe, den Rahm von der Milch zu schöpfen.

Wie sich herausstellte, hatte die DARPA, die Defense Advanced Research Projects Agency, wegen der zunehmenden Schwierigkeiten mit Pakistan – und wegen eines US-Militärs, das wegen der inneren sozialen Unruhen kaum noch für überseeische Einsätze zur Verfügung stand – eine beschleunigte Testserie für eine neuartige, von Warren patentierte »Neo-Artillerie« beschlossen, die RABS benannt war. Das Gerät folgte »dem Trend, reale Waffensysteme auf Grundlage der Science-Fiction der Fünfzigerjahre zu entwickeln« – vor allem Kampfroboter, Schallwaffen, den Todesmaser und den Hitzestrahl. RABS, das für »Remote Atomization Battlefield System« stand, war laut der streng geheimen, aber dennoch in Werbesprech verfassten Reklamebroschüre »einem Desintegrator vergleichbar«. Nach außen hin sollte das Akronym für »Reliability. Availability. Bang-for-the-Buck. Scalability« stehen: Verlässlichkeit, Verfügbarkeit, Preiswertigkeit und Skalierbarkeit.

Nach einer weiteren Dosis konnte ich intuitiv die Berechnungen der für RABS nötigen Reaktion in einem Maßstab überprüfen, in dem es bislang niemand sonst getan hatte, nicht einmal der Kader von Teilchenphysikern auf Warrens Gehaltsliste. Ich kam zu dem Ergebnis, dass statt einer Wahrscheinlichkeit von eins zu zehntausend, die ganze Welt zu vernichten (die die Warren Group für vertretbar hielt), bei dem ersten, auf den 21. Dezember angesetzten Testlauf eine Gefahr von eins zu eins bestand. Offenbar hatte Jed_1 das Gleiche entdeckt und dann seine Domino-Kaskade konstruiert, indem er von diesem relativ »leicht zugänglichen« Weltuntergangsereignis ausgehend in die Vergangenheit zurückplante. Bis hin zum Kauf einiger Maisoptionen.

Ich drang immer weiter vor. Im letzten Augenblick, als das Tzam lic den Höhepunkt seiner Wirkung erreichte, versuchte ich mich zu erinnern, was Kohs Geist mir auf dem Baum erklärt hatte.

Der Ring, dachte ich. Die Rennstrecke. Sie ist ein Teilchenbeschleuniger – eine geheime Anlage unterhalb des Stakes, unterhalb der kreisrunden Rennstrecke, die den Hyperbowl-Komplex umgab. Und sie benutzten sie für den RABS-Testlauf.

Wie sich herausstellte, funktionierte das RABS dadurch, dass es an einem Zielpunkt auf der Erde (oder im Weltall, wo sie die ersten Testläufe durchgeführt hatten) ein Weißes Miniloch erzeugte. Das 3-D- oder 4-D- oder Was-auch-immer-Universum ist – stark vereinfacht – wie die Oberfläche eines Ballons, und das Strangelet lässt die Luft heraus. Schließlich schrumpft es auf einen Punkt, und wir sind am Ende. Es wirkt wie ein Nadelstich in einen Ballon – diese Welt ist wie die Oberfläche eines Ballons, der durch höhere Dimensionen treibt. Oder man könnte sagen, dass es die Luft aus unserem Universum lässt, nur dass es im All natürlich keine Luft gibt.

Verdammt. Da war noch immer etwas in einem Winkel meines Verstandes, an das zu erinnern ich mich erinnern musste.

»Na«, sagte Marena. »Du wirst es nicht genießen, mit mir zusammen zu sein, wenn du nicht aufhörst, an sie zu denken.«

»An wen?«

»An Frau Koh.«

Ich sagte: »Stimmt. Ein-, zweimal am Tag denke ich an sie.« Eher ein-, zweimal die Stunde. Alle zehn Minuten. Jede Minute. Sehr oft jedenfalls.

Ich hatte erfolglos versucht, mich mit No Way in Verbindung zu setzen. In letzter Zeit hatte ich mich außerdem um Kontakt zu Pablo Xoc bemüht, dem Bürgermeister von Xcanac, dem Dorf an den Ix Ruinas – doch er schien verschwunden zu sein.

Marena wurde zusehends verzweifelter, und Lindsay blieb unnachgiebig.

Ich beschloss einen letzten Fischzug.

(93)

Ich sagte mir, ich konnte opferspielgestützt noch einmal in Warrens Netzwerk eindringen und nachsehen, ob ich in den gehackten Dateien einen »Hebelpunkt« finden konnte, bei dem man ansetzen konnte; vielleicht eine Leiche im Keller (nicht unwahrscheinlich bei der großzügigen Haltung der Warren Group zu Menschenversuchen), mit der sich der Konzern erpressen ließe, den Testlauf abzublasen.

Mein Startpunkt war das Computernetz von Marenas alter Abteilung; ich nutzte Passwörter, die sie dem System untergeschoben hatte, ehe sie die Firma verließ. Augenblicklich und ironischerweise in dem Sinne, in dem man das Wort heute benutzt, stieß ich auf Dateien, die ich nicht hatte sehen sollen, Videos, die meinen lange gehegten Verdacht bestätigten, dass Marena von Anfang an auf mich angesetzt gewesen war. Je weiter meine Berechtigung stieg, desto mehr entwickelten sich unbeantwortete Fragen zu gewaltigen, ineinander verflochtenen Änigmata. Eines der seltsamsten war eine Datei, die Warrens KIMERA-Abteilung darstellte – ein Zweig des Konzerns, von dem ich noch nie gehört hatte. Diese Abteilung interessierte sich offenbar für Nacktkiemer und besaß am Stake eine Anlage aus Zwanzigtausend-Liter-Aquarien. Hatte ich sie auf die Idee gebracht? Oder handelte es sich nur um eine weitere Synergie? Was immer die Antwort war, ich hatte keine Zeit innezuhalten und der Sache genauer nachzugehen, und widerstrebend machte ich weiter. Ich fand eine Datei, die bei dem Leser den Eindruck erweckte, LEON würde die Macht an sich reißen und die Welt zu regieren beginnen, so wie in *Neuromancer* und seinen vielen Epigonen.

»Pass auf«, sagte Marena, »wenn etwas für Neo-Teo spricht, dann die Tatsache, dass das Opferspiel wirklich funktioniert. Von Allah kannst du das nicht behaupten.«

»Wohl nicht.«

»Das Spiel bekommt dein Leben unter Kontrolle, du bist glücklich, friedfertig und ohne Drogen und siehst die Dinge schon in einer Meile Abstand deutlich, und du bist sofort Teil einer Simpatico-Gemeinde ... Es ist etwas Ganzes. Es ist *das* Ganze. Und es spricht intelligente Menschen an.«

Marenas Gesicht hatte einen wieder neuen Ausdruck angenommen. Diesmal machte sie den Eindruck, als würde sie in extremer Kälte stehen, nicht bibbernd, aber frierend, und nähme plötzlich nicht mehr wahr, dass außer ihr noch jemand im Raum war.

»Du meinst, Religionen tun das nicht?«

»Ha. Jetzt hast du mich erwischt.«

Marena ging, um Max' Auftritt in einer Schulaufführung von *Seascape* anzusehen, und sagte, sie sei in zwei Stunden zurück und könnte sich dann wieder um die Apokalypse kümmern. Ich gab eine Bestellung bei der Metzgerei Porlock auf und nahm eine heiße Dusche. Dann warf ich drei volle Dosen Tzam lic ein. Indem ich die Opferformel befolgte, die ich im Alten Mayaland gelernt hatte, durchstach ich meine dürftige, halb beschnittene, verstümmelte Vorhaut – was mir sehr schwerfiel, da ich früher an Hämophilie gelitten hatte – mit einem uralten künstlichen Rochenstachel aus Jade, poliert von den Händen und Genitalien von vierzig Generationen, der ein Geschenk von Hun Xoc war und sich (zusammen mit dem 9-Tod-Topf und ein paar anderen Mementos) unter den wenigen Dingen aus Jed_2s Grabbeigaben befand, die ich noch – oder wieder – besaß. Ich sprenkelte das Blut auf ein Bittschreiben an 1-Ozelot, mit dem ich um eine klare Vision in meiner Partie des Opferspiels ersuchte. Ich ging ins Bad, deaktivierte die Rauchmelder des Hauses, schaltete den Lüfter ein und verbrannte den Brief in einer Schale mit Holzkohle und Kopal (beides eingeschmuggelt). Als die Droge ihre besondere Art von Bewusstsein zu entfalten begann, schlüpfte ich in einen neuen Typ von ultraleichtem Datenhandschuh (natürlich ein Warren-Produkt, das als die »Holopfote« vermarktet werden sollte) und rief Ix Professional auf, in das in Taros Abteilung die wichtigsten Programmiersprachen und Suchmaschinen integriert worden waren.

»Teech Aj Chak-'Ik'al la' ulehmb'altaj 'uyax ahal-kaab Ajaw K'iinal …«, sagte ich und loggte mich in die Software ein. »Du, Hurrikan, der du Herrn Hitzes erste Dämmerung beseeltest …«

Diesmal stellte ich, auch wenn ich wieder immer die Schädel warf und einen Läufer aussandte – beides waren nun eher zelluläre Automaten als Menschen, Hundertfüßer oder kleine Affen –, nicht genau die gewohnte Frage nach dem Unenthüllten. Vielmehr setzte ich eine Art Kombination aus Entschlüsselungsprogramm und Suchmaschine der nächsten Generation ein, die mich ins Warren-Netzwerk eindringen lassen und mich durch seine Datenmassen zu dem führen sollte, was ich suchte. Ich bezweifle, dass es ohne Opferspiel jemandem gelungen wäre, auch nur einen drei Zeichen langen Fuß in die Tür zu bekommen. Doch mithilfe des Opferspiels gelang es mir, mich durch mehrstufige Verschlüsselungen hindurchzuarbeiten, bis ich den primären Hochsicherheitsserver des Konzerns fand und dort eine lange Liste von »Hilfsgütern«, die ein wenig wie Rechenschaftsberichte an die Anteilseigner abgefasst waren, aber zu viele schmutzige Geheimnisse enthielten, als dass ein echter Anteilseigner sie je zu Gesicht bekommen durfte.

Zuerst gab es so viel durchzusehen, dass ich raten musste, wo ich anfangen sollte. Die Warren Group beinhaltete Firmen, die sich »mit allem« befassten »von Aerospace bis Zooplastik« – darunter eine Mantelgesellschaft, der ein kontrollierender Teil von Executive Solutions gehörte, sodass auch dieses Geschäft »in der Familie« blieb. Ich suchte in diesen Dateien nach »Lindsay Warren«. Ein Index erschien, der eine Liste aller Besprechungen enthielt, an denen Lindsay persönlich teilgenommen hatte. Ich durchsuchte die Protokolle dieser Besprechungen nach der Wortkombination »Pachisi-Projekt«. Die älteste Datei in der Trefferliste war auf den 1. Januar 2011 datiert. Ich öffnete die erste Videokomponente mit dem schönen Titel *Einführende Bemerkungen von LSW*.

Ich sah Lindsay an einem Rednerpult stehen, vor einer riesigen Videowand, auf der Nachrichtenclips, PowerPoint-Tortendiagramme und die anderen Unverzichtbarkeiten für Firmenpräsentationen flimmerten.

»Seit Nine-Eleven«, sagte Lindsay, und hinter ihm lief ein Video der zusammenbrechenden Twin Towers in Zeitlupe ab, »begreift man auf höchster Ebene, dass Amerika eine neue Kriegerideologie benötigt, eine Ideologie, die in direkte Konkurrenz mit dem Islamismus treten kann. Wie viele von Ihnen wissen, haben wir in unseren Beiträgen zu diesen Diskussionen immer betont, dass Ikonen wie das Sternenbanner und Onkel Sam und Geschichten über George Washington allein nicht mehr ausreichen.« Das Bild hinter Lindsay wich einer Aufnahme marschierender Mudschahedin. »Diese Dinge sind zu sehr altmodisch belegt, und es ist zu einfach, sich darüber lustig zu machen. Im Grunde sind sie einfach nicht sexy. Wir benötigen etwas Stylischeres, Mystischeres, Jugendlicheres.«

Hinter Lindsay tauchte die große Ciudadela-Pyramide von Chichén Itzá auf.

(94)

»Bei unserer letzten Präsentation vor den Vereinigten Stabschefs, die sehr gut verlief, wie ich Ihnen nicht zu erklären brauche, habe ich angeführt, dass schon die Pfadfinder die richtige Idee hatten, als sie Wörter und Konzepte der Indianer benutzten – aber natürlich wussten selbst wir Eagle Scouts nie so richtig, wovon wir eigentlich sprachen.«

Vereinzeltes höfliches Gelächter klang auf.

»Heute jedoch«, fuhr Lindsay fort, »können wir die Idee aufgreifen und sie weiter entwickeln denn je, indem wir jede einzelne unserer Kernkompetenzen darauf anwenden: neue Medien, alte Medien, postmediale Medien, Psychotechnologie ...«

Wie ich nun begriff, hatte Lindsay keineswegs wegen der mormonischen Mythen über das präkolumbianische Amerika ein Interesse am Opferspiel entwickelt, oder weil er Investor bei Computerspielefirmen war. In den Monaten nach dem Anschlag vom 11. September 2001 hatte das Pentagon vielmehr nach Möglichkeiten gesucht, Soldaten einen »Ethos der Selbstopferung« einzuimpfen, wie ihn die Djihadisten besaßen. Man finanzierte bereits Studien über Selbstmordattentatskulturen und andere Mikrogesellschaften, in denen Selbstopferung noch immer als oberste Tugend galt, und hatte herausgefunden, dass ein »Hauch Märtyrertum« solche Gesellschaften stabilisierte, innere Streitigkeiten ausglich und sie dazu brachte, ihre Ziele energischer zu verfolgen – mit anderen Worten: gewalttätiger. Die Idee lautete, eine »terroristische Grundeinstellung zu kultivieren, die der Terrorabwehr dienen« sollte. In ihrem Antrag, mit der nächsten Phase der Studie betraut zu werden, hatte die Warren Group angeführt, dass die indianischen »Kulturen der Strenge« im Kern sogar noch ernster waren als die der Islamisten. Nachdem Warren den Auftrag an Land gezogen hatte, begann ein Team mit der Suche nach den Symbolen, denen ihr Leben gehorcht hatte, und stießen auf Taros Arbeiten zu Pachisi.

Wie zu der Zeit bereits wohlbekannt war, finanzierte die DARPA schon damals hochspekulative Forschung, zum Großteil allerdings zu Fernbeobachtung und Ereignisvorhersage durch spirituelle Medien. Bis 2003 schien dies in eine Sackgasse geführt zu haben, und das Verteidigungsministerium leitete mehrere Milliarden Dollar Forschungsbudget an andere Konzerne um, die an »aktuellen Exotika« oder »unkonventionellen Lösungen gegen den globalen Terrorismus« arbeiteten. Unter diesen neuen Empfängern war auch Warren. Zu den finanzierten Projekten zählten Langzeitsimulationen, Bewusstseinsübertragung, Singularitätsprojektion und andere Ansätze, Anschläge von Terroristen oder abtrünnigen Militärs zu verhindern, ehe sie sich ereigneten. Und wie ich bereits wusste, war Taros Wettersimulationsforschung teilweise von SAGA (Studies, Analysis and Gaming Agency) der Vereinigten Stabschefs finanziert gewesen. Als Lindsay den Bericht über das Opferspiel las, musste er das Gefühl gehabt haben, eine Reihe unterschiedlicher Entwicklungen finde plötzlich zusammen – auf eine Weise, die bei jemandem wie ihm den Eindruck erwecken konnte, er folge einer göttlichen Bestimmung.

Wie auch immer tauchte ab 2005 mein Name regelmäßig auf. Er erschien in über zweitausend unterschiedlich alten Dateien, von denen einige vor meinem ersten Gespräch mit Michael Weiner entstanden sind, bei dem es um guatemaltekische Gerichtsakten über das Massaker in T'ozal ging. Offenbar hatte mich das Pachisi-Projekt über einen langen Zeitraum hinweg genau im Auge behalten (und außer mir noch eine Reihe anderer möglicher Kandidaten). Es gab Aufnahmen von Taro, wie er mit mir am Spiel arbeitete, während ich noch die Highschool besuchte.

Nach einigen Minuten Schnüffelei fand ich eine Datei von meinem ersten Zusammentreffen mit Marena in ihrem Büro. Wie ich damals schon argwöhnte, hatte sie unser Treffen komplett mit ihrem Netphone aufgezeichnet. Ich sah mein eigenes Gesicht beim Betrachten des Codex, und dann beobachtete ich mich, wie ich ins

Badezimmer gehe, während Marena einen Videoanruf tätigt. Der Anruf geht an Lindsay.

Aus ihrem Gespräch geht eindeutig hervor, dass spätestens seit 2010, als der Codex Norenbergae zuerst fotografiert wurde und Lindsays Team das Pachisi-Projekt schon klar vor Augen stand – im Prinzip die gesamte Forschungs- und Entwicklungsabteilung, die das Opferspiel untersuchte –, ich einer von fünf Kandidaten sein sollte, der in einen noch unbestimmten, im Jahr 664 lebenden Probanden »geladen« werden sollte. Anfang 2012 sagt Marena zu Lindsay, dass sie mich für den »absolut Besten« halte, und sie erzählt Lindsay von meiner Disney-World-»Vorhersage«. Lindsay erwidert, er sei sich nur zu sechzig Prozent sicher, was »dieses Spiel« angeht, und was »diesen Jed« betrifft, sogar nur zu fünf Prozent«, aber er werde abwarten und sehen, was geschehe.

Verständlicherweise kochte ich vor Zorn. Trotzdem gelang es mir, »in der Spielzeit« zu bleiben und der Spur weiter zu folgen, indem ich eine Datei nach der anderen durchsah. Nach dem Anschlag auf Disney World – den außer mir kein anderer Kandidat erwartet hatte – überschlugen sich Marena und ihr Team. Da sie annahmen, dass ich ablehnen würde, was sie mit mir vorhatten, manipulierte Marena mich so weit, dass ich mich freiwillig meldete. Miststück, dachte ich. Natürlich war es eine akustische Halluzination, doch mein Gedanke klang, als hätte ein Moskito im Zimmer so etwas gesagt wie: »*Die kriegen wir.*«

(95)

Marenas Täuschung wurmte mich mehr, als angemessen war. Ich habe es doch sowieso schon gewusst, dachte ich. Aber nicht so genau. Auf dem Angestellten-Locator, auf dem sie trotz Kündigung nach wie vor erschien, schaute ich nach, wo sie steckte, und stellte fest, dass sie auf dem Heimweg von Max' Schulaufführung war. Beinahe hätte ich sie angerufen und zur Rede gestellt; stattdessen blätterte ich weiter durch jedreiche Dateien und wechselte in ein Verzeichnis namens PROJEKT CHOCULA\IX\IX RUINAS\BERGUNG. Es enthielt wenigstens hundert Gigabyte Text und mindestens achtzig Stunden Videos. Im ersten Video sah ich mich kurz vor dem Hochladen, eindeutig betäubt, wie sie mich in die Höhlen hetzten, während die guatemaltekischen Soldaten sich näherten. Bei der Durchsicht der Bergung-Dateien rekonstruierte ich vieles von dem, was während der Grabung sozusagen abseits der Bühne geschah. Offenbar überzeugte ein Kontaktmann Lindsays im guatemaltekischen Militär, den die Datei »Felix« nennt, die Guate-Truppen, ihre Übungen während der Erkundungs- und Hochladephase im März von der Stätte wegzuverlegen. Dann, im September, gelang es der gleichen Person, Patrouillen der Militärpolizei von Ix Ruinas abzulenken, wodurch das Bergungsteam unentdeckt solange dortbleiben konnte. Wie auch immer, als man sich zu meinem Grab durchsprengte – im Schutz eines Gewitters, damit die Explosionen für Donner gehalten wurden –, entdeckte ein Militärsatellit die chemischen Entladungen, und irgendwie gelangte die Information zu Felix' Vorgesetzten. Felix warnte augenblicklich Lindsay und entsandte zu seinem eigenen Schutz Truppen zu der Ausgrabungsstätte. Zu diesem Zeitpunkt konnte das Team nur noch auf dem Luftweg herausgeholt werden.

Der erneute Hippogriff-Einsatz war bis auf die Sekunde genau geplant gewesen, und die Wahrscheinlichkeit seines Scheiterns hatte offenbar unterhalb von einem Prozent gelegen. Ferngesteuerte Maschinen, vom Stake aus gelenkt, standen aufgetankt und beladen auf mehreren versteckten Flugplätzen in Belize bereit, klar zum Abheben und willens, jede Maschine abzuschießen, die uns zu nahe kam, und falls nötig sogar Artilleriestellungen am Boden auszuschalten. Die Operation verlief nahezu glatt, und die guatemaltekischen Hubschrauber, die den Hippogriff abfangen sollten, hatten von Anfang an keine Chance. Der Zwischenfall hatte durch die dabei umgekommenen Besatzungen den Konflikt zwischen Guatemala und Belize drastisch verschärft.

Ich folgte der Chronologie und fand heraus, dass zwei Tage, nachdem das Team – zumindest die meisten davon – heil und gesund in Orlando angekommen war, Lindsay eine Vorstandssitzung der Warren Group einberief. Ich öffnete das Video. Diesmal saß Lindsay mit erheblich weniger Personen, zehn oder zwölf Männern, an einem Tisch. Wie es aussah, stand dieser Tisch im Abgesicherten Raum der Hyperbowl.

»Die großen Weltreligionen«, sagte Lindsay, »haben zur jeweiligen Zeit jedes erdenkliche Medium benutzt, um ihre Botschaft an den Mann zu bringen. Sie engagierten die größten Architekten, Komponisten und Künstler. Im Lauf des zwanzigsten Jahrhunderts haben sie dieses Bestreben eingebüßt. Amerika, der ganze Westen, und mithin die Welt ganz allgemein, befindet sich mitten in der größten spirituellen Krise seit der Reformation. Und wie reagiert die Religion? Zögernd und nachgiebig. Nicht eine einzige starke, klare Vision ist hervorgetreten. Nun, auf dem Gebiet der Spiritualität ist Warren seit den Neunzehnhundertsiebzigerjahren führend, und jetzt stehen wir in den Startlöchern, zur prägenden Kraft des dritten Jahrtausends zu werden.«

Lindsay referierte über andere Religionen, alte und neue, die gerade begonnen hatten, ernsthaft mit neuen Medien und progressivem Marketing zu arbeiten und eine Software zu entwickeln, mit deren Hilfe Menschen bekehrt werden sollten. Doch das Ix-Franchise, sagte er, werde alles auf die nächste Stufe heben. »Es wird sämtliche Bedeutung liefern, die die Menschen brauchen, und zwar durch jedes verfügbare Medium.« Zum Schluss sagte er: »Jede Religion braucht ein Mekka.«

Lindsay lehnte sich in seinen ergonomischen Sessel zurück und behauptete, sein Simulationsteam habe mithilfe der neu entwickelten Version des Opferspiels eine Machbarkeitsstudie erstellt. Demnach sei es möglich, dass das Stake sich zu einem autonomen Staat entwickle, eingeschlossen zwischen die verfeindeten Nationen Belize und Guatemala, »das erste Designer-Land, das keine Insel ist«.

»Beide Nachbarstaaten sind ziemlich verarmt«, sagte Lindsay, »und wären froh, ein wenig Land zu verkaufen, wenn die Moonstone-Leute ihnen eine Rechtfertigung liefern, die vor ihren jeweiligen Parlamenten Bestand hätte. Nun, sie werden bald begreifen, dass unser Maya-Projekt und einige weitere Boutique-Staaten« – er sprach es »Buticke« aus – »in der Nähe sie größer machen, nicht kleiner.«

Ich ging im Schnellvorlauf durch die Rede, nahm hier und da ein bisschen davon mit. Lindsay erklärte, dass dieser neue »Privatstaat« zwar immens profitabel sein werde, es hier aber nicht darum gehe, Neo-Teo als Brutstätte für engagierte Arbeiter und pflichteifrige, furchtlose Soldaten zu benutzen – obwohl die Online-Version von *Ix II* bereits die wichtigste Quelle des US-Militärs zur Rekrutenwerbung sei. Die Hauptmotivation, sagte er, bestehe darin, eine Gesellschaft zu erzeugen, die »den Prognosen der Abteilung für Prädiktive Demografie der Warren Group für die nahe Zukunft entspricht« (zu denen man zum Teil gekommen ist, indem man LEON-Software mit der 2011er Version des Opferspiels betrieb). Den soziohistorischen Modellen des Forschungsteams zufolge werde die Weltbevölkerung noch wenigstens fünfzig Jahre lang zunehmen, bis sie ihren Höhepunkt erreiche. Lange vorher jedoch würden Menschen von »überdurchschnittlichem Wert« verschiedene Arten von »Lebensverlängerungssicherungen« in Auftrag geben: Systeme, die die Gesundheit des Kunden in Echtzeit überwachten und jederzeit Kontakt zu einem Sanitäterteam hielten, das sie im Notfall in ein Krankenhaus schaffte oder, bei Eintritt des Todes, in eine mobile kryonische Einrichtung. Bei fortgeschrittenem Alter würden die Kunden in zunehmend komplizierten Lebenserhaltungssystemen untergebracht und mit immer wirksameren Alzheimermedikamenten und Gehirnzellen regenerierenden Wirkstoffen versorgt. »Und das ist noch gar nichts«, sagte Lindsay, »bedenkt man die neuen Anwendungen des Bewusstseinstransferprotokolls, das man, wie ich gehört habe, immer wieder durchführen kann.«

Als ich meinen Cursor über die Niederschrift von Lindsays Ansprache laufen ließ, tauchte ein Link zu »Neo-Teo/TZT/HLT« auf. Ich klickte darauf und gelangte auf eine tiefere Ebene des Irrsinns: ein drittes Video, ebenfalls im Abgesicherten Raum aufgenommen, das diesmal mit einem Gebet Lindsays und drei anderer Männer vor einem DHI-Altar begann. In diesem Video faselte Lindsay wie zuvor zwar einnehmend, aber paralogisch darüber, wie das Kosmogramm des Spiels irgendwie auch das Wahre Kreuz des indianischen Propheten sei, des Engels Moroni. »Und ich glaube, dass dies der Stein Abrahams ist, die Perle von Großem Preis, die wir nach dem Willen des Propheten Joseph finden sollten«, sagte er. »Schließlich waren Urim und Tummim ursprünglich ein Paar Würfel, oder vielleicht sollte ich eher Dreidel sagen. Und wenn wir dieses große Spiel Gottes meistern, werden wir mit Sicherheit erhöht, während die Schlacke niedergeworfen wird, und auf dem Baum von Nephi werden wir zum Garten von Adam dem Christen aufsteigen, zu einem ewigen Leben im Körper wie im Geist, sodass wir in Maya leben und wie Götter werden.«

»Amen«, antworteten die drei Männer.

Die erste Reaktion darauf ist natürlich, Lindsay für einen Vollbekloppten zu halten. Die offensichtliche zweite Reaktion besteht darin, sich zu erinnern, dass das kaum eine Rolle spielt, da der heilige Johannes, Joseph Smith und Hitler noch viel bekloppter gewesen sind und trotzdem wunderbar zurechtkamen. Die dritte Reaktion war, sich zu fragen, wovon Lindsay da eigentlich sprach. Er musste erheblich mehr vorhaben, als nur neonfarbene Pyramiden zu bauen. Auf keinen Fall würde er einen eigenständigen Staat gründen können, ohne irgendwie mit der Regierung unter einer Decke zu stecken, und mit dem Militär.

Ich suchte nach »Guatemala«, »Belize«, »Neo-Teo«, »Immobilien«, »Lobbyarbeit« und alle möglichen Kombinationen dieser Begriffe. Hunderte von Dateien wurden gefunden, aber ich sah auf einen Blick, dass sie alle nur für die Öffentlichkeit bestimmt waren. Der Dreck musste anderswo zu finden sein.

Und was meinte er mit »in Maya leben«? Na, markieren wir es vorerst als unerledigt.

Ich versuchte es mit »Moonstone«, ein Wort Lindsays, das vorhin gefallen war und das ich irgendwo schon einmal gehört hatte, auch wenn ich mich nicht entsinnen konnte, wo. »Moonstone« führte nicht zum Erfolg, doch als ich »Moonstones« versuchte (weil ich mich dunkel erinnerte, dass sie der Name einer vom Markt verschwundenen Sorte Frühstücksflocken waren), tauchte ein einziges Verzeichnis auf. Dieser Ordner war nach einem völlig anderen Protokoll verschlüsselt und besaß ein eingebautes Autoimmunsystem, das die Dateien vernichtet hätte, wenn jemand darauf zuzugreifen versuchte, ohne sich mit einem Satz Codes ausweisen zu können, die durch eine Randomizer-Karte erzeugt worden waren. Doch nach einigem Hantieren mit dem Opferspiel-Interface konnte ich durchbrechen und das Verzeichnis aufrufen. Es musste die am schwersten geschützten Daten enthalten, die ich jemals gesehen oder von denen ich auch nur gehört hatte, denn es waren Tausende von Täuschungsdateien in dem Ordner, und wer nicht den genauen Namen wusste, nach dem er suchte, war aufgeschmissen. Darüber hinaus gab es vermutlich nur etwa zehn Computer wie Marenas alten Rechner – dessen Festplatte sie geklont hatte, ehe sie ihn abgab, damit er vernichtet werden konnte. Diese Computer gehörten leitenden Angestellten von Warren und konnten auf das Firmennetz zugreifen, ohne sich innerhalb eines Warren-Büros zu befinden. Die Chancen, dass jemand ohne meine Fertigkeiten, Beweggründe und Lebenserfahrung so weit kam, waren verschwindend gering.

Wie auch immer, ich fand Dateien zu geheimen DARPA-Verträgen, die bis 1978 zurückreichten, Dateien, die das US-Außenministerium mit verdeckten Operationen in Mittelamerika in Verbindung brachten, die bis in die Vierzigerjahre gingen. Offenbar besaß Lindsay ein verworrenes Geflecht von Verbindungen zu militärischen Kreisen sowohl Belizes als auch Guatemalas, ganz zu schweigen von einer

Schurkengalerie aus anderen Ländern. Was immer das Endziel des Projekts sein mochte, es lief eindeutig weiter. Im Moment interessierte mich aber nur ein einziger Aspekt. Aus dem Impuls heraus durchsuchte ich diese Dateiengruppe nach »Felix AND García-Torres«.

Die Suche erbrachte eine Liste von über zweihundert Dateien. Mein Herzschlag schaltete auf Neutral. Ich nahm ein Tütchen mit Ziploc-Verschluss aus der Tasche, nahm die beiden noch feuchten Kleenex-Knäuel heraus und aß sie. Würg. Noch ein Schluck Limo. Aaaah. Schmeckt bis zum letzten Tropfen.

Schon die erste Datei zeigte, dass Felix und García-Torres ein und dieselbe Person waren, nämlich der ehemalige Major Antonio García-Torres, jetzt Oberst in der guatemaltekischen Luftwaffe, der ganz oben auf meiner schwarzen Hit-Liste stand und verantwortlich war für die Ermordung meiner Eltern beim Massaker der G2 in meinem Dorf. Nun sah ich vor mir, dass er von Warren bezahlt wurde. Verdammt noch mal. Ich habe es *gewusst*, ich *wusste* es einfach! Heilige Scheiße! Du bist ein toter Mann, Felix, ich werde hier weitermachen, bis du wie am Spieß schreiend stirbst, du Drecksau!!!

Wie ich rekonstruierte, kannten sich García-Torres und Lindsay schon sehr lange – zumindest seit den Siebzigerjahren, als sich dort, wo heute das Stake ist, eines von John Hulls Ausbildungscamps für die paramilitärischen Einheiten befand, die Oliver North' Gruppe halfen, »unter der Ägide von Bush I.« Kokain zu verschieben. Seitdem hatte García-Torres als Lindsays Hauptkontaktmann im guatemaltekischen Militär fungiert.

Obwohl zu den Wirkungen des Tzam lics eine gewisse Verklärung gehört, klapperten meine Zähne vor Wut. Ich hatte schon den blauen Geschmack im Mund, und in meinem Schädel klingelte es. Ich sah wieder nach Marena. Sie und Max waren im Auto, was bedeutete, dass sie in etwas mehr als einer halben Stunde hier wären, wenn sie nirgendwo Halt machten.

Komm schon, Jeddidiah. Es ist irgendwo hier drin. Such. Such.

(96)

Vorerst ließ ich die Suche nach No Ways zweiten Vornamen aus, obwohl einer von ihnen José war und er ihm seinen Spitznamen verdankte. Ich suchte nur nach QUIÑONES und XILOCH.

Elf Dateien erschienen. Eine war eine Bosch-.dv4 vom Tag nach dem Hochladen, als wir noch bei Ix Ruinas waren und ich noch unter Betäubungsmitteln stand. Ich öffnete sie. Zuerst konnte ich nicht sagen, was das Bild darstellte, doch dann klärte es sich zu Grgurs großem kahlgeschorenem Schädel, der dicht vor der Kamera im schmierig-körnigen Nachtsichtgerätegrün und einem bisschen Licht von einer Rotfilterlampe auf und ab tanzte. Einer der hässlichen Alarcón-Brüder, die zu unseren Schleusern gehört hatten – ich konnte allerdings nicht erkennen, ob es Leonidas oder Luis war –, fragte ihn nach irgendetwas, bei dem es vermutlich um Anas Ablenkungskommando ging, und Grgur antwortete etwas, das ich nicht verstehen konnte. Er drehte den Kopf zur Seite, und ich erblickte No Ways Gesicht und nackten Oberkörper ungefähr zwei Meter von der Kamera. Seine Haut leuchtete in der Dunkelheit phosphorgrau.

Oje, dachte ich. Das ist schlecht. Schlecht, schlecht, schlecht.

No Way – mein bester Freund, mein einziger Freund, der sich an die verrückte Zeit in meinem Leben erinnerte – lag schräg auf einer Decke, und ein Händepaar legte ihm eine Blutdruckmanschette um den linken Oberarm. Über ein Auge war eine Art dickes Monokel mit Leukoplast befestigt, das andere wurde von Leukoplaststreifen offen gehalten. Er trug ein schwarzes Band mit Elektroden um den Kopf. Ich erhielt diesen unangenehmen schwerelosen Eindruck, wo der Teil des Gesichts, in dem man lebt, noch okay ist, aber der Rückenteil des Körpers – bei den hinteren Backenzähnen angefangen – schon zusammenzuschmelzen beginnt wie bei diesem billigen Peter-Lorre-

Imitator am Ende von *Jäger des verlorenen Schatzes.* Vor der Kamera ging ein Oberkörper vorbei, und eine andere Hand zog einen speichelgetränkten, von Leukoplast zusammengehaltenen Stofffetzen aus No Ways Mund. No Way war bewusstlos geschlagen und hierhergebracht worden. Ich hatte immer geglaubt, er wäre so wachsam, dass ihm so etwas niemals passieren könnte. Aber ich schätze, die eigenen Leute können einen immer überrumpeln. Vielleicht war auch in sein Funkgerät oder irgendeinen anderen Ausrüstungsgegenstand ein aus der Ferne auslösbarer Lähmschocker eingebaut gewesen.

Jedenfalls, er wollte etwas sagen, aber ich konnte nichts hören, nur Grgur und die Alarcón-Jungs, die besprachen, ob sie etwas gefunden hatten. Sie mussten ihn einer Leibesvisitation unterzogen haben. Als der Oberkörper sich wieder entfernte, konnte ich sehen, dass No Ways Arme mit großen Nylon-Sandsäcken fixiert waren, die an übergroße Reisbeutel erinnerten. In der unteren rechten Ecke des Bildschirms öffnete sich ein Fenster, das bekannt gab, dass die Software und die »Feldeinheit« – das Gerät, das sie benutzten – von Royal Ordnance stammte, einer Tochter von British Aerospace. Das Fenster erinnerte stark an die Benutzeroberfläche von Norton System Doctor, doch statt Datenträgerintegrität und so weiter wurden Umgebungstemperatur, Hauttemperatur, Blutdruck, Respiration, Muskeltonus, »Geschätzter Stresslevel Stimme«, galvanischer Hautwiderstand, Elektroenzephalogramm und ein Haufen exotischer Werte angezeigt. Natürlich konnte ich die Kontrollen nicht sehen, aber aus diesem einen Fenster bekam ich den Eindruck, dass diese »Feldeinheit« schon ein ziemlich komplizierter Apparat war. Elektroschocks sind mehr oder minder die einzige Art von Gewalt, die heutzutage bei Verhören noch angewendet wird, denn Strom steht fast überall zur Verfügung, ist effizient und hinterlässt keine größeren Spuren. In letzter Zeit hatte ich allerdings mehrmals gehört, dass einige Leute von Amnesty International selbst dann noch, wenn viel Leitmittel benutzt wurde, feststellen könnten, ob jemand mit Stromstößen gefoltert worden war; sie erkennen es an der Kollagenverkalkung oder anderen histologischen Veränderungen der Hautzellen. Deshalb wurden nun Wechselspannungsimpulse bei sehr geringen Stromstärken benutzt, so als benutzte man eine alte Elektrisiermaschine von der Kirmes. Dann führte die Spannung idealerweise nicht zu Lichtbögen und verursachte keine Verbrennungen. An diesem speziellen Gerät reichte die Skala bis hinunter zu 50 Volt – was wahrscheinlich nicht stärker schmerzte als ein heftiger Stoß von einem statisch aufgeladenen Teppich – bis hoch zu 60 000 V, die einen Herzanfall auslösen konnten, wenn man nicht gesund war. Ich konnte in der Aufnahme die Elektroden nicht erkennen, aber wenn man der allgemeinen Praxis folgte, wäre die eine ein großer Leiter mit viel Leitmittel, an die lose Haut zwischen zwei Zehen geklemmt, die andere wäre in den After oder die Harnröhre eingeführt.

Leonidas Alarcón bog No Way den Kopf herunter und vergewisserte sich, dass er atmete. Dann umgab er Kopf und Nacken mit einer Art dickem Joch aus weißen Lumpen. No Ways Kopf ragte daraus hervor, als wäre er zur Hälfte in einen elisabethanischen Spitzenkragen gesunken. Jemand fädelte vorn in den Schalldämpfer etwas ein, das ich für ein kleines Mikrofon hielt. No Way wäre in der Lage zu atmen und zu reden, so gerade jedenfalls, aber wenn er anfing zu schreien, wäre es nicht laut. Offenbar waren wir nicht weit von der Grabung entfernt. Wo vermutlich gerade die guatemaltekische Patrouille herumlatschte.

»No Way? Ich bin Grgur. Sie wissen, wer ich bin, nicht wahr?«

Jemand schaltete das Mikrofon ein. Es nahm No Ways Stimme sehr gut auf.

»… *quia peccavi nimis cogitatione*«, murmelte er, »*verbo, opere et omissione: mea culpa* …«

»Nur keine Angst«, sagte Grgur. »Wir werden Sie nicht verletzen, aber wir brauchen ein paar Antworten von Ihnen, ehe wir Sie offiziell in Gewahrsam nehmen.«

»… *beatum Joannem Baptistam, sanctos Apostolos Petrum et Paulum, omnes Sanctos* …«

»He, Pancho? Kapiert? Die fromme Pose steht dir nicht. Hör auf damit.« Sie ließen ihn jedoch zu Ende beten. Vielleicht waren sie alle ein wenig zu sehr Katholiken, als dass sie ihn mitten im Schuldbekenntnis unterbrachen.

»*... et vos, fratres, orare pro me ad Dominum Deum nostrum. Amen.*«

Ich hab's versaut, dachte ich. Ich hatte immer gesagt, ich würde niemandem mehr vertrauen, und dann tat ich es doch, und wieder hatte ich es auf ganzer Linie versaut ...

»Gut«, sagte Grgur. »Es tut mir leid, aber ich muss das mal kurz testen.« Der Voltmeterbalken schlug bis auf 7000 Volt aus und zuckte wieder zurück. No Way wölbte sich ein wenig und stieß die Luft aus, schrie aber nicht. Wenn man einmal einen Stromstoß gespürt hat, weiß man, dass dieser Schmerz mit nichts zu vergleichen ist. Er scheint aus dem eigenen Körper zu kommen und nicht von irgendwo außen. Es fühlt sich an, als hätten die eigenen Zellen beschlossen, sich selbst zu grillen. Ich konnte nicht anders, ich las einige Anzeigewerte ab: Die Pupillenweite stieg von 5 auf 7 Millimeter, die Muskelspannung sprang von 65 auf 90 und zurück, galvanischer Hautwiderstand – ein Maß für die elektrolytbedingte Leitfähigkeit der Haut – sank um zwanzig Prozent. Erfolg auf ganzer Linie. Leonidas Alarcón schaute wieder in die Kamera, die vermutlich die kleine Telekonferenzlinse im Displayrahmen von Grgurs Netphone war. Er lauschte einen Augenblick in die Nacht.

»Okay«, sagte er dann.

»Würden Sie uns Ihren Namen nennen?«, fragte Grgur. Seine Stimme hatte einen neuen Klang, der Polizeiausbildung verriet; der slawische Einschlag war schwächer als zuvor. Er klang gelangweilt, aber ich bekam den Eindruck, dass er es eilig hatte.

»He, du bekommst ja einen Ständer dabei«, krächzte No Way auf Spanisch. »Guckt euch das an, er mag seine Arbeit.«

»Würden Sie uns bitte Ihren Namen nennen?«, wiederholte Grgur.

»Quiñones Xiloch«, sagte No Way. Vielleicht hatte er beschlossen, die Sache so schnell wie möglich hinter sich zu bringen.

»Könnten Sie uns bitte Ihr Alter nennen?«

»Vierunddreißig.«

Grgur schwieg eine Weile. Vermutlich las er die Anzeigen ab. Der Elektroenzephalograf schien darauf eingestellt zu sein, dass er Spitzen, Minima und ungewöhnliche Konzentrationen der sinusförmigen Alphawellen über unterschiedliche Zeitintervalle markierte. Im Augenblick schwankte die Frequenz zwischen zehn und dreizehn Hertz, was Polygrafenkundige vermutlich als normalen Stress bezeichnen würden.

»Würden Sie uns bitte sagen, wo Sie primär Mitglied sind – wem Ihre Loyalität gehört?«, fragte Grgur.

»EGP«, antwortete No Way. Damit meinte er die *Ejército Guerrillero de los Pobres,* die Guerillaarmee der Armen.

»Würden Sie Ihre militärischen Verbindungen aufzählen?«

»Nur EGP.«

»Würden Sie uns Ihre Position innerhalb dieser Organisation nennen?«

»*Clase de tropa*«, sagte No Way. Das war so etwas wie ein Unteroffizier.

»Würden Sie uns Ihre Kennziffer nennen?«

»Nummern gibt es bei uns nicht.«

Grgur ging nicht weiter darauf ein. Vielleicht wusste er, dass es stimmte. Jedenfalls rekalibrierte sich das Programm und markierte die Antwort als normal.

»Würden Sie uns bitte Ihren Kommandeur innerhalb dieser Organisation nennen?«

»Carlos.« Carlos war der Kopf der gesamten Guerillaarmee der Armen, wie es in Südmexiko Anfang der Neunzigerjahre Marcos gewesen war. Wie Marcos trug er immer Sonnenbrille und Halstuch, und niemand kannte seine wahre Identität. Es war nicht einmal bekannt, ob es sich überhaupt um nur eine Person handelte.

»Würden Sie uns die Namen der anderen Offiziere in Ihrer Zelle nennen?«

»Rodríguez, Infante, Kauffman, Noxac, Rueda.«

»Davon haben wir keinen in den Akten«, sagte Grgur.

»Dann kenne ich ihre richtigen Namen nicht«, erwiderte No Way.

»Würden Sie uns die Namen der anderen Offiziere in Ihrer Zelle nennen?«

»Rodríguez, Infante, Kauff…«

Das Voltmeter sprang auf 10000 und blieb dort für 2,1 Sekunden. No Way bog den Rücken durch, zuckte und stieß einen dünnen, pfeifenden Schrei aus.

»Das ist Blödsinn«, sagte Grgur. »Würden Sie uns bitte den Namen Ihres Kontaktmanns nennen?«

»Bist du schon gekommen?«, fragte No Way.

»Wer ist Ihr gegenwärtiger Kontaktmann?«

»Nestor Xconilha.«

»Würden Sie uns bitte den Namen Ihres gegenwärtigen Führungsoffiziers nennen.«

»Das ist auch Nestor Xconilha.«

»Wer ist Ihr Backup?« Er meinte die Person, die nach einem sucht, wenn man sich nicht mehr meldet.

»Für diesen Einsatz habe ich kein Backup.«

»Wann ist das Datum Ihres Verschwindens?«

»Heute.«

»Wie lange wird es dauern, bis Ihre Organisation nach Ihnen sucht?«

»Sie könnte schon jetzt nach mir suchen.«

»Wir sollten erst morgen fertig werden.«

»Ich hätte mich noch heute melden sollen.«

»Wen können wir kontaktieren, um das zu bestätigen?«

»Kein Kontaktversuch wird beantwortet werden«, entgegnete No Way.

»Welche Rufzeichen können Sie uns geben, damit wir Ihnen helfen können, Meldung zu erstatten?«

»Sie würden euch gar nichts nützen.«

»Wenn wir Sie den Kontakt machen ließen, werden Sie dann dafür sorgen, dass sie uns hier treffen?«

»Sicher.«

»Ich habe ein Problem mit Ihren Werten bei dieser Antwort«, sagte Grgur.

»Stimmt schon, du hast recht, sie werden sich nie darauf einlassen«, sagte No Way. »Das ist gegen die Regeln. Dazu sind sie zu vorsichtig.«

»Was machen wir dann?«

»Treffen an einem, äh, vorher verabredeten Ort«, sagte No Way.

»Darf ich fragen, wo das ist?«

»Bei Poptún.«

»Ich glaube nicht, dass das stimmt«, sagte Grgur. »Hören Sie, Sie wissen doch von der neuen Polygrafen-Feedback-Software, oder?«

»Nein«, sagte No Way. Er hoffte, sie würden sich die Zeit nehmen, es ihm zu erklären.

»Doch, Sie wissen Bescheid«, erwiderte Grgur, »das merken wir. Selbst bei so einer belanglosen Frage.«

»Okay«, sagte No Way. Ich merkte aber, er wusste, dass das Scheißdreck war. Und ich glaube, Grgur merkte es auch. Nicht dass das Ding nicht empfindlich gewesen wäre, aber alle echten Verhörspezialisten wissen, dass man so viele Anzeigen haben kann, wie man will, sie haben nichts mit der Wahrheit als solcher zu tun. Wenn überhaupt, hängen sie damit zusammen, wie sehr der Proband den nächsten Schmerzensstoß erwartet und fürchtet. Wenn er glaubt, dass zu lügen den Schmerz verhindert, dann gehen seine Werte bei einer Lüge vielleicht hinunter, nicht hinauf. Ich vermute, sie hofften, bei der Auswertung der Daten am Stake etwas herauszufinden, wenigstens eine oder zwei Schlüsselantworten.

»Wen sollen wir verständigen, falls wir Sie einer Patrouille des guatemaltekischen Heeres übergeben müssen?«, fragte Grgur.

»Niemanden.«

»Wen sollen wir verständigen, falls Sie verhaftet, verletzt oder getötet werden?«

»Niemanden.«

»Sie müssen verstehen, wir sind Ihnen nicht feindlich gesinnt, ob Sie es glauben oder nicht«, sagte Grgur. »Wir stehen vielmehr der gegenwärtigen Regierung dieses Landes in gewisser Weise feindlich gegenüber, und wir hatten den Eindruck, dass es bei Ihnen genauso ist. Stimmt das?«

»Ja.«

»Würden Sie uns bitte sagen, was Ihre Zelle über diese Operation weiß?«, fragte Grgur. Wenigstens im Augenblick ließ er die Frage nach den Namen ruhen. Vielleicht ging es ihnen gar nicht darum.

»Sie meinen diese spezielle Plünderungsexpedition?«, fragte No Way.

»Ja.«

»Ich selbst weiß gar nichts darüber.«

»Was weiß Ihre Zelle?«

»Sie weiß gar nichts. Ich habe seit dem 18. März keinen Kontakt mehr.«

»Würden Sie uns bitte sagen, was Mr. DeLanda Ihnen über diese Operation erzählt hat?«

»Nichts. Das heißt, nichts bis auf den Zeitplan und dass Sie graben und dass Stillschweigen bewahrt werden muss.«

»Sie sind sicher, dass das alles ist?«

»Ja, ich habe sogar gefragt, ob Sie es auf Jademasken abgesehen haben oder worauf sonst, und er sagte, er würde es mir nicht verraten.«

»Können Sie uns sagen, was Sie über die Siedlung bei Pusilhás wissen?« Grgur meinte das Stake, aber vermutlich durfte er es nicht so nennen. Ich wusste, dass sie sehr geheimniskrämerisch waren, was das anging.

»Ich weiß, dass in dieser Gegend ziemlich viel Landbesitz gekauft wurde. Von den *huevos*. Vier Plantagen, Wasserrechte ... aber mehr weiß ich nicht.«

»Sind Sie sicher?«

»Sie bauen einen Flugplatz und einen Kontrollturm.«

»Was noch?«

»Das ist alles«, sagte No Way. Er sah nicht gut aus. Seit Beginn der Vernehmung war sein Blutdruck von 135 zu 80 auf 155 zu 95 gestiegen, und das Pneumogramm sagte aus, dass seine Atemfrequenz 25 pro Minute erreicht hatte.

»Würden Sie uns bitte alles aufzählen, was Mr. DeLanda Ihnen über die Siedlung bei Pusilhás berichtet hat?«

»Er hat mir gar nichts darüber erzählt. Nur dass Sie da durchgekommen sind. Ich nehme an, sein Arbeitgeber hat irgendetwas damit zu tun. Aber gesagt hat er mir das nicht.«

»Mr. DeLanda behauptet, Sie hätten die Patrouille auf unseren

Standort aufmerksam gemacht. Möchten Sie uns diese Geschichte aus Ihrer Sicht schildern?«

No Way schwieg.

(97)

No Way wusste natürlich, dass es eine glatte Lüge war. Der Kniff war allzu genau nach dem Handbuch, ein Versuch, dem Verhörten das Gefühl zu geben, er wäre verraten worden.

»Ich habe niemandem irgendetwas gesagt.«

»Haben Sie jemandem ein Zeichen gegeben?«

»Nein. Ich habe niemandem ein Zeichen gegeben.«

»Wenn das so ist, wer hat Ihrer Meinung nach die Patrouille über uns informiert?«

»Das weiß ich nicht.«

»Haben Sie die Patrouille über uns informiert?«

Für mich war es ziemlich eindeutig, dass in dem ganzen Gewirr dies die Frage war, auf die es Grgur ankam. Wenn feststand, dass es nicht No Way war, der uns verraten hatte, müssten sie woanders suchen. Vermutlich bei ihren sogenannten Freunden in der Armee.

»Nein«, sagte No Way.

»Warum haben Sie die Patrouille über uns informiert?«

»Das habe ich nicht«, sagte No Way. Die Spannungsanzeige stieg langsam von einem 100-Volt-Kitzeln auf 2000, dann auf 8000 Volt. Nach drei Sekunden, bei 15 000 Volt, konnte No Way es nicht mehr aushalten. Er krümmte sich noch stärker und zuckte. Dann stieß er ein Quietschen aus, als sägten seine Stimmbänder gegeneinander. Wieder zuckte er und erschlaffte, als die Spannung auf null sank.

»Das war eine Sekunde eines Schocks der Stufe Zwo«, sagte Grgur. »Bei Ihrer nächsten falschen Antwort warten wir vier Sekunden und versetzen Ihnen einen Schock der Stufe Vier. Nur dass Sie es wissen, Stufe Acht könnte tödlich sein.«

»Probieren wir's«, krächzte No Way.

»Ich muss es Sie noch einmal fragen«, sagte Grgur.

Schweigen.

»Hören Sie, es ist doch keine große Sache, wir haben es schließlich auf niemanden abgesehen. Wir möchten nur wissen, wo wir einen Fehler begangen haben. No Way? Wer hat die Patrouille über uns informiert?«

»Ich weiß es nicht.« No Ways Werte stiegen. Er wartete auf den Schock. Seine Temperatur sank, und sein galvanischer Hautwiderstand war um weitere zwanzig Prozent gesunken. Das EEG zeigte spitze epileptoide 700-µV-Peaks und starke Asymmetrien zwischen der rechten und der linken Hirnhälfte. Doch der Schock kam nicht.

»Sie sagen also, jemand sonst hat es getan.«

»Nein. Hab. Ich. Nicht.« No Way klang wie ein zertretener Ochsenfrosch. Das Stimmstressniveau-Dingen stellte sich auf sein neues Timbre ein. 85 %, zeigte es an.

»Sie haben was nicht?«

»Ich. Habe. Niemanden. Informiert.«

»Der Offizier der Patrouille hat uns bereits gesagt, dass die Information von Ihnen kam.«

»Stimmt nicht.«

»Wer war es dann?«

»Ich weiß es nicht. Falls es jemand war. Oder nicht.«

»Was *glauben* Sie denn, wer die Patrouille informiert haben könnte?«

»*¿Quien sabe?*«

»Sind Sie sicher? Ich werde Ihnen gleich einen langen Schock versetzen müssen.«

»Können Sie mich bitte jetzt hinrichten?«, fragte No Way, doch da stieg die Spannung schon wieder, und seine Stimme erhob sich zu einem Kreischen und verebbte in feuchtem Spucken. Grgur hielt die Spannung drei Sekunden. Das EEG fiel auf ein Niveau, das es als bewusstlosen Alpha-Level bezeichnete. Grgur stellte die Spannung ab, und Leonidas nahm ihm den Dämpfer vom Hals. Bewusstlos zu werden war eine Sache, aber sie wollten nicht, dass er in Schock fiel.

(98)

»Das sieht nicht gut aus«, sagte Leonidas. No Ways Kinn war voller Blut. Als sie es abwischten, sah ich, dass er sich die Unterlippe zerbissen hatte. Ich vermute, sie machten sich Gedanken darum, weil es eine für Folteropfer typische Verletzung war. Leonidas schob No Way etwas Gaze zwischen die Zähne und die Ober- und die Unterlippe. Dadurch sah er ein wenig aus wie eine Ubangi-Frau. No Way wachte auf und holte Luft zu einem Schrei – er hatte begriffen, dass sie es auf Verschwiegenheit anlegten –, doch Leonidas setzte wieder den Dämpfer vor seinen Mund, ehe er einen Laut hervorbrachte. Mit einem Stück Leukoplast klebte er eine Haarlocke fest, die ihm in die Augen gefallen war.

»Also weiter«, sagte Grgur.

»Okay, es ist okay«, sagte Leonidas.

»Okay, No Way?«, fragte Grgur. »Können Sie mich hören?«

»Uh-huh.«

Ich glaube, er versuchte, erneut Bewusstlosigkeit herbeizuführen, aber das System von Royal Ordnance verstand sich darauf, so etwas zu verhindern. Grgur gab ihm einen 100-Volt-Schock zum Aufwachen.

»Wer ist Jeds Backup?«, fragte Grgur.

»Das bin ich.« Seine Vokale waren nur gekeuchte Grunzlaute, und die Konsonanten waren ihm ganz ausgegangen, aber ich verstand ihn trotzdem.

»Also gut. Hören Sie zu. Wir wussten bereits, dass die Patrouille auf ein Zeichen von Ihnen hin gehandelt hat. Wir wollen nur, dass Sie uns bestätigen, wer den Kontakt herbeigeführt hat und wie die Patrouille verständigt wurde.«

Keine Antwort. Natürlich hatten sie überhaupt keinen Hinweis. Grgurs Behauptung war nur wieder Standardvorgehensweise, dem

Verhörten klarzumachen, man wisse genau, dass er log. No Way kaufte es ihnen aber nicht ab.

Foltern zur Informationsbeschaffung funktioniert tatsächlich, kann aber Zeit beanspruchen.

No Way konnte sich nun entscheiden, ob er seine Antworten änderte, um Zeit zu kaufen, oder bei der Wahrheit blieb, damit sie ihn so bald wie möglich töteten. Alle Guerillas waren geschult, die erste Möglichkeit zu versuchen und die Verhörenden so lange zu beschäftigen, wie es nur ging. Ein Hauptgrund dahinter bestand in der sogenannten 48-Stunden-Regel: Man hielt den Feind hin, damit die anderen Mitglieder der Zelle Zeit bekamen, sich aus dem Staub zu machen, ehe die andere Seite ihren Aufenthalt erfuhr. Ein anderer war, dass man eine größere Chance besaß, wenn die Verhörenden einen irgendwohin schaffen mussten. Sobald man in einem Gefängnis saß, war es nicht mehr ganz so wahrscheinlich, dass man liquidiert wurde. In diesem Fall gab es niemanden, der fliehen musste, nur glaubte No Way vielleicht, dass ich mich hier aus eigener Kraft davonmachen müsste, und ich bin mir ziemlich sicher, dass er sich keine Hoffnung mehr machte – zu Recht. Doch er hatte bemerkt, dass sie nervös waren, weil jemand sie entdeckt hatte. Und um ihnen so viel Ärger zu machen wie möglich – glaube ich –, tat er genau das Richtige: nämlich ihnen zu Anfang die Wahrheit zu sagen und später zu lügen, wenn sie die Daumenschrauben zudrehten und die Interpretation der physiologischen Messwerte schwieriger wurde.

»No Way? Hören Sie. Wer ist Ihr wichtigster Mann bei den Guates?«

»Cano.«

»Rang und Vorname?«

»Capitán. Juan.«

»Würden Sie uns bitte sagen, wie und wann Sie die Patrouille informiert haben?«

»Frisch gestohlenes Netphone. Text hinterlassen, Anfrage für Newsletter.«

»Würden Sie uns bitte den Namen des Patrouillenführers nennen?«

»*No sabe.*«

»Wem haben Sie von dieser Operation erzählt?«

»*Cano y los GNAH.*«

»Wem noch?«

»Das fällt mir gerade nicht ein.«

»Was haben Sie ihnen über diese Operation verraten?«

»Alles, den Zeitplan, das Ziel, die Fracht, alles eben.«

»Und was ist Ihrer Meinung nach unser Ziel?«

»Königsgräber.«

»Was ist in den Königsgräbern?«

»Bestimmte Artefakte.«

»Welche?«

»Das weiß ich nicht.«

»Möchten Sie eine Zigarette?«

»Ja, gern. Vielen Dank.«

»Dann geben Sie uns bitte diese Liste, und wir geben Ihnen eine Zigarette.«

»Äh, de Vega«, sagte No Way und tat so, als denke er nach. »De Rivera. Caballero, Negrín, äh, Azaña y Díaz ...«

»Das kommt mir so nicht richtig vor«, sagte Grgur. Er tat so, als würde er die Namen, die No Way angab, mit einer Liste vergleichen, aber ich wäre jede Wette eingegangen, dass sie leer war. »Ich werde Ihnen einen Schock der Stufe Sechs versetzen müssen.« Grgur gab ihm einen kleinen Stromstoß, nur eine halbe Sekunde lang, doch No Way war schon so geschwächt, dass ihm der Schweiß in Perlen auf die Haut trat und an ihm herunterlief, als quetschte jemand sein Gesicht aus wie einen feuchten Schwamm.

»Bitte tun Sie das nicht«, sagte No Way. »Ich helfe Ihnen, mit ihnen in Kontakt zu treten.«

»Mit wem?«

»Mit wem Sie wollen.«

»Wir werden Sie nicht hinrichten, verstehen Sie«, sagte Grgur.

»Vielen Dank.«

»Möchten Sie uns noch etwas sagen, ehe wir Sie freilassen?«

»Nein.«

Ich merkte, dass No Way sie noch länger beschäftigen wollte, doch er besaß kaum noch die nötige Energie. Er wusste, dass sie ihn töten würden, aber ich glaube, er wollte ihnen noch möglichst viele Falschinformationen unterschieben. Oder vielleicht klammerte sogar er sich in der sprichwörtlichen letzten Sekunde doch noch ans Leben. Es ist schwer, das nicht zu tun.

»Okay, das genügt«, sagte Grgur. »Sind Sie sicher, dass Sie uns nichts mehr zu sagen haben?«

»Nein, nein, ich kann Ihnen noch vieles sagen.«

»Okay, was?«

»Anzahlung. Banco de Gran Caimán.«

Für mich war offensichtlich, dass das überhaupt nichts bedeutete. Es war bloß eine falsche Spur, die ihnen Zeit rauben sollte, und ich glaube, das wussten sie.

»Wer ist der Kontaktmann an der Bank?«

»Zamora.«

»Das kommt mir nicht richtig vor.« Ich hörte einen nahezu lautlosen Schrei, und der Voltmeterbalken sprang auf 40 000. Sie ließen ihn nur eine Viertelsekunde lang bei dieser Spannung, doch es schlug ihn trotzdem bewusstlos. No Way verkrampfte Gesicht und Körper; dann erschlaffte alles. Sein Mund stand offen, und der Speichel lief hinaus. Sein Herzschlag setzte aus, machte zwei irreguläre Peaks und senkte sich wieder auf 65. Sein EEG zeigte Bewusstlosigkeit an.

»Also gut«, sagte Leonidas. »Das sind jetzt schon zwanzig Minuten, mehr Zeit brauchen wir darauf nicht zu verwenden.«

»Wir geben Ihnen eine Liste von Namen, die vielleicht bei Pusilhás arbeiten. Ich möchte, dass Sie mir sagen, welche Sie zuvor gehört haben, welche Ihre Organisation beschattet oder gern beschatten würde, und über wen sie gern mehr erfahren würde. Haben Sie verstanden?«

»Okay.«

»Auch wenn Sie den Namen nur einmal gehört haben, möchte ich, dass Sie es mir sagen, und dann versuchen wir uns zu erinnern, wo das war. Alles klar?«

»Okay.«

»Bastarrachea Manzano.«

»*No sé.*« Das Programm überlegte eine Sekunde und gab eine Gesamtpunktzahl von 7,6 von 10.

»Juan Ramón.«

Es zeigte eine 7,0.

»Froot Loops.«

»*No sé.*« 7,8.

»Count Chocula.«

»*No sé.*« Die Anzeigen sahen etwas anders aus, aber das Programm gab der Antwort eine 8,1.

»Domingo Dzul.«

»*No sé.*« Das Gesamtergebnis sprang auf 9,0.

»Bacon and Eggs.«

»*No sé.*« 9,5.

»Hmm«, machte Grgur. »Reden wir einen Augenblick über Count Chocula.«

Er lag richtig, dachte ich. Count Chocula war der einzige Name mit Hintergrund, den sie hatten. Die Anzeigen waren hochgegangen, nachdem Grgur ihn ausgesprochen hatte, weil No Way sich auf die Zunge gebissen oder irgendeinen anderen Trick angewandt hatte, um die Messung zu verfälschen.

»Sind Sie sicher, dass Sie nie von Count Chocula gehört haben?«

»Nein«, sagte No Way. »Aber ich kann mir Markennamen so schlecht merken.«

»Wenn Sie ihn gehört hätten, was hätten Sie über ihn gehört?«

»Ich kann mich nicht erinnern.«

»Wo wäre der Name aufgetaucht? In einem EGP-Camp?«

»Das stimmt«, sagte No Way. Er gab nicht nach. Er versuchte sie zu verwirren. Er kannte kein Geheimnis, das zu beschützen sich lohnte. Allerhöchstens wollte er mich beschützen, jede Schuld von mir nehmen und auf sich laden – auch wenn ich nach allem, was er wusste, auf ihrer Seite stand oder vielleicht sogar die Patrouille verständigt hatte. Ich fragte mich sehr, was er davon gehalten hatte. Ich hoffte, dass er mir vertraute. Oder vielleicht rechnete er sich doch eine Chance aus, die er offensichtlich nicht besaß. Oder er hatte sein Urteilsvermögen zugunsten dieser letzten Tat hintenangestellt. Und was die reine Widerstandsleistung anging, gehörte er zu den mutigsten Verhörten, von denen ich je gehört hatte. Auf jeden Fall war er genauso zäh wie die zähesten Typen in Mayaland.

»Sind Sie sicher, dass Sie nichts hinzuzufügen haben? Ihnen ist klar, dass wir Sie jetzt töten werden?«

No Way sagte nichts, drehte nur die Pupillen nach hinten, was dem Schließen der Augen so nahe kam, wie es ihm nur möglich war.

»Sie sind sicher? Okay.«

Die rechte Hand von jemandem hielt No Way einen kleinen Sandsack aus Nylon, der mit Klebeband fest umwickelt war, an die linke Kopfseite, gleich über dem Ohr. Die dazugehörige linke Hand stützte auf der anderen Seite den Kopf, damit sein Hals sich nicht biegen konnte. Einen Augenblick lang geschah nichts, dann schwangen die Arme einen zweiten umwickelten Sandsack wie eine große Wurst unter Schulterhöhe gegen den ersten. Was ich sah, war eine Variante der Methode, die die Polizei in den USA als »Telefonbuchtechnik« bezeichnet. Sie dient dazu, jemandem eine Prellung zu verursachen, ohne dass ein äußerlich sichtbarer Bluterguss entsteht. Den Hieb hörte ich kaum, doch No Ways Herzschlag setzte aus und beschleunigte sich. Sein EEG überstieg die 900 Hz, dann fiel es und normalisierte sich wieder. No Ways Gesicht zeigte die Art von Schmerzen unter der Oberfläche wie bei einem Hund mit einem bösen Traum.

»Einen Augenblick«, sagte Grgur. Er holte wieder mit dem Sack aus und schwang ihn erneut. No Ways Puls bekam einen letzten Peak und zeigte nur noch eine flache Linie. Sein EEG lief weiter, auf eine unglaublich unregelmäßige Weise, als dächte er noch an ein paar unzusammenhängende Dinge, Schiffe und Siegelwachs und Kohlköpfe. Wieder passierte einen Augenblick lang nichts. Leonidas' Hände verschwanden aus dem Bild. Das Video tanzte, als Grgur das Netphone aufhob und damit eine Nahaufnahme von No Ways Gesicht mit weit offenen Puppenaugen machte. Er hielt es ruhig, lange genug, um zu zeigen, dass No Way nicht mehr atmete. Seine Körpertemperatur war bereits um ein Zwanzigstelgrad gesunken.

»Okay«, sagte Grgur. Ich sah hin und wieder, wie die Leute die Sensoren von No Ways Kopf abpflückten, ihn säuberten und wieder anzogen, achtete aber eigentlich gar nicht darauf. Ich bemerkte, dass sie ihm ein Klettergeschirr anlegten, was vermutlich bedeutete, dass sie ihn in ein *choltun* werfen würden, als hätte er versucht, auf einen Berg zu steigen, und wäre abgestürzt. Man sollte meinen, dass sie an einem Ort wie diesem nicht solche Sorgfalt walten ließen, aber ich nehme an, man hatte sie einfach darauf gedrillt, immer und überall professionell vorzugehen.

(99)

Zwei Minuten später endete das Video. Ich rührte mich nicht. Ich kam mir vor, als müsste ich vor saurem Durchfall platzen. Und kotzen. Oder dass eine einzige Masse aus Durchfall und Kotze jeden Augenblick aus jeder verfügbaren Körperöffnung spritzen müsste.

No Way war mein wohl bester Freund und ganz gewiss der einzige Freund aus der *vida loca,* den ich noch hatte. Er hatte immer ein gefährliches Leben geführt, doch dass ich persönlich seinen Tod verursacht hatte, war für mich erheblich schlimmer als die bloße Tatsache seines Todes. Für jedes Mitglied jeder Blutsbrüderbande gilt, ganz gleich wo, dass man jemandem, den man in eine Falle führt und den es da erwischt, erheblich mehr schuldet, als wenn ihn nur irgendjemand auf der Straße abgeknallt hat.

Das Gefühl, verraten worden zu sein, ist etwas Erstaunliches. Es ist im Warhol'schen Sinne abstrakt, zu groß und zu schrecklich, um zu versuchen, es darzustellen. Ich empfand eine völlig neue Dimension meiner Wut, die sich unterschied von dem Zorn, den ich auf Menschen hatte, die unehrlich und dumm waren und alles kaputt machten. In gewisser Weise war diese Wut sogar stärker als mein Hass auf die Soldaten, die meine Familie hatten verschwinden lassen, weil die Wut durch diesen persönlicheren Übergriff exponentiell vermehrt wurde. Und wenn ich daran zurückdenke, erscheint mir von allen merkwürdigen Dingen, die mir zugestoßen sind, Marenas Verrat am merkwürdigsten; ihn zu begreifen fiel mir mit Abstand am schwersten. Denn er ließ die Welt am fremdartigsten erscheinen. Obwohl ich sogar damit gerechnet hatte.

Ich schaute mir das Video immer wieder an. Jedes Mal absorbierte ich die Tatsache ein wenig mehr und spürte auf beinahe abgekoppelte Weise, wie der Ballon meiner Wut sich in meiner Brust weiter blähte.

Sie hat dich verkauft, dachte ich. Sie hat dir den Vibrator so weit in den Arsch gerammt, dass dein Gaumenzäpfchen sein Summen spürt.

Nein, warte, dachte ich dann, du weißt ja gar nicht, inwieweit sie eingeweiht war. Vielleicht weiß sie nicht einmal, dass No Way tot ist.

O doch, sie weiß es. Sie weiß nur nicht, dass es da unten passiert ist. Lindsay sagt ihr offenbar nicht alles, aber sie kennt sich reichlich gut aus. Wenn sie neugierig tut, was aus No Way geworden ist, dann will sie nur ihren engen kleinen Hintern retten.

Zuallererst müssen wir Grgur in die Hände bekommen. Ihn vernehmen. Was hat Marena wirklich vor?

Was soll das geben? *Aktiviere die Kraft des Wunschdenkens?* Möchtest du das Ausmaß ihrer Schuld auf einer Skala zwischen Quisling und Mussolini genau einordnen können? Sie hat dich verarscht, und zehn zu eins werden sie dich auch bald erledigen, und sie weiß es, und es ist ihr egal. Wenn sie es nicht sogar selbst vorgeschlagen hat. Wahrscheinlich turnt es sie an, sich von einem Typen ficken zu lassen, der bald eine Leiche sein wird. Dead Man Fucking. So ein Machtspielchen. Dein Leben lang bist du nur ein Werkzeug gewesen, ein scharfes Werkzeug vielleicht, aber trotzdem ein Wegwerfartikel wie ein Einmalrasierer.

Ja, du hast recht. Zeit, die Sau rauszulassen. Ich konnte mich schon dabei sehen, wie ich überkochte, das ganze Haus in Trümmer legte und Marena packte, um sie zu verhören und ihr ihre eigene Scheiße zu schmecken zu geben.

Tu es nicht, sagte ich mir. Wenn du deiner Wut nachgibst, verpfuschst du es noch mehr. Ruhig. Ruhig. Komm über das Stadium der Wut hinaus, erreiche das kalte Stadium, wo du nur noch die kleine grüne Flamme am Leben erhalten musst. Lass dir eine Möglichkeit einfallen, dieses Zeug zu kopieren. Geh damit an die Öffentlichkeit. Bring sie alle hinter Schloss und Riegel. Und wenn sie im Knast sind, *dann* lass sie umbringen.

Nein, warte, es ist doch besser, sie vorher umzubringen. Wenn du sie vor Gericht bringst, dann heuern sie bloß Scheck, Spence & Dershowitz an, und alles bleibt beim Alten, nur du hängst zum Trocknen in der Sonne. Bestenfalls. Schlimmstenfalls verschwindest du, ehe du dich jemandem stellen kannst.

Okay. Okay.

Ziel?

Revanche.

Warum zum Teufel hat Lindsay dieses Video aufbewahrt?, fragte ich mich. Vielleicht wollte er etwas gegen seine Killerschwadron in der Hand halten. Trotzdem …

Okay. Aufnahme. Ich lud die Datei auf einen USB-Stick und beobachtete, wie der Fortschrittsbalken sich mit tödlichen Daten füllte. Dort stand, es würde noch 1,2 Minuten dauern.

Du weißt immer noch nicht, was los ist, überlegte ich. Finde es heraus. Tu das Richtige. Information ist noch keine Macht, aber sie ist der richtige Weg. Zuerst findest du heraus, was Lindsay wirklich vorhat. Dann planst du sorgfältig. Dann schreckliche, gnadenlose Rache. Dann Party.

Ich schaute nach Marenas GPS-Signal. Sie zwar dreizehn Kilometer westlich von hier, aber es sah aus, als wäre sie auf dem Rückweg.

Okay, dank nach. Lindsay hat einen Plan.

Finde ihn heraus.

Was ist sein Plan, was ist sein Plan, was ist sein Plan?

Weiß nicht genau, Shitlock. Ich gab »Count Chocula« in die Suchmaske. Was wollte die EGP von dem Burschen? Wenn sie überhaupt etwas von ihm wollten. Warum ist Warren eigentlich so paranoid, was dieses dämliche Stake angeht? Es war schließlich nicht geheim oder so was, es sah aus wie ein mit erlesen schlechtem Geschmack designtes mormonisches Sommerlager. Eines von Dutzenden. Bislang sah es aus wie ein Ford-Händler mitten im Regenwald, der nur gebrauchte 1979er Pick-ups verkauft. Was ist da schon dran? *Die Antworten auf diese Fragen und noch viel mehr erfahren Sie nächste Woche – in der atemberaubenden neuesten Folge von …*

63 Dateien wurden gefunden.

Ha.

(100)

Ein paar von den Warnfenstern waren so öde wie Danke, dass Sie SchnarchPro 1.3 heruntergeladen haben. Andere dagegen trugen sehr simple, wenngleich mächtige Hinweise ... Klicken Sie auf keine anderen als die bezeichneten Icons, sonst müssen wir Sie zu unserem Bedauern ausweiden. Dennoch, allzu schlimm wirkte es nicht. Heutzutage braucht man eigentlich gar nicht mehr zu hacken, man benutzt einfach Reverse-Engineering-Programme. Man wird zum Systemadministrator. Lachhaft.

Ich sah nach dem GPS-Punkt von Marenas Netphone. Sie war auf der Chinikatook Street. Auf dem Nachhauseweg. Ich sollte mich besser beeilen.

Suche ... suche ...

Die meisten waren offenbar Militärprodukte, so etwas wie der kegelkugel- und der beachballgroße Roboter. Eine Tochterfirma von Warren entwickelte sehr viel kleinere »Spinnenroboter«, die zum Teil durch Taubengehirne gesteuert wurden. Nicht aufhören zu gucken, dachte ich. Augen auf das Bling.

Okay. Ich fand heraus, dass LEON keineswegs ein Akronym für »Learning Engine/Orlando Network« war. Vielmehr ist es ein Kürzel für Leonid Bugajew, den russischen Forscher, der Anfang der Siebzigerjahre die Zeitreiseexperimente des sowjetischen Militärs geleitet und die grundlegenden Gleichungen für das Raketenabwehrsystem entwickelt hatte – ein Name, der mir während irgendeiner Konferenz zu Ohren gekommen war.

Noch immer wusste ich nicht, was die Warren Group wirklich machte. War sie ein Rüstungskonzern, der für das Pentagon produzierte? Oder auch für andere Länder?

Von sich aus sagten sie mir jedenfalls gar nichts, so viel stand fest.

Mir war kalt, und ich zitterte.

Bebte.

Offensichtlich hintergangen, auch wenn ich nicht genau wusste, inwiefern.

Einen Augenblick lang kam es mir vor, als wäre jemand mit mir im Raum. Doch als ich mich umblickte, war niemand da.

Das Stake hatte eine Staffel von fünf F-22, was sich vielleicht nicht nach viel anhört, aber ausreichte, um einigen Schaden anzurichten. Dazu kamen mehr als vierzig unbemannte Drohnen, über fünfhundert ferngelenkte Mittelstreckenraketen, mehr als zweihundert Fracht- und Truppentransportflugzeuge sowie acht Kampfhubschrauber und wenigstens dreißig unbewaffnete Helikopter.

Wie viele Soldaten? 1200 Reguläre, 14 000 Irreguläre?

Die Pentagon-Gruppe hatte ausgerechnet, dass das Land viel mehr Anschläge vom Ausmaß des Disney-World-Horrors nicht durchstehen würde, die sich auch dann ereignen konnten, wenn die USA ihre Nahostpolitik vollkommen umkrempelte – was nicht geschehen würde. Und mit konventionellen Mitteln ließen sie sich nicht verhindern. Deshalb finanzierte das Pentagon Forschungen an spekulativen Systemen, die in der Lage sein konnten, eine Situation berührungsfrei zu verändern oder sie in andere Bahnen zu lenken, wenn sie bereits eingetreten war. In den letzten zehn Jahren waren fast einhundert spekulative Forschungsvorhaben finanziert worden – Desintegratorstrahlen, Antischwerkraft, Telekinese, Atmosphärenschilde, Wetterkontrolle und so weiter –, und nur ein paar, namentlich das BTP, hatten je Ergebnisse erzielt.

Sie führten an, dass sie niemals in der Lage wären, jeden Terroristen davon abzuhalten, in ein Flugzeug zu steigen und es zu übernehmen; aber man könne vielleicht in den Kopf des Terroristenpiloten eindringen und ihn zwingen, den Kurs zu ändern – und sei es in letzter Sekunde –, sobald man erkannt hatte, dass der Jet auf ein gegebenes Ziel zufliegt.

Dann wurde klar, dass selbst dazu vielleicht nicht mehr Zeit sein würde, aber dass es möglich sein könnte, Signale, sogar ein Bewusstsein in den Kopf dieses Terroristen in nicht allzu ferner Vergangenheit zu schicken. Dadurch würde sich natürlich erst in dem Augenblick etwas ändern, in dem man das Signal sendete – aber es konnte einem genügend Spielraum verschaffen, um noch zu ändern, was dieser Terrorist daraufhin tun würde, und zwar von dem Moment an, in dem das Signal gesendet worden war.

Als sie erst einmal so weit waren, uferte das Projekt aus. Und wuchs und wuchs.

Okay. Zeit für den Anruf. Ich berührte PIC. Marenas Kopf und Schultern tauchten auf.

(101)

»Hi, Freund«, sagte ihr Kopf. »Ich habe wegen Slushies Halt gemacht. Und ich muss ein paar Dinge erledigen. In einer Dreiviertelstunde bin ich bei dir.« Toll, sagte ich, und es gelang mir, ausdruckslos zu bleiben. Sie verschwand. Die Statusleiste verriet mir, dass wir schon 17:11 hatten.

Okay. Dann mal hurtig.

Bestell etwas. Ich klickte ParkShop an, und nach kurzem Umsehen orderte ich ein paar Unverzichtbarkeiten von Lobel Brothers Prime Kosher Provisions und New Prana Botanica und Balducci's South und noch ein paar Läden und bezahlte mit Marenas Mall-Nummer. Statt Marenas Lieferservice zu benutzen, nahm ich Pink Dot – das ist ein schneller Dienst, den ich schon oft benutzt hatte – und schickte ihnen die Liste. Man kann fast überall fast alles bekommen, ohne mit auch nur einem einzigen Menschen reden zu müssen. Ein Moskito – wie kam der hier herein? – zog zwischen mir und dem Bildschirm vorbei, und ich packte ihn und machte ihm den Garaus. Lautlos entschuldigte ich mich beim Großen Vater Moskito und zur Sicherheit bei der ganzen Moskito-Sippe. Ich wischte mit Marenas geliebtem Wedel etwas Staub von der Pyramide und setzte mich wieder. Ich nahm die Kostbaren Kleenextücher aus der Tasche und wickelte sie aus. Ich stopfte jedes Kleenex in ein eigenes Glas und goss gerade genug Wasser darüber, um sie zu bedecken. Ich sah zu, wie sie es aufsogen, bewegte beides mit einem Kugelschreiber hin und her und beobachtete sie noch ein bisschen.

Okay. Dosierung. Vielleicht das ganze Zeug einfach trinken. Vorhersagen lässt sich sowieso nichts. Das Zeug ist stärker als das, was Warren zur Verfügung steht. Bisher. Vielleicht wirkt es gar nicht mehr. Ich bin anders. Ich bin wahrscheinlich fast doppelt so schwer. Andererseits hatten sich die Familien der Großen Häuser im Laufe der Jahrhunderte vielleicht so viel Immunität gegenüber dem Zeug aufgebaut, dass mich schon eine Geschmacksprobe umbringen konnte.

Sei dir über eines im Klaren: Du weißt nicht, was du tust. Du kannst nur nach dem Geschmack gehen. *Vertrau auf die Macht.*

Ich saß eine Minute lang da und dachte nach.

Ich legte den Rufknopf für die Schwester für alle Fälle neben meine rechte Hand. Okay. Ich öffnete meine Thermosflaschen. Eine enthielt heißes Wasser für die Auswahl von Teebeuteln. Ich stellte meine letzten beiden Gläser auf die Platte, abseits der Infusionen, und füllte beide mit heißem Wasser auf. Neben dem Essenstablett stand ein Salzstreuer, und ich schüttete die Hälfte seines Inhalts in jedes Glas und rührte um. Okay.

Sollte ich das Gefühl bekommen, in Schwierigkeiten zu sein, würde ich den Notrufknopf drücken und das erste Glas Salzlösung trinken, um, wie man sagte, »das Erbrechen einzuleiten«. Es ginge direkt auf den Boden. Dann würde ich das zweite Glas trinken und nach der Schwester brüllen.

Ich ging es noch zweimal im Kopf durch. Okay.

Ich nahm zwei Styroporbecher, quetschte die Hälfte der Skorpion-Tinktur in den einen und die Hälfte der Seidenweberin-Brühe in den anderen; dann trank ich beide. Die Skorpion-Lösung hatte an sich keinen Geschmack, sondern wirkte betäubend, doch von der Spinnen-Essenz stieg mir ein intensiver Geschmack nach Ambra in die Nebenhöhlen und drang bis in die Eustachischen Röhren vor, und während die Neurotoxine meine Innenohre erreichten, war es, als spürte ich, wie Koh mich streichelte und mir in ihrem weichen Ch'olan sagte, ich müsse mir keine Sorgen machen.

Ich öffnete das DHI-Treiberprogramm. Ich brauchte ein Passwort und klickte einfach hindurch: KCAJ/ZENOBIA/1132. Ich brauchte es nicht herauszufinden; ich erinnerte mich einfach an die Muster, die Marenas Finger am Abend zuvor auf dem Netphone beschrieben hatten. Normalerweise hätte ich das nicht gekonnt. Das Zeug wirkte schon.

Ich sah ihre gesamte Arbeit durch. Sie hatte ungefähr zehn Kopien von jeder Version des Opferspiels gesichert, die wir seit meiner Rückkehr gespielt hatten, und jede einzelne hatte einen anderen albernen Namen. Zuerst konnte ich das aktuelle Modell nicht finden, aber als ich auf eine Datei namens *Molly Nivens Ringwurm* klickte, stellte sich heraus, dass es ein automatisches Backup von allem war, was wir erarbeitet hatten, als wir das Menschenspiel nachstellten. Auch Kohs letzte Position war darunter. Ich brauchte noch vierhundert Schläge, um es in Gang zu bringen. Marena hatte es mir eindeutig nicht einfach gemacht. Ich fühlte mich wie Blaubarts achte Frau, die verbotene Türknäufe drehte und angstvoll auf ein Knarren der Stufen horchte.

Auf dem Display des Netphones war eine kleine Balkengrafik, und ich schob es ein Stück nach rechts. Der Unterschied war so gewaltig wie nach meinem Aufwachen, als ich plötzlich wieder zwei Augen hatte. Die Pyramidenwelt schien irgendwie größer zu werden, nur dass sie überhaupt nicht wuchs; ihre Kanten waren noch immer an den gleichen Stellen, und ich konnte noch immer den Raum ringsum sehen, aber es war, als wäre ich in dieser geheimen lenkbaren Himmelsfestung aufgestiegen und blickte durch mein Ultrahighpower-Herr-der-Welt-Messing-Riesenfernrohr hinunter auf diesen gewaltigen, vielschichtigen Mesa-Pyramiden-Spiel-Pueblo. Ich bewegte den Finger noch ein paar Millimeter nach rechts, und ohne Klarheit einzubüßen, befand ich mich noch etwa fünfzig Kilometer höher über dem Boden, und die Stadt hatte die Ausmaße einer Bergkette angenommen. Es war wie dieser Effekt aus *Vertigo,* wo die Filmkamera nach vorn fährt, während das Objektiv von Telefoto auf extremen Weitwinkel zoomt. Ich beugte mich näher und bewegte mit dem Trackpad meinen Blickpunkt nach unten und weiter hinein, und es war, als tauchte ich mit einer größeren Beschleunigung als physikalisch möglich. Ich spürte dabei, wie meine Hirnanhangdrüse die Ausschüttung von Adrenalin bewirkte, und ich verstärkte meinen Halt an der Tischkante. Gleichzeitig war ich mir noch immer vollkommen bewusst, dass ich nur auf einem Krankenhausbett saß. Ja, wenn ich mir einer Sache bewusster war als sonst, dann der, dass mein Körper Teil der Welt war. Marenas Design war sparsam, wie eine idealisierte Stadt von Piero della Francesca, aber zugleich auch irgendwie *heimelig*; man *wünschte* sich, dort zu leben. Das kam daher, wie jeder Baustein jeden anderen zu bedingen schien; die Stadt wirkte dadurch wie ein echter Ort, oder die Essenz eines Ortes; sie wies die Besonderheiten auf, die Orte in der alten Zeit besessen hatten, als man noch ein Kind war und nicht sah, wie ein Plastikgitter aus Einkaufsmeilen die ganze Welt einschnürte. Eine Sekunde, ehe ich auf das grüne Zentrum der Mul drückte, zog ich die Hand zurück und erlebte einen Augenblick der Stille über dem Ziel, während mein parabolischer Kurs seinen Tiefpunkt erreichte. Dann wehte ich wieder über die Spielfelder und trieb unter die harte Schildkrötenschale des Himmels, als wäre ich in einem auf dem Kopf stehenden Großen Salzsee.

Tock-tock-tock. Die Krankenschwester klopfte an der Tür.

»Mr. Sic?«

»Äh, hi, ja, nur einen Schlag. Eine Sekunde.«

Das Essen war schon da. Mir kam es vor, als wären seit dem Bestellen nur vierzig Schläge vergangen. Tatsächlich war es so, dass das Tzam lic für einen alles verlangsamte, sodass man alle Zeit der Welt bekam, um zu rechnen. Es verhinderte auch, dass man ermüdete; man ließ sich völlig auf das ein, was man tat, und verlor jedes Zeitgefühl. Ich gab Marenas Nummer für ein Trinkgeld von 30 Prozent ein. Ich werde ausgehalten, dachte ich. Wie es aussah, hatte Grgur das Zeug durchwühlt, keine Waffen gefunden, und es durchgehen lassen. Ich schloss die Tür, rollte den Wagen davor und legte die Bremsen vor die Gummirollen. Okay. Ich ließ Wasser über ein Handtuch laufen und legte es an den Ritz unter der Tür zum Gang. Ich nahm den Karton mit meinen persönlichen Dingen und wühlte darin und fand einen kleinen Baumwollbeutel und einen in Folie verschweißten Stapel aus schwarzen Scheiben, die aussahen wie Eishockeypucks in Miniaturausführung. Ich setzte eine Scheibe auf eine umgedrehte Untertasse, nahm vier große Kopalkristalle aus dem Beutel und legte sie auf die Scheibe. Ich nahm ein Streichholzbriefchen aus seinem Versteck in meinem Schritt und berührte die Holzkohle mit einer Flamme. Funkenwürmer zogen durch die Scheibe, und die Kristalle schmolzen zu einer kochenden Harzlache. Eine dünne, klebrige Qualmschlange ringelte sich zur Decke und erfüllte das Zimmer mit reinigendem Harzduft. Ich fächelte ihn zum Lüfter. Ich suchte noch weiter, fand eine Schachtel Camel Regulars und zündete mir eine an. Camel mischt ein bisschen Schokolade unter den Tabak. Natürlich schmeckten die Zigaretten sehr mild, wenn man sie mit dem Zeug in alter Zeit verglich, aber trotzdem hatte der Rauch etwas Richtiges an sich. Ich reinigte die vier Richtungen und saß noch ein paar Mal zwanzig Schläge lang da und rauchte, pickte Tabakkrümel von meiner Sonne und spürte, wie ein kalter, elektromassierender Overall aus seidenfeinem, gewobenem Magnesium über meine Haut glitt. Das Tzam lic erschien anders als vorher, aber eine Wirkung entfaltete es eindeutig. Ich drückte den Zigarettenstummel aus und blickte wieder in die Softworld. Was ich sah, erinnerte mich an den Vorspann von *Der Spion, der mich liebte*, wenn Bond auf seinen Skiern über den Abhang schießt und an all diesen interessanten Felsformationen vorbeistürzt, und es dauert ewig, bis sich der Fallschirm öffnet. Aus der Entfernung betrachtet wirkte die Landschaft unter mir numerisch – keine Abfolgen von Ziffern, wie ein Computer sie betrachten würde, sondern Konstellationen aus Koordinaten an den Knotenpunkten gewaltiger Kurven –, doch als ich näher heranging, sah ich sie mehr als eine Landschaft unter fremdartigem Wetter, eine Art vereistes Monument Valley, neu gestaltet von Eero Saarinen, Klippen und Spitzkuppen und einander kreuzende Felsgrate, die aus dem Nebel traten und wieder darin verschwanden – keine Rede von einem Gibson'schen Cyberspace, sondern alles blass und zerbrechlich und geheimnisvoll.

Mein körperloses Auge setzte sich auf die Spitze der Mul, hielt dort inne und schien sich in einer sich immer mehr weitenden gleichwinkligen Spirale von dort *abzuwickeln*, rotierte vierhundertvierzig Grad um das Heiligtum in einem kondorsanften Gleitflug durch den Koordinatenäther. Potenzialitätspfade strahlten von der Mul aus wie die Hunderte dünner Speichen an einem alten Alfa-Romeo-Rad, überkreuzten einander in diesem Muster aus verkehrten Schrägstrichen in vier unterschiedlichen Winkeln. Je näher diese Pfade der Pyramidenbasis waren – der Schnittstelle zur Gegenwart also –, desto ähnlicher wurden sie einander, doch während sie in die Raumzeit divergierten, gabelten sie sich immer wieder zu Pflanzenadern, in denen Ereignisse pulsierten, die jedes für sich Unendlichkeiten neuer Ereignisse verursachten, bis die Verästelungen sich in ausgedehnte irrwitzige Anordnungen dreidimensionaler Archipele im vierdimensionalen Ozean auflösten, die dem nebligen Horizont von 2012 entgegenstrebten, und nun ging es darum, dem einen Pfad durch das verfilzte Haarknäuel zu folgen, der zu diesem Rand führte und darüber hinaus, so wie der Goldfaden in Königin Zixis Mantel. Das Tzam lic war ein flexibler Prozess, und für jemand anderen hätte es wohl völlig unterschiedlich ausgesehen. Ich verankerte meinen Blickpunkt auf den Läufer und stellte mich auf die Spitze der Mul. Zu sagen, dass sich mir eine fantastische Aussicht bot, wäre bei weitem zu lahm gewesen. Oder ein inspirierender Einblick oder so etwas. Es war, als könnte ich alles sehen, was ich wollte, als hätte ich die gesamte Aussichtsplattform für mich allein, und das einzige Problem war, dass es vor mir noch immer ein paar höhere Felskämme gab. Als ich mit Koh das Menschenspiel durchführte, hatte ich einen flüchtigen Blick auf die Spitze erhascht, auf der ich nun stand; ich hatte durch Schleier aus Schnee und Asche zu ihr hinaufgeblinzelt. Jetzt, wo ich so fest hier stand, fragte ich mich, was daran so schwer gewesen sein sollte.

Ich tastete nach der Tastatur und rief LEON auf. Die Prozessoren hatten nun die ganze Nacht und fast den ganzen Tag nachgedacht, und sie hatten einen Zug gefunden. Ich berührte die Schaltfläche ZUGEINGABE.

Um mich herum verschob sich alles. Ich blieb der Gleiche. Jetzt war es, als stände ich am Rand eines niedrigen Abhangs auf der Spitze eines sterilen Vorgebirges, nicht sonderlich weit oben, nur etwas zu hoch, um einen Sprung in die Tiefe überleben zu können, und der Hang war zu steil, um ihn hinunterzuklettern. Von meiner Position in der Spiel-Welt konnte ich – zumindest soweit ich es im Augenblick visualisierte – über die nächsten beiden Monate hinweg zum Kamm bei 4 Ahau sehen, aber ich sah nicht, wie man dort hingelangte, ganz zu schweigen davon, wie man den Kamm überwand und weiterging.

Der gesamte Spielzustand beruht auf der Binsenweisheit, dass man sich eine Sache, von der man nicht weiß, was sie ist, nicht genau genug vorstellen kann, um zu erkennen, was sie bewirkt. Sie kennen das: Wenn man nicht weiß, woher man kommt, weiß man auch nicht, wohin man geht, dieses Zeug eben. Das aber ist die ganze Zeit Kohs großes Problem gewesen. Ich meine, es gibt eine Grenze. Und selbst jetzt, wo ich all diese vielen Einzelheiten vor mir ausgebreitet sah, war es, als stolperte ich vielleicht über einen riesigen Kiesstrand aus Petoskey-Steinen, nur dass es weniger Steine waren, sondern mehr diese Verwehungen aus Plastikkapseln mit Spielzeug und Kaugummi und Figürchen und Würfeln und kleinen Kameras und Taschenlampen und anderem Schnickschnack in diesen Spielautomaten mit dem Greifarm, wie man sie in Einkaufszentren oder auf Autobahnraststätten findet. Mit den Einzelheiten verhielt es sich jetzt so, dass sie so klein waren und so zahlreich, dass ich die richtige packen musste, nur um den nächsten Schritt zu machen. Ich konnte hinaus in den Raum gehen und zum nächsten Tafelberg, wenn ich nur die Brücke fand, den festen Pfad durch diesen obstsalathaften Sumpf aus Sinnbildkonfetti-Treibsand, doch wenn ich aus zusammengekniffenen Augen auf den Boden blinzelte, sah ich nicht bloß auf eine ganze Küste voller stationärer Objekte, sondern in ein von Gaudi und Cheval gestaltetes Mosaik des Watts Tower aus komprimierten Ereignissen, die unter meinen Füßen brodelten, durchscheinende Schichten sich verästelnder Kapillaren, verknotete Netze aus Perlen, bei denen jede Perle etwas anderes einschloss, eine Idee oder eine Partikelkollision oder eine Krankheit oder einfach irgendetwas Altes, Menschen und Minerale und im Fernsehen übertragene politische Ansprachen und tote Termiten und Zeitpläne und Bewegungsrichtungen, Wohltätigkeitsorganisationen, Todesfälle, Währungseinheiten, chemische Reaktionen, Schuhe und Schiffe – es war wie Errors Ausfluss am Anfang von *The Faerie Queene*, nur war dies eine Flutwelle aus Dreck, und es gab nur einen Weg, der fest genug war, um einen dorthin zu führen, wohin man wollte; die anderen brachen einfach zusammen, und man rutschte auf irgendeinen neuen Pfad, der mit dem alten nicht das Geringste zu tun hatte. Man musste deshalb mit etwas beginnen, das man gut kannte. Man suchte eine Kette aus Ursache und Wirkung auf der anderen Seite, die man erkannte, und verfolgte sie zurück. Zum Beispiel war No Way dort gewesen. Er hatte eine Handvoll Fußabdrücke auf der anderen Seite hinterlassen, ein bisschen Abrieb, den ich als seinen erkannte. Genauer gesagt war er nicht wirklich *dort* gewesen, denn dort lag die Zukunft, aber es war dort etwas, das mir den Eindruck vermittelte, No Way hätte irgendwie über die Erhebung gesehen, und wenn ich dort hinüberwollte, dann konnte ich ihn vielleicht fragen. Es war, als könnte ich seine Absicht sehen, dorthin zu gehen.

Okay, Zeit zu entscheiden. Ich bemerkte allerdings, dass ich mich bereits entschieden hatte.

Die Kunst, einen richtigen Schokoeisbecher mit Sirup und Sodawasser zu machen, gerät allmählich in Vergessenheit, so wie die Signalübermittlung durch Semaphoren. Wenn man ein vernünftiges Ergebnis will, gibt man einen Mundvoll Milch, zwei Mundvoll Schokoladensirup und natürlich einen Schuss Sprudelwasser ins Glas, und das Ganze vermischt man sehr, sehr gut, ehe man noch irgendetwas anderes tut. Dann gebe ich am liebsten ein paar Flocken Schokoladeneis hinzu und rühre sie unter, damit alles kalt wird. Anschließend gießt man den Großteil des Sprudelwassers hinzu, hoch bis zwei Fingerbreit unter dem Rand, und rührt alles ganz vorsichtig durch. Dann lässt man zwei Kellen Eiscreme hineinfallen, dass sie in die Flüssigkeit sinken, lässt sie wieder auftauchen und setzt die letzte und am perfektesten geformte Kugel Eiscreme auf die Kante des Glases. Zuletzt gießt man den Rest Sprudelwasser schnell darauf, bis der Schaum aus dem Glaszylinder steigt und fast vor dem Überlaufen steht. Und wenn man es mag, kann man ein paar Spritzer Mineralwasser auf die oberste Kugel geben, damit es eine Eiskruste bildet. Dann stellt man einen langen, langen Löffel hinein und ist fertig.

Und das tat ich alles, machte sauber und probierte.

Gastronodelikatessisch, dachte ich. Aber es fehlte *doch* noch etwas. Nur eine Sache konnte es noch besser machen. Ich schaute auf den GPS-Anzeiger. Marenas Cherokee sauste gerade auf den Krankenhausparkplatz. Egal. Ich nahm den Lobel-Brothers-Behälter aus dem

Lieferbehälter, stellte die beiden Styroporbecher auf den Klapptisch und goss den Inhalt des kleinen über den des großen.

Fabelhaft. Ich nahm einen Eisdielenlöffel voll davon.

Mnmnmnmnmn.

Perfekt. Perfektomundino. Per...

(102)

»Hi, Jed.«

»Hi, Marena.«

»Wie geht es dir?«, fragte sie. Sie stellte einen leeren Schleimbecher weg, sah das gelieferte Essen, nahm eine Scheibe Lachs, wickelte sie um einen großen runden Cracker und legte das Ganze fünf Fingerbreit vor mich hin.

»Mir geht's gut«, sagte ich. In meinem Nacken summte ein eingebildeter Moskito. Das Biest hatte ich ganz vergessen. Verdammt.

»Bist du sicher?«

»Ja. Wieso, kommt es dir nicht so vor?«

»Na ja, ich würde nicht sagen, dass du schlecht aussiehst, aber du wirkst auch nicht gerade glücklich, weißt du.«

»Vielleicht habe ich bloß ein trauriges Gesicht.« Ich hob eine Scheibe Lachs aus der Packung und legte sie mir auf den Teller.

Ich nahm einen Bissen. Der Lachs war nicht trocken genug und auch nicht richtig geräuchert, aber er hatte noch immer diesen großartigen Geschmack. Ich bedankte mich beim Großen Großvater Lachs.

»Oh, ja ... aber du hast ja das Zeug zurückgebracht, wir werden die LEON-Software für das Menschenspiel schon ausarbeiten, wir schaffen das, wir sollten uns alle viel besser fühlen als vor zwei Monaten.«

»Ja.« Ich schraubte die Tabasco-Flasche auf und schüttete fünf Spritzer auf den Lachs.

»Es ist schwer zu glauben, aber es gab einmal eine Zeit, als die Leute nicht so verwöhnt waren, was Zeitreisen angeht.«

»Stimmt.«

»Du bist wie Neil Armstrong oder ... na ja, du weißt schon, ich will Christoph Kolumbus jetzt natürlich gar nicht erwähnen.«

»Danke«, sagte ich. »Aber niemand wird je davon erfahren, stimmt's?«

»Hör auf, mach mich nicht zum Trottel«, sagte Marena. »Wie sieht's aus?«

»Ohne die Drogen geht es nicht sehr gut.«

»Ich weiß«, sagte sie, »aber trotzdem. Ernsthaft, was steht uns bevor? Irgendwelche Börsentipps?«

»Ja. Kauf Gold und Munition, versteck beides unter der Matratze und bleib drauf liegen.«

»Wirklich?«

»Keine Ahnung. Doch, im Grunde schon.«

»Ist dir klar, dass du eine halbe Flasche Tabasco verbraucht hast?«

»Nein. Ich glaube, das habe ich nicht bemerkt.« Ich stellte die Flasche weg, nahm den Becher Wasser und goss automatisch einen Schluck davon für No Way auf den Boden. »Hoppla. Sorry«, sagte ich. Ich nahm eine Serviette, beugte mich hinunter und wischte das Verschüttete auf. Den Becher hielt ich noch in der Hand.

»Schon okay«, sagte Marena. Ich sah zu ihr hoch. Sie blickte mich nicht an. Ich stieß die Tabascoflasche an, und sie fiel auf den gefliesten Boden.

»Hoppla schon wieder.« Als ich aufstand, trat ich auf die Flasche. Sie zerbrach. »Verdammt. Tut mir leid. Ich bin doch noch ziemlich wacklig auf den Beinen.«

»Macht nichts«, sagte Marena und wollte aufstehen.

»Nein, bleib sitzen, ich hab's schon«, sagte ich. Ich kauerte mich nieder und hob die Scherben auf. Dabei bekam ich Tabasco an die Hände. Okay. Tu so, als würdest du sie dir waschen. Mit den Scherben und der Plastikkappe ging ich ins Bad. Meinen Tropf nahm ich am rollbaren Infusionsständer mit. Im Bad wusch ich mir die Hände und warf lautstark die meisten Flaschenscherben in den Abfall. Am unbeschädigten Flaschenhals, der einen guten Griff abgab, war eine hübsche lange Scherbe. Ich behielt sie und schob sie unter den weichen Innenarmteil meines Gipses, kehrte ins Zimmer zurück, setzte mich wieder und nahm die Plastikgabel in die Hand.

»Hör mal, langsam müsstest du den Lachs aber erdolcht haben.«

»Oh. Sorry.« Der Moskito summte immer lauter.

»Wie du die Gabel hältst«, sagte sie. »Ich weiß auch nicht, das macht mir Angst.«

»Sorry.« Ich fasste die Gabel anders.

»Willst du mir zeigen, was du mit dem Spiel machst? Ist das okay?«

»Klar«, sagte ich. Du lügnerischer, betrügerischer Hinterwäldlerengel, dachte ich. Ich bin dir auf der Spur. Ich musterte die Folie, in die der Lachs eingeschlagen gewesen war, strich sie glatt und rollte sie zu einem kleinen Zylinder zusammen. Dieses Zeug ist unglaublich, dachte ich. Farbe, Dünnheit, Formbarkeit, ein wundersamer Zusammenfluss von Eigenschaften, ermöglicht durch unergründliche Alchimie ... In alter Zeit hätten wir für so etwas zehn Leibeigene gegeben. Ich ließ sie in meine Hemdtasche gleiten.

»Das schmeckt merkwürdig«, sagte sie. »Ist da Salz drin?«

Ich sah sie an. Sie hatte den Rest meiner Eiscremesoda probiert.

»Oh, ja«, sagte ich. »So haben wir das früher getrunken.«

»Was ist das?«, fragte sie.

»Schokoladensoda«, sagte ich.

Sie sah mich an. Es war einer dieser Augenblicke. Sie wusste Bescheid.

»Ist das Blut?«, fragte sie.

»Äh ...«

»Das *ist* Blut? Igitt! Himmel!«

»Nein, das ist Rinderbrühe. Es ist das Gleiche, was du auch im Glas kaufst ...«

»Jed, das ist Blut, und ich glaube, ich muss kotzen.« Sie stellte das Glas auf den Tisch und sah weg. Ihr Gesicht war völlig zusammengefallen.

»Tut mir leid«, sagte ich.

»Ich glaube, wir müssen dir Hilfe holen.«

»Ach, hör auf«, sagte ich. Ich blickte die gerinnende Soda an. Sie wirkte nicht mehr ganz so appetitlich. Trotzdem nahm ich das Glas und trank einen Schluck.

»Jed, ich meine es gut mit dir«, sagte Marena, »und ich habe wirklich das Gefühl, dass du ein bisschen durchdrehst. Was empfindest du denn in dieser Hinsicht?«

»Äh, weiß ich nicht«, sagte ich.

»Wärst du bereit, mit dem Psychiater zu reden? Ohne dass jemand dabei ist. Vertraulichkeit garantiert.« Sie schenkte sich ein Glas Wasser ein. Kaum sah sie weg, schob ich die Flaschenscherbe unter mein Kopfkissen. Mit dem Ding konnte man wirklich ein hübsches Stück Fleisch rausgraben. Marena trank ihr Wasser halb aus.

»Also?«, fragte sie.

»Klar«, sagte ich. »Ich meine, ich werde sehen, was ich tun kann. Ich bin mir nicht sicher, ob ich eine Therapie anfangen will …«

»Nein, nein, das meine ich auch nicht.«

»Aber ich will nicht den Rest meines Lebens verwirrt zubringen.«

Sie kam zu mir, legte die Hände auf meine Schultern und sah mir in die Augen.

»Jed, im Ernst. Ich stehe auf deiner Seite. Was ist los?«

»Ich glaube nicht, dass irgendwas los ist.« Ich bewegte den Blick leicht, sodass ich ihr nicht mehr genau in die Augen schaute, und konzentrierte mich auf das kleine Muttermal auf ihrer Stirn.

»Deine Augen sehen aus, als würden sie nicht scharfstellen oder so.«

»Ja, ich glaube, das stimmt …«

»Vielleicht solltest du ein bis vier Valium nehmen und dich ausruhen.«

»Das mache ich auch. Später.«

»Okay.« Sie setzte sich hin.

»Okay«, sagte ich. Ich schaltete das Display ein. »Nur einen Schlag, ich muss die Richtungen reinigen.«

»Ja, sicher.«

»*Tin chi'm tex tablah tex to cal ual tu cal xol*«, sagte ich.
»*Cantul ti ku cex cantul lubul bin yicnal.*«

Mein Atem ist schwarz, mein Atem ist gelb, mein Atem
Ist weiß, mein Atem ist rot. Nimm ihren Kopf an.

Som pul yicnal can yah ual kak ke
Tix tu ch'aah u kah u chi u sudz.

Nimm ihre Hülle an, ihre Haut. Wir werfen sie nieder
Ins Herz des Höhlensees, türkises Herz.

Also, sieh es dir an«, sagte ich zu Marena. »Sieh es dir genau an.« Ich bewegte den Stein und gab den Zug ein. Marena beugte sich über das Display.

»Erkennst du es?«, fragte ich. Ich zog mein Glasmesser unter dem Kissen hervor, aber hielt es so, dass sie es nicht sehen konnte.

»Ich kann mich nicht mehr darauf konzentrieren«, sagte sie und wich zurück.

»Was ist?«, fragte ich.

»Nichts.« Sie stand auf und rückte weiter ab.

»Doch, du hast ein Problem«, sagte ich. »Das merke ich.«

Ich zog den Port mit der Infusionsnadel aus meinem Arm und leckte, ohne nachzudenken, den Blutstropfen ab. Marena fuhr leicht zurück. Ich entfernte mich von ihr, stellte mich dabei aber zwischen sie und die Tür und hielt meine rechte Hand mit dem Glas an meiner Leeseite zu ihr.

»Es ist mein Ernst«, sagte ich. »Bitte mach mich nicht wütend. Ich weiß, ich sehe aus wie ein Nerd, aber die Leute sagen, mit mir ist nicht gut Kirschen essen, wenn ich wütend bin. Das soll keine Drohung sein.«

»Ich weiß es nicht«, sagte sie. Sie beugte sich vor und streckte die Hand nach dem Freisprechknopf am Netphone aus.

»Nein, nein, das ist nicht nötig«, sagte ich. Ich schob mich zwischen sie und das Gerät.

»Hör zu, Jed, ohne Scherz«, sagte sie. »Ich glaube, irgendetwas Ernstes passiert, und wir müssen darüber reden.«

»Ich bin dabei, ich mache alles mit«, sagte ich, »ja, ich will helfen, keine *SORGE!*«

»Ich will doch nur Dr. Lisuarte eine SMS schicken«, sagte sie. »Bloß damit wir auf der sicheren Seite sind.«

»Nein, wirklich, lass es«, sagte ich. »Da bin ich eisern.«

Sie wich zurück.

»Okay, okay«, sagte sie. Sie lächelte. »Alter Eisenbeiß. Setzen wir uns.« Sie ging zum Stuhl. Ich verschob mich, sodass ich weiterhin zwischen ihr und der Tür stand.

»Na schön.« Plötzlich legte Marena einen anderen Gang ein. »Du gibst einen Dreck um die Welt, um andere Menschen, um die Maya, sogar um dich. Du wolltest bloß einen Haufen hässliche Bauwerke sehen, ehe die Farbe abblättert. Weißt du, was du bist? Du bist ein dämlicher *Tourist!* Du solltest fünf verschiedene Kameras um den Hals hängen haben und … und Sandalen mit Socken tragen!«

»Der Artikel im *Time Magazine*. Das war doch ein Köder, nicht wahr? Für ein Publikum, das aus einer Person bestand.«

»Komm schon«, sagte sie. »Zwing mich nicht, hier jeden reinzuholen.«

»Du drohst mir?« Es fiel mir immer schwerer, so zu reden, wie Jed es getan hätte.

»Nein«, sagte sie.

»Wie wäre es denn damit?«, fragte ich. Ich brachte den Glasdolch in Stoßhaltung, wo sie es sehen konnte. »Ist *das* eine Drohung?«

»Jed, hör zu …«

»Beantworte meine Frage: Ist das eine Drohung?«

»Ja, ich glaube, das ist eine Drohung«, sagte sie. Sie wich vor mir zurück, in die andere Richtung, brachte das Bett zwischen uns. »Was glaubst du denn?«

»Das ist auch wieder so eine blöde Frage«, sagte ich. Ich ging nach rechts. Wenn ich mich auf sie stürzte, konnte sie mir vielleicht ausweichen und zur Tür kommen. Sie hielt inne. Ich konnte sehen, wie sie abwog, wie lange sie brauchen würde, um die Tür zu erreichen; ich merkte ihr an, dass sie überlegte, es wäre besser, das Bett zwischen uns zu halten, und ob sie antäuschen und entkommen könnte, wenn ich zu ihr hinübersprang. Ich trat ein Stück zurück, an eine Stelle, wo ich sie kriegen konnte, ehe sie die Tür erreichte. Man brauchte hier nur hübsch die Wege im Auge zu behalten.

Hör auf, lass sie in Ruhe, dachte Jed.

Zu spät, dachte ich.

Komm schon, dachte Jed. Außerdem bilde ich mir dich ja nur ein. Kapiert?

Nein, du bildest dir mich nicht ein, dachte ich, ich bin wirklich wieder da. DANKE, dass du mich ZURÜCKgeholt hast! Ich bin wieder DA, Jeddy, ICH bin's! Ich mach dich FERTIG! ICH bin's, SCHAKAAAAAAL!!!

Du kannst überhaupt nichts machen, wenn ich es nicht will, dachte Jed.

Aber sicher kann ich das. Ich bin viel stärker als du, du Weichei! Und Marena hat dich nach Strich und Faden beschissen. Jetzt ist sie deine Feindin. Sie wird dich wegsperren lassen. Hast du das kapiert?

Kann sein, dachte Jed. Er fühlte sich offenbar zu schwach, um mir zu widersprechen. Wenn Menschen wie Jed wütend sind und sich dumm und verraten vorkommen, haben sie nicht genügend Ausdauer, um sich zu wehren. Die ganze Welt erscheint ihnen nur noch öde und beängstigend.

»Okay, Jed«, sagte Marena, »komm schon, ich weiß, dass du ...«

»Scheiß auf Jed!«, sagte ich. »Jed ist weg. Ich bin's, *Schakal*, ÜBERRASCHUNGÜBERRASCHUNG*ÜBERRASCHUNG*!!!«

Marena bewegte sich nicht, aber ich konnte sehen, wie sich ihr die Haare aufstellten, Gänsehaut ihr Gesicht überzog und ihre Brustwarzen hart wurden. Ihre Augen waren riesig, aber sie überwand bereits das anfängliche »O mein Gott, ich bin tot, ich bin tot« und überlegte: »Wie komme ich hier raus ...«

Hoppla. Sie war auf der Seite des Zimmers mit dem Stuhl und dem Tisch, ganz so, wie ich sie manövriert hatte, damit Tür und Rufknopf auf meiner Seite waren, aber dadurch stand das Bett zwischen uns. Wenn ich herumging, um sie zu packen, konnte sie hinüberspringen und an die Tür gelangen. Ich tat so, als wollte ich den Infusionsständer greifen, um damit auf sie einzuschlagen, und an dem Flackern ihrer Augen sah ich, dass sie aufs Brett springen würde. Marena war Bergsteigerin, im Klettern also geübt. Kein Problem. Sie sprang, nur einen Fuß auf der Bettkante, aber weil ich wusste, was kam, trat ich ihr die Füße weg, und sie stürzte kopfüber zu Boden. Sie bewegte sich nicht. Darauf gefasst, dass sie die Benommene nur markierte, beugte ich mich vor und packte sie bei der Kehle, aber sie reagierte nicht. Ich legte meinen Unterarm, den mit der bandagierten Hand, über ihre Kehle und drückte zu, während ich die Tabascoflasche nahm und die Spitze der Scherbe auf ihre Halsschlagader richtete. Ich wartete darauf, dass mein Arm sie tötete. Doch er tat es nicht. Konnte ich sie später noch brauchen? Oder liebte ich sie? Interessierte mich das überhaupt? Nach zweimal zwanzig Schlägen zog ich den Infusionsständer heran und schob die Nadel in ihre Armvene. Ich war darin nicht besonders gut und musste es mehrmals probieren, aber sie reagierte nicht. Als die Kanüle steckte, öffnete ich das Ventil. Die Infusion hatte mich gefügig halten sollen, aber ich wog doppelt so viel wie Marena; deshalb sollte meine Dosierung sie bewusstlos machen. Aber nur um sicher zu sein, öffnete ich das Ventil ganz und beobachtete, wie die Tropfgeschwindigkeit zunahm.

Hmm, das sieht ja ganz stabil aus.

Jetzt musste ich nur noch rauskommen. Na ja, nicht nur noch. Es war einiges zu tun, ein paar rasche, einfache, lustige Dinge, simple Experimente mit Haushaltsgegenständen …

(103)

Also, fragte Jed aus der rechten unteren Ecke meines Kopfes, seit wann weißt du, dass du in unser kleines altes zwölftes B'ak'tun willst?

Ich wusste es schon vor der Opferung, antwortete ich. Ehe du auf der Mul auf Englisch gequiekt hast.

Ich war nicht schwer zu täuschen, was?

Nein.

Bist du mein anderes Ich?

Nein.

Was hast du an 4 Ahau gesehen?

Das werde ich dir nicht sagen.

Ich muss es wissen.

Jeder will wissen, was geschehen wird, erwiderte ich.

Ich muss es einfach wissen, beharrte er wie ein sterbender Heuschreck in meinem Kopf. Ich möchte wissen, ob jetzt alles gelaufen ist.

Ich werde es dir nicht sagen, dachte ich.

Ich merkte, wie er sich wand, aber er konnte nichts tun.

Manac zub, dachte ich. »Komm schon.« Ich muss diese Zeit in den Griff bekommen. Denk nach. Denk nach.

Wer ist der Hüter des Gefangenen?

Wahrscheinlich bloß Grgur.

Du konntest nur zurückkehren, weil 2-Juwelenbesetzter-Schädel dich gelassen hat.

Wann, meinst du, als er mir sagte …

Als du sagtest: »Spielt *Bälle*« statt »Spielt Ball«, da wusste 2JS, dass ich noch in dir war, dass ich übernehmen würde. Diesen Ausdruck habe immer nur ich benutzt.

Niemals.

O ja. Er hat gesehen, was passieren würde, und deshalb hat er dir gesagt, wie du an den Oberpriester kommst. Du weißt, was für ein harter Brocken 2JS war. Er hätte aus keinem anderen Grund nachgegeben.

Was ist mit meinem ganzen Leben?, fragte Jed. Habt ihr das Datum meiner Geburt bestimmt, und habt ihr dafür gesorgt, dass ich zurückgehe? Habt ihr etwa *alles* eingefädelt?

Da musst du 1-Ozelots Tochter fragen, dachte ich.

Jed trieb mehrere zwanzig Schläge lang nur dahin. Ich dachte, er wäre ertrunken, doch er kehrte zurück.

Ich möchte trotzdem noch immer, dass wir Marena in Ruhe lassen, dachte er. Was sie getan hat, ist mir egal.

Sie gibt eine prestigeträchtige Gefangene ab, dachte ich.

Das lasse ich nicht zu, dachte Jed. Lass die Kleine in Ruhe. Wir haben eine Lass-das-Mädel-gehen-Klausel.

Ich spürte, wie sich überall an meinem Körper Muskeln spannten. Jed versuchte, meine motorischen Nerven feuern zu lassen, doch er schauderte nur, als drückte er sich mit aller Kraft an eine Wand.

Du bist erbärmlich, dachte ich. Gib es auf.

Er versuchte mich ausatmen und die Luft anhalten zu lassen, mich vielleicht zu ersticken, doch ich atmete einfach langsam ein, bis mein Brustkorb gefüllt war.

Du bist hilflos, dachte ich. Verrat ist etwas Merkwürdiges. Ich habe ihn erlebt. Ich kenne ihn.

Ich lasse dich nicht … ich komme wieder hoch …

Nun schweige still, dachte ich, kleiner Vetter,
ergreife:
Die einzigartige Spitze der Lanzette, die
Penisspitze,
Jetzt beginnt das Bluten, jetzt wirst du besudelt.

Schamwind wehte über Jed. Die Nerven entspannten sich. Ich spürte, wie mein Glied anschwoll.

Er isst, er leckt das weiße Blut, Schlangen-Flocken-
Blut,

Am hölzernen Stiel, am steinernen Stiel, hier wird
er stärker.

Automatisch verfiel Jed in die Bittformel:

Angenommen, einziger Ahau, ich schäume
Die Brühe des geschlagenen Mundes: Hier nehme ich
den Schuss,
Vier sind seine Kräfte, vier Türen in seinem Baum,
O 4 Ahau allein, einziger Ahau.

Und damit war Jed offiziell mein Gefangener. Alle neun seiner – nun, hier und jetzt nennt man sie Seelen – waren meine Leibeigenen. Für immer.

(104)

Ich kehrte ins Badezimmer zurück, berührte die aalglänzende Kante des Spiegels mit meiner linken Hand und zog ihn vorsichtig zu mir.

Er schwang hinaus, und mein Uay-Ich drehte sich auf die Seite.

Kein Einwegspiegel.

Dünne weiße Plastikregalböden waren in dem Kasten verschraubt.

Ich erwartete alle denkbaren Zauberdinge, doch ich sah nur eine zylindrische Vase, auf der Hexachlorophen™ stand, einen weißen Klumpen mit der Aufschrift Neutrogena™, eine Pappschachtel mit Heftpflastern™ und einen Stapel Papierhandtücher. Sonst gab es nichts.

Nein, halt, da musste noch etwas sein. Da war irgendetwas in Jeds Erinnerungen, das mit dem weiß lackierten Stahl des Kastenrahmens zu tun hatte.

Ich verschob das Hexachlorophen, und auf der linken Seite, fünf Fingerbreit über der unteren Ecke, gab es einen kleinen Schlitz mit einem Rechteck aus altem braunem Klebstoff darunter, auf dem einmal, in der Zeit vor den Wegwerfrasierern, ein Etikett gehaftet hatte mit der Aufschrift BENUTZTE KLINGEN.

Geschafft, dachte ich.

Ich bohrte mit dem Daumennagel in das Metall. Zu hart.

Brauche Werkzeug.

Ich ging zu der großen weißen Vase am Boden, sprach eine Reinigung darüber, setzte mich darauf in der Erwartung, dass ein Fledermausfisch aus der Unterwelt aufsteigen und mich beißen würde, und schaffte es, ein wenig Urin hineinzuspritzen.

Ich blickte mich um. Das papierartige Zeug, das sie überall benutzten, kam aus einem Spender, der mit der Wand verschraubt war. An der Rückseite der Vase war ein Becken mit einem Deckel. Der Deckel war aus Plastik und schien dauerhaft befestigt zu sein.

Ich erhob mich, stellte die Füße auf den Rand der Toilettenschüssel – es gab keinen Sitz –, drehte mich herum, fasste den Plastikdeckel und drückte den Spülhebel. Als das Geräusch anschwoll, riss ich an dem rechteckigen Deckel, und er löste sich relativ leise und unbeschädigt, Dank sei Iztamná für kleine Gnaden.

Die alte, braun verkrustete Stange zwischen dem Spülhebel und dem Draht, der zu dem Gummistopfen des Ablaufes führte, sah ziemlich kräftig aus.

Ich hakte den Draht aus, und der Gummistopfen rutschte in die Öffnung und beendete das Spülen. Am Hebelende war der Stab mit einer kleinen Schraube befestigt, die ich zu lösen versuchte, doch sie war festgerostet. Daher bog ich den Draht mehrmals hin und her, bis er schließlich brach, sodass ich ihn abdrehen konnte.

Ich setzte den Deckel wieder auf den Tank. Meine Hände waren voller schwarzem Gummischlamm, und ich schrubbte sie mir am Waschbecken sauber, wischte sie mit Papierhandtüchern ab, ging zurück und reinigte die Seitenwand des Deckels. Dann kehrte ich zum Waschbecken zurück.

Ich drehte den Wasserhahn auf, öffnete das Arzneischränkchen wieder, stieß den Draht in den Schlitz, bog das Blech zurück und begann mit dem Draht zu sägen. Das scharfe Metall bog ich mit den Fingern zurück.

Metall ist solch ein eigenartiger Stoff, ich hätte nie damit gerechnet. In Ix hatten mir winzige und außerordentlich teure Ohrpfropfen gehört. Sie hatten aus Gold bestanden, dem Venus-Kot des Südens, und Kupfer, dem Sonnen-Kot des Nordens. Doch hier war Metall billiger als Stein und kam in allen Farben vor, sogar in dieser reinen Nullfarbe des Spiegels, und niemand schien es für etwas Besonderes zu halten.

Ich sägte und zerrte, und das gezackte Loch wurde größer.

Endlich entdeckte ich am unteren Ende der Höhlung in der Wand, an die Betonziegel gelehnt, ein Häufchen verrosteter Rechtecke.

Ich nahm sie vorsichtig heraus, wickelte sie in Pflaster™ und klebte mir das Ganze unter den Hodensack. Eine sicherere Stelle fiel mir nicht ein. Jeds Hoden zogen sich instinktiv zurück, schauderten ob der Vorstellung scharfer Gegenstände in ihrer Nähe. Nur für alle Fälle polsterte ich alles mit ungefähr zwei mal zwanzig einzeln verpackten Pflasterstreifen™.

Marena schlief tief und fest. Aber vielleicht kam bald die Schwester zurück.

Ich löste sechzehn der alten zweischneidigen Rasierklingen aus dem Ziegel, schabte den Rost ab, soweit es ging, und faltete sie der Länge nach, bis die beiden Schneiden ungefähr im rechten Winkel zueinander standen.

Nach mehreren Versuchen konnte ich die Umhüllung meines Handverbands abziehen. Darunter war gar kein echter Gips, sondern ein leichter, atmungsaktiver Käsenylonstoff.

Ich schnitt Schlitze in das harte Zeug und drückte die Vs mit den Schneiden nach außen hinein, ähnlich wie Angelhaken in einen Korken, bis schließlich zwei Reihen aus Doppelklingen die untere Kante meiner Paddelhand säumten.

Ein bisschen erinnerte meine Konstruktion an die Waffen, die sich Strafgefangene aus zwei Sicherheitsrasierklingen und einer Zahnbürste basteln. Zwei Schneiden verursachen beim ersten Schlag viel mehr Schaden als nur eine, weil sie eine Kerbe erzeugen, die schwer zu nähen ist.

Zu beiden Seiten der Klingen stopfte ich kleine gefaltete Papierstücke von der Rückseite der Pflaster, um sie festzukeilen, und umwickelte das Ganze lose mit der Hülle aus steifem beigefarbenem Käsetuch. Mit Ringen aus Heftpflaster befestigte ich es am Gips, bis alles so normal aussah wie möglich.

Wenn ich jemanden mit diesem Ding schlug, durchdrangen die Schneiden die äußere Stoffschicht, als gäbe es sie gar nicht.

Der Verband sah dicker und klumpiger aus als zuvor, aber das würde vermutlich nicht auffallen, wenn ich den Arm herunterhängen ließ und ein wenig versteckte.

Als Letztes machte ich aus Frischhaltefolie einen kleinen Ballon, füllte ihn mit dem Tabasco aus der zweiten Flasche und versteckte ihn zwischen meinen Zähnen und der Oberlippe.

Gut.

Ich zog Marena die Infusionsnadel aus dem Arm, rollte sie sanft unters Bett, befestigte die Kanüle mit Pflaster wieder am meinem Arm, sodass es aussah, als steckte sie noch in der Ader, und drückte den beleuchteten Rufknopf am gepolsterten Bettgestell. Moment. Marenas Handtasche lag noch auf der Fensterbank/Heizkörper-Kombination. Ich schob sie in dem Moment unter das Bett, als die Schwester ins Zimmer kam.

»Alles in Ordnung mit Ihnen?«, fragte sie.

»Ja, danke.« Ich fühlte mich großartig. Mit jedem P'ip'il fühlte ich mehr wie ich selbst. »Tut mir leid, Sie zu belästigen, aber ich muss Grgur sprechen. Ich habe ihm etwas zu sagen.«

Sie stellte das Tablett ab und ging hinaus. Kurz darauf kam Grgur.

»Ich brauche dringend eine Kippe«, sagte ich.

»Das können Sie sich abschminken«, erwiderte er.

»Ich habe auch einiges zu sagen.«

»Heben Sie es sich für später auf.«

»Ich habe ein paar Daten aufgearbeitet, die Marena wollte«, sagte ich.

»Das muss warten.«

»Kommen Sie, Gulag, Sie wissen, dass ich nikotinsüchtig bin.«

»Nein«, sagte er. »Sie müssen entgiften.«

Ich überlegte ein paar Schläge lang, wie Jed es angehen würde. Also gut. Versuchen wir es so.

»Kommen Sie schon, bitte, bitte, bitte«, sagte ich. »Wir Karzinogenliebhaber müssen zusammenhalten. Oder?«

»Ja, sicher«, sagte er. Das Backgammonspiel auf seinem Netphone piepte, als er einen Zug machte.

»Ich teile eine Kiste Montecristo Pirámides mit Ihnen, wenn ich nach Hause komme.«

»Ungh.«

»Was ist denn los mit Ihnen?«, fragte ich. »Tragen Sie Nikotinpflaster, oder was?«

»Ich verfüge über die Kraft des Willens«, sagte er.

»Ich überweise Ihnen zehntausend Dollar«, sagte ich. »Ohne eine

Zigarette werde ich mich herumwälzen und herumwerfen und herumzucken, bis Großer Vater Hitzes … bis Sonnenaufgang. Und dann schreie ich herum. Und wenn die Leute dann fragen, was los ist, sage ich, Sie hätten mich rauchen lassen, und das hätte meine Medikation durcheinandergebracht.«

»Wir können hier drin sowieso nicht rauchen«, sagte er. »Sonst heulen die Rauchmelder los. Wir müssten nach draußen auf die Treppe gehen.«

Ha. Fortschritt. »Oder ich könnte runter ins Leichenschauhaus und zu einem Toten in die Schublade kriechen.«

Grgur ging hinaus. Ich hörte, wie er etwas in sein Netphone murmelte. Dann kam er wieder ins Zimmer.

»Grg, alter Kumpel … Mann, ich wusste, dass Sie doch Mitleid kennen.« Beinahe wären Tränen in Jeds/Sics/meine feigen Augen gestiegen. »Danke. Ehrlich.«

»Jaja.«

Wir warteten.

An der Tür klopfte es, und der hünenhafte Latino aus dem Haus kam herein. Er trug ein Hemd, das aus dem blauen Haar eines fremdartigen Geschöpfs gewoben war, von der Jeds Erinnerungen sagten, es hieße Nylon. Auch er trug an der Brust ein Schildchen mit seinem Namen und seiner Maske. Seinem Porträt, meine ich. Irgendwie hatte ich den Eindruck, dass er nicht so aufmerksam war wie Grgur.

»Das ist Hernán«, sagte Grgur.

»Ja, wir sind uns schon begegnet. Hi«, sagte ich.

Klang das natürlich? Hernán sagte nichts. Ich erhob mich wackliger, als ich musste.

Beeil dich, dachte ich. Marena könnte husten oder zucken oder zu singen anfangen. Wir gingen hinaus, und sie steuerten mich vor sich her durch den Flur. Meinen Infusionsständer ließen sie mich selbst schieben. Sie schienen nicht zu bemerken, dass der Verband an meiner rechten Hand ein bisschen dicker geworden war. Wächter entdeckte ich keine.

Am anderen Ende des Ganges ging es nach rechts, und ich hatte den Eindruck eines verlassenen Warteraums mit angeschraubten Stühlen.

Wir bogen in einen weiteren grünen Korridor ab und gingen zu einer Tür, auf der NUR NOTAUSGANG! stand. Gegenüber war eine weitere Tür mit der Aufschrift NAHSO, und irgendetwas auf Jeds innerer Festplatte verriet mir, dass dies der Krankenhaus-Code für »Arzneikammer« war. Grgur schob eine Karte durch das Schloss, schob die Tür auf, ohne die Aluminiumstange zu berühren, und betrat die weißen Betonstufen.

Der andere – Hernán – schob mich Grgur hinterher und schloss die Tür. Er sagte irgendwas darüber, dass die Magics es gegen die Jazz ins Finale schaffen würden, aber Grgur zog nur grunzend ein Päckchen Kolumbos aus seiner Hemdtasche.

Er schüttelte drei Zigaretten heraus, steckte sich eine an, reichte erst mir und dann Hernán eine und nahm ein Streichholzbriefchen vom Hotel Delano heraus. Er gab sich selbst als Erstem Feuer.

Wenigstens hat Marena den Kerl gut erzogen, dachte ich. Viele Leute halten es ja für höflich, erst der anderen Person die Zigarette anzuzünden, aber bei Streichhölzern sollte man erst den ekelhaften Schwefelgeruch selbst einatmen, ehe man sie weiterreicht.

Ich steckte mir die Kippe zwischen die Lippen und beugte mich ein wenig vor. Hernán streckte die Hand mit dem Streichholz zu mir. In dem Moment, als meine Zigarette aufglühen wollte, blies ich die Flämmchen durch den Tabak aus.

»Tut mir leid«, murmelte ich.

Kopfschüttelnd streckte ich die linke Hand nach dem Streichholzbriefchen aus, und er ließ es mich nehmen.

JA! Mit dem linken Daumen zog ich ein Streichholz über die Rückseite, entzündete es einhändig und inhalierte den Rauch, sog ihn auch durch die Nase ein. Einem Nichtsüchtigen kann man die Wonne des Rauchens kaum erklären. Das ist, als wollte man einem Fünfjährigen klarmachen, was Sex ist.

Okay. Ich schob das Beutelchen mit dem Tabasco mit der Zunge von der Unterlippe zwischen die Zähne und setzte an, es zu zerbeißen. Dabei hielt ich Hernán das noch brennende Hölzchen hin. Dann saugte ich den großen alten Blasrohrschützenatemzug tief in meine Lunge, damit ich bereit war.

Hernán beugte sich vor. Ich näherte das brennende Streichholz seiner Zigarette, wobei ich unter dem Schutz des Briefchens, das ich ihm unters Kinn hielt, mit dem Daumen zwei V-förmige alte Rasierklingen vorschob.

Ich schlitzte ihm die Kehle von links nach rechts auf. Die erste Klinge grub sich sauber ins Fleisch und setzte die Bewegung in einem glatten Bogen bis hinauf zu seinem rechten Ohr fort. Dünne Blutfäden schossen aus dem Schlitz; in dem minzigen Nicht-Licht erschienen sie schwarz.

Ich ließ ihn los, ehe ich das Ohr erreichte, und zog mich zurück. Hernán reagierte verspätet auf den relativ schmerzlosen Schnitt. Er hob die Hand an die Kehle, schlurfte vor und ergriff meine Rechte, doch ich verdrehte sie gegen seinen Daumen, zog sie zurück und prallte gegen die Wand. Nur war es gar nicht die Wand, sondern Grgur, der mich von hinten packte und zu Boden zerrte. Ich riss ihn mit mir. Als er meinen Gips griff, biss ich auf den Ballon mit dem Tabasco, riss den Kopf herum und brachte den Schluck Flüssigkeit in Position.

Grgurs Gesicht kam in Reichweite.

(105)

Selbst in Tony Sics Fußballerkörper besaß ich nicht die Lungenkraft, über die ich in alter Zeit verfügt hatte. Trotzdem, wenn man weiß, wie man seinen Atem in ein Blasrohr stößt, kann man Flüssigkeit mit genügend Kraft spucken, dass sie auch geschlossene Augenlider durchdringt. Und Grgur hatte mit Sicherheit nicht vor, die Augen zu schließen. Wer ausgebildet war wie er… Nun, er war wie ein Ball-Bruder. Wir blinzeln nicht, auch wenn wir einen Arm verlieren. Wenn unsere Augen trocken werden, zwinkern wir erst mit dem einen, dann mit dem anderen.

Ich spuckte Tabasco. Grgur schloss die Augen nicht schnell genug. In offensichtlichem Schmerz kniff er sie zusammen. Orangerote Tropfen liefen ihm übers Gesicht, aber er drückte mir trotzdem die Arme noch fester auf den Rücken.

Ich schaute zu Hernán. Er hatte die Hand in der Jackentasche, zog aber keine Waffe.

Ich machte ein »Stachelschwein«: Ich zog die Beine an, rollte mich zu einem Ball zusammen und versuchte den linken Arm loszureißen, obwohl ich eigentlich den rechten freibekommen wollte, den mit dem Verband. Grgur lockerte seinen Griff einen Wimpernschlag lang, aber das genügte mir, um den Arm freizubekommen. Ich schlug den Verband gegen die Innenseite seines Oberschenkels, drückte ihn nach oben, die Schlagader entlang, in seinen Schritt, und hinterließ eine Spur aus zerfetztem Gewebe.

Er brüllte schmerzerfüllt auf. Ich stieß ihn von mir weg und ließ mich vor der Treppenkante auf den Boden sinken.

Hernán taumelte mit vor Wut und Schmerz verzerrtem Gesicht auf mich zu, wobei er sich mit einer Hand den Hals hielt.

Ich ließ mich die Treppe hinunterrollen. Am ersten Absatz sprang ich auf, warf mich herum und nahm in meinen kleinen Papierschühchen vier Stufen auf einmal, gelangte halb rennend, halb fallend auf den nächsten Absatz und stürzte mich die nächste Treppe hinunter. In meinem Rücken kitzelten eingebildete Schusswunden.

Mit der linken Hand packte ich das innere Geländer und fuhr herum. In den meisten Kampfsituationen ist es am wichtigsten, entschlossen vorzugehen und Punkte zu machen, wo man nur kann. Viele Menschen zögern einfach zu lange, wenn sie gerade im Vorteil sind.

Zwischen mir und Grgur lag nun eine Etage Krankenhaustreppe aus Metall und Fliesen, aber ich hörte, wie er mir folgte. Ich konnte ihn praktisch durch die Stufen sehen. Als sein linker Fuß um die Ecke kam, schlug ich mit meinem Gips danach, und das Bein rutschte unter ihm weg. Ich hielt mich am Geländer fest und schlug nach seinem Knie.

Grgur packte meinen Arm kurz vor dem zweiten Treffer, doch ich zog den Gips zurück und schnitt ihm in die Armbeuge. Die große Arterie dort sprühte Blut an die Wand. Als Grgur den Verband losließ, verpasste ich ihm einen Rückhandschlag über das linke Auge.

Ich war ziemlich stolz auf das Ergebnis, das ich mit meinem kleinen Handstreitkolben erzielt hatte. Nachdem ich so lange daran gewerkelt hatte, war es schön zu sehen, dass er seinen Zweck erfüllte.

Hinter Grgur kroch Hernán die Treppe herunter, blutig wie ein gehäuteter Gefangener. So viel zur Technik, jemanden auf der Stelle zu töten. Die Uayob' dieses Kerls brauchten ewig, bis sie gingen. Und er schlug noch immer gefährlich um sich.

Ich ließ mich von Grgur zurückfallen und trat Hernán mit dem linken Fuß gegen den klaffenden Hals.

Normalerweise würde ich in einem bewaffneten Kampf niemals zutreten. Die Wirkung ist das Risiko nicht wert, das Gleichgewicht zu verlieren, aber diesmal schienen Zeitpunkt und alles andere zu stimmen. Als meine Fußkante Hernáns Kinn traf, schoss eine Fontäne arteriellen Blutes aus der Wunde, und er brach zusammen.

Ich bemerkte ein Messer aus Porzellan, ein Ding mit zwölf Finger breiter weißer Klinge mit blauem Griff aus der Haut einer chinesischen Wasserbestie, das neben Hernán auf dem Boden lag. Ich nahm an, dass er es gezogen hatte, ohne dass es mir aufgefallen war. Ich packte es und fuhr wieder zu Grgur herum.

Einen Schlag dachte ich, es wäre aus mit mir, erst dann begriff ich, dass Grgur keine Pistole in der Hand hielt, sondern ein Netphone. Vielleicht hatte er überhaupt keine Waffe bei sich.

Trotzdem würde er wahrscheinlich Alarm schlagen. Auch schlimm. Ich verpasste ihm mit dem Messergriff einen Schwinger ans Kinn, wobei ich darauf achtete, mir keinen Finger zu brechen. Dann ließ ich das Messer fallen, entriss ihm das Netphone und trat ihm die Beine unter dem Körper weg.

Grgur sah jetzt eindeutig nicht mehr gefährlich aus. Doch um sicherzugehen, hob ich das leichte kleine Messer auf, huschte die Treppe zum Absatz hoch – ich kam mir vor wie ein zierlicher Grashüpfer-Tänzer, eine Elfe sozusagen –, gelangte hinter Hernán, stieß ihm die Klinge unter dem Ohr in den Kopf, zog sie heraus und wischte beide Seiten an seinem Hemd ab. Ich roch, wie sein Darm sich entleerte, als er starb. Ich ging wieder nach unten, setzte mich hinter Grgur und würgte ihn mit dem Ellbogen meines Streitkolbenarmes.

Ich hielt seinen Hals von hinten und hatte seinen dicken muskulösen Hintern zwischen meinen Beinen. Es war mir ein bisschen peinlich, weil ich von der Aufregung und allem einen ziemlichen Ständer hatte, der sich gegen ihn presste. Nicht dass ich Grgur attraktiv fand; es war bloß eine Auswirkung meines adrenalingesättigten Blutes.

Ein wenig schwerfällig brachte Grgur die Arme hoch und zielte auf meinen Kopf; deshalb rammte ich ihm das Messer in die Ellbogen, erst in den einen, dann in den anderen, und versuchte, die Nerven zu durchtrennen, die seine Unterarme bewegten.

Beim ersten Arm musste ich es mehrmals versuchen, doch an der Reaktion seiner Hände sah ich, dass ich es schließlich schaffte. Seine Schreie waren nicht sehr laut. Von oben lief Hernáns Urin die Treppe hinunter, zusammen mit Blut und anderen Körperflüssigkeiten.

Ich wühlte mit der Hand in Grgurs Jacketttaschen und fand seine Brieftasche und ein Feuerzeug. In der Brieftasche waren zwei Schlüsselkarten, auf denen FLORIDAHOSPITAL stand. Eine trug den Zusatz S-FLÜGEL EINGESCHRÄNKTER ZUTRITT A. Fabelhaft.

Ich spürte eine Luftströmung. Wind kam vom Boden des Treppenhauses acht Stockwerke unter uns. Offenbar hatte jemand auf Grgurs Alarm reagiert. Grgur spürte es wahrscheinlich auch.

Ich hielt die Karten gegen den Messergriff und stieß es in den Gips an meiner rechten Hand. Es drang ein Stück ins Fleisch, aber ich spürte es kaum. Die Schneide wies auf Grgurs Kehle. Ich zog meinen Arm so weit zurück, wie ich konnte, ohne ihn zu schneiden.

»Los, komm hoch«, sagte ich. Wenn ich stürzte, oder wenn er versuchte, sich loszureißen, wäre er in der Beuge aus Gips und Messerschneide gefangen. Zumindest dachte ich es mir so.

Wir standen auf. Grgurs malträtiertes Bein rutschte beinahe unter ihm weg; dann hatte er es wieder unter Kontrolle. Ich ritt praktisch auf seinem Rücken. Seine Arme baumelten herab.

»Hör mal, warum gehen wir nicht rauf auf unsere Etage, sind dabei ganz lieb und gucken nach, was es in der Arzneikammer gibt?«

Obwohl er keuchte, sah ich, wie seine Gedanken rasten. Hoffentlich glaubte er, dass ich ihn umbringen und fliehen würde, falls er sich zu heftig widersetzte.

»Grgur? Okay?«

»Okay.«

(106)

Seine Karte öffnete das Türschloss der Arzneikammer. Vielleicht öffnet sie alles, dachte ich. Ein kleiner Dämon in der Wand schaltete den Blitz im Gefangenenkorb unter der Decke ein.

Die winzige Arzneikammer bestand ganz aus blickverwirrenden Regalen voller vielfarbiger durchscheinender Krüge, einige mit Siegeln in Farben, wie ich sie nie gesehen hatte. Die Stadt der Magischen Elixiere. In der Wand dem Eingang gegenüber war eine weitere Tür. Ausgezeichnet.

Ich drückte meinen Gips fester um Grgurs Hals. Als ich spürte, wie seine Beine nachgaben, zog ich das Messer, schnitt mit der linken Hand den Live-Ausweis ab und hielt ihn vor sein linkes Auge.

»Raus mit der Sprache«, sagte ich. »Habe ich Peilsender oder so was an mir?«

Er versuchte den Kopf zu schütteln. »Nichts«, machte er mit den Lippen. Ich hörte, wie sich hinter uns die Tür schloss.

»Was hast du an dir?«

»Nichts.«

»Hast du einen Alarm gesendet?«

»Ja.«

»Du lügst«, sagte ich. »Ich zähle bis eins, dann steche ich dir ein Auge aus.« Ich hielt ihm die Klinge vors Gesicht. »Null.«

»Sonst gibt es nichts.«

»Hundescheiße. Zeig mir die Peilsender. Eins …«

»Mach schon«, wisperte er.

»Schon gut, ich glaube dir.« Ich drückte ihm für dreißig Schläge die Luft ab, bis an den Punkt, wo er das Bewusstsein verlor, und ließ ihn zu Boden sinken. Mit Leukoplast™ flocht ich seine Finger um das am Boden festgeschraubte Bein eines Stahlregals.

Dann setzte ich mich und begann, das Patientenetikett an meinem Fußgelenk mit dem weißklingigen Messer lozuschneiden, ohne Grgur aus den Augen zu lassen. An dem Etikett war garantiert ein Peilsender. Ich brauchte neununddreißig Schläge. Beim vierzigsten Schlag hatte Grgur zu husten aufgehört und fand wieder zu sich.

»Wie komme ich zu Lindsay?«, fragte ich. Jed hätte wahrscheinlich wissen wollen, ob Grgur primär für Lindsay oder für Marena arbeitete, ob Marena den Befehl erteilt hatte, No Way zu töten, und noch eine Menge anderer Belanglosigkeiten, aber mir war es egal.

»Das … ist … schwierig«, würgte Grgur hervor.

»Wozu bist du dann zu gebrauchen?«

»Ich kann versuchen … ihn zu erreichen.«

»Wie?«

»Telefon.«

»Wo ist Lindsay jetzt?«

»Er ist heute nach Atína.«

»Bei Rom?«, fragte ich. Ich warf das Fußgelenkkästchen zur Seite und nahm für alle Fälle auch das Armband mit meinem Namen ab. Ich war mir ziemlich sicher, dass ich damit sauber war. Oder hatten sie mir einen Peilsender implantiert? Nein, das wäre selbst für diese Leute ein bisschen viel gewesen.

»Nein, Athen, in Griechenland«, sagte Grgur.

»Wie erreiche ich ihn am besten?«

»SMS.«

»Persönlich, meine ich.«

»Weiß ich nicht.«

»Augenblick bitte.« Ich stopfte ihm einen Haufen Baumwolltupfer in den Mund und klebte ihn zu, ließ aber eine Lücke, durch die er genügend Luft bekäme, falls seine Nase sich zusetzte. Dann machte ich ein paar Luftlöcher in einen Müllsack aus Plastik, warf den Inhalt von drei Großpackungen Tupfern hinein, zog ihn ihm über den Kopf, verdrehte den Sack und befestigte ihn mit Leukoplast an seinem Hals. Er sah aus … wie?

Jack Pumpkinhead, dachte Jed.

Richtig, dachte ich zurück. Als Nächstes: Die Sender. Denk nach.

»Bin in einem Drittelschlag wieder bei dir«, sagte ich zu Grgur.

Ich öffnete die Tür und trat in den Gang, bereit, jeden in Sichtweite mit dem Rasierklingengips aufzuschlitzen, aber da war niemand. Mit der Spitze meines verdammten Stoffpantoffels wischte ich ein paar Blutflecke vor der Tür weg und ging durch das flimmernde matte Licht in den Warteraum. Die Stühle waren in einem sauren Orange, das mich aufbrachte, und ich versuchte, sie nicht anzuschauen. Ich stieg auf einen der Stühle, blickte aus dem Fenster und sah in einen geschlossenen Hof. Eine Feuertreppe führte hinunter. Und es war dunkel da unten. Nach mehreren Versuchen gelang es mir, mit der Karte, die ich Grgur abgenommen hatte, das Fenster zu einem drei Finger breiten Spalt aufzuhebeln. Ich warf den Chirurgenhandschuh, in den ich die Peilsender gesteckt hatte, in die warme Dunkelheit und schloss das Fenster wieder. Schritte kamen den Gang entlang. Ich ging zur Arzneikammer zurück, schloss vorsichtig die Tür, stellte mich hinter Grgur, zog den Müllsack ein wenig herunter, löste seine Finger, fixierte seine Arme und Beine, so gut ich konnte, und würgte ihn noch ein bisschen, damit er auf jeden Fall mucksmäuschenstill war. Wenn die Cops oder wer auch immer durch die Tür kamen, würde ich ihnen Grgur entgegenschleudern und durch die andere Tür fliehen. Sehr aussichtsreich klang der Plan allerdings nicht.

Die Schritte gingen außen vor der Arzneikammer vorbei. Ich hielt den Atem an.

Alles klar.

Ein paar Schläge lang blieb ich untätig und überlegte, Grgur zu häuten und mir sein Gesicht überzustreifen, aber ich wusste aus Erfahrung in alter Zeit, dass es nicht besonders überzeugend aussehen würde. Man brauchte ausgebildete Präparatoren, die das Gesicht vorbereiteten, und selbst dann sah es merkwürdig aus. Selbst unter der Voraussetzung, dass sein Kopf so groß war, um über meinen zu passen, wären da die blutigen Augenhöhlen und Nasenlöcher; die ganze Nase wäre ein großes Problem, und wenn ich die Lippen nicht zusammennähte, stünde der Mund schlaff offen und würde ein zweites Lippenpaar erkennen lassen.

Außerdem sehen abgezogene Gesichter einfach nicht so aus wie bei ihren vorherigen Eigentümern, es sei denn, man konserviert sie zuvor fachgerecht. Ohne die Muskelanhänge und die richtige Knochenstruktur darunter sah ein Gesicht einfach nur schlaff und grotesk aus. Taxidermie ist eine Kunst, und am Menschen ist sie am schwierigsten auszuüben.

»Hör zu, du wirst mich hier rausschaffen«, sagte ich. Grgur murmelte etwas, das wie »Okay« klang. Er blutete noch immer; deshalb verpflasterte ich ihm die schlimmsten Schnitte, damit er mir nicht in Schock fiel. Dann suchte ich die Regale ab. Hmm. Tubocurarin. Meprobamat-Lösung. Das meiste Zeug erschien mir vertraut, wahrscheinlich, weil Jed als Kind so viel Zeit im Krankenhaus verbracht hatte, dass er aus Langeweile das Arzneimittelbuch auswendig gelernt hatte.

Mal sehen. Ein paar Flaschen Percocet. Einige Dioxyamphetamine, falls ich eine Weile wach bleiben musste. Ein paar Skalpelle. Aha.

Downerland.

Spritzen zu finden dauerte ein wenig länger. Sie lagen im obersten Regalfach, außer Reichweite kleiner Kinder. Ich warf eine Schubladenfüllung Einwegspritzen in Grgurs blutigen Schoß und stieg mit meinen Flaschen neben ihm herunter.

Alles klar.

In einem kleinen Glas bereitete ich eine Lösung aus etwa vier Milligramm Pancuronium, vier Gramm Meprobamat und dreißig Milligramm Tubocurarinhydrochlorid.

Wenn er hundert Kilo wog, wäre das etwa die fünffache Dosis von jedem dieser Stoffe. Er würde es so schnell spüren, als wäre es Heroin, aber es würde ihn nicht gleich umbringen. Doch wenn es sich ausbreitete, war's das für ihn. Ich zog eine seiner Socken herunter, fand an der Innenseite über dem Fußgelenk eine deutliche Vene und injizierte ihm die Lösung. Er wand sich ein wenig, und ich setzte mich auf ihn, zog ihm den Sack vom Kopf und holte die Tupfer aus seinem Mund. Während er noch keuchte, nahm ich einen großen Wattebausch und klebte ihn über seinen Mund und seine Nase. Er könnte normal sprechen, und ich wäre in der Lage, ihn zu hören, aber wenn er zu schreien anfing, ging es nirgendwohin. Sein Kopf war rot und tropfte. Ich pulte eine große Spritze aus ihrer Verpackung. Sie hatte eine hübsch lange, kräftige Kanüle. Wunderschön.

Ich schaute auf Grgurs Armbanduhr. Seit dreißigmal zwanzig Schlägen waren wir in der Arzneikammer; zehnmal zwanzig waren seit der Injektion vergangen. Ich sollte den Mist noch hundertmal zwanzig Schläge lassen, damit er richtig wirkt, überlegte ich, ehe ich etwas versuche. Man kann aber nicht gegen alle Unwägbarkeiten Vorkehrungen treffen; es ist alles ein Kompromiss. Warte noch fünfzig mal zwanzig Schläge.

»Also, das ist jetzt vielleicht ein Klischee«, sagte ich, »aber darf ich fragen, für wen *genau* du arbeitest?« Ich brachte größeres Gewicht auf seinen Kopf, drehte ihn zur Seite und spürte den Rand seines Kiefers.

»Mrmff«, sagte er.

»Du kannst reden«, sagte ich, schob die trockene Kanüle in die dünne Haut über der unteren Krümmung seines Unterkiefers, unter den Kaumuskel und fort von der Gesichtsvene, und ließ sie auf dem nervenreichen Knochen ruhen. Nur ein kleiner Blutstropfen trat hervor.

> »Nun winde, nun krümme dich im Kitzel des Ameisenblutes«, sagte ich.

Mit der dicken Kanüle beschrieb ich einen weiten Bogen, wobei sie über den Knochen scharrte. Grgur ächzte nicht, aber ich spürte, wie er sich verkrampfte und erschauderte. Dabei ist das noch gar nichts, dachte ich.

»Dir ist klar, dass ich zwar wie Tony Sic aussehe, aber Jed bin.«

»Ja. Jemand sagte ...«

»Wer ist dein Hüter der Langen Dinge?«

»Hä?«

»Dein Vorgesetzter?«

»Lindsay Warren.«

»Wer hat das Geld zur Verfügung gestellt?«

»Wofür?«

»Für das Stake in Belize«, sagte ich. Ich versuchte, nicht auf seine dem Krebs vorhergehenden Schwellungen unter seinen erbärmlichen, dünner werdenden Koteletten zu achten.

»Lindsays Investoren.«

»Wer ist Lindsays Vorgesetzter?«

»Soweit ich weiß ... äh, ich glaube nicht, dass er ...«

»Schneller.«

»Ich glaube, Lindsay ist sein eigener Boss.«

»Wirklich? Okay, wie komme ich rein?«

»Wo?«

»In sein Büro. Am Stake.«

»Weiß ich nicht.«

»Du legst mir besser ein paar Codes und Namen und so weiter auf den Tisch. Das ist mein Ernst.«

»Mir ist es auch ernst. Ich weiß es nicht.«

»Okay, anscheinend hast du mir nichts anzubieten.« Ich zog die Kanüle ein Stück heraus und schabte ihm damit vor und zurück über den Kieferknochen bis hin zu den Zähnen. Ohne die Stichwunde zu erweitern, kratzte ich ihm eine tiefe Rille in den Knochen, vor, zurück, vor, zurück, beinahe so, als holte ich ihm einen runter. Er begann aus voller Kehle zu brüllen, aber ich verabreichte ihm trotzdem zwanzig volle Züge, ehe ich aufhörte. Ihn zu bearbeiten brachte mich auf die richtigen Bahnen zurück.

»Am 21. Dezember ist eine Vorführung für das Militär geplant«, sagte ich. »Du wirst mir helfen, etwas darüber herauszufinden.«

»Gut.«

»Okay, dann erzähl mir davon.«

Er zögerte, als überlegte er, sich etwas auszudenken, doch er muss sich dagegen entschieden haben.

»Ich weiß es nicht«, sagte er, »in der Hyperbowl ist eine Weihnachtsfeier. Wenn im Stake etwas abläuft, dann bin ich nicht informiert.«

»Wie komme ich zu Lindsay?«

»Ich weiß nicht, wann er wiederkommt, sein Terminplan ändert sich ständig ...«

»Bitte, fass dich kurz.« Sobald das Zeug zu wirken begann, würde er mir gar nichts mehr sagen können. »Welche Codes kennst du?«

»Ich habe nur eine Karte.«

»Wie lange gilt sie?«

»Für immer.«

Ich schob die Kanüle tiefer hinein und drückte sie von oben mit dem Finger unter seine lose, stoppelige Haut, bis die Spitze sich in die Wurzel seines dritten Backenzahns bohrte. Er verkrampfte sich. Maden aus wachsigem Schweiß quetschten sich aus seinen Poren.

»Na los schon, wie oft wird die Karte gewechselt?«

»Ständig, sie ist live …«

»Die Karte an sich meine ich.«

»Sie wird jede Woche ausgetauscht. Ich bekomme übermorgen meine neue.«

Ich hörte wieder Schritte und Stimmen, bei denen ich nicht verstand, was sie sagten. Diesmal kamen die Geräusche aus einem anderen Korridor. Sie klangen drängend und irgendwie offiziell. Ich drückte den Wattebausch fest auf Grgurs Gesicht.

(107)

Zwanzig Schläge später hörte ich sie auf die andere Seite zur Station kommen und davoneilen.

Es ist ein Tag der großen Sonne, dachte ich. Ausgezeichnet. Sie folgen den Anhängern. Ich lockerte den Druck auf den Bausch.

Grgur schien sich nicht bewegen zu können, daher begann ich mit Reparaturarbeiten an meinem Gipsstreitkolben, klebte ein paar Skalpelle in Sägezahnanordnung und wickelte eine Mullbinde um die Außenseite.

»Wer hat Jed$_1$ den Gerinnungshemmer verabreicht?«, fragte ich.

»Wann?«

»An Halloween.«

»Das weiß ich nicht … das war jemand anders.«

»Wieso?«

»Wir sollten Sie nicht umbringen, wir sollten ihn … Sie … nur wegbringen.«

»Zu wem?«, fragte ich und schabte wieder. Er quiekte nur leise. »Grgur? Das ist mein Ernst. Zu wem?«

»Zu Mr. Warren.«

»Wer wird sonst noch da sein?«

»Weiß ich nicht.«

»Was ist der nächste Schritt?«

»Wir sollten Sie nur holen. Wir sind hier, um Sie zu beschützen.«

»Wir sind hier, um Sie zu beschützen«, versuchte ich ihn zu imitieren.

»Sie sind verrückt«, sagte er. »Wenn Sie hier rausgehen, sind Sie ein toter Mann. Sie wissen, wer wir sind, das ganze Krankenhaus wird überwacht … Sie sind krank, man hat Ihnen Zeug verabreicht, das Sie umbringen wird, wenn Sie sich nicht von ihnen behandeln lassen …«

»Sie sind verrückt«, sagte ich und klang schon ein bisschen mehr wie er. Ich versuchte, meine Stimme auf die Tonhöhe zu bringen, die er gehabt hätte, wenn er nicht so heiser gewesen wäre. »Sie sind ein toter Mann. Sie wissen, wer wir sind. Ich bin hier, um Sie zu beschützen. Sie sind verrückt. Ich bin hier, um Sie zu beschützen.« Es war nicht brillant, aber es müsste gehen.

Grgur hatte offenbar begriffen, was ich vorhatte, denn er presste die Lippen zusammen, doch ich drückte ihm wieder den Wattebausch vor den Mund und schabte. So zäh er war, er schrie wie am Spieß. Der Wattebausch zitterte wie ein Vibrator.

»Na los«, sagte ich. »Wer kann mich nicht leiden? Ich will jetzt nicht hören: die meisten.«

»Aber so ist es.« Er lallte leicht.

»Gut, dann halten wir nur ein Schwätzchen. Erzähl mir von Lindsays Spiel um den Großen Preis.«

»Über solche Dinge weiß ich nichts.«

Ich drückte ihm den Bausch auf den Mund und bohrte darunter die Nadel in seine Zahnwurzel. Ich fand den Nerv nicht sofort, doch dann begannen seine Augen zu tränen, und er brüllte in die Watte hinein.

Es ist irgendwie intim und zugleich erbärmlich, wenn jemand zerbricht, wenn sein ganzes Gehabe des harten Burschen – das einen Großteil seines Selbstgefühls ausmacht – sich verflüchtigt. Manchmal empfindet der Verhörende dann Mitleid für den Probanden und geht nicht mehr ganz so scharf vor, und auch wenn der Proband schon in ziemlich schlechtem Zustand ist, merkt er es oft und beginnt, Informationen zurückzuhalten. Ich hatte dieses Problem allerdings nicht.

»Na los.«

»Lass … lass mich nachdenken. Nur … kurz … okay. Bitte?«

»Vergiss es«, sagte ich. »Du hattest recht, du kannst mir nicht helfen.« Das war vermutlich wahr. Diese ganze Vernehmung war Zeitverschwendung. Dennoch, sie mussten mittlerweile die Peilsender gefunden haben. Ich beeilte mich.

Grgur zu foltern hatte mich richtig aufgemöbelt. Mir ging es nicht um Rache. No Way und Konsorten waren mir gleichgültig, aber wenigstens kehrten allmählich meine Kenntnisse als Opferer zurück.

»Du wirst mich hier auschecken.«

»Was immer du sagst, Arschloch«, wisperte er.

»Pass auf, es ist Folgendes«, sagte ich. »Hörst du mir zu?«

»'tschuldigung, wie bitte?« Er versuchte mich hinzuhalten.

»Ich weiß genau, dass du mich gehört hast«, sagte ich. »Okay. Du fühlst dich jetzt kalt und ein bisschen taub, stimmt's?«

»Ja.«

»Ich habe dir eine Mischung aus Lähmungs- und Beruhigungsmitteln und noch ein paar anderen Sachen gespritzt, an der du in weniger als einer halben Stunde sterben wirst. Kapiert? Das wird ein richtig klaustrophobisches Erlebnis, als würdest du in Federn ertrinken. Deshalb nehmen wir einfach den anderen Aufzug runter zur Notaufnahme, und du wirst jedem, der etwas von uns will, sagen, dass alles bestens ist. Okay? Und wenn du es vermasselt, sage ich keinem etwas, und bis sie herausgefunden haben, was mit dir alles nicht stimmt, bist du ein großer blauer glotzäugiger Scheißhaufen.« Ich hielt ihm die Ampullen vors Gesicht. »Aber wenn du schön hilfsbereit bist, gebe ich dir die Ampullen, bevor ich gehe, und vielleicht begreifen sie rechtzeitig, was dir fehlt. Hast du verstanden?«

Er grunzte leise.

»Hast du verstanden?«, wiederholte ich. »Sonst kommen sie nie rechtzeitig darauf.«

Er grunzte wieder, und diesmal klang es ein bisschen bestätigender. Meprobamat ist ein Hypnotikum, und ich hoffte, er käme in einen schön empfänglichen Geisteszustand. Nicht dass es ein Wahrheitsserum gewesen wäre oder so etwas. Es gibt keine Wahrheitsseren.

Ich nahm den Wattebausch weg. Grgur keuchte, und ich war mir ziemlich sicher, dass er es nicht vortäuschte, sondern dieses heftige Zittern zeigte, das für Pancuronium so typisch ist. Toller Stoff, dachte ich. Vielleicht hat Jed doch die eine oder andere nützliche Information in seinem Kopf gehabt.

Ich blickte Grgur in die Augen. Er funkelte mich noch immer an, aber seine Pupillen waren bereits leicht verengt, und seine Augen schwammen. Ich bekam das Gefühl, dass er mir nicht glaubte, wenn ich sagte, ich würde ihn am Leben lassen.

»Mann, es ist mein Ernst«, sagte ich. »Du kennst mich vielleicht nicht, aber ich nehme mein Wort nie zurück. Andererseits, wenn deine Jungs mich fangen, werde ich nicht reden. Auch nicht, wenn sie mich fragen, was dir fehlt. Ich meine, ich wäre schon ziemlich sauer, geschnappt zu werden, aber dich sterben zu lassen würde es mir ein bisschen versüßen. Okay?«

Er nickte leicht.

»Gut, los geht's«, flüsterte ich und zog ihn hoch. Er hatte weiche Knie, konnte aber stehen. Ich nahm an, dass das Zeug wirkte wie gewünscht. Mir fiel auf, dass ich noch immer meinen Patientenkittel trug. Arztkittel hingen hier nicht. Verdammt. Ich durfte nicht vergessen, mir zum Hinausgehen wenigstens Grgurs Jacke überzuziehen.

Okay. Noch was? Nein. Ich säuberte mit ein paar feuchten Tüchern sein Gesicht, spritzte etwas Hexachlorophen in sein strähniges Haar und strich es glatt zurück. Mit einem Stück Kunststoffschlauch band ich sein rechtes Handgelenk an mein linkes; aus der Entfernung würde es aussehen, als wären wir mit Plastikhandschellen aneinander gefesselt. Ich öffnete die Tür und schob Grgur zum Aufzug.

Ungefähr zwei Seillängen voraus sah ich Glastüren, und dahinter glaubte ich Autoscheinwerfer zu erkennen. Wir machten vier Schritte aus der Aufzugskabine hinaus. Grgur war ziemlich benommen, aber noch konnte er gehen. Ich bemerkte mehrere Polizisten, aber in dem Schwall der künstlichen Farben wirkte alles Echte matt und blass, und ich konnte nicht sehen, ob sie uns bemerkt hatten. Diese Zeit hat so viele Farbstoffe und Pigmente und Elektromatten, dass alles jede nur denkbare Farbe haben kann. Vor dem blickverwirrenden Gemenge stand eine Frau, die den Eindruck machte, dass sie etwas zu sagen hatte. Sie kam hinter dem Schreibtisch hervor, und ich drehte Grgurs Kopf weg und las ihr Namensschild: Teresa de la Villa Real.

»Guten Abend, Teresa«, sagte ich in Grgurs Stimme durch fast geschlossene Lippen. »Ich muss Mr. Sic jetzt doch sofort an die Staatspolizei überstellen. Tut mir leid. Wir sehen uns später.«

»Warten Sie, ist alles in Ordnung mit Ihnen?«, fragte sie.

»Mir geht es gut«, ließ ich Grgur sagen.

»Sie müssen warten«, sagte Teresa, »die andere Polizei ist da, es hat einen Mord gegeben ...« Jetzt erkannte ich ihre Stimme. Ich hatte sie oben gehört.

»Es ist okay«, sagte er/ich.

Teresa drückte ein paar Tasten auf einem schwarzen Gerät in ihrer Hand. Ein Alarm jaulte los, so laut wie hundert Oaxaca-Kreischeulen, die im Chor brüllten. Mehrere große Kerle in Anzügen schoben sich vom anderen Ende des Raumes zu uns durch die Menge. Außerdem standen bereits vier Cops zwischen uns und den Türen. Ich schwenkte nach links, wo die Menge am dichtesten war, und zerrte Grgur mit. Dort stand eine Art Punk-Gang, die als Neo-Teo-Geblüte verkleidet war, fünf oder sechs fast nackte Teenager mit großen Tattoos und grün gefärbten Federn. Offenbar hatten sie eine Schlägerei gehabt, weil zwei von ihnen in Mullbinden bluteten. Bei ihnen stand ein Gettoblaster, aus dem leise Rack-Musik dröhnte. Zwei Praktikanten liefen um die Typen herum und versuchten sie zu beruhigen.

»Keine Bewegung, Arschloch!«, rief jemand mit eingeübter Befehlsstimme und trat vor mich hin. Es war einer der Bullen von oben. Er hatte seine Pistole gezogen, doch ich stieß Grgur zu ihm. »Der Gefangene hat mich unter Drogen gesetzt!«, rief ich mit Grgurs Stimme. »Er hat eine Bombe!«

Der Cop zögerte einen Schlag lang. Es war nicht besonders überzeugend, es war nur eigenartig. Dann begriff er, was vor sich ging, doch ich hatte mich bereits von Grgur losgeschnitten und huschte zwischen die Jugendlichen. Grgur prallte gegen den Polizisten, ehe er zusammenbrach, was mir einen weiteren Schlag verschaffte. Ich schnappte mir einen der gesünder aussehenden Rabauken und schlug ihm ins Gesicht, aber nicht fest genug, um ihn wirklich zu verletzen.

»Du bist verhaftet, Drecksack!«, brüllte ich. Der Bursche erholte sich rasch, und er und zwei seiner Freunde griffen mich an und packten meinen Patientenkittel. Ich befreite mich von dem Ding, ließ es über dem Kopf von ihnen zerreißen, bahnte mir einen Weg durch das losbrechende Handgemenge und stand plötzlich vor einer Reihe aus Wartezimmersitzen. Ich sprang über die Sitze hinweg. Es fühlte sich gut an. Die Ampullen mit den Betäubungsmitteln warf ich in eine große steinbesetzte Mülltonne. So viel zu Grgur, dachte ich. Er hätte sich nicht mit dem Großen Roten anlegen sollen. Er war Futter für die Käfer von Xib'alb'a.

»Bleiben Sie stehen!«, rief eine laute Männerstimme von rechts durch ein Megafon. »*Sir!*«

Ich schob mich auf die Tür zu, die nur zehn Armlängen entfernt war. Durch das Gewebe entdeckte ich zwei große Kerle in hellen Anzügen, die sich zusammen mit den Cops durch die Menge drängten, doch mittlerweile kam eine komplette mexikanische Großfamilie zu uns. Ein paar von den Teenager-Geblüten, oder wie man sie nennen sollte, trugen Farben der Kings. Ich lenkte uns um sie herum und kam zur Außentür und tanzte hindurch, als wäre ich ein Partytyp unter Drogen. Jemand packte mich von hinten bei der Schulter, und ich fuhr herum. Ich konnte durch die käsetuchbedeckten Augenovale in der Maske nicht besonders gut sehen, aber es war der Junge, dem ich eins auf die Nase gegeben hatte. Ich zog ihm die Spitze meines Gipsverbands übers Handgelenk, und er fiel zurück und starrte es an. Ich wandte mich um und ging davon, bewegte mich in relativ normalem Tempo auf das erste Paar großer Glastüren zu. Die Menge wich vor mir beiseite. Dass ich fast nackt war, wirkte sich nun zu meinen Gunsten aus, denn es ließ die Menschen ein wenig vor mir zurückschrecken. Dennoch, der Lärm in meinem Rücken erweckte den Eindruck, als hätten die Schergen von Warren uns fast erreicht. Die zweite Tür öffnete sich mit einem Schwall angenehmer, heißer Krötenatem-Abendluft. Ich sah nicht zurück, ging einfach über den Beton, öffnete die Beifahrertür des alten Dodge Van der mexikanischen Familie, stieg ein und knallte die Tür zur. Am Lenkrad saß eine nicht mehr ganz junge Frau vom Typ altjüngferliche Tante; auf der Rückbank hockten zwei kleine Kinder. Ich kroch über den Schoß der Tante auf den Vordersitz, blickte aus dem offenen Fenster und sah einen tiefergelegten schwarzen Maxima mit einem gespenstischen Schwarzlichtleuchten, das unter dem Chassis hervorkam, als schwebte der Wagen auf einer xib'alb'anischen Farbwolke. Hinter dem Steuer saß ein vielleicht fünfzehnjähriger Möchtegern-Pseudo-Maya. Ich glitt zur Fahrertür des Vans hinaus, öffnete die Beifahrertür des Maximas, stieg ein und knallte die Tür hinter mir zu.

»Mach keinen Fehler, sonst bring ich dich um«, sagte ich auf Spanisch. »Umfahr das Taxi da.«

Der Junge wollte nach irgendetwas zwischen seinen Beinen greifen, also tötete ich ihn, indem ich ihm den Gipsstreitkolben zwischen die Augen schlug, genau auf die Nasenwurzel, und dann über den Adamsapfel zog. Statt ihn aus dem Auto zu werfen, schaltete ich nur auf D (es war natürlich ein Automatik), kauerte mich hin, drückte den Fuß des Toten auf das Gaspedal und lenkte uns um das Taxi herum, indem ich mich an den Lichtern über uns orientierte, dann vorbei an zwei Minivans, deren Stoßstangen ich mit den kleinen Katzenfischbarteln des Wagens erspürte. Dann beschleunigte ich. Wir schossen unter dem Vordach vor dem Eingang der Notaufnahme hervor. Außer Reichweite, dachte ich. Ich hob den Kopf und begann richtig zu lenken, bewegte die Kiste mit durchgetretenem Gaspedal durch einen Kreisel und fuhr die Rampe zum Highway hoch. Irgendetwas scharrte auf der Straße. Tiefergelegte Autos sind klasse; sie haben ein tolles Kurvenverhalten. Kein Ausbrechen, kein Schlittern.

Von der anderen Seite her fuhren Polizeiwagen mit Sirenen und Blaulicht unter das Vordach, zu spät wie immer. Ich hüpfte über die Backenzähne der Straße – *Temposchwellen* nannte Jeds Bewusstsein sie automatisch, aber ein wenig zu spät –, verließ das Krankenhausgelände, kam auf eine steile Rampe und erreichte schließlich eine reibungsfreie graue Sacbe, auf der ich zwischen Kristallen aus Topas entlangschlitterte, die, allesamt identisch und faustgroß, in die Oberfläche eingesetzt waren. Selbst bei heruntergelassenen Masken des Schlittens – *offenen Fenstern* – belästigte mich der Gestank des toten Jungen, dessen Darm und Blase sich entleert hatten; deshalb hielt ich den Wagen für ein paar Schläge auf der linken Spur und zog dem Jungen mit einiger Mühe die Jacke aus. Als ich auf fünfzig Meilen beschleunigt hatte, öffnete ich die Fahrertür und stieß die Leiche hinaus. Ich spürte, wie sie aufprallte. Der Wagen machte einen Satz: Das Bein des Toten hatte sich im Sicherheitsgurt verfangen, und er schleifte über den Asphalt. An der Art, wie er zuckte, merkte ich, dass er doch noch nicht ganz tot war. Die Jed-Reste in meinem Kopf reagierten mit automatischem Abscheu, einer Art Kombination aus Angst und

Widerwillen, doch ich durchschnitt den Gurt mit meinem Gipsstreitkolben, und endlich rollte der Junge von dem Wagen weg wie ein erschossener Gefangener in ein Massengrab. Bei dem Manöver wäre der Wagen beinahe auf den Mittelstreifen geschlittert, doch ich riss den Lenker herum, kam wieder auf die Bahn und schloss die Tür.

Ich ließ Jeds motorische Erinnerungen übernehmen. Trotz meiner schmachvollen Angst vor dem riesigen Schlitten bekam er den Wagen auf die Große Sacbe. Der Wind fühlte sich in meinen Verbänden großartig an. SÜDEN, las ich auf einem grünen Schild. Falsche Farbe für Süden, dachte ich. Ich fuhr schon zu schnell, um mich umzusehen, aber ich bewegte den Rückspiegel von einer Seite auf die andere. Keine Wagen hinter mir, jedenfalls keiner, der schnell aufholte. Ich schaute auf die Tankanzeige. Irgendwoher wusste ich, dass die Nadel genug anzeigte. Jeds Geist schien zu glauben, dass die Nachtwächter-Geblüte – die Polizei – sich schnell abschütteln ließen, denn ganz egal, welcher Bonus winkte, sie konnten nur ein paar Leute für den Fall abstellen. Gleichzeitig jedoch war eine mächtige private Organisation hinter mir her, die im Geld schwamm, und so etwas ist viel ernster. Ich überlegte, achttausend Schläge lang so weit wie möglich zu fahren und dann den Wagen zu wechseln. Keine Panik, wie man heutzutage sagt. Ich zog die letzte Schicht durchsichtigen Zaubertuchs ab, das noch immer an meiner rechten Hand haftete, und beobachtete, wie das gelbe Tachometer mit den komischen Dezimalzahlen dieser Menschen hochzählte, hinauf durch eine Art Himmel oder Dach, das Jeds Geist den Unsichtbaren Gardol-Schild nannte, 61, 71, 79, 83, 90. Bei 94 drückte ich den Tempomatschalter und hielt mich an der Steuerplatte fest wie ein Kind am Rücken der Mutter, spürte die Geschwindigkeit von zwanzig Mixteken-Boten.

Treffer, sagte ich zu mir selbst. Tor.

Sieg.

VIERTER TEIL

DIE ANARETA

(108)

Ich verließ die USA auf der sogenannten *Maya Diaspora*, der Route für illegale Immigranten, die Jed einmal gesponsert hatte und die von Miami nach San Antonio und dann männerhandwärts an der sogenannten Panamericana-Sacbe entlang durch das wiederbesiedelte Teotihuacán und schließlich nach Belize City führt. Ich konnte mir einige Früchte von Jeds Paranoia zunutze machen. Ehe ich Florida verließ, tötete ich wegen seiner abstoßenden, aber korrekt sitzenden Kleidung jemanden aus einer geschichtslosen Sippe – ich glaube, man nennt sie hier Obdachlose –, nahm einen halb gefälschten Pass aus Jed$_1$' anonymem Safe bei einem Einlagerungsunternehmen und fand sogar heraus, dass Jed$_2$ in der Dominikanischen Republik unter falschem Namen ein Bankkonto eröffnet hatte, von dem ich an Geldautomaten der Western Union Bargeld abheben konnte, indem ich einen Code benutzte, und keine Karte – und nachdem ich ihn ein wenig unter Druck gesetzt hatte, nannte Jeds sterbendes Bewusstsein diesen Code. Ich behielt Jed$_1$' und Jed$_2$s Gewohnheit bei, fünfmal am Tag den Geheimserver anzurufen, wie er ihn nannte, damit dieser nicht die ganze Geschichte ausplauderte. Einer von Jeds alten Zeta-Kontakten – ich setzte darauf, dass der Bursche in Ordnung war, denn er gehörte zu den wenigen, die Jed nie irgendwo erwähnt und in irgendeine Tastatur eingegeben hatte – verkaufte mir weitere Papiere und fünf sehr kleine Sprengsätze, die wir, als Druckerpatronen getarnt, per FedEx zu einem anderen Zeta-Kontakt im belizischen Ladyville schickten.

Von Orlando nach Belmopan zu kommen verbrauchte fünf Sonnen. Als ich dort untertauchte, eine Jornada vom Stake entfernt, war ich mit dem Englischen und dem Spanischen vertraut genug, um mit den Rundköpfen reden zu können, ohne dass Jed-in-mir dolmetschen musste – als er mein Gast gewesen war, hatte er mir gegenüber einen großen Vorteil besessen, weil er bereits einen degenerierten Dialekt des Ch'olan sprach –, und ich rempelte nicht einmal mehr die Menschen an, die mir auf dem Gehweg entgegenkamen. Ich hatte immer versucht, sie auf der sonnenwärtigen Seite zu passieren, was sie die »britische Seite« nannten. Doch die Leute hier machten alles entgegengesetzt, »im Uhrzeigersinn« nannten sie es. Auch an andere Dinge konnte man sich nur schwer gewöhnen. Autofürze zum Beispiel, oder Abgase, wie es hier genannt wurde, waren für mich unerträglich, obwohl ich in Tälern des Todes geschlafen hatte, die vom Gestank brennender Leichen erfüllt waren. Abgase drangen in alles ein, ins Wasser und ins Essen. Andererseits gab es auch tolle Dinge. Ich war von dem Wal-Mart in Monterrey so begeistert, dass ich Stunden damit vergeudete, ihn einfach nur zu durchstreifen. Zuerst war es die Menge und die Vielfalt der Waren, die mich in ihren Bann schlug, dann die Waren selbst, rollenweise Türkisfolie und Matten aus Fell, das von riesigen blauen Hirschen stammte, die auf der Rückseite der Welt lebten, an einem Ort, den Jeds Bewusstsein »China« nannte, dazu Fernseher und Buntglasvasen und alles Mögliche. Aber das Eigenartigste für mich war, dass dieselben komplizierten Gegenstände völlig makellos und identisch immer und immer wieder erschaffen werden konnten, als wären sie wie einer der Dämonen, die früher in den Hügeln lebten und die gleichzeitig an mehreren Orten sein konnten. Metall flößte mir Unbehagen ein; deshalb besorgte ich mir einen kompletten Satz aus 34 weißen Keramikmessern von Ming Tsai. Dann stieß ich auf die höherwertigen Einkaufszentren, und eine Zeit lang konnte ich mich nicht zügeln, alle mögliche rot gestreifte Kleidung von Versace und Richard James zu kaufen, bis mir klar wurde, dass ich damit zu sehr auffiel. Also zwang ich mich, mich einzufügen, mich für die Jagd zu kleiden. Zum Ausgleich holte ich mir meine Tätowierungen zurück, damit ich wenigstens einige meiner alten Macht-Hieroglyphen unter den Kleidern tragen konnte, auf meiner Haut. Dem Tätowierer gefielen einige davon so gut, dass er sie behalten wollte, doch ich erklärte ihm, dass sie geheim seien, und wenn er sie weitergäbe, müsse ich wiederkommen und ihn verspeisen. Ich ließ mir mein Haar wieder verlängern. Mein Motelzimmer füllte sich mit Schmuck und exotischen Zierwaffen und Sportgeräten und kleinen Wundern von Sharper Image und Lifestyle Innovations. Am Ende begriff ich, dass alles, was ich für am wertvollsten hielt – Türkis, Jade, Bernstein, Elfenbein, Pechkohle, Pyrit –, nun dank der neuen Alchimie die billigsten aller Substanzen waren. Farbe, Material und Fundort besaßen allesamt keinen Wert mehr. Dadurch waren die Menschen zu Feiglingen geworden, die nur noch halb lebten.

Ich kaufte mir ein klappbares Zauberbuch und setzte Jeds verblassende Erinnerungen daran, sich wieder in die Warren-Datenbanken zu hacken, doch ich erhielt nur wenig neue Informationen. Jed-in-mir war beinahe ganz fort. Und ich besaß kein Tzam lic, das mir beim Knacken von Passwörtern geholfen hätte. Am Ende gab ich auf. Um solche Dinge wird sich diese Marena kümmern, sagte ich mir. Und wenn ich ihr vorher die Füße verbrühen muss.

Stattdessen konzentrierte ich mich ganz darauf, mich einzufügen. Am schwierigsten fand ich es, mich an das Essen zu gewöhnen. Die meisten Speisen, die ich mochte, waren leicht zu finden: Truthahn, Erdnüsse, Chilis, Tortillas, Tequila – doch sie waren heute alle ganz anders, sehr einheitlich, ohne Seele. Mais war gigantisch und süß, aber es gab nur eine Sorte in der Ähre. Man konnte die heiligen blauen Körner bekommen – *jeder* konnte sie bekommen! –, aber nur in Form von Scherben zerbrochener Tortillas. Man bekam Kalbfleisch, verschiedene Fischsorten und Meeresfrüchte, aber Hund, Fledermaus, Heuschrecken, Axolotl und natürlich Mensch waren so gut wie nicht zu bekommen. Als ich einen streunenden Hund fing und briet, schmeckte sein Fleisch nach Wild und war voller innerer Geschwüre. Schoßhunde waren besser, aber schwieriger zu fangen, und auch sie zeigten den alles durchdringenden Petroleumgeschmack – wirklich das Unangenehmste überhaupt am letzten B'ak'tun. Seit ich mich im Krankenhaus wiedergefunden hatte, war kein Schlag verstrichen, in dem ich nicht irgendeinen Motor gehört und gerochen hatte, der irgendwo verdaute, auf den Straßen, in den Wänden, über meinem Kopf, wo auch immer. Deshalb blieb ich bei Truthahn. Sie kannten hier ein Opferfest für Geflügel, wo sogar die unteren Sippen gemästete Vögel essen durften, und dazu gab es eine göttliche Offenbarung, die man Wishbone nannte, und Preiselbeersoße, die das Blut ersetzte.

Ein paar Mal verstreute ich mein weißes Blut bei Professionellen aus Sex-Kasten. Tony Sics verstümmelter vorhautloser Penis war viel weniger empfindlich, als meiner es gewesen war, trotz aller Narben, die meiner bei Opferungen abbekommen hatte. Außerdem waren die Besuche gefährlich, da ich die Prostituierten hinrichten und beseitigen musste; deshalb gab ich es irgendwann auf.

Die USA – die immer geächteter dastanden – mussten aus ganz Lateinamerika und etlichen anderen Ländern auf der ganzen Welt ihre Botschafter abberufen und ihre Vertretungen schließen. In mehr als fünfzig Ländern wurden die stationierten US-Truppen gebeten, ihre Stützpunkte zu verlassen. Wieder ein Dominostein, der fiel. Zwei Wochen zuvor hatten die UN eine Resolution verabschiedet, in der das Verhalten der USA verurteilt wurde. Noch ein Dominostein. Dem Beispiel Großbritanniens folgend, hatte Belize jedoch keine eigene Resolution folgen lassen, in der die USA verurteilt wurden. Vor zwei Tagen hatte Guatemala dies als fadenscheinigen Vorwand benutzt, um von Belize zu verlangen, sämtliche Verbindungen zu Großbritannien abzubrechen. Belize, das genau wusste, dass es dadurch gegenüber guatemaltekischen Übergriffen verwundbar würde, hatte abgelehnt. Nun schien es, als marschierten die Guates auf, um über seine südliche und südöstliche Grenze nach Belize einzufallen.

Neben anderen Staaten forderte auch Guatemala, dass alle US-Militärberater das Land verließen. Im US-Außenministerium herrschte deswegen Krisenstimmung, denn Belize war nach wie vor britisches Protektorat. Die Grenzen wurden geschlossen, und das Militär beider Länder befand sich in höchster Alarmbereitschaft. Immer schneller begriff ich Jeds Leben und seine Welt und fragte mich, ob der Konflikt bedeutete, dass Lindsay seine geplante Neo-Teo-Eröffnungsparty in der NeoMayaLand-Hyperbowl von Belize absagen müsste, die keine zwei Jornadas von der guatemaltekischen Grenze entfernt lag – oder ob der Konflikt von Lindsay erwünscht war und angestachelt wurde.

Die Nachrichtensprecher erwähnten, dass Berichten zufolge Amtsträger in den betroffenen Dörfern anonyme Tipps erhalten hätten, dass eine Katastrophe bevorstand – wahrscheinlich, sagten sie, von jemandem innerhalb der Drogenfahndung, der mit der Politik nicht einverstanden war.

Und aus der Astronomie kam die Nachricht von einem neuen Herbig-Ae/Be-Stern in den Plejaden.

Jeds Erinnerungen schenkten mir hundertsechzigtausend Möglichkeiten, unbemerkt zu bleiben. Ich arbeitete einen guten Ansatz aus, einen sehr direkten, einen Lowtech-Ansatz für die heutige Post-Hightech-Welt, und erreichte die Grenze des Stakes vor der Zeit.

Noch während ich mich auf Campingplätzen in Texas versteckt hielt, hatte ich aus dem Polizeifunk erfahren, dass zwar nach mir gefahndet wurde, aber nicht wegen Mordes oder Raubes, sondern nur wegen Widerstands gegen die Staatsgewalt. Ich wurde weder als bewaffnet noch als gefährlich bezeichnet. Offenbar wollten Lindsays Leute nicht, dass die Polizei mich fasste; irgendwie mussten sie die Morde im Krankenhaus vertuscht haben.

An dem Tag, den sie »16. Dezember« nannten, zog ich in ein Quartier für Geschichtslose – ich meine, Durchreisende – in der Vorstadt Belmopans. In der Nacht, der »17.«, erschienen mir die Vorboten des Großen Vaters Hitze aussichtsreich, und am nächsten Tag besorgte ich mir die Hardware, die ich brauchte, testete sie und begann das Hyperbowl-Gelände aus sicherer Entfernung zu studieren. Obwohl es mich anfänglich rasend machte, lernte ich, mir Jeds Computerkenntnisse zunutze zu machen. Am Ende hatte ich genügend Fertigkeiten aus Jeds Erinnerungen rekonstruiert, um die grundlegende Programmierung zu meistern, die ich brauchen würde, um in die Warren-Systeme vorzudringen. Viele von Jeds mathematischen Fähigkeiten schienen mehr oder weniger von selbst zu funktionieren, als könnte jeder sie benutzen. Obwohl ich niemals etwas begreifen würde, das komplizierter war als eine simple Programmschleife, faszinierten Computer mich erstaunlicherweise mehr, als sie mich abstießen. Ohne Jeds Uay wäre ich dazu nie in der Lage gewesen.

Beobachteten sie mich? Hatte ich doch irgendwelche implantierten Peilsender? Mittlerweile hatte ich so viele Ausweichmanöver gemacht und mich von genügend Ärzten untersuchen lassen, die mit dem Untergrund sympathisierten, dass ich sicher war, beide Fragen mit Nein beantworten zu dürfen. Apropos Ärzte – meine gebrochene rechte Hand heilte schneller, als ich gedacht hätte. Alles gut. Alles gut.

Patrouillen waren unterwegs, und Jed wäre – egal in welchem Körper – auf der Stelle entdeckt worden, aber ich wandte die alten Methoden an, hielt mich im Dschungel, trug und schleppte nur wenig und behielt alle metallene Ausrüstung in einem kleinen Otter-Köderbehälter. Ich schlug ein Lauer-Lager unter einem zusammengebrochenen hölzernen Wassertank in Sichtweite der Grenze auf und wartete.

Als ich das Gefühl hatte, die Zeit sei gekommen, überquerte ich den Graben, die Elektrozäune (wobei ich ein paar Mal einen gewischt bekam, was ich aber ignorierte) und das Feld mit Klingenstacheldraht, den ich mithilfe von Kevlardecken überwand. Ich versteckte mich in trockenem Schwemmland bei einer von einem Kraftwerk abgehenden Heißwasserleitung, im Fundament eines Kühlturms, mit dessen Bau nicht vor dem nächsten B'ak'tun begonnen würde, also niemals.

Wie erwartet, war die Bewachung am inneren Olympischen Komplex des Stakes schwieriger zu durchdringen als die Grenze. Lkw und Kleinbusse fuhren hinein und hinaus, Hubschrauber flogen ein, und einmal sogar ein neuer weißer Zeppelin mit VIP-Gästen für die Eröffnung, doch trotz der Aktivität an den Toren beschloss ich, auf althergebrachte Weise einzusickern. Indem ich den Funk abhörte und beobachtete, fand ich heraus, dass vermutlich des Krieges wegen eine kleine Flotte ferngesteuerter Drohnen im Luftraum über dem Stake patrouillierte und den Boden überwachte. Das war ein Rückschlag für mich, aber schließlich nutzte ich während eines Regenschauers in der Morgendämmerung die Gelegenheit und überkletterte den Grenzzaun. Ich rieb mich mit Eselsmist ein, um die Wachhunde zu täuschen, kroch durch zehn Seillängen Karden und Giftsumach und lag acht Stunden reglos da, bis ich sicher war, dass ich eine stillgelegte Baustelle unweit der Rennbahn erreichen konnte. Dort verbarg ich mich im Fundament eines Trägers, wie ich es in meiner Jugend gelernt hatte, geräuschlos und ohne mich zu bewegen, aß Snickers-Riegel und erleichterte mich in mitgebrachte Beutel, die mit Perlen aus Polyacrylat bestickt waren. Als in der Nacht die Plejaden aufgingen, war der neue Stern, der Akhushtal getauft worden war, dicht unterhalb von Maia zu sehen. Das war wenig überraschend. Frau Koh hatte wieder recht behalten. Und in dem Video hatte Lindsay gesagt: »leben in Maia«. »Maya« hatte er sowieso nie richtig ausgesprochen. Maia wie der Stern in den Plejaden. Der nächste Kobol, nehme ich an. Auch er hatte Bescheid gewusst.

Beim Tod von Großer Vater Hitze überfiel ich einen Kellner mit der richtigen Größe an einem der Pools, wusch im unirdisch blauen Wasser sein Blut ab, nahm seine Kleidung, seine Schlüsselkarten, seine Ausweise und sein Zimmerservicewägelchen, ging in das Hotelfoyer und hinauf zu Marenas Zimmer, das ich lokalisierte, indem ich die Kurzstreckenfunkgespräche der Kellner abhörte. Jeds Bibel waren die *Gesammelten Werke* von Ian Fleming, und ich hatte beschlossen, diesem Glauben treu zu bleiben. Außerdem ist es nicht schwer, irgendwo einzudringen, solange es einem egal ist, ob man wieder herauskommt. Schon bei der zweiten Schlüsselkarte leuchtete es am Schloss grün auf. Ich ging hinein. Marena war bereits angezogen. Sie trug einen feuersteinfarbenen Hosenanzug und eine Granatkette, aber noch keine Sandalen. Ihr Haar war hochgesteckt. Sie versuchte, sich nicht anmerken zu lassen, dass sie überrascht war, mich zu sehen, und dann versuchte sie zu verbergen, dass sie dachte, ich wollte sie umbringen. Sie nahm einen quadratischen Tischspiegel mit verchromtem Rahmen in beide Hände und wog ihn, als wollte sie ihn mir durchs Gesicht ziehen.

Obwohl Marena glaubte, ich wäre gekommen, um sie zu töten, war es überhaupt nicht schwierig, sie an Bord zu holen.

»Ich weiß, was vorgeht«, sagte ich, »und ich kann es verhindern.«

Na ja, ehrlich gesagt, ich musste noch ein paar Wörter hinzufügen, denn Marena erwiderte: »Hör mir gut zu. Wenn du Max nicht rettest, bin ich nicht interessiert.«

»Wir werden Max retten«, sagte ich. »Und alle anderen auch.«

»Wen interessieren alle anderen?«

»Gut.«
»Gut.«
»Also alle im Licht«, sagte ich. »Gut.«
»Gut. Sag mir, wie.«

OLYMPIA-HYPERBOWL BELIZE

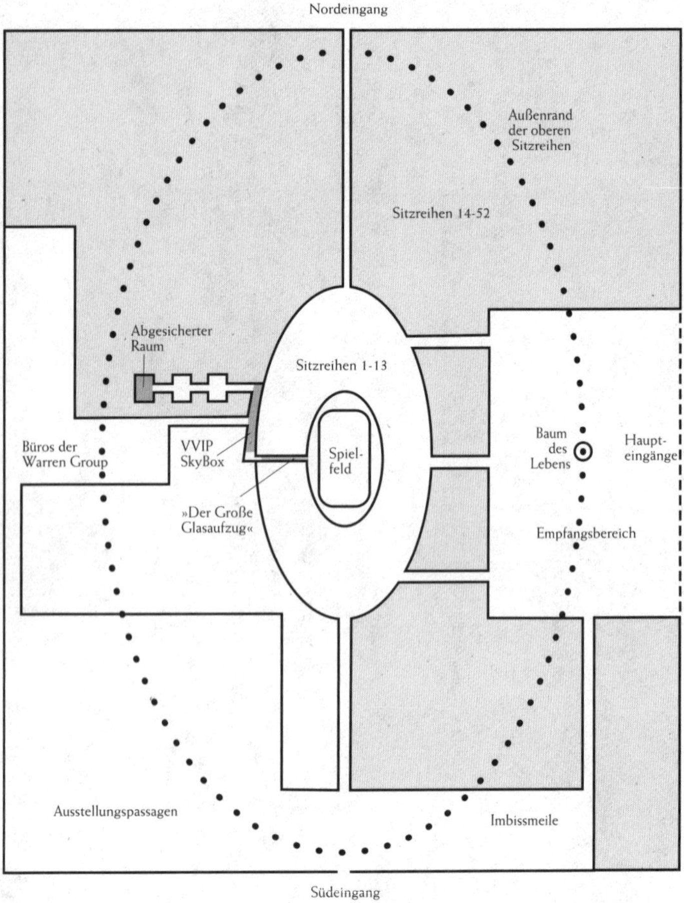

(109)

Das Zentraltor führte durch eine lange gedeckte Arkade in den Eingangsbereich des Stadions. An vier Kontrollpunkten standen Wächter; davor hatten sich ein paar tausend Neo-Marcos-Demonstranten versammelt, die von Warren-Sicherheitsleuten und belizischen Polizisten zurückgehalten wurden. Doch Marena kam mithilfe von Biometricks problemlos durch, und es genügte, dass sie für mich bürgte. Der Eingangsbereich war in eine Art bessere Imbissmeile umfunktioniert worden, ein Speise-Empyreum, wie sie es nannten, mit dem Grundriss eines menschlichen Körpers. Die Luft war zugig und laut Jeds Erinnerung mit zusätzlichem Sauerstoff versetzt.

Marena lotste mich den Mittelgang hinunter. Wir umgingen ein grünes Zentralfeld voller Ähren von vierfarbigem süßem Mais. Vorbei an Theken mit Fisch und eigenartigen Früchten gelangten wir zum Kopf der Fressmeile. Die Leibeigenen hinter den Theken arbeiteten an den Bildschirmen von Abakusrechnern, die auf dem Zwanzigersystem beruhten. Hin und wieder drückte Marena meinen Arm, drückte die Fingernägel hinein, als wäre ich ein gekentertes Kanu. Wir kamen zum Eingang der Hyperbowl. Den hohen falschen Bogen flankierten animierte DHI-Videostatuen der Sportler, die ihre größten Leistungen und Kunststücke immer wieder vollführten, Monumente der Olympischen Spiele von 2002 in Salt Lake City, wo Warren zum ersten Mal richtig losgelegt hatte. Wir passierten einen Schallkonus und hörten kurz John Teschs Stimme: *»Bei dieser Gelegenheit möchten wir der Familie von Greg ›The Leg‹ Nagel unser Beileid ausdrücken. Greg war unser geliebter Jaguar-Stürmer und starb heute früh beim Training. Wie wir alle wissen, gehörten zu Gregs außergewöhnlichen Leistungen …«*

Trapezförmige Türen glitten vor uns auf und hinter uns zu, und die Luft wechselte zu einer Art Designer-Gemisch, kühl, aber noch immer tropisch und mit einem Geruch wie ein sterilisierter Regenwald. Durch die aktive Schallabschirmung war es beinahe still, doch man hörte das Rauschen künstlicher Wasserfälle und Gesprächsfetzen.

»Lass mich deine Handtasche tragen«, sagte ich und packte sie beim zweiten Wort.

Der Empfangsbereich war groß genug, um die Ozelot-Mul darin unterzubringen. Trotzdem war er ganz in Erdfarben gehalten. Aus Schlitzen im Granitboden wuchsen fünf Sorten Gras; die Möbel waren aus unbehandeltem Hartholz. Ungefähr zweitausend Menschen wimmelten in schwarz-weißen Trauben in dieser Halle, in bunte Neo-Maya-Kostüme gekleidet und im stimmungsvollen Licht von Punktstrahlern, die langsam den Raum abrasterten. Ich sah Shaquille O'Neal und ein paar andere ehemalige Basketballspieler, die aus der Menge ragten wie Geisterpfähle in einem Maisfeld. Man sah auch einige Offiziersuniformen, belizisch, britisch und US-amerikanisch. Mitten im Raum, wo normalerweise ein Informationsstand gewesen wäre, strebte etwas Riesiges drei Seillängen in die Höhe. Es sah zuerst zu verwirrend aus, um es zu benennen: ein Turm, ein Kapokbaum, eine Pappel, eine Holzstele, eine Steinstele, eine extrem spitzwinklige Pyramide, ein Weihnachtsbaum. Der Schmuck bestand ausschließlich aus DHI-Kugeln, von denen die meisten verschiedene Ansichten der Ix-II™-Softworld zeigten. In einer von ihnen sah ich eine langsam rotierende Darstellung des heute auslaufenden Maya-Kalenders:

Auf der anderen Seite des Foyers führten hohe Spitzkorridore zu den Zuschauerplätzen. Absperrpfosten waren nicht zu sehen. Gut.

Die erste Person, die wir kannten und die uns erkannte, war Michael Weiner in vollem NeoMaya-Putz.

»Hi«, sagte ich. »Wow. Sie sehen absolut … äh, vorstädtisch aus.«

Er öffnete den Mund und schloss ihn wieder. Das war ein Augenblick des ungeschmälerten Segens.

»Tony?«, fragte er.

»Hi«, sagte ich. Er schlug mir nicht wie üblich auf den Rücken, also tat ich es bei ihm. Er trug eine Art Schmuckhalsband, einen gesteppten Zeremonienkragen, und es gelang mir, ihm den braunen Bug Bom anzuheften, ohne dass es jemand bemerkte. Die Farben passten nicht zusammen, aber ich nahm an, dass es niemandem auffallen würde. »Wie geht's meiner Lieblingsattraktion im History Channel?«, fragte ich.

»Ich … mir geht's prima«, sagte er.

»Ju-huu!«, rief jemand. Sie schob sich zu uns durch. Sie hatte Haar. Viel Haar. Sehr undeutlich glaubte ich in Jeds zerfallendem Buch der Uay-Namen zu lesen, dass sie Ashley$_1$ genannt wurde. Sie hielt ein Netphone, auf dem sie uns wohl entdeckt hatte.

»Kommen Sie«, sagte ich zu Michael. »Wir wollen mit Lindsay sprechen, und ich wollte Sie beide etwas fragen. Okay?«

»Äh … okay«, antwortete Michael.

»Sie sind *so* toll«, sagte A_1 zu Marena. Sie sprach laut, um den Lärm der Menge zu übertönen. »Sie wollen es tatsächlich tun!« Sie war Tony Sic begegnet, aber in meiner Verkleidung erkannte sie mich nicht, was allerdings nicht viel heißen musste, weil sie so dumm war wie ein Sack voll Kürbis. Zwei Säcke. »Echt toll, toll, toll«, schwatzte sie in einem fort, »ich möchte Ihnen zeigen …«

»Danke«, schnitt Marena ihr das Wort ab. »Sagen Sie mal, könnten Sie Lindsay für mich suchen?«

»Klar. Er wird sich freuen, dass Sie gekommen sind …«

»Es ist wirklich wichtig. Ernsthaft.«

»Sicher.« A_1 hielt ihr Netphone hoch und schwenkte es über die Menge. »Ah, da habe ich ihn«, sagte sie. Ich blickte über Marenas Schulter auf das Display. Darauf wurde die Architektur des Raumes auf ein Drahtgittermodell reduziert, und darin trieben die kleinen Punkte der Sicherheitsanhänger herum.

»Okay«, sagte A_1, »Lindsay ist dieser rosa Punkt mit dem L.«

»Toll«, sagte ich. Das bedeutete, dass er hinter dem Baum des Lebens war, unter dem gigantischen Bildschirm. Marena erfasste ihn selbst und führte mich nach links, eine Treppe hinunter auf den Boden und um einen Tisch voller Emu-Grillspieße und Eisskulpturen, die gern urtümlich-bedrohlich gewirkt hätten, in einen abgedunkelten Bereich hinter einer Reihe diachronischer Halogenpunktstrahler. Michael und $Ashley_1$ folgten.

»Das da drüben ist Bob Costas«, flüsterte sie mir zu.

»Wer?«, fragte ich.

»Da drüben«, sagte sie.

»Aha.«

»Sie wissen schon, der große Sportmoderator mit den vielen Preisen«, erklärte sie. »Neben ihm steht John Tesch.«

»Ach ja, richtig, sicher«, sagte ich. »Also das ist die große Sache.«

»Genau«, zirpte $Ashley_1$ fröhlich. »Defini*tiv*. Toll, toll, toll.« Sie fuhr fort, mich auf Prominente aufmerksam zu machen, von denen man noch nie gehört hatte. Zumindest ich hatte noch nie von ihnen gehört. In alter Zeit hätten wir gesagt, es seien Menschen mit Maus-Uay, die vorgaben, Katzen zu sein. Hier drückte man es wohl so aus, dass sie unwiderruflich zur B-Riege gehörten. Ich schloss zu Marena auf, aber irgendeine albern grinsende Tusse hatte sich sie geschnappt.

»Äh, Tony?«, fragte Marena. »Michael? Ihr kennt Peggy Noonan, oder? Peggy Noonan, Tony Sic.« Die Frau reichte mir ihre Hand.

»Hi. Wow, die Leni Riefenstahl des Redenschreibens«, platzte ich heraus, ehe ich wusste, was ich sagte. »Schön, Sie kennenzulernen, aber an Ihrer Hand klebt zu viel Blut.« Sie erstarrte ein P'ip'il lang. »Ihr alter Boss hat meine Eltern ermorden lassen.« Noonan wandte sich ab und stolzierte davon. Jed hätte nie den Mut gehabt, so etwas zu sagen, dachte ich.

»Vielen herzlichen Dank«, sagte Marena. »Das war nicht Jed, der das gesagt hat, richtig?«

»Nein«, erwiderte ich, »aber ich unterstütze einige von Jeds Zielen. Jed ist ein alter Freund.«

»Du bist so ein selbstgerechtes Landei«, sagte sie. »Du kotzt mich an. Ich mochte die Alte auch nicht besonders, aber … verdammte Scheiße noch mal!«

»Was ist denn los?«, fragte Michael. »Ich habe gehört, dass Sie tief in der Tinte stecken.«

Ich murmelte irgendetwas.

»Da ist er«, sagte Marena. Lindsay stand ungefähr dreißig Schritt frauenhandwärts von uns unter dem Baum des Lebens, umringt von einer Schar Typen, die nach Investoren aussahen. Eines musste man ihm lassen; er hatte diese riesige Schwarze-Privatarmee-Geschichte im Hintergrund laufen und stand da und schwatzte, als hätte er keine Sorgen.

Ein Kellner hielt uns ein Tablett hin.

»Ist das Sellerie?«, fragte ich.

»Nein, es tut mir leid, das sind Stäbchen aus weißer Schokolade«, sagte er.

»Oh, toll.« Es lagen zehn da. Ich nahm neun.

»Nein, danke«, sagte Marena.

»Komm schon, iss wenigstens eines«, sagte ich.

Lindsay trug ein graues sommerliches Jackett, und ich suchte den Bug Bom mit den beiden Punkten – den grauen – aus Marenas Handtasche. Die Farbe passte nicht sonderlich, aber sie musste reichen. Ich wollte direkt zu ihm gehen, doch Marena sagte, es sehe ganz so aus, als würde er die Leute gleich wegschicken.

»Okay, warten wir noch einen Schlag«, sagte ich und verspeiste ein Schokostäbchen.

Die beiden hinter Warren erkannte ich sofort als Leibwächter. Einen hatte ich noch nie gesehen, ein großer klassischer Bodyguard-Typ im schwarzen Anzug und mit Ohrstöpsel. Die andere war das Kommando-Weib aus dem Innern der Erde, Ana Vergara. Sie trug Leggings und einen eng anliegenden schwarzen Huipil und wirkte beinahe attraktiv, wenn man bedachte, dass sie eine bezahlte Vollstreckerin war. Noch hatte sie mich nicht entdeckt, aber es konnte nicht mehr lange dauern.

»Wussten Sie, dass die Polizei nach Ihnen sucht?«, fragte Michael.

»Ja, sicher«, erwiderte ich. »Aber wir sind den Bullen immer einen Schritt voraus.«

Die Investorenmeute lachte – war das der komische Teil?, fragte ich mich –, nickte und wandte sich dem Ausgang zu, der aufs Spielfeld führte. Andere warteten, um mit dem großen Mann reden zu können, doch Marena schob sich durch sie hindurch und tippte Warren auf die

Schulter. Er schien sich aufrichtig zu freuen, sie wiederzusehen, was natürlich nicht der Fall war. Sie sagte etwas zu ihm – ich hoffte, es war das, was ich ihr aufgetragen hatte –, und er drehte sich nach links. Ana hatte mich mittlerweile gesichtet, aber sie erwartete von mir, dass ich blieb, wo ich war, damit Lindsay sich mir zuwenden konnte; deshalb bekam ich gerade genug Zeit, um mich auf seine rechte Seite zu stellen und ihm auf den Rücken zu klopfen. Durch das Kaschmir mit der Seidenpaspelierung spürte ich, dass er bemerkenswert harte Trapezmuskeln hatte. »Sei gegrüßt, Mann, so ein Zufall«, sagte ich.

Lindsay drehte sich weiter. Bislang hatte er die Wanze nicht gespürt; sie hielt nur durch Klett-Effekt. Als er mich erkannte, war er sehr beherrscht. Er verzog keine Miene, sagte aber auch nicht Hallo. Er stand nur vor mir und wartete anscheinend völlig entspannt, dass sich Ana und der andere um mich kümmerten. Sein Blick verkündete, dass er ein großer Hecht sei und ich ein kleiner Fisch und dass niemand großen Hechten etwas anhaben könne. Er trug eine Reversnadel mit einer amerikanischen Flagge und eine hübschere Nadel mit einer Hummel, die mit gelben Saphiren besetzt war.

»Keine Bewegung, Chef«, sagte Ana. Sie hatte die Wanze entdeckt. Ich drückte den Knopf in meiner Tasche, der ihre kleinen hakenbesetzten Beine aktivierte. Lindsay spürte, wie sie sich durch sein Jackett und in sein Fleisch gruben, und zuckte leicht zusammen.

»Autsch«, sagte er und drehte den Arm nach hinten, doch die Wanze hatte sich punktgenau in seine Acnestis gesetzt, die Stelle im Kreuz, wo sich nur sehr wenige Menschen kratzen können.

»KEINE BEWEGUNG!«, sagte ich, ein mehr oder weniger genaues Zitat aus dem Handbuch des SBS.

Er bewegte sich nicht.

(110)

Ana und der andere Kerl hielten mich bereits gepackt, doch ich hatte meine Hände in den Taschen und fuhr fort: »Ich habe einen Sprengkörper namens Bug Bom an Ihrem Rücken angebracht. Wie Sie vielleicht wissen, führt jeder Versuch, sie zu entfernen, automatisch zu einer Explosion, bei der Nervengift in Ihren Körper geschossen wird.«

»Auf den Boden – sofort!«, befahl Ana.

»Im Augenblick halte ich den Totmannschalter gedrückt«, sagte ich. Sie hatten mich bereits auf den Travertinboden gerissen. »Wenn ich in den Kopf geschossen werde, wenn ich stolpere oder falle, wenn mir irgendetwas geschieht, wird mein Daumen den Knopf freigeben. Und auch, *WENN IHR MICH NICHT SOFORT LOSLASST!*«

Ich versetzte Lindsay einen freundschaftlichen kleinen Stromstoß. Er keuchte auf und zuckte, aber nicht so stark, wie ich erwartet hätte.

»Marena, was tut er?«, fragte Lindsay.

»Ich fürchte, es ist sein Ernst«, sagte Marena.

Sie ließen mich noch immer nicht aufstehen. Andererseits versuchten sie nicht mehr, mir die Hände aus den Taschen zu reißen. Vielleicht gab es eine Vorschrift, wie man mit solchen Situationen umging.

»Lasst mich hoch«, verlangte ich, doch sie gehorchten nicht. »Na schön, dann seht euch das an«, sagte ich. »Michael?«

»Was ist?«, fragte Michael.

Marena begriff, was geschah, doch bis sie an Michaels Rücken war, hatte ich den Knopf bereits gedrückt. Wir hörten einen Knall wie von einem vergrabenen Feuerwerkskörper und ein Zischen, mit dem das Gehäuse des Bom durchs Foyer flog. Auf Michaels Gesicht trat ein erstaunter Ausdruck.

»Oh, Scheiße, wir brauchen einen Rettungssanitäter!«, sagte Marena laut, ohne zu schreien.

Normalerweise dauert es viel länger, bis jemand auf ein Betäubungsmittel oder ein Gift reagiert, als man gemeinhin denkt. Das Blut wird aus jeder Kapillare innerhalb von etwa dreißig Schlägen zum Herzen zurücktransportiert, aber danach dauert es noch eine Weile, bis die Substanz durch die Zellmembranen in Herz oder Lunge aufgenommen worden ist. Oft vergehen daher zweihundert Schläge, in denen gar nichts zu passieren scheint. Doch der Bom leistete gute Arbeit; er schoss seine Kristalle tief und verstreut in Michaels Rücken, und es dauerte keine dreißig Schläge, bis der Ausdruck des Erstaunens umschlug in … Nun, ich bin mir gar nicht sicher, wie das englische Wort dafür lautet. Sagen wir, es war eine gehaltvolle Mischung aus Schmerz, Angst und Zorn. Er schwankte und wäre gefallen, hätte Ana ihn nicht gestützt. Ich schaute Lindsay wieder an. Er überlegte noch immer, seine Jacke auszuziehen.

»KEINE BEWEGUNG«, sagte ich noch einmal. »Ernsthaft. Wenn Sie zu fest daran ziehen, lösen Sie ihn aus. Und es steckt nicht der billige Tranquilizer drin, mit dem er ausgeliefert wird.«

»Fresse!«, sagte Big Guy und drückte meinen Kopf zu Boden.

»Im Bom ist genügend kristallines Neurotoxin, um einen Blauwal umzubringen«, sagte ich. Als wollte sie mein Statement untermauern, ließ Ana Michael vorsichtig zu Boden gleiten. Er gurgelte. Vermutlich war sein Herz bereits stehen geblieben. »Wenn Sie meinen Arm auch nur noch einen Millimeter weiter nach hinten drehen, löse ich es aus«, sagte ich zu Big Guy. »Außerdem muss ich sowieso alle zweihundert Schläge einen Hinrichtungsaufschubcode eingeben. Alle drei Minuten, heißt das. Also, ich will …«

»Wir stellen die Dinger her«, unterbrach Lindsay. »Man kann sie wieder runterbekommen.«

»Nur zu«, sagte ich. Ich hörte, wie Big Guy etwas murmelte; er forderte über sein Headset Verstärkung an.

»Gern«, erwiderte Lindsay. Aus seiner Stimme sprach riesiges Selbstvertrauen. Selbst mir erschien er übergeordnet, ähnlich wie es bei 2-Juwelenbesetzter-Schädel gewesen war.

»Ich habe gesagt, das reicht«, stieß ich hervor.

Ungefähr zwanzig Schläge lang schien sich Lindsay mit Ana und vielleicht auch Marena zu besprechen, allerdings konnte ich sie nicht sehen. Schließlich gelangte er offenbar zu einer Entscheidung. Er näherte sich, kauerte nieder – ich konnte sehen, wie seine Absätze, die eigenartigerweise zu schwarzen Bowlingschuhen gehörten, sich vom Boden lösten – und bedeutete Big Guy, mich den Kopf heben zu lassen, damit ich ihn anblicken konnte.

»Sagen Sie denen, sie sollen mich loslassen. Wird's bald?«, fuhr ich ihn an. Ich verpasste ihm einen weiteren schwachen Stromstoß, und er erstarrte. Auch das war ein gutes Feature des Systems: Es vermittelte einem den Eindruck, es würde in der nächsten Sekunde hochgehen. »Wenn Sie weglaufen, sehen Sie gleich aus wie der Scheißhaufen da.« Um meine Worte zu unterstreichen, schaute ich zu Michael hinüber. Ein Sanitäter versuchte gerade Mund-zu-Mund-Beatmung.

»Worüber möchten Sie sprechen?«, fragte Lindsay.

»Ich führe keine Verhandlungen«, entgegnete ich. »Ich möchte Sie nicht töten, aber wenn mir irgendetwas zustößt, gehen Sie mit. Und ich muss sowieso die ganze Zeit den Knopf gedrückt halten, sonst geht das Ding von selbst hoch. Haben Sie kapiert?«

Er antwortete nicht.

»Außerdem ist der Entschärfungscode dreizehnstellig. Sie bekommen ihn niemals rechtzeitig aus mir heraus. Könnten Sie dem Kerl jetzt sagen, er soll sich nicht so aufregen?«

»Doug, regen Sie sich nicht so auf«, sagte Lindsay zu Big Guy. Dougs Griff lockerte sich, und ich konnte hochsehen.

»Marena?«, fragte ich. »Könntest du Lindsay die Jacke zuknöpfen? Einschließlich des obersten Knopfes?«

»Was sagen Sie?«, fragte Marena ihn.

»Schon gut, machen Sie es«, sagte er.

Sie tat es. Lindsay sah nach Jahrhundertwende aus. Ich meine die Jahrhundertwende vor der letzten.

»Leeren Sie Ihre Taschen«, sagte ich, »und dann stecken Sie die Hände hinein.« Er schlug die Patten hoch, doch die Taschen waren noch zugenäht. »Nicht die Jacketttaschen, die vorderen Hosentaschen.«

Er gehorchte. Ein paar alte Münzen klimperten zu Boden. Hinter ihm richtete sich der Sanitäter auf. Er hatte den Mund voller Blut. Bin ich froh, diesen Job nicht zu haben, dachte ich. Ich blickte wieder Lindsay an. Er hatte sich nicht gerührt.

»Vielleicht bringen Sie mich um, egal, was geschieht«, sagte er.

»Unsinn«, erwiderte ich. »Wenn ich das wollte, hätte ich es längst getan. Glauben Sie, Sie wären so schwer zu erwischen? Ich mache mir nur Gedanken über meine Rolle in Ihrer neuen Regierung. Auf diesem Feld stehen wir auf der gleichen Seite.«

»Also gut«, sagte er. »Nur dass Sie nicht hier rauskommen, ob ich es will oder nicht.«

»Das ist mir klar, aber ich empfehle Ihnen trotzdem, auf Zeit zu spielen. Ist das nicht die normale Vorgehensweise?«

Siebzig Schläge lang gab es eine Art John-Woo-Standoff, während Lindsay mit Ana sprach. Schließlich ließen sie mich aufstehen. Ohne den Blick von meinen Augen zu nehmen, hob Lindsay einen Finger. Doug löste seine Hände von meinen Armen.

Lindsay ließ den Blick zur Südwand zucken. Doug und Ana reihten sich sofort ein, führten Marena und mich durch die fassungslose Menge und dann die lange Granitwand hinter den verwaisten Tischen entlang. Doug hielt mich noch immer an einem Arm fest, sprach wieder in sein Headset und befahl der Verstärkung, sich zurückzuhalten. Ana führte uns um eine Ecke zu der Aufzugsreihe.

»Gehen wir in Ihr Büro«, sagte ich zu Lindsay. »Das ist eine ätzende Party. Ich habe im *Leben* noch nicht so viele Verlierer auf einem Haufen gesehen.« Ana öffnete die Tür zu einer großen, mit hellem Holz verkleideten Liftkabine, indem sie die Hand über einen kleinen roten Laser hielt.

»Den nicht«, sagte ich. »Fahren wir hoch in die Box.« Ich drehte mich um und ging zum Ende der Reihe, und sie mussten mir zu Aufzug V folgen, dem, der zu dem Gang an der SkyBox für die Superpromis hochfuhr. Lindsay bekundete sein Einverständnis, und Doug öffnete die Kabine.

»Könnten Sie alle VIPs aus der VIP-Box entfernen?«, fragte ich Lindsay. »Vielleicht möchten die Leutchen ja eine Tour durch die Umkleiden machen?«

Er erteilte Ana den entsprechenden Befehl. Sie schickte ihn über ihr Headset raus.

»Sie können seinen Arm loslassen«, sagte Lindsay. Doug gehorchte.

»Danke«, sagte ich. Ein Kellner glitt vorbei, das Tablett noch immer in der Hand, und ich schnappte mir ein Glas mit einem Inhalt, der sich als sehr gute Schokoladensoda erwies.

»Die Gorillas können nicht mit nach oben«, sagte ich.

»Das ist unmöglich, sie müssen mit«, erwiderte Lindsay.

»Nein, ich bestehe darauf«, beharrte ich.

Wieder folgte eine Pause, so angespannt, als warteten wir darauf, dass der erste Ball seinen Knoten löste und auf die Markierung fiel. Ich trank die Soda aus und warf das Glas auf den Boden, nur um das hübsche Geräusch zu hören, mit dem es zerbarst.

»Okay«, sagte Lindsay schließlich. »Ich kann Ihnen zwanzig Minuten geben. Danach muss ich wieder runter und mich um die Gäste kümmern. Oder Sie müssen mich umbringen.«

»Einverstanden. Zwanzig Minuten reichen«, sagte ich. »Danke, dass Sie sich die Zeit nehmen. Ich bin mir bewusst, dass viele Leute mit Ihnen sprechen …«

»Ach, hören Sie auf damit«, sagte er. »Doug, Sie gehen hoch auf zwölf. Ana, Sie besetzen die Notausgänge.«

»10-4«, sagte sie.

Ich trat in den Aufzug. Marena folgte, dann Lindsay. Auf dem Bedienfeld stand 15:21:02. Zwei Stunden und gut neun Minuten bis zum RABS-Testlauf. Wir sollten uns lieber beeilen. Marena gab den achtstelligen Code für den vierzehnten Stock ein. Während die Türen zufuhren, beobachtete Ana mich noch immer mit ihren wachsamen Augen. Wir fuhren aufwärts.

(111)

Die Kabine beschleunigte lange. Ich sah von der Überwachungskamera weg. Ein Augenblick des Schwebens folgte. Dann wurde langsamer abgebremst, und ein D-Ton ertönte auf einem nichtexistenten Metallofon.

Mit einem Zischen öffnete sich eine Tür zu einem Warteraum, der gern Klasse gehabt hätte. Drei Meter vor uns stand ein einzelner Sicherheitsheini hinter einem gläsernen Empfangstisch, die Hand am Headset in seinem Ohr, den Mund weit geöffnet. Rechts führte eine breite Glastür in Lindsays VVIP-SkyBox, und die letzten Promis traten gerade in den Großen Glasaufzug. Wir warteten einen Schlag lang. Als der Lift sich in Bewegung setzte, führte ich Lindsay und Marena an dem erstaunten Sicherheitstypen vorbei. Als die nächste Glastür selbsttätig auffuhr, hörten wir das BONG, mit dem irgendwo anders ein Lift ankam. Lindsay sah sich um. Rechts um die Ecke waren mehrere neue Gorillas erschienen. Sie trugen schwere graue TAC-Team-Ausrüstung und sahen aus wie aufgedunsene Gnomoide. Sie stürzten nicht in unsere Richtung, sie kamen nur näher, wobei sie sich zu fragen schienen, ob es überhaupt ein Problem gab.

»Lindsay«, flüsterte ich, »schicken Sie die Männer fort. *Sofort!* Das ist mein Ernst.«

»Hier spricht Lindsay Warren. Bleiben Sie stehen!«, rief er den Typen entgegen. Sie reagierten nicht. »ETAGENWÄCHTER – STEHEN BLEIBEN!« Sie blieben stehen. »Ich melde mich gleich bei Ihnen«, sagte er.

Wir wandten ihnen den Rücken zu und gingen in die SkyBox. Die Tür verriegelte sich hinter uns. Lindsay führte uns an dem Großen Glasaufzug und an den Fenster vorbei, durch die man ins Innere der Hyperbowl blicken konnte. Eine Bühne mit sleekerfreundlicher Oberfläche war über der Ballgrube ausgerollt, und sie führten irgendein kompliziertes Ritual durch, eine Halbzeitshow oder Preisverleihung, wie sie es nannten. Die Empfängerin der Auszeichnung – bestimmte Symbole schienen darauf hinzudeuten, dass es ein »Oscar« war –, stand mit einer Tiara auf einem Gerüst und hielt eine Rede darüber, wie glücklich sie sei. Die VVIP-SkyBox war leer, zeigte aber Spuren kürzlich erfolgten Zerstreungsgebrauchs.

»Reden wir im Blauen Becken weiter, oder wie immer Sie das nennen, Lindsay.«

An der gegenüberliegenden Wand gab er einen Code in ein Kontrollfeld. Die Tür fuhr mit einem leisen Zischen zur Seite; wahrscheinlich war es nur ein Soundeffekt, damit das Ganze cooler wirkte. Ich prägte mir den Code ein und ließ die drei vor mir eintreten.

Lindsays Blauer Salon – der eigentlich als der Abgesicherte Raum bekannt war, oder der Verschlussraum – war auf allen Seiten mit Stahl auskleidet und hatte keine Fenster. Man hatte ihn ein bisschen aufgehübscht, seit Jed$_1$ hier gewesen war. Er maß noch immer zwei Seillängen im Geviert mit einer eine Seillänge hohen Decke, und es gab nur zwei Türen, eine direkt gegenüber derjenigen, durch die wir gekommen waren. Mitten im Raum stand ein quadratischer Granitblock als Konferenztisch schräg zu den Wänden, sodass man alle vier sehen konnte, wenn man daran saß. Mitten auf dem Tisch befand sich ein DHI-Holoblockplan des Opferspiels mit einem Arm Kantenlänge, worin das Zentrum von einem kleinen Modell des Tempelbezirks und des Stadionkomplexes von Neo-Teo eingenommen wurde. Es war abgeschaltet, und nur ein einziges grünes Licht markierte unsere Position im Stadion, aber ich erkannte dennoch, dass es gewaltig verbessert worden war. Die einzigen anderen soliden Objekte in diesem Raum waren zwölf schwarze Stühle. Die Decke war weiß und strahlte ein billig wirkendes ätherisches Leuchten aus, und die Wände machten den Eindruck, als bestünden sie aus blauer Seide. An jeder hing etwas, das an ein großes Ölgemälde in einem breiten schwarzen Rahmen denken ließ. Direkt vor uns, an der Westwand, sahen wir die Szene, wie Lehi mit einem merkwürdigen Schiff, das wie ein hölzernes U-Boot aussah, im Verheißenen Land ankam. Rechts sahen wir ein größeres Gemälde von Christus in Amerika. Es zeigte Jesus links auf einer Bühne, die Hände ausgebreitet, damit man seine Wunden sehen konnte; hinter ihm erhob sich die Pyramide El Castillo in Chichén Itzá. Eine Gruppe angloamerikanisch aussehender alter Mayas umgab Christus; sie betrachteten ihn mit dankbaren, ehrfürchtigen Mienen. Eine Frau trug einen fast authentischen Huipil, aber die Männer hatten anachronistische Halsplatten aus Gold und Quetzalfederbüsche an Pickelhauben, die besser zu preußischen Offizieren aus dem 19. Jahrhundert gepasst hätten. Links zeigte die Wandmalerei Nephi beim Erschaffen von goldenen Tafeln. Hinter ihm brannte Teotihuacán, nur dass es sich, der herbstlichen Vegetation nach zu urteilen, irgendwo im Staat New York befunden haben musste. Das letzte Gemälde über der Tür, die wir gerade durchschritten hatten, zeigte den Engel Moroni, wie er Joseph Smith erscheint und mit strahlendem Finger auf die vergrabenen Tafeln Nephis zeigt.

»Setzen Sie sich«, sagte ich zu Lindsay und wies auf den zentralen Stuhl an der Südostecke des Tisches. »Lassen Sie die Finger von der Tischplatte.« Sei vorsichtiger, dachte ich. Ich befingerte die Zünder-Knöpfe auf meinem Netphone. »Stecken Sie die Hände durch die Löcher in den Armstützen, und legen Sie sie auf die Oberschenkel. Bitte.«

Er gehorchte. Als er die Arme hob, zerrte sein Jackett leicht am Bom, und er zuckte zusammen.

»Schieben Sie den Stuhl eine Armlänge zurück. Zwei Fuß. So ist es gut.« Ich nahm eine zerdrückte Rolle aus klarem Paketband aus meiner Jacketttasche und warf sie Marena zu. Sie fing sie nicht auf. »Das ist nur Paketband«, sagte ich. Ich konnte sie dazu bewegen, das Band aufzuheben und Lindsays Handgelenke an den Armstützen des Aerons festzubinden. Nach einigen Erklärungen überredete ich ihn, die Füße hinter der Mittelsäule des Stuhles zu überkreuzen, und Marena band sie an den Sockel. Ich ließ sie noch zwei Windungen um seine Brust und die Nackenstütze legen. Druck löste den Bom zwar nicht aus, aber ich wollte nicht, dass Lindsay die Verankerung des Mikrosprengkörpers in seinem Fleisch lockerte, indem er vor und zurückwippte. Ich nahm meine Live-Ausweiskarte, warf sie Marena zu und ließ sie gegen Lindsays Karte austauschen. Dann befahl ich Marena, sich in die Mitte der Südwestkante zu setzen und ihre eigenen Fußgelenke festzubinden. Sie ließ die Füße aus ihren Schuhen gleiten (Jeds unfassbare Erinnerung für Bedeutungslosigkeiten identifizierte sie als antike Roger Viviers aus Albinoboaleder). Ich wollte Marena schon sagen, sie könne die Schuhe wieder anziehen, entschied mich dann aber dagegen. Ihre Handgelenke fesselte ich selbst, ohne zu nahe an sie heranzugehen. Bei Marena musste man auf alles gefasst sein. Schließlich befestigte ich Lindsays Live-Ausweis an meiner Brust und setzte mich mit untergeschlagenen Beinen in die Mitte der Nordwestkante.

Puh. Endlich mal Luftholen. Ich spuckte meine Plastikwangeneinsätze aus und rieb mir die falschen Fingerabdrücke von den Händen. Dann wechselte ich das Netphone mit dem Totmannschalter von einer Hand in die andere. Bloß nicht loslassen, dachte ich.

»Okay«, sagte Lindsay. »Also, was für ein Geschäft schlagen Sie vor?«

(112)

Lindsay war gewiss weniger überrascht, als man hätte erwarten können. Wahrscheinlich rechnete er wie jeder Geschäftsmann ständig mit Erpressungsversuchen. Und genau auf so etwas sollte man bei einem Rundkopf wie Jed gefasst sein. Bei mir war es jedoch anders. Ich wollte ihn nur für das Hauptereignis weichklopfen.

»Als Erstes müssen wir diesen Raum absichern«, sagte ich.

Ich tippte auf die Tischfläche. Der Graniteffekt verschwand, und eine Tastatur sowie eine Standard-Benutzeroberfläche – ein Warren-eigenes Betriebssystem, aber im Grunde genauso zu bedienen wie Windows – erschienen im Nordquadranten. Die gesamte Tischplatte war ein einziger großer Touchscreen für eine Workstation, die Hunderte Warren-eigener Netzwerke kontrollierte. Ich loggte mich in Lindsays persönlichen Desktop ein und konnte MENU ◊ SYSTEME VERSCHLUSSRAUM ◊ VERSCHLUSSRAUM ISOLIEREN klicken; dann musste ich Lindsay nach einem Passwort fragen. Er gab mir eines, und es funktionierte. Als ich die Tresortüren über der Standardtür hinter uns zufahren ließ, hörte ich beinahe, wie die Stahlriegel einschnappten. Das Gleiche machte ich mit dem Rest des Stockwerks, blockierte den Großen Glasaufzug, die sechs anderen Lifts und die Notausgänge vor den Feuertreppen, was sämlichen Vorschriften in sämtlichen Staaten der Erde widersprach. Der HILFE-Datei des Raumes zufolge konnten sie nicht von außen geöffnet werden, auch nicht, wenn ein Feuer ausbrach. Lindsay hatte wahrscheinlich vermutet, dass ich irgendwann Kontakt aufnehmen würde, aber er hatte nicht mit dieser Situation gerechnet. Einerseits konnte ich nicht hinaus, andererseits konnten Anas Leute keine einzige typische Taktik zur Geiselnahmebeendigung anwenden, nicht einmal so exotische wie intelligenzverringernde Gase. Bislang wendeten sich Lindsays monumentale Vorsichtsmaßnahmen gegen ihn selbst, besonders seine Sorgfalt bei der Konstruktion seiner Zuflucht. Ich sah auf meine Uhr. Es war 15.24 Uhr.

»Ich bin schrecklich beschäftigt«, sagte Lindsay. Er klang weniger besorgt, als man hätte annehmen sollen.

»Das weiß ich«, sagte ich. »Keine Sorge. Wenn alles gut läuft, werde ich mich nicht in die Invasion einmischen.«

Lindsay und Marena reagierten beide auf diesen Satz, aber ich hatte das Gefühl, nur Lindsay wusste, wovon ich sprach.

»Gut«, sagte ich. »Wie immer überlegen wir als Erstes, wie wir an Drogen kommen. Wie ich höre, gibt es eine neue Formel für Tzam lic.«

»Das stimmt«, sagte Lindsay.

»In einem Wandsafe in diesem Raum müsste sich etwas davon befinden.«

»Wohl kaum.«

»Sehen wir doch einfach mal nach«, erwiderte ich.

Nach einigem Hin und Her verriet er mir, wie der Safe aufging. Die Tür schwang aus der seidenblauen Wand, ohne irgendwelche Todesfallen auszulösen. In dem Tresor lagen einige interessant aussehende Dinge – Speichersticks, Geldbündel, eingewickelter Schmuck, die Vase der Sieben Götter von Xib'alb'a, die im Chicagoer Kunstmuseum stehen sollte –, doch ich nahm nur ein Arzneifläschchen heraus, das als 41-037 etikettiert war. Es war voller weißer Gelkapseln.

»Wo ist die Bar?«, fragte ich.

Lindsay zeigte sie mir. Sie ließ sich auf die gleiche Weise öffnen und war eine komplette kleine Wandnische mit fließend heißem und kaltem Wasser; daher nahm ich mir ein Glas warmes Wasser. Ich öffnete eine der Kapseln und kostete das Pulver. Obwohl es eine synthetische Variante war, schmeckte meine Zunge, dass es sich um den wahren Jakob handelte und dass das Zeug viel stärker war denn je. Ich schluckte das Pulver, steckte die restlichen Kapseln ein und trank das Wasser aus.

Mittlerweile nahm die Hyperbowl fast unser gesamtes Blickfeld ein. Sie war vergrößert und verändert worden und stellte nun einen unglaublich riesig erscheinenden Kegelstumpf dar, steil wie eine Pyramide, aber zu gedrungen und zu groß, ein in Gold und Glas gekleideter Tumor, der angeblich 255 300 Zuschauern Platz bot. Ein Ring aus 365 vertikalen weißen Lasern, hell genug, um bei Tageslicht sichtbar zu sein, strahlte vom Dach in den Himmel – ein Lichtdom, inspiriert von Albert Speers Flakscheinwerfersäulen auf der Zeppelintribüne beim Reichsparteitag 1936. Trotz seiner gewaltigen Ausmaße war das Stadion aber nur Teil eines noch größeren Sportareals. Im Norden konnte man etwas sehen, das ein wenig an die Fahrattraktion der Teeparty des Verrückten Hutmachers in Disney World erinnerte. Ein Stück weiter östlich kämpften Gladiatoren mit pelzigen Anzügen in großen durchsichtigen Bällen. Das Ganze erweckte den Eindruck fortgesetzten, kontrollierten Fechtens, eine Kreuzung zwischen Extremkampfsport, einer Rave-Party und einem eleganten Ball. Die meisten Leute trugen Sandalen mit Sleeker-Rillen in den Sohlen. Einige von ihnen schoben Karren mit Kufen anstelle von Rädern. Ich versuchte ihren Farbcodes zu entnehmen, welchen Sippen sie angehörten, bekam aber den Eindruck, dass die Sippenzugehörigkeit mehr von Leistung und Adoption abhing als von der Geburt. Jedenfalls saßen die meisten Mitglieder der mächtigen Sippen wahrscheinlich bereits drinnen und warteten auf das Hüftball-Großspiel, das Ballspiel, das angeblich die neue Ära einleiten würde. Jeder andere würde es auf dem neuen 3-D-System verfolgen, worin es auch bestand – wahrscheinlich bot es sowieso die bessere Sicht, aber Realität hatte noch immer ein gewisses Prestige. Die Pfeifen ertönten erneut, drei Oktaven höher, und ich erkannte, was sie spielten: die Einleitung zu *Stairway to Heaven*. Himmel, dachte ich, was ist das? Der Grundschulabschlussball der Klasse von 1978? Offenbar war die Revolution doch nicht nur etwas für Intellektuelle.

Einen Schlag mal, dachte ich. Hatte ich das gedacht, oder Jed? Ich wusste kaum, was ein Grundschulabschlussball war. Dass Jed sich wieder hineindrängte, konnte ich überhaupt nicht gebrauchen. Na ja, darüber konnte ich mir später Gedanken machen.

»Also, Lindsay«, sagte ich. »Spielen wir Passwort.«

»Welches Passwort wäre das?«, fragte er.

»Gehen wir zuerst zum Tisch des SysOp.«

»Gut«, sagte er.

Ich schob ein Netphone zu ihm hinüber – nicht mein eigenes, sondern eines von den drei unbenutzten, die ich mitgebracht hatte. Ich löste seine rechte Hand. Er wackelte mit den Fingern, um die Blutzirkulation anzuregen, als widerstrebte es ihm zu beginnen. Ich wollte ihn gerade dorsal ermuntern, als er dreizehn Tasten drückte und das Netphone zu mir zurückschob. Ich las SAMARANA7104.

Ich notierte es in die länger werdende Passwortliste auf meinem Netphone. Ich wünschte, ich hätte noch immer Jeds Merkfähigkeit, aber weshalb sich mit Details aufhalten?

Ich gab das Passwort einhändig in den Desktop ein. Marena versuchte auszuspähen, was ich machte, aber ein Teil des Holomodells war zwischen ihr und meiner Hand.

Ein Menu tauchte auf, das VERSCHLUSSRAUM-PROFILE hieß. Es wirkte ziemlich einfach. Lindsays Programmierer hatten die Bedienung so benutzerschmeichelnd gestaltet, dass jeder mit dem System umgehen konnte.

Ich berührte ein Icon namens EINSTELLUNGEN VIDEOWÄNDE. Die großen »Gemälde« von Christus in Amerika und was auch immer verschwanden, und die Wände wurden schwarz. Das Deckenlicht dimmte sich, und der laute Kammerton eines Engelschors ertönte von allen Seiten.

Die Wände füllten sich mit Sternen. Dann traten Merkur, Venus, Erde und die anderen Planeten der Sonne hinzu, einer nach dem anderen. Die Wände, die Decke und sogar den Fußboden bedeckte ein fugenloses Mosaik aus DHI-Videodisplays, sodass eine riesige Anzahl von Bedienfenstern von jeder beliebigen Quelle aufgerufen und gleichzeitig dargestellt werden konnten. Mittlerweile war das System insoweit verbessert worden, als es mit irisidentifizierenden xografischen Paneelen ausgestattet war, die in 3-D darstellen konnten, und die derzeitige Show überstrapazierte den Effekt, indem sie uns das Gefühl vermittelte, wir trieben tatsächlich durch eine freundlichere Abart des Alls.

»Der Große Weiße Gott des Alten Amerika lebt!«, rief eine unfassbar tiefe Stimme. Das Bild eines hochgewachsenen, weißen Jesus zog über den

Weltraumhintergrund. »*Die göttliche Persönlichkeit, die aus den Entdeckungen der Archäologen aufsteigt, steht nun als unangreifbare Realität fest.*«

»Ich glaube, das ist nicht der richtige Kanal«, sagte ich.

»Probieren Sie Nummer Fünf«, sagte Lindsay.

»*Dieses Wesen*«, sagte der Raum, »*ist den Mayas als Kukulcan bekannt, den Mexikanern als Quetzalcoatl, und heißt in Chiapas Wixpechocha ...*«

»Meine Güte, Lindsay«, sagte Marena. »Dieser Scheiß hat es Ihnen echt angetan, was?«

Ich fand Kanal Fünf. Ein langes Menu erschien.

»*Wer war dieser Große Weiße Gott, der den alten Amerikanern erschien?*«, fragte die Stimme. »*Der Vater der Mayas, Caculhá Huracán, das Herz des Himmels, Quetzalcoatl?*«

Pseudo-Dvořák-Musik brandete auf.

»*Wer war die Gefiederte Schlange, der Weiße und Bärtige Herr des Lichts? Er ist Jesus Christus, der Retter der Menschenheit.*«

»Wie schaltet man das ab?«, fragte ich.

»Ich mach es«, sagte Lindsay.

»Wir werden Ihre Fesseln nicht lösen«, erwiderte ich.

»Versuchen Sie ›Tour-Präsentation beenden‹«, sagte er.

»Ich sage es Ihnen nur ungern«, meldete Marena sich zu Wort, »aber Jesus Hershel Christus ist nicht nach Mittelamerika rübergeflogen und hat mit den Oldmexes oder Latexes oder sonst wem gerappt, und er war eindeutig nicht Itchy Coo-Coo oder Kukluxfranandoli oder was für einen Scheißnamen ich da gerade auch hören musste. Das Ganze ist abgefuckt lächerlich.«

»Millionen Menschen glauben daran«, erwiderte Lindsay.

Haben die nichts Wichtiges, worüber sie reden können?, fragte ich mich. Erstaunlich, wie viel hier geschwätzt wird. Die Welt könnte untergehen, und sie ... na ja, egal. Weitertippen, dachte ich. Blick nicht auf die Tastatur, das verwirrt dich nur. Benutze Sics Muskelerinnerung. Verdammt. Ich hatte Schwierigkeiten, den Befehl zu finden. Ich versuchte es wieder. Wie viele Versuche hatte man, ehe es sich sperrte? An den Wänden bedachte man uns mit einer Montage aus Luftaufnahmen von anderen mesoamerikanischen Stätten, Tikal, Teotihuacán, Ix. Ich fühlte mich schon wie zu Hause.

»Na und?«, sagte Marena. »Millionen Menschen glauben auch, dass Kenneth Branagh ein begnadeter Schauspieler ist. Sie glauben alles, was irgendjemand ihnen sagt. Ist ja auch egal.« Sie wurde nervöser und drückte sich weniger gut aus. Auf dem großen Videodisplay war das himmlische Weltall durch postkartenhafte Aufnahmen der Ciudadela in Chichén ersetzt worden.

»Als die Kreuzigung stattfand und das Erdbeben Palästina erschütterte, ereigneten sich in der westlichen Hemisphäre noch schlimmere Katastrophen …«

Marena wandte sich mir zu. »Macht dich das nicht stinksauer?«, fragte sie. Sie versuchte mir ein wenig auf den Zahn zu fühlen.

»Eigentlich nicht«, sagte ich und gab mir den Anschein zu wissen, was ich tat.

»Das Buch Mormon erzählt die Geschichte Christi in der Neuen Welt …«

Ha! Gefunden! Töten!

Die *Christus-in-Amerika*-Show endete. Die Wände wurden schwarz.

»Dem Herrn sei Dank«, sagte Marena. Und sie hatte recht. Was ich vom Christentum gesehen hatte, hasste ich noch mehr, als Jed es getan hatte. Es bemühte sich so um Niedlichkeit. Jemanden am Weltenbaum zu kreuzigen ist *nicht* das Schmerzhafteste, was man einem Menschen antun kann. Ich will wirklich nicht prahlen, aber wenn ich dafür oberster Herrscher über das ganze Universum würde, könnte man mich gern ans Kreuz nageln, und ich würde es kaum merken. Ich wette, ich würde dabei sogar Ohrenspulen aus Jade zwischen den Fingern rollen und immer wieder das Lied der Harpyien-Ball-Bruderschaft singen, drei Tage lang.

Ich berührte LOKALE ÜBERWACHUNG HYPERBOWL.

(113)

Das Modell von Neo-Teo in der Tischmitte leuchtete auf. Eine korrespondierende Karte entstand an der gegenüberliegenden Wand. Nummerierte Fenster von Hunderten Kameras auf dem gesamten Gelände erblühten an den Wänden. Ich sah Panoramen des Tempels und der Sportbezirke und anderer wichtiger Orte, sogar die Sicht von einem Satelliten 11 088 000 Zoll direkt über uns. Einige zeigten die Festivitäten in der Arena. Die Prominente, deren Namen ich immer wieder vergesse, beendete gerade einen saftigen Opfergesang. Daneben, in einem Live-Fenster, lief die große interne Show, und uns wurden Nahaufnahmen von Publikumsreaktionen präsentiert, lachende halbwüchsige Jungen, mitsingende halbwüchsige Mädchen, fette Frauen, die glücklich weinten, weil sie ihre tägliche Katharsis erhielten. Ich warf einen Blick auf die Hauptlobby weiter unten. Die Party schien wunderbar zu laufen; der Weiner-Zwischenfall hatte die Stimmung nur ganz leicht gedämpft. Ein anderes Fenster, Nr. 23, zeigte ein Luftbild des Verkehrskreisels vor dem Osttor, durch das wir hereingekommen waren. Der Protest vor dem Tor war eskaliert, und Warren-Sicherheitsleute mit großen transparenten Schilden bildeten eine Art Schildkröte, fast wie das teotihuacánische Fußvolk. Aus einem unsichtbaren Schlauch spritzte Schaum und besprühte die dunkle Masse der Neo-Marcoisten mit weißen Flocken. Ich drehte die Kamera mit dem Cursor zurück. Belizische Polizisten in Elektro-Schützenpanzern drängten sich an den Rändern des Kreisels wie übereifrige T-Zellen.

»Ein Aufruhr«, sagte ich. »Spaßig.«

Ich maximierte die Fenster, die für mich persönlich am wichtigsten waren, insbesondere jene, die die Feuertreppen zeigten, die Aufzugschächte und das Stockwerk unter uns. Doug war auf der Zwölf. Ana

Vergara hatte in jedem Treppenhaus ein Team postiert. Sie selbst war in dem einen, das zum Notausgang an der Außenseite des Abgesicherten Raumes führte, der dem Stadion abgewandten Seite also. Es war eine ganze kleine Armee mit Schrotgewehren und Sturmkarabinern, und sie hatten sogar zwei komplette Abrissmannschaften zusammengezogen, mit Elektrorammen und Acetylenschneidbrennern, Sensoren und Gasminen und Sanitätern und dergleichen, als wollten sie Kim Jongs-ils Geheimbunker unter Myohyang-san stürmen. Ich sorgte dafür, dass ich gute Sicht auf die leere SkyBox und den Rest des verwaisten 14. Stockwerks hatte. Schließlich stellte ich zwei Fenster des Abgesicherten Raumes groß, von denen eines mich, Marena und Lindsay von der Nordseite zeigte, als würden wir von einem Spiegel reflektiert, der nicht die Seiten verkehrte; das zweite Fenster zeigte den gesamten Raum durch eine versteckte Kamera über uns; wir sahen aus wie drei Käfer, die auf einem vielfarbigen Graham-Cracker herumkrochen und fraßen.

»Herzlichen Glückwunsch, Lindsay. Sie sind der letzte Dominostein«, sagte Marena.

»Wie meinen Sie das?«, fragte er, doch ich war mir sicher, dass er es genau wusste.

»Lindsay, hören Sie zu«, sagte ich. »Wenn wir den Testlauf nicht stoppen können, ändern wir die Koordinaten auf null-null-null.«

»Das bedeutet genau hier«, sagte er.

»Tatsächlich?«

»Wir würden alle sterben.«

»Dann stoppen Sie den Testlauf.«

»Das kann ich nicht«, erwiderte er. »Rufen Sie im Pentagon an.«

»Gut, ist egal.«

»Wollen Sie denn hier sterben?«

»Das ist schon in Ordnung«, erwiderte ich. »Marena und ich haben einen Selbstmordpakt unter Liebenden geschlossen, und Sie sind der Schurke in der Geschichte.«

»Das können Sie vergessen.«

»Lindsay«, sagte Marena. »Hören Sie, in dieser Sache müssen Sie uns einfach glauben. Es wird genau so kommen, wie ich es sage.«

»Was?«

»ALLES wird verschwinden!«

»Das ist lächerlich«, erwiderte er. »Jesus wird es nicht gestatten. Ganz zu schweigen von den anderen Göttern.«

»Das Strangelet wird einen Wahrscheinlichkeitsschwellenwert überschreiten und sich stabilisieren«, sagte Marena. »Und dann saugt es alles auf, Sie, mich, den Grand Canyon, den Jupiter, den Pferdekopfnebel, die Sombrero-Galaxie, den Planeten Qo'noS, die Roy-Rogers-Kometensphäre, einfach alles.«

»Also tut es nicht weh«, sagte er.

»Nein. Sie werden es nicht einmal bemerken.«

»Das ist dummes Gewäsch.«

»Gut«, sagte ich. »Wir wollten nur sichergehen, dass Sie uns keinen anderen Ausweg lassen. Denn wir müssen Sie foltern.«

»Nur zu. Der Weiße Gott wird es mich durchstehen lassen, wie er mich alles durchstehen ließ.«

»Hören Sie, Lindsay«, sagte Marena. »Boss. Wieso ist es so wichtig, den Testlauf ausgerechnet jetzt durchzuführen?«

»Weil es kein Testlauf ist«, antwortete Lindsay. »Sondern Luftunterstützung.«

»Wofür? Für die Invasion Pakistans?«

»Genau.«

»Die Invasion erfolgt jetzt, in diesem Moment?«

»Richtig. Indische Truppen haben von Srinagar aus die Grenze überschritten, und zwar vor acht Minuten.«

»Dann möchte ich wetten, Ihr ›Luftschlag‹ soll Islamabad vernichten. Das sind ungefähr zwei Millionen Menschen. Wenn er nicht alles vernichten würde.«

»Miss Park, wenn wir unseren Verbündeten diese Unterstützung nicht gewähren, ist es nicht nur das Ende des Weges für die Warren-Familie Fürsorglicher Unternehmen, es wäre sogar das Ende der Vereinigten Staaten von Amerika. Der Testlauf lässt sich von hier aus nicht stoppen.«

»Mir reicht es«, sagte ich. »Los geht's.« Ich nahm meinen Knochenscharrer heraus – eigentlich war es die Haarnadel einer alten

Frau – und ein antiseptisches Tuch. Ich sterilisierte die Nadel und Lindsays linken Ellbogen; dann führte ich die Nadel in seinen Ulnarisnerv ein. Er grunzte und zuckte leicht zusammen, aber das war es auch schon. Er war zäh.

Ich sah ihm in die Augen. Sie blickten zurück wie zwei frischgebohrte blaue Löcher in der Wand des Columbia-Gletschers. Sicher konnte ich mir nicht sein, aber ich hielt es für möglich – vielleicht sogar wahrscheinlich –, dass Lindsay zu den wenigen Menschen gehörte, die keine Angst kennen. Natürlich reagieren auch sie am Ende auf Folter. Wie gesagt, ganz egal, was man Ihnen weismachen will, Folter funktioniert. Aber sie kann Zeit beanspruchen, ehe sie Wirkung zeigt, und Zeit hatten wir nicht. Tja, schon bald gäbe es nirgendwo überhaupt noch Zeit. Zwei Schweißperlen liefen von seiner Stirn in das Grübchen auf seiner rechten Wange.

»Wir haben befürchtet, Sie könnten Schwierigkeiten machen«, sagte ich.

Er gab keine Antwort. Die Eislöcher betrachteten mich.

»Haben Sie je von Sampson Avard gehört?«, fragte ich.

»Nein.« Er log geschickt, zögerte aber ein P'ip'il zu lange.

»Ich habe ein paar Briefe von ihm, die ich ins Internet stellen werde«, sagte ich. Ich tippte einundachtzig Zeichen in ein Browser-Fenster auf dem Desktop, lud eine PDF-Datei von einem sehr weit vor der Küste liegenden Server, öffnete sie und schob es zu ihm hinüber.

Er sah mich zehn Schläge lang an; dann konnte ich nicht widerstehen und blickte in das Fenster. Es war das Richtige. Er suchte wieder meinen Blick.

»Tja«, sagte ich, »um Ihre unausgesprochene Frage zu beantworten ... ja, ich, also Tony Sic, habe das vom Archivserver der HLT geladen. In Salt Lake City. Und ja, ich habe auch die zweihundertneun anderen sensiblen Dateien aus dem Verzeichnis.«

»Und dazu haben Sie das Spiel eingesetzt, nehme ich an«, sagte Lindsay. Langsam fasste er sich wieder.

Ich nickte. Halt die Klappe, dachte ich. Auch wenn es in den Medien immer anders dargestellt wird, sollte ein Superschurke oder

Superheld oder Superantiheld der anderen Seite *nicht* erklären, was er vorhat.

»Und Tony gab die Dateien Ihrem Freund Quiñones, und Quiñones gab sie Ihnen.«

Ich nickte.

»Und was hat das alles mit mir zu tun?«, fragte er.

»Sie wollen doch wohl nicht, dass das publik wird, oder?«

»Das ist mir egal«, entgegnete er.

Ich zog das Fenster zurück und drückte POST.

»Okay, es ist im Netz«, sagte ich. »Sie können danach googeln.«

Er funkelte mich an. Zuerst glaubte ich, ich bildete es mir nur ein, doch dann sah ich, dass es wirklich geschah: Seine Ohren leuchteten rosarot.

»Ich habe nur den ersten Brief ins Netz gestellt«, sagte ich. »Und Sie wissen, dass es längst nicht der Schlimmste ist. Mein Liebling ist der, in dem beschrieben wird, wie Joseph Smith das achtjährige Mädchen vergewaltigt. Aber die Elamiten auf dem Mars sind natürlich auch toll. Stimmt's?«

Seine Ohren hatten ein reines, tiefes Rot angenommen. Das ist das Problem, wenn man ein WASP ist, dachte ich. Die Augen mögen undurchsichtig sein, aber die Haut ist wie ein offenes Fenster.

»Gut«, sagte er. »Das erste Passwort lautet RALSTON. Alles Großbuchstaben.«

Ich begann zu tippen.

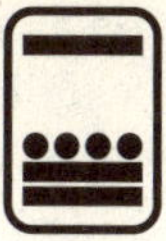

(114)

Wir blickten auf die Uhr. 17:26.3, 17:26.4 ... Alles drin. *Les jeux sont faits*, Motherfuckers. Es war das kosmische Verfallsdatum:

Ich sah wieder auf die RABS-Koordinaten. So, das sind sie, gleich nebenan. Vielleicht können wir uns einfach entspannen. Wir würden noch drei Komma eins Minuten dessen durchmachen, was wir gern Leben nannten, dann würden wir einen kurzen scharfen Schock empfinden, vielleicht sogar einen Hitzeblitz, und dann, ehe wir irgendwelchen Schmerz spürten, würden wir nicht mehr existieren.

»Zu blöd, dass wir den Testlauf nicht stoppen können, was?«, warf Marena ein.

»Lindsay?«, fragte ich. »Irgendwelche Ideen?«

Er schüttelte den Kopf.

»Wenn wir es nicht verhindern können«, erklärte ich, »sorgen wir dafür, dass es schon früher zu einem Störfall kommt. Schade, dass ihr eure Existenz verliert.«

»Na, versuchen wir wenigstens das hier«, sagte Marena. Sie schaute auf etwas, das AUFZUGFUNKTION hieß, und rief dann SCHIENENEBENE auf. Zuerst glaubte ich, der Raum falle in die gespaltene Schlucht der Unterwasserwelt, aber ich sah die nummerierten Stockwerke an uns vorbei aufsteigen und begriff, dass sie real waren, oder genauer, Abbilder von Realem. Mir wurde klar, dass Marena bereits bemerkt hatte – ohne es für nötig zu halten, mir etwas davon zu sagen –, dass wir tatsächlich sanken und der Grund, wieso sich dieser Raum auf dem 14. Stockwerk befinden und trotzdem abgesichert werden konnte, darin bestand, dass er letztlich eine einzige extragroße

Aufzugkabine war. Die meisten Kameras funktionierten erstaunlicherweise noch, und das Transparenz-Makro arbeitete weiter. Deshalb war es so, als führen wir in einem durchsichtigen Gebäude in eine durchsichtige Erde ein, während rings um uns Explosionen aufblitzten. In der Decke stellten durchscheinende Wischer aus diesen grünen Drahtnetzgittern die waagerechten Türen dar, die sich über uns zuschoben. Wir passierten mehrere hell erleuchtete Untergeschosse und wurden langsamer.

»Verdammt«, sagte Marena. »Vielleicht kommen wir am Ende doch noch durch.« Sie klang gespannt. Gleichzeitig wollte sie sich nicht zu große Hoffnungen machen.

»Das ist toll«, murmelte ich. Ich hatte große Schwierigkeiten, auseinanderzuhalten, was real und was eher ein Tagtraum war.

»Sieh dir das an«, kam Marenas Stimme von irgendwo. »›Steht der Abgesicherte Raum auf der untersten Ebene, kann er einer Kraft von zwanzig Kilotonnen oder zweitausend Grad Celsius für länger als zwölf Stunden widerstehen. Das ist grob das Gegenstück zur Explosion der Nagasaki-Bombe aus sechshundert Metern Entfernung.‹ Ist das nicht toll?«

»Liest du aus der Bedienungsanleitung?«, fragte ich.

»Ja. Kühlung wird durch die Benutzung eingebauter Vakuumdichtungen und konventioneller Freon-Kältetechnik erzielt. Nitrox befindet sich in sechs Tanks im Live-Fußboden, jeder mit einer Kapazität von … bla, bla, bla … Lüftung ist redundant durch … bla, bla, bla … verdammt.«

Das kann doch nicht wahr sein, dachte ich. Andererseits, wenn überhaupt jemand so etwas hat, dann Lindsay. Paranoia gehörte zu seinen typischsten und einnehmendsten Charakterzügen. In Jeds Erinnerungen fanden sich Dinge, die er vor Jahren aus verbürgter Quelle gehört hatte. Zum Beispiel soll sich in Utah unter dem Church Office Building, dem Hauptquartier der Heiligen der Letzten Tage an der North Temple, eine Kammer befinden, die man zwanzig mal zwanzig Schläge lang in die Sonne tauchen konnte, und wenn man sie wieder herausholte, wären es drinnen trotzdem noch immer angenehme fünfundzwanzig Grad. Damals hatte Jed wohl angenommen, es wäre nur so eine Vorstadtlegende. Na ja, ausnahmsweise war hier jemand mal nicht nur paranoid, sondern paranoid *genug*.

Ich sah mich blinzelnd um. An den sechs Seiten des Raums fielen die letzten Überwachungssysteme aus. Fenster um Fenster schloss sich, doch statt auf Blau zu schalten, ersetzte das verwirrte System sie durch Videospiegel. Wir sahen, wie unsere Spiegelbilder sich in die Ewigkeit reflektierten und lange Linien aus identischen Schakal-in-Jed_3-in-Tony-Sic- und Lindsay-Warren- und Marena-Park-Spielzeugsoldaten bildeten, dazu Tische und Stühle in unendlichen Reihen, die verborgenen Fluchtpunkten zustrebten wie lange Güterzüge, die hinter der Erdkrümmung verschwanden. Irgendwo zwischen den sich zurückziehenden Klonheeren glaubte ich Maximón zu sehen, der seine alte Manta und den Sombrero trug und rauchte und grinste, als wollte er sagen: »Ich hab's dir ja gleich gesagt«, aber ich bildete ihn mir wahrscheinlich nur ein. Der Raum war wie eine Hightech-Version der Heiratskapelle in den Mormonentempeln, in denen in alle vier Wände riesige Spiegel eingelassen sind, um »die Ewigkeit einzufangen«, wie sie es ausdrücken. Offenbar waren die Designer der Meinung gewesen, es sei nicht cool genug für die New-Age-Idioten-Hochzeiten, die Lindsay und seine Kumpels hier abhalten lassen wollten, denn soeben führten die Anzeigeprogramme eine voreingestellte Routine aus, bei der sie Bilder aus den laufenden Aufnahmen zogen und sie als Palimpseste über die aktuellen »Spiegelbilder« legten, und wir sahen uns vergrößert, geschrumpft, von oben, von der anderen Seite des Raumes, ungespiegelt, in Zeitlupe, in Zeitraffer, vor vierhundert mal zwanzig Schlägen, vor einem Schlag – nur nicht im nächsten Schlag von nun an. Ich sah uns wieder hereinkommen, und ich sah Marena das Video abspielen, auf dem sie Lindsay anruft und bei der Warren Group kündigt, gleich nach dem *Chrononaut*-Trailer. Es war, als wäre ich im Kopf einer obsessiv-kompulsiven Persönlichkeit, die nur über uns drei nachdenken konnte, die wir in unserem kleinen Rettungsboot von hier bis in die Ewigkeit festsaßen ...

Der Raum ratterte wie eine kleine Kiste in einer großen Kiste und schien dann ruhig zu werden. Die Bildschirme flackerten und wurden blau, und es war, als wären wir in einem gläsernen Bathyskaphen tief im Ozean. Über die Wände liefen große rote Buchstaben: AUSGANGSLUFTSCHLEUSEN AUSGERICHTET. Wir hörten ein Klicken und ein lautes Zischen. Der Luftdruck änderte sich, und kühle sauerstoffreiche Luft strömte lautstark aus dem Boden. Ausgezeichnet, dachte ich.

-00:00:13:05, verkündete die Anzeige. -00:00:13:00...

Wir saßen da und sahen um uns, beobachteten zweiundfünfzig Fenster, die hausinternen und öffentlichen Nachrichten an der Südwand, die Sterne an der Decke, die Karten an der Nordwand und die Nachrichtenvideos, Tabellen und Grafiken und flackernden Gleichungen, den scrollenden Code und tausend andere Varianten von Daten. Ich überlegte mir, dass wir für einen äußeren Beobachter – Gott, wenn es nur einen äußeren Beobachter gab – mehr oder weniger wie drei zufällige Klumpen videonarkotisierter Unterschichtler irgendwo auf der Welt wirken mussten. Marena berührte mich am Handgelenk, als wollte sie sagen: »Danke, dass du Max gerettet hast – oder für den Versuch.«

Wir warteten.

-00:00:09:50, lasen wir.

-00:00:09:00,

-00:00:08:40,

-00:00:08:00...

FÜNFTER TEIL

AN DIE JAGUARE VON IX

(115)

Die meisten Drohnenkameras wurden von der ersten Druckwelle vernichtet, doch ein paar Dutzend hatten sich auf fünf mal zwanzig Seillängen und mehr Abstand gehalten. Die Bildschirme im Abgesicherten Raum schalteten automatisch auf diese Kameras um. Als auch sie vergingen, wurde auf ein Oktett von Drohnen an der Viertel-Jornada-Grenze zurückgegriffen, und so weiter; deshalb erhielten wir den Blick eines Gottes auf die Explosion.

Ich hatte noch nie eine Explosion gesehen. Als Schakal, meine ich, obwohl es auch zu meiner Zeit zu natürlichen Detonationen gekommen war, Staubexplosionen in Höhlen, dem Eindringen vulkanischen Magmas in erdölgefüllte Taschen unter der Erde und so weiter. Für mich war der Anblick daher etwas Neues. Was von Jed-in-mir übrig war, verglich ihn mit den zahlreichen Explosionen, die er gesehen hatte, viele auf Video und einige in Wirklichkeit. Ich konnte ihn nach langer Zeit zum ersten Mal wieder denken hören; er fand, dass die Explosion bizarr langsam wirke. Im Film ereignete sich so etwas immer mit hoher Geschwindigkeit und wird dann langsam abgespielt, aber diese Explosion hier – vielleicht lag es an ihrer Größe oder der Konvektion oder dem Luftdruck – hätte beinahe im Zeitraffer gezeigt werden müssen, um überzeugend zu wirken. Und ich hörte – oder fühlte – den Nachhall der vielen Metaphern, die Jed benutzte, um Explosionen zu beschreiben, Wörter wie »Blume« und »Pilz«.

Für mich hingegen schien das Ereignis sehr schnell abzulaufen. Ich war ganz allgemein nicht an die Geschwindigkeit dieser Welt gewöhnt. Mir erschien es eher wie ein Baum, der Baum der Vierhundert mal Vierhundert Äste. Die Krone aus Erde und verkohltem Fleisch, aus Rauch, Sand, Dampf und Bariumisotopen und vierhundert mal vierhundert anderen Materialien breitete sich über zwei mal zwanzig Seillängen über uns aus. Wir konnten sie noch immer über die letzten Drohnenkameras von unten sehen, und auch von der Seite und sogar aus einem 70°-Winkel von oben. Es war eine solch weite, umfassende Krümmung, dass ich sie nicht anders als mütterlich empfinden konnte, wie den Großen Baum. Als wir das Geräusch hörten, ein lang gezogenes Grollen, das die Millionen Kubikseillängen gepresster Erde rings um uns durchlief, empfand ich ein Brennen in den Kopfhöhlen, wo Tränen entstehen, nur gehörte ich nicht zu den Menschen, die weinten. Als das Grollen schließlich nachließ, schien es, als wären wir drei noch am Leben. Der Teilchenbeschleuniger war durch eine vorzeitige Abgabe etlicher Gigajoule spontan entstandener Wärmeenergie entzweigeschnitten worden, und trotz des Verlusts an Menschenleben in den Stockwerken darüber war diese Wendung nach Jeds Ansicht eine große Erleichterung, und fast alles käme in Ordnung … und dann schien Jed-in-mir, der stärker gewesen war als seit Langem, zu welken und zu verstummen, als wäre sein Bewusstsein durch die Aufregung ausgeschaltet worden.

Als meine Aufmerksamkeit sich wieder Marena und Lindsay zuwandte, führten sie ein gesittetes Gespräch. Lindsay sagte, die Luftversorgung sei prima. »Für drei kleine Atmer reicht sie über einen Monat«, so drückte er sich aus, und es wäre besser, noch zwei Tage zu warten, ehe wir das Schienenbahnsystem benutzten, weil die Luft über der Endstation bei einer Anlage auf dem Highway nach Belize City noch toxisch sein könnte. Marena sagte: »Wegen des Sauerstoffs können wir nicht ganz sicher sein.«

»Was?«, fragte ich und lockerte ihre Fesseln.

»Unsere Dichtungen sind kaputtgegangen. Ich kann es riechen.«

»Stimmt.«

Sogar bis nach hier unten drang der Gestank nach verbrannten Polymeren und verkohltem Fleisch. Und wir mussten uns darum sorgen, dass Erdgase einströmten. Gesund waren sie nicht. Unsere eigene Luft würde schnell verbraucht sein. Wir konnten nicht bleiben.

»Ich kann das Loch nicht finden«, sagte Marena. Sie hatte sich jetzt ganz befreit und tastete die Westtür ab. »Ich glaube, es ist auf der anderen Seite der Innentür von diesem Tresor.«

»Ich würde die Tür im Moment nicht öffnen«, sagte ich.

»Tu ich ja nicht.« Marena befreite Lindsay vom Klebeband. Während er sich die Gelenke rieb, fing sie wieder an zu tippen.

Ich rollte mich herum. Auf dem blauen Zeonex-Boden waren drei rote Punkte. Als ich sie scharf sah, erkannte ich, dass es drei Perlen aus Marenas Halskette waren, die während der Querelen gerissen sein musste. Ich legte meinen Kopf auf den Boden. Betten sind toll, dachte ich, aber nichts ist bequemer als ein guter flacher Fußboden. Die blauen Bildschirme schalteten sich ab, was bedeutete, dass das System keine Elektrizität von außen bekam und mit dem Batteriestrom zu geizen begann. Notlichter schalteten sich ein, nur ein paar rote und weiße LED-Strahler in Boden und Decke. Es war still. Der Schacht über uns verfügte wie alle militärischen Liftschächte über Sperrklappen, die sich geschlossen hatten, als wir hinunterfuhren. Trotzdem konnte ich durch Tausende Tonnen Lehm hin und wieder eine Explosion spüren, so leise wie das Erdbeben in Oaxaca, das mich in den Schlaf wiegte ...

»Wir müssen wegfahren«, sagte Marena.

»Wie viel Luft haben wir noch?«, fragte ich. »Das sollten wir im Auge behalten.«

»Ich mache die andere Tür auf. Die Haupttür, meine ich. Komm mit.«

»Lass uns noch warten.«

»Wenn es ein Problem mit den Tunnels gibt, wird niemand sich die Mühe machen, uns auszugraben.«

»Ich brauche nur ein kleines Nickerchen«, sagte ich, obwohl ich wusste, dass Marena recht hatte. »Zwei mal vierhundert ... äh, zehn Minuten.«

An der Haupttür hörten wir ein Klicken und Surren. Vielleicht war ich eingeschlafen. Jedenfalls sah ich so etwas wie eine Schlangenfarm, vielleicht ...

»Verdammt!«, rief Marena. »Ich krieg sie nicht auf!« Lindsay bearbeitete die Tür mit einem Taschenmesser.

Klasse, dachte ich. Wir stehen all das durch, und jetzt sitzen wir hier fest und müssen ersticken.

»Kommen Sie«, sagte Lindsay, »helfen Sie uns.«

»Fünf Minuten noch, dann bin ich bereit.«

»Augenblick.« Vielleicht gab es eine Pause. Irgendwann hörte ich etwas Lautes, und ein paar Schläge später roch ich Kordit.

»Na also, wir fahren«, sagte Marena.

Ich machte eine heroische Anstrengung, stand auf und glitt wieder zu Boden. Ich versuchte es noch einmal und bemerkte, dass ich tatsächlich nicht aufstehen konnte; das hatte aber nichts mit Faulheit zu tun. Ich hätte an der Wand stehen können, wie ich früher die geneigten Seiten der Hüftballfelder hochgerannt war, aber nicht auf dem Boden. Ich war nicht vom Tisch gerutscht, weil ich so müde war, sondern weil der Druck der nahen Explosion durch meine Bogengänge gerauscht war und meinen Gleichgewichtssinn außer Gefecht gesetzt hatte. Aus irgendeinem Grund hatte Marena dieses Problem nicht. Vielleicht hatte sie Gummi gekaut oder so etwas.

Ich gab die Vorstellung auf, mich hinzustellen, und kroch über eine unregelmäßige Schwelle – oder wurde gezerrt – in einen rot beleuchteten Tunnel, in dem es nach Schimmel, frischem Beton und Reinigungsmittel roch. An der Wand hing eine von hinten beleuchtete Karte, die das Tunnelnetz zeigte und Ozelot-smaragdgrün glühte. SIE SIND HIER, stand dort. Wie immer, dachte ich.

»Setz dich da rein«, sagte Marena. Sie warf mich förmlich in einen der Aeron-Sessel und rollte mich an mehreren Türtrümmern vorbei. Ich vermutete, dass der Knall, den ich gehört hatte, von Sprengbolzen stammte, die die Tür in den Tunnel geblasen hatten. Sehr klug für genau einen solchen Fall konstruiert. Ich rechnete damit, im Tunnel vor einer Traube aus Flüchtlingen zu stehen, sah aber niemanden. Offenbar war die Anlage nur für VVIPs gedacht, und außer uns gab es keine mehr.

Marena schob mich, als säße ich in einem Rollstuhl. »Hör auf, dich zur Seite zu lehnen«, sagte sie.

»Tue ich doch gar nicht.«

»Lehn dich in die andere Richtung.«

»Warum gehst du nicht vor und holst mich, wenn alles erledigt ist?«

»Weißt du«, sagte sie, »dein Märtyrersyndrom steht mir echt bis hier.«

»Tut mir leid.«

Noch immer spielte irgendwo die Dvorakmusak, und die jaulenden Holzbläser hallten hinter uns her. Lindsay stürzte ein paar Mal – trotz allem war er ein ziemlich alter Knabe –, und ich musste die meiste Zeit seinen Arm festhalten. Wir legten einen weiten Weg zurück. Ich wusste, dass ich mich später nur noch an sehr lange Tunnel erinnern würde, an bedrohliche Röhren aus Beton und das Gefühl, wenigstens zwanzig mal vierhundert Seillängen weit gelaufen zu sein. Irgendwann pochte Marena über mir an die Tür; dann ermunterte sie mich, eine Treppe hinaufzusteigen, was ich schließlich auf allen vieren tat. Marena dirigierte mich durch eine Tür und weitere Treppen hinauf. Ich brauchte mehr als eine Minute, bis ich begriff, dass wir draußen waren, denn die frische Luft war alles andere als frisch, sondern roch nach Benzinqualm, obwohl auch angenehmere Gerüche eingemischt waren, der Rauch von Holz und grünen Blättern, der mich an die Brandzeit denken ließ. Und es war heiß, obwohl schon Nacht war. Aber es war nicht dunkel; der Himmel war von einem verkohlten Mandarinenorange. Ich lauschte auf Explosionen oder Artilleriebeschuss, hörte aber nichts außer Sirenen in der Ferne und dieses Im-Fass-über-den-Niagara-Rauschen von Luft, die auf dem Weg in gewaltige Aufwinde war. Säulen von Millionen unterschiedlicher Kohlenstoffverbindungen stiegen in die Stratosphäre. Dann vermeinte ich Gewitterdonner zu hören, aber ich glaube, es waren nur versagende Abwehrlaser, die feuerten. Sie geben so ein Krachen von sich, wenn die Luft im Strahl verbrennt, und dann einen Miniaturdonnerschlag, wenn die Umgebungsluft in das Vakuum strömt.

»Leg dich hier hin«, sagte Marena. Ich bedankte mich und legte mich nahe der obersten Stufe auf den Asphalt. Marena fesselte Lindsay mit Klebeband an eine siamesische Rohrleitung. Ich konnte mich wieder umsehen. Die Tür war in einer Art Stützmauer, und die Treppe endete zwischen zwei riesigen Betonklötzen, die wie Verkehrsabsperrungen aussahen. Ein Lagerhaus oder etwas Ähnliches erhob sich dahinter. Es schien intakt zu sein, aber ich konnte nicht sehr weit sehen. Mir kam es jedenfalls sinnlos vor, zurückzugehen und es mit einer anderen Tunnelabzweigung zu versuchen. Ein paar Plastikfetzen trudelten um uns zu Boden wie Seiten aus einem verbrannten Buch. Ein großes, rot eloxiertes Metallblech rasselte vor uns aufs Pflaster und drohte, uns in Stücke zu schneiden, sollte der Druck sich ändern. Lateinamerikanische Bauweise, dachte ich. Zusammengepfuschte Kartenhäuser der postmodernen Architektur. Eine Kleinigkeit passiert, und alles ist hin.

»Ich habe mit dem Gedanken gespielt, einen Notruf zu senden«, sagte Marena. »Aber ich glaube, ich lasse es lieber.« Ich bemerkte, dass sie etwas auf der Schulter trug, eine große transparente Tasche mit dem großen Wort NOTFALL in orangefarbenen Buchstaben darauf und alle möglichen elektronischen Bojen und Funkbaken und anderes Zeug.

»Klar«, sagte ich. Marena hatte vermutlich recht. Wenn wir auf Erkundung gingen, wurden wir eher von fliegenden Wasweißichs getroffen oder von überlebenden ES-Leuten aufgegriffen oder sogar von UN-Truppen oder belizischem Militär oder was auch immer.

Ich glaubte, ich hörte nicht allzu weit entfernt einen Schrei, aber es konnte auch der Einschlag einer Granate sein.

»Ich glaube nicht, dass wir hier oben verbrennen«, sagte Marena. »Und wenn der Rauch zu schlimm wird, verschwinden wir wieder im Tunnel. Ich möchte nicht von Flammen eingekreist werden. Okay?«

Ich sagte etwas wie »Gut«. Ich hätte allem zugestimmt. Mein Gesichtsfeld tat das Gegenteil von Tunnelblick. Das heißt, auf gespenstische Weise weitete es sich auf mehr als zweihundert Bogengrad. Marena sagte irgendetwas von wegen, es wäre das Beste, bis morgen hier abzuwarten, nach Osten zu gehen, den Highway zu finden und zu versuchen, nach Belmopan mitgenommen zu werden. Ich erwiderte, das höre sich nicht schlecht an.

Wir setzten uns.

»Bist du wieder Jed?«, fragte Marena. »Oder bist du Schakal?«

»Ich weiß es nicht«, antwortete ich. Ich wusste es wirklich nicht.

Marena nahm ihr Netphone hervor. Sie bekam keine Verbindung, aber wir schauten auf die Uhr. Noch neun Minuten, sagte sie, dann hätten wir offiziell ein neues B'ak'tun und eine neue Sonne und eine neue Schöpfung und, und, und …

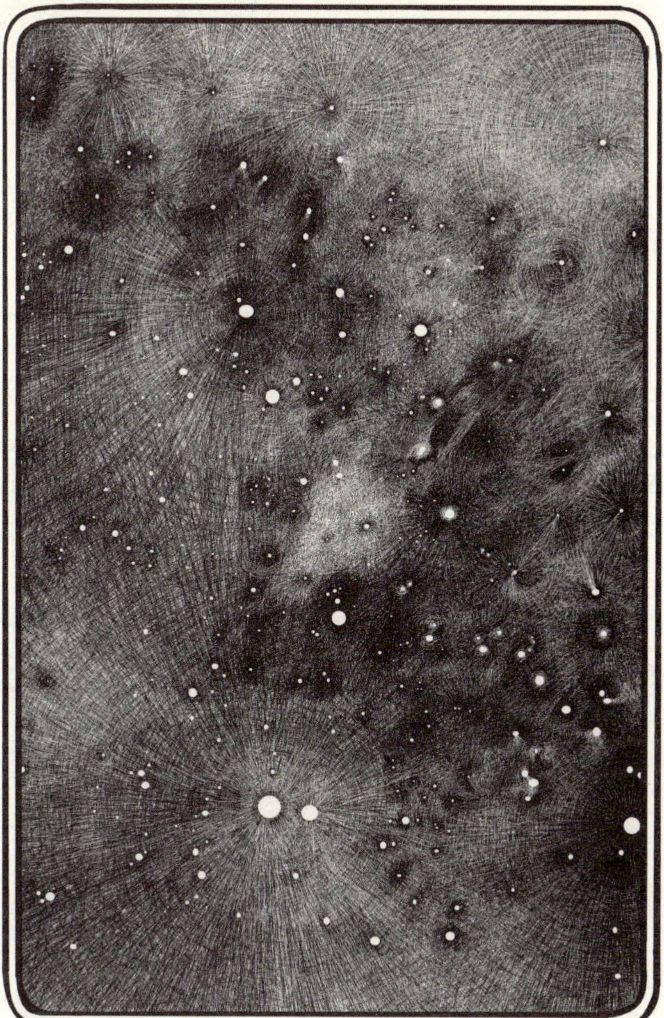

Das Rasseln der Himmelsschlange, wie es in alter Zeit gesehen ward, von den eingeborenen Kaziken des Barrio de la Reforma berichtet

Denkwürdige Antiquitäten aus British-Honduras
Subskriptionsdruck • Lambeth • 1831

(0)

Der 21. Dezember kam und verging wie jeder andere Tag.

Aber natürlich hieß das nicht, dass sich nichts verändert hatte. Alles hatte sich verändert. Das Morgen jedes Einzelnen und sein Übermorgen und der Tag danach und das nächste Tun und das nächste K'atun und die nächsten sieben B'ak'tunob' des Universums – was Koh das Ergebnis von zwanzig minus dreizehn genannt hatte –, wären das, was ich daraus machte. Oder was wir daraus zu machen beschlossen, Marena und ich – oder nennen wir sie, wie sie genannt werden sollte: 1-Ozelot.

Mein Gesichtsfeld weitete sich noch immer. Ich konnte jetzt über und hinter meinen Kopf schauen, in jede Richtung, sogar, so schien es, in meinen Körper, und als ich mich durch den Baum erhob und in höhere Dimensionen krümmte, konnte ich durch Gegenstände blicken und hinaus zu den letzten versprengten Galaxien, bis ich sogar einen Blick oder zwei oder drei auf das andere Universum werfen konnte, das Bubbleverse, unseren weniger glücklichen Zwilling, der sich vor dreizehn Jahren und dreihundertzweiundfünfzig Tagen von unserem Universum abgetrennt hatte, dem All, in dem One Liberty Plaza nicht am 11. September zusammenstürzte, in dem Lindsay den Marmorboden daraus nicht in seiner verfluchten VVIP-SkyBox hatte verbauen können, dem Universum, in dem beide Towers vollkommen einstürzten, statt dass die Hälfte des Südturms übrig war und sich noch immer wie ein Futterröhrchen in den Himmel reckte; wo der Disney-World-Horror nie geschah, wo Dick Cheney nicht bei seiner Verhaftung Selbstmord beging, wo Amy Winehouse nicht im Koma starb und *Shake before Serving* weder schrieb noch aufnahm, wo das Neun-Steine-Spiel nie in die Gegenwart kam und das deshalb auf der Straße in den Untergang war, weil irgendwo irgendein Doomster die richtige Kombination fand und es keine Möglichkeit gab, ihn aufzuhalten oder auch nur aufzuspüren, ehe es zu spät war, wo Marena und ich uns vielleicht nie kennenlernten, wo ich nie von Frau Koh hörte und wo sie nicht einmal Aspekte voneinander waren, falls sie es überhaupt jemals …

Denk nicht darüber nach. Wir sind hier in unserem freundlichen Universum, und das hält noch eine Weile, bis 19.19.19.17.19, 9 Kawak, 12 Yaxki'in, Donnerstag, den 12. Oktober 4772. Danach: Das große Nichts. Nun, bis dahin ist es noch eine Weile. Denk auch darüber nicht nach. Siehst du, du hast der Welt doch eine hübsche Spanne erkauft. Nach menschlichen Maßstäben jedenfalls. Und bis dahin sieht alles ganz anders aus, nicht wahr? Ja, ich sah schon einige andere … genau. Ich sah bereits die neue Stadt, die Hauptstadt der Welt, in der sich die Doppel-Mul in auf- und abführenden omnichromatischen Treppen zu einer Spitze erhob, höher als Popocatépetl, und sich aufweitete und den nullten Himmel füllte. Ich sah, wie merkwürdige Entscheidungen gefällt wurden, sah das Pantheon in Rom in violetter Lava vergehen, ein modisch nacktes Paar von zwei Seillängen langen Menschen mit dreizehn Paaren zierlicher Arme, die wie bei einem Hundertfüßer ihren Seiten entsprangen. Aneinandergeschmiegt lagen sie auf einem Pelztoboggan, den vier gelbe Terrorvögel durch den Park Avenue Tunnel zogen, und die Spur führte in eine Allee aus riesigen Kapokbäumen, die rings um meinen sich entfleischenden Leib Wolken aus Jadeklingen abwarfen. Am Ende des Weges wartete etwas Schreckliches, etwas, das mit kreischenden Larven besetzt war wie mit Pusteln, aber trotzdem das wissende Grinsen der Kröte trug, und ich wusste es bereits, ich wusste, weshalb es begonnen hatte und wann es enden musste; ich kannte den Geruch eines Gravitons, die Farbe des Ku-Bandes, den Grund für das Lächeln eines Totenschädels. Doch sowie ich das Wissen erlangte, verharrte ich, um zu vergessen, dreizehn, neun, fünf, ich vergaß bereits, vier, drei, ich werde bereits vergessen haben, zwei, null, ich habe bereits vergessen.

Ende

Die Überlieferte Zukunft der Siebten Haut
(ein Fragment des »Neuen Maya-Kalenders«)
nach Ahau-na Koh von Ixnich'i-Sotz

Dreizehn B'ak'tunob und kein K'atun, kein Tun,
Kein Uinal und kein Kin, 4 Oberherr,
3 Gelbrippe, am Freitag, dem einundzwanzigsten
Dezembertag zwanzig-zwölf, Sonne Null:
Die letzten neun Oberherren der Weißen Straße
verbrennen sich selbst,
Die letzten dreizehn Oberherren der Sonne ertränken
sich,
1-Ozelots neues Fleisch setzt die Jugend wieder ein.

Dreizehn B'ak'tunob und kein K'atun, kein Tun,
Kein Uinal und ein Kin, an 5 Sobralia,
4 Ununennium, am Samstag, dem zweiundzwanzigsten
Dezembertag zwanzig-zwölf:
Die dreizehn neugeborenen Oberherren nehmen die
Sonne,
Neun neugeborene Oberherren nehmen die Dunkelheit
wieder ein.

Dreizehn B'ak'tunob und ein K'atun, und dreizehn
Tunob und zwei Uinalob und zwei Kinob, 5 Helicon
Und 0 Kaon, Samstag, der zwölfte
Augusttag zwanzig-fünfundvierzig: der Kauer

Verschlingt den Tag über dem neuen Mul-Garten.
Xiamen ist der Sitz des K'atuns.
Der Spielerische Lenz verzaubert die B'ak'tunob,
Der Schlängler formt neue Gefolgsleute aus Pyroxen,
Und sie suchen Zuflucht in neuen Zitadellen,
In orthorhombischen Tetraeder-Mulob.
Schmerz und Stillstand verschwinden, aber trotz der
Massenverschmelzung
Bleibt das Alleinsein. Jetzt verstummt die Erde,
Da andere Mitleid empfinden können. Jetzt ist
Ewiges elektromagnetisches Schweigen unsere Bürde.

Fünfzehn B'ak'tunob und kein K'atun, kein Tun,
Kein Uinal und kein Kin, 2 Nichts,
18 Ununennium, Donnerstag, der achtundzwanzigste
Junitag in zwei-acht-null-eins,
Zur Mannbarkeit der Sonne, in ihrem dritten Dreizehntel,
Löschen die Solarstürme neun Milliarden
Frohe Bewusstseine aus. Trauer ist unsere Bürde.

Fünfzehn B'ak'tunob und vierzehn K'atunob,
zwölf Tunob,
Zwölf Uinalob und drei Kinob, an 13 Verstreuung und
16 Kaon, Mittwoch, der achtzehnte
Dezembertag dreißig-neunundachtzig: Der Sonne
Erster fröhlicher Hund gesellt sich wieder zu
seinem Herrn,
Nach sechshundertachtzehntausenddreihundert-
siebenunddreißig
Sonnen in Opposition. Jetzt beginnt
Die zweite Regentschaft von 7-Ara,
Das Bewusstsein seiner vierhundert mal
Vierhundert mal vier Billiarden atmenden Geschöpfe.
Ungetrübte und lidlose Augen werden zu
unserer Bürde.

Dann, im neunzehnten und letzten B'ak'tun, und im
Neunzehnten und letzten K'atun, im
Neunzehnten und letzen Tun, im siebzehnten
Und letzten Uinal, am siebzehnten Kin,
8 Amethyst, 11 Narr, dem elften
Oktobertag, Mittwoch, Anno Domini
Viertausendsiebenhundertzweiundsiebzig,
Treten 1-Ozelot und Türkiser-Ozelot
In die Höfe der Sonne und spielen bis zum Gleichstand.
Alle Möglichkeiten ereignen sich in einem
einzigen Neuntel.

Jetzt, im neunzehnten und letzten B'ak'tun, im
Neunzehnten und letzten K'atun, im
Neunzehnten und letzten Tun, dem siebzehnten
Und letzten Winal, am achtzehn Kin,
9 Erschauern, 12 Narr, dem zwölften Oktobertag
Viertausendsiebenhundertzweiundsiebzig,
Sprechen sich die neun und die dreizehn Herren
ihre Namen ab.
Die Meere der Bewusstseine ziehen die Auflösung
Einer weiteren Wiederholung vor. Die Nullte
Bürde gleicht dem Zustand des Niemalsgewesenseins.
Auf einem Feld, türkis, lösen sich Brunn'sche Verkettungen,
rot, und fallen zusammen zu zwanzig, zu dreizehn,
Zu neun, fünf, vier, drei, zwei, eins, null, niemals.

ahau	Herr, Oberherr
ahau-na	Frau, Edelfrau
bacab	»Weltträger«, einer der vier örtlichen ahauob, die dem k'alom'te untertan sind
b'ak'tun	eine Periode von 144 000 Tagen, etwa 394,52 Jahre
b'alche'	Fliederbaumbier
b'et-yaj	Necker, Folterer
Ch'olan	die Variante der Sprache der Ixianer und anderer, die im 21. Jahrhundert gesprochen wird
EGP	*Ejército Guerrillero de los Pobres*, Guerillaarmee der Armen, guatemaltekische Widerstandsbewegung
grandeza	ein Beutel voller Kiesel
h'men	ein Kalenderpriester oder Schamane. Wird auch als »Sonnenaddierer« oder »Tageshüter« übersetzt
HDL	Heilige der Letzten Tage, Eigenbezeichnung der Mormonen
hun	»eins« oder »ein« als bestimmter Artikel
k'atun	ein Zeitraum von 7200 Tagen (annähernd 20 Jahre)
k'iik	Geblüt; ein Mann, der einer Kriegergemeinschaft angehört
k'in	Sonne, Tag
koh	Zahn
kutz	ein neotropischer Pfauentruthahn
milpa	ein traditionelles Maisfeld von etwa 21 mal 20 Metern, das normalerweise durch Abbrennen gerodet wird

mul	Hügel; übertragen »Pyramide« oder »Vulkan«
nacom	Opferer (niederer Kaste)
pitzom	das Ballspiel der Maya
popol na	»Mattenhaus«, Rat, Rathaus
quechquemitl	der dreieckige Umhang der Mexikanerin
sacbe	»weißer Pfad«, eine geheiligte gerade Straße
sinan	Skorpion
tablero	das horizontale Element in einer Pyramide mexikanischen Stils
talud	das abgeschrägte Element in einer Pyramide mexikanischen Stils
teocalli	Nahuatl für »Götterhaus«, Tempel
tun	360 Tage
tu'nikob'	Opferpriester; wörtlich: »Säuger«
tzam lic	»Blutblitz«, ein leichter Schauder unter der Haut
tz'olk'in	das Ritualjahr aus 260 Tagen
uay	Uay(ob), der Tiergeist eines Menschen
uinal	eine Periode von zwanzig Tagen
waah	Tortilla
Xib'alb'a	die Unterwelt, die von den Neun Herren der Nacht beherrscht wird
xoc	Hai
yaj	Schmerz, Schmerzensrauch
Yukateko	die heutige Sprache der Maya auf Yukatan, von der eine Variante auch in der klassischen Epoche gesprochen wurde

DANKSAGUNG

Rosemae Aristomene, Ron Bernstein, Anthony D'Amato, Barbara D'Amato, Robertson Dean, Julie Doughty, Jonny Geller, Karin and Timothy Greenfield-Sanders, Jessica Horvath, Erika Imranyi, Janice Kim, Stefan Lübbe, Diana MacKay, Helmut Pesch, Prudence Rice, Dietmar Schmidt, Deborah Schneider und Brian Tart sollte – mindestens – auf dem Titelbild gedankt werden, und nicht hier hinten.

Noch mehr Dank an Jacqueline Cantor, Lisa Chau, Brian DeFiore, Michael Denneny, Sajna Dragovic, Molly Friedrich, Cathy Gleason, Lynn Goldberg, Justin Gooding, Sherrie Holman, Marissa Ignacio, »Mad P«, Victoria Marini, Phillip McCullough, Jamie McDonald, Liza Cassity, Erica Ferguson, James Meyer, Mary Ellen Miller, Robert Pincus-Witten, Bruce Price, David Rimanelli, Michael Spertus, Rebecca Stone-Miller, Jane Tompkins, Mari-Jo Van Malsen, »Tony Xoc«, »Flor Xul« und Ivan Zlatarski.

Mein Dank gilt ferner der Foundation for the Advancement of Mesoamerican Studies and pauahtun.org.

Brian D'Amato ist jeder einzelne Fehler zu verdanken.

Nur einer ist besser als der teuerste Lügendetektor. Sein Name ist Geiger

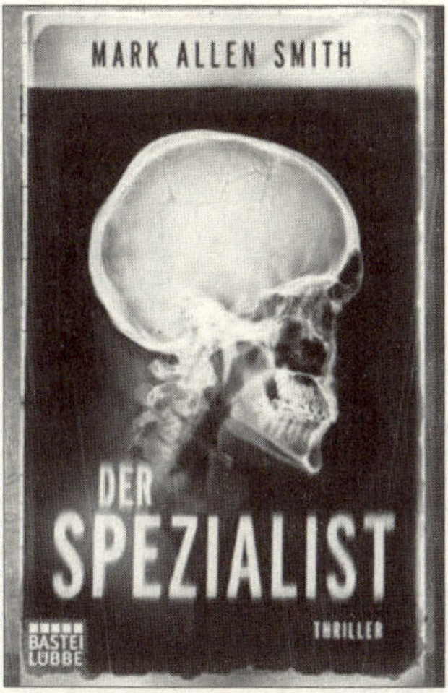

Mark Allen Smith
DER SPEZIALIST
Thriller
Aus dem amerikanischen Englisch
352 Seiten
ISBN 978-3-404-16814-9

Sie brauchen eine Information? Sie kennen die Person, die diese Information hat, aber sie hüllt sich in Schweigen? Lassen Sie das meine Sorge sein. Ich hole immer die Wahrheit aus meiner Zielperson heraus. Denn ich bin ein Spezialist. Dabei befolge ich stets meinen Kodex.
Eines Tages bekam ich den Auftrag, gegen meinen Kodex zu verstoßen. Die Folgen waren schrecklich. Für meinen Auftraggeber.
Mein Name ist Geiger.
Ich liebe Violinenkonzerte.
Und foltere Menschen.

Bastei Lübbe

Werde Teil der Bastei Lübbe Welt
You Tube
www.luebbe.de/Meinewelt
Lesen, rezensieren, Bücher gewinnen
Lerne Autoren, Verlagsmitarbeiter und andere Leser kennen
BASTEI LÜBBE
www.luebbe.de